카라마조프의 해석
| I |

카라마조프의 해석 | Ⅰ |

초판인쇄 | 2022년 2월 22일
초판발행 | 2022년 2월 28일

지은이 | 윤종화
펴낸이 | 서영애
펴낸곳 | 대양미디어

04559 서울시 중구 퇴계로45길 22-6(일호빌딩) 602호
전화 | (02)2276-0078
팩스 | (02)2267-7888

ISBN 979-11-6072-092-1 04800
        979-11-6072-091-4(세트)

값 25,000원

카라마조프의 해석 | Ⅰ |

윤종화 지음

대양미디어

【일러두기】

1. 이 책에서 인용은 도스토옙스키의 저작은 범우사의 번역판을, 니체의 저작은 책세상의 번역판을, 그리고 프로이트의 저작은 (주)열린책들의 번역판을 토대로 하였으며 다른 출판사의 번역판을 인용한 경우에는 저작명에 이어 ( )에 출판사의 머리글자를 함께 적었다.

2. 각주의 경우에 저자가 붙인 주석은 각주 뒤에 〈-원주〉로, 역자가 붙인 주석은 〈-옮긴이〉라고 표시하였으며, 필자의 주석은 별도 표시 없이 각주 처리하였다.

《카라마조프의 해석》을 펴내며

이 책의 제목은 도스토옙스키의 마지막 저작인 《카라마조프의 형제》에서 '카라마조프'를, 프로이트의 대표적인 저작 《꿈의 해석》에서 '해석'이라는 단어를 빌려 합성해 지은 것이다. 그렇다고 단순히 차용한 것은 아니다. 도스토옙스키의 표현을 빌리면 '바로 카라마조프에 인간의 모든 문제가 포함되어 있어서' 해석의 방식을 통하지 않으면 그 숨겨진 의미를 찾아낼 수 없기 때문이다. 그럼에도 이 책의 내용 대부분이 인간의 무의식적 측면을 다루고 있는 만큼 정신분석학에 익숙하지 않은 독자들에게는 어렵게 보일 수 있다. 그래서 될 수 있으면 일반적인 용어와 단순한 문장을 사용하려고 노력했다. 특히 《성서》와 관련된 내용이 많은데 그 이유는 그리스도교 문명의 영향 속에서 탄생한 도스토옙스키와 프로이트의 저작들을 설명하기 위해서는 불가피한 선택이었다.

이 책은 총 7장으로 구성되어 있으며 제1장에서 제4장까지는 제5장과 제6장에서 설명한 '카라마조프'가 무엇을 의미하는지를 이해하기 위한 예비지식을 제공하기 목적으로 쓰인 것이다. 그리고 제7장에서는 '카라마조프'를 극복하기 위한 필자의 해결책을 제시해 놓았다. 아울러 이 책은 정신분석학의 용어의 통일성과 이론의 일관성을 위해서 프로이트의 저작 이외에는 본문에 인용하지 않았으며 다른 정신분석가들의 견해는 각주로 처리했다(다만 정신분석가이면서 사회학자인 E. 프롬의 경우에는 주로 사회학적 견해만 인용하였다). 정신분석가 이외에도 정신분석 이해에 도움을 주는 쇼펜하우어나 니체 등의 저작도 다수 인용하였다. 끝으로 이 책이 출판될 수 있도록 도와준 분들에게 감사한다. 이 책이 《카라마조프의 형제》를 읽고 느꼈던 필자의 전율을 독자에게 조금이나마 전달할 수 있기를 희망하며 그 기대감을 아인슈타인의 다음과 같은 감상으로 갈음하고자 한다.

"도스토옙스키는 어느 과학자보다도, 위대한 가우스보다도 많은 것을 내게 주었다."

2022년 2월, 인천에서
윤 종 화

차 례

제3장 | 원죄(原罪)와 구원(救援)

제1장

선(善)과 악(惡)

제1장 선(善)과 악(惡)

너는 나 외에는 다른 신(神)들을 네게 두지 말라

— 《구약성서》「출애굽기」中 —

악마의 세 가지 시험

인류 문명은 불멸할 수 있는가? 과학 혁명 이전에는 이러한 질문은 무의미했다. 아무리 막강한 권력자도 지구를 한 번에 파괴할 수 있는 능력이 없었기 때문이다. 이제 이 질문은 중요해졌다. 현대 문명은 버튼 하나로 한 번에 인류를 몰살시킬 수 있으며 지금까지 모든 문명은 **죽음의 문**을 지나갔기 때문이다.[1] 물론 과학 혁명의 미래를 희망 섞인 눈으로 바라볼 수도 있다. 기아, 역병과 같은 자연 재앙으로부터 인류를 자유롭게 해주었기 때문이다. 그뿐 아니라 지난 수천 년간 소수 엘리트만이 누려온 경제적, 종교적, 정치적 지배로부터 대중을 자유롭게도 해 주었다. 그래서 역사학자들은 다수 대중이 소수 엘리트로부터 쟁취한 경제적, 종교적,

---

1) p.1044. 그런데 연구 범위를 다시 넓혀 조사하게 된 문명 대부분이 이미 사멸한 사실을 알게 되면서, 필자는 자신이 속해 있는 문명을 포함한 모든 문명에 죽음의 가능성이 기다리고 있음을 결론 내렸다.
　　한때 번영했던 수많은 문명이 지나가며 모습을 감춰버린 이 '죽음의 문'은 무엇일까?
　　　　　　　　　　　　　　　　　　　　　　　　　　　　— A. J. 토인비 《역사의 연구》中 —

정치적 자유의 정도를 역사 발전의 척도로 삼기도 한다.

하지만 인류 문명의 영속에 대해서 긍정적인 답변을 하지 못하는 이유는 그 발전 과정에서 **수많은 모순**이 있었기 때문이다. 예를 들면, 마르크스는 소수 부르주아에게서 지상의 빵을 빼앗아 다수 프롤레타리아에게 나눠주고자 했으나 그의 사상을 기반으로 세워진 공산주의 국가에서는 수천만 명이 굶어 죽었다. 그리스도는 사랑과 용서의 반석 위에 교회를 세웠지만, 그의 복음을 기반으로 세워진 교회는 자신의 신을 믿지 않는 수백만 명을 고문하고 학살했다.[2] 니체는 신은 죽었다고 선포하고 초인이 출현하여 세계를 평화롭게 다스릴 것이라고 예언했지만 지난 세기는 자신을 초인으로 착각한 광인들의 전쟁사였다.

왜 이러한 모순들이 생기는 것일까? 인류 문명을 영속시킬 수 있었던 이상주의자들의 혁명은 왜 실현되지 않았던 것일까? 니체가 '혁명은 이상주의자와 천민이라는 이중성의 세계사적 표현이다'라고 말한 것처럼 마르크스, 그리스도, 니체의 이상을 이 지상에 실현하려고 했던 스탈린과 교황과 히틀러가 천민이었기 때문인지도 모른다.[3] 그런데 세 명의 이상주의자들은 천민들이 세계를 자신들의 이상을 왜곡하는 실험장으로 만들리라는 것을 몰랐던 것일까? 아니었다. 그들 중 한 명은 세계가 이렇게 되리라는 것을 정확하게 예언했다. 그래서 그는 수천 년 전에 악마의 세

---

2) p.306. 3세기에 걸친 모든 박해의 희생자를 다 합친다 해도, 다신교를 믿는 로마인들이 살해한 기독교인은 몇천 명을 넘지 않았다. 이와 대조적으로 이후 1,500년간 기독교인은 사랑과 관용의 종교에 대한 조금 다른 해석을 지키기 위해서 다른 기독교인 수백만 명을 학살했다.
- Y. 하라리 《사피엔스》 中 -

3) p.900. 나는 혁명이라는 점에서도 역시 루소를 미워한다. 혁명은 이상주의자와 천민이라는 이 이중성의 세계사적 표현이다. 이 혁명이 연출된 피비린내 나는 익살극, 그 '부도덕성'은 나와 거의 관계가 없다. 그러나 내가 미워하는 것은 루소적 그 도덕성이다.
- F. 니체 《우상의 황혼(동서)》 中 -

가지 시험을 분연히 거부했다.

《신약성서》에서 악마는 인간이 그에게 복종하고 그를 숭배하게 하려면 **세 가지 기적**을 보여 주면 된다고 유혹한다.[4] 첫 번째 기적은 지상의 모든 돌을 빵(떡)으로 만드는 것이었고 두 번째 기적은 성전 꼭대기에서 뛰어내려도 죽지 않는 것이었다. 세 번째 기적은 악마를 숭배함으로써 천하만국을 지배할 수 있는 절대 권력을 갖는 것이었다(신기하게도 석가모니도 마왕으로부터 똑같은 세 가지 유혹을 받는다).[5] 그가 악마의 첫 번째 유혹을 받아들여 지상의 모든 돌을 빵으로 만드는 기적을 보여 주었다면 다수 민중은 지상의 빵을 공평히 나눠주겠다고 외치는 스탈린 대신 그에

---

4) p.3. 그 때에 예수께서 성령에게 이끌리어 마귀에게 시험을 받으러 광야로 가사
사십 일을 밤낮으로 금식하신 후 주리신지라
시험하는 자가 예수께 나아와서 이르되 네가 만일 하나님의 아들이어든 명하여 이 돌들로 떡덩이가 되게 하라
예수께서 대답하여 이르시되 기록되었으되 사람이 떡으로만 살 것이 아니요 하나님의 입으로부터 나오는 모든 말씀으로 살 것이라 하였느니라 하시니
이에 마귀가 예수를 거룩한 성으로 데려다가 성전 꼭대기에 세우고
이르되 네가 만일 하나님의 아들이어든 뛰어내리라 기록되었으되 그가 너를 위하여 그의 사자들을 명하시리니 그들이 손으로 너를 받들어 발이 돌에 부딪치지 않게 하리로다 하였느니라
예수께서 이르시되 또 기록되었으되 주 너의 하나님을 시험하지 말라 하였느니라 하시니
마귀가 또 그를 데리고 지극히 높은 산으로 가서 천하만국과 그 영광을 보여
이르되 만일 내게 엎드려 경배하면 이 모든 것을 네게 주리라
이에 예수께서 말씀하시되 사탄아 물러가라 기록되었으되 주 너의 하나님께 경배하고 다만 그를 섬기라 하였느니라
이에 마귀는 예수를 떠나고 천사들이 나아와서 수종드니라
- 《신약성서》 「마태복음」 中 -
5) p.311. 마왕은 처음에는 탐욕의 가치로 유혹합니다. 그 다음에는 진에, 즉 투쟁과 지배욕의 가치로 유혹합니다. 그리고 이번에는 어리석음의 세계로 유혹합니다. 악마를 숭배하는 것, 즉 물질과 쾌락과 권력을 숭배하는 세계의 주인이 되라고 합니다.
- 법륜 스님 《인간 붓다》 中 -

게 복종했을 것이다. 그가 악마의 두 번째 유혹을 받아들여 불멸의 기적을 보여 주었다면 다수 민중은 교황 대신 그를 숭배했을 것이다. 그가 악마의 세 번째 유혹을 받아들여 세계를 지배하는 기적을 보여 주었다면 인류는 광인 대신 그를 중심으로 결합했을 것이다. 그는 악마의 세 가지 유혹을 받아들여 인류를 경제적으로, 종교적으로, 정치적으로 자유롭게(?) 해 줄 수 있었지만, 그는 악마의 세 가지 유혹을 거부했다. 그 이유는 인류가 기적을 보지 않고도 **양심의 자유**에 따라 신앙을 가지기를 원했기 때문이었다. 하지만 2천여 년이 지난 지금도 그의 복음은 인류의 정신 속에 스며들지 못했고 세계사는 끊임없이 악마의 세 가지 유혹의 실험장이 되어 왔다. 그 대표적인 실험장은 프랑스 혁명이었다.

프랑스 혁명

악마의 첫 번째 유혹을 받아들인 프랑스 민중은 로마 가톨릭의 신과 왕에게 반기를 들고 **지상의 빵**을 약속한 부르주아 지도자들에게 복종했다.[6] 프랑스 민중은 굶주리고 비참한 자신들의 삶이 배부르고 행복한 삶이 될 것이라는 희망 때문에 혁명의 열기 속으로 빠져들어 갔지만, 결과적으로 지상의 빵을 얻지 못했다. 악마의 두 번째 유혹을 받아들인 프랑스 민중은 지금까지 들어보지도 못한 자유와 평등과 박애라는 **지상의 신앙**을 약속한 지도자들을 숭배했지만, 지상의 신앙을 획득한 사람들은 부르주아들이었다.[7]

---

6) p.24. "입법자 시민들이여, 우리가 프랑스 공화주의자들이라 선언하는 것으로는 충분치 않습니다. 아직도 인민은 행복이 필요합니다. 인민에게는 빵이 있어야 합니다. 빵이 없는 곳에는 법도 자유도 공화국도 없기 때문입니다."

　　　　　　　　　　　　　　　　　　　　　　　　　- M. 갈로 《프랑스 대혁명 2》 中 -

7) p.152. 토크빌이 말했듯이, 프랑스 혁명은 '당시의 사회 질서를 지배하던 전통적 관습

사실 굶주림 때문에 혁명에 참여한 프랑스 민중에게 자유와 평등과 박애의 사상은 추상적인 구호에 불과했다. 그런데 어떻게 그것들이 프랑스 혁명의 정신으로 기억되고 있을까? 첫 번째 이유는 그러한 구호가 부르주아의 무의식적 소망을 반영하고 있기 때문이다. 그들은 왕과 귀족을 단두대로 보낼 수 있는 자유와 그들을 경멸할 수 있는 평등과 그들로부터 박해받지 않을 박애를 소망했다. 두 번째 이유는 인간의 본성은 신앙이 없이는 살아갈 수 없기 때문이다. 프랑스 민중은 자신들이 버린 하늘의 신앙을 대체할 수 있는 지상의 신앙을 간절히 필요로 했다. 그래서 니체는 평등과 같은 사상에는 특권을 가진 소수 엘리트에 대한 '천민의 적의'와 하늘의 신앙을 지상의 신앙으로 대체하려는 '좀 더 세련된 부신론'이 변장한 채 숨어 있다고 말한다.

> p.43. "어느 곳에서도 법 앞에서는 평등하다.─자연은 이 점에서 우리와 다르지 않고 우리보다 나을 것이 없다." : 이 말에는 은근한 속셈이 있는데, 그 안에는 또 한 번 특권적이고 자주적인 모든 존재에 대한 천민의 적의가 있으며, 두 번째 좀 더 세련된 무신론이 변장한 채 있다.
>
> ─ F. 니체《선악의 저편(책)》中 ─

프랑스 혁명은 이상주의자와 천민이라는 이중성이 적나라하게 표출된 세계사적 사건이었다. 프랑스 혁명은 루소의 이상을 실현하기 위한 것이

의 고정 관념을 없애고, 그 대신 인간 이성의 작용과 자연법칙에서 나오는 단순한 기초적 규칙을 확립하는 것이 필요하다는 신념'에 의해서 고무된 것입니다. 액턴은 그가 쓴 원고 가운데 한 곳에서 말했습니다.

"그때까지 사람들은 자기들이 추구하는 것이 자유라는 사실을 미처 알지 못했다."
─ E. H. 카《역사란 무엇인가?》中 ─

아니라 귀족을 시기하던 부르주아가 선동해서 일어난 **반란**이었다.[8] 하지만 역사는 그 반대의 방향으로 작용하기도 한다. 부르주아의 천민적 시기심 때문에 일어난 프랑스 혁명 덕분에 오늘날 인류도 자유와 평등과 같은 사회 정의를 주장할 수 있게 되었다.

p.134. 나중에 사회에서 〈Gemeingeist〉, 〈esprit de corps〉, 〈group spirit〉(〈집단정신〉이라는 뜻의 독일어, 프랑스어, 영어 - 역자주.) 등의 형태로 나타나는 것은 원래 시샘에서 유래했다는 사실을 숨기지 않는다. 아무도 자신을 남보다 내세우고 싶어 해서는 안 되고, 모든 사람이 똑같아야 하며 똑같은 것을 가져야 한다. 사회 정의란, 우리도 많을 것을 단념할 테니까 당신들도 그것 없이 견뎌야 하고 또 그것을 달라고 요구해서는 안 된다는 뜻이다. 평등에 대한 이 요구는 사회적 양심과 의무감의 뿌리다.

- S. 프로이트 《문명 속의 불만, 『집단 심리학과 자아 분석』》 中 -

그러나 악마의 실험은 끝나지 않았다. 프랑스 민중은 처음에는 지상의 빵을 얻기 위해서, 그다음에는 지상의 신앙을 얻기 위해서 혁명에 동참했지만, 지상의 빵과 지상의 신앙의 기치 아래서 행해지는 살육과 반란은 기존의 삶보다 더 잔인하고 가혹한 것이었다. 프랑스 민중은 누군가가 빨리 자신들로부터 자유와 평등을 회수해서 자신들을 다시 억압하고 지배

---

8) p.82. 국민을 가장 분노하게 만든 것은 세금도 아니었고, 봉인장(왕의 도장이 찍힌 명령서 - 역자주)도 아니었고, 다른 권력의 남용도 아니었다. 또 관리들의 죄도 아니었고 정의의 구현이 오랫동안 지체된 것도 아니었다. 국민이 가장 혐오했던 것은 귀족의 편견이었다. 이를 확실히 증명하고 있는 것은 도시의 가난한 주민들과 농촌의 농민들이 들고일어나도록 자극한 사람들이 바로 학식 있고 돈 있는 사람들, 말하자면 귀족을 시샘하던 부르주아들이라는 사실이다.

- G. 르 봉 《프랑스 혁명과 혁명의 심리학》 中 -

해 주기를 갈망했다. 마침내 천하만국을 정복하고 그 영광을 보여 줄 **지상의 신**이 등장한다. 그의 이름은 나폴레옹 보나파르트였다.[9] 《군중심리학》으로 유명한 르 봉은 나폴레옹이 등장했을 때의 프랑스 민중의 심리를 다음과 같이 묘사하고 있다.

> p.73. 군중은 늘 연약한 권력에 맞서 폭동을 일으킬 준비가 되어 있고, 강한 권위 앞에서는 비굴하게 무릎을 꿇을 준비가 되어 있다. 만약 그 권위의 힘이 때때로 약화된다면, 항상 극단적 감정에 굴복하는 군중은 무질서 상태에서 노예 상태로, 그리고 노예 상태에서 무질서 상태로 번갈아 바뀔 것이다.
>
> 그렇지만 군중 사이에서 혁명적 본능이 우세하다고 믿는다면, 그것은 군중심리학을 완전히 오해하는 것이 될 것이다. 이 점에 관하여 우리로 하여금 환상을 갖게 하는 것은 그들의 폭력성뿐이다. 그들이 일으키는 폭동과 파괴 행위는 항상 아주 일시적이다. 군중은 무의식에 의해 지나치게 지배되고, 결과적으로 매우 오래된 유산의 영향에 너무 종속되어 있기 때문에, 극단적으로 보수성을 띨 수도 있다. 그들은 스스로 단념하고 곧 무질서에 싫증을 냄으로써 본능적으로 노예 상태로 돌아간다. (나폴레옹) 보나파르트가 모든 자유를 억압하고 강력한 통치를 했을 때, 그에게 열성적인 갈채를 보냈던 사람들은 가장 거만하고 가장 고집 센 자코뱅주의자들이었다.
>
> - G. 르 봉 《군중심리학》 中 -

---

9) p.271. 군중심리학의 한 법칙은 군중이 무정부 상태를 일으킨 다음에 거기서 빠져나오게 해줄 지배자를 찾는다는 사실을 보여 주고 있다. (나폴레옹) 보나파르트가 바로 그 지배자였다.

> - G. 르 봉 《프랑스 혁명과 혁명의 심리학》 中 -

르 봉은 프랑스 혁명에 비판적이었기 때문에 대중의 **혁명 본능**은 과소평가하고 **노예 본능**은 과대평가했다. 하지만 대중 심리가 지닌 모순되고 상반된 특성을 정확하게 간파했다. 특히 다수 민중이 '무의식에 의해 지나치게 지배되고, 극단적으로 보수적이어서 본능적으로 노예 상태로 돌아간다'라는 그의 통찰은 탁월하다. 그의 말처럼 무의식에 지배되어 반란에 동참했던 프랑스 민중은 하늘의 신을 대체할 수 있는 지상의 신이 등장하자마자 본능적으로 자신들이 쟁취한 자유와 평등을 반납하고 나폴레옹을 숭배하고 그에게 복종하게 된다. 특히 전제적인 왕과 귀족에 반기를 들었던 거만하고 고집 센 자코뱅주의자들이 **더 전제적인** 나폴레옹에게 열성적인 갈채를 보냈다는 점은 흥미롭다고 할 수 있다.

프랑스 혁명과 나폴레옹이 지니는 의미는 인류 정신의 신기원(新紀元)을 열었다는 것이다. 프랑스 혁명은 다수 민중이 자신의 혁명 본능을 표출하여 소수 엘리트에 의한 지배를 전복시킨 사건이면서 자신의 노예 본능에 따라 하늘의 신이 아닌 지상의 신을 숭배하기 시작한 **최초의** 세계사적 사건이었기 때문이다. 그 이전에는 자신을 신의 아들로 생각한 사람은 있었지만, 자신을 신 자체라고 생각한 사람은 없었기 때문이다. 나폴레옹은 자신을 지상의 신으로 생각했다.[10] 그는 승산 없는 전쟁에서 승리하고 빗발치는 총탄 속에서도 죽지 않는 최초의 **'비인간이자 초인'**(위버맨쉬)[11]이었다. 그가 보여 준 이러한 기적과 신비는 그동안 하늘의 신만

---

10) p.376. 나폴레옹은 이렇게 대답했다.

"내가 보쉬에를 만난 행운의 날, 내가 그의 『보편 역사 강론』에서 제국들의 성쇠에 대해, 알렉산드로스 대왕의 정복에 대해, 파르살로스 전투에서 승리한 후 온 인류 역사에 나타난 카이사르에 대해 읽었을 때, 나는 시간의 베일이 찢어져 내리면서 신(神)이 걸어가는 모습을 보았다. 그 후로 그 광경은 나를 떠나지 않았다. 이탈리아 원정 때도, 이집트와 시리아 원정 때도, 독일 원정 때도, 내 생애 가장 역사적인 날에 항상 나타났다."

- 조르주 보르도노브 《나폴레옹 평전》 中 -

11) 위버맨쉬는 예전에는 '초인'으로 번역되었으나 요즈음은 독일어를 그대로 쓰는 경향

이 만족시킬 수 있었던 민중의 **눈과 양심**을 대리 만족시켜 주었다(눈과 양심 사이에는 아주 밀접한 관계가 있다).

　　p.388. 그러나 바로 유대는 종교개혁이라고 불리는 저 근본적으로 천민적인 (독일과 영국의) 원한 운동 덕분에 다시금 승리를 거두게 되었다. (중략) 그때보다도 심지어 더 결정적이고 깊은 의미에서 유대는 또 한 번 프랑스 혁명과 더불어 고전적 이상에 대해 승리를 거두었다 : 유럽에 있었던 마지막 정치적 고귀함, 17세기, 18세기 프랑스의 정치적 고귀함은 민중의 원한 본능 아래 붕괴되고 말았다. – 지상에서는 한 번도 이보다 더 큰 환호의 소리, 이보다 더 소란스러운 열광하는 소리가 들린 적이 없었다! 그것이 진행되던 와중에 실로 엄청난 사건, 뜻밖의 사건이 일어났다 : 고대의 이상 자체가 **살아 있는 모습으로** 그리고 들어보지도 못한 화려함으로 인류의 눈과 양심 앞에 나타났다. (중략) 마치 **다른 길**을 지시하는 최후의 암시처럼, 일찍이 존재했던 인간 가운데 가장 유일하고 뒤늦게 태어난 인간 나폴레옹이 나타났다. 그리고 그에게서 고귀한 이상 그 자체는 문제로 육화되었다. – 그것이 어떤 문제인지 잘 생각해보라 : 비인간Unmensch과 위버멘쉬의 이러한 종합인 나폴레옹을…….

– F. 니체《도덕의 계보(책)》中 –

　　다수 민중의 관점에서 종교개혁이 소수 성직자에게서 종교적 자유를 쟁취한 혁명이라면 프랑스 혁명은 소수 지배자에게서 정치적 자유를 쟁취한 혁명이었다(이후의 프롤레타리아 혁명은 소수 부르주아에게서 경제적 자유를 쟁취한 혁명이었다).[12] 하지만 니체에게 종교개혁과 프랑스

이 있다. 이 책에서는 '초인'으로 통일한다.

12) p.1002. 지배적 소수자에 대한 프롤레타리아의 반항은 중세의 농민 전쟁으로부터 프

혁명은 소수 엘리트의 특권을 시기한 천민들의 원한에 의한 반란이었다. 그러한 니체에게 나폴레옹의 등장은 천민들의 반항을 굴복시킬 수 있는 **'고대의 이상'**의 부활로 보였다. 고대의 이상은 알렉산더 대왕을 의미한다. 니체가 알렉산더 대왕을 이상적 인물로 생각한 것은 그가 악마의 세 번째 유혹을 받아들여 세계 지배를 실현했기 때문이다. 그의 세계 지배에 대한 욕망은 고르디움의 매듭과 관련된 일화가 상징적으로 보여 준다.[13]

윗글에는 니체의 세계관이 집약되어 있다. 니체는 세계사를 **귀족적 로마 문명과 천민적 유대 문명**의 투쟁으로 본다.[14] 로마 문명은 알렉산더나 카이사르와 같은 소수 엘리트가 주도하는 문명을 상징하고 유대 문명은 다수 민중이 주도하는 문명을 상징한다.[15] 니체는 이러한 두 개의 문명의

랑스 혁명의 자코뱅주의에 이르기까지, 여러 시대 여러 곳에서 폭력적인 형식으로 나타났다. 20세기 중간에 프롤레타리아의 반항은 이전 어느 시대보다도 과격해졌는데, 그것은 두 가지 방향을 따른다. 즉 불평불만이 주로 경제적인 경우에는 공산주의를, 정치적이거나 인종적인 경우에는 식민지주의에 대한 민족주의적 저항의 길을 걷는다.
- A. J. 토인비 《역사의 연구》 中 -

13) p.1218. 프리기아의 수도는 고대 미다스 왕의 거성 고르디움이었다. 여기서 알렉산드로스는 산수유나무 껍질을 꼬아 동여맨 유명한 전차를 보았다. 그런데 고르디움에서는 이 매듭을 푸는 사람이 온 세계를 지배하게 된다는 전설이 전해 내려오고 있었다. 이 끈의 끝부분은 아무도 찾을 수 없도록 복잡한 매듭 속에 감추어져 있었다. 역사가들은, 알렉산드로스가 그것을 찾다가 포기하고는 마침내 칼로 매듭을 잘라버렸다고 한다.
- 플루타르코스 《영웅전 II》 中 -

14) p.803. 확실히 로마 사람은 강한 자였고 고귀한 존재였다. (중략) 그 반대로 유대인은 유별나게 뛰어난 원한의 성직자 민족이며, 민중의 도덕에 관해서 더할 나위 없이 독창성을 구비한 민족이었다.
- F. 니체 《도덕의 계부(동서)》 中 -

15) p.61. **루소**는, 가난한 자, 여인들, 자립적 존재로서 민중을 선호함으로써 철저하게 **그리스도교적 운동** 속에 자리를 차지하고 있다: 그에게서 모든 노예적 과오와 덕들을 관찰할 수 있다. (중략)
그와 반대되는 인물이 **나폴레옹**이다 - 그리스 - 로마적인 데다 인간을 경멸하는 자였다.
- F. 니체 《유고(1884년 초~가을)》 中 -

대립에서 다수 민중의 유대 문명이 승리해 왔다고 말한다. 니체의 이러한 인식에서 그의 귀족적 세계관을 엿볼 수 있다. 이러한 세계관을 가지고 있던 니체에게 나폴레옹의 등장은 알렉산더의 뒤를 이어 **전 세계를 지배**하고 **온 인류를 결합**시킬 수 있는 지상의 신의 등장에 대한 최후의 암시처럼 보였다. 하지만 나폴레옹에 의한 '세계 지배 성취'라는 니체의 소망은 과학 혁명(라이프니츠)과 계몽주의(칸트)로 좌절된다.

> p.449. 라이프니츠 그리고 칸트 — 유럽의 지적 정직성을 저지하는 이 두 거대한 제동장치 — 두 세기의 데카당스를 연결하는 다리 위에 유럽의 통일을, 유럽의 **정치적이고도 경제적인** 통일을 이루어내기에 충분한 천재와 의지라는 막강한 힘이 가시화되었을 때, 독일인들은 세계 지배 성취라는 목적을 가지고, 그들의 '자유전쟁'을 수단으로 마침내는 유럽에서 나폴레옹의 존재가 갖고 있는 의미, 그 기적과도 같은 의미를 결국 없애버리고 말았다.
>
> - F. 니체 《이 사람을 보라(책)》中 -

그렇다고 니체의 소망이 완전히 좌절된 것은 아니었다. 이후에 니체의 귀족주의적 세계관을 계승한 다수의 인물이 등장한다. 대표적인 인물은 히틀러이다. 그는 자신을 알렉산더, 카이사르(시저), 그리고 나폴레옹의 계승자로 생각했다.[16] 그래서 유대 문명을 상징하는 마르크스주의를 분쇄하기 위해 로마 문명을 상징하는 제3 제국을 수립하고 소수의 귀족적

---

16) p.210. 히틀러는 어렸을 때 자신의 결핍을 매우 예민하게 느꼈다. 그래서 평생 동안 자신이 존경하고 본받을 수 있는 강한 남성상을 찾아다닌 것이다. (중략) 나중에는 역사에서 자신의 인도자를 찾고자 했다. 시저, 나폴레옹, 프레데릭 대왕 등은 그가 애착을 보인 몇몇이었다.

- 월터 C. 랑거 《히틀러의 정신분석》中 -

인종에 의한 세계 지배를 감행하게 된다.[17]

여기서 한 가지 지적할 점은 표면상으로는 종교개혁이나 프랑스 혁명이 소수 엘리트에 대한 다수 민중의 반항적 성격을 담고 있지만, 이 두 개의 혁명은 본질에서 상반된 성격을 지니고 있다. 종교개혁이 지상의 신(교황)을 버리고 하늘의 신을 숭배하기 위한 혁명이라면 그와 정반대로 프랑스 혁명은 하늘의 신을 버리고 지상의 신을 숭배하기 위한 혁명이었기 때문이다. 프랑스 혁명과 나폴레옹 이후 유럽에서 자신을 지상의 신으로 생각하는 수많은 광인이 등장한 것은 우연이 아니다. 나폴레옹은 어떻게 한 인간이 하늘의 신에게 반역을 일으켜 지상의 신의 자리를 차지할수 있는지를 보여 준 전형적인 모델이었다. 이제 자신을 신과 같은 존재라고 생각하는 누구라도 지상의 신이 되어 인류를 지배할 수 있게 된 것이다.

스탈린과 히틀러도 서로 다른 시대적 배경과 환경을 가지고 역사 속에 등장했지만, 그들의 목적은 같았다. 그것은 악마의 세 번째 유혹을 받아들여 세계를 지배하고 지상의 신의 영광을 획득하는 것이었다. 이렇게 천민들이 세계를 지배하고 지상의 신이 될 수 있는 이유는 르 봉의 통찰처럼 '무의식에 의해 지나치게 지배되는' 다수 대중이 있기 때문이다. 다수 대중의 무의식은 일시적으로는 신에게 반기를 들기도 하지만, 본능적으로 다시 신의 노예가 되기를 갈망한다.

---

17) p.193. 마르크스주의라는 유대적 교설은 자연의 귀족주의적 원리를 거부하고, 힘과 강력함이라고 하는 영원한 우선권 대신에 대중의 수와 그들의 공허한 무게에 집착한다. 마르크스주의는 그처럼 인간에게 있는 가치를 부정하고, 민족과 인종의 의의에 이의를 제기하며 그와 함께 인간성에 있어서 그 존립과 문화의 전제를 빼앗아가고 만다. (중략)
   유대인이 마르크스주의 신조의 도움을 받아 이 세계의 여러 민족을 이긴다고 한다면, 그들의 왕관은 인류의 죽음을 상징하는 화관(花冠)이 될 것이고, (생략).
   - A. 히틀러《나의 투쟁》中 -

프랑스 혁명이 일어난 것도 로마 가톨릭의 신을 대체할 새로운 신에 대한 갈망 때문이었다. 사도 바울이 하나님 대신 그리스도를 숭배하고, M. 루터의 신앙이 《신약성서》의 교황 대신 《구약성서》의 야훼로 돌아가고, 프랑스 민중이 하늘의 신을 버리고 지상의 신을 찾아낸 것도 그들의 무의식적 욕망을 만족시키고 양심을 안정시켜줄 새로운 신에 대한 갈망 때문이었다.[18] 이러한 새로운 신에 대한 갈망은 항상 살육과 재앙을 몰고 왔다. 그리스도는 인류에게 살육과 재앙을 가져오는 악마의 유혹으로부터 인류를 자유롭게 함으로써 인류 문명을 영속시키고자 했다. 하지만, 2천년이 지나도 세계사는 악마의 세 가지 유혹의 끊임없는 실험장이 되었고 세계사적 재앙은 끊임없이 반복 재현되었다. 그런데 그리스도는 어떻게 인류를 악마의 세 가지 유혹으로부터 자유롭게 하려고 했던 것일까?

악마의 세 가지 유혹의 의미

그리스도가 인류에게 주려고 했던 자유의 의미를 알기 위해서는 한 명의 위대한 정신분석가의 도움을 받지 않으면 안 된다. 독자들은 프로이트를 떠 올리겠지만 그의 이름은 도스토옙스키이다. 그는 《카라마조프의 형제》에서 『대신문관(大訊問官)』이라는 극시(劇詩)의 형식을 통해 그리스도가 인류에게 주려고 했던 자유가 무엇인지에 대하여 보여 주고자 했다.

---

18) p.214. 사람들이 나폴레옹을 믿은 것은 도움과 안정을 주는 인간이 필요했기 때문이다; 바울로가 그리스도를 믿은 것은 그가 집중함으로써 만족을 얻을 대상이 필요했기 때문이다. 루터가 교회에 싸움을 건 것은 스스로 그 이상적 표현이 되고자 하는 그의 진실한 시도가 성공하지 못했고 이것이 전혀 불가능했으며 그 누구에게도 불가능하게 보였기 때문이다. (중략) 그는 교황을 더 이상 믿고 싶지 않았기 때문에 **성서**를 믿었다.

- F. 니체 《유고(1880년 초~1881년 봄)》中 -

참고로 프로이트는 『대신문관』을 세계 문학사상 가장 뛰어난 압권 중 하나라고 평가한다.[19]

이 극시의 시대적 배경은 그리스도가 부활한 지 15세기가 지난 스페인의 세비야이고 이 극시의 주인공인 대신문관은 로마 가톨릭을 대변하는 제사장이다. 극시는 대신문관과 그리스도와의 대화형식으로 꾸며져 있다. 하지만 그리스도의 대답은 일절 없다. 극시는 그리스도가 재림하는 장면으로 시작된다. 그리스도가 재림한 날 대신문관은 100여 명의 이단자를 화형에 처한 후 그리스도를 목격하게 된다. 대신문관은 자신의 호위병을 시켜 그리스도를 감옥에 가두고 저녁에 홀로 그리스도를 방문한다. 그리고 그는 그리스도에게 왜 재림했느냐고 따진다. 대신문관의 요지는 인간의 본성은 그리스도처럼 악마의 세 가지 유혹을 거부할 수 없으므로 그리스도가 재림해서 심판해서는 안 된다는 것이다.

p.413. "바로 그것이 심문관이 말하려는 가장 중요한 대목이야. '무섭고도 지혜로운 악마가' 하고 노인은 말을 이었어. '자멸과 허무의 악마가 광야에서 너하고 말을 주고받은 적이 있었지. 성경이 전하는 바에 의하면 그 악마가 너를 '시험'한 것으로 되어 있는데 그게 사실인지? 그러나 그 악마가 세 가지 물음으로 너한테 고했던 말, 너한테 거절당했던 말, 성경에서 '시험'이라 불리는 그 말보다 더 진실한 말이 과연 어디 있겠는가? 만약에 언젠가 이 땅에서 정말로 위대한 기적이 이루어진 때가 있다고 한다면, 그것은 이 세 가지 시험의 날에 지나지 않은 거야. 즉 이 세 가지 시험 속에 다름 아닌 기적

---

19) p.519. 그는 셰익스피어에 버금가는 자리를 차지하고 있다. 《카라마조프의 형제》는 지금까지 씌어진 가장 장엄한 소설이고 대신문관의 이야기는 세계 문학사상 가장 뛰어난 압권 중의 하나로 보아도 지나친 평가는 아니다.
 - G. 프로이트 《 예술, 문학, 정신분석, 『도스토옙스키와 아버지 살해』》中 -

이 포함돼 있기 때문이지. 가령 여기서 이 무서운 악마의 세 가지 물음이 성경 속에서 자취도 없이 사라져 버려서, 또다시 그것을 성서에 써 넣기 위해 새로이 고안하여 창작하지 않으면 안 되게 되었다고 가정해 보자. 이것을 위해 세계의 모든 현자들—정치가·성직자·학자·철인·시인 등을 모아 놓고 "이 세 가지 물음을 고안해 만들어다오. 그러나 그것은 어디까지나 사건의 위대성에 적용해야 할 뿐더러 불과 세 마디의 말, 세 마디의 인간의 말로 전 세계와 전 인류의 미래사(未來事)를 남김없이 망라해서 표현하지 않으면 안 된다." 이런 과제를 주었다고 하자. 이런 경우, 전 세계의 전지전능을 한데 묶어 짜내 본다 하더라도 그 힘과 깊이에서, 강하고도 현명한 악마가 광야에서 너한테 던진 세 가지 물음에 필적할 만한 것을 과연 그들이 짜낼 수 있을 것인가? 너도 그런 것쯤은 알고 있을 테지.

이 세 가지 물음만으로 판단하더라도, 그 실현의 기적만으로 판단하더라도 변하기 쉬운 인간의 지혜가 아니라 영원하고도 절대적인 영지를 상대로 하고 있다는 것이 판명되지 않느냐 말이다. 왜냐하면 이 세 가지 물음 속에 인간의 전 미래사가 하나의 완전한 모양으로 집약되고 있을 뿐만 아니라 지상에 있어서의 인간성의 역사적 모순을 남김없이 집약한 세 가지 형태로 나타나 있기 때문이지. 그야 물론 미래를 알 수 없기 때문에 그때만 해도 이런 것은 잘 몰랐을 테지만, 그로부터 15세기라는 세월이 흐른 오늘날에 와서는 이 세 가지 물음 속에 무엇 하나 증감할 수 없을 만큼 모든 것이 예언되었고, 또 그 예언대로 모두 맞아 들어가고 있다는 것을 잘 알 수 있지 않느냐 말이다. 도대체 어느 쪽 말이 옳은가 너 자신이 판단해 봐라—네가 옳은가, 아니면 그때 너를 시험한 자가 옳은가?

- 도스토옙스키 《카라마조프의 형제》 상 中 -

악마는 그리스도가 재림할 필요가 없다는 증거로 세계사를 제시한다. 대신문관이 악마의 세 가지 물음 속에 '인간의 전 미래사가 하나의 완전한 모양으로 집약되어 있다'라고 말한 것은 세계사는 악마의 세 가지 물음 속에 들어있는 **세 가지 기적의 요소**를 실현하기 위한 시험의 산물이라는 뜻이다. 프랑스 혁명을 예로 들면 첫 번째 기적의 요소는 부르주아들이 프랑스 민중에게 약속한 **지상의 빵**이었고, 두 번째 기적의 요소는 **자유와 평등과 박애**라는 지상의 신앙이었으며, 세 번째 기적의 요소는 **나폴레옹**이라는 지상의 신이었다.

다른 세계사적 사건도 이와 똑같은 세 가지 기적의 요소가 들어있다. 러시아의 볼셰비키 혁명에서도 첫 번째 기적의 요소는 볼셰비키가 민중에게 약속한 **토지와 빵**이었고, 두 번째 기적의 요소는 **분배의 평등**이라는 지상의 신앙이었으며 세 번째 기적의 요소는 **스탈린**이라는 지상의 신이다. 볼셰비키는 자신들의 혁명이 프랑스 혁명처럼 끝나지 않게 하려고 노력했지만, 악마의 세 가지 유혹을 거부할 수는 없었다.[20] 마찬가지로 독일 민족은 **경제 부흥**이라는 지상의 빵과 **게르만 민족의 세계 지배**라는 지상의 신앙에 매혹되었지만, 그 결과는 **히틀러**라는 지상의 신에 대한 숭배로 끝이 났다. 대신문과의 말처럼 인류는 그리스도처럼 악마의 세 가지 유혹을 분연히 거부할 수 없었다. 르 봉도 프랑스 혁명에서 이러한 세 가지 기적의 요소가 작용하고 있음을 발견했다.

p.91. 이 감정은 아주 단순한 특징들을 지니고 있다. 즉 우월하다

---

20) p.86. 볼셰비키는 프랑스 혁명이 나폴레옹 같은 인물로 끝나 버린 것을 알고 있었으므로, 자신들의 혁명이 같은 종말을 짓지 않을까 하고 두려워했습니다. 그래서 그들은 자기들 가운데에서 가장 나폴레옹을 닮은 트로츠키라는 인물을 경계하고, 나폴레옹을 가장 덜 닮은 스탈린이라는 인물을 믿었던 것입니다.
- E. H. 카 《역사란 무엇인가?》 中 -

고 여겨지는 존재에 대한 숭배, 그 존재가 갖고 있다고 여겨지는 권력에 대한 공포, 그 존재의 명령에 대한 맹목적 복종, 그의 교리들을 논하는 것의 불가능함, 그 교리들을 전파하고 싶은 욕망, 그리고 그 교리들을 받아들이지 않는 모든 사람들을 적으로 생각하는 경향 등이 그것들이다. 이 감정이 보이지 않은 하나님을 향하건, 돌로 만든 우상 또는 영웅이나 정치적 이념을 향하건 간에 상관없이 그것의 본질은 항상 종교적인 것으로 남아 있게 된다. 또 거기에는 초자연적인 것과 불가사의한 것도 존재한다. 군중은 그들을 순간적으로 열광시키는 정치적 주장이나 승리를 거둔 지도자에게 동일한 신비스러운 권력을 부여한다.

- G. 르 봉 《군중심리학》 中 -

르 봉은 대중 심리가 아주 단순한 특징을 가지고 있다고 말하며 그것을 세 가지로 묘사하고 있다. 첫 번째가 '우월하다고 여겨지는 존재에 대한 숭배', 두 번째가 '그 존재가 갖고 있다고 여겨지는 권력에 대한 공포', 그리고 세 번째가 '그 존재의 명령에 대한 맹목적 복종'이다. 대중 심리가 가진 이러한 세 가지 특징은 악마의 세 가지 물음 속에 있는 세 가지 기적의 요소와 같다는 것을 알 수 있다. 다만 르 봉은 다수 대중의 관점, 즉 피지배자의 관점에서, 악마는 그리스도의 관점, 즉 지배자의 관점에서 설명하고 있다는 점이 다르다.

르 봉이 발견한 대중 심리의 첫 번째 특징인 우월한 존재에 대한 숭배는 악마의 첫 번째 유혹인 모든 돌을 빵으로 만드는 기적을 행하는 존재에 대한 민중의 복종과 같다. 두 번째 특징인 우월한 존재가 가지고 있는 권력에 대한 공포는 악마의 두 번째 유혹인 성전 꼭대기에서 뛰어내려도 죽지 않는 신비한 존재에 대한 두려움과 다르지 않다. 인간은 자신이 이해할 수 없는 현상을 기적과 신비라고 부르며 그러한 기적과 신비를 보여 주는 존재에게 두려움을 느끼고 그 존재에게 자신을 지배할 수 있는 권력을 부여한다. 세 번째 특징인 우월한 존재의 명령에 대한 맹목적 복종은 악마의 세 번째 유혹인 세계를 지배하는 존재의 명령에 대한 맹목적 복종과 똑같다.

그런데 앞서 르 봉은 대중은 무의식에 의해서 지나치게 지배된다고 말한 바 있는데 다수 대중이 우월한 존재에게 가지는 세 가지 특징은 다름 아닌 인간의 무의식 속에 있는 세 가지 욕망이라고 할 수 있다. 따라서 악마의 세 가지 유혹도 인간의 무의식 속에 있는 세 가지 욕망을 상징한다. 차이점은 다수 대중의 무의식은 우월한 존재에게 복종하고 그를 숭배하며 그에게 **지배되기를** 욕망한다면 소수 지배자의 무의식은 다수 대중의 복종과 숭배를 갈망하고 다수 대중을 **지배하기를** 욕망한다는 점이다. 악마는 그리스도가 인간의 무의식 속 세 가지 욕망을 만족시켜 줄 때 인간의 복종과 숭배를 끌어낼 수 있다고 그리스도를 유혹한 것이다.

또 도스토옙스키가 악마의 세 가지 물음이 '인간 본성의 역사적 모순을 남김없이 집약한 세 가지 형태'라고 말한 이유는 인간의 의식적 소망과 무의식적 욕망은 서로 모순되기 때문이다. 프랑스 혁명에서 고찰한 것처럼 인간의 의식적 소망은 자유와 평등을 갈망하는 것처럼 보이지만 인간의 무의식적 욕망은 복종과 숭배를 갈망한다. 악마의 세 가지 물음이 악마의 유혹인 이유는 무의식이 의식을 지나치게 지배함으로써 세계의 질서를 결정하기 때문이다. 그 '세 가지 형태'가 1) **화폐의 질서, 2) 종교의 질서, 3) 제국의 질서**이다.[21] 지상의 빵에 대한 무의식적 복종과 숭배

---

21) p.246. 기원전 첫 밀레니엄 동안, 보편적 질서가 될 잠재력이 있는 후보 세 가지가 출현했다. 세 후보 중 하나를 믿는 사람들은 처음으로 세계 전체와 인류 전체를 하나의 법체계로 통치되는 하나의 단위로 상상할 수 있었다. (중략) 최초로 등장한 보편적 질서는 경제적인 것, 즉 화폐 질서였다. 두 번째 보편적 질서는 정치적인 것, 즉 제국의

가 사회적 질서로 발현된 것이 **화폐의 질서**이고, 지상의 신앙에 대한 무의식적 복종과 숭배가 사회적 질서로 발현된 것이 **종교적 질서**이며, 지상의 신에 대한 무의식적 복종과 숭배가 사회적 질서로 발현된 것이 **제국의 질서**이다. 지난 3천 년간의 세계사는 인류가 악마의 세 가지 유혹을 이 지상에 실현하기 위한 야심 찬 시도의 결과물이라고 할 수 있다.

이러한 인간 본성의 모순으로 인해서 이상주의자들의 의식적 소망은 무의식적 욕망에 의해서 지배되는 천민들에 의해서는 달성될 수 없었던 것이었다. 르 봉이 다수 대중의 출현이 서구 문명의 마지막 단계일 것이라고 결론 내린 것은 대수 대중의 무의식적 욕망이 추구하는 목표는 이미 결정되어 있기 때문이다. 마치 각본에 따라서 연기하는 드라마의 등장인물들처럼 다수 대중은 악마의 세 가지 유혹에 따라 '**시계처럼 정확하게**' 심판의 날을 향해 가고 있다.[22] 소수 지배자가 지배하는 시대에는 그러한 운명을 때때로 비껴가기도 하지만 다수 대중은 그럴 수가 없다. 따라서 다수 대중에 의해 인도되는 인류 문명은 필연적으로 **자살**이라는 결론에 이를 수밖에 없으며 인류는 그 결과를 감수해야 할 것이다.[23]

질서였다. 세 번째 보편적 질서는 종교적인 것, 즉 불교, 기독교, 이슬람교 같은 보편적 종교의 질서였다.

(중략)

지난 3천 년간 사람들은 이런 지구적 비전을 실현하기 위해서 점점 더 야심 찬 시도를 했다.

- Y. 하라리 《사피엔스》 中 -

22) p.10. 그 시기의 각 단계는 저마다 시계처럼 정확하게 작동하는 심리학적 법칙들에 의해서 일어난 사건들을 보여 주고 있다. 이 극적인 드라마의 행위자들은 사전에 미리 정해져 있는 드라마의 등장인물들처럼 움직인 것 같다. 각 행위자들은 자신이 해야 할 말을 하고, 해야 할 행동을 한 것처럼 보이는 것이다.

- G. 르 봉 《프랑스 혁명과 혁명의 심리학》 中 -

23) p.323. 우리는 쇠퇴한 문명이 죽게 된 것은 자객의 습격을 받아서가 아님을 증명했으나, 그 문명이 습격을 받아 폭력의 희생이 되어 쓰러졌다는 주장에 반대할 어떤 이유도 발견하지 못했다. 그리하여 거의 모든 경우에 자살이라는 판정을 내렸다.

p.33. 모든 민족에게서 우리가 목격할 수 있는 보편적 징조는 군중의 힘이 급격히 성장하고 있다는 것이다. 이 성장이 우리에게 어떤 결과를 가져오든, 우리는 그것을 감수해야 할 것이다. 그리고 이 성장을 비난해 봤자 아무 소용없는 발언에 불과할 것이다. 군중의 출현은 아마도 서구 문명의 마지막 단계들 중 하나를 기록할 것이며, 새로운 사회의 시작에 앞서서 혼란스럽고 무질서한 시기로 복귀하는 것일 수 있다. 그러나 어떻게 그것을 막을 수 있단 말인가?

지금까지 낡은 문명을 이처럼 엄청나게 파괴한 것은 군중의 가장 분명한 역할이었다. 역사는 다음과 같은 사실을 가르쳐준다. 즉, 사회의 뼈대를 이루던 도덕적 힘이 그 영향력을 잃은 그 순간, 문명의 최종적 해체는 야만인이라고 불릴 수 있는 무의식적이고 잔혹한 다수의 군중에 의해서 이루어졌다. 이들이 등장하기 전까지 문명은 결코 군중이 아니라 소수의 지적(知的) 엘리트층에 의해서 창조되고 인도되어 왔다. 군중은 파괴를 할 때에만 힘을 가진다.

- G. 르 봉 《군중심리학》中 -

지금까지 인류 문명은 무의식에 지배되는 다수 민중이 아니라 창조적인 소수 엘리트에 의해서 인도되어 왔다. 창조적인 소수 엘리트에 의해서 탄생한 성장기 문명은 그 열등한 자손들에 의해서 필연적으로 쇠퇴하게 되면서 문명은 해체되기 시작한다. 창조적인 소수 엘리트의 지배 아래서 그 과실을 누렸던 다수 민중은 해체기 문명에서는 혁명을 일으키고 그중에서 창조적인 소수 엘리트가 새로운 지배자가 된다.[24] 역사는 반복 재현

- A. J. 토인비 《역사의 연구》中 -

24) p.78. 성장기 문명의 창조적 소수가 타락하거나 또는 퇴화해 해체기 문명의 지배적 소수자가 된다는 것은 그 사회가 동적인 활동으로부터 정적인 상태로 들어갔다는 말을 바꿔 이야기한 것이다. 이 정적인 상태에 대한 동적인 반동으로서 프롤레타리아는

되고 소수 지배자는 순환한다. 하지만 더 이상 역사의 반복 재현은 일어날 수 없게 되었다. 지금 시대에는 다수 대중이 소수 지배자를 떠나 이동할 수 있는 새로운 환경이 존재하지 않기 때문이다. 대신문관의 말처럼 21세기라는 세월이 흐른 오늘날에 와서야 악마의 세 가지 물음 속에 예언된 미래는 '무엇하나 증감할 수 없을 만큼' 현실이 되었다. 그리스도는 악마의 세 가지 유혹을 거부함으로써 인류를 **'자기의 높이에까지'** 끌어올리려고 했지만, 인류는 여전히 악마의 세 가지 유혹의 **'노예'**로 살고 있다 ('인간은 **원래 반역자**로 태어났다'라는 의미는 이후에 설명하기로 한다). 악마의 말처럼 그리스도는 인간을 과대평가한 것일까?

> p.420. 그러나 너는 인간을 너무 높이 평가했어. 왜냐하면 그들은 원래가 반역자로 태어났음에도 불구하고 역시 노예에는 틀림없기 때문이야. 잘 보고 판단해 봐라. 그때부터 벌써 15세기가 지났으니, 네가 자기의 높이에까지 끌어올린 상대가 대체 어떤 존재들인가를 직접 관찰해 봐라. 나는 단언하거니와 인간이란 네가 생각했던 것보다는 훨씬 약하고 비열하게 만들어져 있어! 도대체 네가 한 것과 같은 일을 인간이 해낼 수 있다고 생각하느냐? 그토록 인간을 존경했기 때문에 오히려 너의 행위가 그들에게 동정을 품지 않은 것으로 되어 버렸단 말이야. 그것은 네가 그들에게 너무나 많을 것을 요구했기 때문이야. 이것이 인간을 자기 자신보다 더욱 사랑한 너의 짓이었다고 할 수 있을까? 만약에 네가 그렇게까지 그들을 사

새로운 환경으로 이동한다. 우리는 이와 같은 관점에서, 프롤레타리아가 지배적 소수자로부터 떠남으로써 새로운 문명이 탄생하는 것은, 원시사회에서 문명이 탄생하는 전환의 경우와 마찬가지로 사회가 정적인 상태에서 이를테면 기본체제에 대한 혁명처럼 동적인 활동으로 옮겨가기 때문이라는 것을 알 수 있다.

- A. J. 토인비 《역사의 연구》中 -

랑하지 않았다면, 그들에게 그렇게까지 많을 것을 요구하지는 않았을 게다. 그리고 그쪽이 오히려 사람에 가까웠을지도 모른다. 즉 그들의 부담이 가벼워질 테니까.

– 도스토옙스키 《카라마조프의 형제》 상 中 –

악마의 첫 번째 유혹 = 복종 욕망

결국, 인류의 미래사는 악마의 세 가지 실험이 실현되고 그러한 세상을 심판하기 위한 그리스도의 재림으로 끝나는 것일까? 도스토옙스키는 『대신문관』을 통해 인류에게 아직 희망이 남아 있다는 것을 보여 주고자 했다. 그 희망은 인류가 인간 본성의 역사적 모순으로부터 자유롭게 되는 것이다. 이것이 그리스도가 인류에게 주려고 했던 자유의 본질이다. 자유의 본질을 알기 위해서는 먼저 세 가지 형태의 인간 본성의 역사적 모순에 대해서 이해할 필요가 있다. 악마의 첫 번째 질문에는 인간 본성의 첫 번째 역사적 모순이 집약되어 있다.

p.414. 첫째 질문을 상기해 봐라. 말은 좀 다를는지 몰라도 뜻은 이런 거니까-"너는 지금 세상으로 나가려 하고 있다. 그것도 자유의 약속이니 뭐니 하는 걸 가졌을 뿐 맨손으로 나가려 하고 있다. 그러나 원래가 어리석고 비천한 민중은 그 약속의 뜻을 이해하지 못하고 오히려 두려워하고 있다. 왜냐하면 인간이나 인간 사회에 있어 자유보다 더 견디기 어려운 것은 없으니까! 이 메마른 벌거숭이 광야에 뒹구는 돌들을 보라. 만일 네가 이 돌을 빵으로 만들 수가 있다면 전 인류는 유순하고 점잖은 양떼처럼 너의 뒤를 따르리라. 그

리고 네가 혹시 빵을 주지 않지나 않을까 하여 끊임없이 전전긍긍하리라." 그러나 너는 민중한테서 자유를 빼앗기를 원치 않았기 때문에 이 제의를 거부해 버렸던 거다. 너의 생각으로는 만약에 그 복종이 빵으로 살 수 있는 것이라면 어떻게 거기 자유가 존재할 수 있겠느냐 하는 것이었다. 그때 너는 "사람은 빵만으론 살 수 없다"고 대답했지만 그러나 다름 아닌 그 빵의 이름으로 이 지상의 악마가 너한테 반기를 들고 너하고 싸워 승리를 거두고, 모든 사람들은 "이 짐승을 닮은 자야말로 하늘에서 불을 훔쳐다가 우리에게 준 자다"라고 부르짖으면서 그 악마의 뒤를 따라 가고 있는 것을 너는 모르느냐?

- 도스토옙스키 《카라마조프의 형제》 상 中 -

악마의 첫 번째 유혹은 그리스도가 지상의 모든 돌을 빵으로 만드는 기적을 보여 줌으로써 인간의 복종을 얻는 것이었다. 르 봉이 모든 혁명은 굶주림에서 시작한다고 말했듯이 프랑스 혁명은 굶주린 민중을 선동한 부르주아에 의해 시작되었다. 소비에트 혁명도, 히틀러의 제3 제국도 굶주린 민중 없이는 성공할 수 없었다. 물론 민중이 자신에게 빵을 주는 존재에게 복종하는 것이 당연하게 보일 수 있다. 그런데 도스토옙스키는 '인간에게 있어 자유보다 더 견디기 어려운 것은 없다'라고 말한다. 이를 해석하자면 자유보다 더 견디기 어려운 것은 없으므로 인간은 빵을 얻기 위해서가 아니라 복종 그 자체를 위해서 우월한 존재에게 복종한다는 것이다. 이것이 인간 본성의 첫 번째 역사적 모순이다. 그것은 인간은 자유롭게 태어났지만, 긴 세월을 두고 복종을 갈망하도록 훈련되어 왔다는 것이다.

p.712. 어느 시대를 막론하고 인간이 존재하는 한, 집단을 이룬 인간의 무리들이 있었다. '혈족, 공동체, 혈통, 민족, 국가, 교회' 또한 소수의 명령자에 대해 다수의 복종자가 있었다. 그리하여 인간들 사이에 지금까지는 복종이 가장 잘, 그리고 긴 세월을 두고 행해지고 훈련되어 왔다. 도덕으로 우리는 이런 가정을 할 수 있다. - 모든 평범한 인간은 일종의 형식적 양심으로 '그대는 무엇을 무조건 행하라. 무조건 행하지 말라'- 즉 '그대는 해야 한다' 고 하는 데 대한 타고난 욕구를 갖고 있다. 이런 욕구는 만족을 찾고, 그 형식을 어떤 내용을 갖고서 충족시키려고 한다. 그리고 그 억세고 기다릴 수 없는 긴장 때문에 마치 게걸스러운 식욕처럼 분별없이 손을 내밀어서, 명령하는 것이면 무엇이든 - 부모건, 교사건, 법률이건, 계급적 편견이건 간에 그 말하는 것을 받아들인다. 인류의 발견은 이상하리만큼 제한되어 있고, 주저하고 완만한 것이며, 자주 역행하고 회전하는데, 그 이유는 복종이라는 무리의 본능이 가장 잘 유전되어, 그 때문에 명령의 기능을 희생한 데 있는 것이다. 이러한 본능이 그 극한에까지 진행되었을 때를 생각해 보면, 결국에는 명령하는 자나 독립한 자는 그 흔적도 없어지게 되거나, 자신에 대한 마음 속 깊은 곳으로부터 양심의 가책을 받고, 명령을 하기 위하여 일종의 자기기만을 행하지 않을 수 없게 될 것이다. 즉, 다른 사람에게 명령을 할 수 있기 위해서 마치 자신이 누군가에게 봉사하고 있는 듯이 생각해 버린다. 이런 현상은 오늘날 유럽에서는 사실이다.

- F. 니체 《선악을 넘어서(동서)》 中 -

니체는 인간을 소수 명령자와 다수 복종자로 나눈다. 그에 따르면 복종자가 다수가 된 까닭은 긴 세월을 두고 복종하도록 훈련되었기 때문이다.

복종 훈련은 부모(특히 아버지)와 훗날 부모를 대신하는 교사, 상관(계급), 성직자, 영주, 군주 등에 의해서 이루어진다.[25] 니체는 복종의 심리적 메커니즘을 정확하게 간파하고 있는데 그것은 복종이 다른 사람에게 명령할 수 있기 위해서 누군가에게 복종해 버리는 일종의 자기기만에서 생겨난다는 것이다. 정신분석학에서는 이러한 정신 현상을 **동일시**라고 하는데 동일시는 아버지와 아들의 관계처럼 명령과 복종의 관계를 자기 내면에 흡수해서 훗날 타인에게 그대로 반복재현하는 심리적 알고리즘을 말한다.

인간의 복종 욕망이 인류에게 위협이 되는 이유는 복종 욕망 그 자체에 있는 것은 아니다. 악마의 첫 번째 유혹이 '무섭고 강한' 이유는 인간의 **'게걸스러운 식욕과 같은'** 복종 욕망을 잘 알고 있는 지상의 악마가 모든 인간에게 빵을 줄 수 있다는 기적을 약속하고 인간의 무의식을 지배하게 됨으로써 인류에게 재앙을 가져올 수 있기 때문이다. 히틀러가 인류 문명을 야만의 시대로 되돌려놓을 수 있었던 이유도 인간이 자유보다는 복종을 더 좋아한다는 것을 간파하고 독일 민족에게 기적을 약속함으로써 그들의 복종 욕망을 이용할 수 있었기 때문이었다.[26] 이렇게 인류 문명의

---

25) p.710. 부모는 부지중에 자식을 자기와 닮은꼴로 만들어 간다. 도덕을 가리켜 그들은 '교육'으로 부른다. (중략) 제 자식을 자기의 관념과 가치 평가에 복종시킬 권리가 자기에게 있는가의 여부를 묻는 아버지는 한 사람도 없다. 옛날에는 아버지가 새로 태어난 자식의 생사권을 갖는 것은 당연하다고 생각되었다. 아버지를 대신하는 것이 현대에 와서는 교사이며, 계급이며, 성직자이며, 영주이고, 그들은 새 인간들을 보면 새로운 소유의 기회가 왔다고 믿는다.

- F. 니체《선악을 넘어서(동서)》中

26) p.171. 대중 또한 애원하는 자보다는 지배하는 자를 더 좋아하고 자유주의적인 자유를 시인하는 것보다는 다른 교설의 병존을 허용하지 않는 교설에 의해 속으로 한층 더 만족감을 느낀다. 그들은 또 그것을 어떻게 다루어야 할 것인가를 모르기 때문에 자유를 주면 이내 버림받을 것 같은 불안을 느낀다.

- A. 히틀러《나의 투쟁》中 -

진보가 '이상하리만큼 제한되어 있고, 주저하고 완만하며 자주 역행하고 회전하는' 이유는 인간이 자신의 **명령 본능**을 희생하고 **복종 욕망**을 발달시켰기 때문이다.

특히 도스토옙스키는 마르크스 사상을 인류에게 가장 큰 위협 중 하나로 보았다. 그 이유는 모든 인간에게 지상의 빵을 공평하게 분배하겠다는 주장 자체가 실현 불가능한 주장이기 때문에 역설적으로 이러한 주장은 기적의 요소를 갖게 되기 때문이다. 다수 대중은 그 사상의 실현이 불가능하면 할수록 더 강한 신념을 가지고 그 주장을 옹호한다. 인간의 행동이 이렇게 일견 모순적으로 보이는 이유는 의식과 무의식의 괴리에서 발생한다. 의식은 자신을 아주 논리적이고 합리적이라고 생각하지만, 무의식은 매우 비논리적이고 불합리하기 때문이다.[27] 히틀러가 대중 심리는 '유약한 것이나 적당한 것에는 절대 반응하지 않는다'라고 말한 것도 인간의 무의식은 합리주의보다는 과대주의를 훨씬 더 선호하기 때문이다.[28] 인간의 무의식이 과대주의를 선호하는 이유는 무의식 속에 남아 있는 유아기 초기의 '맛있는 것', 즉 어머니 젖에 대한 갈망의 흔적 때문이다. 니체가 복종 욕망을 **'게걸스러운 식욕'**에 비유한 이유도 그 기원이 어머니 젖에 대한 갈망에 있기 때문이다. 어린아이처럼 대중의 무의식은 만

---

27) p.441. 무의식은 비논리의 왕국이라 말할 수 있다. 반대되는 목적을 가진 욕구들이 무의식에서는 병존하며, 이들을 서로 조정하려는 욕구도 일어나지 않는다. 이들은 서로 전혀 영향을 미치지 않거나, 미친다 하더라도 어떤 결정이 내려지는 것이 아니라 타협이 이루어지는데, 이 타협이란 그것이 서로 화해할 수 없는 내용들을 포함하고 있으므로 불합리한 것이다.

- S. 프로이트 《정신분석학 개요》 中 -

28) p.74. 대중 전체의 정신은 유약한 것이나 적당히 하는 것에는 절대 반응하지 않는다. 여자처럼 그 영혼의 감수성은 추상적인 이성보다 권력을 따르려는 불확실한 정서적 갈망에 의해 결정된다. 그러한 이유로 그들은 약자보다는 강자에게 복종하기를 더욱 원하고, 탄원자보다는 지배자를 더 좋아한다. [A. 히틀러, 《나의 투쟁》]

- 월터 C. 랑거 《히틀러의 정신분석》 中 -

족을 모른다.

　　p.325. (각주) 꿈에서의 큰 것, 아주 많은 것, 과도한 것, 엄청난 것 역시 어린 시절의 특성일 수 있다. 어린이가 가장 갈망하는 소원은 어른이 되는 것, 무엇보다도 어른들처럼 많이 갖고 싶은 것이다. 어린이를 만족시키는 어렵다. 어린이는 만족이라는 것을 모르며, 자신의 마음에 들거나 맛있는 것은 한없이 바란다. 〈절제〉, 사양, 체념하는 법은 교육훈련을 통해 비로소 배운다. 익히 알려진 바와 같이 신경증 환자들도 무절제하고 도에 넘치는 경향을 보인다. - 원주.

　　　　　　　　　　　　　　　- S. 프로이트 《꿈의 해석》 中 -

　　유아는 어머니 자궁 밖으로 나오면 자신이 죽어 없어질 것과 같은 불안(공포)을 느낀다(이러한 불안을 소멸 불안, 멸절 불안 등으로 번역하고 있으나 이 책에서는 죽음 불안으로 통일해서 사용한다).[29] 이때 유아의 죽음 불안을 감소시켜주는 것이 어머니의 젖이다. 유아는 죽음 불안을 경험하지 않으려고 **과도하게** 어머니 젖을 갈망하게 되고 이러한 패턴은 반복된다. 이러한 반복된 패턴에는 '우선권'이 주어져 하나의 심리적 알고리즘으로 무의식 속에 저장된다.[30] 이러한 원인으로 인해서 인간은 무의식

---

29) p.135. 첫 번째 유형은 일반적으로 **소멸 불안**(annihilation anxiety)이라 불리는 것으로, 자기가 전멸되고 누군가에게 함입되어 죽어 없어질 것이라는 공포를 말한다. (중략) 우리 대부분은 이처럼 강렬하고 유아적인 초기 상태의 공포를 경험하지 않으려고 강력한 방어를 행사하기 때문에, 이를 성공적으로 억제하지 못한 사람들이 겪는 고통의 심각성을 이해하기 쉽지 않다.

　　　　　　　　　　　　　- N. 맥윌리엄스 《정신분석적 사례이해》 中 -

30) p.233. 신경 반응이 시간에 따라 감소하는 현상도 관찰되었다. 특히 특정 자극이 반복적으로 주어질 때 그렇다. 이렇게 신경이 자극에 적응하면 새로운 패턴의 자극에 우선권이 주어지는 장점이 있다.

　　　　　　　　　　　　　- R. 커즈와일 《특이점이 온다》 中 -

적으로 과대주의를 선호하게 된다.

하지만 모성적 돌봄이 완벽할 수 없으므로 유아의 어머니 젖에 대한 갈망은 완전히 충족되지는 않는다. 이때 유아는 자신의 갈망을 충족시키기 위해서 환상을 만들어 낸다. 말하자면 어머니 젖과 유사한 대상을 이용해서 죽음 불안을 회피하는 것이다. 가장 원시적인 대상이 자신의 엄지손가락이다. 엄지손가락을 빨면서 유아는 어머니 젖을 빠는 것과 같은 환상속에서 불안을 회피할 수 있다. 이러한 환상도 반복되면 하나의 심리적알고리즘으로 무의식 속에 저장된다. 소아과 의사이자 정신분석가인 D. 위니캇은 이렇게 어머니 젖을 대리하는 대상을 '중간 대상'이라고 부르고 이러한 중간 대상을 이용해서 자신의 갈망을 대리 만족시키는 정신 현상을 '중간 현상'이라고 부른다. 중간 대상과 중간 현상은 유아의 환상 세계와 현실 세계를 연결해주는 매개물로서 기능한다고 할 수 있다.[31]

어머니 젖의 좀 더 성숙된 중간 대상은 **지상의 빵(소유욕)**과 **성적 대상(사랑)**이다. 두 단어는 매우 상이하게 보이지만 동일한 충동의 두 가지 이름이다.[32] (이 장에서는 지상의 빵에 초점을 맞추어 논의를 전개하고 있다). 인간만이 성적 대상의 젖가슴을 중요하게 생각하는 이유도 무의식속에 어머니 젖에 대한 갈망의 흔적이 남아 있기 때문이다. 또 인간만이 돈과 재산과 같은 지상의 빵에 집착하는 이유는 그러한 대상에서 굶주림

---

31) p.216. 위니캇에게 있어서, 모든 중간 현상의 본질적인 의미는 그것이 절대적 의존기의 전능인 환상 세계와 상대적 의존기의 현실 세계 사이를 연결시켜주는 매개물로서 기능한다는 것이다. (중략) 최초의 중간 경험은 "내 것(mine)"인 동시에 "내 것이 아닌 것(mine)" 모두를 포함한다. (중략) 엄지손가락 빨기는 근육의 사용능력을 요하는 중간 현상의 또 다른 예이다.
　　　　　　　　　　　　　　- F. 써머즈 《대상관계 이론과 정신병리학》 中 -
32) p.85. 소유욕과 사랑, 이 두 단어에서 우리가 각각 느끼는 것은 얼마나 상이한가! 하지만 이것은 동일한 충동이 두 가지 이름으로 불리는 것일 수 있다.
　　　　　　　　　　　　　　　　　　- F. 니체 《즐거운 학문(책)》 中 -

의 해소라는 추상적 개념을 추출해서 어머니 젖의 중간 대상으로 이용할 수 있기 때문이다. 이렇게 어머니의 젖가슴은 **사랑**(성적 대상)과 **굶주림**(지상의 빵)이 동시에 만나는 곳이라고 할 수 있다.

> p.254. ⋯ 그때 세 여인과 관련하여 인간의 운명을 엮는 세 여신이 뇌리에 떠올랐다. 꿈에 나타난 세 여인 중의 한 사람, 즉 여관 주인이 생명을 주고 때로는 내 경우처럼 최초의 영양분도 주는 어머니라는 것을 알 수 있다. 여인의 가슴은 사랑과 굶주림이 만나는 곳이다.
>
> - S. 프로이트 《꿈의 해석》 中 -

그렇다고 인간의 무의식이 **기적**에 매혹되는 이유가 어머니 젖 자체 때문은 아니다. 유아기 초기에 유아는 자신과 어머니를 구별하지 못하기 때문에 배가 고프다고 **생각**하거나 불쾌감을 느껴서 **울면(말하면)** 어머니가 즉시 해결해 주므로 유아는 자기 생각과 말이 마치 **기적**처럼 실현된다고 느끼게 된다. 이러한 기적에 대한 경험의 흔적으로 인해서 인간은 '아주 많은 것, 과도한 것, 엄청난 것'을 갈망하게 된다. 수많은 사람이 마르크스주의에 경도(傾倒)되는 이유도 마르크스 사상이 가지고 있는 기적의 요소가 인간의 이러한 원시적 충동을 자극하기 때문이다. 마르크스주의는 '인류가 애타게 호소하고 있는' 기적에 대한 무의식적 갈망(정신적 갈증)을 만족시켜 줌으로써 로마 가톨릭이 상실한 정신적 권위를 차지한다.

> p.836. "⋯ 사회주의라는 것도 결국은 가톨릭과 그 교리의 산물이지 않습니까! 사회주의라는 것도 그 형제나 다름없는 무신론과 마찬가지로, 가톨릭에 대한 회의감에서 파생된 것입니다. 가톨릭과

반대되는 정신적 입장을 취하고 있긴 하지만, 사회주의는 종교가 상실한 정신적인 권위를 차지하려 하고, 인류가 애타게 호소하고 있는 정신적 갈증을 해소하려 하고, 인류 구원을 〈그리스도〉가 아닌 〈폭력〉을 통해 얻으려 한다는 점은 가톨릭과 별다른 점이 없습니다. 사회주의 역시 폭력에 의한 자유, 칼과 피에 의한 결속을 다지려는 것에 불과합니다. …"

- 도스토옙스키 《백치(열린)》 하 中 -

마르크스주의가 무신론과 형제나 다름없는 이유는 하늘이 아닌 이 지상에 천국을 세우려 하기 때문이다. 그런데 도스토옙스키는 마르크스주의처럼 로마 가톨릭이 **'그리스도가 아닌 폭력을 통해'** 인류를 구원하려 한다고 주장한다. 이후에 좀 더 논의되겠지만 도스토옙스키가 이렇게 주장하는 이유는 로마 가톨릭이 악마의 세 번째 유혹에 사로잡혀 정신적인 칼 대신에 **'물질적인 칼'**을 휘둘렀기 때문이다.[33] 이러한 관점에서 마르크스주의도 일종의 종교적 교리라고 할 수 있다. 다만 로마 가톨릭의 교리는 천국에서 증명할 수 있으므로 그 권위를 잃는 데 오래 걸리지만, 마르크스주의는 그렇지 않으므로 로마 가톨릭의 자리를 오랫동안 차지하지는 못했다.

---

33) p.410. 교황청이 어떻게 자신이 물리치려고 했던 물리적 폭력의 악마에 사로잡히게 되었는지를 설명할 수 있었다면, 우리는 또한 교황청의 미덕이 악덕으로 바뀌게 된 다른 이유들도 설명할 수 있을 것이다. 물질적인 칼이 정신적인 칼을 대신하게 되었다는 것이 근본적인 변화이며, 그 뒤는 모두 그로 인해 비롯된 결과이기 때문이다. 예를 들면, (중략), 14세기에 와서 교황청 자신을 위해 세금을 부과하게 된 것은 무슨 까닭인가? 답은 간단하다. 교황청은 군국주의적으로 변했고 전쟁에는 돈이 필요하기 때문이다.

- A. J. 토인비 《역사의 연구》中 -

p.11. 지금의 사회주의는 그 권력의 비밀인 종교의 형태를 매우 빨리 취하고 있다. 그 이유는 사회주의가 인류 역사에서 무척 드문 시기에, 말하자면 옛날의 종교들이 힘을 잃고(사람들은 자신들의 신에 지쳐 있다) 새로운 신앙이 나타날 때까지 그저 묵인되고 있는 때에 등장했기 때문이다. 옛날의 신들의 권력이 크게 약해진 바로 그 시점에 나타난 사회주의는 자연히 옛날 신들의 자리를 차지하게 되어 있다. 사회주의가 그 자리를 차지하지 못할 것이라는 점을 보여주는 근거는 하나도 없다. 그러나 사회주의가 그 자리를 오랫동안 차지하지 못할 것이라는 점을 뒷받침하는 근거는 아주 많다.

- G. 르 봉 《사회주의의 심리학》中 -

도스토옙스키의 예언처럼 프랑스 혁명 이후 등장한 히틀러와 스탈린과 같은 '짐승을 닮은 자'들은 그리스도가 거부한 지상의 빵의 이름으로 다수 민중을 복종시킴으로써 그리스도에게 반기를 들고 그리스도와 싸워 승리를 거두게 된다. 여기서 '짐승을 닮은 자'는 「요한계시록」의 뿔 달린 짐승을 말한다. 「요한계시록」에서 뿔 달린 짐승은 기적(이적)을 보여줌으로써 인류를 유혹(미혹)해서 자신을 위해서 **우상**을 만든다. 그리고 그 우상에 복종(경배)하지 않는 자는 모두 죽인다.[34] 그 세 가지 우상이 **화폐**와 **종교**와 **제국**이다.

그런데 복종 욕망으로부터 자유로워지는 것이 그토록 어려운 것일까? 인간의 복종 욕망이 얼마나 강하고 무서운지는 전제적인 신도 귀족도 원

---

34) p.412. 짐승 앞에서 받은 바 이적을 행함으로 땅에 거하는 자들을 미혹하며 땅에 거하는 자들에게 이르기를 칼에 상하였다가 살아난 짐승을 위하여 우상을 만들라 하더라 그가 권세를 받아 그 짐승의 우상에게 생기를 주어 그 짐승의 우상으로 말하게 하고 또 짐승의 우상에게 경배하지 아니하는 자는 몇이든지 다 죽이게 하더라.

- 《신약성서》「요한계시록」中 -

치 않았던 자코뱅주의자(국민공회 의원)들이 더 전제적인 나폴레옹을 더 열렬히 숭배했다는 사실에서 알 수 있다.[35] 1960년대 S. 밀그램 교수에 의해서 수행된 「권위에 대한 복종 실험」도 인간의 복종 욕망이 얼마나 강력한지를 보여 준다. 이 실험은 한 명의 실험자와 두 명의 피험자로 구성된다. 두 명의 피험자는 '선생' 역할을 하는 사람과 '학습자' 역할을 하는 사람으로 나뉜다. 선생 역할의 피험자는 학습자 역할의 피험자가 잘못된 답변을 하게 되면 전기 충격을 가하도록 지시받는다. 전기 충격은 학습자가 잘못된 답변을 할 때마다 단계적으로 높아진다. 전기 충격기는 15V 단위로 30개의 스위치로 구성되어 있으며 최고 단계는 450V이다. 물론 이러한 모든 설정은 가짜이다. 하지만 선생 역할의 피험자는 이 단계까지 전기 충격을 가하면 학습자에게 치명적일 수 있다고 믿고 있다. 이 과정에서 양심의 가책 등으로 선생 역할의 피험자가 전기 충격을 가하지 않으면 실험자가 나서서 실험을 계속하도록 **명령**한다. S. 밀그램 교수는 당초 선생 역할의 피험자 대부분이 150V 단계를 넘겨서 전기 충격을 가하지 않을 것이라고 예상했지만, 실험결과 40명 중 26명(65%)이 450V 단계까지 전기 충격을 가했다. 그리고 나머지 사람들도 '극심한 충격'을 주는 300V 이상의 전기 충격을 가했다. 선생 역할을 하는 피험자들은 자신이 가하는 전기 충격이 학습자 역할의 피험자를 죽일 수도 있다는 것을 알았음에도 모든 책임을 지겠다는 실험자(권위자)의 말에 **복종**했다.

이 실험에서 주목할 점은 최고 단계까지 전기 충격을 가한 사람들 대부분이 평범한 직장인이거나 전문직 종사자라는 점이다.[36] 이 실험이 시사

---

35) p.168. 우리는 국왕의 불구대천의 원수였고 신(神)도 주인도 원치 않았던 저 유명한 국민공회 의원들이 나폴레옹의 공손한 신하가 되었다가, 나중에는 루이 19세 통치하의 가톨릭 행사에 신도로서 경건하게 촛대를 나르는 것을 놀라워하며 바라본다.
　　　　　　　　　　　　　　　　　　　　　 - G. 르 봉 《군중심리학》 中 -
36) p.30. 이 연구의 주요 발견의 근간이고 또한 가장 긴급하게 설명해야 할 점은 권위의

하는 바는 한 명의 뿔 달린 짐승만 있으면 '복종적인' 다수 민중을 이용해서 얼마든지 악마의 유혹을 실현할 수 있다는 것이다. 홀로코스트는 그에 대한 역사적 증거라고 할 수 있다. 니체는 독일인의 정의를 **'복종과 명령의 재빠른 수행'**이라고 정의했는데, 홀로코스트는 독일 민족의 복종에 대한 갈망이 얼마나 강력했는지를 보여 준다.

> p.52. 독일인에 대한 정의 : 복종과 명령의 재빠른 수행······ 바그너의 등장이 '독일제국'의 등장과 시기적으로 맞아떨어지는 것에는 매우 깊은 의미가 있습니다 : 이 두 사실은 동일한 것을 입증합니다─복종과 명령의 재빠른 수행을,─이보다 더 복종을 잘하고 명령이 잘 이루어진 적은 한 번도 없었습니다. 바그너의 지휘자들은 다음 세대가 조심스럽게 외경하면서 **전쟁의 고전적 시대**라고 부르게 될 그런 시대에 특히 가치있는 자들입니다.
>
> ─ 니체 《바그너의 경우(책)》 中 ─

인간 본성의 근본적인 비밀

우리는 악마의 첫 번째 물음에 대한 고찰을 통해 인간의 무의식은 자유를 갈망하기보다 복종과 숭배를 갈망한다는 사실을 알았다. 이 욕망이 인

명령에 끝까지 따르려는 사람들의 극단적인 자발성이다.

이러한 사실에 대해 일반적으로 제시할 수 있는 설명은, 가장 높은 단계의 전기 충격을 가한 사람은 사회에서 가학적 일탈을 즐기는 괴물이라는 주장이다. 그러나 참가자의 약 3분의 2가 '복종적인' 피험자 범주에 속한다는 점과 그들 대부분이 평범한 직장인이거나 전문직에 종사하는 사람이라는 점은 이러한 주장을 크게 약화시킨다.

─ S. 밀그램 《권위에 대한 복종》 中 ─

간의 가장 원시적이고 가장 강렬한 욕망 중 하나이다. 그래서 도스토옙스키는 악마의 첫 번째 물음 속에 숨어 있는 **'누구를 숭배할 것인가?'**라는 문제가 **'현세의 위대한 비밀'**이며 '개개의 인간 및 전 인류의 **영원하고도 공통적인 번민'**이라고 말한다. 또 이 의문이 **'인간 본성의 근본적인 비밀'**이라고도 말한다.

> p.416. 그 밖에도 이 물음 속에는 현세(現世)의 위대한 비밀이 숨어 있지. 만약에 네가 '지상의 빵을 받아들였더라면 개개의 인간 및 전 인류의 영원하고도 공통적인 번민이 대하여 해답을 줄 수 있었을 거다. 그것은 "누구를 숭배할 것이냐?" 하는 의문이지. 자유를 누리는 인간에게 있어 가장 괴롭고 해결하기가 어려운 문제는 한시바삐 자기가 숭배할 인물을 찾아내야 한다는 거야. (중략)
>
> …. 너는 인간 본성의 이 근본적인 비밀을 알고 있었을 테지? 아니, 몰랐을 리가 없어. 그런데도 너는 모든 인간을 무조건 네 앞에 무릎을 꿇게 하기 위하여 악마가 너한테 권한 절대적인 유일무이한 깃발, 즉 지상의 빵이라는 깃발을 물리쳐 버렸어. 더욱이 하늘의 빵과 자유의 이름으로 물리쳐 버리지 않았느냐 말이다. 그리고 또 네가 무슨 일을 했는지 생각해 봐라. 너는 걸핏하면 자유라는 이름을 내걸었어! 다시 말하지만, 인간이라는 가련한 생물들에겐 타고난 자유라는 선물을 넘겨 줄 사람을 한시 바삐 찾아내야만 한다는 것이 가장 큰 고민거리란 말이다.
>
> - 도스토옙스키《카라마조프의 형제》상 中 -

프랑스 혁명만 보더라도 프랑스 민중은 처음에는 국왕을 숭배했지만, 다음에는 부르주아 지도자를 숭배했고 결국에는 나폴레옹을 숭배했다.

표면상으로 보자면 프랑스 민중은 자유와 평등을 추구하는 공화주의자처럼 보였지만, 본질에서는 숭배 대상을 국왕에서 나폴레옹으로 바꾸었을 뿐이다.[37] 러시아 혁명에서도 러시아 민중은 처음에는 차르를 숭배했지만, 나중에는 스탈린을 숭배했다. 독일 민족도 카이저를 숭배했다가 히틀러로 숭배 대상을 바꾸었다. 이렇게 인간의 '영원하고도 공통적인 번민'은 자신이 숭배할 인물을 한시바삐 찾아내야 한다는 것이다. 그래서 T. S 엘리엇과 같은 시인은 신이 없다면, 히틀러나 스탈린을 받들어야 할 것이라고 말하기도 했다.

인간의 숭배 욕망이 얼마나 강력한지는 《구약성서》에 극적으로 묘사되어 있다. **'질투하는'** 하나님 아버지는 자신 이외에는 어떠한 신도 숭배하지 말고 어떠한 우상이나 어떤 형상도 섬기지 말라고 명령했다. 이를 어기는 인간에게는 삼사 대까지 저주를 내렸다.[38] 그런데 놀랍게도 전지전능한 하나님조차 인간의 숭배 욕망을 억압하지 못했다. 홍해의 기적으로 이집트를 탈출한 이스라엘 민중은 모세가 산에서 늦게 내려오자 그사이를 참지 못하고 금으로 송아지 형상을 만들어 그 금송아지를 자신들의 신으로 숭배한다.[39] 이 광경을 본 모세는 금송아지를 숭배한 동족 3,000

---

37) p.54. "인민은 누군가를 우상화하는 것이 필요하다. 이들은 공화주의자임을 자랑스러워하는 마음이 전혀 없다. 이전에 '국왕 만세!'를 외치던 이들이 바로 이 사람들이다. 이들의 우상 숭배는 그 대상을 바꾸었을 뿐이다. 이들이 '마라 만세!'를 외치는가? 인민들은 한 우상을 다른 우상으로 대체한 것이다."

- M. 갈로 《프랑스 대혁명 2》 中 -

38) p.112. 너는 나 외에는 다른 신들을 네게 두지 말라

너를 위하여 새긴 우상을 만들지 말고 또 위로 하늘에 있는 것이나 아래로 땅에 있는 것이나 땅 아래 물 속에 있는 것의 어떤 형상도 만들지 말며

그것들에게 절하지 말며 그것을 섬기지 말라 나 네 하나님 여호와는 질투하는 하나님인즉 나를 미워하는 자의 죄를 갚되 아버지로부터 아들에게로 삼사 대까지 이르게 하거니와

- 《구약성서》 「출애굽기」 中 -

39) p.131. 백성이 모세가 산에서 내려옴이 더딤을 보고 모여 백성이 아론에게 이르러 말

명을 학살한다. 어떻게 전지전능한 하나님조차도 인간의 숭배 욕망을 억압하지 못하는 것일까? 도스토옙스키는 신의 말씀조차도 거역할 수 있게 하는 인간의 본성 속에 숨어 있는 이러한 숭배 욕망을 역설적으로 **'신을 구하는 마음'**이라는 명명한다.

p.396. "어떠한 국민이라도" 마치 읽어 내려가듯이, 그러나 변함없이 무서운 눈초리로 상대방을 노려보면서, 그는 이렇게 입을 열었다. "어떠한 국민이라도 과학과 이지(理智)를 기초로 해서 나라를 세운 일은 한 번도 없었다. 다만 일시적이고 데데한 우연에 의해 이뤄진 경우를 제외하고는 그러한 예는 하나도 없다. 사회주의는 그 본질상 무신론 조직 밑에서, 과학과 이지를 기초로 해서 사회를 건설해야 한다고 선언하고 있기 때문이다. 이지와 과학은 국민 생활에 있어서 창세로부터 지금에 이르기까지 항상 2차적이고, 보조적인 역할을 수행하여 왔을 따름이다. 또 그것은 세계가 멸망하는 날까지 그런 역할을 하다가 끝나버릴 것이다. 국민은 전혀 다른 힘에 의해서 성장하고 운동하고 있는 것이다. 그것은 명령하기도 하고, 주재(主宰)하기도 하는 힘이다. 하지만 그 힘의 근원은 아무도 모르며, 또 설명할 수 없다. 이 힘이야말로 최후까지 가려고 하는 지칠 줄 모르는 열망의 힘이며, 동시에 최후를 부정하는 힘이다. 끊임없이 자기 존재를 주장하고 죽음을 부정하는 힘이다. 성서에도 쓰여

하되 일어나라 우리를 위하여 우리를 인도할 신을 만들라 이 모세 곧 우리를 애굽 땅에서 인도하여 낸 사람은 어찌 되었는지 알지 못함이니라

...

아론이 그들의 손에서 금 고리를 받아 부어서 조각칼로 새겨 송아지 형상을 만드니 그들이 말하되 이스라엘아 이는 너희를 애굽 땅에서 인도하여 낸 너희의 신이로다 하는지라

- 《구약성서》「출애굽기」中 -

있듯이 '살아 있는 물의 흐름'이며, 묵시록은 그 흐름의 고갈의 무서움을 있는 힘을 다하여 경고하고 있다. 그건 이른바 철학자의 미적인 원동력이며, 동시에 철학자의 윤리적인 원동력과 동일물인 것이다. 그러나 나는 간단히 '신(神)을 구하는 마음'이라고 해둔다. …"

- 도스토옙스키 《악령》 상 中 -

도스토옙스키가 의미하는 신을 구하는 마음은 인간의 모든 사고와 행동을 추동하는 가장 원초적인 힘이고 가장 강력한 원동력을 뜻한다. 도스토옙스키는 신을 구하는 마음의 근원은 아무도 모르며, 설명할 수 없다고 말하고 있는데 도스토옙스키가 이러한 표현을 사용하는 이유는 신을 구하는 마음이 인간의 의식이 인식할 수 없는 본능적 힘이기 때문이다. 이 힘은 끊임없이 자기 존재를 주장한다는 점에서 **삶의 본능**이며 죽음에 저항한다는 점에서 **불멸 본능**이라고 할 수 있다. 따라서 신을 구하는 마음은 불멸 본능과 같다. 이러한 인간의 불멸 본능이 인간의 **미적 원동력**이자 동시에 **윤리적 원동력**이다. 인간이 불멸의 예술 작품을 만들고, 불멸의 신을 숭배하고, 불멸의 사상을 남기려는 이유가 여기에 있다. 따라서 불멸 본능이 고갈되면 인류 문명은 해체된다. 불멸 본능이 인간 문명의 1차적이고 본질적인 역할을 수행해 왔다고 할 수 있다.

반면 이성과 과학의 힘은 항상 2차적이고 보조적인 역할을 수행할 뿐이다. 이성과 과학을 기초로 하는 마르크스주의는 표면적인 현상일 뿐이고 이러한 표면적인 현상을 지배하는 힘은 그 밑바탕에 있는 신을 구하는 마음이다.[40] 마르크스주의가 로마 가톨릭으로부터 빼앗은 신의 지위

---

40) p.280. 20세기에 표출된 자유 민주주의와 마르크스레닌주의의 갈등은 이슬람과 크리스트교 사이의 지속적이고 뿌리 깊은 갈등 관계에 비하면 일시적이고 표피적인 역사 현상에 지나지 않는다.

- S. 헌팅턴 《문명의 충돌》 中 -

를 오랫동안 차지하지 못한 이유도 인류 문명은 '전혀 다른 힘에 의해서 성장하고 운동하고' 있기 때문이다. S. 헌팅턴이 인류 문명을 정의하는 가장 중요한 요소가 **종교**라고 했듯이 신을 구하는 마음이 문명을 창조하고 지속시켜온 원동력이다.[41] 도스토옙스키가 누구를 숭배할 것인가? 라는 의문이 현세의 위대한 비밀이자 인간 본성의 근본적인 비밀이라고 말한 이유는 인간의 신을 구하는 마음, 즉 불멸 본능 속에 인간 본성의 역사적 모순과 더 나아가 인류 문명의 자살을 해결할 수 있는 열쇠가 들어있기 때문이다.

악마의 두 번째 유혹 = 숭배 욕망

도스토옙스키는 인간의 '양심을 영원히 정복하고 사로잡을 수 있는 힘', 즉 인간을 복종시키고 숭배하게 할 수 있게 힘으로 **기적** 이외에도 **신비와 권위**를 든다(물론 신비와 권위도 기적의 요소를 지니고 있다). 악마의 첫 번째 유혹이 기적에 대한 것이라면 악마의 두 번째 유혹은 신비에 관한 것이다. 악마의 두 번째 시험은 그리스도가 성전의 꼭대기에서 뛰어내려도 죽지 않는 신비를 보여 주는 것이었다. 악마의 두 번째 물음은 인간 본성의 두 번째 역사적 모순을 집약하고 있다.

---

41) p.48. 그러나 문명을 정의하는 객관적 요소들 중에서 가장 중요한 것은 아테네인이 강조하였듯이 종교라 할 수 있다. 인류 역사에서 주요 문명들은 세계 유수의 종교들과 상당한 수준으로 연결되어 있으며, 같은 언어를 쓰고 같은 민족적 뿌리를 갖는 사람들도 레바논, 옛 유고슬라비아, 인도의 경우에서 알 수 있듯이 다른 신을 섬긴다는 이유로 서로를 죽일 수도 있다.

- S. 헌팅턴 《문명의 충돌》 中 -

p.418. 여기 세 가지 힘이 있다. 즉 이들 무력한 폭도들의 양심을 그들의 행복을 위해 영원히 정복하고 사로잡을 수 있는 힘은 이 지상에 세 가지밖엔 없단 말이다. 이 세 가지 힘이란–기적과 신비와 권위를 말하는 거다. 너는 이 세 가지를 모두 거부함으로써 스스로 모범을 보여주었다. 그때 그 무섭고도 지혜로운 악마가 너를 성전 꼭대기에 세워 놓고 이렇게 말했었지. "만약에 네가 하느님의 아들인가 아닌가를 알고 싶거든 여기서 뛰어내려 봐라. 왜냐하면 밑에 떨어져 몸이 부서지지 않도록 도중에서 천사가 받아 준다고 책에 씌어 있으니까. 그때 너는 하느님의 아들인가 아닌가를 알게 될 것이고 하느님 아버지에 대한 너의 믿음의 깊이도 알게 될 것이다." 그러나 너는 이 권고를 물리쳤고, 술책에 빠져 밑으로 뛰어내리거나 하지는 않았다. 물론 너는 신으로서의 긍지를 지키며 훌륭히 행동했을는지 모른다. 그러나 인간은–그 무력한 폭도의 무리들은 결코 신이 아니다.

오오, 그때 만일 네가 한 걸음이라도 앞으로 나서서 뛰어내릴 자세를 취하기만 했더라도 너는 하느님을 시험한 것으로 되어 당장에 모든 신앙을 잃고 네가 구원하러 온 그 대지에 부딪혀서 온몸이 산산이 부서져 너를 유혹한 그 지혜로운 악마를 기쁘게 해주었을 것임에 틀림없다. 너는 그것을 알고 있었던 거다. 그러나 다시 되풀이하지만, 유혹을 이겨 낼 수 있는 힘이 다른 사람한테도 있을 것이라고 너는 정말 순간적이나마 생각한 적이 있는가? 인간의 본성이란 기적을 부정하게끔 만들어져 있지 않아. 특히 생사에 관한 그 무서운 순간에–가장 무섭고 가장 근본적인 가장 괴로운 정신적 의혹의 순간에 자유로운 양심의 결정만으로 행동할 수 없게 되어 있어. 너는 자신의 이 언행이 청사(靑史)에 기록되어 이 땅끝까지 영원히 전해지리라는 것을 알고 있었으므로, 다른 사람들도 모두 너를 본받아 기적을 구하지 않고 하느님과 함께 있을 것이라고 기대했던 거야. 그러나 기적을 부정할 때 인간은 신까지도 함께 부정한다는 것을 너는 몰랐던 거야. 왜냐하면 인간은 신보다도 기적을 구하기 때문이지. 인간이란 기적 없이는 살 수 없는 거야. 그래서 그들은 멋대로 기적을 만들어 내고, 마침내는 기도사의 기적이나 무당의 요술까지도 믿게 되는 거지. 다른 사람보다 몇 배나 더한 반역자고 이교도고 불신자라 할지라도 이 점에서는 매한가지란 말이다. 너는 많은 사람들이 "십자가에서 내려와 봐라. 그럼 네가 하느님의 아들이라는 걸 믿겠다"라고 희롱했을 때도 십자가에서 내려오지 않았어. 그때도 역시 인간을 기적의 노예로 삼기를 원치 않고 기적의 구속을 받지 않는 자유로운 신앙을 갈망했기 때문에 내려오지 않았던 거야. 너는 자유로운 사랑을 갈망하고 있었기 때문에 영원히 사람을 놀라게 할 단 한 번의 위력으로 범인(凡人)의 마음 속에 노예적인 환희를 불러일으키고 싶지 않았던 거야.

- 도스토옙스키 《카라마조프의 형제》 상 中 -

인간이 기적을 보고 싶어 하는 이유는 인간의 무의식이 기적을 보여주는 우월한 존재에게 복종하기를 갈망하기 때문이다. 마찬가지로 인간이 신비를 구하는 이유도 인간의 무의식은 신비한 힘을 가진 우월한 존재를 숭배하기를 갈망하기 때문이다. 신비한 힘을 가지고 있다고 여겨지는 주술사나 무당을 믿는 이유도 그들의 신비한 힘을 숭배하고 싶은 갈망 때문이다. 그리스도는 인간의 무의식이 기적과 신비를 갈망한다는 것을 잘 알고 있었기 때문에 돌을 빵으로 만들지도 않았고 성전 꼭대기에서 뛰어내리지도 않았다. 또 사람들이 십자가에서 내려오는 신비를 보여 주면 숭배하겠다고 했지만, 그는 십자가에서도 내려오지 않았다.[42] 그 이유는 그리스도가 기적과 신비를 통해 자신이 신이라는 것을 스스로 증언함으로써 인간의 복종과 숭배를 얻는다면 인간은 기적과 신비를 보여 주는 누구에게라도 복종함으로써 악마의 실험은 반복 재현되고 인류는 스스로 구원될 수 없기 때문이다.[43] 그리스도는 인간이 기적과 신비의 노예가 되기를 원하지 않았으며 인류가 기적과 신비에 구속받지 않고 '**자유로운 양심**' 또는 '**자유로운 신앙**'에 따라 인간 스스로 구원되기를 바랐다. 그렇다면 그리스도가 원하는 양심의 자유 또는 신앙의 자유는 무엇일까? 그것은 '이상하고 수수께끼처럼 아리송한, 인간의 힘에 겨운' '**선악의 의식에 있어서의 자유로운 선택**'이다.

p.417. 그러나 그들의 자유를 지배할 수 있는 자는 그들의 양심을 편안케 해줄 수 있는 자에 한하는 거야. 너에겐 빵이라는 절대적인 깃발이 주어졌으니까, 빵을 주기만 하면 사람들은 네 발밑에 엎드릴 게다. 왜냐하면 빵보다 더 확실한 것은 없으니까. 그러나 만일 그때 누구든 너 이외에 인간의 양심을 지배하는 자가 나타나면 오

---

42) p.51. 이르되 성전을 헐고 사흘에 짓는 자여 네가 만일 하나님의 아들이어든 자기를 구원하고 십자가에서 내려오라 하며

그와 같이 대제사장들도 서기관들과 함께 희롱하여 이르되

그가 남은 구원하였으되 자기는 구원할 수 없도다 그가 이스라엘의 왕이로다 지금 십자가에서 내려올지어다 그리하면 우리가 믿겠노라

- 《신약성서》「마태복음」中 -

43) p.151. 내가 만일 나를 위하여 증언하면 내 증언은 참되지 아니하되

나를 위하여 증언하시는 이가 따로 있으니 나를 위하여 증언하시는 그 증언이 참인 줄 아노라

…

그러나 나는 사람에게서 증언을 취하지 아니하노라 다만 이 말을 하는 것은 너희로 구원을 받게 하려 함이니라

- 《신약성서》「요한복음」中 -

오, 그때는 너의 빵을 버리고서라도 인간은 자기의 양심을 사로잡는 자의 뒤를 따를 것이 틀림없어. 이 점에 있어선 너도 옳았어. 왜냐하면 인간 생활의 비밀은 그저 사는 것뿐만 아니라 무엇을 위해서 사느냐 하는 데 있기 때문이지. 무엇 때문에 사느냐 하는 확고한 관념이 없다면, 인간은 비록 주위에 빵이 산더미같이 쌓여 있더라고 살기를 원치 않을 거야. 이 지상에 남아 있기보다는 차라리 자살을 택할 것임에 틀림없어. 이건 그렇다 치고, 실제는 어떤가? 너는 인간의 자유를 지배하기는 커녕 오히려 더욱 큰 자유를 그들에게 주지 않았으냐 말이다! 그래 너는 인간이 선악의 의식에 있어서의 자유로운 선택보다는 안식을(때로는 죽음까지도) 더욱 귀중하게 여긴다는 것을 잊었느냐? 그야 물론 인간에겐 양심의 자유보다 더욱 매혹적인 것은 없지만, 그러나 그것보다 더 괴로운 것은 없다. 그런데 너는 인간의 양심을 영원히 평안케 할 확고를 근거를 주지 않고 그 대신 이상하고 수수께끼처럼 아리송한, 인간의 힘에 겨운 것들만을 그들에게 주었다. 따라서 너의 행위는 인간을 조금도 사랑하지 않는 것과 같은 결과를 가져오고 만 거다. 도대체 그런 행위를 한 것은 누구냐 말이다. 그건 다름 아닌 인류를 위해 생명을 내던진 네가 아니냐?

- 도스토옙스키 《카라마조프의 형제》 상 中 -

그리스도는 악마의 첫 번째 유혹에 대해서 '인간은 지상의 빵만으로 살 수 없다'라고 말하며 악마의 유혹을 물리친다. 지상의 빵보다 더 중요한 것은 하늘의 빵인 양심의 자유이다. 대신문관도 그리스도의 입장에 동의하며 인간에게 '양심의 자유보다 더욱 매혹적인 것도 없다'라고 말한다. 하지만 동시에 '양심의 자유보다 더 괴로운 것은 없다'라고 말한다. 이것이 인간 본성의 두 번째 역사적 모순이다. 그것은 인간은 양심의 자유보다 신비한 존재에게 양심을 위탁함으로써 양심의 안식을 갈망한다는 것이다.

프랑스 혁명 이전까지는 민중이 양심을 맡길 수 있는 유일한 존재는 하늘의 신이었고, 하늘의 신은 인간에게 무엇이 옳은지 그른지 무엇이 허락되고 허락되지 않는지를 결정해 주었다. 하지만 하늘의 신에게 반기를 든 프랑스 혁명 후에는 민중은 지상의 신에게 자신의 양심을 맡길 수밖에 없게 되었다. 프랑스 혁명에서 지상의 신은 나폴레옹이었고 러시아 혁명에서 지상의 신은 스탈린이었고 독일의 제3 제국에서 지상의 신은 히틀러였다.[44] 지상의 신들은 기적과 신비를 약속하고 스스로 민중의 양심의 역할을 떠맡음으로써 민중을 자신의 목적 달성에 자유롭게 이용할 수 있었다.

그런데 인간이 신비한 존재에게 자신의 양심을 맡기는 이유가 죽음에 대한 두려움 때문일까? 그렇지 않다. 대신문관의 말처럼 인간은 때때로 죽음보다 안식을 더 귀중하게 여기기 때문이다. 예를 들어 군인들은 '생사에 관한 그 무서운 순간'이 상존하는 전쟁터에서 도망가지 않는다. 그 이유가 그들의 양심의 자유로운 선택에 의한 것이라고 볼 수 없다. 그들은 전쟁터에서 도망쳐서 살기보다는 죽음을 선택한다. 인간과 동물을 극단적으로 구분해 주는 이러한 죽음에 대한 태도는 어디에서 기인한 것일까?

이러한 인간의 태도는 자신보다 더 높은 존재에게서 버림받을 수 있다

---

44) p.102. 역시 또 중요한 것은 다른 사람들도 양심에 구애받지 않도록 설득하고 스스로 그 양심의 역할을 맡는다는 사실이다. 그 후 그 사람에게 무엇이 옳고 그른지, 무엇이 허락되고 허락되지 않는지를 선포하고 그것을 자신의 목적 달성에 자유롭게 이용할 수 있다. 괴링은 이에 대해 "나는 양심이 없다. 나의 양심은 히틀러이다"라고 말하였다.

- 월터 C. 랑거 《히틀러의 정신분석》中 -

는 **분리 불안**에서 비롯된다. 앞서 언급한 죽음 불안(소멸 불안)이 유아기 초기에 어머니 젖과 분리되는 것에 대한 공포에서 기인한다면 분리 불안은 유아기 후기에 어머니 존재와 분리되는 것에 대한 공포에서 기인한다.[45] 유아는 이러한 불안을 경험하지 않으려고 **과도하게** 어머니의 존재를 갈망하게 되고 이러한 반복된 패턴에는 우선권이 주어져 하나의 심리적 알고리즘으로 무의식 속에 저장된다.

유아가 죽음 불안을 회피하기 위해서 자신의 엄지손가락을 빠는 것처럼 유아는 분리 불안을 회피하기 위해서 중간 대상에 집착한다. 가장 원시적인 중간 대상은 부드러운 천과 같은 것들이다. 해리 할로의 「원숭이 새끼에 대한 실험」이 보여 주듯이 인간도 어머니 젖(지상의 빵)보다 어머니 사랑을 더 갈망한다.[46] 유아는 중간 대상을 이용해 어머니와 같이 있는 것과 같은 **환상**을 만들어 내서 불안을 회피하고 안식을 느낄 수 있다.

---

45) p.136. 두 번째 유형인 분리 불안(separation anxiety)은 우리 모두에게 어느 정도 영향을 미치고 있으며, 그 까닭은 끔찍한 유아기 분리에 대한 무의식적인 기억 흔적을 필연적으로 자극하기 때문이다. (중략) 분리 불안 역시 소멸 불안에 비해서는 덜 극단적이기는 하나, 붕괴라는 무서운 형태로 자기를 위협한다. 애착되어 있는 사람이 부재할 경우 자기 자신이 공허하거나 실체가 없다고 느끼게 된다. 이 불안은 너무나도 강력하여서 생존을 위협하는 상황에도 견디게 만들 정도인데, 심지어는 학대당하는 배우자가 고독이라는 공포보다는 신체적 학대의 고통을 더 쉽게 견딜 수 있는 이유이기도 하다.

- N. 맥윌리엄스 《정신분석적 사례이해》中 -

46) p.129. 해리 할로라는 심리학자는 일련의 유명한 (그리고 충격적일 만큼 잔인한) 실험들을 위해 갓 태어난 새끼 원숭이들을 곧바로 어미에게서 떼어내 작은 우리에 가두었다. 그리고 우유병이 장착된 금속 모형 어미와 우유가 나오지 않지만 부드러운 천으로 덮인 모형 어미 중 선택을 하게 했다. 그랬더니 새끼 원숭이들은 젖이 나오지 않는 부드러운 천으로 된 어머니에게 필사적으로 달라붙었다.

(중략) … 하지만 슬프게도 천으로 된 어미는 새끼 원숭이들의 애정에 응답하지 않았다. 그래서 새끼 원숭이들은 심각한 심리적·사회적 문제를 겪었고, 결국 신경증에 걸린 반사회적 성체로 성장하고 말았다.

- Y. 하라리 《호모 데우스》中 -

반대로 그러한 중간 대상과 분리되거나 그 중간 대상으로부터 버림받으면 주체는 자신을 '공허하거나 실체가 없다고' 느끼게 된다.

어린아이가 성장할수록 중간 대상은 추상적 대상으로 변한다. 그 대표적인 것들이 어머니 신을 숭배하는 종교나 어머니 나라로 불리는 국가이다. 전자로부터 분리될 수 있다는 공포는 **신앙심**의 발현으로 나타나고 후자로부터 분리될 수 있다는 공포는 **애국심**의 발현으로 나타난다. 종교와 국가는 인간의 양심을 '꽉 붙잡아주고 용기를 북돋아 줌으로써' 자신의 목숨도 희생하게 만들 수 있다.[47] 생존을 위협하는 상황에도 군인을 견디게 만드는 것은 바로 이러한 분리에 대한 공포가 그 밑바탕에 있기 때문이다.

대신문관이 인간에게 무엇을 위해서 사느냐 하는 확고한 관념이 없다면 비록 지상의 빵이 산더미같이 쌓여 있더라도 차라리 자살을 택할 것이라고 말한 것과 같이 신앙심이나 애국심과 같은 확고한 관념은 지상의 빵을 압도한다. 이러한 확고한 관념은 11세기에는 교황의 명령에 따라 누군가를 십자군 전쟁에 참여하게 했다면 20세기에는 히틀러의 명령에 따라 누군가를 제2차 세계대전에 참전하게 했을 것이다.[48] 지상의 빵이

---

47) p.609. 불만이 많은 사람은 마음을 붙일 무언가를 가져야 한다: 예를 들면 신 같은 것. 신이 **없는** 지금, 이전 같으면 신에 매여 있었을 많은 사람들은 가령 사회주의에 몰린다—혹은 애국심을 (마치니처럼) 부르짖는다. 숭고한 희생, 그리고 어떤 **공적인** 희생을 할 계기가 (왜냐하면 이것은 훈련을 시키고 꽉 붙잡아주며 용기도 북돋우기 때문이다!) 항상 있어야 한다! 여기서도 뭔가 생각을 꾸며낼 수 있다.
　　　　　　　　　　- F. 니체 《유고(1881년 봄~1882년 여름)(책)》中 -
48) p.349. 그 결과 참으로 어이없는 혁명과 사회악이 되풀이되었다. 혁명의 예로는, 교회가 적대적인 몇몇 교회로 나뉘어져 서로 반그리스도 집단이라고 헐뜯으며 전쟁과 박해를 해 나간 것을 지적하는 것만으로도 충분하다. 사회악에 대해서는 교황에게 속해 있다고 생각했던 '신성한 권리'를 세속적 군주가 중간에서 빼앗은 사실을 들 수 있다. 이 신성한 권리가 요즘도 주권 국민국가의 이교적인 숭배라는 무서운 형태로 서유럽 세계에 커다란 재앙을 가져오려 한다. 그것은 바로 애국심으로서, 존슨 박사는 이를 '악당들의 마지막 은신처'라 표현했고, 캐벌이 좀 더 그 본질을 들추어내 그것으로는 '불충분하다'라고 말한 애국심이 서유럽 세계의 종교로서, 거의 그리스도교를

풍부하고 평화로운 선진국의 자살률이 그렇지 못한 나라들의 자살률보다 훨씬 더 높은 이유도 지상의 빵은 어머니에 대한 **정신적 갈증**을 채워 줄 수 없기 때문이다.[49] 확실히 천재적인 히틀러는 아리아 인종이 세계를 지배해야 한다는 확고한 관념(위대한 목표)을 제시함으로써 독일 민족의 눈과 양심을 지상의 빵(물질적인 것)에서 지상의 신앙(정신적 이상)으로 돌리게 해서 지상의 신앙을 위해 그들의 목숨을 바치게 할 수 있었다.[50] 독일 민족은 악마의 두 번째 유혹을 거부하지 못하고 양심의 자유를 히틀러에게 위탁해 버림으로써 인류에게 악마의 존재를 증명했다.

그리스도는 이러한 복종 욕망과 숭배 욕망으로부터 자유롭게 되기 위해서는 **양심의 자유**를 가져야 한다고 말한다(선악의 의식에 있어서의 자유로운 선택에 대해서는 '선악의 의식'에 대한 설명이 전제되어야 하므로 먼저 양심의 자유에 대해 설명하고자 한다). 양심의 자유에 관한 유명한 일화가 있다. 그리스도의 제자였던 베드로가 그리스도를 세 번 부인한

대신해 왔다.

- A. J. 토인비《역사의 연구》中 -

49) p.56. 높은 수준의 부, 안락, 안전을 누리는 선진국의 자살률이 전통사회들보다 훨씬 더 높다는 것은 불길한 징조이다.

    가난과 정치적 불안에 시달리는 개발도상국 페루, 아이티, 필리핀, 가나에서는 매년 10만 명당 다섯 명이 안 되는 사람들이 자살한다. 반면 스위스와 프랑스, 일본, 뉴질랜드 같은 부유하고 평화로운 나라들에서는 매년 10만 명당 열 명 이상이 스스로 목숨을 끊는다.

- Y. 하라리《호모 데우스》中 -

50) p.848. 민족의 생존 투쟁을 결정하는 것은 무엇보다도 다음에 기술하는 사실이다. 생존에 필요한 온갖 것의 최고는 첫째로 나날의 양식인 빵을 추구하는 투쟁이다. 이것은 그 민족이 지닌 문화적 의의가 아무리 높은 것일지라도 그것과는 관계없이 언제라도 들어맞는 이야기이다. 확실히 천재적인 민족 지도자는 위대한 목표를 제시함으로써 민족의 눈을 물질적인 것에서 돌리게 해 초월한 정신적 이상을 위해 그 몸을 바치게 하는 것이 가능하다.

- A. 히틀러《나의 투쟁》中 -

이야기이다. 그리스도는 바리새인들에게 붙잡혀 죽을 것을 알고 그 사실을 제자들에게 알리면서 모든 제자가 그리스도를 버릴 것이라고 말한다. 이 말을 들은 베드로가 자신은 결코 그리스도를 버리지 않겠다고 맹세하자 그리스도는 그날 밤 닭이 울기 전에 베드로가 그리스도를 세 번 부인할 것이라고 **예언**한다. 그러자 또다시 베드로는 자신이 죽을지언정 그리스도를 부인하지 않겠다고 맹세한다.[51] 그러나 그리스도의 예언은 적중하고 베드로는 그리스도의 **계시**를 상기하며 통곡한다.[52]

베드로는 지상의 빵을 버리고 자신의 양심을 사로잡은 그리스도의 뒤를 따른 인물로 그리스도를 위해서 죽음까지 각오한 인물이다. 그런데 베

---

51) p.46. 그 때에 예수께서 제자들에게 이르시되 오늘 밤에 너희가 다 나를 버리리라 기록된 바 내가 목자를 치리니 양의 떼가 흩어지리라 하였느니라.

　그러나 내가 살아난 후에 너희보다 먼저 갈릴리로 가리다

　베드로가 대답하여 이르되 모두 주를 버릴지라도 나는 결코 버리지 않겠나이다

　예수께서 이르시되 내가 진실로 네게 이르노니 오늘 밤 닭 울기 전에 네가 세 번 나를 부인하리라

　베드로가 이르되 내가 주와 함께 죽을지언정 주를 부인하지 않겠나이다. 하고 모든 제자도 그와 같이 말하니라

- 《신약성서》 「마태복음」 中 -

52) p.48. 베드로가 바깥 뜰에 앉았더니 한 여종이 나아와 이르되 너도 갈릴리 사람 예수와 함께 있었도다 하거늘

　베드로가 모든 사람 앞에서 부인하여 이르되 나는 네가 무슨 말을 하는지 알지 못하겠노라 하며

　앞문까지 나아가니 다른 여종이 그를 보고 거기 있는 사람들에게 말하되 이 사람은 나사렛 예수와 함께 있었도다 하매

　베드로가 맹세하고 또 부인하여 이르되 나는 그 사람을 알지 못하노라 하더라

　조금 후에 곁에 섰던 사람들이 나아와 베드로에게 이르되 너도 진실로 그 도당이라 네 말소리가 너를 표명한다 하거늘

　그가 저주하며 맹세하여 이르되 나는 그 사람을 알지 못하노라 하니 곧 닭이 울더라

　이에 베드로가 예수의 말씀에 닭 울기 전에 네가 세 번 나를 부인하리라 하심이 생각나서 밖에 나가서 심히 통곡하니라

- 《신약성서》 「마태복음」 中 -

드로는 왜 그리스도를 세 번이나 부인한 것일까? 더구나 베드로가 그리스도를 부인할 때 그는 군인이 아닌 사람들에 의해 둘러싸여 있었기 때문에 그가 그리스도를 부인한 것은 죽음의 위협에 의한 것도 아니었다. 베드로가 그리스도를 부인한 이유는 사람들로부터 버림받을 수 있다는 분리 불안 때문이었다. 니체는 이러한 분리 불안을 **'고독에 대한 공포'**라고 표현한다.

> p.212. 양심의 가책이라는 것은 지극히 양심적인 인간의 경우에도, 다음과 같은 감정에 대해서는 약해지는 법이다. 즉 '이러이러한 것은 네가 속한 사회의 미풍양속에 어긋난다'는 감정이다. 그들 아래에서 교육받고 또 그 사람들을 위해 교육되었는데, 그런 그들에게서 냉대를 받고 험한 말을 듣는다면 아주 강한 사람이라도 무섭다는 생각을 하게 된다. 그를 무섭게 만드는 것은 도대체 무엇일까? 고독해지는 것! 개인이나 여러 가지 일을 위한 최선의 논거마저 파괴해 버릴 논거로서의 고독화(化)! 우리 내부에 있는 군집본능은 그렇게 우리에게 영향을 준다.
>
> ― F. 니체 《즐거운 지식(동서)》 中 ―

'지극히 양심적인' 베드로는 자기 목숨을 걸고 그리스도를 부인하지 않겠다고 맹세했지만, 그리스도를 세 번이나 부인한다. 무엇이 잘못된 것일까? 그것은 베드로의 **의식**이 따르는 양심과 그의 **무의식**이 따르는 양심이 서로 달랐다는 데 있다. 말하자면 자기 속에 자기(의식)가 모르는 자기(무의식)가 있는 것이다. 베드로의 의식은 그리스도의 가르침이 옳다는 것을 알고 있었지만, 그의 무의식은 그리스도의 가르침이 공동체의 미풍양속에 어긋난다고 생각했다. 평소에는 의식이 지배적이기 때문에 자신의 무의식이 어떤 양심을 따르고 있는지 알지 못한다. 하지만 두려움이 엄습하면 인간의 의식은 마비되고 무의식이 지배적으로 된다. 의식이 지배적일 때는 베드로의 양심은 그리스도를 따랐지만, 무의식이 지배적으로 되자 베드로의 양심은 공동체의 미풍양속을 따른 것이다. 그런데 이 사건 이후 베드로는 죽음을 불사하고 그리스도의 복음을 전파하다가 십자가에 거꾸로 못 박혀 처형당했다고 전해진다. 왜 이렇게 극적으로 바뀌었을까? 양심의 가책 때문일까? 그리스도를 배반한 유다의 경우에는 양심의 가책으로 자살을 선택했지만, 베드로는 순교를 선택했다. 왜 이런 차이가 생긴 것일까?

여기서 우리가 **궁금해야 할 것**은 베드로의 선택에 관한 것이 아니다. 그것은 만약 그리스도가 베드로에게 어떤 일이 일어날지 **사전에** 말하지 않았다면 베드로가 과연 순교를 선택했을까? 하는 것이다. 이러한 의문이 생기는 이유는 그리스도가 잡혀가기 전에 베드로의 발을 씻어주며 '네가 지금은 알지 못하나 이후에는 알리라'고 말했기 때문이다.[53] 그리스도는 베드로에게 그의 무의식이 따르는 양심을 **사전에** 알려줌으로써 베드로에게 양심의 자유가 무엇인지에 대해서 계시를 주려고 했던 것은 아니었을까? 결과적으로 베드로의 의식은 지금까지 부인했던 자신의 무의식적 측면을 알게 됨으로써 이후에는 그리스도를 부정하지 않는다. 베드로의 일화는 의식이 추구하는 양심과 무의식이 추구하는 양심은 모순될 수가 있다는 것을 보여 준다. 따라서 양심의 자유를 가지기 위해서는, 도스토옙스키기의 표현을 빌리면, '이상하고 수수께끼처럼 아리송한' 무의식

---

53) p.170. 시몬 베드로에게 이르시니 베드로가 이르되 주여 주께서 내 발을 씻으시나이까

　　예수께서 대답하여 이르시되 내가 하는 것을 네가 지금은 알지 못하나 이 후에는 알리라

　　　　　　　　　　　　　　　　　　　　　　　- 《신약성서》 「요한복음」 中 -

에 대해서 알지 않으면 안 된다.

 p.36. 우리에게 무의식은 처음에 어떤 특정한 정신 활동의 수수께끼와 같은 성격으로만 비쳐졌다. 그런데 이제는 그것이 더 많은 것을 의미하게 되었다. 이 말은 무의식의 활동이 더욱 중요한 여타의 성격으로 우리에게 알려진 어떤 특정의 정신적 범주의 그 본래적 성격을 지니고 있음을 보여주는 것이며, 또한 무의식이 마땅히 우리의 관심의 대상이 되는 정신적 활동의 한 조직이라는 사실을 의미하기도 한다. 무의식이 어떤 지표로서 갖는 가치는 그것이 어떤 하나의 특성으로 갖는 중요성보다 훨씬 크다 할 수 있다.
 - S. 프로이트《정신분석학의 근본 개념, 『정신분석에서의 무의식에 관한 노트』》中 -

악마의 세 번째 유혹 = 지배 욕망(또는 결합 욕망)

 악마의 두 번째 물음이 보여 주는 인간 본성의 역사적 모순은 인간은 양심의 자유보다는 신비한 존재에게 자신의 양심을 위탁함으로써 양심의 안식을 추구한다는 것이다. 이렇게 인간의 양심에 안식을 주는 신앙심이나 애국심 등과 같은 종교적 감정은 어떤 대상이나 그 대상을 대표하는 존재에 대한 강렬한 애착이나 집착으로 발현된다. 또 이러한 애착이나 집착은 그 대상을 중심으로 결합하려는 갈망으로 이어진다. 이러한 갈망이 니체가 말한 '군집본능'이다. 군집본능은 '우월한 한 사람'의 **지배를 받고자 하는** 구성원의 무의식적 욕망을 의미한다.

p.135. …, 집단의 필수적인 전제는 모든 구성원이 지도자 역할을 맡는 한 개인에게 똑같이 사랑을 받아야 한다는 것이다. 그러나 집단 내부의 평등에 대한 요구는 구성원들한테만 적용되고 지도자한테는 적용되지 않는다는 사실을 잊어서는 안 된다. 모든 구성원은 서로 평등해야 하지만, 그들은 모두 한 사람의 지배를 받고 싶어 한다. 서로 동일시할 수 있는 다수의 동등한 사람들과 그들보다 우월한 한 사람, 바로 이것이 생존 능력을 가진 집단에서 나타나는 상황이다. 자, 그럼 인간은 무리를 지어 사는 〈군거 동물Herdentier〉이라는 트로터의 견해를 바로잡아, 인간은 오히려 〈군집 동물 Hordentier〉, 즉 한 우두머리의 통솔을 받는 집단 속의 개체라고 감히 주장해 본다.

　- S. 프로이트 《문명 속의 불만, 『집단 심리학과 자아 분석』》 中 -

인간의 무의식 속에는 한 명의 우월한 존재가 자신을 지배해 주기를 갈망하며 또 그 인물을 중심으로 집단을 구성하려는 욕망이 있다(이 욕망을 **결합 욕망**이라고 부르기로 하자). 인간의 이러한 무의식 속 결합 욕망을 알고 있는 악마는 그리스도에게 한 명의 우월한 존재가 되어서 세계를 지배하고 온 인류를 결합시키는 존재가 되도록 유혹한다. 악마의 세 번째 물음에는 인간 본성의 세 번째 역사적 모순을 보여 준다. 그것은 인간은 독립적인 개체가 아니라, 개미나 꿀벌처럼 무리 지어 살고자 하는 군집 동물이라는 것이다.

p.422. "… 그러나 나는 너한테 우리의 비밀을 감출 생각은 없다. 하긴 너는 어쩌면 내 입을 통해서 그걸 듣고 싶어 하는지도 모르겠구나. 그렇다면 내가 들려주마. 우리의 친구는 네가 아니라 그 '악

마'란 말이다−이게 우리의 비밀이다! 우리는 이미 오래 전부터 너를 버리고 그와 한패가 되었다. 벌써 8세기 전부터의 일이지. 옛날에 네가 분연히 거부한 것을, 그가 이 지상의 왕국을 가리켜 보이며 너에게 권했던 그 마지막 선물을 우리는 8세기 전에 그로부터 받았던 거다. 우리는 그의 손에서 로마와 케사르의 검(劍)을 받아 쥐고 우리만이 이 지상의 유일무이한 왕자라고 선언했다. 하기는 이 사업을 충분히 완성시킬 겨를이 없었지만, 그건 우리의 죄가 아니다. 이 사업은 아직 초기 단계를 벗어나지 못하고 있지만, 어쨌든 이미 착수된 것만은 사실이다. 아직 완성되려면 오랜 세월을 기다려야 하고, 이 지구는 아직도 많은 고통을 겪어야 하겠지만, 그래도 우리는 끝내 목적을 관철하여 케사르가 될 것이다. 그리고 그때 비로소 우리는 인류의 세계적 행복을 생각할 수 있는 거다. 그런데 그때 이미 케사르의 검을 손에 잡을 수 있었는데 어째서 그 최후의 선물을 물리쳤느냐? 그때 그 위력 있는 악마의 제3의 권고를 받아들였다면, 너는 지상의 인류가 구하고 있는 모든 것을 총족시켜 주었을 거다. 즉 숭배할 만한 사람과 양심을 맡길 만한 사람, 그리고 모든 인간이 세계적으로 일치하여 개미처럼 결합할 수 있는 방법을 말이다. 왜냐하면 세계적 결합의 요구는 인류의 제3의 고민거리인 동시에 마지막 고민거리이기 때문이다. 전 세계적으로 인류는 어떻게 해서든지 세계적인 통합을 이룩하려고 항상 노력해 왔다. …"

− 도스토옙스키 《카라마조프의 형제》 상 中 −

인류의 무의식이 추구하는 첫 번째 욕망은 '숭배할 만한 사람'을 찾는 것이고 두 번째 욕망은 '양심을 맡길 만한 사람'을 찾는 것이며 세 번째 욕망은 '모든 인간이 세계적으로 일치하여 개미처럼 결합할 수 있는 방법'을 찾는 것이다. 그런데 도스토옙스키는 악마의 세 번째 권고가 인류의 무의식이 욕망하는 '**모든 것**'을 충족시켜 주었을 것이라고 말한다. 여기에서 도스토옙스키가 이제까지 진행해 온 인간 본성의 역사적 모순에 대한 모든 논쟁의 핵심적인 명제가 드러난다. 그 핵심 명제는 **온 인류의 '세계적 결합'**이다. 인류의 무의식은 전 세계적으로 어떻게 해서든지 **인류의 세계적인 통합**을 이룩하려고 불굴의 기세로 끊임없이 노력해 왔다.[54] 그 방법은 **제국의 질서**를 통해서이다. 제국의 질서를 상징하는 대표적인 제국이 로마 제국이다. 대신문관이 악마로부터 '**로마의 사업**'을 받았다는 의미는 로마 가톨릭이 카이사르의 검으로 세계를 지배함으로써 로마 제국처럼 온 인류를 세계적으로 결합시키겠다는 뜻이다. 그다음으로 온 인류를 결합시킬 수 있는 질서가 화폐의 질서와 종교의 질서이다. 하지만 화폐(돈)나 종교도 인류의 세계적인 결합을 위한 하나의 매개체에 불과하다.[55] 결국, 악마의 세 번째 유혹이 인류의 세 번째 고민거리인 동시에 마지막 고민거리가 된다.

악마의 세 번째 유혹이 얼마나 강력하지는 고르디움의 매듭에 관한 이야기처럼 신화나 역사 속에서 비유의 형태로 종종 등장한다. 일례로 석

---

54) p.239. 인간의 문화는 끊임없이 변화한다. 이 변화는 완전히 무작위적일까, 아니면 뭔가 전체적인 패턴이 있을까? 다시 말해 역사에는 방향성이 있을까?

　대답은 '있다'이다. 수천수만 년에 걸쳐, 작고 단순한 문화들이 점차 뭉쳐서 더 크고 복잡한 문명으로 변했다. 그래서 세계의 메가 문화의 개수는 점점 적어지는 동시에 각각은 점점 더 크고 복잡해졌다. 물론 이것은 매우 단순한 일반화로, 거시적 수준에서만 맞는 이야기이다. 미시 수준에서 보면 다르다. (중략)

　하지만 통일을 지향하는 움직임은 불굴의 기세로 진행되는 데 비해 분열은 일시적인 반전에 지나지 않는다. (중략). 이 시각에서 보면 역사가 통일을 향해 끊임없이 움직이고 있다는 사실은 명약관화하다.

　　　　　　　　　　　　　　　　　　　　　- Y. 하라리 《사피엔스》 中 -

55) p.298. 오늘날 종교는 흔히 차별과 의견충돌과 분열의 근원으로 여겨진다. 하지만 실상 종교는 돈과 제국 다음으로 강력하게 인류를 통일시키는 매개체다.

　　　　　　　　　　　　　　　　　　　　　- Y. 하라리 《사피엔스》 中 -

가모니도 악마(파피야스)로부터 똑같은 유혹을 받는다.[56] 이렇게 악마의 세 번째 유혹은 위대한 인물들이 가장 거부하기 어려운 유혹이다. 지배 욕망(권력 욕구)은 인간의 **'가장 무시무시하고 가장 근본적인'** 욕망이기 때문이다.

> p.518. 인간에겐 무시무시하고 근본적인 욕망이 한 가지 있다. 바로 권력 욕구이다. "자유"라고 불리는 이 욕구는 최대한 오랫동안 억눌려져야 한다. 이것이 윤리학이 본능적으로 권력 욕구를 억제하는 교육을 목표로 잡은 이유이다. 따라서 우리의 도덕은 미래의 독재자를 중상하고, 자비와 애국심, 군집의 야망을 찬미하게 되어 있다.
>
> - F. 니체《권력 의지(부글)》中 -

도스토옙스키에 따르면 로마 가톨릭은 '8세기 전에' 그리스도가 분연히 거부한 악마의 세 번째 유혹을 받아들여 '카이사르의 검'을 받는다. 이 의미는 로마 가톨릭이 8세기에 **우상 숭배**를 받아들였다는 뜻이다(『대심문관』의 시대적 배경이 15세기이므로 이때부터 8세기 전은 기원후 8세기를 뜻한다). 이에 대한 논쟁이 '성상 파괴 논쟁'이다. 이 논쟁으로 인해서 그리스도교는 우상 숭배를 받아들인 로마 가톨릭과 그렇지 않은 그리스 정교회로 분리된다.[57]

---

56) p.308. 파피야스는 고타마(석가모니)에게 다시 말했다

"사문 고타마여, 깨달음은 얻기가 어렵거늘 공연히 스스로의 몸만 고통스러우리라. 그대는 빨리 이곳을 떠나라. 그리하면 반드시 전륜성왕이 되어 사천하를 다스리는 왕이 되고 대지의 주인이 되리라. 그대가 만약 전륜왕위를 받아들이면 자재로운 주인이 되어 거룩한 덕이 더할 나위 없으며 일체를 거느릴 터인데, 이 들판에서 벗도 없이 홀로 있으매 그대가 몸을 해칠까 두렵다." [『방광대장엄경』]

- 법륜 스님 《인간 붓다》 中 -

57) p.35. 이 분열은 3세기 이상에 걸쳐 행해졌는데, 8세기의 성상 파괴 논쟁으로부터 시

그런데 우상 숭배는 십계명의 제1조와 제2조에 나온 것처럼 하나님이 가장 엄격하게 금지하는 행위이다. 그럼에도 로마 가톨릭이 우상 숭배를 받아들인 이유는 신비한 형상 또는 우상은 인간의 **눈(目)의 욕망**을 만족시킴으로써 인간의 **양심**을 쉽게 지배할 수 있게 해 주기 때문이다. 이렇게 신비한 형상이나 우상에 지배되는 눈은 양심과 떼래야 될 수 없는 관계에 있다. 히틀러도 영상이나 그림과 같은 시각적 수단이 무엇보다도 양심을 지배하는데 더 큰 효과가 있다는 것을 알고 있었다.[58] 도스토옙스키는 어떻게 **신비한** 형상(성물)과 우상(성인)이 인간의 **눈의 강한 욕구**를 만족시켜 주고 **양심에 강한 위안**을 주는지에 대해서 다음과 같이 묘사한다.

p.51. 그러나 최근에 와서는 병의 악화 때문에 온전히 쇠약해져서 암자 밖으로 나오지 못할 때도 이따금 있었다. 그럴 때면 순례자들은 그가 나올 때까지 며칠이고 수도원 안에서 기다리고 있기가 일쑤였다. 그들이 그토록 장로를 사랑하고 있는 것은 무엇 때문일까. 그들이 장로의 얼굴을 보자마자 감격의 눈물을 흘리며 그 앞에 엎드리는 것은 무슨 이유에서일까, 이런 것은 알료샤에게 있어 조금도 의문이 될 수는 없었다. 오, 그는 너무나도 잘 알고 있었다! 노고와 비애 때문에, 아니 그보다도 일상적인 불공평과 죄과 때문에,

---

작해 1054년의 신학상의 문제를 둘러싸고 벌어진 격렬한 다툼을 마지막으로 끝이 났다. 이 기간 동안에 빠르게 분열된 두 사회의 교회는 뚜렷이 대립되는 정치적 성격을 띠게 되었다. 서방의 가톨릭교회는 중세 교황제의 독립적인 권위 밑에서 중앙집권적으로 통일되었고, 그리스 정교회는 비잔틴 국가의 한 부분이 되었다.

- A. J. 토인비 《역사의 연구》中 -

58) p.609. 영화를 포함한 온갖 형식의 영상이 의심할 여지 없이 더 큰 효과를 갖는다. 여기서는 인간은 이미 지성을 사용할 필요가 없다. (중략) 그러므로 대부분의 사람은 **상당히 긴 문장을 읽는 것보다도**, 오히려 **그림으로 된 표현**을 받아들일 준비가 되어 있다.

- A. 히틀러 《나의 투쟁》中 -

자기 자신의 죄과와 온누리의 죄과 때문에 끊임없이 고통받고 있는 러시아 평민의 겸허한 영혼을 위해서는 성물(聖物)이나 성인을 찾아 그 앞에 몸을 던져 예배하는 것 이상으로 강한 욕구와 위안은 있을 수 없는 것이다."

- 도스토옙스키 《카라마조프의 형제》 상 中 -

이러한 우상 숭배 논쟁이 16세기에 반복 재현된 것이 종교개혁이다. 이로 인해서 다시 또 로마 가톨릭은 로마 가톨릭과 프로테스탄티즘으로 분리된다. 하지만 그리스 정교회와 마찬가지로 인간의 **눈의 욕망**(시각 예술)을 억압하려는 프로테스탄티즘의 의지는 그렇게 강하지는 않았다.[59] 눈의 욕망을 만족시켜 주지 않고는 숭배를 쉽게 획득할 수 없었기 때문이다. 이러한 우상 숭배 논쟁이 이토록 오랫동안 그리고 격렬하게 벌어지는 이유는 우상 숭배가 종교의 가장 근본적인 특질에 관한 것이기 때문이다.

그래서 우상 숭배 논쟁은 다음과 같은 질문으로 환원될 수 있다. 왜 야훼 하나님은 십계명 제1조와 제2조에서 자신 이외에는 다른 신을 믿지 말고, 자신을 위해서 어떠한 우상이나 형상도 만들지 말라고 했을까? 그 이유는 신을 숭배하려는 마음과 형상이나 우상을 만들려는 인간의 욕망이 **어머니 신을 구하는 마음**에서 비롯된 것이기 때문이다. 도스토옙스키

---

59) p.600. 8세기에 그리스 정교 세계에서 일어난 우상 파괴 운동과 16세기에 서유럽 그리스도교 세계에서 일어난 우상 파괴 운동에 있어 전자는 이슬람교에서, 후자는 유대교의 예에서 적어도 부분적으로 자극을 받았음에도 둘 모두 시각 예술을 금지시키는 일은 하지 않았다. 그 둘이 공통적으로 세속적 영역에는 공격의 화살을 돌리지 않았을뿐더러 종교 영역에서까지도 그리스 정교의 우상 파괴자들은 마침내 기묘한 타협을 묵인했다. 즉, 시각 예술에 있어서 종교적 예배 대상의 3차원적(입체적) 표현은 금지되었지만, 그 대신 2차원적(평면적) 표현은 인정한다는 암묵의 양해가 성립되었다.

- A. J. 토인비 《역사의 연구》 中 -

가 명명한 '신을 구하는 마음'에서 신은 어머니 신을 의미한다. 이집트를 탈출한 이스라엘 민족이 아버지 신의 명령을 거역하고 금송아지를 숭배한 이유도 어머니 신에 대한 갈망 때문이다. '신을 구하는 마음'이 예술, 종교, 철학의 원동력인 이유도 어머니 신에 대한 욕망이 예술가, 종교인, 철학자에게 수많은 우상이나 형상을 만들려는 욕구를 불러일으키기 때문이다. 이러한 관점에서 예술가와 종교인과 철학자는 형상을 만든다는 점에서 일치한다. 다만 종교인이 만드는 형상은 **우상**으로 불리고 철학자가 만드는 형상은 **사상**으로 불린다는 점이 다를 뿐이다.[60]

로마 가톨릭이 우상 숭배를 받아들였다는 것은 정신적 수단이 아닌 물질적 수단을 통해서 인류의 구원을 하겠다는 뜻이다. 즉 그리스도의 검(영적 권력)이 아닌 카이사르의 검(세속적 권력)으로 인류를 구원하겠다는 의미이다.[61] 칼로 흥한 자는 칼로 망한다는 말처럼 이는 필연적으로 인간의 피를 요구하게 된다. 이러한 원리를 잘 알고 있는 그리스도는 **두**

---

60) p.270. 나는 형상 숭배에 대한 앞의 예들을 예술과 종교의 차이를 제시할 목적으로만 인용했다. 양자는 형상을 만든다는 점에서 일치한다. 시인은 말로써 형상을 만들고 화가는 색으로써, 조각가는 나무, 돌, 쇠로써 형상을 만든다.

- L. 포이어바흐 《종교의 본질에 대하여》 中 -

61) p.20. 교회는 교부 국가의 피후견인을 넘어서서 동등한 권한을 지닌 국가의 파트너가 되고자 했다. 이런 정치적 주장은 새로운 종교적 이데올로기로 정당화되었는데, 이것이 이른바 두 개의 검(劍) 이론이다. 이 이론은 누가복음 22장에 나오는 구절에 대한 매우 환상적인 해석에 바탕을 두고 있다. 제자 중에서 그를 따르지 않는 자들이 있을 것이라는 예수의 비판에 대해 제자들이 말하기를, "주여, 보소서, 여기 두 개의 검이 있나이다."(누가복음 22장 38절) (중략) 494년 교황 겔라시우스 1세는 이 성경 구절을 다음과 같이 해석했다. "하나님은 세속적 권력을 뜻하는 검 하나를 왕과 황제에게 위임하셨다. 그러나 영적 권력을 뜻하는 다른 검 하나는 오로지 교회에 속한다."

이러한 이데올로기는 성공적이었다. 476년 서로마제국의 몰락 이후 프랑크왕들과 독일왕들이 교황의 파트너가 되었다. 그들은 로마에서 교회에 의해 카이사르의 후계자로 임명되었고 황제에 즉위했다.

- 볼프강 비퍼만 《루터의 두 얼굴》 中 -

개의 검은 필요 없다고 했지만, 로마 가톨릭은 카이사르의 검을 돌려주지 않았다.[62] 하지만 그리스도의 검은 종교개혁으로, 카이사르의 검은 프랑스 혁명으로 빼앗기고 만다.

이러한 역사적 사건들은 모두 악마의 세 번째 유혹을 이 지상에 실현하기 위한 인류의 무의식적 시도의 결과이다. 다시 반복하자면 인류 미래사의 필연적이면서 마지막 결과는 온 인류가 **'하나의 전 지구적 사회'** 아래 결합하는 것이다.[63] 니체는 어느 철학자보다도 악마의 세 번째 유혹의 위력을 알고 있었다. 니체가 나폴레옹의 출현이 '최후의 위대한 증거'라고 말한 이유는 나폴레옹과 같은 절대적인 명령자, 즉 지상의 신이 인류 역사에 다시 등장해서 무리 동물 같은 유럽 민중을 그들의 견딜 수 없는 제3의 고민거리이자 마지막 고민거리의 압박에서 구제해 줄 수 있다고 생각했기 때문이었다. 그의 초인 사상은 이러한 믿음의 산물이었다.

> p.155. 다른 한편 오늘날 유럽에서 무리의 인간은, 그가 유일하게 허용된 유형의 인간인 것 같은 얼굴을 하며 자신을 온순하게 하고 협조적이게 하며 무리에 유용하게 하는 자신의 성질을 진정한 인간적 덕목이라고 찬양한다 : 즉 공공심, 친절, 배려, 근면, 절제, 겸손, 관용, 동정 등이 그 덕목이다. (중략) 이러한 무리 동물 같은

---

62) p.135. 그들이 여짜오되 주여 보소서 여기 검 둘이 있나이다 대답하시되 족하다 하시니라

　　　　　　　　　　　　　　　　　　　　　- 《신약성서》 「누가복음」 中 -

63) p.336. 상업, 제국 그리고 보편 종교는 모든 대륙의 사실상 모든 사피엔스를 오늘날 우리가 사는 지구촌 세상으로 끌어들였다. 이런 팽창과 통일 과정이 단선적이었다거나 중단된 적이 없었다는 것은 아니지만, 큰 그림을 보면 다수의 작은 문화에서 몇 개의 큰 문화로, 마지막에는 하나의 전 지구적 사회로 이행하는 것은 아마도 인간사 역학에 따른 필연적 결과일 것이다.

　　　　　　　　　　　　　　　　　　　　　- Y. 하라리 《사피엔스》 中 -

유럽인에게 절대적인 명령자의 출현은 이 모든 것에도 불구하고 견딜 수 없는 압박에서 구제되는 것이며 은혜다. 이에 대해 나폴레옹의 출현이 끼친 영향은 최후의 위대한 증거를 제시했던 것이다 :― 나폴레옹이 끼친 영향의 역사야말로 거의 이 세기 전체가 가장 귀중한 인간과 순간에 이른 더욱 높은 행복의 역사이다.

- F. 니체《선악의 저편(책)》-

하지만 니체의 예상과 달리 지금까지 나타난 지상의 신은 모두 뿔 달린 짐승으로 판명되었으며, 그 결과는 '자멸과 허무'로 끝났다. 이렇게 인간 본성은 끊임없이 인류를 결합시킬 수 있는 신과 같은 존재를 갈망한다. 하늘의 신이 없다면 지상의 악마라도 숭배해야만 한다.[64] 그렇지 않으면 그 불안감과 정신적 공허감을 견뎌낼 수 없기 때문이다. 그래서 도스토옙스키는 인류가 '새로운 신'을 찾아낼 수 없다면 악마의 세 번째 유혹에 빠진 지상의 악마에 의해서 언젠가 인류 전체가 멸망할 것이라고 말한다.

p.395. "… 당신은 훨씬 더 깊이 파헤쳤거든요. 로마 카톨릭은 이미 기독교가 아니라고 당신은 믿고 있습니다. 당신 설에 의하면, 로마는 악마의 세 번째 유혹에 빠진 그리스도를 선전한 것입니다. 지

---

64) p.1000. 서유럽인들의 혼은 언제까지 종교 없이 살아가는 데 견딜 수 있을까? 정신적 공허의 불안감에 쫓겨 서유럽인들이 내셔널리즘이나 파시즘·공산주의 등의 악마들에게 문을 열어주게 된 오늘날, 근대 후기에 이른 관용의 신앙이 언제까지 시련에 견딜 수 있을 것인가? 서유럽 그리스도교의 다양성이 서유럽인들의 감정과 이성에 대한 지배를 잃은 때, 목표가 사라진 신앙심을 대신할 대상을 아직 발견하지 못한 미온적인 시대에는 관용의 태도를 유지하기가 쉬웠다. 그러나 서유럽인들이 다른 신을 숭배하게 된 오늘날 18세기 종교의 자유는 20세기에 들어와 '이데올로기'라는 광신주의 앞에 스스로 대항할 수가 있을 것인가?

- A. J. 토인비《역사의 연구》中 -

상의 왕국 없이는 그리스도도 자기의 지위를 보전할 수가 없다는 사상을 선전한 카톨릭교는 이 선전에 의해서 반기독교 사상을 보급시켰고, 나아가서는 유럽 전체를 멸망시킨 셈이 되는 겁니다. 프랑스가 오늘날 고민하고 있는 것은 단지 카톨릭의 죄인 것이다, 그것은 프랑스가 더러운 로마의 신을 배척했지만 새로운 신은 찾아낼 수가 없었기 때문이라고, 당신은 명백히 시사해 주었습니다. …"

- 도스토옙스키 《악령》 상 中 -

인류의 세 번째 고민거리이자 마지막 고민거리가 해결되지 않는 한 프랑스 혁명 후의 유럽처럼 이 지구는 자신을 지상의 신으로 자처하는 지상의 악마에 의해 언제든지 악마의 세 가지 유혹의 실험장으로 바뀔 수 있다. 그런데 왜 인류의 무의식은 신과 같은 숭배 대상을 그토록 갈망하는 것일까? 이 질문에 대답하기 위해서는 먼저 '신은 누구인가?'라는 질문에 답하지 않으면 안 된다.

신은 누구인가?

인간 본성의 근본적인 비밀인 누구를 숭배할 것인가? 라는 의문은 인간이 왜 신을 창조했는지를 설명해 준다. 신을 창조할 수 없는 경우에는 돌이나 나무로 만든 형상이나 자연 현상이나 동물과 같은 우상이라도 숭배해야만 했다. 왜 인간은 누군가를 숭배하지 않으면 안 되는 것일까? 이 질문은 숭배 대상이 가지고 있는 특성이 무엇이냐는 질문으로 이어진다. 도스토옙스키는 숭배 대상의 특성을 다음과 같이 묘사한다.

p.416. 그것은 "누구를 숭배할 것이냐?" 하는 의문이지. (중략) 그런데 인간은 틀림없이 숭배할 만한 가치를 지닌 대상만을 찾고 있어. 만인이 다 같이 그 앞에 무릎을 꿇을 수 있는 틀림없는 대상을 찾고 있는 거야. 왜냐하면 이 가련한 생물들은 그들 각자가 숭배 대상을 찾을 뿐만 아니라 만인이 신앙하고 만인이 다 함께 무릎을 꿇을 수 있는 그런 대상을 찾기 때문이지.

이러한 공통적인 숭배의 요구야말로 세상이 시작된 그 날부터 개개의 인간 및 전 인류의 근본적인 고민거리가 되어 왔다. 숭배의 공통성이라는 것 때문에 사람들은 서로 휘두르며 싸워 왔어. 그들은 자기네 신을 창조해 가지고 서로 자기 쪽으로 불러들였어. '너희들의 신을 버리고 우리의 신 앞에 무릎을 꿇어라. 그렇지 않으면 너희들도 너희들의 신도 죽음을 면치 못하리라!' 고. 이런 상태는 이 세상이 끝날 때까지, 아니 이 세상에서 신이라는 신이 모두 소멸될 그 때까지도 계속될 거다.

- 도스토옙스키 《카라마조프의 형제》 상 中 -

숭배 대상은 '틀림없이 숭배할 만한 가치'를 지니고 있어서 '만인이 다 함께 무릎을 꿇을 수 있는 대상'이어야 한다. 무엇보다도 중요한 것은 숭배의 대상은 '숭배의 공통성'을 지녀야 한다. 이러한 '숭배의 공통성'에 대한 요구는 세상이 시작된 그 날부터 이 세상이 끝날 때까지 계속된다. 숭배 대상의 특성을 요약하자면, 모든 인간이 숭배할 만한 가치가 있고, 모든 인간이 그 대상에게 무릎을 꿇을 수 있는 공통성을 지니고 있으며, 이 세상이 시작된 그 날부터 이 세상이 끝나는 날까지 찾는 존재이다. 모든 인간에게 이러한 공통성을 가지는 있는 대상은 누구일까? 바로 부모, 특히 **'위대한 아버지'**이다.

p.393. 우리는 인간의 집단은 어디든 권위에 대한 강렬한 소구(訴求)가 있다는 것을 알고 있다. 말하자면 사람들은 존경을 보내고, 그 앞에서 고개를 숙이고, 지배를 받든 학대를 받든 강력한 권위자를 필요로 한다는 것이다. 우리는 개인의 심리를 통해 집단의 이런 욕구가 어디에서 유래하는지도 이미 검토한 바 있다. 이것은 모든 인간에게 유년 시대부터 내재하고 있는 아버지, 전설의 영웅이 자랑스럽게 극복한 아버지에 대한 동경의 한 표현이지 다른 것이 아닌 것이다. 지금쯤은 어렴풋하게나마 인식하게 되었을 테지만, 우리가 위대한 인물에게 부여하는 모든 특성은 결국 아버지의 특성이며 우리가 하릴없이 구하는 위대한 인간의 본질도 이 아버지의 본질과 일치한다. 단호한 사고력, 강한 의지력, 활기찬 행동력이야말로 아버지 상(像)의 중요한 일부를 이룬다. 그러나 아버지상에서 뗄래야 뗄 수 없는 것이 위대한 인간의 자립성, 독립성, 그리고 신(神)에 버금가는 무자비할 정도의 냉담함이다. 사람들은 이런 인물을 존경하고 신뢰하지만, 동시에 그에 대한 두려움도 피할 수 없다. 우리는 〈위대하다〉는 말 자체를 통해서도 이런 낌새를 알아낼 수 있다. 도대체 이런 아이에게 아버지 말고 또 누가 〈위대한 인간〉일 수 있겠는가.

- S. 프로이트 《종교의 기원, 『인간 모세와 유일신교』》中 -

프로이트에 따르면 인간의 권위에 대한 강렬한 소구, 즉 숭배 욕망은 어린 시절 위대한 아버지에 대한 '동경과 두려움'에서 기인한다. 인간이 위대한 인물을 숭배하는 이유도 그 인물에게서 아버지의 특성을 발견하기 때문이다. 아버지가 지닌 상(像)은 주로 단호함과 의지력 그리고 무자비할 정도의 냉담함이다. 이러한 아버지의 상이 위대하게 승화된 대상이 징벌과 복수의 신인 야훼 하나님과 같은 아버지 신이다. 종교인이 신을 **아버지**라고 부르거나 성직자를 **신부**(神父)라고 부르고 반대로 성직자가 신도를 **아들**이라고 부르는 것도 무의식적으로 신과 아버지를 동일시하고 있기 때문이다. 마찬가지로 어머니가 지닌 상(像)이 위대하게 승화된 대상이 성모 마리아와 같은 어머니 신이라고 할 수 있다. 이렇게 신에 대한 정의는 부모에 대한 정의와 똑같다는 것을 알 수 있다.[65]

　　p.244. 정신분석학은 우리에게 아버지 콤플렉스와 하느님 아버지에 대한 신앙 사이에 내밀한 관계가 있음을 일러 주고 있다. 우리는 또한 정신분석학을 통해 개인적인 신(神)은 심리적으로 볼 때 경배의 대상이 된 신 이외의 아무것도 아니라는 것을 알게 되었고, 아버지의 권위가 무너져 버렸을 때 많은 젊은이들이 신앙도 잃어버린다는 사실을 일상적으로 목격한다. 따라서 우리는 종교적 욕구의 뿌리를 아버지 콤플렉스 속에서 확인할 수 있다. 정의롭고 전능하신 신(神)과 선한 자연은 우리가 보기에는 아버지와 어머니가 위대하게 승화된 결과 또는 어린 시절에 우리가 아버지와 어머니에 대해 품고 있었던 상(像)들의 복원과 부활로 보인다. 종교성이란 생물학적으로 볼 때 어린아이가 끊임없이 느끼는 도움을 받고자 하는 욕구와 스스로 자신을 도울 수 없는 어린아이의 무능력으로 귀착되는데, 아이는 훗날 자신이 버림받았다는 것과 인생의 거대한 힘들과 맞서 연약함을 깨닫게 될 때 자신의 상황을 그가 어린 시절에 느

---

65) p.323. 그러므로 로마인들은 그들이 신을 존경하는 것과 똑같은 경건심과 신앙심으로 조국, 친척, 부모를 존경했다. 신앙심이나 경건심은, **키케로**가 말하는 것처럼 신들에 대한 정의였다. 하지만 같은 곳에서 키케로가 말하는 것처럼 부모들에 대한 정의이기도 했다.

- L. 포이어바흐 《종교의 본질에 대하여》 中 -

껐던 것처럼 느끼게 된다.

　- S. 프로이트《예술, 문학, 정신분석,『레오나르도 다 빈치의 유년
　　의 기억』》中 -

　정신분석학에 따르면 신은 어머니 또는 아버지에 대해 품고 있던 상들이 위대하게 승화된 결과이다. 이렇게 어머니 또는 아버지의 상들이 복원되거나 부활하는 이유는 어린 시절 경험했던 부모의 보호와 사랑을 다시 받고 싶기 때문이다. 하지만 이제 그러한 부모는 존재하지 않으므로 부모의 상을 형상화해서 신을 만들어 낸 것이다. 따라서 신의 본질과 특성 속에는 인간의 본질과 특성이 포함된다. 그래서 L. 포이어바흐와 같은 철학자는 '**신학은 인간학**'이며 신의 본질은 인간의 본질이며 신의 역사는 인간의 역사에 불과하다고 말한다.[66]

　이쯤에서 복종 욕망과 숭배 욕망을 구별할 필요가 있다. 복종과 숭배의 차이점은 복종이 강제로 타인의 명령을 따르는 것이라면 숭배는 자발적으로 타인의 명령을 따르는 것이라고 할 수 있다. 아버지가 지닌 상들이 단호함, 의지력, 냉담함 등이라는 것을 고려하면 복종 욕망은 아버지상에 대한 것으로 볼 수 있고 어머니가 지닌 상들이 헌신, 희생, 숭고함 등이라는 것을 고려하면 숭배 욕망은 어머니상에 대한 것이라고 볼 수 있다. 이렇게 구별되는 이유는 숭배 욕망은 어머니와 밀접한 관계를 갖는 유아기에 형성되고, 복종 욕망은 아버지와 관계가 시작되는 아동기에 형성되기

---

66) p.63. 이러한 나의 학설은 **신학은 인간학이다**라는 말로 요약될 수 있다. 다시 말하면 그리스어로 테오스(Theos), 독일어로 신(Gott)이라 불리는 종교의 대상에서 말하고 있는 것은 인간의 본질에 불과하다. 또는 인간의 신은 인간을 신격화시킨 본질에 불과하며 그러므로 종교의 역사 또는 신의 역사는 인간의 역사에 불과하다. 왜냐하면 종교가 다양한 만큼 신도 다양하고 종교가 다양한 만큼 인간도 다양하기 때문이다.
　　　　　　　　　　　　　　　　- L. 포이어바흐《종교의 본질에 대하여》中 -

때문이다.

이러한 형성 시기의 차이로 인해서 숭배 욕망과 복종 욕망 사이에는 결코 메울 수 없는 심리적 간격이 생긴다. 유아기의 유아는 몸과 마음이 매우 미숙하므로 이때 형성되는 숭배 욕망은 주체의 본성 그 자체가 되지만, 몸과 마음이 어느 정도 발달한 아동기에 형성되는 복종 욕망은 주체의 본성이 되지 않기 때문이다. 그것은 하나의 관념처럼 본성과 분리된다(형성 시기를 구분하기 위해서 지금부터 복종 욕망을 **복종 관념**으로 부르기로 한다). 이스라엘 민족이 아버지 신의 말씀에 복종하지 않은 이유도 어머니 신을 구하는 마음이 인간의 더 근본적인 본성이기 때문이다. 그래서 아버지 신을 자발적으로 숭배하기는 매우 어려우며 '신앙의 힘에 의지해서만', 즉 강제적으로만 가능하다.

p.291. "… 아아, 그런 어버이를 죽인다는 것은 생각만 해도 끔찍한 일입니다! 배심원 여러분, 아버지란 무엇입니까? 참된 아버지란 어떤 겁니까? 이 위대한 말에는 무슨 뜻이 있습니까? 이 명칭 속에는 어떤 무섭고 위대한 관념이 깃들여 있는 겁니까? 나는 지금 참된 아버지란 어떤 것이며 어떤 책임이 있는가를 대충 말씀드리겠습니다.

(중략)

"… 사랑은 무(無)에서 만들어지는 것이 아닙니다. 무에서 만들 수 있는 것은 오직 하느님뿐입니다. '어버이들이여, 그 자식을 슬프게 하지 말지어다!' 사랑에 불타는 마음으로 어느 사도(使徒)는 이렇게 쓰고 있습니다. 내가 지금 이 거룩한 말씀을 인용한 것은 나의 피고를 위해서가 아닙니다. 모든 어버이 되신 분들을 위해서 말한 것입니다. (중략)

우리는 먼저 그리스도의 말씀을 실행한 후, 그때 비로서 자신의 의무를 물을 수가 있는 겁니다! 그렇지 않으면 우린 아버지가 아니고 오히려 우리 자식의 적이 됩니다. 또한 자식도 자식이 아니고 우리의 적이 되는 것입니다. 더욱이 우리들 자신이 그들을 적으로 만든 것입니다! '너희가 남을 가늠하면 너희도 남한테서 그만큼 가늠을 받으리라'—이것은 나 자신의 말이 아니고 성경 속의 말씀입니다만, 즉 남을 가늠하면 남도 그만큼 자기를 가늠한다는 뜻입니다. (중략)

물론 아버지란 말에는 다른 뜻, 다른 해석도 있을 수 있어서 자기 아버지는 비록 짐승만도 못한 악한이라 할지라도 자기를 낳아 준 이상 역시 아버지임이 틀림없다고 주장하는 사람도 있습니다. 그러나 이것은 이른바 신비적 부친관(父親觀)이라고나 할까, 이성으로는 도저히 받아들일 수 없는 것입니다. 이것은 오로지 신앙에 의해서만 받아들여질 수 있습니다. 아니, 좀더 정확하게 말하면 '신앙의 힘에 의지해서' 받아들여질 수 있는 것입니다. 이런 예는 그 밖에도 얼마든지 많습니다. 이성으로는 승인할 수 없습니다만, 종교가 그것을 믿도록 명령합니다.

그러나 이럴 경우 그것은 현실 생활의 범위 밖에 남게 됩니다. 현실 생활의 범위 내에서는 그 자신이 자기의 권리를 지닐 뿐 아니라 위대한 의무까지 부과하는 그 현실 생활의 범위 내에서 우리가 만일 인도주의적인 기독교도가 되길 원한다면, 우리는 이성과 경험에 의해서 시인되고 해부의 용광로를 거쳐 나온 신념을 실행하지 않으면 안 되고 또 그럴 의무가 있는 것입니다. 한마디로 말해 이성적으로 행동해야 합니다. 꿈속에나 망상 속에서처럼 미친 듯이 행동해서는 안 됩니다. 그것은 즉 인간에게 해독을 끼치지 않기 위해서입니다. 인간을 괴롭히거나 멸망시키지 않기 위해서입니다. 그렇게 하면 그때 비로소 참된 기독교도의 행동이 됩니다. 신비적이 아닌, 참으로 인도주의적인 이성적 행위가 되는 것입니다."

　　　　　　　　－ 도스토옙스키 《카라마조프의 형제》 하 中 －

　아버지가 지닌 상들은 폭력적이고 잔인하고 냉담하다. 이성으로는 도저히 받아들 수 없는 이러한 부친관을 종교는 믿도록 명령한다. 그래야만 아버지 신의 폭력적이고 잔인한 명령에도 복종하기 때문이다. 그런데 도스토옙스키는 아버지가 자식의 적(敵)이 될 수도 있고 자식도 아버지의 적(敵)이 될 수 있다고 말한다. 그래서 도스토옙스키는 아버지들에게 '자식을 슬프게 하지 말지어다'라고 충고한다. 그런데 그 이유가 자식이 적이 되기 때문이 아니다. 그 이유는 자식의 아버지에 대한 분노가 타인에게 '해독을 끼치고 괴롭히고 더 나아가 인류를 멸망시키기' 때문이다. 그래서 도스토옙스키는 아버지가 자식에게 꿈속에나 망상 속에서처럼 미친 듯이 행동해서는 안 되며 이성적으로 행동해야 한다고 말한다.

　스탈린의 사례는 폭력적이고 잔인한 아버지가 타인과 인류에게 어떤 영향을 미치는지를 여실히 보여 준다. 스탈린은 폭력적이고 잔인한 아버지를 증오했다. 그럼에도 자신을 복종하게 만드는 폭력의 효과는 어린아이의 '내면세계에 흡수되어' 그의 세계관이 된다.[67] 이러한 심리적 기제가

---

67) p.478. 스탈린은 아버지를 증오했다. 당시 그의 동급생이었던 요제프 이레마슈빌리(Josef Iremashvili)는 후에 다음과 같은 글을 남겼다. "부당하고 무시무시한 폭행은 이 소년을 아버지만큼이나 사납고 무정하게 만들었다. 힘이나 나이를 무기로 타인에게 권력을 행사하는 모든 이들은 그의 눈에 마치 아버지처럼 보였고 그로 인해 그의 마음속에서는 자신보다 우위에 서는 모든 이들에 대한 복수심이 자라나게 되었다. 복수심의 실현은 어린 시절부터 그에게 무엇보다 우선하는 목표였다." 그리고 로버트 터커(Robert Tucker)는 이렇게 말했다. "아버지가 휘두른 위협적인 폭력은 어떤 식으로든 그의 내면에 흡수되었다."

아버지와의 동일시이다. 이렇게 자란 어린아이는 어른이 되었을 때 외부 세계의 문제를 폭력으로 해결하려고 한다. 바꿔 말하자면 어린 시절 아버지에게서 받은 자신의 고통을 타인과 인류에게 되돌려주는 것이다. 일종의 **복수**인 셈이다. 물론 주체는 자신이 아버지의 상을 반복하고 있다는 것을 인식하지 못한다. 하지만 남성의 운명이란 결국 어린 시절에 동일시한 아버지의 상을 훗날 외부에 다시 투사해서 반복하는 것에 지나지 않는다.

　　p.531. 만일 아버지가 거칠고 폭력적이었고 잔인했다면, 그때 초자아는 이러한 특징들을 물려받을 것이고, 억압되어야만 했던 수동적 태도는 초자아와 자아의 관계 속에서 다시 형성된다. 초자아는 가학적으로 되고 반면에 자아는 자학적, 다시 말해 요컨대 수동적이고 여성적으로 되는 것이다. 이때 응징을 받고 싶다는 강한 욕구가 자아 속에 일게 되는데 자아는 한편으로는 자신을 운명의 희생자로 내어주는 것이고 다른 한편으로는 초자아가(죄의식이) 가하는 가혹한 처벌 속에서 만족을 얻는 것이다. 모든 응징은 근본적으로 거세이고, 거세로서 아버지에 대한 옛날의 수동적 태도에서 나오는 만족이기도 하다. 운명이란 결국 훗날 아버지의 모습이 다시 투사되는 것에 지나지 않는 것이다.
　－ S. 프로이트 《예술, 문학, 정신분석, 『도스토옙스키와 아버지 살해』》中 －

정신분석학에서는 어머니 또는 아버지의 상을 내면에 흡수해서 형성된 정신 기구를 **초자아**라고 부른다. 초자아는 세 가지 정신 기구(이드, 자

　　　　　　　　　　　　　　　　　　　－ 비비안 그린 《권력과 광기》中 －

아, 초자아) 중 하나이다. 정신 기구에 대해 간략하게 설명하자면 이드는 본능이고 이드에서 분화된 것이 자아이고 자아에서 분화된 것이 초자아이다. 자아 또는 초자아의 분화는 자연스러운 정신 현상이지만 그 내용은 외부 환경에 어떻게 대응하느냐에 따라 달라진다. 예를 들어 어머니 젖이 충분히 제공되지 않으면 유아는 그러한 환경을 위협으로 받아들인다. 그런데 무력한 어린아이는 자신과 외부 세계를 구별하지 못하므로 그 위협을 자신의 내적 현실, 즉 심리적 외상으로 받아들인다. 심리적 외상이 발생하면 유아는 정신을 방어하기 위해서 그 외상에 **정신 에너지**를 일시적으로 **과도하게** 집중시킨다.[68] 이러한 심리적 기제를 문자 그대로 **방어**라고 부른다. 마치 신체에 상처가 생기면 신체를 방어하기 위해서 그 상처에 **백혈구**를 일시적으로 **과도하게** 집중시키는 것과 같다. 이때의 백혈구에 해당하는 정신 에너지를 정신분석학에서는 **리비도**라고 부른다. 신체의 상처가 낫은 후에 **항체**가 형성되는 것처럼 심리적 방어 후에도 항체와 같은 '잔여물'이 남는다. 이러한 항체의 역할을 하는 잔여물을 정신분석학에서는 **콤플렉스**라고 부른다. 개개인의 자아나 초자아의 질적 차이는 이러한 '잔여물'의 차이라고 할 수 있다.

p.351. 자아 자체 내에 초자아라는 특수한 기관이 분화되었다고 가정해야 합니다. 이 초자아는 자아와 이드 사이라는 특수한 위치에 있습니다. 이것은 자아에 속하는 것으로서 고도의 심리학적 조직체입니다. (중략) 사실상 초자아는 이드가 최초로 대상 리비도를 과잉 집중시킨 결과이며 오이디푸스 콤플렉스가 제거된 후에 남아

---

68) p.406. **불쾌한 접촉의 경우 몸을 움츠리고, 모든 부분을 응집하는 것**이 모든 방어 운동의 원형이다. 생리학적으로 무엇이 그것에 상응하는가? **집중하는 것**: 고통이 우리를 집중하게 한다.
- F. 니체《유고(1882년 7월~1883/84년 겨울)》中 -

있는 그것의 잔여물입니다.

- S. 프로이트 《정신분석학 개요, 『비전문가 분석의 문제』》中 -

좀 더 구체적으로 설명하자면 자아는 어머니의 상을 내면화하면서 분화하고 초자아는 아버지의 상을 동일시함으로써 분화한다. 물론 어머니의 동일시로 형성되는 초자아도 있지만 주로 초자아는 아버지의 성격을 띤다. 여기서 어머니에게는 내면화, 아버지에게는 동일시라는 용어를 사용하는 이유는 앞서 설명한 것처럼 어머니 기능을 정신적으로 흡수하면 주체의 본성이 되지만 아버지 기능을 정신적으로 흡수해도 주체의 본성이 되지 않기 때문이다. 인간의 자아가 '사랑하고 안심시키는' 기능을 할 수 있는 이유도 어머니 기능(대상 표상)을 내면화했기 때문이다.[69] 자아가 심리적 어머니라면 초자아는 심리적 아버지라고 할 수 있다.

심리적 어머니와 심리적 아버지가 결합한 개념이 정신분석학에서 말하는 오이디푸스 콤플렉스이다. 정신분석학에서는 오이디푸스 콤플렉스를 주로 아버지의 관점에서 바라본다. 가령 오이디푸스 콤플렉스가 강하다는 의미는 부모의 영향력 중에서 아버지 상의 영향력이 강했고 따라서 초자아도 강하게 형성되었다는 것을 뜻한다. 쉽게 말해서 아버지에게 '빨리 굴복했다'라는 뜻이다. 그 굴복 경험(외상)의 잔여물이 '죄책감'(양심이나 죄의식)이다. 이러한 죄책감은 아버지에게 빨리 복종할수록 엄격해진

---

69) p.224. 다른 말로 하면, 어머니가 없을 때 아이가 자신의 무력감을 극복하려면, 조절하고 안전을 지켜 주는 어머니의 기능을 내적으로 이용할 수 있으면서, 동시에 어머니가 항상 내면에 있어야 한다. 성공적인 내재화를 통해 아이는 독립적인 정동 관리를 위한 중요한 자원을 가지게 된다. 대상 표상과 그것의 사랑하고 안심시키는 기능이 안정적인 내적 자원이 되는 것을 Mahler는 리비도적 대상 항상성의 일부라고 했는데, 일단 그렇게 되면, 조절하고 조직하는 활동으로 정동 신호에 반응해 주었던 대상의 기능은 아이의 자아 기능이 된다.

- P. 타이슨 외 《정신분석적 발달이론의 통합》中 -

다(그만큼 자아가 약하다는 의미이다).

　　p.375. 초자아는 아버지의 성격을 띤다. 오이디푸스 콤플렉스가
강렬하면 강렬할수록, 그것이 (권위나 종교적 가르침, 학교 교육이
나 독서 행위 등의 영향을 받아) 억압에 빨리 굴복하면 굴복할수록,
그 후에 나타나는 초자아의 자아에 대한 지배력은-양심이나 무의
식적 죄의식의 형태로-더욱 엄격하게 될 것이다.
　　　　　- S. 프로이트《정신분석학의 근본 개념,『자아와 이드』》中 -

　여기서 한 가지 오해하지 말아야 할 점은 어린아이가 내면화 또는 동일
시하는 어머니의 상 또는 아버지의 상은 실제로 어머니나 아버지에게 그
러한 특성이 있다는 뜻이 아니라 어린아이가 그렇게 지각하거나 생각한
다는 뜻이다. 그러므로 부모의 상은 부모의 특성을 완전히 반영하지 않는
다.[70] 오히려 그러한 특성의 **윤곽**이나 **패턴**에 가깝다. 대상이 이렇게 지
각되는 이유는 인간의 뇌가 **추상적인 사고**를 위해서 그렇게 진화되어 왔
기 때문이다.[71]《매트릭스》와 같은 영화 덕분으로 이제는 널리 알려지게

---

70) p.30. 우리들은 현실 속에 존재하는 사람의 성격과 그의 행동의 반응 양식을 보고 그
　　사람에 대한 마음 속의 이미지(정신적 표상)를 세운다. 그러나 그 '마음 속의 이미지'
　　에는 실제의 인물이 전혀 가지지 않고 있는 특성이 담겨진다. 실제 인물과 사람들이
　　가지고 있는 그 인물에 대한 이미지가 서로 다르다는 점이 정신역동 이론에서 중요
　　한 이론적 문제였다.
　　　　　　　　- J. 그린버그 & S. 밋첼《정신분석학적 대상관계 이론》中 -
71) p.36. **뇌** : 각각의 시기는 패러다임 전환을 통해 더 높은 단계의 '우회 기법'을 확보함
　　으로써 정보의 진화를 계속한다. (중략) 세 번째 시기의 시작을 알린 것은 동물의 패
　　턴 인식 능력이었다. 지금도 우리 뇌 활동의 대부분을 차지하는 작업이다. 궁극적으
　　로 인류는 자신이 경험하는 세계에 대한 추상적 정신 모델들을 창조하고 이 모델들
　　의 의미를 이성적으로 사고하는 능력을 발전시켰다.
　　　　　　　　　　　　　　　- R. 커즈와일《특이점이 온다》中 -

되었지만, 인간의 의식 속에 나타나는 **선명한** 이미지나 개념은 감각기관이 지각한 대상의 **흐릿한** 윤곽이나 패턴을 두뇌가 재해석해서 **가상으로** 구성해 낸 것이다. 사물이나 현상의 윤곽이나 패턴에 이러한 '**가상성**'이 결합된 것이 **표상**(表象)이다[72](표상 개념은 이 책에서 가장 핵심적인 개념이므로 익숙해질 필요가 있다). 다시 말해서 모든 사물과 현상의 '**안과 배후**'에는 이러한 가상성이 **투사**되어 있다. 하지만 이러한 사실을 모르는 우리는 사물과 현상의 원인을 자신 속에서가 아니라 항상 바깥세계에서 찾으려고 한다.

> p.175. 사실 우리가 바깥세상에 대해 가지는 태도에는 투사가 항상 자리를 차지하고 있다. 즉 우리가 어떤 감각의 원인을 바깥세상에서 찾으려 하고 자신의 속을 들여다볼 생각은 하지 않을 때(다른 경우에는 그렇게 하면서), 이것은 정상적인 과정이지만 투사라고 불러야 할 것이기 때문이다.
> - S. 프로이트《늑대 인간,『편집증 환자 슈레버』》中 -

우리의 모든 사유, 감정, 이념 등은 우리의 두뇌가 만들어 낸 표상이다. 유아가 엄지손가락이나 부드러운 천과 같은 중간 대상에 집착하는 이유도 유아의 두뇌가 대상을 그 자체로 인식하지 않고 그 대상의 윤곽이나 패턴을 재해석해서 어머니 젖이 지닌 **시각적 표상**이나 어머니가 주는 따

---

72) p.368. **요약하면**: 의식되는 것은 우리에게는 전혀 드러나지 않은 인과관계 아래에 있으며, ─의식 안에서 사유와 느낌과 이념들이 연속한다는 점이, 이런 연속이 인과적 연속이라는 점을 표현하는 것은 아니지만: **겉으로는** 그렇게 **보인다**. 그것도 최고도로. 이러한 **가상성을 우리는 정신, 이성, 논리 등에 대한 우리의 전 표상에 대한 기초로 삼았던 것이다** (이런 것들은 모두 존재하지 않으며: 날조된 종합이고 단일체들이다) …… 그럼에도 불구하고 이런 것들이 다시 사물 **안으로**, 사물의 **배후로** 투사된다니!
  - F. 니체《유고(1887년 가을~1888년 3월)》中 -

뜻함과 같은 **감각적 표상**을 만들어 내기 때문이다. 이렇게 인간의 무의식은 대상이 지닌 표상을 통해서 자신의 갈망을 대리 만족시킬 수 있다. 그러한 표상을 지닌 대상을 자본주의 사회에서는 **'상품'**이라고 부른다.[73]

본론으로 돌아가서, 주체의 초자아가 폭력성, 잔인함, 엄격성 등의 특성을 보인다면 그것은 아버지의 표상을 동일시했기 때문이다. 마치 폭력적이고 잔인한 아버지로 인해서 수동적으로 변한 어머니를 가진 가정처럼 이렇게 자란 어린아이의 정신구조 속에는 폭력적이고 잔인한 **초자아**(아버지)와 수동적이고 여성적인 **자아**(어머니)가 공존하게 된다. 다시 말하지만, 아버지가 실제로 그렇지 않더라도 어린아이는 자신의 상상 속에서 아버지를 그렇게 느끼고 두려워할 수 있다는 것이다. 이렇게 어린 시절의 아버지 표상과의 동일시는 평생 남성의 정신세계를 지배하는데 프로이트는 그 증례의 하나로 괴테를 든다.

p.413. 하지만 놀라운 것은 이 소녀가 결혼해서 아내가 되고 어머니가 되면, 그토록 적대하던 어머니를 닮아 가다가 급기야는 극복의 대상이었던 어머니와의 동일화가 다른 식으로 재현된다는 점이다. 사내아이들에게도 이와 똑같은 일이 일어난다. 이런 일은 위대한 문호 괴테에게도 일어났다. 일찍이 천재적인 재능을 보이던 그는 완고하고 현학적인 아버지를 경멸했다. 그러나 노년이 되자 그 역시 아버지 성격과 비슷한 것으로 보이는 특징을 드러내고는 했다. 양자의 대립이 첨예하면 첨예할수록 그 결과는 그만큼 더 두드러진다.

- G. 프로이트 《종교의 기원, 『인간 모세와 유일신교』》中 -

---

73) p.175. 상품은 새로 생겨난 욕망을 만족시키든가 아니면 자기 스스로의 힘으로 욕망을 불러일으키는 어떤 새로운 노동 양식의 산물일지도 모른다.
　　　　　　　　　　　　　　　　　　　　　- K. 마르크스 《자본 I》中 -

어린 시절 아버지와의 동일시를 통해서 형성된 초자아는 훗날 두 가지 형태로 아버지 표상을 반복한다. 하나는 아버지 표상을 지닌 대상에게 복종하는 형태이다. 마치 아버지에게 복종하는 것처럼 주체는 아버지의 표상을 지닌 집단의 권위자나 그 권위자가 부여하는 명령 등에도 무의식적으로 복종한다. 여기에서도 보듯이 아버지 표상은 실제 아버지가 지닌 이미지나 특성과는 아무런 관계도 없다. 도스토옙스키는 이러한 복종적인 초자아를 가진 사람을 '평범한 사람' 또는 '**제1부류**'라고 부른다. 제1부류는 천성적으로 복종 관념이 강해서 성인이 되어서도 아버지 표상을 지닌 권력자 또는 신에게 무조건 복종하는 사람이다. 이들은 형벌이 없어도 스스로 자신을 채찍질하기 때문에 공동체에 위협이 되지 않는다.

p.400. "천만의 말씀. 하지만 그러한 착오는 제1의 부류, 즉 '평범한' 사람들. 그 평범한 부류에 속하는 사람들 외엔 야기되는 일이 없다는 점을 고려에 넣어 주십시오. 원래 천성적으로 복종하도록 태어나 있음에도 불구하고 암소들 사이에서조차 일어날 수 없는 자연의 장난에 의해 그러한 사람들 대부분이 자기 자신을 '선각자' 혹은 파괴자로 착각하고 새로운 주장을 토하려고 하는 엉뚱한 생각을 가지게 되고, 더군다나 그들은 아주 진지하게 그러한 확신을 가지게 되는 것입니다. (중략) 그러나 내가 생각하기에는 이 경우는 별로 대단한 위험은 없는 것이므로 전혀 근심할 필요가 없다고 보는 바입니다. 그 이유는, 그러한 사람들은 절대로 깊숙이 파고들지 않기 때문입니다. 물론 너무 지나치게 열을 올렸을 때엔 그 벌로 간간이 자기의 처지를 알리기 위해 채찍질을 할 필요도 있을 것입니다마는 그 이상의 조치는 필요치 않습니다. 그러한 경우에는 형벌의 집행자도 필요치 않을 정도입니다. 그러한 사람들은 자기가 자기를

채찍질하므로 그다지 염려할 정도가 못됩니다. 아무튼 매우 마음씨 좋은 사람들이니까요. 어떤 자들은 서로가 충고를 줄 것이며, 또 어떤 자는 자기 자신이 자기를 채찍질하게 될 것이니까요……. 그럴 경우, 공공연하게 여러 가지 형태로 회오(悔悟)의 정을 토로하는 경우도 있어서-아름다운 교훈적인 결과를 초래하게 될 것이므로, 요컨대 근심할 필요가 없다고 할 것입니다……. 그러한 규제의 법률이 있으니까 말입니다."

- 도스토옙스키 《죄와 벌》 상 中 -

아버지 표상을 반복하는 두 번째 형태는 아버지 표상을 타인에게 강요하는 것이다. 첫 번째 형태가 타인을 아버지의 위치에, 자신을 아들의 위치에 놓고 행동하는 것이라면 두 번째 형태는 그 위치를 역전시켜서 자신을 아버지의 위치에, 타인을 아들의 위치에 놓고 행동하는 것이다. 이 경우 초자아가 강한 사람은 자신의 자아에 엄격한 것처럼 타인과 더 나아가 인류에게도 엄격하게 된다.[74] 마치 아버지가 아들을 호되게 다루듯이 타인과 인류를 '호되게 다루는 것'이다.

p.310. 즉, 공격할 수 없는 권위자를 자신과 동일시하여 그 권위자를 자기 자신 속에 받아들이는 것이다. 권위자는 이제 그의 초자아로 변하여, 어린이가 권위자를 상대로 발산하고 싶었던 공격성을 모두 소유하게 된다. 어린이의 자아는 권위자-아버지-가 그렇게

---

74) p.279. 흔히 있는 일이지만, 사실은 자신에게 불만을 느끼고 있으면서도 타인에게 자기의 불만을 터뜨릴 때, 우리는 결국 자신의 판단을 흐리게 만들고 기만하려고 애쓰고 있는 것이다. (중략) 자기 자신에게 가차 없는 재판관과 같은 종교적으로 엄격한 사람들은 동시에 인류 일반에 대해서도 가장 악랄한 욕을 해 왔다.
- F. 니체 《인간적인 너무나 인간적인(동서)》 中 -

타락하여 불행한 역할을 맡는 것으로 만족해야 한다. 흔히 일어나는 일이지만, 여기서 〈현실의〉 상황은 역전된다. 〈내가 아버지이고 아버지가 나라면, 나는 아버지를 호되게 다룰 거야〉하는 식이다.

- S. 프로이트 《문명 속의 불만》中 -

예를 들어 스탈린처럼 폭력적인 아버지 밑에서 자란 사람은 복종시켜야 할 대상을 만나게 되면 폭력적 수단을 통해서 그 대상을 복종시키려고 한다. 반면 도덕적인 아버지 밑에서 자란 사람은 복종시켜야 할 대상을 만나게 되면 도덕적 수단을 통해서 그 대상을 복종시키려 한다. 일례로 프랑스 혁명의 상징적 인물인 로베스피에르의 아버지는 변호사였다. 그는 이 지상에 '정의와 덕의 나라'를 건설하려고 했는데 자신의 아버지 표상에 부합하지 않는 수십만 명을 단두대로 보냈다.

p.13. 칸트 역시 도덕의 독거미인 루소에게 물렸다. 칸트 영혼의 밑바닥에도 도덕적 광신이 숨어 있었다. 이러한 도덕적 광신의 집행자로 자부했고 자신을 그러한 집행자로서 공언했던 사람은 루소의 다른 제자인 로베스피에르였다. 로베스피에르는 "지상에 예지와 정의와 덕의 나라를 건설"(1794년 6월 7일)하려고 했다. (중략) 다른 한편에서 볼 때 프랑스인의 이러한 광신을 마음속에 품고 있으면서도 그와 같은 것을 칸트보다 더 비(非)프랑스적으로 심오하고도 철저하게, 그리고 독일적으로 ['독일적'이라는 말이 이런 의미에서 오늘날에도 여전히 허용된다면-추구한 사람은 아무도 없었다. 그는 자신의 '도덕적 왕국'을 위한 공간을 마련하기 위해, 자신이 증명할 수 없는 세계, 즉 논리적인 '피안'을 상정할 수밖에 없다는 사실을 깨달았다.

정신분석학적으로 표현하자면 로베스피에르는 아버지의 도덕적 표상을 반복 재현해서 자신의 공격적 감정을 발산했다고 할 수 있다. 이렇게 자신이 도덕적 또는 양심적이라고 믿는 사람의 무의식 속에는 이러한 공격성이 도사리고 있을 수 있다. 초자아의 적절한 공격성은 공동체의 질서 유지를 위해서 필요하지만, 초자아의 과도한 공격성은 공동체와 인류에게 재앙이 될 수 있다. 예를 들어 그리스도를 십자가에 못 박은 바리새인들도 매우 도덕적인 성직자들이었고, 독일국민을 구원하겠다는 신념에 가득 찬 히틀러도 '대단히 도덕적인' 인물이었다.[75] 아이러니하게도 이 세상에 악을 퍼트린 사람들은 대단히 선한 사람들이었다. 그래서 니체는 자신이 선하다거나 정의롭다고 말하는 사람들을 조심하라고 경고한다.

　　p.105. 그리고 선하다는 자와 정의롭다는 자들을 조심하라! 그런 자들은 자기 자신의 덕을 창안해내는 사람들을 즐겨 십자가에 못 박아 처단한다. 고독한 자들을 저들은 증오한다.

　　p.168. 벗들이여, 권하건대 남을 벌하려는 강한 충동을 갖고 있는 그 누구도 믿지 말라!
　　그런 자들이야말로 열등한 천성에 열등한 피를 타고난 족속이다.

---

75) p.839. 그러나 분명 히틀러도 여느 감각 있는 존재들처럼 **자신의 관점이 있었다.** 역사학자들에 따르면, 심지어 그것은 대단히 도덕적인 관점이었다. 히틀러는 제1차 세계대전에서 독일이 뜻밖에 패배하는 현실을 경험했고, 그것은 분명 내부의 적이 배신했기 때문이라고 결론지었다. 그리고 그는 전후 연합국의 살인적인 식량 봉쇄와 보복적 배상금에 분개했다. (중략) 그리고 그는 이상주의자였다. 그에게는 영웅적 희생으로 천년 왕국의 낙원을 앞당기겠다는 도덕적 전망이 있었다.
　　　　　　　　　　　　　　　　　　　- S. 핑거 《우리 본성의 선한 천사》 中 -

(중략)

　자신이 얼마나 정의로운가를 과시하기 위해 말을 많이 하는 그 누구도 믿지 말라! (중략)

　그리고 저들이 자칭하여 "선하고 정의로운 자"라고 할 때 저들에게서 권력을 뺀다면 바리새인이 되기에 부족한 것이 하나도 없다는 것을 잊지 말라!

- F. 니체《차라투스트라는 이렇게 말했다(책)》中 -

　어린 시절 무력한 어린아이는 위대한 아버지의 권위에 반항할 수 없다. 아버지에게 밉보이지 않기 위해서는 빨리 굴복해야만 한다. 이때 어린아이는 자신을 복종시키는 아버지의 표상을 자기 자신 속에 흡수한다. 니체의 표현을 빌리면 나중에 타인에게 명령하기 위해서 현재 아버지에게 복종하는 것이다. 이때 아버지에게 반항하고 싶은 공격적 정서는 발산되지 않고 **'뒤에 남겨지고'** 그 공격적 정서는 아버지에 대한 정신적 표상에 부착된다.[76]

　정신발달 과정에서 이렇게 하나의 정신적 표상에 공격적 정서가 결부되는 시점을 정신분석학에서는 '고착점'이라고 한다. 이렇게 부르는 이유는 어린아이의 아버지에 대한 표상이 이후에도 변화되지 않고 거의 영구

---

76) p.74. 그들(프로이트와 그의 동료)은 대개 아이의 환경이 아이의 욕구에 따라 다양하게 반응하지만, 과도한 만족이나 좌절은 순조롭게 진행되던 발달과정에 지장을 줄 수 있다고 결론 내렸다. 그 결과, 상당량의 리비도 에너지와 공격성 에너지가 '뒤에 남겨지고' 그 시기의 특별한 정신적 표상에 부착된다. 발달 과정상의 이런 지점들을 침묵의 '고착점'이라고 부른다. 이 고착점들은 개인이 일상적인 모든 방어기제로는 다룰 수 없는 어떤 특별한 스트레스나 어려움을 만날 때라야 그 존재를 드러낸다. (중략) 고착점이 '침묵하지' 않았다고 기술한다면, 그 사람은 그 상태에서 성장이 '정지된' 것으로 여겨지며, 더 이상의 발달이 일어나지 않았다는 것을 의미한다.

- P. 타이슨 외《정신분석적 발달이론의 통합》中 -

적으로 고정되기 때문이다. 이렇게 고착된 표상이 고정 관념이다. 고정 관념에는 아버지에게서 느꼈던 공격적 정서가 결부되어 있다. 이러한 관념과 정서의 결합체가 **콤플렉스**이다(이 책에서는 단순히 관념으로 부르기로 한다). 이러한 관념들이 모여서 성격 구조를 형성한다. 관념은 훗날 그것을 만든 원래 표상(원상)과 유사한 표상을 지각하게 되면 활성화되어 반복 재현된다. 따라서 관념(콤플렉스)에 대한 이해 없이는 인간의 심리와 행동에 대해서도 이해할 수 없다.[77]

　여기서 한 가지 의문이 들 수 있다. 그것은 폭력적인 아버지에 의해서 복종 관념이 지배적인 성격이 될 수도 있었던 스탈린이 어떻게 자부심을 키워 최고 권력자의 자리에 오를 수 있었느냐는 것이다. 그 결정적 요인은 어머니 때문이다. 스탈린의 어머니는 스탈린을 폭력적인 아버지로부터 보호하고 헌신적으로 사랑함으로써 스탈린의 자아(자신감)가 초자아를 극복하도록 도와주었다.[78] 이후에 구체적으로 논의할 예정이지만 알렉산더, 카이사르, 나폴레옹, 심지어 히틀러 등 세계사에 막대한 영향을 끼친 권력자의 정신적 밑바탕에는 항상 어머니가 존재하고 있다. 아버지라는 요인은 항상 우연일 뿐이다.[79] 의식적 차원에서는 아버지 표상이 세

---

77) p.152. 유아의 무력함에서 분명하게 보이는 이 부적절함은 **콤플렉스**에 의해서 보상된다. 인간 심리학이 본능보다 콤플렉스에 의해 지배된다는 사실은 사회적 요인을 고려하지 않을 경우 인간 행동에 대한 어떠한 설명도 무용함을 뜻한다.

- D. 에반스《라깡 정신분석 사전》中 -

78) p.478. 어머니에 대한 그의 태도는 양면적이었다. 이레마슈빌리는 그가 "진심으로 대한 사람은 단 한 명, 바로 그의 어머니였다."고 말했지만 깊은 애정을 입증해 줄 만한 증거는 부족하다. (중략) 하지만 그가 자신감을 키워 스스로의 능력을 절대적으로 확신하게 된 것을 보면 어머니의 믿음을 잘 알고 있었을 가능성이 높다.

- 비비안 그린《권력과 광기》中 -

79) p.841. 위대한 인간에서 가장 위대한 것은 모성적인 것이다. 아버지는 항상 우연일 뿐이다.

- F. 니체《유고(1882년 7월~1883/84년 겨울)》中 -

계를 지배하는 것처럼 보이지만, 무의식적 차원에서는 어머니 표상이 세계를 지배하고 있다.

국가의 권력자뿐만 아니라 예술, 종교, 철학 등 모든 분야에서 위대한 인물의 '**성격 형성**'과 '**훗날의 운명**'에는 어머니가 결정적인 영향을 미친다. '어머니 신을 구하는 마음'이 예술, 종교, 철학의 원동력이기 때문이다. 레오나르도 다빈치도 '어머니의 과도한 사랑'이 없었다면 존재하지 않았을 것이다.

p.259. 레오나르도에게는 서자로 태어났다는 우연과 어머니의 과도한 사랑을 받으며 자랐다는 점이 그의 성격 형성과 훗날의 운명에 결정적인 영향을 미쳤다는 관점은 옹호되어만 할 것이다.
- S. 프로이트 《예술, 문학, 정신분석, 『레오나르도 다 빈치의 유년의 기억』》中 -

오이디푸스 콤플렉스

정신분석학 덕분에 우리는 신은 어린 시절의 어머니 관념 또는 아버지 관념이 훗날에 위대하게 투사된 결과임을 알게 되었다. 이렇게 투사는 자신의 내적 생각과 감정의 원인이 외부 세계에 있다고 생각하고 느끼는 심리적 기제이다. 따라서 신은 누구인가? 라는 질문은 자신의 정신 속에 있는 어머니 관념 또는 아버지 관념은 무엇인가? 라는 질문으로 이어진다. 이 질문에 대답하기 위해서는 정신분석학에 대한 이해가 필요하다. 정신분석학을 이해하기 위해서는 정신분석학의 **가장 근본적인 개념**인 오이디푸스 콤플렉스를 이해하지 않으면 안 된다(여자아이 또는 여성에 대해서는 별도의 설명이 없는 한 오이디푸스 콤플렉스에 관한 설명은 엄격히 남자아이 또는 남성에 한정한다).[80]

오이디푸스 콤플렉스에서 오이디푸스는 그리스 신화에 나오는 인물로 테베의 왕인 라이오스와 왕비인 이오카스테의 아들이다. 아버지 라이오스는 장차 태어날 아들이 **아버지를 살해하고 어머니와 결혼할 것**이라는 신탁을 듣고 오이디푸스가 태어나자마자 그를 산속에 버린다. 하지만 오이디푸스는 목숨을 건져 다른 나라의 왕자로 성장한다. 이후 자신의 출생에 대하여 의심이 든 오이디푸스는 델포이 신전에서 자신이 '아버지를 살해하고 어머니와 결혼한다'라는 신탁을 직접 듣는다. 자신의 양부모를 친부모로 오인한 오이디푸스는 신탁의 실현을 피하고자 양부모를 떠난다. 그런데 다른 나라로 가는 길에서 만난 자신의 친아버지(라이오스 왕)를 말다툼 끝에 살해하게 된다. 이후 오이디푸스는 테베를 괴롭히던 스핑크스의 수수께끼를 풀어 스핑크스를 물리침으로써 테베의 왕이 되고 왕비이자 어머니인 이오카스테와 결혼한다. 훗날 신탁이 실현되었다는 것을 알게 된 오이디푸스는 자신의 두 눈을 찔러 장님이 된다.

오이디푸스 신화는 인간의 무의식 속에 있는 두 가지 소망을 상징한다. 하나는 **어머니와 결혼하고 싶은 소망**이고 또 다른 하나는 **아버지가 죽기를 바라는 소망**이다. 이러한 두 가지 소망의 갈등과 타협으로 형성되는 심리 조직이 오이디푸스 콤플렉스이다. 그런데 프로이트는 오이디푸스

---

80) p.342. 우리는 오이디푸스 콤플렉스와 관련해서 양성 사이에 또 다른 차이점이 있다는 사실을 알고 있다. 우리는 오이디푸스 콤플렉스에 관해 말한 것이 엄격히 남자아이들에게만 적용된다는 생각을 가지고 있으며, 또한 남성과 여성이 내보이는 태도의 유사점을 강조하기 위해 사용된 〈엘렉트라 콤플렉스〉라는 용어를 받아들이지 않는 것이 옳다는 생각도 가지고 있다. 한 부모에게만 사랑을 보이고 동시에 다른 한쪽의 부모는 경쟁자로 증오하는 운명적인 결합을 발견하는 것은 오로지 남자아이들의 경우에만 해당되는 것이다.

－ S. 프로이트 《성욕에 관한 세 편의 에세이, 『여성의 성욕』》 中 －

콤플렉스는 **'어디에나'** 있다고 말한다. 이러한 프로이트의 견해에 대해서 대중의 반응은 싸늘했다.[81] 그 이유는 대다수의 평범한 사람들은 천성적으로 복종하도록 태어나므로 이러한 죄를 짓는 것을 생각조차 하지 못하기 때문이다. 그러나 소수의 비범한 영웅은 '자신도 모르게 그리고 자신의 의도와는 반대로' 이러한 죄를 짓게 된다.

> p.267. 오이디푸스 콤플렉스로부터 나는 일련의 자극을 받았는데, 이 콤플렉스가 어디에나 있다는 것을 깨닫게 되었다. 그런 끔찍한 소재의 선택, 아니 그것의 창조, 이 이야기의 시적 서술이 주는 충격적인 영향과 운명적 비극의 본질이 수수께끼와 같았다면, 이 모든 것은 다음과 같은 통찰에 의해 설명되었다. 즉, 정신적 사건의 법칙성이 여기 이 콤플렉스에서 그것의 완전한 정동적인 의미와 함께 파악되고 있다는 것이다. 운명과 신탁은 내적 필연성의 체현일 뿐이다. 영웅이 자신도 모르게 그리고 자신의 의도와는 반대로 죄를 짓는 것은 그의 범죄적 성향의 무의식적 본성이 제대로 표현된 것으로 이해된다.
>
> － S. 프로이트《정신분석학 개요, 『나의 이력서』》中 －

대다수 사람이 이러한 죄를 짓지 않는다는 의미가 그들의 무의식 속에

---

81) p.193. 그(프로이트)는 어린 남자아이가 자신의 엄마를 사랑하고, 아빠와 성적 경쟁자로서 갈등을 겪게 된다고 말하는 것 외에는 달리 서술될 수 없는, 삼각관계 상황이 존재한다는 것을 발견했다. (중략) 이 중심적인 주제는 오이디푸스 콤플렉스라고 불리게 되었고, 끝없이 정교화되고 수정되면서, 오늘날까지 피할 수 없는 사실로 남아 있다. 이 주제에 대해 침묵하는 심리학은 실패할 수밖에 없다는 점에서, 우리는 프로이트가 대중의 차가운 반응을 무릅쓰고 앞장서서 자신이 발견한 것을 거듭 진술한 것에 대해 고마워하지 않을 수 없다.
－ D. 위니캇《아이, 가족, 그리고 외부세계》中 －

는 오이디푸스 콤플렉스가 없다는 뜻이 아니다. 그런데도 많은 사람이 오이디푸스 콤플렉스의 존재를 받아들이기 어려워하는 이유는 오이디푸스 콤플렉스가 여러 가지 형태로 발현되기 때문이다. 나중에 구체적으로 논증을 하겠지만 프로이트가 의미하는 오이디푸스 콤플렉스가 그 원형에 가장 가깝게 발현되는 사람은 '첫째 아들'일 가능성이 크다. 그 나머지 아들들의 오이디푸스 콤플렉스는 다른 형태로 발현된다. 다른 한편으론 어린아이의 오이디푸스 콤플렉스를 목격하더라고 무의식적으로 그것에 눈을 감아 버린다. 아마도 그러한 소망이 너무나 천진난만하기 때문일 것이다. 하지만 첫째 아들을 낳아서 길러본 어머니라면 오이디푸스 콤플렉스를 쉽게 목격할 수 있다. 다음의 대화에서 어린아이의 어머니와 결혼하고 싶은 소망이 어떤 것인지 쉽게 이해할 수 있을 것이다(다음의 대화는 자기 아들과의 대화를 아버지가 기록한 것이다).

p.120. 나 : 그래도 내가 보기에는 너는 엄마가 아이를 갖기를 원하는 것 같은데, 그렇지 않니?

한스 : 엄마가 실제로 그렇게 되는 것은 싫어.

나 : 그렇지만 원하기는 하지?

한스 : 그래, 원하기는 해.

나 : 그러면 왜 네가 그걸 원하는지 알고 있니? 그건 네가 아빠가 되고 싶어서란다.

한스 : 맞아……. 어떻게 해야 그렇게 되는 거야?

나 : 무슨 말이니?

한스 : 아빠들은 아이를 가질 수 없다고 아빠가 말했잖아. 그렇다면 아빠가 되려면 어떻게 해야 되는 거냐고.

나 : 너는 아빠가 되고 싶고 엄마와 결혼하고 싶고. 또 나처럼 키가

커지고 싶고 콧수염도 가지고 싶고. 그리고 엄마와 아이를 낳
고 싶은 거야.

한스 : 그리고 아빠, 나는 결혼하면 아이를 하나만 낳을 거야. 엄마
하고 결혼하면 말야. 내가 결혼했을 때, 내가 아이를 원치 않
으면, 하느님도 원치 않을 거야.

나 : 넌 그렇게 엄마랑 결혼하고 싶니?

한스 : 응!

　　　- S. 프로이트《다섯 살배기 꼬마 한스의 공포증 분석》中 -

어린아이가 어머니와 '그렇게' 결혼하고 싶어 하는 이유는 어린아이에
게 어머니는 최초의 보호자이자 최초의 연인이기 때문이다. 그런데 유아
의 두뇌가 발달하면서 어린아이는 어머니의 소유를 놓고 경쟁하는 **제삼
자의 존재**를 인식하게 된다(어린아이가 그렇게 상상한다는 뜻이다). 바로
아버지이다. 어린아이는 어머니를 독점하고 싶어 하지만 무력한 자신과
비교해 위대한 아버지에게 그러한 권리를 주장하는 것은 불가능하다. 또
그러한 주장을 하게 되면 벌을 받을지도 모른다는 두려움을 느낀다. 그래
서 어린아이는 어머니에 대한 욕망을 억압하고 아버지가 없어지거나 죽
기를 소망하게 된다(여자아이는 어머니가 없어지거나 죽기를 소망한다).

　　p.311. 형제자매의 죽음을 바라는 소원은 그들을 경쟁자로 생각
하는 어린이의 이기심을 통해 설명할 수 있다면, 온갖 사랑을 베풀
고 욕구를 해결해 주는 부모가 죽기를 바라는 소원은 어떻게 설명
할 수 있을까? 이기적 관점에서 보면 오히려 계속 살아 있기를 소원
해야 맞지 않을까?

　　부모의 죽음에 관한 꿈이 주로 꿈꾸는 사람과 성별이 같은 쪽에

만 해당된다는 경험이 이러한 어려움을 해결하도록 이끌어 준다. 즉 남자는 대부분 아버지의 죽음을, 여자는 어머니의 죽음을 꿈꾼다. 이것을 규칙이라고 내세울 수는 없지만, 그런 경우가 눈에 띄게 많기 때문에 일반적으로 중요한 계기를 통해 그것을 해명할 필요가 있다.

요점만 말하면 성적으로 어느 한쪽을 좋아하는 경향이 일찍부터 눈을 떠, 소년은 아버지를, 소녀는 어머니를 사랑의 경쟁자로 보고 이 경쟁자를 제거하면 자신에게 유리하다고 생각하는 것처럼 보인다.

- S. 프로이트 《꿈의 해석》 中 -

아버지가 없어지거나 죽기를 바라는 어린아이의 소망은 아버지에 대한 두려움 때문에 직접 드러나지 않는다. 간접적인 설명은 어렵지 않다. 둘째 아들을 낳아서 길러본 어머니라면 어머니를 사이에 두고 첫째 아들이 자신의 동생에 대해 가지는 질투와 증오심을 쉽게 포착할 수 있다. 이러한 질투와 증오심은 실제 해코지로 이어지기도 한다. 《구약성서》의 「창세기」에서 아담의 첫째 아들인 카인이 동생 아벨을 질투해서 살해한 이야기는 너무나 유명하다. 이 이야기로부터 최초의 살인은 형제자매가 죽기를 바라는 소망에서 비롯되었음을 알 수 있다.

《신약성서》에서도 그리스도의 가르침은 형제에 대한 질투와 살인이 상관관계가 있음을 보여 준다. 그리스도는 살인하지 말라는 계명에 대해서 언급하면서 뜬금없이 하나님의 제단에 예물을 바치는 것보다 형제와 화목을 도모하는 것이 더 중요하다고 가르친다.[82] 그리스도의 이러한 가르

---

82) p.6. 옛 사람에게 말한 바 살인하지 말라 누구든지 살인하면 심판을 받게 되리라 하였다는 것을 너희가 들었으나
　　나는 너희에게 이르노니 형제에게 노하는 자마다 심판을 받게 되고 형제를 대하여

침은 살인의 근원이 형제간의 질투에 있음을 시사한다.

> p.102. 우리에게서 발견한 약간의 역사적 소재를 극적 형식으로 재구성하는 것이다. 〈자기 형제를 미워하는 자는 누구나 다 살인자〉(「요한의 첫째 편지」3장 15절 - 옮긴이 주) 라는 사도의 말을 꿈은 연극으로 엮는다.
>
> — S. 프로이트《꿈의 해석》中 —

그렇다면 그토록 어린 나이에 첫째 아들은 동생에 대한 질투와 증오심을 어떻게 해서 습득한 것일까? 그 기원은 바로 아버지와의 관계에서 습득한 것이라고 말할 수밖에 없다. 어머니를 사이에 두고 아버지와의 경쟁 관계에서 형성된 질투(관념)와 증오심(정서)이 동생이 태어나자 반복 재현된 것이다. 아버지는 위대한 존재이기 때문에 어린아이는 아버지를 대상으로 증오심을 발산할 수 없었지만, 이번에는 그 대상이 자신보다 **무력한** 동생이기 때문에 증오심을 발산할 수 있게 된 것이다. 꼬마 한스의 질투와 증오심도 여동생(한나)이 태어나자 반복 재현된다.

> p.96. 나 : 한나가 없으면 좋겠다는 말로 보아, 너는 한나를 전혀 좋아하지 않고 있어.
>
> 한스 : 음, 음. (동의의 표시로)
>
> 나 : 그 때문에 너는 엄마가 한나를 목욕시킬 때 엄마가 손을 놓아

라가(라가는 히브리인의 욕설)라 하는 자는 공회에 잡혀가게 되고 미련한 놈이라 하는 자는 지옥 불에 들어가게 되리라

그러므로 예물을 제단에 드리려다가 거기서 네 형제에게 원망들을 만한 일이 있는 것이 생각나거든

예물을 제단 앞에 두고 먼저 가서 형제와 화목하고 그 후에 와서 예물을 드리라

— 《신약성서》「마태복음」中 —

버려 한나가 물속에 빠졌으면 하고 생각한 거야……

한스 : (나의 말을 보충하면서) 그리고 죽어 버렸으면.

나 : 그러고 나면 네가 엄마를 독차지할 수 있을 테니까. 하지만 착
　　한 어린이는 그런 것을 바라지 않는 거야.

한스 : 〈그래도 속으로 생각은 할 수 있는 거야.〉

나 : 하지만 그건 좋은 것이 아냐.

한스 : 〈어린아이가 그런 생각을 하면 좋은 거야. 그래야 그것에 대
　　해서 교수님한테 편지를 쓸 수 있으니까.〉

　　　　　　- S. 프로이트 《다섯 살배기 꼬마 한스의 공포증 분석》 中 -

　꼬마 한스의 무의식 속에는 이전의 삼각관계에서 형성된 질투와 그에
결부된 증오심이 형성되어 있다. 이러한 관념과 정서는 잠재된 상태로 있
다가 그 관념을 형성하게 만든 유사한 패턴을 지각하게 되면 활성화되고
반복 재현된다. 그때와 유사한 패턴은 어머니를 사이에 두고 형성된 동생
과의 삼각관계이다. 이렇게 반복 재현된 삼각관계에서 꼬마 한스는 어머
니의 사랑을 방해하는 누군가 죽기를 소망하게 된다. 이번 패턴에서는 그
대상이 아버지가 아니라 동생이 된 것이다. 반면 부모는 그러한 소망은
바람직하지 않다고 반복해서 말한다. 부모의 반복된 말은 꼬마 한스의 초
자아를 형성함으로써 이후에 유사한 패턴을 인식하더라고 살인 충동을
억제할 수 있게 된다.

　이렇게 오이디푸스 콤플렉스는 인간의 정신 속에 억압되어 있다가 자
신보다 무력한 대상을 만나게 되면 '자기도 모르게 증오심이 끓어올라'
무의식이 지배적으로 되면서 의식은 '그만 분별을 잃고 만다'. 《카라마조
프의 형제》에서 첫째 아들인 드미트리의 심리에 대한 도스토옙스키의 다
음 묘사는 오이디푸스 콤플렉스의 기원과 속성을 단 몇 줄의 표현에 집

약한 것으로 왜 도스토옙스키가 위대한 정신분석가인지를 알 수 있게 해
준다.

> p.299. "… 그러나 그것은 아버지였습니다. 그것은 언제나 아버
> 지의 탈을 쓴 원수였고, 어릴 때부터 저주해 온 모욕자였습니다만,
> 지금은 거기에 더하여 기괴하기 짝이 없는 연적(戀敵)이기까지 했
> 습니다! 그는 저도 모르게 증오감이 끓어올라 그만 분별을 잃고 말
> 았습니다. 여러 가지 감정이 일시에 솟구쳐 오른 것입니다! 이것은
> 광기와 착란의 충동입니다만, 동시에 영원한 법칙에 대해 복수하려
> 는, 참을 수 없는 무의식적인 자연의 충동이기도 합니다. 자연계에
> 서는 모든 것이 다 그런 법입니다. …"
>
> - 도스토옙스키 《카라마조프의 형제》 하 中 -

도스토옙스키는 아버지를 '아버지의 탈을 쓴 원수이자 어릴 때부터 저
주해 온 모욕자'이며 '기괴하기 짝이 없는 연적'이라고 표현한다. 먼저 아
버지가 왜 기괴하기 짝이 없는 연적인가에 관해서 설명하자면 오이디푸
스 콤플렉스 형성 과정에서 아들에게 아버지는 어머니의 사랑을 놓고 서
로 경쟁하는 연적이다. 기괴하기 짝이 없는 이유는 오이디푸스처럼 어머
니와 결혼하게 되면 어머니가 아내가 되기 때문이다. 또 오이디푸스처럼
자식을 낳게 되면 그 자식들은 같은 어머니에서 태어난 형제 또는 오누
이가 되기 때문이다. 하지만 이러한 소망은 성취되지 않는다. 위대한 아
버지에게 반항할 수 없기 때문이다. 어린아이는 할 수 없이 모욕적으로
어머니를 양보하고 이때부터 '아버지를 저주하게' 된다. 이러한 심리적
갈등으로 인해서 어린아이의 무의식 속에는 아버지는 언제나 아버지의
탈을 쓴 '원수이며 모욕자'로 기억된다.

오이디푸스 콤플렉스가 '자연계의 법칙'인 이유는 어머니와 아버지에게 태어난 어린아이, 즉 모든 인간은 자연스럽게 이러한 심리적 갈등을 겪을 수밖에 없기 때문이다. 또 오이디푸스 콤플렉스가 '영원한 법칙'인 이유는 무력한 어린아이는 위대한 아버지에게 '영원히' 복종할 수밖에 없으며 이렇게 형성된 오이디푸스 콤플렉스의 굴레로부터 '영원히' 자유로울 수 없기 때문이다. 동시에 오이디푸스 콤플렉스의 반복 재현이 '영원한 법칙에 대한 복수'인 이유는 스탈린처럼 어린아이는 훗날 아버지에게 당한 모욕과 고통을 다른 대상에게 갚아주려고 하기 때문이다.

이러한 아버지에 대한 경험과 정서의 흔적은 훗날 아버지에 대한 반항으로 나타나기도 한다. 예를 하나 들면 성자라고 추앙받는 마하트마 간디의 첫째 아들(하릴랄 간디)도 아버지에 대한 반항심으로 '공개적으로' 힌두교에서 이슬람으로 개종한다(그가 왜 **'방탕한 생활'**을 하게 되었는지는 이후에 설명한다).[83] 힌두교를 대표하는 간디에게 첫째 아들의 이러한 행동은 간디에게 있어서 가장 심한 **모욕** 중 하나라고 할 수 있다. 이렇게 아들은 아버지에게서 받은 모욕을 어떻게 해서든지 복수하려고 한다.

어린아이의 무의식 속에 잠재된 오이디푸스 콤플렉스는 자신보다 무력한 대상을 만나게 되면 자연스럽게 '참을 수 없는 무의식적 충동'을 불러일으킨다. 간디의 아들이 아버지에게 반항할 수 있었던 이유도 **현재의** 아버지는 이제 **과거의** 아버지 표상을 지니고 있지 않기 때문이다. 이러한 충동이 '광기의 충동'인 이유는 오이디푸스 콤플렉스가 활성화되면 무의식이 지배적으로 되면서 이성의 분별을 잃게 만들기 때문이며, 이러한 충

---

83) p.715. 1936년의 긴장 상태는 가족 문제로 더욱 악화되었다. 하릴랄 간디는 아버지를 공공연히 비웃고 이슬람교도나 기독교도로 개종하겠다고 위협했으며 술에 빠져 방탕한 생활을 했다. (중략)
　　그해 5월 하릴랄은 공개적으로 이슬람교로 개종했다.
　　　　　　　　　　　　　　　　　　　　　　　- G. 애쉬《간디 평전》中 -

동이 '착란의 충동'인 이유는 충동의 원인이 **과거에** 형성된 관념에 있음에도 주체의 의식은 그 원인이 **현재의** 대상에 있다고 착각하기 때문이다. 이렇게 현재의 어떤 대상에 느끼는 느낌이나 감정은 과거에 형성된 관념과 정서(심리적 알고리즘)를 토대로 계산된 것이다.[84] 마하트마 간디의 첫째 아들에게서 보는 것처럼 이렇게 원인과 결과의 혼동으로 인해서 인간의 삶에는 수많은 희극과 비극이 발생하게 된다.

> p.426. 원인과 결과를 혼동하는 것 ─ 우리는 무의식중에 우리들의 기질에 적합한 원칙과 학설들을 추구하기 때문에, 결국에는 마치 원칙과 학설들이 우리의 성격을 형성하고 그 성격에 근거와 확신을 준 것처럼 보이게 된다 : 그런데 그것은 정반대로 이루어진 것이다. 우리의 사고와 판단들은 나중에 우리의 본질의 원인이 되는 것처럼 보이지만 사실은 우리가 이러저러하게 생각하고 판단하게 만드는 원인은 우리의 본질이다. ─ 그런데 무엇이 우리로 하여금 이런 거의 무의식적인 희극을 하도록 규정하는 것일까? 그것은 그리고 태만과 안이함, 적지 않게는 본질과 사고에서 철저히 일관성 있는 것으로 한결같이 보이려는 허영심의 바람이다. 왜냐하면 이것은 존경을 얻게 하며 신뢰와 힘을 주기 때문이다.
>
> ─ F. 니체 《인간적인 너무나 인간적인 I (책)》 中 ─

'인간의 사회적 존재가 의식을 규정한다'라는 유물론은 원인과 결과의

---

84) p.125. 그보다는 긴팔원숭이의 몸이 곧 계산기이다. 감각과 감정이라는 것은 실은 알고리즘이다. 긴팔원숭이는 배고픔을 느끼고, 사자를 보면 두려움을 느껴 벌벌 떨고, 바나나를 보면 입에 침이 고인다. 긴팔원숭이는 순간적으로 이런 감각, 감정, 욕망의 폭풍을 경험하는데, 이것은 단지 계산과정일 뿐이다. 계산의 결과는 느낌으로 나타난다.
　　　　　　　　　　　　　　　　　　─ Y. 하라리 《호모 데우스》 中 ─

혼동으로 생겨난 대표적인 학설이다. 하지만 우리의 의식은 **그와는 정반대로** 규정된다. 우리의 사고나 판단은 우리의 본질이나 성격의 원인이 아니라 과거에 형성된 본질과 성격이 우리의 사고와 판단의 원인이다. 우리의 의식은 그러한 사실을 알지 못한 채 사고하고 판단한다. 자신이 현재 지지하는 여러 가지 원칙과 학설들도 그것이 논리적이고 합리적이기 때문에 선택된 것이 아니라 자신의 본능적 또는 무의식적 관념과 정서(기질)에 적합해서 선택된 것이다.

이러한 희극이 발생하는 근본적인 원인은 우리의 의식이 어린 시절의 경험과 정서를 기억하지 못하기 때문이다. 그래서 우리의 두뇌는 이러한 결함을 보완하기 위해서 외부 세계에 대해서 '철저하게 일관성 있고 한결같이 보이려는', 바꿔말하면 '그럴듯한 이야기를 지어내는' 정신적 기능을 진화시키게 된다.[85] 유물론에 근거한 마르크스주의도 객관적인 연구의 결과라기보다는 어린 시절 **유대인으로** 살면서 마르크스의 무의식 속에 남겨진 경험과 느낌의 흔적, 즉 관념과 정서가 훗날 외부 세계에 투사되어 형상화된 사유 체계라고 할 수 있다.[86]

> p.117. 내적 지각의 외적 투사는 가령 우리의 감각 지각이 구성되는 원초적 기제이다. 따라서 투사는 우리의 외적인 세계가 취하

---

85) p.402. 이 실험을 여러 차례 반복한 뒤, 가자니가는 좌뇌에는 언어능력뿐 아니라 내면의 통역사가 있다고 결론 내렸다. 내면의 통역사는 인생에서 일어나는 사건들을 납득하기 위해 항상 노력하고, 부분적인 단서들을 이용해 그럴듯한 이야기를 지어낸다는 것이다.

　　　　　　　　　　　　　　　　　　　　　　- Y. 하라리 《호모 데우스》 中 -

86) p.462. 마르크스는 야훼 대신 '역사적 필연성'을 그의 신(神)으로 삼고 유대 민족 대신 서유럽 세계의 내적 프롤레타리아를 그의 선민으로 삼았으며, 그의 메시아 왕국은 프롤레타리아 독재제라는 형태로 구성되어 있다. 그러나 이 속살이 들여다보이는 얇은 의복 아래로 유대교 묵시록의 특색이 내다보이고 있다.

　　　　　　　　　　　　　　　　　　　　- A. J. 토인비 《역사의 연구》 中 -

는 형태로 결정하는 데 큰 역할을 하는 정상적인 기제인 것이다. 조건의 성질이 충분히 확인된 것은 아니지만 어떤 조건 아래서는 감정과 사고 과정에 대한 내적 지각은 감각 지각 과정에서와 마찬가지로 외적으로 투사될 수 있다. 투사는 이렇게 해서, 결국은 〈내적인〉 세계의 일부로 남기는 하지만, 외적 세계를 형상화하는 데도 이용되는 것이다.

- S. 프로이트《종교의 기원,『토템과 터부』》中 -

오이디푸스 콤플렉스는 어머니라는 한 사람의 여인을 향한 아들과 아버지와의 성적 경쟁 속에서 어린아이의 성격 구조가 어떻게 형성되는가를 설명하기 위한 개념이다. 이러한 삼각관계 속에서 형성된 오이디푸스 콤플렉스는 훗날 한 사람의 여인에 대한 성적 경쟁을 반복하는 방식으로 되풀이된다. 소포클레스의《오이디푸스 왕》이외에 셰익스피어의《햄릿》도 이러한 모티프를 가지고 있다.

p.537. 세계 문학사의 영원한 세 걸작인 소포클레스의 『오이디푸스왕』과 셰익스피어의 『햄릿』과 도스토옙스키의 『카라마조프의 형제』가 모두 아버지 살해라는 동일한 주제를 다루고 있음은 결코 우연이 아니다. 이 세 작품에서는 행동의 동기-한 사람의 여인을 향한 성적 경쟁 관계-또한 드러나 있다.
- S. 프로이트《예술, 문학, 정신분석,『도스토옙스키와 아버지 살해』》中 -

도스토옙스키도 자신의 작품 속에서 오이디푸스 콤플렉스 모티프를 자주 사용한다.《죄와 벌》에서 라스콜리니코프와 소냐,《백치》의 미쉬킨 공작과 나스타시아, 《카라마조프의 형제》의 드미트리와 그루센카의 관계에도 이러한 모티프가 들어있다. 이러한 모티프에서 현재의 여인을 사랑하게 된 이유는 그 여인이 지닌 표상이 무의식 속 어머니 관념에 부합되기 때문이다. 이러한 관념적 표상이 지닌 무의식 속 관념과의 연결고리(맥락)는 여러 가지 이유로 희미해진다. 가장 흔한 원인은 시간이 오래 흘렀기 때문이다. 또 다른 원인은 죄책감 때문이다. 인간의 무의식은 죄책감을 회피하기 위해서 어머니를 성적 대상으로 여기는 관념적 표상을 의식 속에서 추방해서 무의식 속에 가두어둔다.[87] 쉽게 표현하면 어머니를 성적 대상으로 생각하지 싶지 않은 것이다. 이러한 심리적 방어 기제를 **억압**이라고 부른다. 하지만 그 관념적 표상이 불러일으킨 무의식 속 정서(본능적 충동)는 추방되지 않으므로 어머니를 사랑하는 것처럼 자신의 연인을 열정적으로 사랑할 수 있게 된다. 《카라마조프의 형제》에서 도스토옙스키는 이반 카라마조프의 심리 분석을 통해 어떻게 관념적 표상(아버지가 죽기를 바라는 소망)이 의식에서 추방되는지를 다음과 같이 묘사하고 있다.

p.109. "… 도련님이 나더러 주인어른을 죽이고 돈을 훔치라고 교사했지만 나는 동의하지 않았다, 이렇게 말한단 말입니다. 그러니까 저로서는 나중에 도련님한테 추궁을 받지 않기 위해서는 그때 도련님의 동의를 꼭 받아 둘 필요가 있었던 겁니다. 도련님은 아무 증거도 가지고 있지 못하지만, 반면에 저는 도련님이 아버지의 죽

---

87) p.52. 이 환자들은 자신의 성적 충동의 관념적 표상을 의식에서 추방해 버리는데, 자유연상에 저항하는 형태 또한 이와 유사하다. 자아의 방어를 일으키는 연상을 그냥 지워버리는 것이다. 환자는 의식적으로는 아무것도 느끼지 못한다. (중략) 환자는 본능적 충동을 의식에 담고 있지만, 그 원래 맥락을 지워 버린다.
                                                        - A. 프로이트 《자아와 방어기제》中 -

음을 무척 갈망하고 있었다고 폭로하기만 하면 언제든지 도련님을 꼼짝 못하게 만들 수 있으니까요. 그저 한마디만 하면 세상 사람들은 모두 그걸 믿거든요. 그렇게 되면, 도련님은 한평생 수치를 씻지 못할 겁니다."

"아니, 뭐, 내가 그걸 갈망했다고?" 이반은 다시 이를 갈았다.

"그건 틀림없습니다. 당신은 제 말에 동의함으로써 제가 그 짓을 하도록 묵인하신 겁니다."

- 도스토옙스키 《카라마조프의 형제》 하 中 -

먼저 지적해 둘 점은 이반의 주된 정서가 **수치심**이라는 것이다. 수치심의 정서가 형성된 이유는 동생의 출생으로 어머니(이상화된 대상)의 사랑을 **거절당했기** 때문이다.[88] 이러한 심리적 아픔을 경험하게 되면 정신은 자신을 보호하기 위해서 그 고통에 리비도를 집중해서 방어한다. 이러한 방어의 흔적이 관념이고 콤플렉스이다. 관념은 두 가지 기능을 한다. 하나는 면역체계의 항체처럼 훗날 유사한 심리적 외상이 발생하면 반복 재현을 통해 자동으로 대응하는 것이다. 또 다른 하나는 신호 기능이다. 유사한 상황이 예상되면 그 상황을 **미리 피함으로써** 자기애(자존감)를 유지하는 것이다.[89] 이반이 수치심에 민감한 이유도 **거절당하는** 상황

---

88) p.483. 수치의 정서는 자신의 과대주의적 이상을 유지하지 못한 자기의 실패와 연결되어 있다. 여기에는 또한 거절받고 버림받은 아픔의 감정을 느끼는 경향도 있는데, 이는 이상화된 대상과 전적으로 연합하지 못하고 그 대상으로부터 수용 받지 못한 데서 오는 결과이다.

- W. 마이쓰너 《편집증과 심리치료》 中 -

89) p.146. 우리가 방어라고 부르는 현상은 바람직한 기능을 많이 가지고 있다. (중략) 방어를 사용하는 사람은 일반적으로 다음과 같은 목적을 무의식적으로 달성하고자 한다. (1) 어떤 강력하고 위협적인 감정(대개는 불안이지만 때로는 감당할 수 없는 슬픔, 수치심, 시기심, 다른 혼란스러운 정서 경험)을 피하거나 다루려고 한다. (2) 자존감을 유지하려고 한다.

을 다시 경험하지 싶지 않은 무의식적 방어 때문이다.

　스메르쟈코프는 이반의 **무의식**이 아버지(주인어른)의 죽음을 무척 갈 망하고 있었다고 말하지만, 이반의 **의식**은 자신의 그러한 소망을 인식하 지 못한다(나중에 설명하겠지만 스메르쟈코프는 타인의 무의식을 간파 할 수 있는 능력이 있다). 즉 이반의 의식 속에는 아버지가 죽기를 바라는 **소망의 표상**이 추방되어 있다. 스메르쟈코프가 아버지 살해에 대해서 이 반의 '동의를 꼭 받아둘 필요가 있었다'라고 말하는 이유는 이반의 의식 이 그러한 관념적 표상을 인식하도록 하게 함으로써 나중에 이반의 의식 에게 추궁당하지 않기 위해서이다. 스메르쟈코프가 이반의 무의식적 소 망을 대신 성취해 주려고 하는 이유는 현재 스메르쟈코프가 이반을 숭배 하고 있기 때문이다. 바꿔 말하자면 이반은 무의식적으로 스메르쟈코프 에게 아버지 살해를 '교사'하고 있는 것이다. 물론 이반의 의식은 자신의 무의식이 스메르쟈코프에게 그러한 교사를 하고 있는지 알지 못한다.

　결국, 이반의 무의식은 이반의 의식을 기만하고 아버지 살해를 묵인한 다. 기만이라는 하는 이유는 스메르쟈코프가 아버지를 살해한 후에도 이 반의 의식은 여전히 자신의 무의식이 한 행위를 인식하지 못하고 있기 때문이다. 결국, 스메르쟈코프가 우려했던 일이 발생한다. 이반의 의식이 아버지 살해자에 대해서 추궁하기 시작한 것이다. 역설적으로 이반의 의 식이 이렇게 자신이 아버지의 죽음을 갈망했는지를 집요하게 파고드는 이유는 이반의 의식은 자신의 무의식이 한 행위를 **어느 정도** 인식하고 있기 때문이다. 하지만 대부분의 평범한 사람은 자신이 아버지의 죽음을 갈망한다는 것을 인식하지 못하고 그러한 일을 끔찍한 일이라고 생각한 다. 어느 정도 진리는 모든 남성은 '속으로는(무의식적으로는)' 아버지를 죽이는 것을 좋아한다는 것이다.

- N. 맥윌리엄스 《정신분석적 진단》 中 -

p.37. "… 그리고 당신 형님은 아버지를 죽인 죄로 벌을 받고 있지만 사람들은 모두 다 그런 짓을 좋아하고 있다구요."

"아버지를 죽인 걸 좋아해요?"

"그럼요, 좋아하구말구요! 모두 끔찍한 일이라고 말하면서도 속으론 좋아해요. 우선 나 자신이 누구보다 좋아하는 걸요."

"모든 사람이라는 당신의 말 속에는 어느 정도 진리가 있어요." 알료샤는 나직이 말했다.

"아아, 어떻게 당신이 그런 생각까지 할 수 있죠?" 리자는 뛰기라도 할 듯이 기뻐하며 이렇게 외쳤다. "평범한 사람도 아닌 수도사가 말이에요! 알료샤, 정말 당신은 거짓말은 절대 안 하는군요. …"

— 도스토옙스키 《카라마조프의 형제》 하 中 —

복종 관념 vs 전능 관념

이쯤에서 한 가지 반론이 제기될 수 있다. 그것은 복종이 자연계의 영원한 법칙이라면 개인의 삶과 역사의 역동성을 어떻게 설명할 수 있느냐는 것이다. 프랑스 혁명만 보더라도 인간에게 복종 관념만 있다면 다수 민중이 어떻게 신에게 반기를 들고 왕과 귀족에 맞설 수 있었겠느냐 하는 것이다. 이제 인간의 무의식 속에 형성되어 있는 또 다른 관념에 대해서 논의를 할 필요가 있다. 르 봉이 '혁명 본능'이라고 부른 것이기도 하며 니체가 '명령 본능'이라고 부르는 것으로 정신분석학에서는 **전능 관념**이라고 한다.[90] 이러한 전능 관념은 훗날 인간이 신이나 아버지와 같은

---

90) '사고의 전능성', '관념의 만능', '주관적 전능감' 등으로 불리기도 하지만 이 책에서는 '전능 관념'으로 통일해서 부른다.

존재에게 **반역(혁명)**을 일으킬 수 있는 원동력을 제공한다. 앞서 도스토엡스키가 '인간은 원래가 **반역자**로 태어났다'라고 말한 이유는 이러한 전능 관념이 인간의 무의식 속에 형성되기 때문이다. 또 인간이 '**원래가** 반역자'인 이유는 전능 관념(혁명 본능)이 복종 관념(노예 본능)보다 시기적으로 먼저 형성되기 때문이다.

전능 관념은 마치 전능한 신처럼 자기 생각 또는 말로서 모든 것을 창조할 수 있다고 믿는 무의식적 관념이다. 이러한 전능 관념은 긍정적일 때는 **신념**으로, 부정적일 때는 **과대망상**으로 발현된다. 생각에 대한 전능 관념이 발현된 예는 나폴레옹의 '내 사전에 불가능은 없다'라는 신념이고 말에 대한 전능 관념이 발현된 예는 히틀러의 연설이다. 히틀러는 자신의 말에 위대한 역사적 격변을 일으킬 수 있는 '**마력**'이 있다고 믿었다.[91] 이렇게 전능 관념은 자신의 사고 또는 언어에는 마술이 있다는 믿음을 그 특징으로 한다.

p.49. 이와 같은 리비도 이론의 확장-내가 보기엔 정당한 확장이다-은 세 번째 분야, 즉 어린이와 원시인(原始人)들의 정신적 삶에 대한 관찰과 이해를 통해 더욱 뒷받침된다. 특히 원시인들의 정신적 삶에서 우리는 하나하나 개별적으로 살펴보았을 때 과대망상이라고 부를 수 있는 특징들을 발견하였다. 그들의 소망과 정신 작용의 힘에 대한 과대평가, 〈사고의 전능성(全能性)〉, 언어에는 마술

---

91) p.234. 오늘날 문필에 종사하는 기사(騎士)나 자만을 일삼는 자는 모두 다음 사항을 잘 기억해 두는 것이 좋겠다. 이 세계에서 가장 위대한 혁명은 결코 타조의 깃털 펜으로 인도된 것이 아니라는 것을!
그렇다. 펜에는 언제나 혁명의 이론적인 기초를 세우는 일만이 남겨져 있다. 그러나 종교적·정치적인 방법으로 위대한 역사적인 격변을 일으킨 힘은 옛날부터 이야기되고 있는 영원한 '말의 마력'뿐이었다.
- A. 히틀러《나의 투쟁》中 -

이 있다는 믿음, 그리고 이와 같은 과대망상적 전제들을 논리적으로 적용시킨 것처럼 보이는 외부 세계에 대처하는 기술, 즉 〈마술〉 등이 그것들이다. 우리는 정신적 삶의 발달과정이 더욱 분명하게 드러나지 않은 오늘날의 어린아이들에게서도 외부 세계에 대한 이와 흡사한 태도를 찾을 수 있다고 기대했다.

- S. 프로이트《정신분석학의 근본 개념,『나르시시즘 서론』》中 -

전능 관념의 형성 과정은 다음과 같다. 갓 태어난 유아에게 어머니는 젖을 먹이고 보살펴주는 최초의 보호자다. 정신분석학은 이 시기를 **자기애 단계**라고 부르는데 유아가 자기 자신을 '**성적 대상**'으로서 사랑하는 듯한 태도를 보이기 때문이다.[92] 이에 대한 탁월한 비유가 그리스 신화에서의 나르시스에 관한 이야기이기 때문에 이 시기를 **나르시시즘 단계**라고도 부른다. 자기애(나르시시즘)는 모든 생명체가 보유하고 있는 자기 보존 본능의 일종으로 모든 생명체는 어떠한 대가를 치르고라도 자기애를 유지하기 위해서 노력한다. 방어 기제의 목적도 궁극적으로 이러한 자기애(자존심)를 보호하기 위해서이다.

자기애 단계에서 어머니는 아이가 울면(말하면) 즉시 젖을 먹이고 아이가 불쾌감을 느끼면(생각하면) 즉시 불쾌감을 없애준다. 아직 유아는 외부 대상을 인식하지 못하므로 그러한 패턴이 반복되면 유아의 무의식 속에는 자신이 말하거나 생각하면 무엇이든 **즉시** 이루어진다는 심리적 알고리즘이 형성되는데 이것이 전능 관념이다. 전능 관념은 어머니와의 관계 속에서는 형성되는 심리적 알고리즘이므로 원래는 전능 욕망으로 부

---

92) p.45. 나르시시즘이라는 용어는 네케(Paul Näcke)가 자신의 몸을 마치 성적(性的) 대상을 대하듯 하는 사람들의 태도, 말하자면 스스로 성적 만족을 느낄 때까지 자신의 몸을 바라보고 쓰다듬고 애무하는 사람들의 태도를 지칭해서 처음 사용한 말이다.

- S. 프로이트《정신분석학의 근본 개념,『나르시시즘 서론』》中 -

르는 것이 적절하나 복종 관념과 대비하기 위해서 전능 관념으로 부르기로 한다. 이렇게 어머니는 **'생후 몇 개월 동안'** 유아의 욕구를 그 즉시 만족시켜 줌으로써 유아에게 자신이 전능한 신과 같은 존재라는 환상의 순간을 제공해 준다.[93]

전능 관념이 중요한 이유는 그에 결부되는 정서 때문이다. 이 정서는 어머니의 자궁 속에서 느꼈던 가장 원초적인 감각이다. 그 감각은 **'완벽한 행복감'** 속에서 자신을 **'신적이고 경이로운 존재'**라고 느끼는 것이다.[94] 이러한 **'전능 상태'**의 감각으로 인해서, 인간의 의식은 인식하지 못하지만, 인간의 무의식은 이때의 상태로 회귀하기를 강렬하게 갈망하게 된다. 이 갈망이 인간의 가장 원초적이면서도 가장 강렬한 소망이 된다. 이 소망이 도스토옙스키가 의미하는 어머니 신을 구하는 마음의 본질이다. 이러한 정서는 사라지는 것이 아니라 전능 관념에 결부되어 자기애(나르시시즘)의 형태로 발현된다. 어머니 신(원시적인 이상화 요소)을 구

---

93) p.223. 이러한 어머니의 몰두로 인해 생후 몇 개월 동안 아기는 자신을 모든 존재의 전능한 중심으로─위니캇이 주관적 전능감이라고 부른─경험하게 된다. 그가 소망하면 이루어진다. 그가 배가 고프고 젖을 원하면 젖이 나타난다. 그는 그것을 나타나게 만든다. 그는 젖을 창조한다. 만일 그가 춥고 기분이 언짢아져서 따뜻해지기를 원하면 곧 따뜻해진다. 그는 자기 주변 세계의 온도를 통제할 수 있다. 그는 주변을 창조한다. 어머니는 지체하지도 않고 조금도 빠뜨리지도 않고 그에게 세계를 가져다준다. 위니캇에 따르면, 그러한 어머니의 반응은 아이에게 아이 자신의 소망이 욕망의 대상을 창조한다는 믿음 곧 환상의 순간을 제공한다.

　　　　　　　　　　　　　　　　　　─ S. 밋첼 & M. 블랙 《현대정신분석학》 中 ─

94) p.196. 심리분석가인 그룬베르거와 데쉬앙은 … 태아의 상태를 어떠한 갈등이나 실망도 없는 완벽한 행복감에 비유한다. (중략) 그것은 마치 전능의 상태와도 같다. 따라서 태아의 상태는 신적이고 경이로운 상태가 된다.

　　이 같은 유쾌한 기분은 출생 후에 곧바로 완전히 사라지는 것이 아니라 흔적을 남기게 된다. 그것은 일종의 기억 저장소 같은 곳에 보관되어 있다가 살아가는 동안에 나르시시즘의 형태로 재생될 수 있다.

　　　　　　　　　　　　　　　　　　─ S. 마르크스 《나치즘, 열광과 도취의 심리학》 中 ─

하는 마음이 예술, 종교, 철학의 원동력인 이유도 인간의 무의식은 자기애의 형태로 자신을 **심미적으로 도덕적으로 완전한** 또 **전능하고 전지한 존재**로 드러내려고 노력하기 때문이다.[95]

이와 반대로 자신이 너무 무력하거나 너무 불행하게 느껴질 때도 인간의 무의식은 어머니 자궁 속으로 회귀하기를 강렬하게 갈망하게 된다. 전자의 경우에는 어머니 자궁 속으로 도피해서 신적 존재로서의 **전능 상태**를 다시 느끼기 위해서이고 후자의 경우에는 어머니 사랑을 충분하게 받는 존재로서 **다시 태어나기 위해서**이다.[96] 어머니 자궁으로 회귀하는 대표적인 형태는 **자살**이다. 이때의 자살은 **죽음**이라는 수단을 통해 **새로운 삶**으로 다시 태어나기 위한 시도라는 점에서 **역설적**이라고 할 수 있다.

> p.314. 그가 했던 불평은 사실은 그의 소망 환상이 이루어진 것이었다. 즉 그것은 다시 모태 속으로 돌아가 이 세상으로부터 도피하고 싶었던 그의 환상적 소망이었다. 그것은 다음과 같이 번역할 수 있다.
>
> 〈인생이 나를 너무 불행하게 해요! 자궁으로 돌아가야 해요!〉

---

95) p.274. 보다 원시적인 자기애적 이상화의 형태는 존경받는 구체적인 인물로부터 오는 것이 아닌, 일종의 경외감을 불러일으키는 특성과 관련된 우주적, 신비적 혹은 심지어 종교적인 모습으로 나타난다. 그러한 원시적인 이상화 요소는, 특히 과대적 자기의 요소와 융합될 때 더욱 산만하고 희미한 경향을 띠면서도, (중략) 그러한 경우에 회복된 자기애적 평형은 심미적, 도덕적 완전함의 감정과 함께, 전능과 전지의 감각으로서 경험된다.

- W. 마이쓰너 《편집증과 심리치료》中 -

96) p.451. 건트립(1969)은 다음과 같이 쓰고 있다:

…, 분열성적 자살은 본질적으로 자신이 대처할 수 있을 만큼 충분히 강하지 못하다고 느끼기 때문에 그 상황으로부터 도피하려는 갈망이며, 그래서 어떤 의미에서는 자궁으로 돌아가 두 번째의 삶의 기회를 위해 나중에 다시 태어나려는 것이다 (p.218).

- W. 마이쓰너 《편집증과 심리치료》中 -

유아가 어머니 자궁 밖으로 나오면 어머니와의 합일 상태가 깨지면서 죽음 불안이 엄습하게 된다. 유아는 죽음 불안을 느끼지 않기 위해서 어머니와 다시 융합하려고 한다(합일과 융합은 유사한 의미이지만, 형성 시기를 구분하기 위해서 구별해서 사용한다).[97] 이때 어머니는 유아의 그러한 갈망을 대리 만족시켜 줄 수 있는 대상을 제공하게 된다. 그 최초의 대상이 어머니의 젖이다. 유아는 죽음 불안을 회피하기 위해서 과도하게 어머니 젖과 융합되기를 갈망한다. 이러한 융합에 대한 과도한 갈망이 유아의 무의식 속에 처음으로 형성되는 융합 욕망으로 이 욕망이 악마의 첫 번째 유혹의 실체이다(따라서 이제부터 악마의 첫 번째 유혹을 **융합 욕망**으로 부르기로 한다).

출생 후 약 6개월 정도 지나면 유아는 외부 세계를 점차 인식하게 되면서 어머니라는 미지의 존재가 있음을 알게 된다. 유아는 그 미지의 존재가 자신에게 젖을 주고 쾌락을 주는 대상이라는 것을 알게 된다. 이에 따라 유아의 정신 에너지(리비도)는 어머니 젖을 빠는 **입**에서 미지의 존재를 탐구하는 **눈**에 집중되기 시작한다. 유아에게 어머니는 너무나 신비한 존재이므로 유아는 자신의 전능 관념(자기애)을 어머니에게 투사해서 어머니를 신과 같은 존재로 바라보게 되며 그 대상에게서 어머니 자궁 속에서 느꼈던 전능 상태(자기애적 완전함)를 회복하려고 시도하게

---

97) p.262. 페어베언은 초기 몇 개월 동안의 유아의 심리 상태를 어머니와 융합된 경험으로 설명했다(그것은 놀랍게도 20년 후 M. Mahler의 연구와 공통된 입장이다). 페어베언은 유아가 태어나서 몇 개월 동안은 어머니와 전적으로 융합되었던 출생 이전의 정신 상태를 계속 유지하고자 한다고 주장한다.

- J. 그린버그 & S. 밋첼 《정신분석학적 대상관계 이론》 中 -

된다.[98] 따라서 이러한 신비한 존재와 분리되는 것은 분리 불안을 가져온다. 유아는 분리 불안을 피하려고 과도하게 어머니 모습에 의존하고 집착하게 된다. 이러한 외부 대상에 대한 과도한 의존과 집착이 유아의 무의식 속에 두 번째로 형성되는 숭배 욕망으로 이 욕망이 악마의 두 번째 유혹의 실체이다. 레오나르도 다빈치가 그린 《모나리자》가 지닌 '**신비한 미소**'는 표면적으로는 그의 무의식 속 어머니 관념을 피렌체 여인에 투사해서 형상화한 것이지만 궁극적으로는 어머니 자궁 속에서 느꼈던 전능 상태로 회귀하려는 갈망, 즉 어머니 신을 구하는 마음에서 비롯된 것이라고 할 수 있다.

p.229. 우리는 이제 그의 예술 활동이 이미 앞에서 독수리 환상의 분석을 통해 이끌어 냈던 두 가지 유형의 성적 대상을 상기시키는 두 종류의 대상을 형상화함으로써 시작되었음을 알게 되었다. 어린아이들의 아름다운 얼굴들이 레오나르도 자신의 어린 시절에 대한 재현이라고 한다면, 미소를 짓고 있는 여인들은 그의 어머니인 카테리나를 재현한 것이라고 하지 않을 수 없고, 나아가 다음과 같은 가능성마저 엿볼 수 있게 된다. 즉 그의 어머니는 그 신비한 미소를 갖고 있었는데, 이 미소를 레오나르도는 잊어버리고 있다가

---

98) p.147. 그의 상상하는 전능성의 할 수 있음을 지키기 위해 아이는 그의 부모에게 자기애를 투사하고, 신처럼 바라보며, 그의 부모와의 친밀함으로 그가 어릴 때 느꼈던 자기애적인 완벽함을 "회복"하려고 시도한다. 어떤 사람들은 그런 자기애적 단계를 극복하지 못했어도 "전능한" 부모의 모습에 가까이 남아있어야 한다. 왜냐하면 이 단계 동안 아이는 부모들이 신비한 힘을 가지고 있는 것으로 믿어서, 미소와 같은 "신비로운" 언어와 동작들을 가진 "매력적인" 신과 같은 부모에 의해 자신들이 신비로운 방법으로 다뤄질 것이라고 상상하기 때문이다. (참조:Ferenczi[1913], 『현실감의 발달단계』).

- H. 코헛 《프로이트 강의》 中 -

피렌체 여인을 통해 다시 발견하게 되자 다시 그 미소에 사로잡힌 것이다.

    - S. 프로이트 《예술, 문학, 정신분석, 『레오나르도 다 빈치의 유년의 기억』》中 -

    악마의 첫 번째 유혹(융합 욕망)과 두 번째 유혹(숭배 욕망)은 인간의 감각기관과 밀접한 관계가 있다. 융합 욕망과 밀접한 관계가 있는 감각기관이 **입(구강)**이라면 숭배 욕망과 밀접한 관계를 갖는 감각기관은 **눈(目)**이다. 정신분석학에서는 전자를 구강 충동이라고 부르고 후자를 시각 충동이라고 부른다. 그 이외에도 융합 욕망의 일종으로 항문 충동이 있고 숭배 욕망의 일종으로 청각 충동도 있다. 말하자면 충동은 일종의 **부분 욕망**이라고 할 수 있다. 이후에 세부적으로 논의할 예정지만 이러한 충동들이 갈망하는 표상은 제각각 다르다.

    우선 시각 충동(응시 욕동)에 대해 설명하자면, 유아기에 유아의 눈은 항상 어머니 모습을 갈망하며 반대로 어머니의 눈이 자신을 보아주기를 소망한다. 어머니의 눈빛이 유아의 전능 관념(과시주의)을 만족시켜 줌으로써 자기애적 쾌락을 주기 때문이다.[99] 시각 충동은 이러한 어머니 눈빛에서 쾌락을 얻으려는 관념(욕망)과 정서이다. 이러한 관념과 정서는 그에 부합하는 표상에 의해 활성화되고 반복 재현된다. 대상을 응시하거나(능동적 응시), 대상으로부터 응시를 받게 되면(수동적 응시), 그 응시는 어머니와 같이 있는 것과 같은 환상을 불러일으켜 분리 불안을 감소시켜주고 자기애적 쾌락을 느낄 수 있게 해 준다. 사랑에 빠진 남성이 여성

---

99) p.276. 코헛은 여기에서 아동의 과시주의에 반응하고 그것을 비추어 주는 어머니의 눈빛을 강조한다. 이러한 방법으로 어머니는 아동의 자기애적 쾌감에 참여하고 그것을 강화시킨다.

    - W. 마이쓰너 《편집증과 심리치료》中 -

의 눈을 응시하는 경우가 능동적 응시라면 애국심에 고취된 군인이 어머니 나라를 위해서 자발적으로 전쟁터에 나가는 것은 수동적 응시라고 할 수 있다. 또 예술이나 연극을 관람하는 관객은 능동적 응시에서 자기애적 쾌락을 얻는다면 예술가나 배우는 수동적 응시(과시 욕동)에서 자기애적 쾌락을 얻는다고 할 수 있다.

   p.212. 그러한 욕동은 능동적인 욕동과 수동적인 욕동처럼, 서로 상반되는 쌍으로 나타납니다. 그러한 그룹 중에서 가장 대표적인 것으로, 고통을 주고자 하는 욕망(가학증)과 그것의 수동적인 짝인 피학증을 들 수 있습니다. 그리고 능동적이면서 수동적인 응시 욕망을 들 수 있습니다. 나중에 전자로부터는 호기심이 가지를 치고, 후자로부터는 예술적이고 연극적인 과시 욕동이 나옵니다.
   - S. 프로이트《끝이 없는 분석과 끝이 없는 분석,『정신분석에 대하여』》中 -

   신비로운 현상이 인간의 눈을 매혹하는 이유도 그 현상이 신비한 어머니와 같이 있는 것과 같은 환상을 불러일으켜 불안을 감소시켜주고 쾌락을 주기 때문이다. 또 신비로운 경험이 인간의 **양심**을 지배하는 이유는 그 경험이 어머니의 조건 없는 사랑을 받는 것과 같은 환상을 불러일으켜 불안을 없애주고 양심의 안식을 주기 때문이다.[100] 히틀러가 대중 연설에서 **'신비적인 힘'**에 호소한 것도 신비가 다수 대중의 눈과 양심을 움

---

100) p.224. 그(프로이트)가 특정한 신비 경험과 무조건적인 사랑에 대한 유아기의 초기 경험이 유사하다고 본 것을 단순히 환원론적이라고 묵살할 수 없다. 그 두 경험은 정말로 유사하기 때문이다. 그러한 신비 상태는 인생 초기에 친밀감을 경험하지 못한 사람들을 상당히 안심시킬 수 있다.
   - M. 엡스타인《붓다와 프로이트》中 -

직이는 힘을 지니고 있다는 것을 간파했기 때문이다.[101] 로마 가톨릭이 십계명의 제1조와 제2조를 수정해서 **어머니 신의 관념과 신비적 요소들**을 받아들인 것도 신비가 인간의 눈과 양심을 '영원히 정복하고 사로잡을 수 있는 힘'이라는 것을 통찰했기 때문이다.

> p.366. 유대교는 정신성의 정점에 이르러 있었지만 기독교는 이같이 높은 수준을 갖추지 못하고 있었다. 기독교는 이때 이미 엄격한 유일신교는 아니었다. 기독교는 주변 민족으로부터 상징적인 의례를 무수히 받아들이고, 위대한 모성신에 관한 관념을 재정립하고, 비록 종속적인 지위로 받아들이기는 했지만, 그 신격(神格)이 모호한 다신교 신들의 특성을 받아들일 여지까지 갖추고 있었다. 기독교는 무엇보다도, 아텐교와 여기에 이어지는 모세교와는 달리 미신적, 마술적, 신비적 요소의 침투를 거부하지 않았다.
>
> - S. 프로이트《종교의 기원,『인간 모세와 유일신교』》 -

로마 가톨릭의 **'영리한'** 제사장은 대담하게 주변 민족이 숭배하고 있던 어머니 신과 다신교의 요소들을 흡수함으로써 세계 종교로 발전할 수 있었다.[102] 로마 가톨릭의 유럽에서 르네상스 운동이 일어난 것은 우연이

---

101) p.610. 그릇된 개념이나 좋지 않은 지식이라고 하는 것은 계몽함으로써 없애버릴 수 있다. 그러나 감정에서 나오는 반항은 결코 그렇게 되지 않는다. 오로지 신비적인 힘에 호소하는 일만이 여기서는 효과가 있다. 그리고 문필가는 거의 언제나 이것을 이룰 수 없고 거의 연설가만이 할 수 있다.

- A. 히틀러《나의 투쟁》中 -

102) p.81. 이 세계 종교가 전파될 수 있었던 것은 그것의 기독교적인 성격 때문이 아니라 그것의 관습들이 갖는 보편적이고 이교적인 성격 때문이다. 이 사상은 유대적인 것과 그리스적인 것 모두에 뿌리박고 있으며, 편견과 아울러 처음부터 민족적·인종적 분리와 차이를 넘어설 줄 알았다.

p.83. 이 점에서 기독교는 영리했다! 이교를 이렇게 대담하게 흡수하지 않았다

아니다. 로마 가톨릭은 인간의 어머니 신을 구하는 마음을 자극함으로써
예술, 종교, 철학의 원동력이 되어 주었다. 이에 대한 반작용으로 일어난
사건이 종교개혁이다. 로마 가톨릭의 어머니 신 숭배와 르네상스에 환멸
을 느꼈던 M. 루터는 《구약성서》의 아버지 신을 숭배하는 종교를 재건함
으로써 르네상스를 헛수고로 만들어 버렸다.

> p.315. 루터라는 독일인 수도승이 로마로 갔다. 좌절당한 사제의
> 복수심에 불타는 본능을 죄다 지니고 있는 이 수도승이 로마에서
> 르네상스에 **대항하여** 들고 일어났다…… 그리스도교를 **그 본거지**
> 에서 극복하려는, 실제로 일어났었던 그 거대한 사건을 깊이 감사
> 하면서 이해하는 대신 - 루터의 증오심은 그 광경에서 자신을 살찌
> 울 양식만을 끄집어낼 줄 알았을 뿐이었다. 종교적인 인간은 단지
> 자기 자신만을 생각하는 법이니까. (중략) 그리고 루터는 **교회를 재
> 건했다** : 교회를 공격하면서…… 르네상스가 - 의미 없는 사건으로.
> 엄청난 **헛수고가 되어버리고 말았다니!**
>
> - F. 니체 《안티크리스트(책)》中 -

지금까지 어머니 신을 숭배하고 있었던 유아의 정신세계에도 종교개
혁이 일어난다. 유아가 아동이 되면서 위대한 아버지의 존재를 인식하기
시작했기 때문이다. 위대한 아버지는 어린아이의 정신세계를 떠맡아 아
버지 신을 숭배하도록 개혁한다. 그 결과 전능 관념은 억압되고 복종 관
념이 지배적으로 된다.

면 기독교가 당시 유행하던 미트라 숭배와 이시스 숭배에 어떻게 승리할 수 있었
겠는가!
- F. 니체 《아침놀(책)》中 -

p.190. 그리하여 어린아이의 배고픔을 채워 주는 어머니는 사랑의 첫 번째 대상이 되고, 또한 외부 세계의 온갖 막연한 위험으로부터 그 아이를 지켜주는 최초의 보호자—불안으로부터 지켜 주는 최초의 보호자라고 말할 수도 있다—가 되기도 한다.

어머니의 이런 역할은 곧 어머니보다 강한 아버지가 떠맡게 되고, 유아기가 끝날 때까지 아버지는 그 지위를 유지한다. 그러나 아버지에 대한 아이의 태도는 독특한 이중성을 띠게 된다. 아버지 자체가 아이에게는 위험을 내포하는 존재인데, 이는 아마 아이가 그전에 어머니와 맺은 관계 때문일 것이다. 그래서 아이는 아버지를 동경하고 존경하는 만큼 아버지를 두려워한다. 「토템과 터부」에서 입증되었듯이, 아버지에 대한 이 이중적 태도를 암시하는 것은 모든 종교에 깊이 각인되어 있다. 인간은 성장하면서 자신이 영원히 어린아이로 남을 운명이며 미지의 우월한 힘으로부터 보호받지 않고는 결코 살아갈 수 없다는 것을 알고 아버지라는 인격의 속성을 그 힘에 부여한다. 그는 스스로 신을 만들고, 그 신을 두려워하면서도 자신의 보호자 역할을 그 신에게 맡긴다. 따라서 아버지에 대한 동경은 인간의 나약함 때문에 일어나는 결과로부터 보호받고자 하는 욕구와 똑같은 동기다. 〈어른〉은 자신의 무력함을 인정할 수밖에 없고, 그에 대한 반응으로 종교를 형성하게 되는데, 유아기의 무력함에 대한 자기 방어의 자세가 종교 형성이라는 어른의 반응에 독특한 성격을 부여한다.

- S. 프로이트 《문명 속의 불만, 『환상의 미래』》中 -

아동이 되면서 유아는 어머니가 사실 다른 존재의 소유라는 사실을 알게 되고 그 존재를 자신과 어머니와 맺은 특수한 관계를 방해하는 존재로 여기게 된다. 하지만 유아기와 달리 아동기의 어린아이는 어느 정도 현실을 인식하기 시작했기 때문에 아버지에게 반항하기에는 자신이 너무나 무력하다는 것을 절감하게 된다. 특히 아동기는 어린아이가 자신의 남근에 관심을 갖게 되는 시기로 이 시기의 어린아이는 만약 자신이 어머니와 결혼하기를 소망하면 아버지가 자신의 남근을 거세할지도 모른다는 불안을 느끼게 된다. 이러한 거세 불안의 반복된 패턴은 하나의 심리적 알고리즘이 되어 무의식 속에 저장되며 훗날 거세 불안을 미리 회피하는 방어 기제로 작용한다. 이러한 방어 기제로 인해서 인간은 아버지 표상을 지닌 대상에게 복종하게 되고 그 대상이 제정한 도덕이나 법도 순순히 이행하게 된다.

　　p.256. 그러나 자아가 초자아를 두려워하는 것이 무엇 때문인지를 자문해 본다면, 우리는 초자아가 가할법한 위협이 틀림없이 거세라는 처벌의 연장선상에 있다고 생각하지 않을 수 없다. 아버지가 초자아의 모습으로 비인격화되었듯이, 거세의 두려움이 막연한 사회적 또는 〈도덕적 불안〉으로 바뀌는 것이다. 그러나 불안은 숨겨지고 자아는 부과된 명령과 예방 조치와 속죄를 순순히 이행함으로써 불안을 피한다. 만일 자아가 그러는 데서 방해를 받는다면, 자아는 당장 불안과 동일한 것으로 간주되는-환자들 자신이 불안과 같은 것으로 여기는-극심한 불쾌감에 휩싸인다.
　　　　　　　　　　　　- S. 프로이트《억압, 증상 그리고 불안》中 -

　이러한 거세 불안의 흔적이 복종 관념이고 그에 결부된 정서가 죄책감이다. 복종 관념과 거세 불안이 외부에 투사되어 사회적 질서로 형상화된 것이 공동체의 도덕과 법이라면, 종교적 질서로 형상화된 것이 신의 윤리와 율법이라고 할 수 있다. 미개 사회나 일부 종교에서 할례와 같은 거세의 상징적 행위를 하는 이유도 거세 불안의 환상을 불러일으켜 복종하도록 만들기 위해서이다. 어린아이는 가정에서 습득한 아버지와의 관계를 이러한 사회적 또는 종교적 질서 속에서 반복 재현함으로써 그러한 질서 속에 편입할 수 있게 된다. 세상이 질서 있게(논리적으로) 보이는 이유는 우리의 아버지들이 미리 세상을 질서 있게(논리적으로) 만들어 놓았기 때문이다.[103]

따라서 이러한 질서를 위배하려고 시도하면 무의식은 거세 불안의 신호를 보낸다. 물론 그 신호와 그 신호에 연결된 무의식 속 관념과의 맥락은 희미해져서 인간의 의식은 그것을 막연한 불안으로 느끼게 된다. 특히 질서를 위배하거나 위반한 후에는 막연한 불안은 더 심해진다. 범죄자가 자수하는 이유도 이러한 불안에서 벗어나기 위해서이며, 율법을 위반한 종교인이 고해성사하는 이유도 이러한 불안에서 벗어나기 위해서이다. 종교는 고해성사(자수)를 통해서 또는 면죄부(무죄판결)를 줌으로써 거세 불안에서 벗어나게 해주고 양심의 안식을 준다. 그리고 이러한 양심의 안식을 얻은 대가로 종교인은 숭배와 복종을 지불한다.

p.425. 그렇다. 우리는 그들의 죄까지도 용서해 주겠다. 그들은 무력하고 의지가 박약한 자들이므로 죄를 범하는 것을 용서해 주

---

103) p.384. 논리를 믿으려 드는 우리의 주관적인 충동은 단지 논리 자체가 우리의 의식으로 들어오기 오래전에 이미 우리가 논리의 기본 원리들을 사건들 속으로 끌어들였다는 점을 보여줄 뿐이다. (중략)
　"사물"과 "동일한 사물", 주체, 속성, 행위, 대상, 실체, 형태를 창조한 것은 바로 우리이며, 이 창조는 우리가 오랜 세월에 걸쳐 동등화하고, 대충 다듬고, 최대한 단순화하는 과정을 거친 끝에 이뤄졌다. 이제 세상은 우리에게 논리적으로 보인다. 이 유는 우리가 세상을 논리적으로 만들어 놓았기 때문이다.
- F. 니체《권력 의지(부글)》中 -

면 어린애처럼 우리를 따르게 될 거다. 어떤 죄든지 우리의 허락만 받으면 모두 속죄될 것이라고 우리는 그들에게 말해 주련다. 죄악을 용서하는 것은 우리가 그들을 사랑하기 때문이야. 그 죄에 대한 벌은 우리가 떠맡겠다고 일러주겠다. 그러면 그들은 하느님 앞에서 자기들의 죄를 대신 맡아 준 은인이라 하여 우리를 숭배하게 될 것이고, 우리에게는 무엇 하나 숨기려 들지 않게 될 거란 말이다. 그들이 아내 이외에 정부(情婦)를 두고 사는 일도, 아이를 가지거나 안 가지는 일도, 모든 것을 그 복종의 정도에 따라 허가하기도 하고 금지하기도 할 것이다. 이렇게 그들은 기쁘고도 즐거운 마음으로 우리에게 복종하게 되는 거다. 가장 괴로운 양심의 비밀까지도, 그 밖의 무엇이든 하나도 숨김없이 모조리 우리한테 털어놓을 것이고 우리는 모든 문제를 해결해 줄 것이다. 그들은 우리가 내리는 해결을 기꺼이 믿을 것임에 틀림없어. 왜냐하면 그것으로 말미암아 커다란 걱정거리에서 피할 수도 있고 지금처럼 스스로 자유롭게 해결지어야 하는 무서운 고통에서도 해방될 수 있기 때문이지. 이리하여 모든 인간은, 수백만의 모든 인간은 행복을 누리게 될 것이다.

- 도스토옙스키 《카라마조프의 형제》 상 中 -

이러한 정신발달 과정을 거쳐 인간의 무의식 속에는 어머니와의 관계에서 형성된 전능 관념과 아버지와의 관계에서 형성된 복종 관념이 공존하게 된다. 이 두 개의 관념 중에서 어떤 관념이 더 지배적이냐에 따라서 자신의 무의식 속 세 가지 욕망을 추구하는 태도는 달라진다. '천성적으로 보수적이고 행실이 좋은' 복종 관념이 지배적인 사람은 도덕과 법에 복종하는 방식으로 자신의 욕망을 추구하고, '재능 있는' 전능 관념이 지배적인 사람은 도덕과 법을 파괴하려는 방식으로 자신의 욕망을 추구한다. 도스토옙스키가 전자의 사람들을 '제1의 부류'라고 불렀다면 후자의 사람들은 '제2의 부류'라고 부른다.

p.397. …… 이들 두 부류를 구별할 수 있는 특징은 비교적 명확합니다. 제1의 부류, 즉 소재는 일반적으로 말한다면 천성적으로 보수적이며 행실이 좋은 인간들입니다만, 이들은 남에게 복종하며 생활하고 또 복종하는 것을 바람직하게 생각하는 사람들입니다. 내가 생각하기로는 이러한 사람들은 복종하는 것이 의무라고도 할 수 있습니다. 그 이유는, 그들에겐 그것이 사명이기 때문입니다. 그렇다고 해서 그들이 그것을 비굴하게 생각하는 것은 아닙니다. 다음 제2의 부류에 속하는 자들은 모두 재능의 다소에 따라서 법률을 범하는 파괴자들인 것이며, 적어도 그러한 경향을 지닌 사람들뿐입니다. 이와 같은 사람들의 범죄도 역시 그것은 상대적인 것이며 각양각색의 잡다한 것들입니다.

- 도스토옙스키 《죄와 벌》 상 中 -

전능 관념이 지배적이냐 복종 관념이 지배적이냐의 여부는 어머니의 영향을 더 받았느냐 아니면 아버지의 영향을 더 받았느냐에 따라 달라진다. 전능 관념이 지배적인 부류는 소수이고 복종 관념이 지배적인 부류가 다수인 이유는 문명 대부분에서 아버지의 영향력이 강하기 때문이다. 복종 관념이 과도하게 지배적으로 되면 외부에 신이 존재한다고 믿게 되고 전능 관념이 과도하게 지배적으로 되면 자신을 신과 같은 존재로 믿게 된다. 니체의 초인 사상은 그의 전능 관념이 투사된 사유 체계라고 할 수 있다. 특히 전능 관념(자기 이상화)이 **병리적으로** 되면 자신은 우월한 존재이고 타인은 '노예와 같은' 열등한 존재라는 망상 속에서 살게 된다.[104] 《카라마조프의 형제》에서 이반 카라마조프는 전능 관념이 병리적으로 된 인물로 그의 전능 관념은 자신은 '인신(人神)이 될 수 있으며' 자신에게는 '모든 것이 허용되어 있으므로 아무 짓을 해도 괜찮다'라는 과대망상으로 발현된다.

    p.144. 여기서 내 젊은 사상가는 이렇게 생각했지 – 지금 문제가 되는 것은 과연 그러한 때가 올 것인가, 하는 점이다. 만일 온다면 모든 것이 해결되고 인류는 확고한 토대를 마련하게 될 것이다. 그러나 인류의 뿌리 깊은 어리석음 때문에 어쩌면 천년이 걸려도 토대를 마련하지 못할지 모른다. 그러니까 지금이라도 진리를 깨달은 사람은 누구나 새로운 원리 위에 제 마음대로 생활의 토대를 잡아도 무방하다. 이런 의미에서 인간에게 '어떤 일이나 허용되어 있다.' 뿐만 아니라 설사 그런 시기가 결코 오지 않는다 하더라도 어차피 신(神)이니 영생이니 하는 것은 없으니까 새로운 인간은 자기 혼자서라도 인신(人神)이 될 수 있는 것이다. 그리고 이와 같은 새로운 지위로 승격한 이상 필요하다면 옛날 노예와 같은 인간의 그 어떠한 한계도 마음대로 뛰어넘을 수 있는 것이다. 신을 위한 법률은 존재하지 않는다! 신이 있는 곳이 곧 신의 자리인 것이다. 내가 서는 곳이 곧 제일 가는 자리인 것이다 – '아무 짓을 해도 괜찮다.'

             – 도스토옙스키 《카라마조프의 형제》 하 中 –

---

104) p.112. 이러한 '자기–이상화'는 대개 전능이라는 마술적 환상을 의미하는데, 이것은 (중략) 좌절, 질병, 죽음이나 시간의 흐름이 자신을 건드릴 수 없다는 확신이다. 이러한 환상의 귀결은 타인을 평가절하하고, 치료자를 포함한 타인에 대한 내담자 자신의 우월성을 확신하는 것이다.

             – O. 컨버그 《경계선 장애와 병리적 나르시시즘》 中 –

미리 말해 두자면 인간 본성은 '두 가지 주요 흐름'으로 발달한다.[105] 하나는 **자기 자신**을 숭배(이상화)하는 것이다. 이러한 이상화된 자기(과대 자기)에 대한 숭배는 자신이 속한 인종이나 국가로까지 확장된다. 다른 하나는 **어머니 표상** 또는 **아버지 표상**을 숭배(이상화)하는 것이다. 이러한 이상화된 부모 표상에 대한 숭배가 확장된 것이 어머니 신 또는 아버지 신에 대한 숭배이다. 쉽게 말하면 전자는 자기 자신을 사랑하는 것이고 후자는 외부 대상을 사랑하는 것이다. 그렇다고 두 개가 본질에서 다르다는 뜻은 아니다. 외부 대상을 사랑하는 것도 자기애가 투사된 것이므로 본질에서는 외부 대상을 사랑하는 것도 **'간접적인 자기 사랑'**으로 볼 수 있다.[106]

악마의 세 가지 유혹의 발현

악마가 그리스도에게 한 세 가지 물음에 대한 고찰을 통해 우리는 인간의 무의식 속에는 세 가지 보편적인 욕망이 존재한다는 것을 알게 되었다. 이러한 욕망은 어머니 신을 구하는 마음에서 기인한다. 어머니 신을

---

105) p.39. (각주) …. 자기애 발달 안에 있는 두 가지 주요 흐름을 결정하는 중심적 기제들에 대한 적절한 서술은 초심리학적인 것이 될 수밖에 없다. 그럼에도 불구하고, 과대 자기가 국가와 인종에 대한 자부심과 편견(선은 모두 "내면"에 있고 나쁘고 악한 것은 모두 "바깥"에 있다고 믿는) 등과 같은 성인의 경험에서 유비를 찾을 수 있는 반면에, 이상화된 부모상에 대한 관계는 진실된 신자가 그의 신(神)과 갖는 관계(신비적 융합을 포함하여)에서 유비를 찾을 수 있을 것이다.
　　　　　　　　　　　　　　　　　　　　　　　　- H. 코헛《자기의 분석》中 -
106) p.104. 모든 대상이나 본질에 대한 사랑은 간접적인 자기 사랑이 되는 방식으로 자기 자신을 사랑하는 개인의 사랑이다. 왜냐하면 나는 나의 이상과 느낌과 본질에 어울리는 것만을 사랑할 수 있기 때문이다.
　　　　　　　　　　　　　　　　　　- L. 포이어바흐《종교의 본질에 대하여》中 -

구하는 마음은 '유년기 이래로 만족되지 않는 채 모든 사람의 무의식 속에 잠복하고 있다.' 하지만 이러한 소망은 영원히 충족될 수 없다. 그럼에도 인간의 무의식은 이러한 소망을 대리 충족시켜 줄 수 있는 대상을 욕망하게 된다. 그 물질적 대상이 지상의 빵과 성적 대상이라면 정신적 대상은 예술, 종교, 철학이라고 할 수 있다. 도스토옙스키가 신을 구하는 마음이 예술, 종교, 철학의 원동력이라 한 것도 예술, 종교(신화), 철학(문학)이 어머니에 대한 욕망을 **'대리 만족'**시켜 주기 때문이다.

> p.196. 그런데 정신분석학은 특별히 높이 평가되는 다른 부분, 즉 정신적 창조라는 부분이 소원 성취, 다시 말해서 유년기 이래로 만족되지 않는 채 모든 사람의 마음속에 잠복하고 있는 억압된 소원의 대리 만족에 기여한다는 사실을 덧붙인다. 항상 불가해한 무의식과 연관이 있다고 추정되었던 이 창조물로는 신화와 문학과 예술을 들 수 있다.
>
> — S. 프로이트 《정신분석학 개요, 『정신분석학 소론』》 中 —

정신분석학에서는 어머니에 대한 욕망을 정신적 창조 활동으로 전환시키는 심리 기제를 승화(昇華)라고 한다. 예술은 가장 직접적으로 어머니에 대한 욕망을 승화시키는 방식이다. 일례로 젖가슴을 드러낸 성모 마리아의 그림은 어머니 젖가슴에 대한 융합 욕망과 신비한 어머니에 대한 숭배 욕망을 동시에 형상화한 것이라고 할 수 있다. 두 번째 승화 방식은 종교이다. 종교의 승화 방식은 두 가지 형태가 있다. 하나는 어머니 신에 대한 숭배 형태이고 다른 하나는 아버지 신에 대한 복종 형태이다. 아버지 신에 대한 복종 형태는 아버지의 거세 위협으로 강제된 것이다. 따라서 본질에서 아버지 신 숭배도 어머니에 대한 욕망을 간접적으로 충족시키기 위한 것이라고 볼 수 있다. 어머니 신 숭배에 해당하는 대표적인 종교는 로마 가톨릭이고 아버지 신 숭배에 해당하는 대표적인 종교는 유대교나 프로테스탄티즘이다. 이들 종교의 공통점은 자신의 성적 욕망을 억제하고 외부 대상에게서 어머니에 대한 욕망을 성취하는 것이다(그 반대로 성욕을 신성시하는 종교도 있지만, 지면상 생략한다).[107] 이러한 사실에서 어머니 신 숭배나 아버지 신 숭배가 **성적 욕망**과 관련되어 있음을 추론할 수 있다.

세 번째 승화 방식은 철학이다. 철학자는 예술가처럼 무의식적 욕망의 형상화나 종교인처럼 무의식적 욕망을 억압하는 방식으로 자신의 욕망을 추구하지 않는다. 철학자는 자신의 정신적 활동 그 자체에 대한 인정, 즉 명성을 추구한다. 철학의 승화 방식이 특별하게 보이겠지만 유아기에는 유아가 자신과 어머니를 구분할 수 없으므로 자기에 대한 숭배가 곧 어머니에 대한 욕망을 대리 만족시키는 것과 같다. 예술가와 종교인이 형상이나 우상을 숭배한다면 철학자는 자기 자신을 숭배한다고 할 수 있다. 철학자는 자신 이외에는 어떠한 형상이나 우상도 숭배하지 않는다. 만약 철학자가 신이나 타인을 숭배한다면 그 사람은 철학자라기보다는 신학자나 단순한 학자에 가깝다. 진정한 철학자는 자신을 신과 같은 존재라고 믿으며 스스로가 타인의 숭배와 찬양의 대상이 되기를 갈망하는 사람이다.[108]

---

107) p.60. 승려들은 신에게 순결을 서약하였다. 그들은 그들 자신에 있어선 이성애를 억압하였다. 그러나 그들은 그 대신에 하늘나라에, 신 안에, 성녀 마리아에 있어서 여인의 상(像), 사랑의 상을 가지고 있었다. 그들에게는 표상된 이상적인 여인이 현실적인 사랑의 대상이 되는 일이 많으면 많을수록 그만큼 그들은 실재의 여인 없이도 지낼 수 있었던 것이다.

                                           - L. 포이어바흐 《기독교의 본질》 中 -

108) p.150. 철학자들. 그들은 신만이 사랑과 찬양을 받기에 합당하다고 믿으면서 스스로가 사람들의 사랑과 찬양을 받기를 원한다. 그들은 그들 자신의 타락을 모른다. (중략) 무슨 일인가! 그들은 신을 알았으면서도 사람들이 오로지 신을 사랑하기만을 희구하지 않았을 뿐만 아니라 사람들이 그들에게 매달리기를 바랐던 것이다. 그들

『대신문관』에서 대신문관도 종교인이라기보다는 철학자에 가깝다. 여기서 종교인과 철학자는 악마의 세 번째 유혹에 사로잡힌 종교인(사제)과 철학자를 의미한다. 그들의 공통점은 '인류를 개선하고 구원하고 해방시키겠다'라는 지배 욕망을 가진 사람이다.[109] 그들의 차이점은 전자는 신의 권위에 의존해서 인류를 구원하려고 한다면 후자는 스스로 신이 되어 인류를 구원하려고 한다. 도스토옙스키가 '바로 여기에 로마 가톨릭의 가장 근본적인 특질이 포함되어 있다'라고 말하는 이유도 로마 가톨릭이 스스로 신의 지위를 차지해서 그리스도의 방식이 아닌 자신만의 방식으로 인류를 구원하려고 하기 때문이다.

> p.411. "노인 자신도 그리스도는 옛날에 자기가 말한 것 이외에 무엇 하나 덧붙일 권리가 없다고 단언하고 있으니 말이야. 적어도 내 생각으로는 바로 여기에 로마 카톨릭의 가장 근본적인 특질이 포함되어 있다고 말할 수도 있을 것 같아. '너는 이미 모든 것을 교황(敎皇)에게 넘겨 주지 않았느냐 말이다. 따라서 지금은 모든 것이 교황의 수중에 있는 거야. 그러니 이제는 제발 나타나지 말아 주었으면 좋겠어. 적어도 어느 시기가 올 때까지는 방해를 말아 주게'라고 말하는 거야. … "
>
> - 도스토옙스키 《카라마조프의 형제》 상 中 -

은 사람들의 자발적인 행복의 대상이 되려고 했다!

- B. 파스칼 《팡세》 中 -

109) p.466. 전 세계 어떤 철학자도 마찬가지겠지만 그들의 원형은 사제이다. 그래서 그들 역시 '인류를 개선하고, 구원하고, 해방시키겠다'고 생각한다. 변변치 못한 인간일수록 잘난 체하는 법인데, 그 대표적인 인물이 바로 철학자들이다.

- F. 니체 《반그리스도교(동서)》 中 -

대신문관은 그리스도가 인간의 구원에 관한 모든 권리를 교황에게 넘겨주었다고 주장한다. 인류는 그리스도에 의해서가 아니라 교회와 제사장에 의해서 구원되어야 한다는 것이다. 그래서 교회와 제사장은 자기 나름의 방식대로, 물론 그리스도의 이름으로 하지만, 인류를 구원하기 위한 사업을 추진한다. 그 사업의 이름이 **로마의 사업**이다. 로마의 사업은 인간의 무의식 속 세 가지 욕망을 만족시켜 줌으로써 인류를 지배하는 것이다.

> p.482. 사제는 자연의 가치를 인정하지 않고 신성함을 빼앗아가 그 영향을 흡수하며 삶을 이어 간다.
>
> 이런 얼토당토하지 않는 자들에게 복종하지 않는 것이 '죄'가 된다니.
>
> 이리하여 '신에 대한 복종은 사제에 대한 복종'이 되어, 사제만이 인간을 구원할 수 있다는 이론이 완성되었던 것이다.
>
> 사제의 조직과 유사한 조직사회에서는 반드시 '죄'를 필요로 한다. 왜 그럴까. '죄'를 이용해서 힘을 휘둘러야 하기 때문이다.
>
> 사제들이 '죄'를 이용해서 살아가려면 '죄를 범하는 것이'이 필요하다.
>
> 사제들은 '신은 회개하는 자를 용서한다'고 말하는데, 그것은 결국 '사제에게 복종하면 용서한다'는 말이나 마찬가지이다.
>
> — F. 니체 《반그리스도교(동서)》中 —

도스토옙스키가 말하고자 하는 바는 로마 가톨릭의 제사장에 한정한 것이 아니다. 악마의 첫 번째 특질이 '지혜롭고 현명함'이듯이 도스토옙스키는 탁월한 지능을 갖춘 모든 인간을 겨냥하고 있다. 대신문관처럼 각 분야에는 세계를 지배하고자 하는 '유식한 제사장'들이 있다. 물론 그들은 자신의 세계 지배 욕망을 '스스로 자신의 삶을 인식하거나 삶의 방향을 설정할 능력이 없는 인류'에 대한 동정심으로 위장하며 그러한 인류를 개선하고, 구원하고, 해방시키는 것을 자신의 의무로 생각한다. E. 프롬은 예술, 종교, 철학 등 각 분야에서의 이러한 유식한 제사장의 역할을 탁월하게 묘사한다.

p.26. 예언자는 인류 역사에서 아주 드물게 나타났다. 그들은 죽음으로써 자신들의 가르침을 남겼다. 이 가르침을 많은 사람들이 받아들였고, 그들에게 아주 귀중한 것이 되었다. 이것은 사람들이 이념에 매달리는 것을 자신들의 목적-통제와 지배-을 위해 사용하고자 했던 사람들에 의해 이념이 이용당할 수 있었던 확실한 이유이다. 예언자가 말했던 이념을 이용하는 사람들은 '제사장(priests)'이라고 부를 수 있다. 예언자는 이념에 따라 살았고 제사장은 이 이념에 따르는 사람들을 다스린다. 이리하여 이념은 그 생명력을 잃고 하나의 정형(for-mula)으로 되어버린다. (중략) 제사장들은 이념의 적절한 표현을 통제함으로써 인간을 조직화하고 통제하는 데 이념을 사용한다. 이리하여 제사장들은 인간을 마비시킨 후에 인간은 스스로 자신의 삶을 인식하거나 삶의 방향을 설정할 능력이 없다고 주장하며, 자신들이 자유를 두려워하는 인간들의 삶의 방향을 인도하는 것은 자신들의 의무이며 심지어 동정심에서 그와 같이한다고 주장한다. 사실 모든 제사장들이 그런 것은 아니지만 대부분의 제사장들, 특히 권력을 휘두르는 제사장들이 그렇게 행동하는 경우가 많다.

종교에만 제사장이 존재하는 것이 아니다. 철학에도 정치학에도 제사장이 존재한다. 모든 철학의 학파에는 나름대로의 제사장이 있는데 대개 그들은 매우 유식하다.

- E. 프롬《불복종에 관하여》中 -

여기서 의미하는 세계 지배는 옛날처럼 수많은 사람을 악랄하게 살육한 후 그 영토를 정복하거나 또 그 정복한 영토를 유지하기 위해서 살아남은 사람들을 무자비하게 억압하는 것을 의미하지 않는다. 이제 그럴 필요가 없다. 수많은 사람이 **자진해서** 새로운 로마 제국에 가입하고 있기 때문이다. 실제로 한 세계 기업의 CEO는 자신이 전 인류를 결합시킬 수 있는 지구 공동체를 건설해서 **제사장들이 저버린 인류의 무거운 짐**을 자신의 엔지니어들이 떠맡겠다고 약속했다.[110] 이렇게 자기만의 방식으로 인류를 사랑하려는 **'유식한'** 기업가의 **대담한 선언**은 대신문관의 주장이 결코 과대망상이 아니라는 것을 증명해 준다.

p.421. 그러나 그것이 정말로 신비라고 한다면, 우리도 신비를 선정하여 '인간에게 중요한 것은 양심의 자유로운 결정도 아니고 사랑도 아니며 오직 신비가 있을 뿐이다. 모든 인간은 자기 양심에 거역하더라도 이 신비에 맹종하지 않으면 안 된다.' 이렇게 설득한 권

---

110) p.136. …, 2017년 2월 16일 마크 저커버그는 대담한 선언문을 발표했다. 여기서 그는 지구 공동체 건설의 필요성과 그 프로젝트에서 페이스북의 역할을 이야기했다. 2017년 6월 22일 페이스북 커뮤니티 서밋 발족식의 후속 연설에서는 그는 우리 시대의 사회정치적 격변-만연한 약물중독부터 살인적인 전체주의 정권에 이르기까지-은 상당 부분 인간 공동체의 해체에서 비롯된다고 설명했다. 그는 "수십 년간 모든 종류의 집단에 속한 회원 수가 4분의 1이나 줄었으며, 수많은 사람이 이제는 다른 어딘가에서 목적의식과 지지받는 느낌을 찾고 싶어 한다"고 탄식했다. 그는 이 공동체를 재건하는 부담을 페이스북이 질 것이며, 교구의 사제들이 저버린 짐을 페이스북의 엔지니어들이 떠맡을 거라고 약속했다.

- Y. 하라리《21세기를 위한 21가지 제언》中 -

리가 있는 것이다. 그리고 실제로 우리는 그대로 해왔다. 우리는 너의 사랑을 수정하여, 그것을 '기적과 신비와 교권' 위에 세워 놓은 거다. 그러자 민중은 다시 자기들을 양떼처럼 이끌어 줄 사람이 생기고 끝없는 고통의 원인인 그 무서운 선물을 마침내 제거해 줄 때가 온 것을 기뻐했다. 우리가 이렇게 가르치고 이렇게 실행한 것이 옳은 일인지 아닌지, 자, 어디 한 번 말해 봐! 우리가 솔직히 인간의 무력함을 인정하고 가련히 여겨 그 무거운 짐을 덜어 주고 그들의 연약한 본성을 감안하여 우리의 허락을 얻으면 그들의 죄까지도 용서받을 수 있게 했다면, 우리도 인류를 사랑했다고 할 수 있지 않느냐 말이다!

- 도스토옙스키 《카라마조프의 형제》 상 中 -

《신약성서》에서 그리스도는 제사장이나 철학자의 세계 지배 욕망을 포도원 농부의 욕심에 비유하고 있다.[111] 이 비유에서 포도는 다수 민중을 상징하고 농부들은 소수의 엘리트를 상징한다. 그리고 주인의 종들은 선지자를 상징하고 주인의 아들은 그리스도를 상징한다. 소수 엘리트는 다

111) p.36. 다른 한 비유를 들으라 한 집주인이 포도원을 만들어 산울타리로 두르고 거기에 즙 짜는 틀을 만들고 망대를 짓고 농부들에게 세로 주고 타국에 갔더니
　열매 거둘 때가 가까우매 그 열매를 받으려고 자기 종들을 농부들에게 보내니
　농부들이 종들을 잡아 하나는 심히 때리고 하나는 죽이고 하나는 돌로 쳤거늘
　(중략)
　후에 자기 아들을 보내며 이르되 그들이 내 아들은 존대하리라 하였더니
　농부들이 그 아들을 보고 서로 말하되 이는 상속자니 자 죽이고 그의 유산을 차지하자 하고
　이에 잡아 포도원 밖에 내쫓아 죽였느니라
　…
　대제사장들과 바리새인들이 예수의 비유를 듣고 자기들을 가리켜 말씀하심인 줄 알고
- 《신약성서》 「마태복음」 中 -

수 민중을 천국으로 인도하려는 선지자와 그리스도를 죽여버린다. 자신들이 다수 민중을 지배하기 위해서이다. 사실상 모든 '유식한' 종교 교리와 철학 사상의 밑바탕에는 이렇게 자신만의 도덕에 의한 세계 지배 욕망이 깔려있다고 할 수 있다. 프로이트는 그 기원을 이집트의 유일신교까지 거슬러 올라간다.

p.363. 동물 토템에서, 일정한 제자들을 거느린(그리스도의 네 복음서 필자는 각기 그들의 좋아하는 동물로 그려진다) 인격화한 신으로의 발전을 제외하고, 유대주의가 일신교를 받아들이고 기독교가 이 유일신교를 지속시키고 있는 사태 이상으로 이것을 분명하게 설명할 수 있는 사례를 종교사는 별로 제시하고 있지 않다. 만일에 우리가 파라오의 세계 제국을 유일신교 관념 태동의 결정적 원인이 되었다는 사실을 잠정적으로 승인하면 우리는, 모국의 토양을 떠나 다른 민족에게로 넘어간 그 종교 관념은, 오랜 잠복기 이후에는 그들의 것이 되어, 귀중한 자산으로 보존되며, 선택된 민족이라는 자랑스러운 선물을 베풂으로써 이 민족의 생명을 영원하게 하는 것이었다는 것을 알 수 있다. 그렇다면 이것은 보상, 성별(聖別), 세계 지배에 대한 기대와 밀접한 관계가 있는 원초적인 아버지의 종교이지 다른 것이 아니다.
- S. 프로이트《종교의 기원,『인간 모세와 유일신교』》-

프로이트에 따르면 이집트의 유일신교에서 기인한 유대교와 그리스도교는 악마의 세 가지 유혹과 유사한 세 가지 특질을 지니고 있다. 첫 번째 특질인 보상은 어머니에 대한 융합 욕망을 지상의 빵(기적)으로 **대리 보상**해 줌으로써 인류의 복종을 얻는 수단이다. 두 번째 특질인 성별(聖別)

의 사전적 의미는 신에 대한 예배나 봉사 등 거룩한 목적을 위해 사람이나 사물을 특별히 거룩하게 구별하는 것을 말하는 데 신비한 사람(성인)이나 신비한 사물(성물)을 의미한다. 이러한 성인이나 성물은 어머니에 대한 숭배 욕망을 대리 만족시켜 줌으로써 인류의 숭배를 얻는 수단이다. 그리고 세 번째 특질인 세계 지배에 대한 기대는 악마의 세 번째 유혹인 세계 지배 욕망과 같다.[112]

결과적으로 세계 지배를 성취한 종교는 유대교가 아니라 로마 가톨릭이다. 로마 가톨릭이 세계를 지배할 수 있었던 이유는 십계명 제1조와 제2조를 수정해서 어머니 신과 우상 숭배를 받아들였기 때문이다.[113] 로마 가톨릭의 유럽에서 르네상스가 일어났듯이 로마 가톨릭의 유럽에서 산업 혁명이 일어난 이유도 로마 가톨릭이 지상의 빵에 대한 욕망을 자극했기 때문이다. 산업 혁명에 의한 자본주의의 발흥은 무서운 속도록 온 인류를 하나의 공동체로 결합시키기 시작했다. 악마의 예언대로 인류는 심판의 날을 향하여 자신도 모르게 한 걸음 한 걸음 나아가고 있다고 할 수 있다. 특히 지난 세기는 악마의 세 번째 유혹인 지배(결합) 욕망이 적나라하게 발현된 세기였다. 히틀러가 세계대전을 일으킨 것은 **소수 엘리트**(로마 문명)가 지배하는 세계 제국을 수립하기 위해서였다. 그가 유대인을 학살한 이유도 **다수 민중**(유대 문명)에 의한 세계 지배를 분쇄하기

---

112) p.23. 교황의 세계 지배에 대한 주장은 1302년의 교황 보니파키우스 8세의 교서 「거룩한 교회(Unam Sanctam)」에서 다시 한번 확인되었다.
- 볼프강 비퍼만 《루터의 두 얼굴》 中 -

113) p.937. 유대교도들은 자신들이 만약 목적을 이루고자 굴욕을 참고 그리스도교처럼 타락했었다면, 그리스도교보다도 먼저 세계를 정복했으리라고 자랑했다. 그리스도교는 유대 경전의 권위를 부인한 일이 없음에도 유대교에서 보면 그리스도교는 유대교의 가장 중요한 원칙이 되어 있는 십계의 제1계와 제2계, 다시 말해서 유일신과 우상 숭배금지를 어김으로써 정복을 용이하게 했다.
- A. J. 토인비 《역사의 연구》 中 -

위해서였다.[114]

처음의 질문으로 돌아가서 인류 문명이 불멸할 수 있는가의 문제에 대해서 그리스도가 제시한 해결책은 인류가 악마의 세 가지 유혹을 거부하는 것이었고 그에 대해서 도스토옙스키가 제시한 방법론은 '의식에 있어서의 선악의 자유로운 선택'이었다. 이제 왜 그리스도와 도스토옙스키가 이러한 해결책과 방법론을 제시했는지에 대해서 추론할 수 있다. 바로 전능 관념이 지배적인 소수 엘리트 때문이다. 도스토옙스키가 『대신문관』을 통해서 제기하려는 문제는 대신문관과 같은 전능 관념이 지배적인 소수 엘리트가 복종 관념이 지배적인 다수 민중을 지배하는 것이 바람직한가이다. 바꿔서 말하면 소수 엘리트가 온 인류를 결합시키는 것이 바람직한가의 문제인 것이다. 이 질문에 단정으로 대답하기는 어렵다. 그 이유는 인류 문명은 소수 엘리트의 **창조적 솔선**과 다수 대중의 **복종적 태도**에 의해서 인도되고 발전되어 왔기 때문이다.[115] 분명한 것은 그리스도나 도스토옙스키는 인류 문명의 이러한 발전방식에 동의하지 않는다는 것이다.

---

114) p.775. 독일의 멸망은 영국의 이익이 아니라 첫째로 유대인의 이익이었던 것과 마찬가지로, 오늘날에 있어서 일본을 멸망시키는 것 또한 영국의 국가적 이익이라기보다는 오히려 유대인들이 기대하는 세계 제국의 지도자층들의 드넓은 소망에 봉사하는 것이다. 영국이 이 세계에서 자국 지위를 유지하기 위하여 애쓰고 있을 때 유대인은 세계 정복을 위한 공격을 조직하고 있다.
- A. 히틀러 《나의 투쟁》中 -

115) p.261. "이중의 노력, 즉 누군가가 새로운 발견을 하는 노력과, 남은 자 전부가 그것을 받아들여 그에 순응하는 노력이 필요하다. 이 솔선하는 행위와 복종하는 태도가 어느 사회 속에 동시에 발견되면 그 사회를 곧 문명이라 부를 수 있다. 사실, 제2조건 즉 다수의 인식력이 제1조건 즉 천재의 등장보다 보장되기 힘들다. (중략)"
- A. J. 토인비 《역사의 연구》中 -

선악(善惡)의 의식에 있어서의 자유로운 선택

도스토옙스키가 악마의 세 가지 물음이 '지상에서의' 인간성의 역사적 모순을 남김없이 집약한 '세 가지 형태'라고 말한 바 있는데 이 의미는 인간 본성의 모순이 이 지상에서 세 가지 형태로 발현된다는 뜻이다. 그 세 가지 형태가 경제적 질서(화폐 질서), 종교적 질서, 정치적 질서(제국의 질서)이다. 지금까지의 논의를 다음 표와 같이 정리할 수 있다.

신약성서	도스토옙스키	르 봉	프로이트	사회 질서
지상의 빵	기적	우월한 존재에 대한 숭배	보상	경제적 질서 (화폐 질서)
지상의 신앙	신비	우월한 존재의 권력에 대한 공포	성별(聖別)	종교적 질서 (종교 질서)
천하만국과 그 영광	세계 지배 (세계 결합)	우월한 존재의 명령에 대한 맹목적 복종	세계 지배	정치적 질서 (제국 질서)

이러한 세 가지 질서가 인간 본성의 역사적 모순을 남김없이 집약하고 있는 이유는 인간은 **신적 존재로서 자유롭고 독립적인 존재**로 태어났지만 어떤 이유로 인해서 역사가 흐를수록 점점 경제적 욕망과 종교적 욕망과 정치적 욕망에 예속되어 가고 있기 때문이다. 소수의 뿔 달린 짐승은 인류의 이러한 무의식적 욕망을 이용해서 인류를 지배해왔다. 인류가 소수의 뿔 달린 짐승의 지배를 받지 않기 위해서는 악마의 세 가지 유혹으로부터 자유로워지지 않으면 안 된다. 그리스도는 인류가 악마의 세 가지 유혹으로부터 자유로워지는 방법을 제시하기 위해서 세계사에 등장했지만, 그의 복음은 교회와 제사장에 의해서 유명무실하게 되어버렸다. 아니 **'정반대'**로 되어버렸다. 인류는 그리스도의 가르침과 정반대되는 것

에 이미 무릎을 꿇었지만, 아직도 그 사실을 모르고 있다.

p.491. 우리는 19세기 동안 오해해 왔던 문제를 이제야 비로소 이해할 수 있게 되었다. 즉 '신성한 거짓말'에 맞서 싸울 성실함을 지니게 된 것이다.

하지만 세상 사람들은 완전 딴판이다. 사람들은 부끄러운 줄도 모르고, 어느 시대에서나 '신성한 거짓말' 속에서 자신의 욕망과 이익만을 추구했다. 그리고 예수와 정반대의 가르침을 따르는 교회를 세웠다.

세계를 이해하는 수단은 그리스도교(教)에 다 들어 있다. 인류는 예수의 가르침과 반대되는 것에 무릎을 꿇었으며, 예수가 가장 싫어했던 것을 '교회'라는 이름 아래 신성(神性)이라 말해 왔다. 이처럼 세계적이고 엄청난 아이러니를 나는 여태껏 본 적이 없다.

- F. 니체 《반그리스도교(동서)》 -

그리스도가 인류에게 주려고 했던 자유는 '양심의 자유' 내지는 '선악의 의식에 있어서의 자유로운 선택'이었다. 베드로의 일화는 무의식이 추구하는 양심을 알아야 양심의 자유를 가질 수 있다는 것을 알게 해 주었다. 베드로는 자신의 무의식이 추구하는 양심이 무엇인지를 인식할 수 없었기 때문에 닭이 울자 통곡할 수밖에 없었다. 문제는 인간의 의식은 자신의 무의식이 추구하는 양심이 무엇인지를 인식할 수 없다는 점이다. 이러한 문제를 해결하기 위해서 도스토옙스키가 제시한 방법이 '선악의 의식에 있어서의 자유로운 선택'이다.

그런데 사실 사람들 대부분은 자신이 의식에 있어서의 선악의 선택을 자유롭게 할 수 있다고 생각한다. 예를 들어 누군가의 행위를 보았을 때의식 속에 먼저 그 행위에 대한 개념적 표상이 떠 오르고 그다음에 그 행위가 선한 행위인지 악한 행위인지를 판단한다고 생각한다. 하지만 우리의 감각기관과 마찬가지로 실제로는 정반대로 이루어진다.[116] 의식 속에 떠오르는 선인지 악인지의 판단은 이미 무의식이 선악의 판단을 끝낸 결과물이다. 우리는 선악의 **의식**에 있어서의 **자유로운** 선택을 하는 것이 아니라 **무의식**에 있어서의 **강제된** 선택을 한다. 인간이 왜 의식에 있어서의 선악의 선택을 자유롭게 할 수 없는지를 이해하기 위해서는 먼저 선악의 개념에 대해서 알아야 할 필요가 있다.

> p.304. 우리는 인간이 선악을 구별하는 능력을 본래부터 타고났다는 주장을 거부할 수도 있다. 나쁜 짓이 자아에는 결코 해롭거나 위험하지 않는 경우도 많다. 오히려 나쁜 짓이 자아에는 바람직하고 즐거운 것일 수도 있다. 따라서 여기서는 외부의 영향력이 작용하고 있으며, 무엇이 선이고 무엇이 악인가를 결정하는 것은 바로 이 외부의 영향력이다. 이 길로 인도한 것이 그 사람 자신의 느낌은 아니었을 테니까. 그 사람은 이 외부의 영향력에 복종해야 할 동기를 갖고 있었던 게 분명하다.
>
> - S. 프로이트 《문명 속의 불만》中 -

프로이트에 따르면 무엇이 선이고 무엇이 악인가를 결정하는 것은 '외

---

116) p.102. 여러분의 망막을 관찰해보면, 망막에서 얻을 수 있는 데이터는 광자의 확률분포밖에 없습니다. 색깔, 형태, 입체감 등은 대부분 뇌가 만들어 낸 해석입니다. 어쨌든 외부에 객관적으로 존재하는 어떤 대상이 눈을 통해서 들어오면 그 감각을 뇌가 해석하고, 우리는 그렇게 해석한 결과물을 보고 있는 겁니다. 결국 우리 눈에 보이는 건 인풋(input)이 아니라 아웃풋(output)입니다. 이미 뇌가 계산을 다 끝낸 결과물이라는 얘기죠.

- 김대식 《당신의 뇌, 미래의 뇌》中 -

부의 영향력'이다. 한 개인에게 외부의 영향력이 미치기 위해서는 그 개인의 무의식 속에 그 영향력이 자극할 수 있는 관념(욕망)이 형성되어 있어야 한다. 그 관념은 대부분 어린 시절의 어머니 또는 아버지와의 관계 속에서 형성된다. 결국 외부의 영향력은 어린 시절의 어머니 또는 아버지의 영향력을 의미한다. 무력한 어린아이는 절대적으로 부모의 영향을 받을 수밖에 없기 때문이다.

특히 유아기의 유아에게 어머니의 영향력은 절대적이다. 유아는 어머니가 주는 쾌락(만족)은 좋다고 느끼고 불쾌(불안)는 나쁘다고 느낀다. 이 역시 하나의 심리적 알고리즘으로 무의식 속에 저장된다. 이러한 알고리즘은 이후의 모든 선택의 가치 평가의 기준으로 작용한다. 아동기에도 마찬가지이다. 아동기의 어린아이는 아버지에게 반항하면 거세 불안을 느끼기 때문에 나쁘다고 느끼게 되고 아버지에게 복종하면 거세 불안을 느끼지 않기 때문에 좋다고 느끼게 된다. 이러한 패턴의 반복을 통해서 어린아이의 무의식 속에는 **불복종은 나쁜 것**이고 **복종하는 것은 좋은 것**이라는 관념과 정서가 형성된다. 이러한 심리적 알고리즘이 **선악 관념**이다.

> p.74. …, 선(善)과 악(惡), 이런 구별을 짓게 한 근본적 대립은 '이기적인 것'이나 '비이기적인 것'이 아니라 인습이나 규범에 구속되어 있는가 아니면 그것들로부터 해방되어 있는가에 있다. 어떻게 인습이 '성립되어' 왔는가는 중요하지 않다.
>
> — F. 니체 《인간적인 너무나 인간적인(동서)》 中 —

일반적으로 우리는 선한 행위와 양심적 행위를 동일시하는데 그 이유는 아버지에게 복종하는 것이 대체로 양심적인 행위와 일치하기 때문이다. 하지만 「권위에 대한 복종 실험」에서 보듯이 선한 행위와 양심적 행위는 모순될 수 있으며 선한 행위라는 미명으로 양심적 행동을 거부할 수도 있다. 그런데 선악 관념이 형성될 때 매우 독특한 정신 현상이 생기는데 그것은 선(복종)과 악(불복종)의 관념에 **성적 쾌락**이 결부된다는 것이다.

> p.48. 크라프트 에빙은 성욕 도착이 능동적인가 수동적인가에 따라 〈사디즘〉과 〈마조히즘〉이라는 이름을 붙였다. 다른 학자들은 〈동통성애(疼痛性愛)〉라는 좀 더 좁은 의미의 용어를 쓰기 좋아한다. 이 용어는 고통과 잔인성을 강조하는 반면, 크라프트 에빙이 선택한 명칭은 모든 형태의 모욕과 복종에서 느껴지는 쾌락을 강조한다.
>
> - S. 프로이트 《성욕에 관한 세 편의 에세이》中 -

사디즘이 타인에게 고통을 줌으로써 성적 쾌락을 느끼는 정신 현상이라면 마조히즘은 자신에게 고통을 줌으로써 성적 쾌락을 느끼는 정신 현상이다. 이러한 성적 쾌락이 복종(선) 또는 불복종(악)의 관념과 결부되면 '모든 형태의 모욕과 복종'에서 성적 쾌락을 느끼게 된다. 성적 쾌락을 느끼는 기준이 고통의 유무에서 복종의 여부로 바뀐 것이다. 사디즘적 선악 관념에서는 **타인을** 모욕적으로 복종시킴으로써 성적 쾌락을 느끼고 마조히즘적 선악 관념에서는 **자신이** 모욕적으로 복종함으로써 성적 쾌락을 느낀다. 모욕과 복종에서 성적 쾌락을 얻는 이유는 어머니에 대한 성적 욕망을 추구하는 과정에서 아버지의 거세 위협이 그 성적 쾌락을 대체하기 때문이다.

사디즘적 선악 관념이 지배적인 주체는 자신을 아버지의 자리에 놓고 타인을 아들의 자리에 높고 거세 위협을 반복 재현함으로써 성적 쾌락(자기애적 만족)과 우월감을 느낄 수 있다. 마조히즘적 선악 관념이 지배적인 주체는 그 반대로 느낀다.[117] 하지만 사람들 대부분은 이러한 마조히즘적 정신 현상을 이해하지 못한다. 그 이유는 대부분 사람은 사디즘적 선악 관념이 지배적이기 때문이다. 인류 문명의 역사도 주로 타인에게 잔인하게 고통을 주고 복종을 강요하는 방식, 즉 '지배력을 획득하고자' 하는 방식으로 드러나는 이유도 인류 대부분의 무의식이 사디즘적 선악 관념이 지배적이기 때문이다.

p.49. 인간 문명의 역사를 보면 잔인성과 성 본능 사이에 밀접한 관계가 있다는 것이 의심할 여지 없이 드러난다. (중략) 몇몇 학자들에 의하면 성 본능의 이 공격적인 요소는 사실상 야만적인 욕망의 산물-다시 말하면 지배력을 획득하고자 하는 심적 메커니즘에서 유래한-인데, 이것은 개체발생적으로 더 오래된 다른 본능적 욕구의 만족과 관계된다. 또 모든 고통은 그 자체로 쾌감을 포함하고 있다는 주장도 있었다.

- S. 프로이트 《새로운 정신분석 강의》中 -

흥미로운 점은 사디즘적 선악 관념이 종종 이타주의의 가면을 쓰고 나타난다는 것이다.

p.46. 이런 〈본능의 변천〉이 모두 끝난 뒤에야 비로소 우리가 성격이라고 부르는 것이 형성되는데, 사람의 성격을 〈선한〉 성격과

---

117) p.257. 피학적 환자가 불가피한 모욕을 자청하는 것을 통해서 무의식적인 자기애적 만족을 얻는 반면, 자기애적 환자는 자신에게 굴욕감을 주는 가학적 대상과의 적극적인 동일시에 의하여 암시적인 위험을 극복할 수 있다는 환상을 갖는다. 타인에게 굴욕감을 주는 행동은 그의 타고난 우월성을 드러내는 이점을 갖는다.
- W. 마이쓰너 《편집증과 심리치료》中 -

〈악한〉 성격으로 분류하는 것은 지극히 부적당하다. 완전히 선한 사람이나 완전히 악한 사람은 거의 없다. 대개의 경우, 어떤 관계에서는 〈선하고〉, 또 다른 관계에서는 〈악하다〉. 또는 외부 상황이 어떠냐에 따라 〈선한〉 사람이 되기도 하고 분명하게 〈악한〉 사람이 되기도 한다. 어린 시절에 강하게 존재하는 〈악한〉 충동이 성년기에 명백하게 〈선한〉 쪽으로 기울어지기 위한 실제 조건이 되는 경우가 많다는 사실은 흥미로운 일이다. 어릴 때는 지독히 이기주의자였던 사람이 어른이 된 뒤에는 공동체에 헌신적인 시민이 될 수 있다. 감상주의자들과 인도주의자들, 동물 애호자들은 대부분 사디스트나 동물학대자에서 성장했다.

- S. 프로이트《문명 속의 불만,『문명적 성도덕과 현대인의 신경병』》中 -

사디즘적 선악 관념이 이타주의로 나타나는 이유는 초자아로 인해서 사디즘적 표상이 억압되기 때문이다. 쉽게 말해서 선한 사람처럼 보이는 것이다. 주체의 무의식이 이러한 방어 기제를 사용하는 이유는 그러한 표상을 드러내면 생존을 위협받을 수 있기 때문이다. 하지만 선악 관념에 결부된 공격성(증오심)은 억압되지 않기 때문에 발산되어야만 한다. 그래서 타인의 이기심을 공격하는 이타적인 사람이 된다. 활동적인 자선사업가는 사실 타인을 사랑하는 것이 아니라 자신의 공격성을 사랑하고 있다고 할 수 있다.[118]

118) p.168. 주체 자신의 소망 실현의 문제가 걸려있는 한 오랫동안 금지되어 왔던 어머니에 대한 공격적 충동이, 이 소망이 표면적으로 타인의 것일 때 자유롭게 풀려나는 것이다. 이러한 유형으로 우리에게 가장 친숙한 사람이 대표적으로 자선사업가들이다. 이들은 극도의 공격성과 에너지를 동원해서 일군의 사람들에게 돈을 요구하는데, 이는 타인을 위해서이다.
　　　　　　　　　　　　　　　　　　　　- A. 프로이트《자아와 방어기제》中 -

이러한 공격성이 문제인 이유는 증기기관의 원리처럼 공격성이 발산되지 않으면 압력이 형성되기 때문이다. 이러한 압력은 발산 대상을 찾게되면 말 그대로 폭발하게 된다. 가장 노골적으로 드러나는 경우가 무소불위의 권력을 수중에 넣었을 때이다. 공격성이 폭발하는 이유는 이제 자신의 생존을 위협하는 대상이 없기 때문이다. 역사 속에서 자신을 박애주의자라고 생각하는 인물들이 무소불위의 권력을 잡았을 때 그들에 의해서자행되는 폭력과 야만이 더 지독하게 벌어지는 이유도 공격성이 압력을지니고 있기 때문이다.

p.120. 같은 인간을 무자비하게 죽인 인간들의 영혼을 읽는 방법을 알게 될 때, 우리는 그들이 자행한 야만을 더 쉽게 설명할 수 있다. 15세기 스페인의 종교재판장 토르케마다와 보쉬에, 마라, 로베스피에르는 스스로를 오직 인류의 행복만을 꿈꾸는 점잖은 박애주의자라고 여겼다. (중략) 박애주의자는 선한 신앙으로 무장한 자신을 인류의 친구로 여기면서도 언제나 인류의 지독한 적이 되었다. 그들은 야생의 짐승들보다도 더 위험하다.

- G. 르 봉 《사회주의의 심리학》 中 -

이러한 공격성은 S. 밀그램 교수의 「권위에 대한 복종 실험」에서처럼다른 사람에게 책임이 있다고 생각할 때도 쉽게 드러난다. S. 밀그램 교수는 이러한 심리 상태를 '대리자적 상태'라고 부른다.[119] 이 실험에서도

---

119) p.196. 주관적인 관점에서 볼 때 어떤 사람이 사회적 상황에서 신분상 더 높은 사람의 통제를 받을 수 있다는 식으로 스스로를 정의할 때 그는 대리자적 상태에 있는것이다. 이런 조건에 놓은 사람은 더 이상 자기 행동에 책임감을 갖지 않으며, 스스로를 다른 사람의 소망을 달성하는 도구로 생각한다.

- S. 밀그램 《권위에 대한 복종》 中 -

자신을 평화주의자나 자유주의자로 여기는 사람이 평범한 사람들보다 피실험자에게 더 높은 단계까지 전기 충격을 가했다. 이렇게 표면적으로 드러난 인류애의 기저에는 타인에 대한 공격성(증오심)이 깔려 있다.[120] 그래서 이러한 사람은 인간에 대한 증오심이 심하면 심할수록 인류 전체에 대한 사랑은 더욱더 열렬해지는 모순적인 상황에 빠지게 된다.

p.94. "… 그 사람의 말은, '나는 인류를 사랑하지만 나 자신에게 스스로 놀라 때가 있다. 인류 전체를 사랑하면 할수록 개개의 인간에 대한 사랑은 점점 줄어든다는 사실 때문이다. 공상 속에서는 곧잘 인류의 봉사에 대한 열렬한 생각을 품기도 하고 만일 어떤 기회가 갑자기 그럴 필요가 생긴다면 인류를 위해 정말 십자가라도 짊어질 듯한 심정이 되기도 하지만, 그러면서도 나는 어떤 사람하고든지 단 이틀도 한방에서 같이 지낼 수가 없다. 이건 실제 경험으로 잘 알고 있다. 누구든지 내 옆으로 다가오기만 하면 곧 그 개성이 나의 자존심과 자유를 압박한다. 그래서 나는 단 하루 동안만 함께 있으면 상대방이 아무리 훌륭한 인간일지라도 곧 그에게 증오를 느끼게 된다. 어떤 사람은 식사를 너무 오래 한다고 해서, 또 어떤 사람은 감기에 걸려 연방 코를 풀고 있다고 해서 증오를 느낀다. 즉 나는 어떤 사람이 조금이라도 나를 건드리기만 하면 곧 그의 적이 되어 버린다. 그 대신에 개개의 인간에 대한 증오가 심하면 심할수록 인

---

120) p.51. 현대 인류학은 자연과 문화가 만나는 지점을 끊임없이 검토하고 있지만 바로 그 지점에서 정신분석학만이 사랑이 끊임없이 그 매듭을 풀거나 분리시키는 허구적인 노예상태를 인식할 수 있다.
  이러한 과업을 위해서 우리는 이타적 감정을 믿을 것이 아니라 오히려 박애주의자의 행위의 기저에 있는 공격성을 드러내야 한다. 이상주의자, 현학자 심지어 개혁가에게서조차 그들의 행동의 근간을 이루는 것은 공격성이기 때문이다.
  - J. 라캉 《욕망 이론》中 -

류 전체에 대한 사랑은 더욱더 열렬해진다.'—대개 이런 이야기였습니다만."

– 도스토옙스키 《카라마조프의 형제》 상 中 –

결론적으로 우리는 자신의 무의식을 알 수 없으므로 자신이 선한 인간인지 악한 인간인지 알 수 없다. 자신이 선한지 악한지 아는 방법은 무소불위의 권력을 잡았을 때이다. 절대 권력을 가지게 되면 자기 생존이 위협받지 않으므로 초자아가 느슨해지면서 자신의 실제 본성이 드러나기 때문이다. 즉 선악은 복종 관념이 지배적인지 전능 관념이 지배적인지에 따라서, 니체의 표현을 빌리면, 권력 감정이 강한지 아니면 권력 감정이 약한지에 따라서 다르게 발현된다.[121] 니체가 선악의 대립을 소수 엘리트(로마)와 다수 대중(유대)의 대립에 비유한 이유도 자신이 소수 엘리트에 속하는지 아니면 다수 대중에 속하는지에 따라서 선과 악이 다르게 발현되기 때문이다.

p.803. 결론을 내리기로 하자. '좋음'과 '나쁨', '선(善)과 악(惡)'이라는 두 쌍의 대립 가치는 수천 년간 지속되는 무서운 싸움을 이 땅에서 해왔다. 두 번째 가치가 오랫동안 우세하였다고 하지만, 지금도 역시 그 싸움은 승패를 결정하지 못한 채 싸움을 계속하고 있는 곳도 있다. 그사이 싸움은 더욱 치열해져, 더욱 정신적으로 되었다고까지 말할 수 있을 것이다. 그 결과 오늘날에 있어 아마도 '더욱 높은 존재', 더욱 정신적인 존재의 표시로서는 이 뜻에 있어서 갈등하고 있다는 것, 현재 이 대립을 위한 전쟁터라는 것 이상으로 결정

---

121) p.562. 삶의 개념은 한마디로 이렇다. 겉보기에 선과 악의 대립처럼 보이는 그 현상에는 본능들의 권력의 크기만 표현되고 있다는 것이다.

– F. 니체 《권력 의지(부글)》 中 –

적인 것은 아무것도 없다는 정도로 되어버렸다. 인간 역사의 전 과정을 통해서 오늘날까지 읽을 만한 것으로서 남아 있는 어떤 문서의 기록에 의하면, 이 싸움의 상징은 '로마 대 유대', '유대 대 로마'로 불리고 있다.

오늘날까지 이 싸움, 이 문제, 이 불구대천의 적대 관계보다 큰 사건은 없었다. 로마는 유대인 속에 자연에 반하는 그 자체라고 할 수 있는 것을, 말하자면 자기와 대치적인 괴물을 느꼈다.

- F. 니체 《도덕의 계보(동서)》中 -

프랑스 혁명은 소수 귀족의 선악 관념과 다수 대중의 선악 관념의 대립이었으며, 프롤레타리아 혁명은 소수 부르주아의 선악 관념과 다수 프롤레타리아의 선악 관념의 대립이었다. 하지만 본질에서는 소수 엘리트 간의 선악 관념의 대립이라고 할 수 있다. 프랑스 혁명에서 다수 대중의 지배자는 소수 부르주아였고 프롤레타리아 혁명에서도 다수 프롤레타리아의 지배자는 소수의 지적 엘리트였기 때문이다. 다수 민중과 다수 프롤레타리아는 항상 지배의 대상이었고 복종하는 것이 그들의 의무였다.[122]

이렇게 인간을 선과 악으로 나누는 이데올로기나 정치철학은 매우 큰 영향력을 발휘한다. 그 이분법적 패턴이 선 또는 악이라는 이분법적 관념에 정확하게 부합되기 때문이다. 이러한 이분법적 패턴은 사람들의 선악

---

122) p.590. 그러나 역사를 철권통치와 무신론자의 토라로 통치되는 인간 사회의 긍정적인 역동성으로 바라보는 그의 역사관은 기본적으로 유대적이었다. 마르크스가 생각한 공산주의자의 천년왕국은 유대교의 묵시 사상과 메시아 사상에 깊이 뿌리박고 있다. 그가 생각해 낸 지배란 학자 지도 체제에 의한 지배였다. 혁명을 통제하는 세력은 원문을 숙독해서 공부하고 역사의 법칙을 이해하는 엘리트 지식 계층이다. 그들이 마르크스가 말하는 관리 기구, 즉 간부를 구성한다. 자산이 없는 프롤레타리아는 단순한 수단이고 복종하는 것만이 그들의 의무다.

- P. 존슨 《유대인의 역사》中 -

관념을 자극함으로써 마치 전염성이 강한 전염병처럼 퍼져서 인류에게 여러 가지 심각한 재앙을 가져올 수 있다.[123] 도스토옙스키는 《죄와 벌》에서 주인공 라스콜리니코프의 꿈을 통해서 어떻게 선악 관념이 **'전염병'**이 되어 세계를 멸망시키는지를 묘사하고 있다.

　　p.397. 그가 병상에서 꾼 꿈은 이런 것이었다. 아시아의 어느 산간벽지에서 유럽으로 퍼져온, 처음 보는 무서운 전염병으로 전 세계가 희생하게 될 위기에 처했다. 그중 특별한 몇 사람만 빼놓고는 인류 전부가 멸망해야 하게 되었다. 새로운 선모충(旋毛蟲)이라는 인체에 기생하는 미생물이 출현한 것이다. 그런데 이 미생물은 지능과 의지를 갖춘 정령(精靈)이었다. 인간들은 이 미생물에 전염되자마자 즉각 흥분하고 발광했다. 그런데 인간들은 오늘날까지, 그것에 감염된 사람들 정도로 자신을 현명하다고 생각하거나 진리에 대한 신념이 확고하다고 여긴 바가 없었으며, 또한 이때처럼 자신들의 선전이나 학문적인 결론이나, 자신들의 도덕적 신념이나 신앙만큼 확고부동하다고 생각한 적이 없었다. 마을이라는 마을, 거리라는 거리, 민족이라는 민족이 모조리 이에 감염되어 발광하고 있었다. 모두가 불안에 떨고 서로 이해하려 하지 않고 제각기 자기만 진리를 알고 있다고 주장하고, 남들을 보고는 번뇌하고 자기 가슴을 치면서 개탄하고 슬퍼했다. 그리고 누굴 어떻게 심판해야 좋을지도 몰랐고, 무엇

---

123) p.32. 이러한 분열성 몰두는 여러 가지 유쾌하지 못한 결과를 가져올 수 있으며, 그러한 현상이 극단적인 정치철학과 연결될 때 그 결과는 수백만의 희생자를 만들어 낼 수 있을 만큼 심각한 것이 될 수 있다. 분열성 인격을 지닌 개인이 어떤 지적 체계와의 사랑에 빠질 때, 그는 그것을 경직되게 해석하고 보편적인 것으로 적용하는 광신도가 된다. 그는 자신의 지적 체계를 무자비하게 다른 사람들에게 부과하는 성향과 능력을 갖게 되고, 이는 엄청난 재난을 가져올 수 있다.
　　　　　　　　　　　　　　- W. R. 페어베언 《성격에 관한 정신분석학적 연구》 中 -

을 선(善)으로 하고 무엇을 악(惡)으로 삼아야 할지, 서로 의견도 맞지 않았다. 또 누굴 유죄로 하고 누굴 무죄로 해야 할 것인지도 몰랐다. 사람들은 이유 없는 증오 때문에 서로 죽였다. (중략)

라스콜리니코프는 이 무의미한 악몽이 이렇게도 우울하고 고통스러운 인상으로 오랫동안 자신의 뇌리에 새겨져 있는 것이 몹시 괴로웠다.

- 도스토옙스키《죄와 벌》하 中 -

라스콜리니코프의 악몽에서 인류는 기생충에 의한 전염병으로 인해서 멸망할지도 모르는 위기에 처한다. 여기서 기생충은 인간의 무의식을 숙주로 해서 증식하는 선악 관념(문화적 아이디어)을 말한다.[124] 선악 관념은 자신만이 현명하고, 자신의 진리만이 확고하다고 믿는 도덕적 신념으로 발현된다. 사람들은 선악 관념에 감염되면 즉각 흥분하고 발광한다. 선악 관념이 성적 쾌락을 수반하기 때문이다. 마을마다, 거리마다, 더 나아가 민족 모두 선악 관념에 감염되면 서로가 이해하려 하지 않고 이유 없는 증오심 때문에 서로 죽이게 됨으로써 인류는 멸망한다. 도스토옙스키의 이러한 우려는 훗날 자신을 **귀족적 인종**이라고 생각한 히틀러에 의

---

124) p.343. 점점 더 많은 학자들이 문화를 일종의 정신적 감염이나 기생충처럼 보고 있다. 인간은 자신도 모르는 새 숙주 역할을 하고 있다는 말이다. (중략) 바로 이와 같은 방식으로 문화적 아이디어는 인간의 마음속에 산다. 증식해서 숙주에서 숙주로 퍼져나가며, 가끔 숙주를 약하게 하고 심지어 죽이기도 한다. 기독교의 천상의 천국이나 공산주의자의 지상낙원에 대한 믿음 같은 문화적 아이디어는 인간으로 하여금 그것의 전파를 위해서라면 목숨까지 걸고서 헌신하게 만든다. (중략)

… 이들(포스트모더니즘 사상가)은 가령 민족주의를 19세기와 20세기에 퍼져서 전쟁, 압제, 증오, 인종청소를 일으킨 치명적 전염병으로 묘사한다. 한 나라의 사람들이 거기 감염되는 순간, 이웃 나라의 사람들도 그 바이러스에 감염될 가능성이 컸다.

- Y. 하라리《사피엔스》中 -

해서 현실이 되었다.[125]

라스콜리니코프가 이러한 무의미한 악몽에 대해서 몹시 괴로워하는 이유는 자신의 신념이 인류에게 가져올지도 모르는 '그토록 우울하고 고통스러운 결과'를 이제야 알게 되었기 때문이다. 그 이전에는 이러한 세상은 라스콜리니코프가 꿈꾸던 세계였다. 도스토옙스키가 이러한 인물이 역사 속에서 '지금까지 한 번도 끊어진 적이 없었다'라고 단언하는 이유는 복종 관념이 지배적인 다수 민중이 존재하는 한 다수 민중의 무의식을 지배함으로써 **'집요하게 자기 방식으로'** 온 인류의 세계적 결합을 이룩하려는 뿔 달린 짐승이 반드시 출현하기 때문이다.

> p.430. "… 만약 그 더러운 행복만을 위해 권력을 갈망하는 군대의 우두머리로 단 한 사람이라도 이런 인물이 나타난다면 이런 인물 한 사람만으로도 비극을 낳기에 충분하지 않느냐 그 말이야. 뿐만 아니라 이런 인물이 단 한 사람이라도 우두머리가 된다면 로마의 사업, 그 군대도 예수회도 모조리 포함해서 로마의 사업에 대한 진실하고도 지도적인 고상한 이상을 낳기에 충분하지 않느냐 그 말이야. 나는 단언한다. 그리고 굳게 믿는다.─이와 같은 '유일한 인간'은 모든 운동의 선두에 섰던 사람들 가운데 지금까지 한 번도 끊어진 적이 없다고. 어쩌면 로마의 추기경들 중에도 이런 종류의 '유일한 인간'이 있었는지도 모르는 거야. 아니, 이처럼 집요하게 자기 식으로 인류를 사랑하고 있는 이 저주할 노인은 역시 동일한 유일자

---

125) p.517. 따라서 원칙적으로 민족주의적 세계관은 자연의 귀족주의적 근본 사상에 이바지하며 이 법칙이 모든 개체에까지 적용된다는 것을 믿는다. 그것은 오로지 인종 사이에 있는 여러 가치 차이를 인정할 뿐만 아니라, 또 한 사람 한 사람의 가치에도 차이가 있는 것을 인식한다.
　　　　　　　　　　　　　　　　　　　　　　　　─ A. 히틀러 《나의 투쟁》 中 ─

적(有一者的) 노인의 대집단 속에 지금도 엄연히 존재하고 있는지도 모르지. … "

- 도스토옙스키《카라마조프의 형제》상 中 -

도스토옙스키는 『대신문관』을 통해서 인류의 세 번째 고민이자 마지막 고민거리를 이용하는 뿔 달린 짐승이 언제라고 출현할 수 있다는 것을 경고하고자 했다. 히틀러의 출현은 인류의 미래사에 **단 한 사람만**이라도 그와 같은 인물이 나타난다면 인류에게 **비극을 낳기에 충분하다**'는 것을 증명해 주었다. S. 밀그램의 실험도 **단 한 사람**의 권위자가 수백 명의 복종적인 착한 사람의 양심을 지배해서 가혹한 행위를 하게 할 수 있다는 것을 보여줌으로써 이러한 가능성을 뒷받침하고 있다.[126]

도스토옙스키가 히틀러와 같은 인물의 등장을 예언할 수 있었던 것은 그에게 예언 능력이 있어서가 아니라 인간의 정신에 대한 그의 탁월한 통찰 때문이다. 자신을 포함해서 모든 사람은 언제든지 히틀러나 스탈린과 같은 인물이 될 수 있다. 다만 우리가 이러한 인물을 쉽게 접하지 못하는 이유는 그의 전능 관념이 발현된 여건이 조성되지 않았기 때문이다. 프랑스 혁명, 1차 세계대전, 그리고 러시아 혁명이 없었다면 지금의 로베스피에르도 히틀러도 그리고 스탈린도 존재하지 않았을 것이다.

도스토옙스키는 자신의 작품 속에서 이러한 전능 관념이 지배적인 인물들을 주인공으로 다루고 있는데《죄와 벌》의 라스콜리니코프,《악령》

---

126) p.183. 지금까지 우리는 복종 실험에 참가한 수백 명을 살펴봤고, 갈등을 일으키는 명령에 복종하는 수준을 알아보았다. 또한 착한 사람들이 놀라울 만큼 규칙적으로 권위자의 요구에 굴복해 냉정하고 가혹하게 행동하는 걸 보았다. 권위의 함정에 빠져서, (중략) 실험자가 규정한 상황을 무비판적으로 수용함으로써 평소에는 책임감 있고 점잖은 사람들이 현혹되어 가혹한 행동을 범했다.

- S. 밀그램《권위에 대한 복종》中 -

의 스타브로긴, 《백치》의 로고진 그리고 《카라마조프의 형제》의 이반 카라마조프 등이 그들이다. 탁월한 정신분석가였던 도스토옙스키는 이렇게 자기 방식으로 인류를 사랑하는 인간들이 인류에게 크나큰 재앙을 불러오리라는 것을 통찰했고 그 해결책으로 '복종(선)과 불복종(악)의 의식에 있어서의 자유로운 선택'을 제시했던 것이다. 인류가 무의식에 의해 지배되지 않고 의식에 있어서의 선과 악을 자유로운 선택을 할 수 있을 때 인류는 지상의 악마로부터 자유롭게 될 수 있는 것이다(정확한 설명은 아니지만, 현재로서 이렇게 말할 수밖에 없다).

정리하자면, 주체의 의식은 자신의 무의식 속 선악 관념이 어떻게 발현될지를 알지 못한다. 복종 관념이 지배적인 주체는 무의식적으로 복종을 선으로, 불복종을 악으로 규정해서 자신의 욕망을 추구할 것이고, 반대로 전능 관념이 지배적인 주체는 무의식적으로 복종을 악으로, 불복종을 선으로 규정하고 자신의 욕망을 추구할 것이다. 이렇게 복종 관념이 지배적이냐 아니면 전능 관념이 지배적이냐에 따라서 무의식 속 욕망을 추구하는 방식도 달라진다.

의식에 있어서의 선악의 자유로운 선택을 한다는 의미는 문자 그대로 의식 속에 선과 악의 표상이 떠오를 때 자유로운 선택을 한다는 의미가 아니라 자신의 무의식 속 욕망이 왜 그렇게 발현되는지를 **사전에** 알고 있다는 뜻이다. 그래야만 의식의 선택이 무의식의 선택을 대체할 수가 있기 때문이다. 베드로가 자신이 그리스도를 부인하리라는 것을 사전에 모르고 있었다면 의식의 통찰을 일어나지 않았을 것이다. 베드로는 그리스도의 계시를 통해서 **'의식적 자아가 깨어있는 상태에서 무의식적 갈등과 대면하여'** 자신의 무의식을 의식화할 수 있게 됨으로써 자신의 무의식적 선택(방어)을 의식적 선택으로 대체할 수 있었던 것이다.[127] 이렇게 선악

127) p.600. 정신분석의 목표 중 하나가 무의식에 대한 자아의 지식을 확대시키는 것이

의 의식에 있어서의 자유로운 선택을 위해서는 **사전에** 무의식에 대해서 알고 있지 않으면 안 된다. 그래서 제2장에서는 전능 관념이 지배적인 주체의 무의식이 어떻게 발현되는지를, 제3장에서는 복종 관념이 지배적인 주체의 무의식이 어떻게 발현되는지를 고찰해보고자 한다.

기 때문에, 분석가는 환자에게 자신의 방어와 그 방어를 일으킨 무의식적 충동을 해석해주어야만 한다. 해석을 통해 자아는 깨어있는 상태에서 갈등과 대면하며, 그럼으로써 갈등의 내용을 의식화할 수 있게 된다. 이제 의식적인 선택이 무의식적 방어를 대신한다. 환자는 스스로를 더 잘 알게 됨으로써, 즉 전에는 부인했던 자신의 성격적 측면을 자각하고 인정하게 됨으로써, 낡고 이룰 수 없고, 좌절을 주는 목적 대신에, 성취할 수 있고 진실된 새로운 목적을 받아들이게 된다.

- J. 그린버그 & S. 밋첼《정신분석학적 대상관계 이론》中 -

제2장

죄(罪)와 벌(罰)

제2장 죄(罪)와 벌(罰)

너희가 그것을 먹는 날에는 너희 눈이 밝아져 하나님과 같이 되어 선악을 알 줄 하나님이 아심이니라.

– 《구약성서》 「창세기」 中 –

관념과 암시

악마의 세 가지 물음에 대한 고찰을 통해서 우리는 인간의 무의식 속에는 세 가지 보편적 욕망이 존재함을 알게 되었다. 세 가지 욕망을 추구하는 방식은 주체의 정신구조가 전능 관념이 지배적인지 아니면 복종 관념이 지배적인지에 따라서 다르다. 부모와의 관계 속에서 환경에 대응하는 방식을 다르게 습득했기 때문이다. 어머니의 영향이 컸다면 전능 관념이 지배적인 방식으로 외부 세계에 대응할 것이고 아버지의 영향이 컸다면 복종 관념이 지배적인 방식으로 외부 세계에 대응할 것이다. 전자의 방식은 기존 질서에 반기를 드는 **창조적이고 개인적인** 방식이 될 것이고 후자의 방식은 기존 질서에 **순응적이고 집단적인** 방식을 될 것이다. 이렇게 자신의 무의식적 욕망을 추구하는 과정에서 외부 세계에 대응하는 정신적 메커니즘의 한 극에는 **전능 관념**이 있고 그 반대 극에는 **복종 관념**이 있다.[1]

1) p.44. 이제 나는 그 정신적 메커니즘 몇 개에 대해서 이야기하려고 한다. 만약 아이의

이러한 무의식적 욕망과 관념들이 어떻게 발현되는지에 대해서 살펴보기 전에 먼저 관념(욕망)의 특성과 기능 그리고 그 표상에 대해서 알아둘 필요가 있다(욕망도 관념과 똑같은 무의식적 정신 현상이므로 별도의 구분을 하지 않는 한 관념에 대한 설명은 욕망에도 똑같이 적용된다). 무의식적 관념의 가장 두드러진 특성은 '관념 그 자체'로 의식되지 않는다는 것이다.

p.350. 그러나 우리는 정신적 〈역동성〉의 일정한 역할에 의해서 나타나는 경험을 고려해 봄으로써 다른 길을 따라 무의식의 용어나 개념에 도달하게 되었다. 보통 관념이 하는 정신생활의 온갖 효과들(관념으로서 의식화될 수 있는 효과를 포함해서)─물론 그들 자체가 의식화되지는 않지만─을 창출해 낼 수 있는 대단히 강력한 정신 과정이나 관념이 존재한다(여기서 양적, 혹은 〈경제적〉 요소가 처음으로 문제시된다)는 것을 우리는 발견했다. 다시 말해서, 우리는 그러한 것이 존재한다는 사실을 가정하지 않을 수 없게 되었다.
　　　─ S. 프로이트《정신분석학의 근본 개념,『자아와 이드』》中 ─

예를 들어 배가 고파지면 배고픔이 느껴지고(정서적 표상), 그다음에 음식을 먹어야겠다는 생각(관념적 표상)이 의식되지만 배고픔의 **원인**에 대해서는 의식되지 않는 것과 같다. 배고픔의 원인을 알게 되는 것은 추론을 통해서이다. 관념적 표상 중에서 어떤 것들은 의식 속에서 추방되어

환경이 충분히 좋았다면 그 침해를 받아들이고 이에 대응하는 수단들을 찾았을 것이다. 그중 한 극에는 복종이 있다. 복종은 본인들의 욕구와 전능감을 충족시켜야 하는 다른 타인들과의 관계를 좀 더 쉽게 맺게 한다. 그 반대 극에서 아이는 창조성과 사물에 대한 그의 개인적 관점의 역할을 하는 전능감을 간직하고 있다.
　　　─ D. 위니캇《가정, 우리 정신의 근원》中 ─

무의식 속에 감금된다. 이러한 심리 기제가 **억압**이다. 하지만, 추방된 표상들은 제거된 것이 아니므로 그중 일부는 때때로 의식 속으로 밀고 들어와 꿈이나 환각으로 나타나기도 하고 귀신에 들린 것 같이 신체적 또는 정신적 증상으로 나타나기도 한다. 의식이 받아들일 수 없는 이러한 관념적 표상이 신체적 또는 정신적 증상으로 나타나는 정신 현상이 정신병리(신경증)이다.

　　p.458. 귀신들렸다고 하는 것은 우리들이 신경증이라고 부르는 것에 해당하는데, 이 신경증을 설명하기 위해서는 우리도 나름대로 정신적인 힘들에 의존한다. 귀신은 우리가 보기에는 거부된 나쁜 욕망이자 억압되고 제외된 본능적 충동의 후예들이다. 우리가 받아들일 수 없는 것은 다름 아니라 중세(中世)에 귀신 들렸다거나 황홀경이라는 명칭을 통해 행했던 바로 외부 세계로의 투사이다. 우리는 이러한 귀신 들린 상태와 황홀경이 환자들의 내적 삶이 만들어 낸 산물이고 이 내적 삶이 바로 귀신 들린 상태와 황홀경이 일어나는 장소라고 본다.
　　ㅡ S. 프로이트《예술, 문학, 정신분석,『17세기 악마 신경증』》中 ㅡ

　관념에는 본능적인 것과 무의식적인 것이 섞여 있다. 이를 구분할 필요가 있는데 무의식의 존재 여부가 인간과 동물을 구분해 주는 중요한 척도이기 때문이다. 이에 대해서는 별도로 설명할 예정이므로 결론부터 말하자면 인간은 본능과 무의식 모두를 가지고 있지만, 동물은 본능만을 가지고 있다(동물도 무의식 영역이 있긴 하지만, 인간이 비하면 극히 미미하므로 무시한다). 따라서 무의식적 관념은 인간만이 가지는 고유한 특성이라고 할 수 있다. 이러한 무의식적 관념과 가장 유사한 형태는 '최면 후

암시'이다.

p.28. 그러나 〈최면 후 암시〉라는 유명한 실험을 통해 우리는 〈의식적〉인 것과 〈무의식적〉인 것의 구분이 아주 중요하다는 사실과 더 더욱 그런 구분이 소중하다는 것을 배울 수 있었음을 밝혀 둔다.

베르넴(H. Bernheim)이 실행한 이 실험에서 한 사람이 최면상태에 들어갔다가 나중에 다시 깨어났다. 의사의 지시 하에 최면상태에 있는 동안 그는 나중에 깨어난 뒤 특정한 시간에, 예를 들어 30분 뒤에 어떤 행동을 하라는 명령을 받게 되었다. 그는 깨어났고, 다시 완전히 의식을 되찾은 듯 아주 정상적인 상태로 돌아왔다. 그는 자신이 최면상태에 있었다는 사실조차 기억해 내지 못했다. 그러다 정해진 시간이 되자 그의 마음속에서는 이런 저런 일을 해야 한다는 충동이 일어났고, 그는 이유도 모른 채, 그러나 의식적으로 자신의 일을 척척 해냈다. 이 현상을 설명할 때 우리는, 미리 정해진 시간이 도래할 때까지는 그 시간에 어떤 일을 하라는 명령이 그 사람의 정신 속에 〈잠재적인 상태〉로 혹은 〈무의식적으로〉 존재했다가 그 시간이 되어 의식된 것이라고 말하는 것 이외에는 달리 말할 방법이 없을 것 같다. 물론 최면상태 속에 있었던 모든 것이 다 의식에 떠오른 것은 아니었다. 단지 실행에 옮겨야 할 행동의 표상만이 나타난 것이었다. 이 표상과 관련된 다른 모든 관념(觀念)들, 즉 명령, 의사의 지시, 최면상태에 대한 기억 등은 여전히 무의식적인 것으로 남아 있는 상태였다.

– S. 프로이트 《정신분석학의 근본 개념, 『정신분석에서의 무의식에 관한 노트』》中 –

무의식적 관념과 최면 후 암시의 공통점은 주체의 의식이 그 자체를 인식할 수 없다는 데 있다. 그래서 최면에 걸린 사람이 자신이 최면상태에 있다는 것을 모르는 것처럼 인간은 자신이 무의식 상태에 있다는 것을 모른다. 마치 꿈속에서는 자신이 꿈을 꾸고 있다는 것을 모르는 것과 같다. 꿈을 **꾸었다**고 아는 것은 그 경험을 과거형으로 표현하듯이 꿈에서 깬 후에 그 꿈의 내용이 의식 속에 일부 남아 있기 때문이다. 하지만 무의식에서는 영원히 깨어날 수 없으므로 인간은 현재 자신이 무의식 상태에 있는지 영원히 알 수 없다.

자신이 무의식 상태에 있는지를 아는 방법은 표상에 대한 추론을 통해서이다. 우리의 사고와 감정은 모두 무의식 속 관념(욕망)이 만들어 내는 표상이기 때문이다. 이는 의사가 증상을 보고 그 원인인 질병을 알아내는 것과 같다. 이때 증상이 표상이고 질병이 관념(욕망)이다. 최면의 암시도 마찬가지이다. 암시가 무엇이었는지를 알아내기 위해서는 그 암시(명령)가 만들어 낸 **'행동의 표상'**을 거꾸로 추적하는 수밖에 없다. 다만 최면술은 새로운 관념을 만들어 내는 것이 아니라 무의식 속에 이미 있는 관념을 다시 일깨우는 기술이다.

p.142. 페렌치는 최면술에서 다음 사실을 발견했다. 즉, 최면술사는 최면을 시작하면서 흔히 피시술자에게 잠을 자라고 명령하는데, 이때 최면술사는 자신을 피시술자의 부모 자리에 놓고 있다는 것이다. 페렌치는 최면술을 두 종류로 나눌 수 있다고 생각한다. 하나는 자상한 어머니를 모델로 삼아 피시술자를 진정시키는 최면술이고, 또 하나는 엄한 아버지를 모델로 삼아 피시술자를 위협하는 최면술이다. 최면술에서 잠을 자라는 명령은 세상에 대한 모든 관심을 거두고 최면술사에게 모든 관심을 집중하라는 명령을 의미한다. 그리

고 피시술자는 그 명령을 그렇게 이해한다. 수면의 심리적 특징은 바로 외부 세계에서 관심을 거두는 것이고, 수면과 최면의 유사성도 거기에 바탕을 두고 있기 때문이다.

뒤이은 조작을 통해서, 최면술사는 피시술자의 마음속에 잠들어 있는 오랜 유산 가운데 일부를 눈뜨게 만든다. 그것은 피시술자로 하여금 부모에게 순종하게 만들었던 힘의 유산이며, 또한 그가 아버지와의 관계 안에서 개인적으로 재생했던 경험의 유산이다. 따라서 최면술사의 조치로 깨어난 것은 최고의 권위를 갖는 위험한 인물에 대한 관념이다. 그 인물에 대해서는 수동적이며 피학적인 태도밖에 취할 수 없고, 의지는 그 인물에게 굴복해야 한다.

– S. 프로이트《문명 속의 불만,『집단 심리학과 자아 분석』》中 –

최면술이 다시 눈뜨게 만드는 '오랜 유산 가운데 일부'는 어린 시절 '최고의 권위를 갖고 있던 **위험한 인물**에 대한 관념'과 그에 결부된 정서이다. 그 관념은 그 인물과의 관계 안에서 일어났던 경험의 유산이며 정서는 그 인물에게 복종하게 만들었던 힘의 유산이다. 그 위험한 인물은 바로 위대한 아버지이다. 어린 시절 무력한 어린아이는 위대한 아버지에게 수동적이며 피학적인 태도밖에 취할 수 없었고 모욕적으로 굴복해야 했다. 아버지에 대한 관념을 일깨운 최면술사는 자신을 위대한 아버지의 위치에 놓고 피시술자를 무력한 아들의 위치에 놓고 피시술자를 위협해서 자신의 암시(명령)에 복종하게 만든다. 행위의 표상을 만드는 것이다. 또는 자상한 어머니 관념을 일깨워 자신을 자상한 어머니의 위치에 놓음으로써 피시술자를 진정시킬 수도 있다.

최면에서 주목할 만한 점은, 항상 그런 것은 아니지만, 피시술자가 '**도덕적 양심**'에 어긋나는 암시에 대해서 저항할 수 있다는 것이다. 최면상태에서 양심이 작용하는 이유는 **무의식적 인식**이 그대로 보존되고 있기 때문이다. 인간의 무의식은 이렇게 의식과 **독립적으로** 인식 활동을 수행한다.

　p.128. 왜 어떤 사람은 유난히 최면에 걸리기 쉽고, 또 어떤 사람은 최면에 끝까지 저항하는지도 우리를 당혹스럽게 하는 수수께끼이다. 이는 아직도 미지의 요인이 있다는 것을 말해준다. 이 요소만이 최면으로 드러나는 리비도적 태도를 순수하게 만들 수 있다. 다른 점에서는 최면술사의 암시에 완전히 따르는 경우에도 최면에 걸린 사람의 도덕적 양심은 암시에 저항할 수 있다는 것은 주목할 만하다. 그러나 이것은 흔히 이루어지는 최면에서는 어떤 인식―지금 일어나고 있는 일은 교묘한 책략에 불과하며, 인생에 훨씬 중요한 다른 상황을 허위로 복제했을 뿐이라는 인식―이 그대로 보존되기 때문일 것이다.

　　― S. 프로이트《문명 속의 불만,『집단 심리학과 자아 분석』》中 ―

　최면술은 일반적으로 아버지에 대한 관념을 일깨우는 기술이다. 그런데 최면상태에서 피시술자가 양심에 반하는 암시에 저항할 수 있다는 의미는 양심이 아버지 관념이 형성되기 **이전에 이미** 형성되어 있었다는 것을 뜻한다. 이러한 주장은 정신분석학의 일반적인 견해와 어긋난다. 정신분석학에서 양심을 의미하는 **죄책감**은 아버지 관념의 후예이기 때문이다. 하지만 최면에서의 비도덕적 암시에 저항하는 현상은 양심과 죄책감은 다른 관념이며 양심(도덕적 감정)은 죄책감이 형성되기 이전에 형성된다고 결론 내리지 않을 수 없다.[2]

---

2) p.278. 더 최근에는 Emde(1988a, 1988b)가 자신이 '도덕적 감정(moral emotions)'이라고 부르는 것에 초점을 맞춘 발달 연구 활동을 기술했는데, 도덕적 감정은 모자(母子)간의 상호작용에서 진화하여 빠르면 2~3세에는 어머니와 상관없이 기능한다.

D. 위니캇에 따르면 양심(책임감)은 유아기에 어머니와의 관계에서 형성되고 이는 아동기에 형성되는 죄책감의 기초가 된다.[3] 만약 어머니가 유아를 제대로 사랑해 주지 않는다면 유아에게는 양심이 형성되지 않으며 이후에 형성되는 죄책감도 발달하지 못하거나 상실한다. 이러한 양심과 죄책감이 **초자아**의 구성 요소가 된다. 유아기에 어머니와의 관계에서 습득하는 **양심**을 '유순한 초자아'라고 부를 수 있다면 아동기에 아버지와의 관계에서 습득한 **죄책감**은 '엄격한 초자아'라고 부를 수 있다. 유순한 초자아는 어머니의 '자애로운' 표상을 내면화한 심리조직이고 엄격한 초자아는 아버지의 '가학적' 표상을 동일시한 심리조직이라고 할 수 있다.[4] 이러한 이유로 이 책에서는 양심과 죄책감을 구분하여 사용한다.

　　프로이트는 어떤 사람은 유난히 최면에 걸리기 쉽고, 또 어떤 사람은 최면에 끝까지 저항한다는 점이 최면의 수수께끼라고 하는데 이에 대해 간략하게 대답하자면 최면에 걸리기 쉬운 이유는 악마의 두 번째 유혹인

- P. 타이슨 외 《정신분석적 발달이론의 통합》 中 -

3) p.147. 이 단계는 죄책감의 기초인 책임감을 느끼는 능력이 아동 안에 점진적으로 확립되는 단계이다. 여기서 필수적인 환경 요소는 어머니 또는 어머니 상이 계속 현존하는 것이다. (중략) 내가 언급하고 있는 이 발달 시기는 약 6개월부터 2세까지인데, 아동은 이 단계를 거치면서 대상을 파괴시킨다는 생각과 동일한 대상을 사랑한다는 생각을 만족스럽게 통합시킨다. (중략) 그때 아동은 점차 어머니의 이 두 면을 통합하게 되고, 동시에 살아남은 어머니에게 깊은 애정을 느끼고 어머니를 사랑하게 된다. 이 단계에서 아동은 죄책감이라고 불리는 특별한 종류의 불안을 경험한다. (중략) 만약 어머니가 이 단계에 이를 수 있도록 아동을 잘 돌보지 못한다면, 아동은 죄책감의 능력을 발견하지 못하거나 상실한다.

- D. 위니캇 《성숙과정과 촉진적 환경》 中 -

4) p.285. 대개, 분석 분야의 저술가들은 초자아의 가학적 요소를 강조하면서 초자아의 자애로운 측면-사랑하고, 보호하고, 보살펴 주는 측면-에 대해서는 관심을 덜 기울인다. Nunberg는 유순한(benign) 초자아라는 개념을 처음으로 논한 사람 중 한 명인데, 유순한 초자아의 기원은 전오이디푸스기 어머니-아이 관계에 있다고 제시했다. (1932, p.145)

- P. 타이슨 외 《정신분석적 발달이론의 통합》 中 -

숭배 욕망이 강하기 때문이다. 이 의미는 자신보다 우월한 대상에 대한 의존 욕구가 크다는 것을 뜻한다. 정신분석학에서는 이러한 정신 현상을 '**전이**'라고 한다. 전이는 의사와 그 환자와의 관계, 성직자와 그 신자와의 관계에서처럼 우월한 위치에 있는 사람과 열등한 처지에 있는 사람 사이에서 나타나는 강렬한 신뢰 관계를 말한다.

> p.591. 만약 우리가 다시 한번 상황을 규명할 수 있는 위치에 있다면, 환자가 강렬하고 애정 어린 감정들을 의사에게 전이시킴으로써 장애 요인이 발생했다는 사실이 드러납니다. 의사의 태도나 치료 과정에서 형성된 관계 등이 환자가 그런 감정들을 가지도록 허용하지는 않습니다. 이런 감정이 표현되는 방식이나, 그런 애정 어린 감정을 품게 된 목적들은 두 당사자들 사이의 개인적인 관계에 따라 달라집니다. 만약 젊은 처녀 환자와 젊은 의사의 관계라면 정상적인 연인 관계와 같다는 인상을 받을 수 있습니다. 또 한 처녀가 젊은 남자와 단둘이 오랜 시간을 보내면서 자신의 내밀한 세계를 말할 수 있는 상황에서 자신보다 우월하고 유리한 위치에 서서 도움을 베푸는 남자에게 빠지는 것은 충분히 이해가 갑니다.
>
> – S. 프로이트 《정신분석 강의》 中 –

전이 관계가 형성되는 이유는 환자가 **과거의** 특정한 대상, 특히 부모와의 관계를 **현재의** 대상과의 관계 속에서 반복 재현하기 때문이다. 이때 대상과의 관계 속에서 환자가 인식하는 것은 '**패턴**'이다. 앞서 설명했듯이 인간의 무의식은 윤곽이나 패턴만을 인식한다.[5] 예를 들어 회사 사장

---

5) p.203. (뇌 전체의) 병렬처리 구조는 패턴 인식 능력의 핵심이고, 패턴 인식 능력은 인간 사고 능력의 중심이다. 포유류의 뉴런들은 카오스적인 행태를 보이는데 일단 신경망이 무언가를 학습하면 거기서 안정적 패턴이 떠오른다.

에게 복종하는 이유는 인간의 무의식이 그 사람에게서 아버지로서의 패턴을 인식하기 때문이다. 여기서 패턴의 핵심 요소는 아버지가 지녔던 권위이다. 따라서 사장이 권위를 잃게 되면 더는 복종하지 않게 된다. 이렇게 전이 관계 속에서 현재의 대상은 과거의 대상과 아무런 관계가 없을 수도 있으며, 그러한 관계는 환상에 기반을 둔 착란에 불과할 수 있다.[6]

무의식 vs 의식

본능적 또는 무의식적 관념으로 인해서 우리는 일상생활 속에서 본능적으로 또는 무의식적으로 사고하고 행동할 수 있다. 그래서 만취 상태에서도 대부분의 일상적인 사고와 행동을 본능적 또는 무의식적으로 할 수 있고 가벼운 마취 상태에서도 의사에 질문에 본능적 또는 무의식적으로 대답할 수도 있다. 하지만 만취 상태나 마취 상태에서 깨어나면 그 경험을 전혀 기억하지 못하거나 일부만 기억한다. 이러한 현상들에서 유추할 수 있는 사실은 인간의 사고와 행동의 많은 부분이 선천적으로 타고난 알고리즘이나 후천적으로 습득한 알고리즘을 기반으로 하고 있음을 알 수 있다. 따라서 인간은 일종의 '자동 기계', 또는 하나의 알고리즘의 집합

- R. 커즈와일 《특이점이 온다》 中 -

6) p.28. 프로이트의 전이 이론은 환자들이 말하는 '대상들'이 반드시 외부세계의 '실제 사람들'과 동일하지 않다는 사실을 분명히 지적하고 있다. 전이라는 개념은 과거에 환자가 맺었던 특정한 사람과의 관계가 다시 현재 그가 맺고 있는 대상(그것이 분석가, 친구, 연인, 부모이든)과의 관계 속에서 새롭게 재현되는 것을 의미한다. 사람들은 실제의 타자뿐만 아니라, 자신의 감정과 행동에 강력한 영향을 미쳤던 인물의 심리적 표상이라고 할 수 있는 마음 속의 타자에게도 반응하며 그들과 상호작용을 한다.

- J. 그린버그 & S. 밋첼 《정신분석학적 대상관계 이론》 中 -

체라고 할 수 있다.[7]

선천적으로 타고난 알고리즘이 본능적 관념이라면 후천적으로 습득한 알고리즘은 무의식적 관념이라고 할 수 있다. 하지만 관념 그 자체는 의식의 대상이 아니므로 그 관념을 대변하는 어떤 관념적 표상에 귀속되지 않거나 어떤 정서적 표상으로 드러나지 않는다면 그 관념을 알 수 없다.

p.176. 우선은 의식과 무의식이라는 대립 개념을 본능에는 적용시킬 수 없다는 것이 내 생각이다. 본능은 결코 의식의 대상이 될 수 없다. 오로지 본능을 대변하는 표상만이 의식의 대상이 될 수 있다. 심지어는 무의식 속에서도 어떤 본능도 표상에 의하지 않고서는 표현될 수 없다. 만일 본능이라는 것이 어떤 표상에 귀속되지 않거나 어떤 감정적 상태로 드러나지 않는다면 우리는 그 본능을 알 수 없다. 그럼에도 우리가 무의식의 본능 충동이나 억압된 본능 충동을 언급한다면 그것은 용어를 엄밀하게 사용하지 않고 느슨하게 사용한 결과이다. 물론 그렇다고 그리 해가 되는 것은 아니다. 다만 우리가 어떤 본능 충동을 언급할 때는 그것이 무의식적인 어떤 것의 관념적 표상을 의미할 뿐이지 다른 어떤 것을 고려할 수는 없는 것이다.

– S. 프로이트《정신분석학의 근본 개념, 『무의식에 관하여』》中 –

예를 들어 니체의 전능 관념은 알렉산더나 나폴레옹과 같은 사물 표상(관념적 표상)과 연결되거나 우월감과 같은 감정(정서적 표상)으로 드러

---

7) p.15. 왜냐하면 자신을 잘못 알아서는 안 된다. 우리는 정신이면서 또 그만큼 자동 기계다. 그러므로 설득에 사용되는 수단은 증명만이 아니다. 증명된 사물이란 얼마나 적은가! 증명은 오직 이성만을 설득한다. 습관이야말로 가장 강력하고 가장 신뢰받는 증명을 이룬다. 습관은 자동 기계를 기울게 하고 자동 기계는 무의식중에 정신을 이끌어간다.
– B. 파스칼《팡세》中 –

낼 때 인식할 수 있다. 따라서 주체의 의식이 인식할 수 있는 것은 관념적 표상 또는 정서적 표상이다. 이것이 의미하는 바는 주체의 의식은 어떻게 그러한 표상이 생성되었는지에 대한 이유를 알 수 없거나 추론을 통해 나중에 발견할 수밖에 없다는 뜻이 된다.[8] 말하자면 인간은 자신의 본능 또는 무의식의 의도를 **사전에** 인식해서 사고하고 행동할 수 없다는 의미이다.

그렇다면 의식은 왜 필요한 것일까? 의식은 외부 세계와 교류하는 수단이다.[9] 의식은 자신의 본능 또는 무의식이 저지른 행위를 외부 세계에 설명하고 그 반응을 살피거나, 또는 외부 세계의 작용 및 그것에 대한 자신의 반응을 외부 세계에 전달한다. 문제는 의식이 자신의 본능 또는 무의식의 의도를 인식할 수 없는 상태에서 외부 세계와 교류해야 한다는 것이다. 그래서 의식은 자기의 생각이나 감정의 원인을 인과론적으로 연결하는 데 있어서 빈번하게 '**잘못된 연결**'을 하게 된다.

p.95. (각주) 그러한 심리적 상태가 무지이건 고의적인 빠뜨리기이건 〈잘못된 연결〉을 일으키는 데 의식 분열보다 더 강하게 작용한다. 왜냐하면 의식이 분열된 상태에서는 인과 관계에 관한 자료

8) p.17. ···. 〈이유는 나중에 내게 찾아온다. 처음에는 무슨 이유인지도 모르고 어떤 일에 기뻐하기도 하고 화내기도 한다. 그런데 나를 화나게 한 것은 나중에야 발견하는 바로 그 이유 때문이다.〉 그러나 나는 나중에 발견한 이유 때문에 화난 것이 아니라 화났기 때문에 그 이유를 발견하였다고 생각한다.

　　　　　　　　　　　　　　　　　　　　　　　　- B. 파스칼 《팡세》 中 -

9) p.368. 보통은 **의식** 자체를 총체적 감각 중추이며 최고의 심의기관이라고 여긴다 : 그러나 의식은 단지 **전달 수단**에 불과하다 : 의식은 교류 안에서 발전하고, 교류라는 관심을 고려하여 발전된다······여기서 〈교류〉란 외부세계의 작용 및 그것에 대한 우리 쪽에서의 필요한 반응이라고 이해할 수 있으며; 외부로 **향하는** 우리의 작용들이라고도 이해할 수 있다.

　　　　　　　　　　　　　　　　- F. 니체 《유고(1887년 가을~1888년 3월)》 中 -

를 의식에서 철수시키기 때문이다. 그러나 분열이 그렇게 깨끗하게 되는 경우는 거의 없다. 대개는 잠재 의식적인 관념 복합체의 일부가 환자의 보통 의식으로 침입하게 되며, 장애를 일으키는 것이다. 보통 의식 상태에서 지각되는 것은 내가 위에서 언급한 예의 경우에서 보듯이 그 복합체에 관련된 일반적인 감정—불안감일 수도 있고 비통함일 수도 있다—이다. 그리고 〈연합하려는 강박적인 생각〉의 일종에 의해 의식에 존재하는 관념 복합체와 연결지어야 하는 이유도 바로 이 감정 때문이다.

－ J. 브로이어 & S. 프로이트 《히스테리 연구》 中 －

잘못된 연결의 의미는 자신의 어떤 생각이나 감정의 원인 또는 그 생각이나 감정이 일으킨 행위의 원인을 잘못 인식한다는 뜻이다. 인간은 그것이 틀린 원인이라고 할지라도 **강박적으로** 그 원인을 알려고 한다. 그 이유는 그 관념이 활성화됨으로써 발생하는 불안감 또는 비통함과 같은 정서적 표상 때문이다. 하지만 관념 그 자체는 인식되지 않으므로 주체는 그 감정의 원인을 알 수 없다. 그래서 주체는 이러한 알려지지 않은 불안이나 그 불안으로 인한 무거운 상념에서 벗어나기 위해서 자신이 알거나 들은 이야기들을 조합해서 새로운 인과 관계의 자료를 만들어 낸다. 그리고 그렇게 만들어 낸 정보를 진정한 원인이라고 믿게 된다.[10] 우리가 진리라고 알고 있는 것도 사실은 이미 알려졌거나, 이미 체험해서 무의식 속

10) p.92. 그래서 인간의 뇌는 각 상황에서 저장할 가치가 있는 정보와 저장할 필요가 없는 정보를 구별하여 저장합니다. 그리고 그 구별한 정보들도 압축을 합니다. (중략) 그리고 그 기억을 나중에 기억할 때에는 내가 예전부터 알던 이야기, 내가 들은 이야기, 남들이 나한테 보여주는 이야기, 그런 것들을 합쳐서 새롭게 이야기를 만들어서 기억한다고 생각합니다. 다시 말하자면 '기억한다'라는 것은 어디에다 정보를 저장했다고 가져오는 것이 아니고 매번 새로 만들어 내는 것이나 다름없죠.
－ 김대식 《인공지능이란 무엇인가? 인간 vs 기계》 中 －

에 각인된 것을 끄집어내어 재조합했을 가능성이 크다. 이렇게 원인이 알려지지 않은 것을 알려진 것으로 환원함으로써 주체는 마음의 안식을 얻을 수 있으며 자신을 통제할 수 있다는 어떤 권력의 감정도 느낄 수 있다.

> p.852. 이에 대한 심리학적 설명. 어떤 알려지지 않은 것을 알려진 것으로 환원하는 것은 마음을 가볍게 하고, 안심시키며, 만족시키고, 게다가 어떤 권력의 감정을 준다. 알려지지 않는 것에는 위험, 불안, 염려가 생기지만, 최초의 본능은 괴로운 상태를 제거하는 데 노력한다. 어떤 설명이든 설명이 없는 것보다는 낫다. 이것이 첫 번째 원칙이다. 근본적으로 중요한 것은 단지 무거운 상념에서 벗어나고 싶은 것뿐이었기에, (중략)
>
> – F. 니체《우상의 황혼(동서)》中 –

이러한 낯선 불안은 어린 시절에 형성된 죽음 불안과 분리 불안에서 기인한다. 어린아이가 어머니 젖이 나타나지 않거나 어머니 모습이 보이지 않을 때 불안을 느끼는 것처럼 인간은 자신의 생각이나 감정의 원인이 알려지지 않거나 설명되지 않을 때 불안을 느낀다. 그래서 유아가 불안을 경험하지 않으려고 **중간 대상**에 의존하는 것처럼 인간은 불안에서 벗어나고자 **부모의 표상**을 지닌 대상에 의존하게 된다.[11] 종교인이 성모 마리아의 같은 형상을 소중하게 여기는 이유도 그 형상이 지닌 어머니 표상

---

11) p.219. 중간 대상은 의존과 분리에 대한 인식에서 야기된 분리 불안과 낯선 이 불안을 완화시켜준다. (중략) 유아는 멸절 불안에서 대상 상실에 대한 불안으로 옮겨갔음을 가리킨다. 낯선 이 불안의 경험은 어머니가 돌아오면서 끝이 나는데, 이런 불안은 어머니가 현존하지 않는 동안 유아에게 어머니 표상이 존재한다는 것을 암시한다. 낯선 이 불안은 또한 유아의 정신 안에 계속성을 지닌 사람으로써의 어머니에 대한 특별한 애착이 존재함을 의미한다.

– F. 써머즈《대상관계 이론과 정신병리학》中 –

이 불안을 완화해 주거나 해소해 주기 때문이다.

　잘못된 연결이 일어나는 두 번째 원인은 '의식의 분열' 때문이다. 더 정확하게 말하면 **의식과 무의식의 분열** 때문이다. 의식과 무의식의 분열을 일으키는 원인도 관념과 정서 때문이다. 예를 들어 죄책감은 일반적으로 죄를 저지른 후에 느끼는 감정이지만 때때로 자신이 저지르지 않은 죄를 저지른 것과 같은 감정을 불러일으킨다. 그 원인은 어린 시절 아버지의 거세 위협이 너무 강했기 때문이다. 아버지의 거세 위협이 너무 강하게 되면 아주 강한 죄책감을 형성하게 만들고 이러한 죄책감(죄악감)은 사디즘적 성향을 마조히즘적 성향으로 바꾼다.[12] 이런 사람이 **'관헌으로부터 받는 고통을 더 소중히 여기는'** 이유도 아버지 표상을 지닌 그들이 주는 고통이 쾌락으로 느껴지기 때문이다. 도스토옙스키는 이러한 마조히즘적 정신 현상을 **'고통을 받기 위한 고통'**이라고 표현한다.

　　p.264. "… 그런데 로지온 씨, 당신은 아십니까? 그들의 '고행한다'는 것이 무엇을 의미하는 것인가를 말입니다. 이건 누굴 위하는 것이 아니고 그저 '고통을 받기 위한 고통'이라는 것입니다. 그것도 관헌으로부터 받는 고통을 더 소중히 여긴다지 않습니까! (중략) 그들은 이렇게 해서 고통을 위한 고통을 받으려고 한단 말입니다. 그래서 나는 지금 니콜라이도 '고통을 위한 고통'을 받으려고 그러는 것이나 아닌지 의심하고 있는 중이지요. 이것은 내가 여러 가지 사실을 종합해서 확신하는 일입니다. 다만 그것은 나만 알고 본인은

---

12) p.156. 수동적 목적을 지닌 본능들은 특히 여자들 사이에서는 당연히 존재하는 것으로 간주되어야 한다. 그러나 수동성이 마조히즘의 전부는 아니다. 불쾌한 특성─본능의 만족에 수반되는 혼란스러운 동반자─도 역시 마조히즘에 속한다. 사디즘이 마조히즘으로 바뀌는 것은 억압 행위에 끼어드는 죄악감의 영향 때문인 것으로 보인다.
　　　　　　　　　　　　　　　　　　　　　－ S. 프로이트 《정신병리학의 문제들》 中 －

모르고 있습니다. 어떻게 생각하십니까? 그런 몽상가가 존재하는 것을……. 인정할 수 있겠습니까? 그런데 그런 사람이 흔하단 말입니다. (중략) 난 니콜라이가 마음에 들어 그 녀석을 철저하게 연구하고 있지요. 당신 같으면 어떻게 생각하실는지요! 헤헤헤! 그 사내는 어떤 문제에 관해서는 한 마디도 막히는 법 없이 나에게 줄줄 대답하지요. 그는 필요한 정보를 주워 모아서 미리 잘 꾸며두었던 모양입니다. 그런데 다른 어떤 문제점을 푹 찔러 물어볼라치면 그만 당황하여 실수를 연발하고 만단 말입니다. 더 우스운 것은 자기가 모르고 있다는 것조차 모르고 있는 것입니다. 로지온 씨, 그가 그렇게 앞뒤가 맞지 않는 주장을 하는 것은 그 사건은 그 사내 자신의 소행이 아니라는 겁니다. 그건 환상적이고 암흑 속의 사건입니다. …"

– 도스토옙스키《죄와 벌》하 中 –

《죄와 벌》에서 니콜라이라는 청년은 자신이 전당포 노파를 살해했다고 자수한 인물이다. 검사 포르피리는 자수의 원인을 '그저 고통을 받기 위한 고통'이 아닌지 의심하고 있다. '**더 우스운 것**'은 당사자는 그것을 '**모르고 있는 것조차 모른다**'라는 것이다. 이렇게 자신(의식) 속의 자신(무의식)을 모르는 현상의 원인은 의식과 무의식이 분열되어 있기 때문이다. 니콜라이가 인식할 수 있는 것은 죄책감이 만들어 낸 자신이 죄를 지었다는 관념적 표상과 그 죄에 대해서 벌을 받아야 한다는 정서적 표상뿐이다. 의식은 이러한 표상의 원인을 설명하지 않으면 안 된다. 그래서 의식은 자신이 살인을 저질렀다는 것을 증명하기 위해서 '**필요한 정보를 주워 모아서 미리 잘 꾸며둔다**'. 그리고 누군가 이에 관해서 묻게 되면 '**한 마디도 막히는 법 없이 줄줄 대답한다**'.

뇌과학에서는 이렇게 '일정한 맥락 아래 아주 논리적이면서도 그럴듯한' 거짓말을 지어내는 증상을 **'작화'**(confabulation)라고 한다.[13] 일반적인 거짓말과 달리 이러한 거짓말의 특징은 주체의 의식이 자신이 거짓말을 하고 있다는 것을 **'모르고 있는 것조차 모른다'**는 것이다. 그래서 도스토옙스키는 이러한 정신 현상을 **'환상이고 암흑 속의 사건'**이라고 표현한다. 이렇게 자신을 정당화하는 기능이 두뇌의 핵심 기능이 된 이유는 의식이 무의식의 내용을 알지 못하는 상태에서 외부 세계와 교류해야 하기 때문이다.

그런데 도스토옙스키는 **'이런 사람이 흔하다'**라고 말한다. 그 이유는 실제로 흔하기 때문이다. 예를 들어 종교에서의 성적 금욕이나 신체적 고행도 그 밑바탕에는 자신에게 죄가 있으며 그래서 벌을 받아야 한다는 정서가 깔려있다. 다만 그 현상이 너무 흔해서 정상적으로 보이는 것일 뿐이다. 이렇게 무의식 속 관념과 정서는 종종 의식 속에서 진정한 인과 관계의 정보를 철수시키고 다른 인과 관계의 정보를 연결하도록 강제한다. 최면술도 잘못된 연결이 일어나도록 조장하는 기술이라고 할 수 있다.

  p.93. (각주) ⋯ 또한 암시에 복종하기 위해서 한 소녀는 그녀가
  전혀 모르는 법정 공무원을 살해하려고 시도한 적이 있다. 그녀가
  붙잡혀서 범행 동기가 무엇이었는지 질문받았을 때 그녀는 그가 나
  쁜 짓을 해서 복수를 획책했다고 있지도 않은 이야기를 꾸며댔다.

---

13) p.128. 뇌과학에서는 거짓말을 두 가지 종류로 구분합니다. 우선, 그냥 흔히 이야기하는 거짓말입니다. 자신이 거짓말하고 있다는 걸 알고 하는 거짓말이에요. 또 하나는 '작화(confabulation)'라는 게 있습니다. 작화를 병적으로 구사하는 증상을 작화증이라고 합니다. 작화는 내적인 일관성이 있고 나름대로 논리적인 발언입니다. (중략) 일정한 맥락 아래 그럴듯한 얘기를 술술 지어냅니다. 이처럼 아주 논리적이면서도 그럴듯한 거짓말을 작화라고 합니다. 스페리의 주장처럼, 뇌의 핵심 기능 중의 하나가 자신의 행동과 선택을 정당화하는 것일 수도 있습니다.
               - 김대식 《당신의 뇌, 미래의 뇌》中 -

우리는 우리 자신이 의식하게 된 심리 현상을 의식 속의 다른 자료와 인과론적으로 연결시키고자 하는 욕구가 있는 것 같다. 진정한 원인이 의식 속에 지각되려고 침입하려고 하면 즉시 다른 연결을 시도한다. 그러고는 거짓이라 할지라도 그 인과 관계를 믿는다. 의식 내용의 분열이 이러한 유의 〈잘못된 연결〉이 일어나도록 조장하는 것이 분명하다.

- J. 브로이어 & S. 프로이트 《히스테리 연구》 中 -

최면의 암시에 복종하기 위해서 살인을 시도한 소녀의 의식은 자신의 행위가 인과론적으로 이유가 있다고 믿는다. 하지만 진정한 원인은 의식 속에 남아 있지 않다. 따라서 소녀의 의식은 **'있지도 않은 이야기를 꾸며대고'** 그 이야기를 믿는다. 니체의 표현을 빌리자면 '철저히 일관성 있는 것으로 보이려는 한결같은 허영심의 바람'인 것이다. 이렇게 잘못된 연결을 통해서라도 철저히 일관되게 보이려는 정신 기제를 정신분석학에서는 **합리화**라고 부른다. 자신에게 **해를 가하는** 합리화가 죄책감에 의해서 일어나는 것이라면 자신을 **좋게 보이려는** 합리화는 양심에 의해서 일어난다. 《카라마조프의 형제》에서 이반의 고뇌는 자신을 좋게 보이려는 합리화의 전형적인 예라고 할 수 있다.

p.97. 또 한가지 주의할 것은 이반은 자기 자신이 미챠에 대한 증오를 나날이 더해 가고 있다는 것을 느끼면서도 동시에 그 증오가 카테리나의 사랑의 '부활' 때문이 아니라 '미챠가 아버지를 죽였기' 때문이라고 생각하고 있었다는 점이다. 그는 이것을 충분히 느끼고 있었고 또 의식하고 있었다.

(중략)

그때 미챠를 면회하고 돌아오는 도중 그는 걷잡을 수 없는 비애와 고통을 느꼈다. 자기가 미챠의 탈출을 바라는 것은 단지 3만 루블을 희생시켜서 마음의 상처를 아물게 하자는 것뿐만 아니라 그 밖에도 다른 이유가 있는 것 같은 생각이 들었기 때문이다.

'마음속으로는 나도 똑같은 살인자이기 때문이 아닐까?' 하고 그는 자문했다. 무언가 막연하기 했으나 타는 듯한 그 어떤 것이 그의 마음을 에는 것 같았다. 특히 지난 한 달 동안 그의 자존심은 말할 수 없는 고통을 느꼈다.

– 도스토옙스키《카라마조프의 형제》하 中 –

형(미챠)에 대한 이반의 관념적 표상(생각)은 아버지를 살해했다는 것이고, 정서적 표상(감정)은 증오심이다. 일상적인 표현을 사용하면 이반은 자신이 형을 증오하는 이유가 형이 아버지를 죽였기 때문이라고 생각하고 있다. 그는 이것을 충분히 **의식하고** 있고 또 **느끼고** 있다. 이반이 이렇게 생각하는 이유는 양심의 가책 때문이다. 양심의 가책이 작용하는 이유는 형의 약혼녀(카테리나)를 차지하고 싶은 무의식적 소망 때문이다(현재 이반은 카테리나를 사랑하고 있다). 이러한 모순된 소망 사이에서 자아는 선택을 해야만 한다. 이반이 잘못된 표상을 선택했다는 것은 이반의 양심이 본능적 소망보다 더 강하다는 것을 의미한다.

이반이 형에 대해 증오심을 느끼는 **진정한 이유**는 형에 대한 질투 때문이다. 하지만 이반의 자아는 진정한 표상은 의식 속에서 추방해 버리고 다른 표상(아버지 살해)을 연결함으로써 양심의 가책을 회피한다. 또 이반은 형의 탈출을 바라는 것이 마음의 상처를 아물게 하기 위해서라고 합리화하고 있지만, **진정한 이유는** 아버지가 죽기를 바라는 자신의 소망을 드러내지 않기 위해서이다. 여기서 알 수 있는 사실은 정서적 표상(느낌, 정서, 감정)은 **왜곡되지 않고** 의식 속에 입장하지만, 관념적 표상은 **왜곡되어** 의식 속에 입장한다는 것이다. 이때 정서적 표상에는 관념적 표상(대표자)이 연결되어 있지 않을 수도 있고 잘못된 관념적 표상이 연결될 수도 있다.

　　p.176. 무의식의 감정, 정서에 관해서도 우리는 쉽게 대답할 수가 있다. 분명한 것은 감정의 본질이 우리가 그것을 인지하는 데 있다는 것이다. 다시 말해, 그 감정이 의식에 알려진 것이 되어야 한다는 뜻이다. 따라서 감정, 정서, 느낌의 경우 그것들이 무의식의 속성을 지니고 있을 가능성이 완전히 배제된 느낌이다. 그러나 정신분석 치료를 하는 가운데 우리는 너무도 익숙하게 무의식적 사랑과 증오와 분노 등을 언급한다. (중략)

　　실제로는 이 두 경우가 서로 일치하는 것은 아니다. 우선, 정서적 혹은 감정적 충동이라는 것이 지각될 수는 있지만 자칫 곡해될 수도 있다. 말하자면 그런 충동의 대표자가 억압되면 그로 인해 그 충동이 다른 표상과 결합되지 않을 수 없고, 그런 결과로 그 감정 충동이 의식에서는 그 새로운 표상의 표현으로 간주될 수 있기 때문이다. 만일 우리가 그 감정 충동과 새롭게 등장한 표상과의 관계를 제대로 회복하려면 원래의 감정 충동을 〈무의식적〉인 충동으로 불러야 할 것이다. 그러나 그 감정은 절대로 무의식적인 것이 아니었다. 실제로는 그 감정 충동의 〈표상〉이 억압되었던 것뿐이었다.

　　- S. 프로이트《정신분석학의 근본개념,『무의식에 관하여』》中 -

이반의 경우처럼 자신이 느끼는 감정의 진정한 이유를 알지 못하는 이유는 억압과 같은 무의식적 방어 때문이다. 억압은 양심이나 죄책감에 비추어 수용할 수 없는 관념적 표상을 의식 속에 입장시키지 않는다. 하지만 종종 그것은 완전하게 억압되지 않고 일부분 또는 전체가 억압의 방어막을 돌파하여 의식 속에 침투하기도 한다. 이반이 마음을 에는 '무언가 막연하긴 했으나 타는 듯한 그 어떤 것'을 느끼는 이유는 억압되어야 할 표상의 일부가 무의식적 방어막을 뚫고 의식 속에 들어왔기 때문이다. 그러한 결과 이반의 자아(자존심)는 '말할 수 없는 고통'을 느낀다.

여기서 정신적 고통의 본질을 알 수 있는데 정신적 고통을 느낄 때는 무의식(마음)이 **분열되어 있을 때**라는 사실을 알 수 있다. 마음을 **에는** 것처럼 고통스럽다 또는 마음이 **찢어지게** 아프다는 언어 표현은 자신의 마음 상태를 무의식적으로 표현하고 있다고 할 수 있다. 양심의 가책 또는 죄책감이 정신적 고통을 유발하는 이유도 하나의 정신 속에 두 개의 모순된 관념(소망)이 마음을 분열시키고 있기 때문이다.

무의식이 차단하는 대표적인 관념적 표상은 **성적(性的) 표상**이다. 무의식의 검열은 이러한 표상을 의식 속에서 추방하거나 입장시키지 않는다. 하지만 그에 결부된 정서적 표상은 추방되지 않는다. 따라서 그 정서적 표상이 지닌 공격성은 발산되어야만 한다. 이러한 심리적 갈등은 모순된 상황을 만들어 낸다. 예를 들어 동성애적 성향이 있는 사람이 동성애를 혐오하는 것과 같은 것이다. 주체가 이렇게 모순되는 태도를 보이는 이유는 그의 무의식 속에 두 개의 상충하는 관념(소망)이 형성되어 있기 때문이다. 하나는 당연히 동성애의 소망이고 또 다른 하나는 그러한 소망을 불쾌 또는 악으로 여기는 죄책감의 소망이다. 죄책감을 소망하는 이유는 거세 불안을 없애주기 때문이다. 참고로 이 책에서 의미하는 불안은 어른의 관점이 아닌 어린아이의 관점에서의 불안을 말한다. 무력한 어린아이가 느끼는 불안은 성인이 느끼는 두려움이나 공포에 버금간다.[14] 그래서

14) p.167. 라깡은 불안이라는 것이 주체가 어떤 대가를 치르고라도 회피해 보려고 하는

어린아이에게 불안을 제거하는 것은 쾌락이 되고 그것을 소망하게 된다. 이러한 불안을 방어한 후 형성되는 심리조직이 관념과 정서의 결합체인 콤플렉스이고 이러한 콤플렉스들이 모여서 주체의 성격 구조를 이룬다.

자아는 이렇게 대립하는 소망을 타협시켜야 한다. 만약 자아가 본능 충족을 더 중요시한다면 주체는 동성애를 좋아하는 태도로 보일 것이고 죄책감을 더 중요시한다면 주체는 동성애를 혐오하는 태도를 보일 것이다. 본능 충족을 더 중요시한다는 의미는 자아가 초자아보다 더 강하다는 뜻이고 죄책감을 더 중요시한다는 의미는 초자아가 자아보다 더 강하다는 뜻이다. 이 경우에는 후자라고 할 수 있다. 이렇게 자신이 원치 않는 관념적 표상(기억)을 차단하는 방어기제의 존재는 뒤늦게나마 과학적으로도 증명되었다.[15]

무의식의 강박성

이반의 의식은 걷잡을 수 없는 비애와 고통을 느끼지만, 이반의 무의

근본적인 위험이라고 주장하면서 공포증으로부터 절편음란증에 이르기까지 정신분석에서 만나게 되는 여러 가지 주관적인 형성물들은 불안에 대한 보호라고 생각한다.
　　　　　　　　　　　　　　　　　　　　- D. 에반스 《라깡 정신분석 사전》 中 -

15) p.239. 뇌 스캔 연구들을 통해 불필요하거나 바람직하지 않은 기억을 억제하는 기제가 있다는 사실도 밝혀지고 있다. S. 프로이트가 듣는다면 기뻐할 만한 발견이 아닐 수 없다. (중략) 스탠퍼드 심리학 교수 존 가브리엘리 및 동료들은 이 발견으로 "활발한 망각 과정이 뇌에 존재한다는 사실이 확인되었고, 유도된 망각을 연구할 적절한 신경생물학적 모델이 성립되었다"고 적었다. 가브리엘리는 또 이렇게 말했다. "가장 커다란 발견은 인간의 뇌가 원치 않는 기억을 차단하는 방법을 밝혀냈다는 것이다. 그런 기제가 실제 존재하고, 거기에 생물학적 기반이 있음을 알아낸 것이다. 기억을 억제하는 과정이 없다는 의견, 그런 과정은 상상에 불과하다는 의견을 기각하게 해 준 것이다."
　　　　　　　　　　　　　　　　　　　　- R. 커즈와일 《특이점이 온다》 中 -

식이 그렇게 하는 이유는 무의식은 의식과 독립적으로 작용하기 때문이다. 무의식은 자신의 목표를 달성하게 해 줄 수 있는 표상을 지닌 대상을 접촉하게 되면 그 신호로서 **'재빨리'** 강렬한 감정을 의식 속에 보낸다.[16] 따라서 관념의 목표 달성으로 쾌락을 얻는 것은 의식이 아니라 무의식이다. 의식이 고통과 불행으로 느끼는 것을 무의식은 쾌락과 행복으로 느낄 수도 있다는 뜻이다. 이반의 의식도 고통스럽다고 느끼지만, 사실 그의 무의식은 쾌락을 느끼고 있다고 할 수 있다. 누군가 '어떤 악운에 쫓기거나 어떤 악마적인 힘에 붙잡힌 것처럼' 고통과 불행 속에서 사는 것처럼 보이더라도 실제로 그 사람은 쾌락과 행복 속에서 사는 것일 수도 있다.

p.289. 정신분석학이 신경증 환자들의 전이 현상 속에서 드러내는 것은 또한 정상인들의 삶 속에서도 관찰될 수 있다. 그들이 주는 인상은 어떤 악운에 의해서 쫓기거나 어떤 〈악마적인〉 힘에 붙잡혀 있다는 것이다. 그러나 정신분석학은 그들의 운명이 대부분 그들 자신이 만들어 낸 것이며 유아기 초기에 받은 영향력에 의해서 결정된다는 견해를 항상 견지해 왔다. 여기서 분명히 볼 수 있는 강박 현상은 우리가 신경증 환자들에서 보았던 반복 강박과 조금도 다르지 않다. 물론 우리가 지금 고려하고 있는 사람들이 어떤 증상을 드러내어 신경증적 갈등을 겪고 있다는 표시를 한 적은 없지만 말이

---

16) p.85. 과학적 통찰이 우리 뇌와 몸의 작동 방식에 대해 제시하는 견해는, 우리의 감정은 인간만의 어떤 독특한 영적 특성이 아니며 어떤 유의 '자유의지'도 반영하지 않는다는 것이다. 그보다 감정은 모든 포유류와 조류가 생존과 재생산의 확률을 재빨리 계산하기 위해 사용하는 생화학적 기제라고 말한다. 감정은 직관이나 영감, 자유가 아니라 계산에 기반을 둔 것이다.

— Y. 하라리 《호모 데우스》 中 —

다. 우리는 인간관계가 같은 결과를 가져오는 온갖 부류의 사람들과 만나게 되었다. 예컨대, 어떤 사람은 시간이 얼마 지나면 자신이 은혜를 베푼 상대에게ー이들 각자가 다른 면에서는 서로가 얼마나 다를지 모르지만ー분노 속에 버림받는다. 따라서 이 사람은 배은망덕의 온갖 쓰라림을 맛보는 운명을 타고난 것처럼 보인다. 혹은 친구 간의 우정이 모두 배신으로 끝나는 사람이나 일생 동안 어떤 사람을 높여 위대한 사적·공적 권위의 자리에 앉혔다가 시간이 지나면 스스로 그 권좌를 흔들어 그 주인을 다른 사람으로 교체해 버리는 사람이 그렇다. 그리고 여자와의 정사 문제가 항상 같은 단계를 거치고 같은 결론에 도달한다는 문제점을 갖고 있는 사람도 이 부류에 속한다. 이렇게 〈같은 것이 영원히 되풀이되는 문제〉는 그것이 관련자의 〈능동적인〉 행위와 연결되어 있거나, 그에게서 항상 동일한 상태로 남아 있어서 동일한 경험의 반복 속에서 자기 표현을 하도록 되어 있는 어떤 근본적인 성격적 특성을 발견할 수 있다면 그렇게 놀라운 일이 못된다. 우리는 주체가 〈수동적〉 경험을 하는 것처럼 보이는 사례에서 훨씬 큰 영향을 받는다. 이 경우, 그는 그 경험에 대해서 아무런 영향력을 행사하지 못하며 오직 같은 숙명의 반복과 만나고 있는 것이다.

ー S. 프로이트《정신분석학의 근본 개념, 『쾌락 원칙을 넘어서』》中 ー

누군가 고통과 불행 속에서 벗어날 수 없는 것처럼 보일 때 그것을 운명 또는 숙명이라고 부른다. 하지만 프로이트에 따르면 운명은 '대부분 그들 자신이 만들어 낸 것'이며 그것들은 **'유아기 초기에 받은 영향력'**에 의해서 결정된다. 이러한 영향력에 의해서 형성된 것이 관념과 정서이다. 관념은 강박적으로 반복 재현되므로 인간은 그 관념의 **'굴레'**에서 벗어날 수 없다. 그래서 그러한 굴레에 얽매인 사람의 사고와 행동은 '항상 같은 단계를 거치고 같은 결론에 도달하게' 된다. 프로이트는 이러한 정신 현상이 마치 **'악마적 힘'**에 붙잡혀 있다는 인상을 준다고 말하는데 인간이 '무섭고 강한' 악마의 세 가지 유혹을 분연히 거부할 수 없는 이유도 관념(욕망)이 **'반복 강박'**이라는 무섭고 강한 힘을 가지고 있기 때문이다.

프로이트는 관념의 악마적 힘에 사로잡혀 고통과 불행을 자초하는 사례들을 《일상생활의 정신병리학》에 수집해 놓았다. 예를 들어 재산 문제에 관한 서류에 서명할 때 빈번하게 처녀 때의 성으로 서명을 하는 한 결혼한 여성이 나온다. 그녀의 이러한 무의식적 행동은 그녀의 무의식이 결혼을 후회하고 있다는 것을 보여준다. 이후에 그녀는 남편과의 이혼을 통해 자신의 무의식적 소망을 성취한다. 그녀의 의식은 자신의 이혼을 운명의 탓으로 돌렸겠지만, 그녀의 무의식은 자신의 소망을 성취하기 위해서 노력하고 있었던 것이다.

필자가 경험한 사례도 있다. TV에서 본 한 부인에 관한 것이다. 그녀는 병든 남편과 교통사고로 거동이 불편한 아들을 돌보며 혼자 생계를 책임지며 살고 있었다. 그녀는 자신의 기구한 운명을 한탄했는데 그녀의 얼굴(무의식)은 그다지 불행해 보이지 않았다.[17] 놀랍게도 그녀의 어린 시절의 꿈은 **간호사**였다. 그녀의 의식은 자신이 불행하다고 한탄했지만, 그녀의 무의식은 간호사가 되고 싶은 소망을 성취해서 행복해하고 있었다고 할 수 있다. 이와 유사한 사례가 《일상생활의 정신병리학》에도 나온다. 한 여성은 세 남자와 연속적으로 결혼했는데 그 세 사람 모두 결혼 후 곧 병이 들어 임종 시에 그 여자에게 간호를 받아야 했다. 이러한 사례들이 보여주는 것은 무의식은 자신의 관념을 성취하는 방법을 아주 잘 알고

---

17) p.246. 내가 그녀에게 말해 주었듯이 얼굴 표정과 흥분의 표현은 의식보다는 무의식의 작용이며 무의식적인 것으로 더 잘 드러난다.

- S. 프로이트 《도라의 히스테리 분석》 中 -

있다는 것이다. 그녀의 무의식은 곧 병이 들 것 같은 남자를 의식보다 먼저 감지했다고 할 수 있다.[18] 도스토옙스키는 어떻게 무의식이 자신의 관념에 부합하는 표상을 의식보다 먼저 감지하는지에 대해 다음과 같이 묘사한다.

> p.200. "누굴 죽인다는 겁니까?"
>
> "영감이지. 여자는 죽이지 않아."
>
> "형님, 무슨 말씀을 하시는 겁니까?"
>
> "나도 모르겠다, 나도 모르겠어……. 어쩌면 죽이지 않을는지도 모르고 어쩌면 죽일는지도 몰라. 바로 그 순간 아버지의 얼굴이 갑자기 내게 증오심을 일으킬까 봐 그게 두려울 뿐이야. 아버지의 목덜미, 그 코, 그 눈, 그 파렴치한 조소가 미워 죽겠어. 나는 거기에 대해 참을 수 없는 혐오감을 느끼고 있어. 바로 그게 두려운 거야. 그걸 도저히 참을 수가 없으니 말이야……."
>
> – 도스토옙스키 《카라마조프의 형제》 상 中 –

첫째 아들인 드미트리는 아버지 표도르와 헤어진 후 20년 이상 지난 다음에 다시 만나게 된다. 현재 드미트리와 그의 아버지는 동시에 한 여성을 사랑하고 있다. 이러한 삼각관계의 패턴은 드미트리의 무의식 속에 형성되어 있는 관념(질투)과 정서(증오심)를 일깨운다. 현재의 늙은 '**영감**'은 과거의 위대한 아버지 표상을 지니고 있지 않으므로 이제 한 여인

---

18) p.353. 그러므로 내가 환상에 빠져 있을 때에도 나는 틀림없이 무의식적으로나마 그 골트라는 이름의 남자가 다가오고 있는 것을 감지하고 있었음에 틀림없었다. (중략) 그리고 다른 한편으로는 나중에서야 내 눈이 확인할 수 있었던 어떤 대상을 나의 무의식은 먼저 감지할 수 있었다고도 할 수 있다.

– S. 프로이트 《일상생활의 정신병리학》 中 –

을 두고 경쟁할 수 있게 된 것이다. 드미트리의 의식은 사람을 죽이면 안 된다는 것을 알고 있지만, 그의 무의식은 '**도저히 참을 수 없을 정도로**' 관념을 성취하려고 한다. 이렇게 도저히 참을 수 정도의 심리적 압력이 관념이 지닌 **강박성**이다.

드미트리의 심리 상태에서 두 가지 더 주목할 점이 있다. 하나는 그가 아버지에 대해서 느끼는 감정이 증오심 이외에 '**혐오감**'도 있다는 것이다. 또 다른 하나는 현재의 아버지가 지닌 표상―아버지의 목덜미, 그 코, 그 눈, 파렴치한 조소―이 드미트리의 증오심을 일깨우고 있다는 점이다. 보통은 위대한 아버지에게는 반항하지 못하지만 마하트마 간디의 첫째 아들처럼 첫째 아들의 경우 종종 아버지에게 **반항의 형태**로 증오심이 표출된다. 이러한 두 가지의 현상의 원인은 드미트리가 **첫째 아들**이기 때문인데 이에 대한 자세한 설명은 이 책의 후반에 종합적으로 설명하고자 한다.

이렇게 무의식은 의식보다 먼저 대상이 지닌 표상을 지각할 수 있다. 이러한 관점에서 오이디푸스 신화를 재해석 해 보자. 오이디푸스의 의식은 자신의 친아버지를 길에서 만났을 때 **낯설어**했지만, 그의 무의식은 **낯익은** 아버지 모습을 발견하고 **도저히 참을 수가 없어서** 아버지를 살해하게 된다. 이렇게 해서 오이디푸스는 그의 첫 번째 무의식적 소망을 성취한다. 테베의 왕이 된 후 오이디푸스의 무의식은 현재의 **낯선** 왕비에게서 과거의 **낯익은** 어머니 표상을 발견했을 것이고, 어머니와 결혼함으로써 두 번째 소망을 성취한다. 무의식 속 관념은 이렇게 강박적으로 자신의 목표 달성을 위해서 매진한다. 신(神)의 뜻을 의미하는 **신탁**은 결국 이루어질 수밖에 없다는 의미에서 관념의 강박성을 상징한다고 볼 수 있다.

무의식의 반복성

무의식적 관념은 강박성 이외에 또 다른 악마적 성격을 가지고 있는데 그것은 **반복성**이다.

p.143. 어류의 산란을 위한 이동이나 조류의 이동, 그 밖에도 우리들이 동물들의 본능 발현으로 간주하는 모든 행위들은 반복 강박이라는 계명 하에서 이루어지는데, 그것은 본능의 〈보수적 성격〉을 잘 표현해 주고 있습니다. 정신적인 영역에서 그와 같은 특징들을 찾아내는 데는 그리 오랜 시간이 필요치 않습니다. 지나간 어린 시절의 잊혀지고 억압된 체험들이 분석 작업 도중에 꿈이나 다른 반응들, 특히 전이의 형태 속에 재생된다는 사실은 항상 우리를 놀라게 한 바 있는데, 그때 그 체험을 다시 불러일으키는 것은 쾌락 원리에는 어긋나는 것임에도, 이 경우에 반복 강박이 쾌락 원리를 뛰어넘었다고밖에는 달리 설명할 방법이 없습니다. 분석 방법 이외의 경우에서는 비슷한 것을 관찰할 수 있습니다. 생애를 통하여 수정하는 법 없이 언제나 자신에게 해(害)가 되는 같은 반응을 되풀이하는 사람들이 있습니다. 혹은 어떤 사람들은 무자비한 운명에 쫓기는 듯이 보이기도 하는데, 이러한 사례들을 정확히 조사해 보면 그 사람들은 자신도 모르는 사이에 이러한 운명을 스스로 준비한다는 것입니다. 그러므로 우리는 반복 강박에 〈악마적인 성격〉이 있음을 인정할 수밖에 없습니다.

– S. 프로이트 《새로운 정신분석 강의》中 –

강박성이 관념을 의무적으로 실행하려는 무의식적 의지라면, 반복성은 관념을 되풀이하려는 무의식적 의지이다. 프로이트는 반복성을 동물 본능의 '보수적 성격'의 표현이라고 말한다. 그렇다면 반복성은 **본능**의 속성이라고 할 수 있다. 인간도 동물이기 때문에 인간의 본능도 이러한 반복성을 가지고 있다고 할 수 있다. 본능과 무의식의 구별처럼 강박성과 반복성도 구별할 필요가 있다. 이것도 동물과 인간을 나누는 하나의 기준이기 때문이다. 이 둘을 구별하는 방법은 일정한 주기를 가지고 그것의 성취를 추구하느냐의 여부에 있다. 강박성만 있는 관념은 그 관념이 성취되면 강박성은 사라진다. 하지만 성취 여부와 관계없이 일정하게 반복되면 반복성만을 가지고 있다고 말할 수 있다. 앞서 동물은 본능만을, 인간은 본능과 무의식을 모두 가지고 있다고 전제한 바 있는데 그렇다면 동물은 반복성만 있다고 할 수 있고 인간은 강박성과 반복성을 모두 가지고 있다고 할 수 있다. 따라서 강박성은 무의식의 속성이라고 할 수 있다. 물론 무의식도 본능에서 분화했기 때문에 반복성도 지니고 있다. 즉 무의식은 강박성과 반복성을 모두 가지고 있다. 이러한 두 가지 속성이 합쳐진 것이 무의식의 '**반복 강박**'이다. 본능과 무의식이 반복성을 가지고 있는 이유는 그것이 '**행위의 동기**'가 되기 때문이다.

p.144. 군중의 마음속에 천천히 이념과 신념을 불어넣을 때, 지도자들이 사용하는 방법은 학자들의 그것과 다르다. (중략) 그들은 주로 다음과 같은 세 가지 수단을 사용한다. 확언, 반복, 전염이다. (중략)

그러나 확언은 그것이 가능한 한 같은 말로써 계속 반복된다는 조건 아래에서만 실질적 영향력을 행사한다. 수사학의 유일하면서도 가장 중요한 표현법은 반복뿐이라고 나폴레옹은 말했다. 확언된 사실은 반복에 의해 사람들의 마음속에 확고하게 새겨짐으로써 결국 논증된 진리처럼 받아들여진다.

반복이 군중에 미치는 영향력은, 그것이 가장 계몽된 사람들에게
까지 얼마나 큰 힘을 미치는지 봄으로써 잘 이해될 수 있다. 반복된
것은 사실상 무의식의 가장 밑바닥 깊숙한 곳에 새겨지는데, 바로
그곳에서 우리 행위의 동기가 형성된다.

- G. 르 봉《군중심리학》中 -

르 봉에 따르면 반복된 것은 무의식의 가장 밑바닥 깊숙한 곳에 새겨지
고, 행위의 동기를 형성한다. 반복된 것이 행위의 동기의 되는 이유는 C.
다윈의 말처럼 '두뇌가 아직 유연한 어린 시기에 되풀이해 주입된 신념
은 본능과 같은 성질을 띠게' 되기 때문이다.[19] 이러한 본능과 같은 성질
은 이성이나 과학으로도 어쩔 도리가 없다. 이성의 시대에도 편견이 난무
하는 이유도 어린 시절의 무방비 상태에서 반복적으로 들은 이야기 때문
이며 과학의 시대에도 미신이나 종교가 사라지지 않는 이유도 어린 시절
의 무방비 상태에서 반복적으로 들은 전설이나 신화 이야기 때문이다. 부
모가 반복적으로 한 말이나 무심코 한 말이 어린아이의 마음속에다 악의
씨를 뿌린 셈이 된다.

p.65. 가령 어린이 옆을 지나갈 때 심술궂은 생각에서 가슴에 노
여움을 품고 더러운 말을 하게 되면, 이쪽에선 그 아이를 못 알아볼

---

19) p.180. 행위에 대한 불합리한 규칙과 어리석기만 한 종교적 신념이 왜 이토록 많이
    생겨났는지는 아무도 알 수 없으며, 세계의 어느 곳에 가더라도 그것이 왜 이토록 사
    람들의 마음을 강하게 사로잡는지는 알 수 없다. 그러나 뇌가 아직 유연한 어린 시기
    에 되풀이해 주입된 신념은 본능과 같은 성질을 띠게 되며, 본능의 본질은 그야말로
    이성과는 아무 관계가 없다는 것을 지적해 둘 만하다.
    - C. 다윈《인간의 기원》中 -

지 모르지만, 아이는 이쪽을 알아볼지도 모른다. 그리하여 이쪽의 꼴사납고 추잡한 모습은 아이의 무방비 상태의 가슴 속에 깊이 새겨질는지도 모른다. 말하자면 이쪽에서는 그런 것도 모르고 아이의 마음속에다 악(惡)의 씨를 뿌린 셈이 된다. 그리고 그 씨는 점점 자라게 된다. 이 모든 것은 어린이 앞에서 주의를 하지 않는 탓이며, 조심성 있는 활동적인 사랑을 자기 마음 속에 배양하지 않았기 때문이다.

– 도스토옙스키《카라마조프의 형제》중 中 –

본능과 무의식의 이러한 반복성은 인간을 설득하는 데에도 매우 유용하다. '수사학의 유일하면서도 가장 중요한 표현법은 반복뿐'이라는 나폴레옹의 말처럼 반복된 말이나 구호는 결국 사람들의 무의식 속에 확고하게 새겨져 자신의 목숨보다 소중한 신념이나 이념이 된다. 대중선동에 탁월했던 히틀러도 대중을 확신시키는 방법은 흥미로운 말이 아니라 '같은 말을 몇천 번 반복하는 것'이라는 걸 알았다.[20] 이성적인 인간을 세뇌할 수 있는 이유도 무의식의 이러한 반복성 때문이다.

그런데 동물의 본능적 관념이 지닌 반복성과 달리 인간의 무의식적 관념이 지닌 반복성 사이에는 아주 커다란 차이가 있다. 그것은 인간은 고통스럽고 불행했던 경험도 반복 재현하려고 한다는 점이다. 그 이유는 두

---

20) p.313. 하지만 선전은 우둔한 사람들에게 끊임없이 흥미 있는 변화를 공급해 주는 일이 아니라 확신시키는, 더욱이 대중에게 확신시키기 위한 것이다. 그러나 이것은 대중의 우둔함 때문에 하나의 일에 대해서 지식을 가지고 싶어 하는 기분이 들 때까지 언제나 일정한 시간이 필요하다. 가장 간단한 개념조차 몇천 번 되풀이하는 것만이 결국 기억될 수 있는 것이다.

바꿀 때마다 선전에 의해 주어져야 하는 내용을 바꿔서는 결코 안 되며, 오히려 결국은 항상 같은 것을 말해야 한다.

– A. 히틀러《나의 투쟁》中 –

가지가 있다. 하나는 고통과 불행을 쾌락과 행복으로 느낄 수 있는 인간 본성의 모순성 때문이다. 이 경우에는 **'반복 강박이 쾌락 원리를 뛰어넘은 것처럼'** 보이지만 쾌락을 느끼는 것은 무의식이므로 그 쾌락이 의식되지 않아서 그렇게 보이는 것이다. 또 다른 하나는 어린 시절의 고통과 불행을 극복하고 싶은 소망 때문이다.[21] 이렇게 '같은 것이 영원히 되풀이되는 문제'가 비극적으로 보이는 이유는 **자신도 모르는 사이에** 똑같은 운명을 스스로 준비하기 때문이다. 인류의 미래사가 비극적인 이유도 **자신도 모르는 사이에** 불행한 역사를 되풀이하려고 하기 때문이다. 이미 기원전에 투키디데스가 통찰한 것처럼 **'미래사는 인간 본성에 따라 비슷한 형태로 반복되는 과거사'**라고 할 수 있다.[22]

성적 관념과 리비도

본능의 반복성은 더 중요한 목적에 이바지하는데 바로 **번식**이다. 어류의 산란이나 조류의 이동에 반복성이 있는 이유도 번식 때문이라고 추정

---

21) p.366. ······ 반복적 패턴은 모든 사람의 행동을 특징짓는다. 만약 어떤 사람이 안전하고 긍정적인 어린 시절을 보낼 만큼 운이 좋았다면, 그에게서 반복적인 패턴은 찾아보기 어렵다. 그들은 살아가면서 주어지는 현실적인 기회에 편안하게 적응하고, 정서적으로 긍정적인 상황을 재생산하는 경향을 보이기 때문이다. 그러나 어린 시절을 두려움에 떨고, 방치당하고, 학대당하며 보냈던 사람들은, 그런 경험을 심리적으로 극복하려는 노력에서 그러한 환경을 재창조하려고 하며, 그런 패턴이 확연히 드러날 뿐만 아니라 비극적이다.
　　　　　　　　　　　　　　　　　　- N. 맥윌리엄스 《정신분석적 진단》 中 -
22) p.86. "내가 기술한 역사에는 설화가 없어서 듣기에는 재미가 없을 것이다. 그러나 과거사에 관해 그리고 인간의 본성에 따라 언젠가는 비슷한 형태로 반복될 미래사에 관해 명확한 진실을 알고 싶어 하는 사람은 내 역사 기술을 유용하게 여길 것이며, 나는 그것으로 만족한다. [투키디데스 《펠레폰네소스 전쟁사》, 제1권 22장]
　　　　　　　　　　　　　　　　　　- 유시민 《역사의 역사》 中 -

할 수 있다.

p.211. 현재 종족은 자기를 유지할 뿐이고, 새로 발생할 필요는 없다. 그래도 역시 가끔 그러한 미래에까지 미치는 본디 시간의 순서를 간과했다고 할 수 있는 자연의 사전 배려가 보인다. 다시 말해서 현재 존재하는 것과 장차 나타나게 될 것에 대한 순응이다. 그래서 새는 아직 보지 못한 새끼를 위해 둥지를 짓고, 비버는 스스로 그목적도 모르고 굴을 파며, 개미나 들쥐, 꿀벌은 알지도 못하는 겨울을 위해 식량을 저축해 두고, 거미와 애명주잠자리는 마치 깊은 생각 끝에 간사한 꾀를 꾸며낸 것처럼 그들이 모르는 장래 또는 언젠가는 다가올 수확물을 빠뜨릴 함정을 만들며, 여러 곤충들은 앞으로 생길 애벌레가 장차 음식물을 얻을 수 있을 만한 장소를 골라 알을 낳는다. (중략)

나는 여기서 다시 한번 사슴벌레 애벌레의 수컷에 대해 언급하지 않을 수 없다. 이 애벌레는 탈바꿈하기 위해 나무 속에 구멍을 뚫고 들어가지만, 그 구멍은 장차 생겨날 뿔을 고려해 애벌레의 암컷이 만드는 구멍의 두 배가 된다. 그러므로 일반적으로 동물의 본능은 자연의 다른 목적론에 대한 최상의 해설인 셈이다.

‒ A. 쇼펜하우어 《의지와 표상으로서의 세계》中 ‒

동물은 생존과 번식을 본능에 의존하고 있으므로 본능의 반복성은 동물의 삶에 있어서 매우 중요하다고 할 수 있다. 생애 처음으로 번식하는 동물도 본능적으로 번식 대상을 인식하고 또 새끼를 키우는 방법을 알고 있는 이유는 본능 속의 반복성 때문일 것이다. 특히 쇼펜하우어를 놀라게 한 현상은 사슴벌레 애벌레가 장차 생겨날 자신의 뿔까지 고려해서 행동한다는 점이다. 사슴벌레 애벌레의 뿔은 **성적(性的) 장식**이다.[23] 성적 장식은 공작의 꼬리처럼 훗날 암컷을 유혹하고 흥분시키기 위한 수단이다. 이러한 자연 현상에서 동물의 본능 속에는 번식을 위한 **성적 관념**과 그 관념을 추동하는 **성적 에너지**를 포함하고 있다고 추정할 수 있다. 당연히 인간의 애벌레, 즉 어린아이의 본능 속에도 성적 관념과 성적 에너지가 포함되어 있다고 할 수 있다. 그런데 어린아이에게는 동물처럼 뿔이나 꼬리와 같은 성적 장식이 없다. 그래서 어린아이는 성적 장식을 외부 세계에서 구해서 장래의 번식을 준비한다. 다만 그것을 번식을 위한 준비 행위라고 부르지 않고 놀이라고 부른다.

어린아이의 놀이에서 어린아이가 지닌 본능적 관념을 추적할 수 있다. 그 속에서 어린아이가 좋아하는 대상들은 분명히 본능적 관념에 부합하는 표상을 지니고 있을 것이기 때문이다. 예를 들어 남자아이는 나뭇가지로 만든 칼이나 장난감 칼을 좋아한다. 이러한 대상들은 다른 재질로 되어 있고 모양도 제 각기이지만, 그것들의 윤곽이 **기다란 모양**을 한 점에서 같은 표상을 지니고 있다. 그 표상은 **발기된 남근**의 것이다.[24] 어린아이는 남근의 상징인 칼로 전쟁놀이를 한다. 전쟁놀이는 다른 수컷을 이기기 위한 성적 경쟁의 **상징적 행위**이다. 남자아이들은 상징을 이용하는 상징 행위(상징주의)를 통해서 자신의 성적 관념들을 드러냄과 동시에 정신적

---

23) p.359. 성 선택을 통해 발달한 것이 명백한 구조와 본능은 이 밖에도 많이 있다. 예를 들면, 수컷이 경쟁자와 싸우거나 그들이 다가오지 못하게 하기 위해 가지고 있는 공격과 방어 무기, 수컷의 용기와 호전적인 성질, 다양한 장식, 목소리 또는 기계적인 음악을 발생시키는 기관, 냄새를 풍기는 샘 같은 것들이다. 그러나 뒤에 열거한 구조는 대부분 오로지 암컷을 유혹하고 흥분시키기 위해서만 사용되고 있다.
- C. 다윈 《인간의 기원》 中 -
24) p.412. 나뭇가지는 오래전부터 남성 성기를 대신해 왔으며, (생략)
- S. 프로이트 《꿈의 해석》 中 -

쾌락을 느끼고 있다고 할 수 있다.[25] 반면 여자아이는 **인형 놀이라는 상징 행위**를 통해서 자신의 성적 관념들을 드러냄과 동시에 정신적 쾌락을 느끼고 있다고 할 수 있다. 이러한 상징 행위는 여자아이가 **아직 태어나지 않는 아기**의 존재를 알고 있다는 것을 보여준다.[26] 어린아이의 상징 행위는 성인이 되었을 때 문화 활동으로 확장된다. 스포츠나 문화공연을 **놀이(play)**라고 부르는 이유도 그러한 행위가 어린아이의 놀이에서 기인했기 때문이다.

p.415. "하지만 자네 자신의 만족을 위해 놀았다 한들 어때?"

"아니, 저 자신을 위해서라고요? 하지만 당신은 말타기 놀이 같은 건 하지 않겠죠?"

"그건 이렇게 생각해야 할 거야." 알료샤는 웃으면서 말했다. "예를 들면 어른들은 극장에 가는데 극장에서는 역시 여러 종류의 주

---

25) p.199. 모든 신체적인 흥분은 관념들을 수반하거나, 반대편에서 보면, 아이디어들 그 자체가 신체적인 경험들에 수반되는 것이다. 정신적인 쾌락은, (중략), 아동기의 놀이에서 온다. 아동기의 정상적이고 건강한 놀이의 대부분은 성적 아이디어들 및 성적 상징주의와 관련되어 있다; 이것은 놀이를 하는 아이들이 항상 성적으로 흥분되어 있다는 말이 아니다. 아이들은 놀이를 할 때, 일반적인 방식으로 흥분할 수 있고, 그 흥분은 신체의 특정 부위에 초점이 맞춰질 수 있으며, 따라서 명백히 성적 또는 소변적, 또는 탐욕적, 또는 흥분 조직의 능력에 기초한 어떤 것이 될 수 있다. 흥분은 절정을 부른다. 아이가 그것에서 나오는 명백한 방식은 절정이 있는 게임인데, 그 게임에서 흥분은 '상대방의 머리는 자르는 데 사용하는 칼', 몰수, 상금, 누군가가 잡히거나 죽임을 당하는 것에 대한 전리품, 또는 누군가가 이기는 것 등과 관련된다.

- D. 위니캇 《아이, 가족, 그리고 외부세계》 中 -

26) p.367. Stoller(1976)의 관찰에 의하면, 틀림없이 여성적인 버릇, 몸짓, 상호작용은 어린 여아가 걷기 전부터도 볼 수 있었다. (중략)

성 역할 정체성의 또 다른 중요 징후는 아기를 키우고 싶은 소원이다. (P. Tyson, 1982a) 그런 소원의 증거는 특히 인형 놀이에서 분명히 나타나며, 빠르면 12~18개월에 관찰된다.

- P. 타이슨 외 《정신분석적 발달이론의 통합》 中 -

인공들의 모험이 상연되지. 때로는 강도질이나 전쟁 장면이 나오지. 이것 역시 일종의 놀이가 아닐까? 그러니 아이들이 노는 시간에 하는 전쟁 놀이나 도둑 놀이 역시 초보적인 예술이라 할 수 있어. 어린 마음 속에 자라나는 예술적 욕구인 것이지. 그런데 어떤 때는 이런 놀이가 극장에서 상연되는 연극보다 더 근사할 때도 있거든. 단지 차이가 있다면 어른들은 배우들을 보러 극장에 가지만, 아이들의 놀이에서는 아이들 자신이 배우가 되는 거지. 하지만 그건 자연스러운거야."

– 도스토옙스키 《카라마조프의 형제》 중 中 –

인간의 무의식은 경이로울 정도로 자신의 관념(욕망)에 부합하는 표상을 찾아낸다. 가령 어떤 대상이 **마음에 든다** 든지 **흥미롭다**고 표현할 때 이는 그 대상이 지닌 표상이 무의식 속 관념(취미)에 부합한다는 것을 의미한다. 비록 그것이 모든 훌륭한 취미에 반하는 것이라고 해도 말이다.[27] 무의식 속 관념을 만족시킬 수 있는 표상을 지닌 대상은 '**특별히 생생하게 의식된다**'. 이러한 현상은 무의식이 그 대상이 지닌 표상에 대해서 '**특히 높은 심리적 가치(확실한 관심)**'를 부여하고 있다는 증거로 볼 수 있다.

　　p.367. 일상적인 삶의 심리적 과정에서 여러 가지 표상들 중 한 표상이 선택되어 특별히 생생하게 의식되는 경우, 우리는 이러한 결과가 두드러지게 드러난 표상에 특히 높은 심리적 가치(확실한

---

27) p.120. 우리는 우리의 취미에 맞는 것만 칭찬한다 - 즉 우리는 우리가 칭찬할 때 언제나 우리의 취미만을 칭찬할 뿐이다. 비록 그것이 모든 훌륭한 취미에 반하는 것이라 해도.

– F. 니체 《유고(1882년 7월~1883/84년 겨울)》 中 –

관심)가 있는 증거로 간주한다.

- S. 프로이트 《꿈의 해석》 中 -

어떤 대상에 특별하게 높은 심리적 가치를 두고 있는 심리 상태가 주의, 관심, 애정, 열정 등으로 불리는 감정이다. 정신분석학적으로 표현하면 그 대상에 **정신 에너지(리비도)**가 집중된 상태를 말한다. 정신적 쾌락을 주는 대상을 발견했을 때 리비도가 집중되는 이유는 그 대상에 애정이나 열정을 기울여 그 대상을 효과적으로 획득하기 위해서이다. 마찬가지로 심리적 외상이 발생했을 때 리비도가 집중되는 이유도 그 고통에 주의나 관심을 기울여 그 외상에 효과적으로 대응하기 위해서이다.

리비도가 어떤 대상에 집중되느냐는 대상에서 표상을 추출하는 무의식의 능력에 따라 달라진다. 남자아이의 무의식은 나뭇가지에서 남근의 표상을 추출할 수는 있지만, 넥타이에서는 하지 못한다. 따라서 나뭇가지는 어린아이의 관심과 열정을 끌어낼 수 있지만, 넥타이는 그렇지 못하다. 거꾸로 성인 남성의 경우에는 나뭇가지에서 남근의 표상을 추출하지 않지만, 넥타이에서는 남근의 표상을 추출할 수 있다. 그렇다고 성인 남성이 나뭇가지에서 남근의 표상을 추출할 수 있는 능력을 잃어버린 것은 아니다. 이제는 그 대상을 야구 방망이나 골프채로 바꾸었을 뿐이다. 성인 남성이 이런 것들에 관심을 두거나 열정적으로 수집한다면 그러한 대상들은 그의 성적 관념에 부합하는 표상을 지니고 있다고 할 수 있다.

p.422. 남성들의 꿈에서 넥타이는 자주 음경 상징으로 나타난다. 이것은 분명 넥타이가 길게 늘어져 있고 남성의 특징일 뿐 아니라, 마음 내키는 대로 선택할 수 있기 때문이다. (중략) 꿈에서 이러한 상징을 사용하는 사람들이 현실 생활에서 넥타이에 큰 돈을 들여

많이 소장하고 있는 경우를 종종 볼 수 있다.

- S. 프로이트 《꿈의 해석》 中 -

대상에서 표상을 추출할 수 있는 능력이 추상 능력이다. 이러한 추상 능력은 인간뿐만 아니라 동물도 갖고 있다. 새가 둥지를 짓고 비버가 나뭇가지로 댐을 만들 수 있는 이유도 자연의 재료들에서 둥지나 댐에 적합한 표상을 추출할 수 있기 때문이다. 하지만 동물의 추상 능력에는 추출된 표상을 다른 대상 또는 미래에 투사해서 사물이나 현상의 이치를 꿰뚫어 보거나 그 변화를 예측할 수 있는 **예지적 능력**이 없다. 예를 들어 인간과 같은 영장류인 오랑우탄은 불에서 따뜻함이라는 표상을 추출할 수 있지만, 주위의 나뭇가지를 던져 넣어 불의 따뜻함을 지속시킬 수 있다는 예지적 표상(추상적 개념)은 추출하지 못한다.[28]

인간만이 이러한 추상 능력을 매개로 해서 사물과 현상에서 **공통적인 표상**을 추출해서 그 표상을 사물이나 현상 그 자체와 분리해서 '**독자적인 본질**'을 지닌 추상적 대상으로 만들 수 있다.[29] 그 대표적인 대상이 신(神)이다. 어머니 신은 모든 어머니에게서 숭배할 수 있는 공통적인 표상을 추출해서 독자적인 본질을 지닌 대상으로 만든 것이고 아버지 신은 모든 아버지에게서 복종할 수 있는 공통적인 표상을 추출해서 독자적인 본질을 지닌 대상으로 만든 것이다. 신이 '**숭배의 공통성**'을 지녀야 하는 이유

---

28) p.64. 그런가 하면 영리한 오랑우탄이 불을 발견하고 그 불을 쬐면서 몸을 따뜻하게 하지만, 나무를 태워서 이 불길이 꺼지지 않게 하지 않는 것을 보면 이상하다. 이것은 이미 사고가 필요하다는 증거이며, 사고는 추상적인 개념 없이는 성립되지 않는다.

- A. 쇼펜하우어 《의지와 표상으로서의 세계》 中 -

29) p.187. 인간은 추상 능력을 매개로 하여 자연과 현실에서 비슷하고 동일하고 공통적인 것을 끄집어내며 그것을 비슷하거나 비슷한 본질을 가진 사물로부터 분리시키고 그것을 이제 **이 사물과 구분되는** 독자적인 본질로 만들어 버린다.

- L. 포이어바흐 《종교의 본질에 대하여》 中 -

가 여기에 있다. 그렇지 않으면 인간의 무의식은 그 표상을 인식할 수 없으므로 종교를 형성하지 못한다. 이렇게 인간의 무의식은 자신의 만족 달성에 아주 적합한 대상을 지정하거나 그러한 대상을 창조하기 위해서 끊임없이 노력하고 있다. 이때 무의식(본능)이 지정하는 대상은 무의식의 변천 과정 중에 여러 차례 바뀔 수 있다.

p.108. 본능의 대상은 본능이 그 목표에 도달하는 데 도움을 주거나 수단이 되는 것을 일컫는다. 본능과 관련된 것 가운데 가장 변수가 많은 이 대상은 애초부터 본능과 결부된 것은 아니며, 다만 본능의 만족 달성에 아주 적합하다는 이유로 본능에 지정된 것이다. 이 본능의 대상은 외부의 것일 수도 있지만 본능 주체의 신체 일부분일 수도 있다. 또한 본능의 대상은 본능이 겪는 변천 과정 중에 여러 차례 바뀔 수 있다. 이는 본능의 이동이나 변천이 대상의 변화에 아주 중요한 역할을 하기 때문이다. 동일한 대상이 여러 본능의 만족에 동시에 기여하는 경우도 있다.

– S. 프로이트《정신분석학의 근본 개념, 본능과 그 변화》中 –

본능이 대상을 변덕스럽게 바꾸는 이유는 **쿨리지 효과**[30]때문이다. 쿨리지 효과는 기존 성적 대상에게 느끼지 못하는 성적 욕구를 **새로운 대**

---

30) 미국의 30대 대통령 캘빈 쿨리지(Calvin Coolidge)와 그의 아내 그레이스 쿨리지 (Grace Coolidge)가 농장 주인과 나눈 대화에서 유래된 용어이다. 농장에서 짝짓기에 열중하는 닭들을 보고 그레이스는 농장 주인에게 "저 수컷은 하루에 얼마나 성관계를 하느냐"고 물었고, 농장 주인은 "하루에 열 번도 더 넘게 합니다."라고 대답하였다. 그레이스는 그 말을 캘빈에게 전하라고 하였다. 그 말을 들은 캘빈은 "그 수컷이 매일 똑같은 암컷과 성관계를 하느냐?"고 물었다. 농장 주인은 이에 아니요, 항상 다른 암컷입니다."라고 대답하였으며, 캘빈은 이를 그레이스에게 전하라고 하였다. (출처 : 네이버)

상에게서 느끼는 것을 말한다. 번식 가능성을 더 높일 수 있기 때문이다. 그런데 인간은 동물보다 더 변덕스럽게 대상을 바꾼다. 조금 후에 설명하겠지만 그 이유는 무의식의 **강박성** 때문이다.

동물의 추상 능력과 인간의 추상 능력에 있어서 이렇게 커다란 격차가 있는 이유는 인간만이 가진 두 가지 정신적 특질 때문이다. 하나는 **무의식**이고 다른 하나는 그 무의식이 가지고 있는 **강박성**이다. 무의식은 추상적 사고를 가능하게 해 주었고 강박성은 그것을 실현하도록 강제한다. 이 두 가지 정신적 특질이 없었다면 인간은 지금처럼 고도의 문명을 건설하지 못했을 것이다.

무의식 영역과 의식 영역

그런데 무의식적 관념이 어떻게 인간의 정신을 이렇게 강력하게, 때때로 본능보다 더 강하게, 지배할 수 있느냐에 대한 의문이 제기될 수 있다. 그러한 관념이 어린 시절에 형성되었다는 주장은 이러한 의문을 더욱 증폭시킨다. 이성과 의지를 가진 성인이 어린아이 때 형성된 무의식적 관념을 극복하기 어렵다는 주장이 설득력이 없어 보이기 때문이다.

여기에는 세 가지 이유가 있다. 첫 번째는 인간은 생물학적으로 무력하게 태어나기 때문이다. 일례로 동물은 태어나자마자 걷고 뛸 수 있지만, 인간은 걷는 데에만 몇 년이 걸린다. 따라서 인간은 오랫동안 부모의 보호와 양육을 받을 수밖에 없다. 인간에게만 오이디푸스 콤플렉스가 있는 이유도 그 긴 기간에 부모가 어린아이의 정신구조 형성에 절대적인 영향을 미치기 때문이다.

p.376. 만약 우리가 다시 한번 지금까지 말한 대로 초자아의 기원을 고려한다면, 그것은 대단히 중요한 요소, 즉 생물학적 성격을 지닌 요소와 역사학적 성격을 지닌 요소의 결과라는 사실을 인식하게 될 것이다. 다시 말해서 인간은 어린 시절에 무력과 의존 상태로 지내는 기간이 길다는 것과 오이디푸스 콤플렉스적 사건이 그것인데……(생략)

– S. 프로이트《정신분석학의 근본개념, 자아와 이드》中 –

두 번째 이유는 어린아이의 정신구조가 아직 **'원시적'**이기 때문이다. 원시적이라는 의미는 어린아이의 정신구조 속에 **의식의 영역**이 아직 발달하지 않았다는 뜻이다. 따라서 이 시기에 체험하는 심리적 외상의 흔적은 의식의 영역이 아니라 무의식의 영역에 새겨진다. 의식이 자신의 무의식을 인식하지 못하는 근본적인 원인도 어린 시절의 기억과 느낌의 흔적이 의식의 영역이 아니라 무의식의 영역에 남겨지기 때문이다.

p.69. 맨 처음, 그러니까 아주 어린 시절 환자는 접촉에 강한 〈욕구〉를 드러낸다. 그런데 이 욕구의 목표는, 일반인들이 생각하는 것보다 훨씬 특수한 것이다. 그런데 이 욕구가 〈외부〉의 금제에 부딪치면서 특정한 것에 대한 접촉을 차단당한다. 외부의 이 금제는, 강력한 〈내부적〉 힘의 지원을 받으면서 수용되는 단계를 거치는데, 이 금제는 접촉을 통하여 표현하려는 충동보다 강한 것으로 드러나다. 그러나 어린아이의 정신구조는 아직 원시적이기 때문에 금제가 욕구 자체를 〈폐기〉할 수는 없다. 그 결과 아이는 본능(접촉의 욕구)을 〈억압〉하고, 이 본능을 무의식 쪽으로 쫓아버린다. 아이의 내부에는 금제와 본능이 공존한다. 본능이 남아 있는 까닭은, 단지 억압당

했을 뿐 폐기당한 것은 아니기 때문이며, 금제가 남아 있는 까닭은, 금제가 사라진다면 본능은 의식을 뚫고 솟아올라 실제의 행동이 될 것이기 때문이다. 이렇게 해서 미결상태, 즉 정신적 고착 상태가 만들어진다. 따라서 지금부터 일어날 사태는 금제와 충동의 지속적인 갈등에 맡겨질 수밖에 없는 것이다.

　　　　　　　　　－ S. 프로이트 《종교의 기원, 『토템과 터부』》中 －

　유아기에 어린아이의 욕구는 아버지의 금제가 없이 충족되지만, 아동기에는 아버지의 금제에 부딪히게 된다. 그 욕구가 성적 특성을 띠기 때문이다. 어린아이는 아버지의 금제에 반항해 보지만 이러한 반항은 거세 불안을 불러일으킨다. 어린아이의 정신은 거세 불안을 방어하기 위해서 거세 불안에 리비도를 **집중**시킨다. 그 결과 어머니에 대한 욕망을 추구하고자 하는 '**본능**'은 억압되고 아버지의 거세 위협에 복종하고자 하는 '**금제**'가 지배적으로 된다. 하지만 본능은 억압당했을 뿐, 폐기당한 것이 아니므로 끊임없이 금제의 방어막을 뚫고 솟아오르기를 갈망하게 되는 정신적 고착 상태에 빠지게 된다. 이러한 본능과 금제의 흔적, 더 정확하게 말하면 본능과 금제에 대한 기억과 느낌의 흔적인 관념과 정서는 이물질의 형태처럼 존재하면서 오랫동안 주체의 정신세계를 지배하는 원동력으로서 작용한다.

　p.17. 오히려 심리적 외상(좀 더 정확하게 말해 외상에 대한 기억)은 이물질의 형태로 존재하고, 이 이물질은 한 번 침투하면 멈추지 않고 오랫동안 원동력으로서 작용한다.

　　　　　　　　　－ J. 브로이어 & S. 프로이트 《히스테리 연구》中 －

여기서 한 가지 상기할 점은 리비도 집중 대상이 어머니에 대한 욕망에서 아버지의 거세 위협으로 바뀌면 성적 쾌락을 느끼는 기준이 달라진다는 것이다. 이제 본능을 억제하고 복종을 갈망하게 된다는 뜻이다. 이러한 정신 현상이 **아버지 신**을 숭배하는 **종교**에서 흔히 볼 수 있는 **금욕주의**이다.

성인의 정신이 무의식에 지나치게 지배되는 세 번째 이유는 첫 번째와 두 번째 이유의 근본적인 원인이기도 하다. 그것은 다른 동물과 달리 인간의 두뇌는 **'덜 완성된 상태로'** 세상에 나온다는 것이다. 이러한 현상을 전문용어로 **'유태보존'**(幼態保存)이라고 한다.

> p.156. 생물학적 요인은 어린아이가 무력하고 의존적인 상태에 있는 오랜 기간에 걸친다. 태아가 자궁 내에 있는 기간은 대부분의 다른 동물에 비해 짧으며, 따라서 태아는 덜 완성된 상태로 세상에 나오는 것처럼 보인다.
> – S. 프로이트 《정신병리학의 문제들, 『억압, 증상 그리고 불안』》中 –

유태보존은 유아기의 특성을 성인이 된 뒤에도 그대로 보존하고 있는 현상을 말한다.[31] 호모 사피엔스의 두뇌가 특히 그렇다. 생체학자 스카몬

---

31) p.66. 이런 유태보존이 영장류의 두뇌 성장과 개발에 도움이 된다는 사실은 전형적인 원숭이의 뱃속에 들어있는 새끼를 생각해 보면 가장 잘 이해할 수 있다. 원숭이 태아의 두뇌는 태어나기 전에 급속히 커지고 복합해진다. 갓 태어난 원숭이 두뇌의 크기는 다 자란 원숭이 두뇌의 70%에 이른다. 그리고 나머지 30%는 태어난 지 6개월 만에 재빨리 완성되어 버린다. 어린 침팬지도 태어난 지 12개월 만에 두뇌 성장을 끝낸다. 반면에 갓 태어난 '호모 사피엔스'의 두뇌 크기는 완전히 자란 성인 두뇌의 23% 밖에 되지 않는다. 태어난 지 6년 동안은 급속한 성장이 계속되고, 태어난 지 23년이 지난 뒤에서야 겨우 성장 과정이 완전히 끝난다.
　　　　　　　　　　　　　　　　　　　　　　　– D. 모리스 《털 없는 원숭이》中 –

의 성장곡선에 따르면 갓난아기의 두뇌 크기는 성인의 25% 수준에 불과하고 1세가 되면 50%, 3세 때 75%, 6세 때는 90% 수준에 이른다. 이렇게 동물이 태어나서 두뇌가 완전히 성숙하기까지의 기간을 「결정적 시기」라고 부른다. 원숭이의 「결정적 시기」는 태어나서 1년에 불과하지만 호모 사피엔스는 최대 23년에 이른다. 호모 사피엔스는 이러한 **근본적인 결함**을 가지고 태어나기 때문에 역설적으로 만물의 영장이 될 수 있었다고 할 수 있다.

이러한 과학적 사실에서 알 수 있는 것은 다른 영장류와 달리 인간의 정신구조 형성에는 유전자의 영향보다는 후천적 경험이나 학습이 더 영향을 미친다는 것이다.[32] 예를 하나 들면 동물에게는 없는 마조히즘과 같은 정신 현상이다. 이 현상은 인간은 태어난 후에 고통과 쾌락에 대한 태도가 결정된다는 것을 보여준다. 유전자가 모든 것을 결정한다면 인간이 그렇게 빨리 태어날 이유가 없다. 인간이 다른 영장류보다 지적 능력이 압도적으로 높은 이유도 인간의 「결정적 시기」가 문자 그대로 **'결정적인 영향을 미치기'** 때문이라고 할 수 있다.

p.68. 모든 사람이 다 그런 것은 아니지만 대부분의 경우는 여섯 살에서 여덟 살 이전의 유년기의 초기를 잘 기억해 내지 못한다. 그리고 우리는 이제까지, 비록 그럴 만한 이유가 충분히 있었다고는

---

32) p.111. 인간을 포함한 모든 동물들은 태어나서부터 한정된 시간을 가지고 있는데, 그 기간을 '결정적 시기'라고 부릅니다. 그 기간은 정해져 있습니다. 오리는 태어나서 1~2시간, 고양이는 태어나서 4~8주, 원숭이는 태어나서 1년, 사람은 태어나서 10~12년이라고 알려져 있죠. 그 기간 동안은 뇌가 젖은 찰흙 같아서 자주 사용되는 길들은 살아남고 자주 사용되지 않는 길들은 뇌 안에서 싹 지워버립니다. (중략)
'결정적 시기'를 한 특정 상황에서 보내다 보면 아주 자연스럽게 이 상황에 최적화된 뇌가 만들어지게 됩니다. 일종의 학습이라고 이해할 수 있지요.
- 김대식 《인공지능이란 무엇인가? 인간 vs 기계》 中 -

해도, 이 기억 상실에 대해 어떤 놀라움도 느끼지 않는다.

우리는 그 시기-나중에 가서는 몇 가지 애매모호하고 단편적인 회상 외에는 기억 속에 아무것도 남아 있지 않은-에 우리가 느끼는 대로 반응했고, 고통과 즐거움을 간헐적으로 표현할 수 있으며, 사랑과 질투뿐 아니라 강렬한 감동을 받았던 다른 열정적인 느낌들을 보였고, 심지어는 어른들이 보기에 통찰력을 지녔고 판단력이 생기기 시작했다고 여길 만한 말까지 했다는 얘기를 다른 사람에게서 듣는다. 그런데 우리가 성장을 하면 이 모든 것에 대해서 아무것도 모르지 않는가? 어째서 우리의 기억이 정신의 다른 활동들에 비해 그렇게 뒤쳐지는 것일까? 하지만 오히려 우리에게는 바로 그 어린 시절보다 더 느낌을 잘 받아들이고 재현할 능력이 있었던 시기는 없었다고 할 만한 근거가 있다. 다른 한편으로 우리는, 우리가 잊어버린 바로 그 느낌들이 우리의 정신에 가장 깊은 흔적을 남겼고, 나중에 모든 발달과정에서 결정적인 영향을 미쳤다고 생각해야 한다. 아니, 다른 사람들의 심리학적 연구를 근거로 그렇다고 확신할 수 있다. 그러므로 유아기에 받은 느낌들은 정말로 없어진 것이 아니라 신경증 환자들이 나중에 보이는 것과 비슷한 일종의 기억 상실이며, 그 느낌들의 본질은 말하자면 의식의 억압을 통해 의식으로 떠오르는 것을 제지당했을 뿐이다. 그러나 이처럼 유아기의 느낌을 억압하는 힘들은 무엇일까? 내 생각으로는, 누구든 이 수수께끼를 풀 수 있다면 히스테리성 기억 상실도 설명할 수 있을 것이다.

- S. 프로이트《성욕에 관한 세 편의 에세이》中 -

이러한 과학적 사실들은 인간의 정신구조는 6세 이전에 형성되는 90%의 무의식과 6세 이후에 형성되는 10%의 의식으로 이루어져 있다고 추론할 수 있게 해 준다. 성인이 6세 이전을 잘 기억하지 못하는 이유도 어린 시절의 기억과 느낌의 흔적들이 무의식 영역에 저장되기 때문이다. 이렇게 기억되지 않는 경험들이 인간의 정신구조 형성에 **'가장 깊은 흔적'**을 남기고, 나중에 모든 정신발달과정에서 **'결정적인 영향'**을 미치게 된다. 정신병리(신경증 또는 정신병) 대부분도 6세 이전에 획득되는 이유도 아직 정신구조가 '약하고 미성숙해서' 성인이라면 아주 쉽게 해결할 수 있는 심리적 외상을 강하고 성숙한 방식으로 처리하지 못하기 때문이다.

p.462. 우리는 생애의 시기에 대해서는 상당한 확실성을 가지고 말할 수 있다. 신경증은 그 증상이 훨씬 후에나 전면에 등장한다 해도 초기 유아기(6세 때까지)에서만 획득되는 것으로 보인다. 유아기 신경증은 잠시 동안만 밖으로 드러나거나 아예 간과되기 쉽다. 아마도 이중에 (매우 강력한 놀람, 열차 충돌이나 산사태 등과 같은 심각한 신체적 충격에 의한) 외상적 신경증이 예외일 것이다. (중략) 우리가 알고 있듯이 신경증은 자아의 질환이다. 그리고 자아가 약하고 미성숙하고 저항 능력이 없는 한 그가 나중에는 놀이하듯이 해결할 수도 있을 그런 과제를 처리할 수 없다는 것은 놀라운 일이 아니다.

– S. 프로이트《정신분석학 개요》中 –

인간의 정신구조를 빙산에 비유할 수 있다면 인간의 정신구조는 표면에 떠 있는 10%의 의식과 물속에 잠긴 90%의 무의식으로 구성되어 있다고 할 수 있다.[33] 이러한 비유는 정신구조의 90%를 구성하고 있는 무

---

33) p.356. 우리는 의식이 정신 기관의 〈표면〉이라고 말해왔다. 다시 말해 우리는 그것을 한 기능으로서 외부 세계로부터 온, 공간적으로 첫 번째인 조직에 기인하는 것으로 보았다. 이 공간적이라는 말은 기능적 의문뿐만 아니라 이 경우에는 해부학적 의미로

의식을 알지 않고는 인간은 자신의 **'파멸적인 숙명'**으로부터 자유로워질 수 없다는 것을 의미한다. 바꿔 말하면 정신구조의 10%를 차지하고 있는 '가장 미완성이고 가장 무력한' 의식의 힘만으로는 무의식의 악마적 힘을 극복할 수 없다는 뜻이다.

> p.81. **의식**.─의식은 유기체에서 가장 뒤늦게 발전된 것이며 따라서 가장 미완성이고 가장 무력한 것이다. 의식에서 무수히 많은 실책이 생겨나게 되어, 동물인 한 인간이 필요 이상으로, 호메로스의 표현을 빌면 "숙명 이상으로" 빨리 파멸하게 된다. 생명을 보존하려는 본능의 유대가 그토록 강력한 것이 아니었다면 이것이 전체의 조정자 역할을 제대로 해내지 못했을 것이다.
> ─ F. 니체 《즐거운 학문(책)》 中 ─

관념(욕망)의 형성

프로이트는 어린아이의 의식 영역이 발달하기 이전에도 여러 단계의 정신발달단계가 있다는 것을 발견했다. 최초의 단계는 어머니 젖가슴과 자신의 신체를 구별하지 못하는 자기애(나르시시즘) 단계이다.

> p.467. 어린아이의 최초의 에로스적 대상은 영양을 제공하는 어머니의 젖가슴이다. 사랑은 음식물에 대한 욕구의 충족을 발판으로 하여 발생한다. 확실히 젖가슴은 처음에 자기 자신의 신체와 구

───────

도 쓰였다.
> ─ S. 프로이트 《정신분석학의 근본 개념, 『자아와 이드』》 中 ─

별되지 않는다. 어린아이가 자주 젖가슴의 부재를 발견하기 때문에 젖가슴이 신체와 분리되어 〈외부〉로 이동하면, 젖가슴은 대상으로서, 원래 자기애적인 리비도 집중의 일부분을 갖게 된다. 이 최초의 대상은 나중에 영양을 공급할 뿐만 아니라 보육하며 어린아이에게 유쾌하거나 불쾌한 다른 많은 육체적 감각을 불러일으키는 어머니라는 개인으로 완성된다. (중략) 이때 계통적 근거가 개인적이고 우연적인 체험에 대해 우위를 점하고 있어서, 어린아이가 실제로 젖을 빨았는가 아니면 우유병으로 젖을 먹어서 어머니가 돌보는 데서 오는 정을 느낄 수 없었는가는 차이가 없다. 어린아이의 발전은 두 경우 동일한 과정을 거친다. 아마도 후자의 경우에서 나중에 나타나는 그리움은 더 클 것이다. 그리고 어린아이가 어머니의 젖가슴에 의해 오랫동안 부양되었다 하더라도 어린아이는 젖을 뗀 후 그 것이 너무 짧고 적었다고 언제나 확신할 것이다.

– S. 프로이트 《정신분석학 개요》 中 –

덜 완성된 두뇌를 가지고 태어난 유아는 어머니와 자신을 구별하지 못하고 여전히 어머니의 자궁 속에서 **합일된** 상태로 있다고 느낀다. 어머니와 합일된 상태는 유아에게 자신이 **신과 같은 전능 상태**(신비적인 상태)의 감각을 제공하고 이러한 감각으로 인해서, 인간의 무의식은 이때의 상태로 회귀하기를 강렬하게 갈망하게 된다.[34] 이러한 갈망이 **어머니 신을 구하는 마음**의 실체이고 훗날 '**종교적 에너지의 원천**'이 된다. 인간의 무의식은 이러한 갈망을 달성하기 위해서라면 자신의 모든 것을 희생한다.

---

34) p.171. … 정신분석가들은 신비적인 상태를 임신 중이거나 또는 산후에 즉시 이루어지는 조화, 결합, 융합 또는 공생과 반복적으로 연결시켰다. 대양적 느낌에 대한 프로이트의 묘사는 이러한 이론들 중에서 가장 잘 알려진 것이다.

– M. 엡스타인 《붓다와 프로이트》 中 –

순교자가 죽음을 두려워하지 않는 이유도 어머니 신과의 합일이 주는 쾌락이 다른 어떤 쾌락보다 크기 때문이다. 이러한 감각은 종교적 인간뿐만 아니라 어머니 자궁에서 태어나는 모든 인간이 가지고 있다. 프로이트는 친구(로맹 롤랑)의 표현을 빌려 이러한 감각을 '불멸(영원)에 대한 감각' 또는 '망망대해 같은 느낌'(대양적 느낌)이라고 묘사한다.

> p.234. 그는 이 느낌을 〈영원〉에 대한 감각－한계와 경계가 없는, 말하자면 〈망망대해 같은〉 느낌－이라고 부르고 싶어 한다. 이 느낌은 신앙상의 교의가 아니라 순전히 주관적인 사실이라고 그는 덧붙인다. 이 느낌은 개인의 불멸을 약속해 주지는 않지만, 종교적 에너지의 원천이다. (중략) 모든 신앙과 모든 환상을 거부하는 사람도 이 망망대해 같은 느낌을 갖고 있는 경우에는 자신을 종교적이라고 불러도 좋다는 것이 그의 생각이다.
>
> － S. 프로이트 《문명 속의 불만, 『환상의 미래』》 中 －

제1장에서 미리 말한 것처럼 어머니 자궁 속에서 습득한 전능 상태에 대한 감각은 정신적 측면에서 두 가지 흐름으로 발달한다. 하나는 **자신이** 전능하고 불멸하는 신과 같은 존재(이상적 자아)라고 믿는 정신구조로의 발달이고 다른 하나는 **외부에** 전능하고 불멸하는 신과 같은 존재(자아 이상)가 있다고 믿는 정신구조로의 발달이다.[35] 전자는 전능 관념이 지배

---

35) p.44. 헨리(Hanly, 1984)에 따르면 이상적 자아는 자아가 자신에 대해 가지는 추상적 관념, 즉 자신은 완전하고, 완성되었으며, 불멸하고, 영원하다고 믿는 근거가 된다. 여기에서 공허함과 독선이 나오며…(중략)

반면 자아 이상은 개인의 갈망을 체화한다. (중략) … 자아 이상은 그 특성상 외부로 투사되는데, 자기가 융합하고자 시도하는 중요한 타인에게 투사할 수도 있고, 자신이 그에 부응하려고 노력하는 도덕적 특징에 투사할 수도 있다. (중략) 자기의 내재된 완벽함을 자아에게 확신시켜주는 기능을 가진 이상적 자아와 달리, 자아 이상은

적인 정신구조를 말한다. 후자의 경우에 있어서 어머니 영향이 크면 숭배 욕망이 지배적인 정신구조가 되고, 아버지 영향이 크면 복종 관념이 지배적인 정신구조가 된다. 프로이트가 친구의 감정을 이해하지 못하는 이유는 프로이트는 전능 관념이 지배적인 정신구조로 되어있어서 그러한 감정을 자신과 독립적으로 느끼지 못하기 때문이다. 바꿔 말하면 그러한 감정을 자기애의 형태로 자기 자신에 대해서 느낀다는 뜻이다.

인간이 지닌 이러한 **불멸과 전능**에 대한 감각이 신에게 투사되어 신의 본질이 된 것이 **전능하고 불멸하는 신**이다. 신의 본질이 불멸과 전능이 아니라 인간의 본질이 불멸과 전능이라는 뜻이다. 어머니 신 또는 아버지 신은 전능하고 불멸하는 신에게 어머니 또는 아버지의 공통적인 표상이 투사된 것이다. 즉 인간의 본능적 그리고 무의식적 소망이 모두 투사된 대상이 신이라고 할 수 있다. 따라서 '인간에게서 신을 박탈한다면 그의 심장을 육체에서 박탈하는 셈이 된다'.[36] Y. 하라리는 인류의 다음 **목표가 불멸, 신성, 행복**이라고 했는데 그것들은 인간이 존재하기 시작한 그 순간부터 인간이 품어 온 가장 원초적이면서 가장 강력한 소망이었다.[37] 인

잃어버린 완벽한 상태의 내면화된 이미지가 그 뿌리에 있는, 중요한 무엇인가가 되고자 하는 갈망과 연관되어 있다.

- M. 엡스타인 《붓다와 프로이트》 中 -

36) p.390. 나는 신(神)이 행복, 완전성, 불멸성에 대해 인간적 소원을 실천하거나 실현시킨 것이라고 말했다. 그러므로 인간에게서 신(神)을 박탈한다면 그의 심장을 육체에서 박탈하는 셈이 된다는 결론이 여기서부터 나올 수 있다.

- L. 포이어바흐 《종교의 본질에 대하여》 中 -

37) p.39. 인류는 지금까지 이룩한 성과를 딛고 더 과감한 목표를 향해 나아갈 것이다. 전례 없는 수준의 번영, 건강, 평화를 얻은 인류의 다음 목표는, 과거의 기록과 현재의 가치들을 고려할 때, 불멸, 행복, 신성(神性)이 될 것이다. 굶주림, 질병, 폭력으로 인한 사망률을 줄인 다음에 할 일은 노화와 죽음 그 자체를 극복하는 것이다. (중략) 짐승 수준의 생존투쟁에서 인류를 건져 올린 다음 할 일은 인류를 신(神)으로 업그레이드하고, '호모 사피엔스'를 '호모 데우스'로 바꾸는 것이다.

- Y. 하라리 《호모 데우스》 中 -

간이 **호모 데우스**가 되려는 이유도 **불멸과 신성(전능)**이 신의 본질이 아니라 인간의 본질이기 때문이다.

유아의 본능적 욕구는 점차 어머니 신체의 각 부분에 대한 정신적 욕망의 성격을 띠기 시작한다. 어머니 신체 부분에 대한 이러한 정신적 욕망을 **충동**이라고 부른다. 구강 충동은 어머니의 젖가슴과 융합하려는 부분욕망이다. 구강 충동은 인간의 가장 원시적 충동으로 어머니 젖이 부족하면 유아는 어머니의 젖가슴과 **분열**되지 않으려고 하고, 어머니 젖이 과도해도 어머니의 젖가슴과 **융합**하려고 한다. 하지만 어느 쪽이든 대부분 사람은 어머니 젖이 **'항상 짧고 적었다'**라고 느낀다. 이 경험의 흔적으로 인해서 인간은 어머니 젖의 표상을 지닌 지상의 빵에 집착하게 되고 다른 사람과 지상의 빵을 결코 나누려 하지 않게 된다.

전자(분열)와 후자(융합)의 차이는 전자의 경우 리비도가 더 집중되므로 **더 강렬한 욕망**으로 된다는 점이다. 따라서 전자의 충동은 더 강한 **강박성**을 띠게 된다. 무의식의 이러한 강박성이 만들어 내는 대표적인 현상이 어머니 젖의 표상을 지닌 대상을 **모으고 셈하는 것**이다. 인간이 **재산**(지상의 빵)을 축적하고 모든 **여자**(성적 대상)를 아내로 삼으로 하는 이유도 이러한 강박성 때문이다.[38] 재산과 여자를 수집하는 상징 행위는 어머니 젖과 융합된 것과 같은 환상을 일깨워 죽음 불안이 주는 강박성에서 벗어나게 해 준다. 이러한 환상은 유아기 초기 자신과 어머니 젖을 구별하지 못했던 시기에 형성된 것이므로 자신의 존재도 확신시켜준다. 쿨리지 효과에 대한 설명에서 인간이 동물보다 성적 대상을 더 빈번하게 바꾸는 이유도 번식을 위한 목적이 아니라 죽음 불안을 방어하고 자신의

---

38) p.215. (각주) 데카르트의 진술은 강박증자와 아주 잘 들어맞는다. (중략) 또한 강박증자는 사유뿐 아니라 셈하기(예를 들어, 자신이 차지한 여자나 재산을 셈하는 것)를 통해서도 자신의 존재를 확신할 수 있다.

- B. 핑크 《라캉과 정신의학》 中 -

존재를 확인하기 위해서이다.

정신발달의 두 번째 단계는 생후 6개월부터 3세까지의 기간이다. 이 시기에 유아는 자신과 어머니를 구별할 수 있게 됨에 따라 자기 자신(내부 어머니)에게 집중되어 있던 리비도를 외부 대상(외부 어머니)에 집중할 수 있게 된다. 이제 유아가 자기 자신뿐만 아니라 외부 대상을 사랑하거나 숭배할 수 있게 되었다는 뜻이다. 이 시기에 유아와 어머니가 너무 빨리 분리되면 유아는 어머니가 자신을 버릴지도 모른다는 분리 불안(유기 불안)을 느끼게 된다. 이 분리 불안이 니체가 말한 **'고독에 대한 공포'**이다. 훗날 이러한 분리 불안은 어머니 표상을 지닌 대상에 대한 애착과 숭배로 발현되는 데 그 대표적인 대상이 성모 마리아(종교)와 어머니 나라(국가)이다.

p.405. 우울증에서 죽음의 공포는 오직 하나의 설명만을 허용하는데, 자아가 초자아로부터 사랑받지 못하고 미움과 박해를 받고 있다고 느껴서 자신을 포기해 버린다는 것이다. 그러므로 자아에게 있어서 산다는 것은 사랑받는다는 것, 다시 말해, 여기서 다시 이드의 대변자로서 등장하는 초자아에게 사랑받는다는 것과 같은 의미이다. 초자아는 어렸을 때 아버지에 의해서, 그리고 후에는 신의 섭리와 운명에 의해서 수행되었던 것과 똑같은 보호와 구제의 기능을 수행한다. 그러나 자아가 자신의 힘으로는 극복할 수 없다고 생각되는 지나치게 큰 실제적 위험에 직면해 있다는 사실을 알게 될 때, 그것은 같은 결론을 내리기 쉽다. 그 자아는 자신의 보호 세력으로부터 버림받았음을 깨닫고 자신을 죽도록 방치해 버린다. 더구나, 여기에 다시 출생시의 첫 번째 큰 불안 상태와 유년 시절의 동경 불안, 즉 보호자였던 어머니에게서 떨어지는 데서 오는 불안, 이런 불

안틀 밑에 깔려 있던 것과 똑같은 상황이 존재한다.

　이러한 고려를 통해서 우리는 죽음의 공포를, 양심의 공포와 같이, 거세 불안에서 발전해 나온 것으로 볼 수 있다. 그리고 죄의식이 신경증 환자들에게 가지는 막강한 의미를 고려해 볼 때, 우리는 보통의 신경증적 불안이 심한 경우에 자아와 초자아 사이에서 발생하는 불안(거세, 양심, 죽음의 공포)에 의해 더 강화된 것이라는 생각을 할 수 있게 된다.

　　　　- S. 프로이트 《정신분석학의 근본 개념, 『자아와 이드』》 中 -

　해리 할로의 「새끼 원숭이 실험」이 보여주듯이 '산다는 것은 사랑받는다는 것'이다. 인간도 신체적 돌봄을 받더라고 사랑받지 못하면 **죽음 아니면 정신병**을 선택한다.[39] 어머니의 젖을 먹지 못하고 어머니 사랑을 받지 못한다는 것은 **죽음과 분리**라는 두 가지 상징적인 의미가 있으며 이 두 가지 불안은 서로 결합하여 인간의 가장 원초적인 공포로 자리 잡게 된다. 중범죄에 대한 형벌이 사형(죽음)과 징역형(사회로부터 분리)이라는 사실은 형벌의 개념이 인간의 이러한 원초적 공포에 기반을 두고 있음을 알 수 있다.

　어머니 젖과 어머니 존재는 유아가 죽음 불안(죽음의 공포)과 분리 불

---

39) p.84. 스피츠(1887~1974)는 태어나면서부터 양육시설에 맡겨진 아이들을 연구했다. 그 아이들은 신체적인 돌봄을 받았지만 양육에 꼭 필요한 양육자와의 정서적인 상호작용을 경험하지 못했다. 그들은 하나같이 우울해지고 위축되었으며 병약해졌다. 3개월 넘어서까지 정서적 지원을 받지 못하게 되면, 그들의 시각적 협응력과 운동능력이 떨어지고, 점점 더 생기가 없어져 요람 속 매트리스가 움푹 파질 정도로 움직이지 않은 채 누워있기만 했다. 두 해가 가기 전 시설에 있던 아이들의 삼분의 일이 죽었다. 남은 아이들도 네 살이 지나서야 겨우 몇 명만 앉거나 서서 걷고 말할 수 있게 되었다.

　　　　- S. 밋첼 & M. 블랙 《프로이트 이후》 中 -

안(양심의 공포)을 극복하고 삶을 욕망하고 외부 대상을 사랑할 수 있도록 해 준다. 분리 불안을 동경 불안이라고도 부르는데 동경의 사전적 의미 그대로 인간의 무의식은 성인이 되어서도 어머니를 간절히 그리워하며 어머니만을 생각하게 된다. 이렇듯 어머니의 가장 중요한 역할은 유아가 생물학적 존재로서 삶을 욕망하고 외부 대상과의 사랑을 통해 번식하도록 돕는 것이다.

과학자들이 이러한 프로이트의 견해를 인정하는 데에는 수십 년이 걸렸다.[40] 그 주된 이유는 과학은 감각기관이 지각할 수 있는 대상만을 과학적 사실로 인정하고 모성애와 같은 감각기관이 지각할 수 없는 대상은 과학적 사실로 인정하지 않기 때문이다. 예를 들면 죽음 본능과 같은 것이다. 양육시설의 아이들에게서 보듯이 삶의 본능보다 죽음 본능이 더 근원적 본능이지만 죽음 본능은 감각기관이 지각할 수 없으므로 과학적 사실로 인정되지 않는다.

어머니가 어린아이가 **생물학적 존재**로 성장하는데 중요한 임무를 수행한다면 아버지는 어린아이가 **사회학적 존재**로서 성장하는데 중요한 임무를 수행한다. 그 수단은 거세 위협이다.

> p.296. 부모에 대한 대상 리비도 집중은 동일시로 바뀐다. 아버지나 부모의 권위는 자아에 유입되고, 여기서 초자아의 핵심이 형성된다. 이 초자아는 아버지의 엄격함을 넘겨받아 근친상간을 금기

---

40) p.128. 과학자들이 이 사실을 인정하기까지 많은 시간이 걸렸다. 얼마 전만 해도 심리학자들은 부모와 자식 간의 정서적 유대가 인간에게 중요하다는 것을 믿지 않았다. 20세기 전반기에, 게다가 프로이트 이론의 영향에도 불구하고 주류 행동주의 학파는 부모와 자식 간의 관계가 물질적 피드백을 통해 형성되고, 아이들이 필요로 하는 것은 주로 음식, 안식처, 의료이며, 아이가 부모와 유대감을 형성하는 것은 부모가 그런 물질적 필요를 제공하기 때문이라고 주장했다.

- Y. 하라리 《호모 데우스》 中 -

시하고, 부모를 향한 리비도 집중으로부터 자아를 지켜준다. 오이디
푸스 콤플렉스에 속하는 리비도 경향의 일부는 동일시로 인해 약해
지고 고상해지며, 일부는 억제되어 애정으로 바뀐다. 이 과정으로
거세 위험에서 벗어남으로 성기를 보존하는 반면, 기능을 박탈함으
로 성기를 무력화시킨다. 이것이 잠복기로 이어지게 하며, 아동의
성적 발달을 저지한다.

– S. 프로이트 《성욕에 관한 세 편의 에세이, 『오이디푸스 콤플렉스
    의 해소』》中 –

아동기의 어린아이는 아버지에게 **반역**을 일으켜 어머니를 소유한 아
버지의 지위를 차지하고 싶어 하지만 이러한 소망은 거세 불안을 불러일
으킨다. 거세 불안을 방어하는 과정에서 어린아이의 무의식 속에는 아버
지에게 복종하는 것이 **선**이고 불복종하는 것은 **악**이라는 선악 관념이 형
성되어 사회적 인간으로서의 자질을 갖추게 된다. 프로이트는 이러한 선
악 관념의 형성을 **'성기 기능의 무력화'**라고 표현하는 데 직접적 의미는
어머니를 성적으로 욕망할 수 없게 되었다는 뜻이지만 간접적 의미는 아
버지의 표상을 지닌 대상에게 맹목적으로 복종할 수밖에 없게 되었다는
뜻이다. 즉 아버지에 의해서 **정신적 거세**를 당했다는 의미이다. 다시 말
해서 복종 관념은 자신이 어머니를 욕망한 죄를 지은 인간임을 인정하고
만약 다시 또 어머니를 욕망하게 되면 그에 대한 벌로 거세의 벌을 받겠
다는 맹세이다. 이러한 복종 관념으로 인해서 인간은 근친상간을 금기시
하게 되었고 아버지 표상을 지닌 대상에게는 반역을 일으킬 수 없게 되
었다. 도스토옙스키는 이렇게 정신적으로 거세당한 인간을 **'한 푼의 값어
치도 없는 반역자'**라고 표현한다.

p.415. 그러나 결국에 가서는 그들도 자기의 자유를 우리의 발밑에 갖다 비치고, "우리를 노예로 삼아도 좋으니 제발 먹을 것을 주십시요" 하고 탄원할 게 틀림없어. 즉 자유와 빵은 어떠한 인간에게도 양립할 수 없다는 것을 그들 자신이 깨닫게 되는 거지. 자기네들끼리 그것을 공평하게 분배할 수는 도저히 없으니까! 또한 그들은 자기네들이 너무나 무력하고 너무나 악(惡)할 뿐만 아니라 한 푼의 값어치도 없는 반역자들이기 때문에 절대로 자유를 누릴 수 없다는 것도 깨닫게 될 테지. 너는 그들에게 하늘의 양식을 약속했지만, 다시 되풀이해 말하건대 그 무력하고 죄 많은 비천한 인간들의 눈으로 볼 때, 하늘의 빵이 땅 위의 빵만할 수 있겠느냐 말이다!

– 도스토옙스키 《카라마조프의 형제》 상 中 –

되풀이되지만, 유아기의 유아는 어머니로 인해서 자신을 전지전능한 신과 같은 존재라고 믿고 성장하게 된다. 아동기가 되자 어머니를 소유한 아버지의 존재를 알게 되고 아버지에게 **반역**의 마음을 품게 된다. 하지만 자신과 비교해 아버지는 너무 위대하므로 무력한 어린아이는 모욕적으로 복종할 수밖에 없었다. 원래 전지전능한 **반역자**로 태어났지만, 한 푼의 값어치도 없는 **노예**가 되어버리고 만 것이다. 이러한 정신적 거세로 인해서 이제 어린아이에게 성적 욕망은 **선**이 아닌 **악**으로, 성적 욕망을 추구할 자유는 죄로 변해버렸다. 그 결과 천국에서 살던 자유로운 신적 존재는 '**죄 많은 비천한 인간**'이 되어 지상으로 추락한다. 지상으로 추락한 인간은 어머니를 욕망할 자유를 종교(성모)와 국가(모국)의 발밑에 갖다 바치고 그 대신 지상의 빵을 욕망하게 되었고 그래서 '**자유와 빵**은 어떠한 인간에게도 **양립할 수 없게 되었다**'. 지상의 빵에 예속된 인간끼리는 '**도저히 지상의 빵을 공평하게 분배할 수 없게 되었기**' 때문이다. 도스토옙스키는 인간 본성의 이러한 모순성을 통찰했기 때문에 러시아에서 혁명이 일어나기도 전에 마르크스주의의 실패를 예견할 수 있었다.

꿈과 상징

무의식은 자신의 관념에 부합하는 표상을 지닌 대상을 지정하거나 창조함으로써 자신의 목표 달성을 추구한다. 무의식의 목표는 불안의 회피 또는 리비도적 쾌락이다. 불안과 쾌락은 동전의 양면이라고 할 수 있다. 무의식이 자신의 만족 달성을 추구하는 가장 기본적인 방식은 대상에 이름을 부여하는 것이다. 이러한 상징 행위가 효과가 있는 이유는 인간의 두뇌는 두개골에 둘러싸여 있으므로 감각기관이 지각하는 표상을 통해서만 외부 세계를 인식할 수 있기 때문이다. 따라서 무의식에게 있어서 중요한 것은 대상이 지닌 표상이지 그 대상 자체가 아니다. 목표에 도달하는 데 필요한 표상이라면 무의식은 그 표상이 실재하든 아니면 상상의 산물이든 상관하지 않고 애착을 느끼고 집착한다. 그리고 그 표상을 위해서라면 주체의 목숨도 희생하게 만든다.

> p.281. 인간은 자신이 가장 사랑하는 애인보다도 자신의 상상의 산물에 더 애착을 느낀다: 이 때문에 인간은 국가, 교회, 그리고 신(神)을 위해 희생을 한다.
> – F. 니체《인간적인 너무나 인간적인 II(책)》中 –

예를 들어 그리스도의 어머니에게 **성모**라는 이름을 부여하거나 국가에 **모국**이라는 이름을 부여하고 그 대상을 숭배함으로써 어머니와 같이 있는 것처럼 느낄 수 있다. 마찬가지로 신에게 아버지라는 이름을 부여하거나 신의 대리인에게 신부라는 이름을 부여함으로써 아버지와 같이 있는 것처럼 느낄 수 있다. 마치 화폐에 그 국가의 어머니와 같은 인물 또는 아버지와 같은 인물을 그려 넣는 것과 같다. 하지만 대상의 이름은 그 대상의 성질과 아무런 관련이 없다.[41] 그럼에도 어떤 대상에 어머니 이름(표상) 또는 아버지 이름(표상)을 부여하는 그 자체만으로도 그 대상은 융합과 숭배(복종)의 대상이 될 수 있다. 앞서 설명한 바 있지만, 이렇게 어떤 표상에 높은 심리적 가치를 부여해서 그 표상을 지닌 대상에 집착하고 애정을 쏟는 정신 현상이 '심리적 **전위**'이다.

> p.224. 외로운 독신 여성이 동물에게 애정을 쏟고 독신 남성이 정열적인 수집광이 될 때, 군인이 물들인 깃발을 목숨 바쳐 수호할 때, 사랑에 빠진 남녀가 1초라도 더 손을 잡고 있으면 행복하거나 아니면 『오셀로』에서 잃어버린 손수건이 분노를 폭발시킬 때, 이 모두는 논박할 수 없는 심리적 전위의 실례들이다.
>
> – S. 프로이트 《꿈의 해석》 中 –

반려견에 애정을 쏟는 독신 여성은 반려견에서 성적 표상을 추출해서 그 표상에 리비도를 집중하고 있고, 전쟁에 참여하는 군인은 국가에서 어머니 표상을 추출해서 그 표상에 리비도를 집중하고 있는 상태라고 할 수 있다. 이렇게 어떤 대상에게서 표상을 추출해서 무의식적 관념을 대리

---

41) p.168. 어떤 물품의 명칭은 그 물품의 성질과 아무런 관련이 없다. 어떤 사람의 이름이 야곱이라는 것을 안다고 해도 우리가 그 사람에 대해서 알 수 있는 것은 아무것도 없다. 마찬가지로 파운드·탈러·프랑·두카트 등등의 화폐 명칭에서는 가치 관계의 어떠한 흔적도 찾아볼 수 없다.

– K. 마르크스 《자본 I》中 –

만족시키는 행위가 **상징 행위**이고 이때의 표상이 **상징**이다. 엄밀하게 구별되지 않지만, 표상과 상징의 차이점은 상징은 무의식의 방어와 검열을 통과할 수 있다는 것이다. 성모나 모국을 숭배할 수 있는 이유도 무의식이 그 대상에게서 성적 표상을 인식할 수 없기 때문이다. 그렇지 않으면 죄의식이나 죄책감으로 인해서 그 대상을 혐오하게 되었을 것이다.

상징 행위는 의식적으로 행해지는 것이 아니라 무의식적으로 행해진다. 소수 엘리트는 다수 민중의 이러한 상징주의를 이용해서 그들의 정신을 조종할 수 있다. 예를 들어 종교의 지도자나 국가의 지배자는 다수 민중의 무의식 속 관념(욕망)을 만족시킬 수 있는 상징을 제공함으로써 다수 민중을 자신의 목적에 봉사하게 할 수 있고 심지어 생명도 희생하게 할 수 있다. 히틀러는 상징이 심리적으로 어떤 의미를 주는가를 너무나도 잘 알고 있었다. 상징은 어머니 또는 아버지와 같이 있는 것과 같은 '**암시적 마력**'을 발휘함으로써 다수 민중을 '**아주 쉽게 굴복시킬 수**' 있다.[42]

누군가 어떤 상징에 집착한다며 그 상징은 그 사람의 무의식 속 어떤 관념(욕망)을 대변하고 있다고 할 수 있다. 따라서 그 상징을 분석하게 되면 그 사람의 무의식 속에 어떤 관념이 형성되어 있는지를 추정할 수 있다. 마찬가지로 어떤 집단이 선호하는 상징을 연구하면 그 집단의 무의식적 관념 체계를 추정할 수 있다. 공동체가 중요시하는 상징은 개인도 중요시할 수밖에 없으므로 공동체의 상징과 개인의 상징은 매우 밀접한 관

---

42) p.631. 이러한 상징이 심리적으로 어떤 의미를 주는가를 나는 이미 젊은이 시대에 몇 번이나 인식하고 또 감정적으로 이해할 기회를 가졌다. 또 제1차 세계대전 뒤 나는 베를린에서 왕궁과 루스트가르텐 앞에서 마르크스주의자의 대중 시위를 경험했다. 붉은 기, 붉은 완장, 그리고 붉은 꽃의 바다가, 아마도 12만 명이나 참가했으리라 생각되는 이 시위 운동에 순전히 외면적으로도 강력한 인상을 주었던 것이다. 나는 이와 같이 웅대하게 활동하는 광경에서 암시적 마력에 민중 출신 사람들이 얼마나 쉽게 굴복해 버리는가 하는 것을 느끼고 또 이해할 수 있었다.
- A. 히틀러 《나의 투쟁》 中 -

계가 있다.

예를 들어 자본주의 국가에서 사는 개인은 상품과 화폐와 자본이라는 상징의 세계 속에서 살아간다. 우선 상품은 어머니의 젖의 상징이다. 따라서 상품은 악마의 첫 번째 유혹인 융합 욕망(입의 욕망)을 만족시켜 준다. 상품만으로는 악마의 두 번째 유혹인 숭배 욕망(눈의 욕망)을 만족시킬 수 없다. 그래서 모든 상품으로 교환할 수 있는 **신비한 힘**을 가진 화폐를 창조한다. 화폐는 **물신(物神)**으로 높여지고 인류의 숭배 욕망을 만족시켜 준다. 종교에서의 신과 마찬가지로 인간 두뇌의 산물인 화폐가 독자적인 생명을 부여받고 모든 사람을 **결합시키는** 자립적인 모습으로 나타난 것이다.[43]

화폐가 이러한 환상적인 형태를 취할 수 있는 이유는 인간의 두뇌가 화폐에 '달라붙은' **공통적인 표상**, 즉 어머니 젖의 표상을 인식할 수 있기 때문이다. 물신숭배를 의미하는 **페티시즘**이라는 단어가 의미하듯이 화폐를 **성적 대상**으로 여기는 것이다. 그럼에도 화폐가 숭배받은 이유는 의식이 화폐에서는 성적 표상을 인식하지 못하기 때문이다. 물신숭배의 사회에서는 화폐를 많이 가진 소수 엘리트(자본가)가 숭배와 복종을 획득하게 되고 다수 민중은 이러한 소수 엘리트를 중심으로 결합함으로써 악

---

43) p.135. 반면 상품형태나 이 상품형태가 나타내는 노동생산물 간의 가치 관계는 노동생산물의 물리적인 성질이나 거기에서 생겨나는 물적 관계와는 전혀 상관이 없다. 그것은 인간 자신들의 일정한 사회적 관계일 뿐이며 여기에서 그 관계가 사람들 눈에는 물체와 물체 사이의 관계라는 환상적인 형태를 취하게 된다. 따라서 그와 유사한 예를 찾으려면 종교적인 세계의 신비경으로 들어가야만 한다. 여기에서는 인간 두뇌의 산물이, 독자적인 생명을 부여받고 그들 간에 또 사람들과의 사이에서 관계를 맺는 자립적인 모습으로 나타난다. 마찬가지로 상품 세계에서는 인간의 손의 산물이 그렇게 나타난다. 이것을 나는 물신숭배(物神崇拜, Fetischismus)라고 부르는데, 그것은 노동생산물이 상품으로 생산되는 순간 이들에게 달라붙은 것으로 상품생산과는 불가분의 것이다.

- K. 마르크스 《자본 I》中 -

마의 세 번째 유혹인 결합 욕망을 성취하려고 노력하게 된다. 마르크스가 화폐를 「요한계시록」의 뿔 달린 짐승의 상징(표지 또는 이름)으로 묘사했는데 마르크스의 예언이 실현된다면 미래의 뿔 달린 짐승은 소수 자본가가 될 것이다.[44]

화폐의 질서가 종교의 질서보다 더 강력하게 인류를 결합시킬 수 있는 이유는 화폐는 융합 욕망과 숭배 욕망을 모두 만족시켜 주지만, 종교는 숭배 욕망만을 만족시킬 수 있기 때문이다. 다만 다수 민중이 부유하고 안락한 생활을 누리게 되면 종교적 질서가 더 위력을 발휘한다. 그리스도를 시험한 자의 말처럼 산더미 같이 쌓인 지상의 빵도 인간의 정신적 갈증은 채워줄 수 없기 때문이다. 후진국보다 선진국에서 자살률이 더 높은 이유도 부와 안락이 융합 욕망은 만족시켜 줄 수 있지만, 숭배 욕망은 만족시켜 줄 수 없기 때문이다. 어머니에 대한 욕망은 어머니만 만족시켜 줄 수 있다. 화폐나 종교는 어머니에 대한 욕망을 **대리 만족시키는 '대용물'**에 불과하다. 무의식이 대상을 빈번하게 바꾸는 이유도 그 대상이 무의식이 소망하는 **본원적 대상**이 아니기 때문이다.

p.146. 사춘기를 지나 청년이 되면 놀이를 중단하여 언뜻 보기에는 그가 놀이에서 얻을 수 있었던 쾌락을 포기한 것처럼 보인다. 그러나 인간의 정신적 삶이 어떤 것이라는 것을 아는 사람이라면 그는 한 번 경험한 쾌락을 포기하는 것보다 더 어려운 일이 없다는 사

---

44) p.152. 그럼으로써 이 상품의 현물형태는 사회적으로 유효한 일반적 등가 형태가 된다. 일반적 등가물이 되는 것, 그것이 사회적 과정에서 따로 분리된 이 상품의 특수한 사회적 기능이 된다. 그리하여 그 상품은 화폐가 된다.

그들은 뜻을 모아 자기들의 힘의 권세를 그 짐승에게 주더라. 그리하여 표지(標識), 곧 그 짐승의 이름이나 그 이름의 숫자를 가진 자 말고는 아무도 사거나 팔 수 없게 되었도다.

– K. 마르크스《자본Ⅰ》中 –

실 또한 알 것이다. 사실을 말하자면 우리는 그 어느 것도 포기하지 않는다. 우리는 단지 대상을 바꿀 뿐인 것이다. 다시 말해, 단념한 것처럼 보이지만 그 내부에서 실제로 일어나고 있는 것은 단념이 아니라 한 대상을 다른 것으로 바꾸는 대체 작업인 것이다. 대용물을 찾고 있었던 것이다. 마찬가지로 한 청년이 놀이를 더 이상 하지 않을 때 그는 현실적인 대상과의 고리 외에 아무 것도 포기한 것이 없다.

- S. 프로이트《예술, 문학, 정신분석, 『작가와 몽상』》中 -

어머니에 대한 융합 욕망을 대리 만족시키는 또 다른 방법은 여러 여성을 편력하는 것이다. 또는 다른 사람에게 자신의 융합 욕망을 투사해서 간접적으로 대리만족하기도 한다. 그 대표적인 다른 사람이 영화의 주인공이다. 일례로《미션 임파서블》의 주인공은 영화 제목 그대로 불가능한 임무를 기적처럼 성공시키고 그 과정에서 위험에 빠진 아름다운 여성을 구원하고 마지막에는 그 여성과 **성적 관계**를 맺는다.[45] 이 이야기의 밑바탕에서는 아버지의 거세 위협(불가능한 임무)을 극복하고 아버지에게서 어머니를 구원해서 어머니에 대한 욕망을 성취하고자 하는 무의식적 소망이 투사되어 있다. 똑같은 줄거리가 속편 영화에서도 반복된다. 다만 여자 주인공은 어머니의 대용물이므로 빈번하게 바뀐다. 이렇게 인간은 영화배우를 통해서 자신의 무의식적 욕망(관념)을 간접 성취하기도 하지만, 자신이 영화배우가 될 수 있는 무대가 있다. 바로 자신의

---

45) p.393. 한 5세 남아의 공상 놀이는 그런 소원과 그에 따른 위험을 보여준다. 어느 날 아이는 여자 인형, 남자 인형, 그리고 작은 남자 인형을 가지고서 여자가 사자를 마주친 놀이를 한다. 남아는 사자를 죽이고 여자를 구한 후에, 마구간 뒤에 그녀를 데려가서 안고 키스한다.

- P. 타이슨 외《정신분석적 발달이론의 통합》中 -

꿈속에서이다.

 p.288. 꿈 - 작업은 우리의 생각을 원시적인 표현 방법으로 번역
할 뿐만 아니라, 우리의 원시적 정신생활의 고유한 특성들을 다 ˥
금 일깨워 주기도 합니다. 그 옛날에 자아가 누렸던 권세와 우리 성
생활의 원초적 충동, 그리고 생각하기에 따라 그 옛날의 지적 재산
으로 간주할 수 있는 상징 관계가 바로 이러한 특성에 해당됩니다.
둘째로, 이전에 우리를 완전히 지배했던 옛날의 이 모든 유아적인
것은 오늘날에 와서는 무의식으로 간주할 수밖에 없는데 이 무의식
에 관해서 우리의 표상은 점점 변화되어 가고 확장되어 가고 있습
니다. 무의식이라는 것은 더 이상, 그 순간 잠재적으로 숨어 있는 것
에 대한 이름이 아니고 자신만의 소원 충동과 자신만의 표현방식,
그리고 보통 때는 활동하지 않는 고유한 정신적 활동 체계를 가진
특별한 정신적 영역이라고 할 수 있습니다.

 - S. 프로이트《정신분석 강의》中 -

 꿈은 몇 가지 주된 내용을 가지고 있는데 그중 하나는 '자아가 누렸던
권세'로 전능 상태의 다른 표현이다. 또 다른 하나는 어머니에 대한 욕망
으로 '성생활의 원초적 충동'이다. 꿈 - 작업은 무의식 속에서 이러한 소
망들을 불러내 자신만의 표현방식을 통해서 형상화한다. 형상화 작업은
주로 **상징**을 사용한다. 죄의식이나 죄책감과 같은 무의식적 검열을 우회
할 수 있기 때문이다. 사실 생시에서도 인간의 행위 중 많은 부분이 상징
행위에 해당한다.[46] 평소에도 인간의 정신은 무의식에 지배되고 있기 때

---

46) p.306. 풍부한 현상들을 상징화하는 것, (중략)
　　인간은 이렇게 **형상의 반영과 상징**과 더불어 시작했다. 모든 예술적 그림은 단지
　　상징으로서, 회화의 경우 피상적인 것이고, 대리석의 경우에 견고함이며, 서사시의

문이다. 다만 이때에는 의식도 활동하고 있으므로 좀 더 사회가 용인하는 방식으로 형상화할 뿐이다.

프로이트는 이러한 꿈속 상징들을 해석함으로써 인간의 무의식을 들여다볼 수 있는 길을 열었다. 프로이트 이전에도 많은 사람이 무의식이라는 용어를 사용하기는 했지만, 무의식이라는 용어가 완전히 독창적인 의미를 지니게 된 것은 그의 업적이라고 할 수 있다. 도스토옙스키도 꿈이 인간의 무의식을 들여다볼 수 있는 매우 중요한 가치를 지니고 있다는 것을 알고 있었다. 그래서 주로 꿈을 통해 등장인물의 정신구조를 묘사한다. 대표적인 꿈이 조금 후에 소개할 《죄의 벌》에서의 라스콜리니코프의 꿈과 나중에 소개할 《카라마조프의 형제》에서의 드미트리의 꿈이다. 도스토옙스키는 꿈의 특성에 대해서 다음과 같이 말한다.

p.91. 병적인 상태에 있을 때의 꿈은 왕왕 이상한 입체감과 선명감을 지니게 되어 현실과 아주 닮게 될 때도 있다. 때로는 무서운 광경이 전개되기도 하나, 그때는 꿈의 영상 전체의 상황과 전 과정이 너무나도 현실에 있을 수 있는 것 같은 느낌이 들고, 꿈에 보이는 사람이 비록 푸시킨이나 투르게네프와 같은 예술가라 해도 현실에서는 그와 같이 섬세하고 의표(意表)를 찌를 듯한, 그러면서도 예술적으로 완벽하다고도 할 수 있을 섬세한 것은 생각해낼 수조차 없다고 여겨지는 것까지 있을 수도 있는 것이다. 그리고 그와 같은 꿈, 그와 같은 병적인 꿈은 항상 오랫동안 기억에 남아 인간의 미친 듯이 흥분한 신경조직에 강렬한 인상을 주게 되는 것이다.

경우에 …
상징으로서의 꿈의 형상들? 꿈 안에서 행위들은 상징적이다. 상징에서의 **쾌감?**
우리의 모든 현상 세계는 **충동의 상징**이다. 꿈 역시 그렇다.
- F. 니체 《유고(1869년 가을~1872년 가을)》 中 -

도스토옙스키가 꿈에 관심을 기울이는 이유는, 충격적으로 들리겠지만, 꿈은 정신병리의 산물이기 때문이다.[47] 즉 꿈을 꾼다는 것은 정신병리를 지니고 있다는 뜻이다. 그래서 꿈을 꾸는 모든 사람은 어느 정도 정신병리 환자이다.

p.447. 꿈은 불합리성, 망상, 환각과 같은 것을 수반하는 일종의 정신병이다. 그것은 짧게 지속되는 무해한 정신병이고, 심지어 유용한 기능을 갖기도 하며 개인의 동의에 의해 인도되고 개인의 의지 행위에 의해 중단되기도 한다. 그럼에도 그것은 정신병이다.

- S. 프로이트《정신분석학 개요》中 -

다만 정상인이라고 불리는 사람은 정신병리 정도가 경미한 사람이다. 그래서 정상인의 꿈속이나 정신병 환자의 기억 속의 등장하는 상징은 공통점이 많다. 특히 꿈이 '이상한 입체감과 선명감'을 띠고 있다면 정신병리의 정도가 심각한 상태라는 징후이다. 도스토옙스키의 **꿈**에 대한 묘사와 프로이트의 **정신병리**에 대한 견해가 놀라운 유사성을 보이는 이유가 여기에 있다.

p.21. 반면에 히스테리 현상의 결정 인자들이 되어 버린 기억들은 오랜 시간이 지나도 놀랄 만큼 생생하고 완전하게, 그리고 강렬한 감정 색조를 그대로 유지한 채 존재한다는 것을 관찰하게 되었

---

47) p.129. 세세한 특징에 이르기까지 논란의 여지가 없는 꿈과 정신 장애의 일치 관계는 꿈 – 생활에 관한 의학 이론의 가장 강력한 토대를 형성한다.

- S. 프로이트《꿈의 해석》中 -

다. 그러나, 나중에 다시 설명할 것이지만 여기서 우리가 말해 두어야 할 또 하나의 놀라운 사실이 있는데, 그것은 이러한 히스테리 현상을 일으키는 기억들은 그 환자의 다른 기억들과는 달리 환자가 어찌해 볼 도리가 없다는 것이다. (중략)

  … 15년이나 25년 전으로 거슬러 올라가는 기억이라도 병인론적으로 중요한 것들은 놀라우리만큼 고스란히, 감각 하나하나를 그대로 유지한 채 남아 있다. 그러한 기억이 돌아오면 처음 경험할 때와 같은 정도의 강한 감정이 그대로 작용하는 것이다.

- S. 프로이트 《히스테리 연구》 中 -

그 유사성은 병적인 꿈이 '항상 오랫동안 기억에 남아 신경조직에 **강렬한 인상을 준다**'라고 것과 병리적 기억은 '15년 전이나 25년 전으로 거슬러 올라가는 기억이라도 놀라우리만큼 고스란히 남아 있다'라는 것이다. 특히 병적인 꿈이 **'너무나도 현실에 있을 수 있는 것 같은 느낌'**을 가지고 있다면 병리적 기억도 '오랜 시간이 지나도 놀랄 만큼 생생하고 완전하고 **강렬한 감정 색조를 그대로 유지하고 있다**'라는 점에서 그 유사성은 확연하다. 여기서 어떤 경험의 선명하고 완전한 기억은 그 주체가 가장 중요시하는 **관념**과 관련된 기억일 수 있고, 현실과 같은 강렬한 감정 색조는 그 관념에 결부된 **정서**를 말한다.

도스토옙스키의 꿈에 대한 묘사와 프로이트의 정신병리에 대한 견해를 종합하면 꿈과 정신병리에서 어린 시절 기억과 느낌의 흔적, 즉 관념과 정서의 결합체(콤플렉스)가 핵심적인 역할을 한다는 것을 알 수 있다. 이는 꿈과 정신병리가 똑같은 정신적 메커니즘을 가지고 있다는 것을 의미한다. 결론적으로 꿈과 정신병리는 주체의 정신구조를 보여주며, 따라서 꿈이나 기억에서의 상징을 해석하면 그 주체의 정신구조를 이해할 수 있다는 의미가 된다. 《죄와 벌》에서 라스콜리니코프의 꿈은 그의 정신구조를 집약적으로 묘사하고 있다(꿈의 내용이 너무 길어서 요약했다).

p.91. 라스콜리니코프는 무서운 꿈을 꾸었다. 그것은 아직 시골의 조그마한 도회지에 살았을 때의 어린 시절의 꿈이었다. 그는 일곱 살 때 자기의 부친과 함께 시가의 변두리 쪽을 어슬렁어슬렁 걷고 있었다. 그리고 한 선술집을 지나게 되었는데 그 선술집 주변에서는 언제나 주정뱅이들이 소름끼치는 형상으로 휘청거리는 꼴을 흔히 볼 수 있었다. 선술집 앞으로는 시골길이 있었는데 그 길은 시내의 공동묘지 옆으로 돌아가게 되어있었다. 공동묘지에는 할머니 묘가 있고 그 옆에는 생후 6개월 만에 죽어버린 그의 동생의 무덤이 있었다.

그는 선술집을 지나가면서 특별한 것에 주의를 기울이게 되었다. 선술집 앞 계단 옆에는 짐마차가 있었는데 그것은 색다른 짐마차로서 커다란 짐말이 끄는 술통 따위를 싣고 다니는 대형 짐마차였다. 그는 언제나, 그와 같이 말갈기가 길며 다리가 굵고 덩치가 큰 짐말이, 마치 짐을 싣고 가는 것이 싣지 않은 것보다 편하다는 듯이 산더미처럼 짐을 싣고 피로한 기색 하나 보이지 않으며 유유히 똑같은 발걸음으로 끌고 가는 것을 보기를 좋아했다. 그런데 이번에는 기괴하게도 그런 대형 마차에 아주 작고 빼빼 마른 농경용의 점박이 말을 매놓고 있는 것이었다.

그런데 그때 갑자기 선술집에서 곤드레만드레 취한 덩치가 큰 농민들이 나오고 한 젊은 청년(니콜라이)이 마을까지 태워다 주겠다고 소리를 질렀다. 그러자 곧 웃음이 터지면서 "그따위 말라빠진 말로 어떻게 우리 마을까지 갈 수 있나!" 하는 고함소리도 들려왔다.

(중략)

니콜라이가 "끼랴!" 하고 소리를 지르며 말채찍과 막대기로 일시에 내려치니 짐말은 있는 힘을 다 내어 끌려고 했으나 뛰어가기는 커녕, 단 한 발짝도 내디디지 못하고 그저 조금씩 발버둥 치는 것에 불과했으므로, 비 오듯 내리퍼붓는 채찍으로 말미암아 끙끙거리며 곧 주저앉을 것만 같았다. (중략)

"아버지, 아버지." 라스콜리니코프는 부친을 향해 외쳤다. "아버지! 저 사람들은 무엇을 하고 있나요! 아버지, 불쌍하게 말만 마구 때리잖아요!" 부친은 그를 그냥 데리고 지나가려고 했으나 그는 부친의 손에서 빠져나와 열심히 말 있는 데로 달려갔다. 말은 헐떡거리며 있는 힘을 다 내어 끌려고 했지만 짐마차는 끄떡도 안 하고, 게다가 마구 세차게 내려치는 채찍에 맞아 금방이라도 지쳐 쓰러질 것만 같았다.

결국 짐말은 니콜라이가 내려치는 철제 지렛대에 등을 맞고 네 다리가 꺾어지며 풀썩 쓰러지고 계속되는 매질로 인하여 결국 숨이 끊어지고 말았다.

가련한 소년은 엉엉 소리 내어 울면서 구경꾼 속을 헤치고 나와 짐말에게 다가가 그 죽은 짐말을 어루만졌다. 그리고 피투성이가 된 말의 면상을 잡더니 면상에다가 입을 맞추고 눈·입술에도 키스 세례를 퍼부었다. 그리고 작은 주먹을 불끈 쥐고 니콜라이에게 달려들었다.

부친은 그를 안아가지고 구경꾼들 속에서 빠져나왔고 그는 "아버지! 왜 저 사람들은… 불쌍하게 저 말을… 죽이지요?" 하고 흑흑 흐느껴 울었다.

"주정꾼들이야. 나쁜 장난들을 하고 있다. 우리가 상관할 일이 아니다. 가자!" 부친은 이렇게 대답했다. 아이는 양손으로 마구 부친을 때리려 달려들려고 하다가 가슴이 꽉 눌리는 기분이 들어, 숨을 들이 쉬고 고함을 지르려고 하는 순간, 잠을 깨었다.

- 도스토옙스키 《죄와 벌》 상 中 -

라스콜리니코프는 전당포 노파를 살해하기 전에 **'무서운 꿈'**을 꾼다. 무서운 꿈을 꾼다는 것은 정신병리(광증)의 발병을 알리는 징후이다. 미리 말하면 라스콜리니코프가 가진 정신병은 **편집증(과대망상)**이다.[48] 꿈 속에서 라스콜리니코프는 일곱 살이다. 그는 아버지와 선술집을 지나면서 특별한 것에 주의를 기울이게 되는데 그것은 '커다란 짐말'이 끄는 짐마차이다. 평소에는 **'다리가 굵고 덩치가 큰'** 짐말이 짐마차를 끌고 간다. 커다란 짐말은 산더미처럼 짐을 싣고 가지만, **'피로한 기색 하나 보이지 않으며 유유히 끌고 간다'**. 그런데 이번에는 기괴하게도 **'아주 작고 빼빼 마른'** 농경용의 짐말이 대형 짐마차에 매여있다. 청년 한 명이 이 점박이 말을 움직이게 하려고 채찍과 막대기로 내려쳤고 짐말은 매질을 감당하지 못하고 죽고 만다. 라스콜리니코프는 죽은 짐말이 너무 불쌍하여 엉엉 울면서 피투성이가 된 말을 껴안고 말의 면상에 입을 맞추고 눈·입술에도 키스 세례를 퍼붓는다. 그리고 자신의 호소를 무시한 **'아버지를 양손으로 마구 때리려 달려들려 하다가'** 잠을 깬다.

우선 라스콜리니코프의 꿈에서 주목할 점은 자신의 꿈을 무섭다고 느

---

48) p.124. 크라우스(A. Krauss)가 인용한 바에 따르면 혼바움(C. Hohnbaum)은 최초의 광증 발병이 불안하고 무서운 꿈으로 시작하는 경우가 왕왕 있으며, 광증의 주된 생각이 이 꿈과 결합되어 있다고 주장한다. 산테 데 상티스는 편집증 환자들에게서 유사한 결과를 관찰했다고 말하고, 어떤 꿈은 〈광기를 결정짓는 참된 원인〉이라고 단언한다.

- S. 프로이트 《꿈의 해석》 中 -

낀다는 것이다. 도스토옙스키가 이점을 가장 먼저 말하는 이유는 꿈을 해석하는 데 있어서 그 관념적 표상(표상 내용)보다 그 표상에 결부된 정서적 표상(정서 내용)이 더 중요하기 때문이다. 정서적 표상이 더 중요한 이유는 이반의 심리 분석에서처럼 관념적 표상은 잘못된 연결로 인해서 왜곡되기 쉽지만, 정서적 표상은 왜곡되지 않기 때문이다.

> p.539. 〈내가 꿈속에서 강도들을 만나 두려움에 떤다면, 강도들은 상상의 것이지만 두려움은 현실이다〉 꿈에서 기뻐할 때도 마찬가지이다. 우리의 느낌이 증명하는 바에 따르면, 꿈에서 체험한 감정은 깨어있을 때 같은 강도로 체험한 것에 결코 뒤지지 않으며, 꿈은 표상 내용보다 정서 내용에서 더 강력하게 우리 정신의 실체적인 체험으로 받아 줄 것을 요구한다.
>
> — S. 프로이트 《꿈의 해석》 中 —

라스콜리니코프의 꿈속에 등장하는 대상들은 대부분 그의 관념을 대변하는 상징들이다. 가장 중요한 상징은 아버지 관념을 상징하는 **'짐말'**이다(짐말에는 여러 가지 관념이 반영되어 있지만 여기서는 주요 관념만을 해석한다). 따라서 짐말이 가진 특성은 아버지에 대한 **고정된 표상**, 즉 고정 관념을 보여준다. 라스콜리니코프가 가진 일반적인 아버지에 대한 표상은 **'다리가 굵고 덩치가 크고'**, 인생의 무거운 짐을 지고도 **'피로한 기색 하나 보이지 않으며 유유히 살아가는'** 인물이다. 반면 자신의 아버지에 대한 표상은 **'아주 작고 빼빼 마르고'** 인생의 무거운 짐을 지고 **힘겹게 살아가는** 인물이다. 그런데 라스콜리니코프가 자신의 꿈을 무섭다고 느끼는 이유는 어린 시절 누군가가 죽기를 소망했지만 동시에 그러한 소망을 그의 양심이 비난하고 있기 때문이다.

p.304. 사랑하는 친척의 죽음 앞에서 비통한 감정을 느끼는 꿈들은 다르다. 이것들은 내용이 말하는 것, 즉 관계된 사람이 죽었으면 하는 소원을 의미한다.

– S. 프로이트 《꿈의 해석》中 –

라스콜리니코프의 이러한 소망은 '짐말의 죽음'과 생후 6개월 만에 '죽은 동생'으로 상징화되어 있다. 아버지가 죽기를 바라는 소망은 아버지 표상을 지닌 **짐말의 죽음**으로 성취한다. 하지만 아버지 그 자체를 대상으로는 그러한 소망은 성취될 수 없다. 라스콜리니코프가 아버지를 양손으로 마구 때리려 달려들려 하다가 잠을 깬 이유는 그러한 소망을 성취하지 못하도록 초자아가 방해하고 있기 때문이다. 새로 태어난 동생이 죽기를 바라는 소망은 **동생의 죽음**으로 성취된다. 다만 꿈속이므로 죽은 동생은 실제로는 존재하지 않을 수도 있으며 아니면 현재의 여동생이 죽었으면 하는 소망의 상징일 수 있다. 짐말이 아버지의 상징으로 형상화된 이유는 아버지는 두려운 대상이기 때문에 관념적 표상이 왜곡되었기 때문이다. 하지만 동생은 두렵지 않은 존재이므로 관념적 표상이 왜곡되지 않게 표현된다. 반면 짐말이 죽자 피투성이가 된 말을 껴안고 말의 면상에 입을 맞추고 눈·입술에도 키스 세례를 퍼붓는 장면은 라스콜리니코프의 무의식 속에 양심(연민)이 강하게 형성되어 있음을 보여준다.

새로 태어난 동생은 라스콜리니코프의 성격 구조 형성에 큰 영향을 끼친다. 어머니의 사랑을 빼앗아감으로써 심리적 외상을 주기 때문이다. 심리적 외상의 내용은 자신이 **무가치하고 열등하다는 생각**과 그로 인한 **수치심**이다. 라스콜리니코프는 전능 관념이 지배적인 정신구조를 지니고 있으므로 이러한 심리적 외상을 방어하기 위해서 그의 전능 관념에 리비도가 집중되고 전능 관념은 강박성을 띠게 된다. 전능 관념이 강박성을 띠게 되었다는 의미는 그로 인한 관념적 표상이 의식과 접촉한다는 뜻이다. 전능 관념의 관념적 표상은 자신이 **특별하고 우월한 존재라는 생각**이다. 반면 자신이 무가치하고 열등하다는 생각은 억압되어 의식의 표면 아래 숨게 된다. 이렇게 숨어 있는 자기 표상은 유사한 심리적 외상을 경험하게 되면 그 마각을 드러낸다(복종 관념이 지배적인 사람의 심리적 메커니즘은 정반대로 이루어진다).[49] 그래서 이러한 성격 구조를 가진 사람은 그러한 외상을 다시 경험하지 않기 위해서 자신이 특별하고 우월한 존재라는 것을 증명하기 위해서 항상 고군분투하게 된다.

라스콜리니코프의 꿈의 해석을 통해 추론할 수 있는 것은 그의 아버지는 다른 위대한 아버지에 비교해서 초라한 인물이었다는 점이다. 이는 라스콜리니코프의 정신구조 형성에 있어서 아버지 영향을 적게 받았다는 것을 의미한다. 이 의미는 라스콜리니코프의 무의식 속에 복종 관념이 제대로 형성되지 못함으로써 전능 관념이 지배적으로 되었고 그 결과 오이디푸스 콤플렉스가 강하게 형성되지 못했다는 것을 뜻한다. 그럼에도 기억해야 할 점은 라스콜리니코프가 강한 양심(연민)을 가지고 있다는 점이다. 이점이 중요한 이유는 전능 관념과 양심은 서로 대립하는 관념이고 이렇게 서로 모순된 관념이 어떻게 발현되는가가 바로 《죄와 벌》의 핵심 내용이기 때문이다.

---

49) p.78. …. 한편으로 우월하고 특별한 것으로서의 자기와 다른 한편으로 열등하고 무가치한 것으로서의 자기 사이를 왔다 갔다 하는 것은 본래적인 동요이며, 그것은 양측면의 환자의 내사적 조직으로부터 파생한다. 따라서 치료자는 내사적 리비도 경제의 한 극단이 억압을 피하여 의식에 접촉할 수 있다면, 반대편 극단이 표면 아래 어딘가에 숨어 있다고 추정할 수 있다. 조만간에 그것은 마각을 드러낼 것이다.
- W. 마이쓰너《편집증과 심리치료》中 -

기억과 상징

꿈속에서의 상징 해석을 통해서 인간의 정신구조를 좀 더 쉽게 분석할 수 있는 이유는 꿈속에서는 무의식의 방어와 검열이 느슨해져서 관념이 비교적 쉽게 자신을 드러내기 때문이다. 반면 깨어있을 때는 무의식의 방어와 검열이 작용하고 있으므로 자신을 쉽게 드러내지 않는다. 그렇다고 깨어있을 때 정신구조 분석이 불가능한 것은 아니다. 하지만 정신분석에서의 자유연상과 같은 특별한 과정을 거쳐야 한다. 이러한 과정을 거치지 않고 할 수 있는 방법은 어린아이가 사용하는 상징 해석을 통해서이다.[50] 어린아이의 두뇌는 의식 영역이 완전히 발달하지 않아서 무의식의 내용이 비교적 그대로 드러나기 때문이다. 다음의 대화에서 어린아이가 상징을 어떻게 사용하는지를 할 수 있다.

> p.65. 오후에 우리는 다시 대문 앞까지 갔다. 그리고 다시 집으로 돌아왔을 때 나는 한스에게 물어보았다.
> 나 : 그런데 너는 어떤 말이 가장 무섭니?
> 한스 : 모든 말이 다 무서워.
> 나 : 그건 거짓말이야.
> 한스 : 사실 말 중에서 이에다 뭔가를 단 말이 가장 무서워.
> 나 : 그게 뭔데? 입에 달고 있는 게 쇠니?
> 한스 : 아니, 그 말은 입가에 뭔가 시커먼 걸 달고 있어(그러면서 그는 손으로 입을 가렸다).

---

50) p.441. 이미 4세 어린이의 꿈에서 상징이 중요한 역할을 한다는 사실은 당연히 매우 주목할 만한 일이다. 그러나 그것은 예외가 아니라 규칙이다. 인간은 꿈을 꾸면서 〈처음부터〉 상징을 사용한다고 말할 수 있다.

- S. 프로이트 《꿈의 해석》中 -

나 : 그러면, 혹시 콧수염 같은 거 아니니?

한스 : (웃으면서) 그건 아냐.

나 : 말은 전부 그런 걸 달고 있니?

한스 : 아니, 몇 마리만 그래.

나 : 그 말이 입에 하고 있는 게 뭐니?

한스 : 뭔가 시키면 거야(내 생각으로는 그것은 짐 마차 말들의 주
       둥이에 두른 두꺼운 가죽 마구(馬具) 중의 하나인 것 같다).
       가구 운반용 마차도 정말 무서워.

나 : 왜?

한스 : 말들이 무거운 가구 운반 마차를 끌다가 꼭 쓰러질 것 같아
       서 그래.

나 : 그러니까 너는 조그만 마차는 무서워하지 않는구나?

한스 : 응. 난 조그만 마차나 우편 마차 따위는 무섭지 않아. 승합
       마차가 와도 나는 무서워.

나 : 왜, 승합 마차가 크기 때문에 그러니?

한스 : 아니, 예전에 내가 그런 승합마차를 끌던 말이 쓰러지는 것
       을 본 적이 있거든.

나 : 언제?

한스 : 예전에, 그러니까 내가 나의 그 〈멍청한 것〉을 무릅쓰고 엄
       마하고 조끼를 사러 갔을 때야. (이것은 나중에 그의 엄마
       가 사실임을 증명해 주었다.)

나 : 말이 쓰러졌을 때 너는 무슨 생각을 했니?

한스 : 언제든지 그런 일이 일어날 수 있다고 생각했어. 승합 마차
       를 끄는 말은 언제든지 쓰러질 것 같아.

나 : 승합 마차를 끄는 모든 말이 그럴 것 같니?

한스 : 응. 가구를 운반하는 말도 그럴 것 같아. 하지만 가구 운반
　　　말은 그렇게 자주 그럴 것 같지는 않아.

나 : 그때 너는 그 〈멍청한 것〉을 이미 느끼고 있었니?

한스 : 아냐. 나 그때 처음으로 그 〈멍청한 것〉을 갖게 되었어. 승
　　　합 마차의 말이 쓰러지는 것을 보고 나는 무척 놀랐어. 정
　　　말이야! 그때 나는 그 〈멍청한 것〉을 얻게 된 거야.

나 : 너의 그 〈멍청한 것〉은 원래 말이 혹시 너를 물지도 모른다는
　　　거였잖아. 그런데 넌 지금은 말이 쓰러질까 봐 무서웠다고
　　　말하고 있어.

한스 : 쓰러지고 물 것 같아.

나 : 그런데 왜 그렇게 놀랐니?

한스 : 말이 두 발로 이렇게 했거든(그는 바닥에 드러눕더니 내게
　　　두 발을 마구 버둥거리는 모습을 보여 주었다). (그 말이 두
　　　발을 〈버둥거렸기〉 때문에) 나는 놀란 거야.

(중략)

나 : 그러면 그 말은 쓰러져 죽었니?

한스 : 응!

나 : 그걸 어떻게 알았지?

한스 : 내 눈으로 봤으니까(그가 웃었다). 아냐. 절대 죽지 않았어.

나 : 넌 그 말이 죽었다고 생각한 거지?

한스 : 아냐. 분명히 죽지는 않았어. 그냥 장난삼아 말해 본 거야
　　　(그 말을 할 때 그의 태도는 진지했다).

(중략)

라인츠로 돌아오는 도중에 나는 그에게 몇 가지 질문을 더 던져
보았다.

나 : 전에 쓰러졌다는 그 승합 마차의 말 말이야. 그 말이 무슨 색
　　이었니? 흰색, 붉은색, 갈색 아니면 회색?

한스 : 검정색이야. 두 마리 다 검정색이었어.

나 : 말의 덩치가 컸니, 아니면 작았니?

한스 : 컸어

나 : 뚱뚱했니, 아니면 말랐니?

한스 : 뚱뚱했어. 아주 크고 뚱뚱했어.

나 : 말이 쓰러졌을 때 넌 아빠를 생각했니?

한스 : 글쎄. 그래 맞아. 그랬던 것 같아.

　　　　– S. 프로이트《다섯 살배기 꼬마 한스의 공포증 분석》中 –

　라스콜리니코프의 꿈에서처럼 꼬마 한스의 기억에 등장하는 짐말은
아버지를 상징하고 짐말의 특성은 꼬마 한스가 가진 아버지에 대한 표상
을 의미한다. 꼬마 한스가 가진 아버지 표상은 **'아주 크고 뚱뚱한'** 존재이
다. 꼬마 한스는 이러한 아버지 표상을 짐말에게 투사해서 짐말을 두려
워하는 공포증–꼬마 한스는 공포증을 '멍청한 것'으로 부른다–에 걸린
다. 이렇게 어린아이가 자신의 내적 정신 현상을 외부 대상에게 투사하는
이유는 아버지가 유발하는 **불안** 또는 **두려움** 때문이다. 이러한 불안이나
두려움은 '지각을 왜곡하고 기억을 손상시키며 이로 인해서 이후에 **현실
과 환상을 혼동하는 기반이 마련된다**.'[51] 인간의 두뇌가 어머니 젖과 지
상의 빵을 혼동하는 하는 이유도 어린 시절 경험한 죽음 불안 때문이며,
인간의 두뇌가 어머니와 성모 마리아를 구별하지 못하는 이유도 어린 시
절 경험한 분리 불안 때문이다. 또 인간의 두뇌가 아버지의 말씀을 훗날

---

51) p.451. 외상은 지각을 왜곡하고, 기억을 손상시키며, 이로 인해 이후에 사실과 환상
　　을 혼동하는 기반이 마련된다(Dorahy, 2001).
　　　　　　　　　　　　　　　　– N. 맥윌리엄스《정신분석적 진단》中 –

하나님 아버지의 말씀으로 착각하는 이유도 어린 시절 경험한 거세 불안 때문이다.

현실과 환상을 혼동하는 대표적인 예가 고대 원시인들의 **토테미즘**이다. 토테미즘은 어린 시절 아버지에 대한 두려움의 흔적이 아버지처럼 두려움을 주는 **동물**이나 **자연 현상**에 투사된 정신 현상이다. 토테미즘이 주는 효과는 내부의 두려움을 외부 대상에 대한 두려움으로 전환해서 그 대상을 회피하는 **상징 행위**를 통해서 내부의 두려움에서 벗어날 수 있다는 것이다. 꼬마 한스가 짐말을 두려워하고 피하는 이유도 짐말을 피하는 상징 행위를 통해서 아버지에 대한 두려움에서 벗어날 수 있기 때문이다. 원시인의 토테미즘은 어떻게 아버지 신 숭배 종교가 발생하게 되었고 또 아버지의 질투를 피하기 위한 엄격한 금제(율법)와 강박적인 의례가 만들어지게 되었는지에 대한 힌트를 준다.

p.222. 정신분석학은 우리에게, 신자들이 신(神)을 아버지라고 부르는 것이 토테미즘의 경우 토템 숭배자들이 토템을 자기네 선조라고 여기는 것과 똑같은 것으로 볼 것을 권고한다. 정신분석학이 어느 정도 주목해도 좋은 학문이라면, 정신분석학이 밝히지 못하는 신의 기원이나 의의는 별도로 한다고 치더라도 신(神)이라고 하는 관념에 아버지가 관여하고 있다는 지적만은 중요한 대목이라고 하지 않을 수 없다.

− S. 프로이트《종교의 기원, 『토템과 터부』》中 −

짐말에 대한 상징 분석을 통해서 라스콜리니코프와 꼬마 한스의 정신 구조에 있어서 공통점을 발견할 수 있다. 두 사람 모두 아버지가 죽기를 소망했다는 것이다. 이러한 소망은 짐말의 죽음으로 상징화되어 있다. 또 다른 공통점은 두 사람의 무의식 속에는 강한 양심(연민)이 형성되어 있다는 것이다. 라스콜리니코프는 짐말이 죽자 '너무 불쌍해서 엉엉 울고' 꼬마 한스가 짐말이 죽었다고 '그냥 장난삼아 말해 본 것'이라고 말하는 이유도 양심의 가책 때문이다. 꼬마 한스가 짐말이 죽기를 바라면서도 동시에 짐말이 죽기를 바라지 않는 데에서 그의 무의식 속에는 아버지에 대한 증오심과 아버지에 대한 연민(동정심)이 공존하고 있음을 알 수 있다.

p.143. 그러나 사실 우리의 한스는 절대 나쁜 성격의 소유자가 아니다. 그는 이즈음의 시기에 그렇듯이 인간의 천성을 이루는 잔인하고 폭력적인 성향을 아무 거리낌 없이 내보이는 아이가 절대 아니었다. 이와 정반대로 그는 이루 말할 수 없이 선량하고 부드러운 성격의 소유자였다. 한스의 아버지는 한스의 가슴속에서 아주 이른 나이에 공격 성향이 동정심으로 전환되었다고 보고했다. 공포심이 나타나기 이미 오래전에 그는 회전 목마의 말들이 맞는 장면을 보면 불안감을 감추지 못했으며, 자기 앞에서 누군가가 울면 냉담하게 결코 가만 있지 않았다. 물론 정신분석 과정 중 한 단계에서 그에게 약간의 억압된 사디즘 증세가 나타나기는 했다. 그러나 그것은 〈억압된〉 사디즘이었다. 우리는 앞으로 그 맥락에서 그러한 사디즘이 무엇을 의미하는지, 그것이 무엇을 대체하는 것인지에 대해서 추론해야 할 것이다. 한스는 아버지가 죽기를 바라면서도 아버지를 진심으로 사랑했다. 그리고 그의 의지력이 그러한 모순에 저항하려는 사이, 그는 그 모순이 존재한다는 사실을 보여 줄 수밖에 없었다. 즉 그는 아버지를 때리고는 곧장 달려들어 때린 부위에다 입을 맞춘 것이다. 우리들 역시 그러한 모순된 행동에 빠지지 않도록 조심해야 하겠지만, 사실 우리 인간들의 감정적인 삶은 대체로

그와 같은 대립된 쌍으로 조합되어 있다.

　사실, 그렇지 않다면 심리적 억압증이나 신경증은 전혀 생기지 않을 것이다.

　　　　　　－ S. 프로이트《다섯 살배기 꼬마 한스의 공포증 분석》中 －

　라스콜리니코프와 꼬마 한스의 정신구조에서의 차이점은 짐말이 지닌 아버지 표상의 차이점에서 추론할 수 있다. 라스콜리니코프의 꿈에서 아버지를 상징하는 짐말은 **'아주 작고 빼빼 마른'** 말이었지만 꼬마 한스의 기억에서 아버지를 상징하는 짐말은 **'아주 크고 뚱뚱한'** 말이었다. 이러한 차이점은 라스콜리니코프는 정신구조 형성에 있어서 아버지의 영향을 **아주 적고 부족하게** 받았고 꼬마 한스는 정신구조 형성에 있어서 아버지의 영향을 **아주 크고 풍부하게** 받았다는 것을 뜻한다. 다시 말해서 라스콜리니코프는 오이디푸스 콤플렉스가 **아주 약하게** 형성되었고 꼬마 한스는 오이디푸스 콤플렉스가 **아주 강하게** 형성되었다는 것을 뜻한다. 다만 꼬마 한스의 아버지가 아주 다정한 사람이었다는 사실은 오이디푸스 콤플렉스를 약화시킬 수 있는 한 가지 요인으로 작용할 수 있다. 이렇게 어떤 사람이 특징적으로 **'자주 사용하는 이미지나 단어'**는 그 사람이 의도하지는 않았지만, 그의 정신구조를 들여다볼 수 있는 실마리를 제공해 줄 수 있는 더욱 깊은 의미가 숨어 있음을 알 수 있다.

　p.288. 일반적으로 우리는 어떤 단어든 자유롭게 선택하여 우리의 생각을 포장하고, 어떤 이미지든 자유롭게 끌어내 우리의 생각을 위장시킨다. 그런데 조금만 더 면밀히 관찰해 보면, 그와 같은 자유로운 선택을 결정하는 또 다른 요인들이 있으며 우리의 생각을 표현하는 형식 그 이면에 행동의 주체가 의도하지 않았던 더욱 깊

은 의미가 숨어 있음을 알 수 있다. 우리가 어떤 사람을 판단하고자 할 때는 그 사람이 특징적으로 자주 사용하는 이미지나 단어들을 분명 의미있는 것으로 여겨야 한다.

- S. 프로이트《일상생활의 정신병리학》中 -

전능 관념과 우월감

라스콜리니코프의 꿈과 꼬마 한스의 기억에 대한 비교 분석을 통해서 라스콜리니코프의 경우에는 그의 정신구조가 형성되는 데 있어서 아버지의 영향이 아주 미미했고 꼬마 한스의 경우에는 아버지의 영향이 매우 컸다는 것을 알 수 있었다. 바꿔 말하자면 라스콜리니코프의 경우에는 전능 관념이 **아주 불완전하게** 억압되었다는 것을 의미하고 꼬마 한스의 경우에는 전능 관념이 **아주 완전하게** 억압되었음을 의미한다. 라스콜리니코프처럼 전능 관념이 억압되지 않고 또 그 관념에 리비도가 집중되면 성인이 되었을 때 '**거만하고**' 타인보다 자신을 '**월등히 우월한 존재**'라고 생각하게 되고 '**타인의 생각을 낮게 인식**'한다. 이러한 성격 구조를 정신 분석학에서는 '과대 자기'로 부른다[52](이 책에서는 용어의 통일성을 위해서 **과대 자아**로 부르기로 한다).

p.87. 그는 몹시 가난하면서도 어딘가 모르게 거만한 데가 있었

---

52) p.303. 타인들은 우월감을 향상시켜 줄 수 있는 능력 때문에 가치 있는 존재로 인정되는 반면, 그들이 이러한 기능을 하지 않을 때는 평가절하된다. 결과적으로 그들의 인격이나 대상 관계에는 따스함과 깊이가 거의 존재하지 않는다. 과대 자기의 인격 조직을 지닌 개인은 타인들에 대해 냉담하고 착취적이며 거만한 태도를 갖는 경향이 있다.

- F. 써머즈《대상관계 이론과 정신병리학》中 -

고 비사교적이어서 무엇인가 마음에 숨겨놓은 것이 있는 것처럼 보였다. 그는 어떤 친구에게는 마치 아이들이라도 대하는 것처럼 고자세를 취하며 마치 자기는 두뇌의 발달면에서나 학식의 면에서나 급우들보다 월등한 것처럼 우월감을 갖고 있었다. 그리하여 급우들의 신념과 흥미를 낮게 인식하는 것처럼 보였던 것이다.

- 도스토옙스키 《죄와 벌》 상 中 -

라스콜리니코프는 자신이 '두뇌의 발달 면'에서나 '학식의 면에서나' 동료들보다 월등하다는 우월감을 가지고 있다. 도스토옙스키의 이러한 단순한 묘사가 정신분석학적으로 얼마나 중요한 의미가 있는지는 차후에 설명하겠지만 특히 라스콜리니코프가 자신을 **'학식 면에서'** 월등하다고 생각하고 있다는 표현은 그의 성격 유형을 정확하게 묘사하고 있다 (이에 대한 논의는 제6장에서 종합적으로 다룬다). 《카라마조프의 형제》에서도 도스토옙스키는 이반의 성격 구조를 묘사하기 위해서 이반이 **'학술 방면'**에서 남달리 뛰어난 재능을 가지고 있다고 표현한다. 이 단어만으로도 라스콜리니코프와 이반이 유사한 성격 구조를 지니고 있다고 추정할 수 있다.

p.28. 이 소년은 아주 어려서부터, 거의 유년기부터(적어도 그렇다는 소문이다) 학술 방면에 남달리 뛰어난 재능을 나타내기 시작했다.

- 도스토옙스키 《카라마조프의 형제》 상 中 -

라스콜리니코프가 우월감을 느낀다는 것은 열등감을 느낀 적이 있다는 것을 전제한다. 이 의미는 우월감이 열등감을 방어하기 위해서 형성되었다는 뜻이다. 라스콜리니코프가 열등감을 느낀 이유는 동생의 출생 때문이다. 주체의 정신은 이러한 외상을 방어하기 위해서 전능 관념에 리비도를 집중해서 자신에 대해 우월한 자기 표상(관념적 표상)은 의식 속에 남겨놓고 자신에 대한 열등한 자기 표상(관념적 표상)은 무의식 속에 감춘다. 이러한 방어의 결과로 형성된 심리조직이 **과대 자아**이다. 라스콜리니코프의 주된 감정은 우월감이지만 때때로 우울한 이유는 우월감의 표면 아래에는 열등감이 숨어 있기 때문이다.

그 반대인 경우도 있다. 주된 감정이 열등감이지만 그 표면 아래에는 우월감이 숨어 있는 경우이다. 가장 유명한 예가 유대 민족의 **선민의식**이다. 유대인은 하나님에게 '자신의 모든 권력과 재량권을 빼앗겨 비참한 꼴'이지만 그 '비참함을 느끼지 않고 잊어버리기 위해' 하나님의 영광과 권위를 찬양하고 그것에 맹목적으로 복종한다. 그리고 그 대신 다른 민족을 심하게 경멸함으로써 자신의 열등감을 보상받는다. 아래 지문에서 하나님은 루이 14세에, 유대인은 프랑스 귀족에 비유할 수 있다.

> p.287. 유대인들은 스스로를 모든 민족 중에서 선택된 민족이라고 느끼는데, 왜냐하면 많은 민족 중에서도 가장 뛰어난 도덕적 천재성을 지녔기 때문이다 (그들은 다른 어떤 민족보다도 인간을 **더 심하게** 경멸하는 능력이 있다). 그들은 마치 프랑스 귀족이 루이 14세에 대해 품은 것과 같은 즐거움을 그들의 신성한 군주와 성자에게서 얻고 있다. 프랑스 귀족들은 자신의 모든 권력과 재량권을 빼앗겨 비참한 꼴이 되어 버렸다. 이 비참함을 느끼지 않고 잊어버리기 위해, 비할 데 없는 국왕의 영광과 권위와 권세를 필요로 하였다. (중략) 모든 것을 경멸하였고 그로 인해 모든 양심의 가책을 넘어서 버렸다.

라스콜리니코프와 유사한 정신구조를 가진 실제 인물로는 니체를 들수 있다. 라스콜리니코프와 니체의 정신구조가 유사한 이유는 니체의 아버지도 어린 시절(니체의 나이 5세 때)에 사망했기 때문이다. 니체는 《나의 생애》라는 단문에서 아버지의 조기 사망으로 자신이 **'남성적 시각의 감시'**를 받지 않고 호기심 가는 대로 여러 가지 교양 소재를 추구하는 **'병적인 욕망'**이 자라났다고 회상한다. 여기서 '남성적 시각의 감시'는 아버지의 거세 위협을 말하고 '병적인 욕망'은 어머니에 대한 욕망을 의미한다. 정신분석학적으로 표현하면 아버지로부터 거세의 위협을 받지 않고 호기심 가는 대로 어머니에 대한 욕망을 추구함으로써 전능 관념이 지배적인 정신구조를 갖게 되었다는 뜻이다.

> p.945. 아버지의 죽음은 한편으로는 나의 장래 생활에 대한 아버지의 도움과 지도를 빼앗아 갔으나, 한편으로는 나의 영혼에 진지한 명상적 성격의 싹을 심어주었다. 그 뒤 나의 생활은 남성적 시각으로 감시를 받지 않았고, 그에 따라 호기심 가는 대로 여러 가지 교양 소재를 추구하는 병적인 욕망이 자라났다.
>
> — F. 니체 《인간적인 너무나 인간적인(동서)》中 —

그렇다고 니체의 무의식 속에 오이디푸스 콤플렉스가 전혀 형성되지 않았다는 뜻은 아니다. 5세 정도가 되면 일반적으로 아버지의 거세 위협을 느낄 수 있는 나이이므로 오이디푸스 콤플렉스가 형성된다. 다만 오이디푸스 콤플렉스 형성 과정에서 한 가지 더 고려해야 할 부차적인 요소는 아버지의 성격이다. 아버지의 성격에 따라서 오이디푸스 콤플렉스의 강도도 달라지기 때문이다. 니체의 아버지에 대한 기억을 고려할 때 그가 아버지의 거세 위협을 크게 느끼지 않았음을 알 수 있다.[53] 이러한 두 가지 요인으로 인해서 니체의 전능 관념은 거의 억압되지 않았고 이러한 전능 관념은 말년에 자신을 '알렉산더나 카이사르의 아들'이라고 생각하게 만드는 과대망상(편집증)으로 발전한다.

p.337. **위대한** 개인들은 가장 오래된 사람들이다 : 내가 알고 있지는 못하지만, 율리우스 카이사르가 내 아버지일 수도 있으리라- 아니면 알렉산더, 이 육화된 디오니소스가…… 이것을 쓰고 있는 이 순간 우편배달부가 내게 디오니소스의 머리를 배달한다……

－ F. 니체《이 사람을 보라(책)》中 －

니체와 유사한 오이디푸스 환경으로 인해서 라스콜리니코프도 자신을 나폴레옹과 같은 **'천재적인 인간'**으로 여기게 된다.

p.319. "… 그야 물론 여러 가지 뛰어난 것을 가진 자부심이 지나치게 강한 젊은이에게는 이를테면 3,000루블만 있으면 출세의 길도 평생의 미래도(未來圖)도 일시에 싹 바꿔버릴 수도 있는데, 그 3,000루블이 없다는 사실을 깨달았다면 확실히 굴욕을 느끼지 않을 수 없었을 것입니다. 게다가 굶주림이며 비좁은 방이며 남루한 옷이며 자신의 사회적 지위와, 동시에 누이나 모친의 생활의 비참함에 대한 명확한 의식으로 말미암은 초조감 같은 것을 계산에 넣

---

53) p.542. 내 아버지는 36세로 사망했다: 그는 섬세하고 상냥했지만 병약했다. 마치 삶을 단지 스치고 지나가도록 규정된 존재와도 같았다-아니, 삶 자체를 살고자 하기보다는 삶에 대한 좋은 기억만을 갖도록 규정된 존재와도 같았다.

－ F. 니체《유고(1888년 초~1889년 1월 초)》中 －

어서 생각해 보십시오. 그러나 가장 큰 이유는 허영심입니다. 자부심과 허영심입니다. 그 사람에게는 다른 좋은 감정도 있을는지 모릅니다만……. (중략) 그러나 당신 오빠는 나폴레옹에 몹시 흥미를 느꼈던 것 같습니다. 일반적으로 대개의 천재적인 인간은 한두 가지의 죄악에는 구애받지 않을 뿐만 아니라 염두에 두지도 않고 그 것을 짓밟고 넘어갔다는 사실에 이끌렸던 것이지요. 아무래도 그는 자기도 천재적인 인간으로 알았던 모양입니다−적어도 한동안은 그렇게 믿고 있었던 것 같습니다. 그 사람은 자못 괴로워했고 지금도 괴로워하고 있는 것 같습니다만, 그것은 이론을 세우는 능력은 있어도 짓밟고 넘어설 수는 없다, 이것은 곧 자기는 천재적인 인간이 못 된다는 것으로 생각했기 때문입니다. 정말 이런 것은 자부심이 강한 청년에게 있어서는 굴욕적인 일이니까요. 더욱이 현대에는 말입니다……."

− 도스토옙스키 《죄와 벌》 하 中 −

우선 몇 가지 정서적 표상(감정)에 대해서 정의를 내릴 필요가 있다. 감정은 심리적 외상을 방어하기 위해서 그 외상에 정신 에너지(리비도)가 집중될 때 리비도가 변환됨으로써 생긴다. 감정은 심리적 외상을 방어하기 위한 목적이므로 서로 반대되는 감정과 연결되어 있다. 예를 들어 **열등한 자아** 표상(자의식)과 **수치심**을 방어하기 위해서 전능 관념에 리비도가 집중되면 열등한 자아 표상과 수치심은 무의식 속으로 숨게 되고 의식 속에는 **우월한 자아** 표상과 **허영심**이 등장한다.[54] 우월한 자아 표상

---

54) p.244. 허영심과 거대자기를 드러내는 자기애적 문제를 가진 모든 사람들이 내면에는 자의식과 수치심을 강하게 느끼는 아이를 감추고 있으며, 우울하고 자기비판적인 자기애적 문제를 가진 모든 사람들이 마음속으로는 자신의 존재에 대한 거대한 환상을 품고 있음을 많은 사람들이 주목하였다.

에 부착된 허영심에는 리비도가 집중되어 있으므로 우월한 자아 표상을 **과장**하게 된다. 이때 의식되고 느끼는 감정이 **우월감**이다. 우월감은 우월한 자기 표상(관념적 표상)과 허영심(정서적 표상)을 동시에 표현하는 감정이라고 할 수 있다. 그런데 심리적 외상이 너무 컸다면 리비도가 더 집중되므로 허영심은 **지나치게** 강하게 되고 우월한 자아 표상은 그만큼 **거대하게** 과장된다. 이렇게 지나치게 강한 허영심에 의해서 거대하게 과장된 자아가 **과대 자아**이고 이러한 정신 현상이 **과대망상**이고 **편집증**이다.

　　p.181. 그러나 임상적인 증거를 보면 편집증에서는 대상에서 거둬들인 리비도가 특별하게 쓰이는 것을 알 수 있다. 편집증에서는 대부분 과대망상의 흔적을 보이며, 과대망상만으로 편집증이 될 수 있다는 것을 기억할 것이다. 이것을 보면 자유로워진 리비도는 자아에 부착되어 자아를 과장하는데 쓰인다고 결론을 내려도 될 것이다.
　　자신의 성적 대상으로 자신의 자아밖에 없는 자기애적 단계(리비도의 발달 단계에서 알게 된)로 돌아간 것이다. 이 임상적인 증거에 의해서 우리는 편집증 환자들을 자기애 단계에 고착되어 있었다고 가정할 수 있다.
　　　　　　　　　　　－ S. 프로이트《늑대인간,『편집증 환자 슈레버』》中 －

반대로 아버지의 거세 위협을 방어하기 위해서 복종 관념에 리비도가 집중되면 **반역적 자아** 표상과 **전능감**은 무의식 속으로 숨게 되고 의식 속에는 주로 **복종적 초자아** 표상과 **죄의식**이 등장한다. 복종적 초자아 표상에 부착된 죄의식에는 리비도가 집중되어 있으므로 복종적 초자아 표상을 **과장**하게 된다. 이때 의식되고 느끼는 감정이 **죄책감**이다. 죄책감은
　　　　　　　　　　　－ N. 맥윌리엄스《정신분석적 진단》中 －

복종적 초자아 표상(관념적 표상)과 죄의식(정서적 표상)을 동시에 표현하는 감정이라고 할 수 있다. 그런데 거세 위협이 너무 크면 죄의식에는 리비도가 더 집중되므로 죄의식은 **지나치게** 강렬하게 되고 복종적 초자아 표상은 그만큼 **거대하게** 과장한다. 이렇게 지나치게 강한 죄의식에 의해서 거대하게 과장된 초자아가 외부에 투사되어 창조된 대상이 **아버지신**이고 이러한 정신 현상이 **종교적 환상**이고 **강박신경증**이다.

　　p.194. 우리가 일정한 강박증 환자들의 강박 행위와 전 세계 신자들의 종교 활동 사이에서 발견하는 완전한 일치의 인상을 버린다는 것은 불가능하다. 강박신경증의 많은 사례들은 바로 희화화된 개인 종교처럼 보이기 때문에, 우리는 공식적인 종교들을, 보편화됨으로써 진정되는 강박신경증과 동일시 할 수 있다. 모든 신자들에게 틀림없이 매우 불쾌하게 들릴 이러한 비교는 심리학적으로는 매우 풍부한 암시를 갖게 되었다. 왜냐하면 정신분석학은 곧 강박신경증에 대해 강박 행위의 의식(儀式)을 통해 갈등이 뚜렷하게 표현되기까지 여기서 어떤 힘들이 서로 싸우고 있는가를 인식했기 때문이다. 종교적인 감정을 그 가장 깊은 뿌리인 아버지와의 관계로 환원함으로써 여기에도 유사한 역동적 상황이 있음을 증명하는데 성공하기 전까지 종교적 의식에 대해 전혀 유사한 것을 추정할 수 없었다.

　　　　　　　　　－ G. 프로이트 《정신분석학 개요, 『정신분석학 소론』》 中 －

　　이제 지문에 대한 분석으로 돌아가면, 라스콜리니코프가 '자부심이 **지나치게** 강하다'는 의미는 전능 관념에 리비도가 **지나치게** 집중되어 과대 자아가 형성되었다는 뜻이다. 과대 자아가 형성되었다는 의미는 **의식적으로는** 자신이 특별한 존재라고 생각하고 우월감을 느끼지만, **무의식적**

으로는 자신이 무가치한 존재라고 생각하고 열등감을 느끼고 있다는 뜻이다. 후자의 표상들은 억압되어 있으므로 의식은 이러한 표상들을 인식하지 못한다. 하지만 우월한 자기 표상이 확인받지 못하게 되면 무의식 속에 숨어 있던 열등한 자기 표상이 의식 속으로 들어오게 된다.

도스토옙스키는 이러한 심리적 메커니즘을 라스콜리니코프가 돈이 없다는 사실을 깨닫고 **확실히** 굴욕을 느끼지 않을 수 없는 '**가장 큰 이유는 허영심이다**'라고 표현하고 있다. 표현 그대로 해석하자면 열등감(굴욕감)을 **확실히** 느끼는 가장 큰 이유가 우월감(허영심) 때문이라는 뜻이다. 따라서 우월감은 열등감 때문에 형성된 것이라고 할 수 있다. 이렇게 방어 기제는 동전의 양면처럼 **양극단**의 관념과 정서로 구성된다.[55] 다만 평소에는 동전의 한 면만 의식되고 다른 면은 의식되지 않는다. 이러한 정신 현상이 **의식과 무의식의 분열**이다. 평소에는 의식되지 않는 동전의 다른 면은 그 심리적 외상과 유사한 상황이 반복되면 의식된다. 라스콜리니코프가 확실히 굴욕을 느끼는 이유도 어머니와 여동생을 도와줄 수 없는 자신의 처지가 우월감의 밑에 숨어 있던 열등감을 자극했기 때문이다. 우월감(허영심)이 '**가장 상처받기 쉬우면서도 가장 이겨내기 어려운**' 이유도 그 밑에 열등감이 도사리고 있기 때문이다.

p.47. 인간적인 '물자체' - 가장 상처받기 쉬우면서도 가장 이겨내

---

55) p.37. 내사의 특징적인 배열은 공격성과 자기애라는 양극의 양태로 표현될 수 있다. 공격성은 공격성 대(對) 피해의식의 형태로 표현되는 반면, 자기애적 요소는 우월감 대 열등감으로 표현된다. 개인은 이 둘 중에 어느 하나를 중심으로 해서, 혹은 이 둘이 혼합된 내사적 요소를 중심으로 해서 그의 자기감을 구조화한다. 자기애적 내사의 측면에서, 개인 자신을 우월하고 특별하며, 특권을 가지고 있고, 완벽하며, 자격이 있는 위대한 사람으로 보려고 한다. 열등감 내사의 측면에서, 그는 스스로를 열등하고 무가치하며, 부끄럽고 비굴한 사람으로 보려고 한다.
- W. 마이쓰너 《편집증과 심리치료》中 -

기 어려운 것이 인간의 허영심이다 : 게다가 그것의 힘은 상처받음으로써 자라나 결국에는 엄청나게 커질 수도 있다.

－ F. 니체《인간적인 너무나 인간적인(책)》中 －

전능 관념을 과대 자아로 만드는 주된 원인은 어머니 사랑을 박탈당했다거나 거절당했다는 심리적 고통이다. 이러한 심리적 외상을 방어하기 위해서 전능 관념에 리비도가 집중됨으로써 라스콜리니코프의 과대 자아는 '엄청나게 커지게' 된다. 이렇게 엄청나게 커진 과대 자아가 자신을 보여주기 위해서 지정한 표상이 '천재적인 인간'인 나폴레옹이다. 주목할 점은 라스콜리니코프의 무의식이 나폴레옹에게 '몹시' 흥미를 느낀 이유가 나폴레옹이 '한두 가지 죄악에는 구애받지 않을 뿐만 아니라 염두에 두지도 않고 그것을 짓밟고 넘어갔다'라는 사실 때문이라는 것이다. 라스콜리니코프는 자신도 나폴레옹처럼 한두 가지 죄악을 염두에 두지 않고 짓밟고 넘어갈 수 있는지를 시험하기 위해서, 즉 자신의 전능 관념을 시험하기 위해서 전당포 노파를 살해하기로 마음먹는다.

하지만 전능 관념이 전당포 노파를 살해하는 원동력이 되기에는 강박성이 부족하다. 관념적 표상이 강박성을 띠도록 하는 방법은 강렬한 감정을 느끼도록 하는 것이다. 정신분석학적으로 표현하면 '명확한' 정서적 표상을 '의식 속으로' 밀어 넣는 것이다. 그 정서적 표상이 라스콜리니코프의 의식이 명확하게 느끼는 '여동생과 어머니의 비참한 생활에 대한 초조감'이다. 라스콜리니코프가 느끼는 이러한 초조감은 현재의 감정이 아니라 과거의 정서가 일깨워진 것이다. 그 과거의 정서는 어머니와 누이에 대한 강렬한 욕망이다.

p.452. 어린 시절부터 형제자매들과 공동생활을 함으로써 가족

중 다른 성을 지닌 구성원들에 대해서는 성적 충동을 느끼지 않는 다거나, 아니면 근친상간을 피하려는 생물학적 경향성은 심리적으로는 근친상간에 대한 두려움으로 나타난다는 것입니다! 만약 근친상간의 유혹을 억제하는 어떤 믿을 만한 자연적 장벽이 존재한다면 법과 인륜과 같은 냉엄한 금지 조항들이 불필요했을 텐데, 사람들은 이런 사실을 여기서 완전히 잊고 있습니다. 진리는 이와는 정반대입니다. 사람들이 처음 사랑의 대상을 선택하는 방식은 한결같이 근친상간적입니다. 남자아이의 경우, 어머니나 누이가 대상입니다. 그리고 이처럼 지속적으로 작용하는 유아기의 충동이 현실로 나타나지 못하도록 엄격한 금지 조항들이 필요한 것입니다.

– S. 프로이트 《정신분석 강의》 中 –

어린아이의 어머니에 대한 욕망은 아버지의 거세 위협으로 억압된다. 욕망이 억압되었다는 의미는 그 관념적 표상이 억압되었다는 뜻이지 그에 결부된 정서가 억압되었다는 뜻이 아니다. 예를 들어 어머니에 대한 성적 욕망에서 성(性)이라는 관념적 표상은 억압되어 사회적으로 용인되는 **효도**라는 대체 표상을 취하지만 그 욕망에 결부된 정서는 그대로 발현되어 어머니에 대한 애정으로 발현된다. 어머니에 대한 욕망은 여자 형제에게도 전이된다. 여동생에 대한 욕망도 성(性)이라는 관념적 표상은 억압되어 사회적으로 용인되는 **우애**라는 대체 표상을 취하지만 그 욕망에 결부된 강렬한 정서는 그대로 발현된다. 라스콜리니코프의 경우에도 어머니에 대한 욕망은 사회적으로 용인되는 **'염려'**라는 대체 표상을 취하지만 그 욕망에 결부된 정서가 강렬한 초조감으로 발현된 것이다.[56] 이러

56) p.277. 꿈에 필요한 〈원동력〉은 어떤 소원이 제공한 것이 분명하다. 꿈의 원동력으로서 그러한 소원을 조달하는 것은 염려의 몫이다.
– S. 프로이트 《꼬마 한스와 도라, 『도라의 히스테리 분석』》 中 –

한 초조감으로 인해서 무의식은 의식을 지배함으로써 행동의 원동력으로 작용한다. 하지만 라스콜리니코프의 의식은 현재의 자신이 느끼는 초조감을 과거의 어머니에 대한 욕망과 연결할 수 없으므로 아직은 '**공격 목표**'를 알 수 없다. 그 억압된 관념(욕망)이 기억 상실로 인해서 '**오리무중**'이 되어버렸기 때문이다.

p.70. 특정 사례의 병력을 통하여 우리는, 유아 시절에 나타나는 금제가 그 사람에게 결정적인 요소로 작용한다고 주장하는 셈이다. 뿐만 아니다. 이 연령 단계의 억압 기제는 차후의 상태에 대해서도 마찬가지로 결정적인 역할을 한다. 억압은 망각―기억상실―과 관계가 있는데, 이 억압이 강제된 결과 금제 자체는 의식되고 있는데 견주어 금제의 동기는 오리무중이 되어버린다. 따라서 공격 목표가 포착되지 않는 상황이므로 지성적 과정을 통한 강박증 제거 노력은 어차피 수포로 돌아가게 되어있다. 금제가 지니는 힘과 강박적 속성은 어디에서 오는가? 그것은 정확하게 금제와는 무의식적 적대자라고 할 수 있는, 은폐되어 있지만 약화시킬 수 없는 욕망에서 온다. 말하자면 의식적 통찰을 허용하지 않는 내적 필연성에서 오는 것이다. 금제가 쉽게 전위되고 확장될 수 있는 까닭은, 무의식적 욕망이 동반하는, 무의식을 지배하는 심리적 제 조건 아래서 특히 원활하게 진행되는 과정 때문이다. 충동적 욕망은 〈막다른 골목〉에서 끊임없이 탈출을 기도하며, 금지된 것의 대용물―대용 객체와 대용 행위―의 탐색을 시도한다. 그 결과 금제 자체도 끊임없이 움직이면서, 금지된 충동을 받아들일 만한 새로운 과녁을 찾아 스스로를 확장시킨다. 억압된 리비도가 진일보하면 여기에 대응해서 금제는 그만큼 더 강화된다. 갈등하는 두 세력의 상호 저지 노력은 마침내, 이

긴장을 해소하기 위해 역동성을 방전할 필요성을 느낀다. 강박 행위가 나타나는 것은 바로 이 필요성 때문이다. 신경증의 경우 이 강박 행위는 바로 이때 발생하는 절충안 같은 것이다. 어떻게 보면 강박 행위는 후회의 증거 혹은 속죄의 노력으로 보이지만 다른 각도에서 보면 금지된 행위에 대한 욕망을 보상받으려는 일종의 보상 행위로 보이는 것이다.

– S. 프로이트《종교의 기원,『토템과 터부』》中 –

어머니와 여동생의 비참한 생활은 아버지의 금제로 억압되어 있던 라스콜리니코프의 무의식 속에 '**은폐되어 있지만 약화시킬 수 없는 욕망**'을 일깨운다. 이렇게 일깨워진 욕망은 의식 속에 명확한 초조감으로 느껴짐으로써 의식을 지배할 수 있는 '**강박성**(강박적 속성)'과 행동으로 이어지게 하는 '**힘**'(원동력)을 획득하게 된다. 하지만 의식은 그 악마적 힘의 실체를 인식할 수 없다. 이러한 '**의식의 통찰을 허용하지 않는 내적 필연성**'은 라스콜리니코프의 의식을 막다른 골목에 몰아넣게 되고 그의 의식은 막다른 골목에서 탈출하기 위해서 어머니에 대한 욕망(금지된 충동)을 대리 만족시켜 줄 수 있는 '**대용물**'–대용 객체와 대용 행위–탐색하게 된다. 마침내 라스콜리니코프의 의식은 초조감에 연결할 수 있는 새로운 과녁을 발견하게 된다.

그런데 라스콜리니코프가 만족시켜야 할 한 가지 관념이 더 있다. 바로 전능 관념이다. 어머니를 비참한 생활에서 구원하는 것이 어머니에 대한 욕망을 대리 만족시키기 위한 것이라면 한두 가지 죄악을 저지르는 것은 전능 관념을 대리 만족시키기 위한 것이다. 전자의 목표를 달성하기 위한 상징 행위(대용 객체)가 **돈을 구하는 것**이라면 후자의 목표를 달성하는 위한 상징 행위(대용 행위)는 **살인**이다. 라스콜리니코프의 무의식은 이러한 두 가지 목표를 동시에 성취하기 위해서 전당포 노파를 살해하고 돈을 훔치기로 마음먹는다.

　　p.210. 소냐는 이 음울한 신조가 그의 신앙이기도 하고, 동시에 그의 법칙, 즉 인생관인 것을 어렴풋이 깨닫기 시작했다.

　"난 그때 깨달았지, 소냐." 그는 환희에 넘치는 어조로 말을 계속했다. "권력이란 일부러, 아냐, 기를 쓰고 그것을 줍겠다고 덤비는 자만이 수중에 넣을 수 있다는 것을. 그러므로 가장 중요한 일은 오직 하나, 그것을 감행하기만 하면 된다는 것을! 그때 내 머리에 처음으로 한 가지 생각이 떠올랐소. 나 말고는 그 어떤 사람도 일찍이 생각해 보지 못했던 생각이! 어느 누구도 말이야! 그러자 내 눈에는 이런 일이 태양처럼 뚜렷하게 비쳐왔어!…… 왜? 오늘날까지 이와 같은 온갖 불합리한 현상을 보면서도 그 꼬리만이라도 붙잡아 내던져버리려는 인간이 없었고, 현재도 없는가, 하는 생각이야! 그래서 난…… 단호하게, 과감하게 실행하겠다고 결심했던 거요! 그 결과, 그걸 죽여버리고 말았지!…… 난 과감하게 해치워버린 것뿐이야! 소냐, 이것이 그 원인의 전부야!"

　"이제 그만하세요! 말하지 마세요!" 소냐는 두 손을 딱 마주치면서 말했다. "당신은 하느님으로부터 버림받은 사람이에요. 하느님의 저주를 받았어요. 그리고 악마의 손아귀에 넘겨진 사람이에요!……"

　　　　　　　　　　　　－ 도스토옙스키 《죄와 벌》 하 中 －

라스콜리니코프의 심리를 좀 더 잘 이해하기 위해서는 과대 자아의 속성을 이해할 필요가 있다. 과대 자아는 전능 관념에 리비도가 집중됨으로써 형성된다. 전능 관념과 그 정서는 어머니의 자궁 속과 유아기 초기에 형성된다. 따라서 전능 관념과 그 정서는 인간 정신의 **본질**을 이룬다. 이러한 전능 관념에 리비도가 집중되는 이유는 심리적 외상을 방어하기 위해서이다. 심리적 외상을 방어한다는 의미는 그 발생 당시의 외상을 방어하는 목적도 있지만, 장래의 유사한 외상에 대응하기 위한 목적도 있다. 이러한 목적을 달성하기 위해서 방어 조직은 전체 정신에서 **분열**되고 본질과 독립적으로 작용하게 된다. 이러한 심리조직이 **과대 자아**로 과대 자아는 본질을 보호하기 위한 **껍질(방어막)** 역할을 하게 된다.

　문제는 이렇게 분열된 방어 조직에 집중된 정신 에너지가 자신을 보호하는 데만, 즉 장래의 심리적 외상을 피하기 데만, 집중되기 때문에 정신적 발달에 손상을 입힌다는 점이다. 리비도가 인간의 **본질(핵)**을 위해서 사용되는 것이 아니라 **껍질(방어막)**을 위해서 사용된다는 뜻이다.[57] 도스토옙스키가 라스콜리니코프를 '하나님으로부터 **버림받고** 악마의 손아귀에 **넘겨진** 사람'이라고 표현하는 이유도 그의 의식이 전체 정신(하나님)으로부터 **버림받고** 일부 정신(악마)에 의해서 **지배받기** 때문이다. 이렇게 '고립된 정신'이 전체 정신을 지배하는 정신 현상이 **'악마에 씌인'** 현상이다.

　p.327. 예전에 미신이 많았던 시대에 순진하게 관찰했던 사람들

---

57) p.230. 유아적 전능성에 의한 현실 왜곡이 정신증을 발달시키는 기원이라는 것이 위니캇의 기본적인 생각이다. 그는 정신증에서 기질적 요소의 관련 가능성을 부인하지는 않았지만, 침범이 멸절 불안을 만들어내고 그것에 대한 전능 방어를 야기함으로써 정신증의 발생에 결정적인 역할을 한다고 믿었다. 전능 방어에 고착된 자아는 통합을 성취할 수 없으며, 실제로 정신 에너지가 전능 방어를 통해 자신을 보호하는 데 집중하기 때문에 모든 발달적 과제가 손상을 입는다. 다시 말해서 "정신 에너지가 인격의 핵이 아니라 껍질에 집중되는" 일이 발생한다(Winnicott, 1960a).
　　　　　　　　　　　　　　　　　- F. 써머즈 《대상관계 이론과 정신병리학》 中 -

은 히스테리 환자들이 악마에 씌었다고 믿었는데 그 악마가 바로 마음의 분열이다. 환자의 깨어있는 의식에서 고립된 정신이 환자를 지배하는 것은 사실이다. 그러나 그 정신은 사실 고립된 정신이 아니라 환자 자신의 일부이다.

– J. 브로이어 & S. 프로이트 《히스테리 연구》 中 –

복종 관념이 지배적인 사람이 수중에 넣고 싶어 하는 껍질(방어막)이 **재산과 여자**라면 전능 관념이 지배적인 사람이 수중에 넣고 싶어 하는 껍질(방어막)은 **권력**이다. 권력을 통해 자신의 우월감을 증명함으로써 열등감을 방어할 수 있기 때문이다. 그런데 라스콜리니코프가 다른 것이 아닌 권력을 원하는 이유는 그것이 **어머니 칭찬**의 표상을 지니고 있기 때문이다. 그가 어머니 칭찬의 표상을 갈망하는 이유는 심리적 외상이 어머니 칭찬을 필요로 하는 아동기에 발생해서 고착되었기 때문이다. 이러한 어머니 칭찬의 표상이 확장된 것이 타인의 칭찬이나 사회적 찬사 등으로 권력은 사회적 찬사의 최고 단계라고 할 수 있다.[58] 하지만 칭찬과 찬사를 통해서 자신의 우월감을 확인받지 못하게 되면 그 밑에 숨어 있는 열등감이 출현해서 자신을 평가절하하게 되고 부정적으로 생각하게 된다. 이러한 열등감을 다시 경험하지 않기 위해서 라스콜리니코프는 단호하

---

58) p.300. 그들은 사랑받고 찬사받을 필요가 있는 사람들이다. 과대 자기를 받쳐주기 위해서 그들은 적극적으로 세상으로부터 계속적인 관심과 찬사를 얻고자 노력한다. 이런 자기-확인을 받지 못할 때, 그들은 삶이 지루하고 불안하다고 느끼는 경향이 있다. 환경에 의해서 계속적으로 지지받아야 할 필요성은, 그런 환자들의 과장된 자기-개념에 분열에 토대를 둔, 인격 구조에 대한 방어임을 말해주는 확실한 지표이다. (중략) 그러나 환경이 과대 자기를 확인시켜주지 않을 때, 거기에는 평가절하하는 부정적인 자기-이미지가 출현한다. 따라서 이런 환자들에게서 과대주의와 자기-평가절하는 서로 분리된 채 의식에서 번갈아 나타나는 경향이 있다.

– F. 써머즈 《대상관계 이론과 정신병리학》 中 –

고 과감하게 한 가지 죄악을 해치워버린다. 도스토옙스키는 무의식의 이러한 악마적 힘을 '맹목적이고 초자연적 힘'이라고 말하는데 인간의 운명이란 결국 '옷자락이 기계의 톱니바퀴에 걸려서 기계 속으로 말려 들어가기 시작한 것과 마찬가지 꼴'이라고 할 수 있다.

p.115. 그러므로 그렇게 아무런 생각도 없이 돌아왔어도, 모든 것을 단번에 결행해버렸던 그 최후의 날, 그에 대해서 작용하는 상태는 실제로 전적으로 기계적이었다고도 할 수 있었다. 그것은 마치 누구인가에 자기의 손을 잡혀서 하는 수 없이 맹목적이고 초자연적인 힘에 의해서 좋다 싫다 말도 못하고 끌려가는 듯한 느낌을 주었던 것이다. 그것은 마치 옷자락이 기계의 톱니바퀴에 걸려서 기계 속으로 말려들기 시작한 것과 마찬가지 꼴이라고 할 수 있었다.

– 도스토옙스키 《죄와 벌》 상 中 –

전능 관념과 양심

그런데 라스콜리니코프의 무의식은 왜 사회적으로 용인되는 방식이 아닌 범죄를 통해서 자신의 목표를 달성하려고 하는 것일까? 그 이유는 무의식은 선(복종) 아니면 악(불복종)의 이분법적 태도밖에 취하지 않기 때문이다. 정도의 차이는 있겠지만, 전능 관념이 지배적인 소수 엘리트는 복종을 악으로 여긴다. 그래서 그들은 기존 질서를 파괴하고 자신만의 질서를 세우려고 한다. 전 세계의 역사가 증명하듯이 이러한 소수의 사람은 그 당시로 보면 기존의 도덕과 법에 불복종한 **'범죄자'**였다. 하지만 기존

질서를 파괴하는 창조적인 소수 엘리트가 없었다면 인류 문명의 성장은 이루어지지 않았을 것이다.[59]

　　p.396. 아무튼, 예를 들면 전 인류적인 입법자도 좋고 제정자도 좋습니다. 고대로부터 시작해 라이커거스, 솔론, 마호메트, 나폴레옹 등등의 사람들, 이와 같은 사람들은 한 사람도 빠짐없이 새로운 법률을 발표하고 그렇게 함으로써 사회에서 신성시되고 자손대대로 계승되어온 옛 법률을 파기했을 뿐 아니라 만일 유혈 이외에는, 그 유혈 외에는 자기들이 살 길이 없다고 판단될 경우에는 피를 흘리게 하는 것도 서슴지 않았다는 그러한 사실자체만으로도 그 사람들은 범죄자였던 것입니다. 이와 같은 전인류적인 입법자, 제정자들 그 대부분이 특별히 소름이 끼칠 정도의 유혈 도배들이었다는 것은 실로 주목할 말한 사실이 아니겠습니까. 요컨대 내가 내린 결론이란 것은 사람은 누구나 위인이라고 할 정도는 못 된다 하더라도 조금이라도 상도(常道)에서 일탈한 인간, 다시 말하면 조금이라도 무언가 새로운 일을 할 수 있는 정도의 사람이라면 누구든 간에 그 본질적인 면으로 따져볼 때 반드시 범죄자를 면치 못하는 것이다-물론 정도의 차이는 있을망정 대체적으로 그러한 경향으로 오늘날 우리의 전 세계의 역사가 흘러내려왔다는 것은 전부 부인할 수가 없을 것입니다. 범죄자가 아니면 상도에서 일탈하기는 힘듭니다. (중략)

　　　　　　　　　　　　　- 도스토옙스키 《죄와 벌》 상 中 -

---

59) p.260. 문명의 성장이 창조적 개인 또는 창조적 소수자에 의해 이루어지는 일이라는 사실은, 결국 선구자가 있는 힘을 다해 전진할 때, 느린 후위 부대를 함께 끌고 가는 무슨 수단을 찾지 않는 한 비창조적인 다수자는 뒤에 남게 된다는 것을 뜻한다.
　　　　　　　　　　　　　　　　　- A. J. 토인비 《역사의 연구》 中 -

세계사는 기존의 도덕과 법을 파기하고 새로운 도덕과 법을 제정한 비범한 소수 엘리트의 역사라고 할 수 있다. 그러한 소수 엘리트는 자신이 필요하다고 생각할 경우에는 소름이 끼칠 정도의 대량학살도 마다하지 않았다. 평범한 다수는 자기의 시대에는 이러한 비범한 소수를 악한 인간으로 불렀지만, 훗날에는 그들을 인류의 구원자로 숭배하고 그들을 선한 인간으로 평가한다.[60] 라스콜리니코프의 전능 관념이 나폴레옹을 선택한 이유도 나폴레옹이 기존의 도덕과 법을 파괴하고 자신의 목적 달성을 위해서는 대량학살에도 구애받지 않는 **'양심에 모든 것이 허용되고 있는 진정한 지배자'**이었기 때문이다.

> p.410. "모든 것이 허용되고 있는 진정한 지배자는 툴롱을 파괴하고, 파리에서 대량학살을 기도하고, 이집트에 군대를 남겨둔 채 철수하고, 50만의 인간을 무턱대고 모스크바로 행진시키고, 그리고 나서 다시 비르나로 몸을 옮겼다. 그 결과, 그가 죽은 후 제단이 마련된 것이다. 그렇기 때문에 모든 것은 허용되고 있다. 아니, 그러한 인간은 살아있는 인간이 아니라 금속제의 인간과 다를 것이 없다…….
>
> – 도스토옙스키 《죄와 벌》 하 中 –

상기하자면 라스콜리니코프가 나폴레옹에 몹시 흥미를 느낀 이유는

---

60) p.37. 행위를 통해 풍습의 질곡을 부순 모든 사람들은 일반적으로 범죄자로 불리지만, 이런 비방은 대부분 철회되지 않으면 안 된다. 기존의 윤리 법칙을 전복한 사람은 모두 지금까지 항상 악한 인간으로 간주되어 왔다. 그러나 이 윤리 법칙을 더 이상 고집할 수 없게 되고, 사람들이 이런 사태에 만족하게 되었을 경우, [악하다는] 술어는 점차 바뀌게 된다. 역사는 훗날 선한 인간이라고 불리게 되는 이러한 악한 인간들만 다룬다.

– F. 니체 《아침놀(책)》 中 –

나폴레옹이 한두 가지 죄악에는 양심의 가책을 받지 않았기 때문이다. 즉 나폴레옹의 '비도덕성' 때문이었다.[61] 라스콜리니코프의 전능 관념은 양심을 초월한 나폴레옹의 비도덕성에 몹시 흥미를 느꼈던 것이다. 아니 정확하게 말하면 자신이 강한 양심을 가지고 있는 것을 **'부끄럽게'** 생각했던 것이다.

> p.206. "사실은 이렇게 된 거요. 난 나 자신에게 이런 질문을 해본 적이 있었지! 예를 들어, 나폴레옹이 내 입장이었다고 하고, 그가 출세길을 개척하려고 투울롱도, 이집트 원정도, 몽블랑도 넘지 않고, 그런 빛나는 업적 대신에 어떤 늙어 찌들은, 말단 관리의 과부가 가지고 있는 장롱 속에서 돈을 훔치기 위해서는─출세를 위해서 말이야─그 노파를 죽이지 않으면 안 되게 되었다면 나폴레옹은 그런 짓을 감행했을까? 그것이 빛나는 일도 아니고, 게다가 죄스러운 일이라고 주저하지는 않았을까? 이게 바로 내가 고민한 문제였단 말이오. 그래 난, 결과적으로 나폴레옹이라면 주저하지도 않았을 것이고, 이런 짓이 훌륭한 일이 아니라는 생각조차도 하지 않았으리라고 생각되었고, 따라서 나는 부끄러운 생각마저 느끼게 되었어. 만약 다른 방도가 없었다면 그는 물론 생각에 잠길 것도 없이 우물쭈물하지 않고 단숨에 교살해버리고 말았을 거요. …"
>
> ─ 도스토옙스키 《죄와 벌》 하 中 ─

이 부분이 중요하기 때문에 다시 설명하자면 라스콜리니코프의 전능

---

61) p.113. 믿음이 위대한 인간의 특징이기를 원하지만 ; 대담성, 회의, 믿음을 벗어나도록 스스로에게 허락하는 것, 즉 '비도덕성'이 위대한 인간에 속한다 (카이사르, 프리드리히 대제, 나폴레옹, (이하 생략).

─ F. 니체 《유고(1887년 가을~1888년 3월)》 中 ─

관념이 나폴레옹에게 흥미를 느끼는 이유는 나폴레옹이 비도덕적이기 때문이다. 이러한 심리는 그의 무의식 속에 **강한 양심**이 형성되어 있다는 것을 반증한다. 그래서 그는 자신의 신념을 방해하는 강한 양심을 부끄러워했고 그와 반대로 양심의 가책을 받지 않고 위대한 업적을 성취한 나폴레옹의 무자비성을 남몰래 부러워했던 것이다.[62] 도스토옙스키 작품에서는 이렇게 전능 관념과 강한 양심이 대립하는 정신구조를 가진 인물들이 다수 등장한다. 《카라마조프의 형제》에서 이반 카라마조프도 자신이 신과 같은 존재가 되는 데 있어서 중대한 장애물이 자신의 양심이라고 생각하는 인물이다.

p.150. "그자가 형님을 많이 괴롭힌 모양이군요." 알료샤는 동정의 눈으로 형을 바라보며 말했다.

"나를 마음대로 놀리는 거야! 그런데 말이다. 그놈은 아주 재치있게 말하거든 – 양심이라! 양심이 뭔가? 양심이란 나 자신이 만들어내는 거야. 한데 내가 무엇 때문에 괴로워하나? 관습 때문이지. 7천 년 동안 내려온 인류의 관습 때문이지. 이 관습을 버리면 우리는 신(神)이 되는 거야. 이건 그놈의 말이야."

– 도스토옙스키 《카라마조프의 형제》 하 中 –

---

62) p.32. 창조적인 예술가나 사상가는 실제로 덜 창조적인 사람이 가지고 있는 관심의 느낌을 이해하지 못하거나, 심지어 그것을 경멸할 수도 있다. 예술가들 중에서 어떤 이들은 죄책감을 갖고 있지 않지만, 뛰어난 재능을 통해 사회화를 성취한다. 보통 죄책감에 시달리는 사람들은 이 사실을 이해하기가 힘들다. 그러나 죄책감에 시달리는 그들은 사실상 죄책감을 전혀 느끼지 않는 사람들이 지닌 무자비성(ruthlessness)에 대해 남몰래 부러워한다. 왜냐하면 그들이 죄책감 없는 무자비성 덕택에 더 많은 것들을 성취하기 때문이다.

– D. 위니캇 《성숙과정과 촉진적 환경》 中 –

이반 카라마조프와 같이 전능 관념이 지배적인 정신구조 속에는 동전의 양면처럼 그와 모순되는 양심이 공존하고 있다. 전능 관념은 자신의 목적 달성을 위해서는 평범한 다수의 고통과 불행을 무시할 수 있어야 한다고 생각하지만, 양심은 그러한 음울한 신조와 인생관에 반대한다. 그래서 전능 관념이 지배적인 인물에게 있어서 가장 중요한 과제는 자신의 양심을 극복하는 것이다. 그들은 자신의 양심을 극복할 수 있을 때 위대한 일을 할 수 있다고 믿는다. 니체가 '**위대함**'이란 타인과 인류에게 큰 고통을 주더라도 곤혹이나 불안을 느끼지 않는 것이라고 말하는 이유도 역설적으로 자신의 양심을 극복하기 위한 노력의 일환이다. 니체가 말년에 미쳐버린 이유도 자신의 양심을 극복하지 못했기 때문이다.

> p.351. **위대함에 속하는 것** - 인간에게 커다란 고통을 가하는 힘과 의지를 자기 내면에서 발견하지 않는다면, 누가 위대한 것을 달성할 수 있겠는가? 고통을 견디는 것은 사소한 일이다. 연약한 아녀자와 노예들까지도 고통을 느끼는 것에 대해서는 흔히 익숙하다. 하지만 우리가 큰 고통을 인간에게 가하고, 그의 고통스런 비명을 들으면서도 내심의 곤혹이나 불안에 마음을 뺏기지 않는다는 것, 이것이 바로 위대함이요 위대함에 속하는 것이다.
>
> – F. 니체 《즐거운 지식(동서)》 中 –

양심은 전능 관념과 마찬가지로 유아기에 어머니와의 관계 속에서 습득된다. 전능 관념은 유아가 배가 고프다고 **생각**하거나 **말**하면(울면) 기적처럼 이루어지는 반복된 패턴이 심리적 알고리즘으로 된 것이다. 하지만 아무리 헌신적인 어머니라고 할지라도 유아의 모든 생각과 말에 반응할 수는 없다. 그래서 유아는 점차 어머니 젖가슴이 나타나면 쾌락(좋다)

을 가져다주고 어머니 젖가슴이 나타나지 않으면 불쾌(나쁘다)를 가져온다는 것을 분별하게 된다. 다시 말해서 사랑받는 것은 좋고 사랑받지 못하는 것은 나쁘다는 분별이 형성된다. 이러한 분별은 타인에게 투사되어 타인을 사랑하는 것은 좋고 타인을 미워하는 것은 나쁘다는 양심(연민)을 형성하게 된다. 만약 이 시기에 유아가 이러한 모성애를 충분히 내면화하지 못하면 유아는 옳고 그름의 분별력을 습득할 수 없게 되고 양심도 불완전하게 형성된다.[63]

유아기에 형성된 양심은 아동기에 선악에 대한 분별, 즉 선악 관념(죄책감)의 원천이 된다. 하지만 양심과 선악 관념에는 큰 차이가 있다. 양심은 모성애의 내면화로 형성되지만, 선악 관념은 아버지의 거세 위협에 대한 방어(동일시)로 형성되기 때문이다. 따라서 앞서 설명한 바와 같이 양심은 주체의 본성이 되지만 선악 관념은 주체의 본성이 되지 못한다. 최면상태에서 양심에 반하는 암시에 저항할 수 있는 이유도 양심이 인간의 본성이기 때문이다. 하지만 양심이 약하게 형성되거나 선악 관념이 너무 강하게 형성되면 비도덕적 암시에도 복종하게 된다. S. 밀그램 교수의 「권위에 대한 복종 실험」에서 피실험자가 권위자의 말에 복종하는 이유도 그들이 양심이 없기 때문이 아니라 선악 관념이 양심을 압도하기 때문이다. 이처럼 종교나 국가가 민중에게 **복종이라는 도덕**을 강요할 때 그것은 오히려 **양심(선량함)**을 뺏는 역효과를 불러일으킬 수 있다.[64] 홀로

---

63) p.124. 여기에서 암시되고 있는 균형은 주입된 부모의 기준보다는 옳고 그름에 대한 깊은 감각을 가르킨다. 그것은 사랑에 의해 제공된 믿을 수 있는 환경을 엄마에게 빚지고 있다. 우리는 엄마가 유아에게서 떨어져 지내야 할 때, 아플 때, 아니면 어떤 것에 몰두해 있을 때 그런 것처럼, 환경의 신뢰성에 대한 믿음이 상실될 때, 죄책감을 느끼는 능력도 사라지는 것을 볼 수 있다.

                              - D. 위니캇《아이, 가족, 그리고 외부 세계》中 -

64) p.174. 우리가 보편적으로 종교라고 부르는 것은 인간의 본성에서 비롯된 것이다. (중략) 개인(아동이나 청소년, 성인)에게 도덕성을 주입함으로써 그가 본래 가지고 있

코스트가 일어난 이유도 독일국민이 양심이 없기 때문이 아니라 **복종이라는 도덕**이 독일 민족의 미덕이었기 때문이다.

> p.634. 그런데 이런 종류의 민족이 도덕에 관심을 갖는다고 하자. 이 민족에게 만족을 주는 것은 어떤 도덕일까? 분명히 이 민족은 무엇보다 복종적 성향이 도덕 가운데 이상화되어 나타나기를 바랄 것이다. "인간은 무조건 복종할 수 있는 어떤 것인가를 가지지 않으면 안 된다." 이것이 독일적인 감각이고, 독일적인 일관성이다. 사람들은 모든 독일에서 성행하는 도덕설의 밑바닥에서 이것과 만난다. (중략) 공공연히 또는 은밀히 굴종하고 복종하는 것, 이것이 독일의 미덕이다.
>
> – F. 니체《아침놀(동서)》中 –

이상의 설명은 복종 관념이 지배적인 제1부류에 대한 설명이고 전능 관념이 지배적인 제2부류의 경우는 아주 다르다. 전능 관념이 지배적이라는 의미는 어머니에 대한 욕망이 억압되지 않았다는 것을 뜻한다. 바꿔 말하면 어머니의 사랑을 **과도하게** 받았다는 뜻이다. 이 의미는 그만큼 강한 전능 관념이 형성된다는 뜻도 되지만 그만큼 강한 양심이 형성된다는 뜻도 된다. 전능 관념이 지배적인 라스콜리니코프가 기회가 생길 때마다 자신의 주머니를 털어서 가난한 사람들을 돕는 이유도 그의 무의식 속에는 전능 관념과 더불어 강한 양심이 공존하기 때문이다.

> p.203. 소냐는 그 손을 마주쳤다.

> 는 선량함을 뺏는 일을 계속해야 하는가?
>
> – D. 위니캇《가정, 우리 정신의 근원》中 –

"그렇담 이 일이 모두가 참말이군요. 아냐, 아냐, 아냐, 그럴 리 없어! 정말이 아닐 거야! 믿을 수 없는 일이야!······ 조금이라도 돈이 있으면 불쌍한 사람에게 줘버리는 당신이 그런 끔찍한 짓을 할 리가 없어요. 살인강도라니! 아아!" 하고 그녀는 미친 듯이 소리쳤다.

－ 도스토옙스키《죄와 벌》하 中 －

이렇게 서로 모순된 관념이 공존할 수 있는 이유는 무의식 속 관념은 서로 아무런 영향을 미치지 않고 독립적으로 작용하기 때문이다. 가령 전능 관념과 양심처럼 **서로 양립할 수 없는** 관념이 공존하는 경우에는 관념의 발현이 **번갈아** 나타나거나 **타협의 형태로** 나타날 수 있고 복종 관념과 죄책감처럼 **서로 협력적인** 관념일 경우에는 관념의 발현이 **더 강하게** 나타날 수 있다.[65] 「권위에 대한 복종 실험」에서 피험자들이 양심의 가책 대신 불복종에 대한 죄책감을 더 강하게 느끼는 이유도 복종 관념과 죄책감이 **서로 협력해서** 양심을 압도하기 때문이다. 이렇게 죄책감에 의해서 양심이 압도당하면 사람은 양심의 가책을 느끼지 않고 어떠한 비도덕적 행위도 할 수 있게 된다.

이와 반대로 전능 관념과 양심이 병존하는 경우에는 전능 관념과 양심이 서로 충돌하는 상황에 자주 발생한다. 라스콜리니코프가 한편으론 살인을 계획하면서도 또 다른 한편으로 불쌍한 사람을 돕는 모순된 행위를 하는 이유도 전능 관념과 양심이 독립적으로 작용하기 때문이다. 그래서

---

65) p.189. 이와 같은 본능 충동들은 서로가 아무런 영향을 미치지 않는 대등한 관계를 유지하면서 병존하고 있으며, 또 서로 간에 아무런 갈등이나 충동을 내보이지 않는다. 가령, 목적이 서로 양립할 수 없는 듯 보이는 두 개의 소원 충동이 동시에 일어나는 경우라도 그 두 충동은 서로 상대방을 지우거나 그 힘을 약화시키는 것이 아니라 함께 협력하여 서로가 공유하는 공통 목표를 찾아 타협을 하게 되는 것이다.
－ S. 프로이트《정신분석학의 근본 개념,『무의식에 관하여』》中 －

이러한 정신구조를 가진 주체의 성격은 '두 개의 정반대의 성격이 교대로 들락날락하고 있다'는 느낌을 준다.

> p.326. 그는 무뚝뚝하고 음침하며 거만하고 기품이 있는 친구입니다. 요사이는, 혹은 훨씬 전부터인지는 모르겠습니다만, 의심이 많고 우울증이 많습니다. 대범하고 사람이 좋은 곳이 있는 반면에 자기의 감정을 밖에 나타내는 것을 싫어해, 오히려 잔혹한 보복을 당하더라도 자기의 마음을 겉으로 표현하려고 하지 않는 그러한 성품입니다. 그런가 하면 때로는 우울증이 완전히 가셔지고 다만 차갑고 인정머리 없는 사람처럼 냉혹 무정한 사람으로 변할 때도 있어서, 그야말로 그의 내부에는 두 개의 정반대의 성격이 교대로 들락날락하고 있다는 느낌을 줍니다.
>
> – 도스토옙스키《죄와 벌》상 中 –

이렇게 **'두 개의 성격이 공존하면서 교대로 나타나는'** 성격 구조를 가진 실제 인물은 히틀러이다.[66] 수백만 명을 학살한 히틀러가 강한 양심을 가지고 있다는 주장이 매우 불쾌하게 들리겠지만, 그는 자신이 기르던 카나리아가 죽었을 때 굉장히 슬퍼했을 정도의 연민을 지니고 있었다.

---

66) p.185. 히틀러의 행동 양상을 살펴보면, 가까운 동료들이 관찰한 대로, 한 가지 성격만 있는 것이 아니고 한 몸에 두 가지 성격이 공존하면서 교대로 나타난다는 인상을 갖게 된다. 하나는 아주 부드럽고 감상적이며 우유부단한 인물로, (중략). 다른 하나는 완전히 그 반대이다. 완고하고 잔인하며 단정적인 인물로, 매우 정력적이다. (중략) 자신이 기르던 카나리아가 죽었을 때 울음에 흠뻑 젖었던 것은 첫 번째 히틀러였고, 공개 법정에서 "머리를 쳐라"라고 외친 것은 두 번째 히틀러였다. 자신의 비서관을 직접 해고할 수 없는 그는 첫 번째 히틀러이며, 친한 친구를 포함하여 수백 명을 살해하라고 명령하면서 … 말하는 그는 두 번째 히틀러이다.

- 월터 C. 랑거《히틀러의 정신분석》中 -

또 현대에도 그 사례가 없을 정도로 강력한 동물보호법을 제정하기도 했다. 그리고 결정적으로 히틀러에게 강한 양심이 없었다면 독일을 구원하려고도 하지 않았을 것이다. 다만 폭력적이고 잔인한 아버지로 인해서 그 방식이 폭력적이고 잔인한 방식으로 이루어졌을 뿐이다.

영화 《대부》에서는 전능 관념과 양심의 대립을 탁월하게 연출한 장면이 나온다. 영화의 주인공은 전능 관념이 지배적인 인물로 자신의 목적 달성을 위해서는 살인 교사도 마다하지 않는다. 하지만 영화감독은 그가 살인을 교사할 때마다 종교의식을 겹치게 함으로써 무의식적으로 그의 양심이 작용하고 있다는 것을 암시한다. 그의 양심이 드러나는 장면은 고해성사 장면이다. "고해성사하지 않겠느냐"는 추기경의 질문에 그는 "**후회하지 않는다면** 왜 자신의 죄를 고백하느냐"고 냉소적으로 반문한다. 그러자 추기경은 "손해 볼 거 없지 않으냐"고 대답한다. 주인공은 고해성사를 통해 **'자신이 알지 못했던'** 자신의 양심을 알게 되고 자신의 범죄를 후회하게 된다.

> p.449. 우리는 신경증 환자들과 우리가 엄격히 비밀을 보장하는 대신 그들은 완전히 진실할 것이라는 계약을 맺는다. 이는 마치 우리가 단지 세속적인 고해 신부의 자리에 서 있는 것과 같은 인상을 준다. 그러나 둘 사이에는 큰 차이가 있다. 왜냐하면 우리는 그가 알고 있으나 다른 사람에게 숨기는 것을 들으려 할 뿐만 아니라, 그는 자신이 알지 못하는 것도 우리에게 말해야 하기 때문이다.
>
> – S. 프로이트 《정신분석학 개요》 中 –

베드로가 자신의 무의식 속 복종 관념의 존재를 알게 되자 더 이상 그리스도를 부인할 수 없게 된 것처럼, 《대부》의 주인공은 자신의 무의식 속 양심의 존재를 알게 되자 더 이상 살인을 교사할 수 없게 된다. 그 이유는 이전에는 전능 관념이 지배적이므로 의식이 양심을 인식할 수 없었지만, 이제는 양심의 존재를 알게 되었기 때문이다. 라스콜리니코프의 경우에도 현재는 전능 관념이 지배적인 상태이므로 자신의 양심을 인식할 수 없다. 전능 관념은 그의 의식을 막다른 골목에 몰렸다고 생각하도록 조종해서 자신의 존재를 규명하지 않을 수 없게 만든다.

    p.212. "… 난 그때 완전히 다른 생각, 다른 목적을 가지고 있었어! 난 그 어떤 아주 다른 것을 규명해보고 싶었던 거요! 어떤 다른 것이 나를 그렇게 움직인 셈이야. 난 그때 모두가 이(벌레)냐, 아니면 인간이냐?……. 그것을 규명하고 싶었던 거야! 일각이라도 빨리 규명하고 싶었어! 내가 건널 수 있느냐, 어떠냐? 난 벌벌 떨기만 하는 벌레냐, 아니면 '권리'를 가진 인간이냐를……."
    "죽이는 권리를? 사람을 죽이는 권리를 가지고 있다는 건가요?"
    (중략)
    "나의 얘길 막지 말고 잘 들어요. 소냐, 난 당신에게 한 가지 똑똑하게 일러두고 싶은 게 있소. 난 그때 악마한테 이끌려 그곳으로 갔었지만 나중에 그 악마로부터 넌 거기에 갈 권리가 없다, 넌 누구나와 마찬가지로 한 마리의 이에 지나지 않는다는 충고를 받았다는 것을! 난 악마에게 우롱당한 셈이야. (중략) 사실은, 그때 내가 그 노파한테 간 것은 다만 시험해보려고 갔던 것뿐이요……."
                                    – 도스토옙스키《죄와 벌》하 中 –

전당포 노파를 살해한 후 라스콜리니코프의 의식은 **'어떤 다른 것'**이 자신을 움직였고 그 어떤 다른 것이 **'완전히 다른 생각과 다른 목적'**을 가지고 있었다는 것을 희미하게 인식하게 된다.[67] 여기서 '어떤 다른 것'은 전능 관념이고 전능 관념의 '다른 생각과 목적'은 자신이 천재적이며 비범한 인간이므로 자신의 양심에는 모든 것이 허용된다는 신념을 증명하는 것이다. 이제야 라스콜리니코프의 의식은 자신이 어머니와 여동생을 도와주기 위해서가 아니라 카이사르처럼 루비콘강을 '건널 수 있느냐 어떠냐?'를 증명하고 싶어서 살인을 저질렀다는 것을 깨닫게 된다. 라스콜리니코프의 의식이 자신의 전능 관념을 희미하게 인식할 수 있게 된 이유는 전능 관념이 자신의 목표를 달성함으로써 강박성으로부터 자유로워졌고 그에 따라 의식이 기능하기 시작했기 때문이다.

그런데 라스콜리니코프의 무의식 속에는 전능 관념과 대립하는 양심도 형성되어 있다. 이번에는 살인 행위가 양심의 활성화 동기로 작용하면서 양심이 악마적 힘을 갖기 시작한다. 그리고 강렬한 불안 신호를 라스콜리니코프의 의식 속으로 밀어 넣는다. 이러한 불안 신호는 의식을 마비시키고 자기편으로 만들어 마치 전갈이 자신을 찌르듯이 자신을 공격하도록 만든다.

> p.11. 도덕은 종종 단 한 번의 눈길만으로도 비판적인 의지를 마비시키고, 심지어 자기편이 되도록 유혹할 수 있다. 더 나아가 경우에 따라서 도덕은 비판적인 의지로 하여금 [비판적인 의지] 자신에게 등을 돌리게 하면서 전갈처럼 자신의 몸에 가시를 찌르게 한다.

---

67) p.193. 자기애적 성격장애의 분석에서는 (중략), 정신의 심층에 공존하는 본질적으로 다른 성격 태도들, 즉 다른 목적을 지닌 구조, 다른 쾌락의 목표, 다른 도덕적 심미적 가치를 지닌 응집적인 성격 태도들을 다루는 문제이다. 이런 사례들에서 분석작업의 목표는 환자의 성격 중심 부분에 1) 수정되지 않은 의식적이고 전의식적인 자기애적인 요소 혹은 그것의 왜곡된 형태와 2) 현실적인 목적을 지닌 구조들 및 도덕적이고 심미적인 기준들이 공존하고 있다는 사실을 인식하도록 환자를 돕는 것이다.
- H. 코헛 《자기의 분석》 中 -

도덕은 아주 옛날부터 모든 종류의 사악한 설득 기술에 정통했다.
오늘날에도 도덕에게 도움을 청하지 않는 연설가는 없다. [다른 사
람들을] 설득하기 위해 그들이 얼마나 도덕적으로 말하는지!
　　　　　　　　　　　　　　　　－ F. 니체 《아침놀(책)》 서문 中 －

전능 관념이 지배적일 때는 라스콜리니코프는 그 악마적 힘에 이끌려
자신이 타인을 죽일 수 있는 **'권리를 가진'** 인간이냐를 시험해보려고 살
인을 저질렀지만, 전당포 노파를 살해하자마자 이번에는 양심이 지배적
으로 되면서 그 악마는 라스콜리니코프에게 너는 그럴 권리가 없는 **'별별
떠는 한 마리 벌레'**에 지나지 않는다고 충고한다. 라스콜리니코프는 자신
이 무의식에 우롱당했다는 것을 깨닫게 되지만 현재는 양심이 의식을 지
배하고 있으므로 **'알 수 없는 불안'**을 견디지 못해서 결국 자수하고 만다.

　　p.113. "다시 한번 말씀드립니다만," 라스콜리니코프는 격분해서
말했다. "난 더 이상 참을 수 없습니다!"
　　"무엇을 말입니까? 알지 못하는 불안 말입니까?" 하고 포르피리
는 말을 막았다.
　　"그런 지독한, 사람을 놀리는 말씀일랑 하지 말아주십시오! 난 그
런 것이 싫습니다……. 싫다고 하지 않습니까! 내 말 알아들으시겠
습니까?" 다시금 주먹으로 책상을 탕 치고 그는 외쳤다.
　　"자, 조용히 하십시오. 조용히! 남들이 듣지 않습니까! 진심으로
충고합니다만, 자신을 소중히 하십시오. 농담이 아닙니다." 하고 포
르피리는 속삭이듯 말했으나 이번에는 아까 그 여자와 같은 친절함
도, 겁내는 표정도 그 얼굴에는 떠오르지 않았다. 뿐만 아니라 지금
그는 눈썹을 찌푸리고, 일체의 비밀과 애매한 태도를 단숨에 팽개

쳐버리고는 엄하고 솔직한 명령을 내렸다. 그러나 그것은 한순간에 지나지 않았다. 가슴이 서늘해진 라스콜리니코프는 이내 격분했으나 이상하게도 그러한 격분의 절정에도 불구하고 다시금 조용히 얘기하라는 명령에 복종하고 말았다.

"더 이상 나는 괴로움을 받고 싶지 않습니다!" 그는 별안간 조금 전과 같은 어조로 속삭이듯 말하며 명령에 복종하지 않을 수 없는 자기 자신을 괴롭고 증오스럽게 느꼈다. 그리고 그런 의식 때문에 한층 더 심한 격분에 사로잡혔다.

– 도스토옙스키 《죄와 벌》 하 中 –

양심이 보내는 불안으로 인해서 라스콜리니코프의 전능 관념은 일시적으로 마비된다. 라스콜리니코프가 "조용히 하라"는 포르피리의 명령에 **'이상하게도 복종하는'** 이유도 전능 관념이 일시적으로 억제되어 있기 때문이다. 그럼에도 포르피리의 명령에 복종하지 않을 수 없는 '자기 자신을 괴롭고 증오스럽게 느끼고 그러한 의식 때문에 더 심한 격분에 사로잡힌' 이유는 전능 관념이 미약하나마 여전히 작용하고 있기 때문이다. 하지만 현재는 전능 관념의 강박성이 해소되었기 때문에 전능 관념은 자기주장을 강하게 내세우지 않는다.

이제 라스콜리니코프의 무의식은 양심의 악마적 힘에서 벗어나기 위해서 대체 행위를 탐색하게 되고 그 대체 행위가 자수이다. 그는 자수라는 상징 행위를 통해서 양심의 강박성으로부터 자유롭게 된다. 이렇게 양심의 강박성으로부터 자유롭게 된 라스콜리니코프의 심리 상태를 도스토옙스키는 **'감옥에 들어온 후 자유롭게 되었다'**라고 역설적으로 표현하고 있다. 그렇다면 라스콜리니코프는 자신의 죄를 인정하고 있는 것일까? 이제 양심의 악마적 힘으로부터 자유롭게 된 라스콜리니코프의 의식은 '결코 자신의 범죄를 후회하지는 않는다'고 생각한다.

p.392. 그러므로, 설령 그가 회한(悔恨)을 — 더없이 쓰라리고 잠조차 잘 수 없는 뼈저린 회한, 무서운 고통과 사형대의 밧줄이나 죽음의 심연을 눈앞에 떠올리게 하는 회한을 맛보게 될 운명을 짊어지게 됐다 하더라도, 아아, 그는 오히려 그것을 기뻐했을지도 모른다. 고통과 눈물 — 이것 또한 인생이 아닌가. 그러나 그는 결코 자신의 범죄를 후회하지는 않았던 것이다. 적어도 그는, 자신을 감옥 속으로 끌어넣게 된 그 우매하고 비열한 행동에 대하여 일찍이 스스로 분노하여 마지않았듯이 지금은 더욱 자신의 우매함에 울분을 터뜨릴 수는 있었을 것이다. 그러나 이미 감옥으로 들어와 '자유의 몸이 된' 그는 자신의 그 행위를 재검토하고 숙고해 보았지만 그 행위가 전에 운명이 결정되려는 무렵에 자신이 생각했던 정도로 우매하고 추악한 행위는 결코 아닌 것으로 생각됐던 것이다.

'대체 어디가? 어떤 점이?' 하고 그는 생각했다. '나의 이 사상이, 이 세상이 생겨나면서부터 끊임없이 일어나고 서로 충돌을 되풀이하고 있는 온갖 다른 사상이나 이론보다도 우매하고 옹졸하다는 말인가? 그 문제를 좀 더 자유스러운 입장에서, 저속한 관점이 아닌 보다 높은 차원에서 관찰한다면 나의 사상은 그렇게까지…… 유별난 사상으로는 보이지 않을 것이다. 오오, 5코페이카 은화 한 닢 정도의 값어치도 없는 부정론자와 현인(賢人)들이여, 왜 너희들은 주저하고만 있느냐!

'나의 행위의 어떤 점이 녀석들에게 추악하게 보이는 것일까?' 하고 그는 중얼거렸다. '그것이 나쁜 짓이기 때문에? 나쁜 짓이란 대체 무슨 뜻이냐? 지금의 나의 양심은 편안하다. 물론 난 형법상의 죄를 범했다. 말할 것도 없이 법률의 조문을 짓밟고 피도 흘렸다. 그러나 그렇다면 법률 조문에 비추어 나의 목을 잘라버리면…… 그것으로 충분하지 않으냐! 그렇다면 합법적으로 물려받은 권력이 아니고 자기 힘으로 그것을 빼앗은, 대다수의 인류의 은인으로 자처하고 있는 자들도 그들이 최초의 제1보를 내디뎠을 때 마땅히 처형돼야 했을 게 아닌가. 그러나 그들은 끝까지 자기 걸음을 걸어갈 수 있었다. 그래서 "그들은 옳다"는 것이다. 그러나 나는 끝까지 걷지 못했다. 나에게는 그 최초의 1보를 내디딜 권리가 없었던 셈이다.'

바로 이 점에 한해서 그는 자신의 죄과를 인정했다. 즉, 끝까지 밀고 나가지 못하고 제1보에서 자수해버린 것이 자신의 죄과라는 것이었다.

– 도스토옙스키 《죄와 벌》 하 中 –

양심의 강박성에서 벗어난 라스콜리니코프의 전능 관념은 이제 **'좀 더 자유스러운 입장'**에서 재검토하고 숙고해 본 결과 자신은 자신의 행위를 후회하지 않는다고 생각한다. 자수하지 않아서 사형을 받게 됐다 하더라도 오히려 기뻐했을 것이라고까지 생각한다. 라스콜리니코프의 전능 관념이 이렇게 생각하는 이유는 살인이라는 상징 행위를 통해서 자신의 목표를 달성했기 때문이다. 반면 라스콜리니코프의 양심은 **'편안하다'**라고 느낀다. 자수라는 상징 행위를 통해 자신의 목표를 달성했기 때문이다. 하지만 라스콜리니코프의 전능 관념은 양심을 극복하지 못하고 자수해 버린 것에 대해서 죄과를 인정한다.

그런데 라스콜리니코프의 이러한 생각은 과연 사실일까? 의식은 무의식에 의한 행위를 합리화한다는 것을 고려하면 사실일 가능성이 작다. 죄에 대한 벌을 받음으로써 현재는 막연한 불안을 느끼지 못하기 때문에 양심의 가책을 느끼지 않고 있지만, 만약 양심을 다시 활성화시키는 상황이 발생한다면 어김없이 양심은 작동하기 시작할 것이기 때문이다. 물론 반복된 행위는 불안을 없애주는 효과가 있다. 라스콜리니코프가 최초의 1보를 내디디고 자수하지 않았다면 끝까지 밀고 나가서 위대한 인간이 될 수 있었다고 말하는 이유이다. 또 **바로 체포되었어도** 라스콜리니코프는 위대한 인간이 될 수 있었다. 위대한 정신분석가인 도스토옙스키는 라스콜리니코프를 '**너무 서둘러**' 체포하지 않음으로써 그가 심리적으로 새로운 길로 갈 수 있는 구원의 여지를 남겨둔다.

p.97. "…. 여기서 한 가지 묻겠습니다만, 가령 내가 그 범인에 대한 증거를 입수하고 있다 하더라도 때가 되지도 않았는데 당사자를 지분댈 이유가 어디 있겠습니까? 범인에 따라서는 될 수 있는 대로 빨리 체포해야 될 경우도 있습니다. 그러나 성질이 다른 범인도 있는 것입니다. 꼭 있고 말고요. 그런 경우, 범인으로 하여금 거리를 나돌아다니게 해서는 안 된다는 법은 없을 것입니다. 허허허, 아니 내가 보기엔 당신은 내 말을 완전히 이해하지 못하는 것 같군요. 그러면 좀 더 알기 쉽게 설명해보지요. 내가 가령 범인을 너무 서둘러 미결감방 안으로 잡아넣었다고 합시다. 그러면 그것이 범인에게 내가 정신적인 힘을 준 것이나 다름이 없는 결과가 된다 이 말씀입니다. 허허허, 웃고 계시군요,"

(중략)

"…. 그런데 말입니다, 설령 저놈이 범인이 틀림없다는 확신이 나에게 있다손 치더라도 그 사내를 적절하지 않은 시기에 감방 속에 처넣어보십시오―이따위 짓을 하게 되면 난 그 범인의 증거를 포착하는 방법을 스스로 포기하고 마는 결과가 되지 않겠습니까? 왜 그러냐고요? 그거야, 간단한 이치지요. 범인에게 일정한 안정된 상태를 부여하게 된다, 바꾸어 말해서 심리적인 안정을 주게 되는 결과가 되고, 따라서 그 범인은 나의 올가미 속을 손쉽게 빠져나가서는 단단한 껍질 속에 파묻혀버리게 되니깐 말입니다. ⋯."

– 도스토옙스키 《죄와 벌》 하 中 –

만약 도스토옙스키가 라스콜리니코프를 너무 서둘러 감방에 잡아넣었다면 **징벌을 받은 상태가 되므로** 그의 양심은 활성화되지 않았을 것이므로 '정신적 힘을 준 것이나 다름없는 결과'가 된다. 그렇게 되면 라스콜리니코프는 전능 관념이 지배적인 상태를 유지하게 되고 그러한 **'일정한 안정 상태'**에서 자신의 신념을 재검토하고 숙고함으로써 자신의 **신념**을 더 강화할 수 있게 된다. 바꾸어 말하면 알 수 없는 불안을 느끼지 않았으므로 심리적인 안정을 얻게 되어 자신만의 **'단단한 껍질 속에 파묻혀버리게 됨으로써'** 끝까지 자기 걸음을 걸어갔을 것이다. 라스콜리니코프처럼 전능 관념이 지배적인 사람이 자신을 방어하는 데 사용하는 껍질(방어막)은 **권력**이다. 이렇게 자신의 방어기제로서 자신을 '남들보다 더욱 많은 것이 허용되어야 할' **신과 같은 존재**로 규정하거나 **또는 신과 동등한 지위**를 추구하는 것을 특징으로 하는 정신 현상이 **편집증**이다.[68]

p.392. 무엇 때문에 살아야 하느냐? 무엇을 목표로? 무엇을 향하여 매진해야 한단 말인가? 다만 존재하기 위해서 살아야 한단 말인

---

68) p.143. "피학적 특성은 '사랑'을 위해 '권력'을 포기하는 것으로 나타나며; 편집적 특징은 '권력'을 위해 '사랑'을 포기하는 것으로 나타난다." 따라서 망상적 편집증의 과대 망상적 단계에서, 환자는 사랑을 포기하고 신(神)이라는 강력한 인물 혹은 신(神)과 동등한 인물의 지위를 택한다.

– W. 마이쓰너 《편집증과 심리치료》 中 –

가? 그런데 전에는 자신의 사상을 위해서라면, 희망을 실현시키기 위해서라면, 설혹 그것이 환상에 지나지 않을지라도 자신의 존재를 천만 번이라도 희생시킬 각오를 했었다. 단순히 생존한다는 것만으로는 그는 결코 만족할 수가 없었던 것이다. 그가 소망했던 것은 한결같이 그 이상의 것이었다. 어쩌면 이같이 왕성한 욕구가 있었기 때문에, 그는 그 당시 남들보다 더욱 많은 것이 허용되어야 할 인간으로 자부했는지도 모른다.

– 도스토옙스키 《죄와 벌》 하 中 –

도스토옙스키의 이러한 정신분석적 통찰은 현실이 된다. 1923년 히틀러는 맥주 홀 폭동을 일으켰으나 실패 후에 **바로 체포되었고**, 란츠베르크에서의 감옥 생활은 그에게 '양심의 가책이라는 거대한 짐'을 극복할 수 있는 **정신적인 힘과 심리적인 안정**을 줌으로써 자신의 성격을 보다 확고하게 통합할 수 있게 해주었다.[69] 이렇게 최초의 1보를 내디딘 히틀러는 자신을 인류의 메시아로 자처하며 끝까지 자기 걸음을 걸어감으로써 **'온 인류의 어깨에 총을 짊어지게'** 할 수 있었다.

p.182. 지금까지 그 사람들은 범죄자, 자유사상가, 비도덕적인 인간, 악한으로 비난받은 채 추방과 양심의 가책의 지배 속에서 자신

---

69) p.277. 란츠베르크에 있는 동안 그는 훨씬 말이 없어졌다. 루덱은 이렇게 말한다. 란츠베르크는 그에게 좋은 영향을 끼쳤다. 이전에 가장 불쾌한 성질이었던 신경질이 사라졌다.

그가 『나의 투쟁』을 쓴 것도 이 시기였다. 폭동의 실패를 통해 그는 새로이 마음을 가다듬고, 자신의 새로운 성격을 보다 확고하게 통합하게 되었다. 이때 앞으로는 또 다른 쿠데타를 시도할 것이 아니라 합법적인 방법으로만 권력을 얻어야겠다고 다짐했다.

– 월터 C. 랑거 《히틀러의 정신분석》 中 –

과 다른 사람들을 파멸시키며 살아왔다. 이것이 비록 다가올 세기를 위험하게 만들고 각 사람의 어깨에 총을 짊어지게 하더라도, 대체로 우리는 그것을 **정당하고 좋은** 것으로 인정해야 할 것이다. (중략) [인습적인 도덕에] 반하는 사람들은 흔히 독창적이고 생산적인 사람들인 경우가 많은데, 이들이 더 이상 희생되어서는 안 된다. 이제는 행동과 사상과 관련해 도덕에서 벗어나는 것이 더 이상 해로운 것으로 간주되어서는 안 된다. 삶의 사회에 대해 무수한 새로운 시도가 이루어져야 한다. 양심의 가책이라는 거대한 짐은 세계에서 사라져야 한다. 정직하고 진리를 구하는 모든 사람들이 이러한 가장 보편적인 목표들을 인정하고 추구해야 한다!

– F. 니체 《아침놀(책)》 中 –

역사 속에서 인류 문명에 새로운 비전을 제시한 인물들이 그 당시의 도덕과 법의 기준에서 비도덕적이고 악한 인간이었다면 오늘날에도 인류 문명에 새로운 비전을 제시할 창조적인 인물들은 현재의 도덕과 법의 기준에서 보면 자유사상가이거나 범죄자일 것이다. 니체는 이러한 인물들이 '다가올 세기를 위험하게 만들고 인류의 어깨에 총을 짊어지게 하더라고' **'정당하고 좋은 것'**으로 인정해야 한다고 말하는데, 히틀러나 스탈린을 경험한 세대는 이러한 주장에 틀림없이 동의하기 어려울 것이다.

그런데 인류의 딜레마는 비범한 소수 엘리트가 없다면 문명이 발전할 수 없다는 데 있다. 도덕과 법으로 이러한 사람들의 전능 관념을 억압하면 인류 문명은 개미나 꿀벌과 같이 획일적이고 기계적인 문명으로 진화할 것이고 반대로 이러한 사람들의 전능 관념을 억압하지 못하면 다시 또 인류는 어깨에 총을 짊어지게 될지도 모른다. 그렇게 되면 인류 문명은 너무나 값비싼 대가를 치르게 될 것이다. 그래서 소수 엘리트를 연구한 C. 윌슨-그는 그들을 '아웃사이더'라고 불렀다-은 그들의 전능 관념(지배 욕망)을 어떻게 해결할 것인가의 문제가 인류 문명의 파멸을 풀 수 있는 열쇠라고 말한다.

p.455. 이러한 모든 문제에 대한 대답은 똑같다. 왜냐하면 현대의 세계는 많은 지배적 소수자에게 출구를 마련해주지 못하기 때문이다. 1백 년 전에는 유력한 인간이 자기 스스로의 지배를 나타낼 수 있는 길이 1백 가지나 있었다. 그 중 가장 중요한 것은 전투였다. 왜냐하면 당시에는 항상 어느 곳에선가는 전쟁이 있었기 때문이다. 오늘날에는 우리는 전쟁을 용납할 수 없고, 또 우리의 문명이 너무 복잡하고 기계화되었기 때문에 지배자들이 해야 할 일이 거의 없어졌기 때문이다. 이것이 바로 우리 문명이 범죄와 신경쇠약증으로 파열되어 가고 있는 이유다. 인간은 새로운 방법으로-즉 정신의 영역에서-그의 지배를 나타내기 위한 방법을 배우지 않으면 안 되었다.

　　　　　　　　　　　　- C. 윌슨《아웃사이더》「자전적 후기」中 -

성적 욕망 → 지적 욕망 → 지배 욕망

라스콜리니코프의 정신구조 분석에서 다루지 않은 부분이 있는데 그가 **'두뇌의 발달 면에서'** 우월감을 가지고 있다는 것이다. 라스콜리니코프가 왜 이러한 생각을 하게 되었는지를 이해하기 위해서는 유아가 성장하면서 전능 관념의 관념적 표상이 어떻게 변천하는지를 알아야 한다. 특히 주목해야 할 발달 단계는 남근기이다. 남근기에 어린아이의 전능 관념이 자신을 드러내기 위해서 지정하는 대상은 **자신의 남근**이다.[70] 아버지의 위대함이 아버지의 남근에서 나온다고 믿기 때문이다.

p.17. 한스는 갓 태어난 아이에게 몹시 질투심을 느껴, 누가 그 갓난아이를 칭찬하거나 예쁘다고 말하면, 조롱조로 금방 이렇게 말했다.

"하지만 걔는 아직 이빨도 안 났는 걸."

즉 여동생을 처음 본 순간 한스는 아이가 말을 못한다는 사실을 알고는 몹시 놀라워했다. 그러고는 한스는 그의 여동생이 아직 이가 나지 않아서 말을 못 하는 것이라고 단정지었다. 아이가 태어난 후 며칠 동안 한스는 주위 사람들에게 당연히 등한시될 수밖에 없었다. 그 무렵 한스는 갑자기 후두염에 걸렸다. 열병을 앓았을 때 그는 이렇게 말했다.

"나는 여동생을 갖고 싶지 않아!"

6월쯤 지나자 한스는 시기심을 극복하고 다정한 오빠가 되었다. 그러나 그의 사랑은 동생에 대한 우월감에서 나온 것이었다.

그 후 한스는 생후 1주일 된 자기 여동생을 목욕시키는 광경을 목격한다. 한스는 이렇게 말했다.

"하지만 얘 고추는 아직 쬐그매."

이어서 위안조로 이렇게 덧붙인다.

---

70) p.388. 남아가 자기애적으로 가치 있는 남성성의 감각을 찾는 과정에서, 남근이 최고라는 것과 실제로 남근에 대한 이상화가 나타난다. 이것은 4세 아이가 "알아요, 슈퍼맨의 힘은 고추에서 와요."라고 말한 것에서 드러난다. 남근 성욕이 최고조에 다다르면서, 크고 강한 남근을 가지는 것이 남성 자아 이상의 바라는 측면이 되며, 그런 이상에 도달하려는 시도가 분명해진다.

- P. 타이슨 외 《정신분석적 발달이론의 통합》 中 -

"앞으로 자라면서 고추도 훨씬 커질 거야."
- S. 프로이트《다섯 살배기 꼬마 한스의 공포증 분석》中 -

여동생의 출생으로 갑작스럽게 어머니의 사랑을 박탈당한 꼬마 한스의 의식 속에는 '여러 가지 감정이 일시에 솟구쳐 오른다'. 질투심과 시기심이다. 이러한 감정들로 인해서 꼬마 한스는 병이 들 정도로 고뇌한다. 니체와 라스콜리니코프가 경험한 심리적 외상이 이러한 종류의 것이다. 꼬마 한스는 어머니의 사랑을 빼앗은 여동생이 죽기를 소망하지만 이제 옳고 그름의 분별력이 있으므로 그러한 소망이 바람직하지 않다는 것을 알고 있다. 꼬마 한스는 어머니의 사랑을 되찾기 위해서 여동생이 죽기를 바라는 대신 자신이 여동생보다 우월하다는 것을 증명하기로 마음을 바꾼다. 그래서 꼬마 한스는 여동생에게는 없는 자신의 **이빨이나 남근**을 어머니에게 과시하게 된다. 이러한 성적 지식은 관념화되어 훗날 발치를 거세와 같은 것으로 보는 원인이 된다.

p.229. 미개인의 경우 할례는 삭발이나 발치(拔齒)와 함께 시행되거나 후자로 대체되고는 했는데, 이런 사정을 전혀 모르는 오늘날의 어린아이들이 삭발과 발치를 거세와 같은 것으로 보고 불안한 반응을 보이는 것은 참으로 흥미로운 일이라고 하지 않을 수 없다 - 원주.
- S. 프로이트《종교의 기원,『토템과 터부』》中 -

삭발이 거세의 상징 행위로 인식되는 이유는 남성의 무의식은 자신의 몸을 남근의 표상으로 인식해서 머리카락을 자르는 행위를 거세처럼 여기기 때문이다. 즉 인간의 무의식은 자신의 신체를 자신의 성기처럼 생각하는 것이다.[71] 남성이 **커다랗고 긴** 모자를 쓰거나 여성이 **붉은색으로** 입술을 화장하는 이유도 첫째 자신의 성기가 흥분되었을 때의 상태를 **상징적으로** 보여주기 위해서이고, 즉 성적 관계가 가능한 상태를 드러내기 위해서이고, 둘째 자신의 성적 능력을 **상징적으로** 과시함으로써 성적 대상을 유혹하기 위해서이다. 목을 자르는 행위가 거세 행위의 상징 행위인 이유도 이러한 무의식적 인식 때문이다. 앞서 언급한 바 있듯이 이러한 행위가 효과가 있는 이유는 무의식은 대상의 윤곽이나 패턴만을 인식하기 때문이다.

> p.424. 대머리, 머리 자르는 것, 이가 빠지는 것, 목을 베는 것 등은 꿈-작업에서 거세의 상징적 묘사에 이용된다.
> - S. 프로이트 《꿈의 해석》 中 -

어머니 사랑을 여동생에게 빼앗긴 어린아이는 여동생에게 없는 자신의 이빨이나 남근을 어머니에게 자랑하면 어머니가 자신을 다시 사랑하게 될 것으로 생각한다. 그리고 어머니가 점점 기존의 자식에게도 관심을 쏟게 됨에 따라 이러한 생각은 실제로 이루어지는 것처럼 보인다. 그래서 남자아이(오빠)의 경우에는 시기심을 쉽게 극복할 수 있다. 여동생에게

---

71) p.116. 이 진화 단계에서 우리 조상이 점점 똑바로 서고, 사교적 접촉을 할 때 정면으로 마주 보게 되었다고 가정해 보자. 이런 상황에서는 젤라다 비비에게서 볼 수 있는 것과 비슷한 유형의 자기 모방이 일어났으리라고 기대해도 좋을 것이다.

그렇다면 오늘날 여자의 앞모습에서 반구형의 엉덩이와 생식기의 선홍빛 음순을 흉내 냈을 가능성이 있는 신체 기관을 찾아볼 수 있는가? 대답은 분명하다. 여자의 젖가슴과 입술이 그것이다. 불룩 솟아오른 반구형의 젖가슴은 통통한 엉덩이의 복사판일 게 분명하고, 뚜렷한 윤곽을 가진 입 주위의 빨간 입술은 틀림없이 선홍빛 음순의 복사판이다. (…, 두 신체 기관은 모양이 비슷할 뿐 아니라 성적 흥분 상태에서 똑같은 변화를 일으킨다고 말할 수 있다.)
- D. 모리스 《털 없는 원숭이》 中 -

는 실제로 남근이 없으므로 그 시각적 표상을 자신의 우월감과 인과론적으로 쉽게 연결할 수 있기 때문이다. 하지만 여자아이(누나)의 경우에는 자신에게 없는 남근을 가진 남동생이 태어나면 시기심을 극복하기가 매우 어렵다.[72] 여자아이는 자신의 성기가 손상(거세)당했다고 생각하게 되고 이러한 심리적 외상에는 리비도가 집중되고 관념화되어 **'정신적 발달'**과 **'성격 형성'**에 지울 수 없는 흔적(거세 콤플렉스)을 남기게 된다. 그리고 이러한 외상을 방어하기 위해서 필사적으로 남근을 가지려는 소망(남근 소망)을 품게 된다. 이러한 이유로 남근 소망은 여성의 **주된 껍질**(방어막)이 된다.

> p.167. 여자아이의 거세 콤플렉스도 남자아이의 성기를 봄으로써 초래됩니다. 그녀는 즉시 그들 간의 차이를 발견하고-우리가 인정할 수밖에 없는 것으로서-그 의미도 알게 됩니다. 그녀는 자신이 매우 심하게 손상받았다는 느낌을 가지게 되며, 자신도 〈그런 것을 갖고 싶다〉는 소원을 품게 되면서 자신의 발달과 성격 형성에 지울 수 없는 흔적을 남기게 되는 남근 선망 속에 빠지게 됩니다. 그것은 아무리 양호한 경우라도 상당한 심리적 비용을 치르지 않고는 극복되기 어려운 것입니다.
>
> - S. 프로이트 《새로운 정신분석 강의》 中 -

---

72) p.163. 여자 아동들은 페니스 발견을 통해 그들이 어떤 것을 갖지 않았다는 사실에 직면하게 된다. 이 발견은 분명히 여자 아동의 불안, 분노, 저항을 나타내는 일련의 행동들을 초래하는 것으로 보였다. (중략) 여자 아동의 페니스 발견이 시기심의 출현과 동시에 일어난다는 것은 이미 언급한 바 있다. 우리는 여자 아동들 중 일부에서, 초기의 페니스 선망은 여아가 계속해서 이러한 감정에 의해 지배받게 되는 원인이라는 사실을 관찰할 수 있었다.

- M. 말러 등 《유아의 심리적 탄생》 中 -

이렇게 형성된 남성의 남근에 대한 우월감은 훗날 남근이 거세되었다고 여겨지는 남성이나 남근이 없는 여성에 대한 우월감 또는 그들에 대한 경멸로 나타난다.

p.49. (각주) … 거세 콤플렉스는 반유대주의에 그 깊고 깊은 무의식적 뿌리를 두고 있다. 왜냐하면 소년들은 아주 어릴 때부터 어른들을 통해서 유대인들의 남근은 일부분 잘려 있다는 소리를 들으면서 자라기 때문이다. 그리고 이러한 사실이 소년들에게 유대인을 경멸할 권리를 부여한다. 그리고 여자들에 대한 남성의 우월 의식 역시 다른 어느 곳보다 바로 이곳에 그 깊은 무의식적인 뿌리를 두고 있다. 타고난 재능의 소유자로서 성적인 장애자였던 젊은 철학자 바이닝거(O. Weininger)는 그의 주목할 만한 저서 《성과 성격》(1903)을 완성한 후 자살로 생을 마감했는데, 사람들의 관심을 끌었던 그 책의 어떤 장에서 유대인과 여성을 동일한 적대감으로 대하였으며 이들에 대해 동일한 비방의 말을 퍼부었다. 바이닝거는 신경증 환자로서 완전히 유아기 콤플렉스의 지배를 받고 있었다. 이러한 관점에서 보아 유대인과 여성들의 공통점은 거세 콤플렉스에 대한 그들의 관계에서 찾을 수 있다 - 원주.
        - S. 프로이트 《다섯 살배기 꼬마 한스의 공포증 분석》 中 -

다시 반복하자면 우월감을 느낄 수 있다는 의미는 그 이전에 이미 열등감을 경험했다는 뜻이다. 남근기의 어린아이는 아버지가 어머니를 소유하고 있는 이유가 아버지의 남근에 있다는 것을 직감적으로 알게 되고 **작고 초라한** 자신의 남근과 비교해서 아버지의 **크고 뚱뚱한** 남근에 열등감을 느끼게 된다. 남성들이 여성에 대해 우월감을 느끼고 내시나 환관을 경멸하는 이유는 아버지의 남근에 대한 이러한 열등감을 방어하기 위해서이다. 아동이 성장해 가면서 남근에 대한 우월감은 좀 더 고차적인 표상과 연결된다.

　p.15. 거의 같은 시기(세 살 6개월)에 그 쉰브룬 동물원의 한 사자 우리 앞에서 신이 나서 이렇게 소리쳤다.

「나는 사자 고추를 봤다!」

동물들이 신화나 동화에서 나름대로 상당한 의미를 갖게 된 것은, 동물들이 호기심 많은 어린아이들에게 서슴없이 그들의 성기와 성 기능을 보여 준 덕분이다. 꼬마 한스가 상당한 성적 호기심을 보이고 있다는 사실은 의심의 여지가 없다. 그렇지만 그러한 호기심이 그의 가슴에 탐구 정신을 불러일으켰으며 또 그에게 진정한 추상적인 인식을 가능케 해주었다.

3살 9개월이 되었을 때, 그는 정거장에서 기관차 밖으로 물이 나오는 광경을 목격한다.

「저것 좀 봐, 기관차가 오줌을 눈다. 기관차 고추는 어디에 달렸지?」

그로부터 얼마 뒤 그는 생각하는 투로 이렇게 덧붙인다.

「개나 말한테는 고추가 달려 있고, 책상이나 안락의자는 고추가 없어.」 이렇게 해서 그 아이는 무생물과 생물을 구별해 주는 본질적인 특징을 알아낸 것이다.

지적 호기심과 성적 호기심은 서로 나눌 수 없는 것 같다. 한스의 호기심은 특히 부모에게 향해 있다.

　　－ S. 프로이트《다섯 살배기 꼬마 한스의 공포증 분석》中 －

어린아이의 어머니에 대한 욕망은, 니체의 표현을 빌리자면, '호기심 가는 대로 여러 가지 교양 소재를 추구하는 병적인 욕망'을 발달시킨다. 이러한 병적인 호기심은 외부 대상에서 자신의 관념(욕망)에 부합하는 추상적 표상이나 상징을 추출할 수 있는 소질과 재능을 무한히 발달시킨다. 이러한 소질이 **창조성**이고 이러한 재능이 **상상력**이다. 전능 관념(무책임성)이 지배적인 사람이 **창조적인** 이유도 어머니에 대한 욕망이 억압되지 않고 **자유롭게** 추구할 수 있었기 때문이다(D. 위니캇은 전능 관념은 **무책임성**으로 양심은 **책임성**으로 표현한다).[73]

어린아이는 엄지손가락에서 어머니 젖의 상징을 찾아내고 부드러운 담요에서는 어머니 사랑의 상징을 발견해서 자신만의 환상의 공간을 구축한다.[74] 또 나뭇가지와 칼에서 남근의 상징을 발견하고 활과 총에서 사정 기능의 상징을 발견해서 놀이라는 상징 행위를 통해 자신의 성적 관념을 만족시킬 수 있다. 이렇게 어린아이가 가지고 노는 대상들이 성적 상징과 아주 밀접한 관련이 있다는 사실에서 **'성적 조숙과 지적 조숙은 아주 밀접한 관련이 있다'**고 할 수 있다.

---

73) p.307. …, 우리는 공격성을 '내면에' 간직하는, 그래서 경직되고 과잉 통제된 그리고 항상 진지한 아이를 만날 수 있다. 거기에는 자연스럽게 모든 충동들이 억제되고, 그래서 창조성이 억압되는 결과가 따라올 수 있다. 왜냐하면 창조성은 유아기와 아동기의 무책임성과 그리고 자유로운 삶과 뗄 수 없이 연결되어 있기 때문이다.
- D. 위니캇 《아이, 가족, 그리고 외부 세계》 中 -

74) p.36. 보통, 아이는 초기부터 상징을 받아들이기 시작한다. 아동은 상징을 받아들임으로써 삶의 경험 안에 넉넉한 공간을 갖게 된다. 예를 들면, 유아가 아주 초기에 자신이 귀여워하는 특별한 물건을 갖게 될 때, 그 물건은 아동과 어머니 모두를 나타낸다. 그것은 아동의 입안에 있는 엄지손가락처럼 결합의 상징이며, 이 상징은 나중에 어떤 소유물보다 더 가치 있는 것이 되기도 하고 또한 공격을 받는 대상이 되기도 한다. 놀이는 상징을 받아들이는데 기초해 있으며, 또한 무한한 가능성을 지니고 있다.
- D. 위니캇 《박탈과 비행》 中 -

p.175. 이를테면 나는 미국에서 행해진 한 집단연구를 통해서 한스와 비슷한 나이의 어린 남자아이들에게 있어서 대상 선택과 사랑의 감정이 결코 드물지 않다는 사실을 알았다. 이것은 나중에 〈위대한〉 인물이 된 남자들의 어린 시절 기록에서도 발견된다. 여기서 나는 성적인 조숙이 지적인 조속과 밀접한 관련을 맺고 있다는 사실을 인정하고 싶다. 그렇기 때문에 이와 같은 경우는 재능 있는 아이들에게서 생각보다 훨씬 많이 발견된다고 말하고 싶다.

　　　　－ S. 프로이트《다섯 살배기 꼬마 한스의 공포증 분석》中 －

　니체도 무차별적 지적 욕망은 무차별적 성적 욕망과 동일하다고 말한다.[75] 따라서 지적 욕망이 강한 인물은 어린 시절 성적 욕망도 강했다는 뜻이 된다. 프로이트는 위대한 인물이 된 남성들의 어린 시절 기록에서도 이러한 사실이 발견된다고 하는데 그렇다면 위대한 인물은 성적 욕망과 더불어 지적 욕망도 매우 강한 인물이라고 할 수 있다. 물론 이러한 견해에 쉽게 동의하기 어려울 것이다. 선악 관념이 성적 표상이 의식 속에 들어오는 것을 추방해 버리거나 불쾌하게 느끼게 만들기 때문이다. 그래서 사람들은 위대한 인물의 업적만을 그의 위대성으로 인식한다. 그렇다면 위대한 인물이라고 인정받는 알렉산더, 카이사르, 나폴레옹과 같은 인물들은 강한 성적 욕망과 강한 지적 욕망을 동시에 가지고 있었을까?

　먼저 그들이 강한 성적 욕망을 지니고 있었는지는 그들이 **정복자**라고 불리는 사실 자체가 증명해 준다. 정복자가 되려는 갈망이 어머니에 대한 강한 욕망에서 기인하기 때문이다. 알렉산더, 카이사르, 나폴레옹은 물론 악명높은 히틀러까지 역사 속에 등장하는 모든 정복자의 힘은 어머니

---

75) p.12. 무차별적 인식 욕구는 무차별적 성(性) 욕구와 동일하다－그 비천함의 징후!
　　　　　　　　　　　－ F. 니체《유고(1872년 여름~1874년 말)》中 －

와의 관계 속에 뿌리를 내리고 있다. 어린아이는 자신이 어머니의 사랑을 독차지했다는 생각으로 인해 평생 자신이 신과 같은 존재이며 세계를 지배할 수 있다는 **'정복자의 감정 상태'** 속에서 살게 된다.

> p.398. …, 어떤 사람이 자신이 어머니의 사랑을 독차지했다는 생각을 가지고 있을 때 그는 이 생각으로 인해 평생 동안 정복자의 감정 상태를 갖게 된다. 이 감정은 성공에 대한 확신이기도 한데, 실제로 이런 감정이 성공을 가져오는 경우가 드문 것은 아니다. 아마도 괴테가 〈나의 힘은 어머니와 나의 관계 속에 뿌리를 내리고 있다〉는 표현을 알고 있었다면 자서전을 시작하기 전에 한 줄 인용했을 것이다.
> – S. 프로이트 《예술, 문학, 그리고 정신분석, 『괴테의 『시와 진실』에 나타난 어린 시절의 추억』》中 –

어머니에 대한 강렬한 욕망은 훗날 강렬한 지적 욕망으로 이어진다. 역사적 자료를 통해 쉽게 확인할 수 있다. 알렉산더는 자신의 스승이었던 아리스토텔레스에게 자신은 '권력이 아니라 지식으로 더 뛰어나기를 바란다'라고 밝혔고,[76] 카이사르는 라틴 문학의 걸작으로 인정받는 《갈리아 전기》를 쓸 정도로 뛰어난 지적 능력을 갖추고 있었다. 나폴레옹은 유럽의 정복자가 되는 것 이외에 '지식에 대한 강렬한 꿈'을 가지고 있었다.[77]

---

76) p.1207. 아리스토텔레스 선생님께.
　　(중략). 저는 다른 사람들보다 권력이 아니라 지식으로 더 뛰어나기를 바라기 때문에 이런 말씀을 드립니다.
　　　　　　　　　　　　　　　　　　　　　　　– 플루타르코스 《영웅전》中 –
77) p.51. 나폴레옹에게는 또 하나의 강렬한 꿈이 있었다. 지식에의 꿈이었다. 유년기에 몰입했던 지식에의 열광이 다시 그를 사로잡았다. 그는 유명한 생물학자인 조프루아 생 틸레르의 팔을 잡으며 말했다.

이러한 정복자들이 숭배를 받는 이유는 그들이 정복자로서 누구보다도 더 많이 어머니에 대한 욕망을 대리 만족시켰다고 여겨지기 때문이다. 사람들의 무의식은 자신의 어머니에 대한 욕망을 그들에게 투사해서 그들을 부러워하고 그들처럼 되고 싶어 한다.

어린아이의 남근 우월감에 연결되는 관념적 표상은 성장하면서 점점 변하게 된다. 성적 표상을 불쾌 또는 악으로 느끼는 만드는 선악 관념이 형성되기 때문이다. 이러한 선악 관념은 교육으로 인해서 점점 더 강화된다. 하지만 열등감을 방어하고자 하는 갈망, 즉 우월감을 느끼고자 하는 소망은 여전히 무의식 속에 존재하고 있다. 따라서 **선악의 지식**이 점점 발달함에 따라 우월감을 만족시킬 수 있는 표상은 성적 표상을 지닌 대상(남근)에서 점점 지적 표상을 지닌 대상(지식)으로 변한다. 사춘기에 친구에게 성적 지식을 알려주는 데에서 우월감을 느끼는 예는 우월감에 연결되는 관념적 표상이 성적 표상에서 지적 표상으로 변하고 있다는 것을 보여주는 과도기적 현상이라고 할 수 있다.

> p.183. 대략 열 살에서 열한 살 때, 아이들은 성 문제에 관한 이야기를 듣게 된다. 비교적 규제가 심하지 않은 사회 환경 속에서 성장하거나, 혹은 관찰의 기회가 많은 상황 속에서 성장한 아이들은 자기가 알고 있는 것들을 다른 아이들에게 알려 주는데, 이것은 그렇게 함으로써 우월감을 느낄 수 있기 때문이다.
> – S. 프로이트 《성욕에 관한 세 편의 에세이, 『어린아이의 성 이론에 관하여』》中 –

"나는 늘 학문의 존엄성에 대해 생각하오. 자연에 대하여 연구하고, 물질세계에 대한 지식을 자신의 사상 속에 통합하며, 그 모든 지식을 인간을 위해 적용하는 것, 그보다 더 훌륭한 일이 어디 있겠소?"

– M. 갈로 《나폴레옹 2》中 –

어린아이의 무의식이 **성적 우월감**을 느끼기 위해서 남근에 손상이 있거나 남근이 없는 대상을 쉽게 찾아내는 것처럼 이제 성인의 무의식은 **지적 우월감**을 느끼기 위해서 지적 능력이 떨어지는 대상을 쉽게 찾아낸다. 전자의 주요 대상이 유대인이나 **여성**이라면 후자의 주요 대상은 미개인과 **여성**이다. 특히 남근도 없고 지적 능력도 떨어지는 여성에 대한 남성의 경멸은 여성의 지위를 노예의 위치까지 떨어뜨렸다. 여성에 대한 이러한 이중적 경멸은 특히 지적 능력이 뛰어난 남성 철학자들에게서 쉽게 발견할 수 있다. 쇼펜하우어도 그중 한 명이다.

p.89. 여성이 우리의 유년기에 없어서는 안 되며 보육자나 교육자로서 알맞은 것은 오직 그들이 어리석고 근시안적이기 때문이다. 그들은 한평생 큰 어린아이에 지나지 않는다. 그러므로 여성은 어린아이와 남성의 중간 존재이다. 그러므로 남성만이 참된 의미의 인간이라고 하겠다. 부인들의 모습을 좀 보라. 종일 어린아이와 함께 잘도 뛰놀며 노래를 부르고 있지 않는가. 만일 남성에게 종일 어린아이의 시중을 들라고 한다면 얼마나 할 수 있겠는가.

— A. 쇼펜하우어 《철학적 인생론》 中 —

니체도 마찬가지이다.

p.756. 마지막으로 한 가지 물어보자. 일찍이 여자 스스로 여자의 머릿속에 깊이가 있고, 여자의 가슴에 정의가 있다고 인정해 본 적이 있는가? 또 지금까지 '여자'를 가장 경멸한 것은 여자이며, 남자들이 아니라는 것—이것도 사실이 아닌가. 우리는 여자가 계몽으로 더 이상 수치를 드러내는 일이 계속되지 않기를 바란다. 일찍이

교회가, "여자는 교회에서는 침묵하라"고 선언한 것은 여자에게 대한 남자들의 배려요 아낌이었다. 또 나폴레옹이 말이 많은 스탈 부인에게, "여자는 정치에 관해서는 침묵하라"고 일러 준 것도 역시 여자의 이익을 위해서였다.

– F. 니체 《선악을 넘어서(동서)》 中 –

성적 욕망과 지적 욕망이 동일한 욕망이라는 의미는 인간이 성적 활동에서 성적 쾌락을 느끼는 것처럼 지적 활동에서도 성적 쾌락을 느낄 수 있다는 뜻이다. **에로스(Eros)**라는 단어는 이러한 통찰을 함의하고 있다. 오늘날에는 성적 사랑만을 의미하는 것으로 변질되었지만 고대 그리스 시대에는 지혜에 대한 사랑을 의미했다는 데에서 성적 쾌락과 지적 쾌락이 똑같은 쾌락임을 알 수 있다.[78]

지적 활동에서 성적 쾌락을 느끼는 이유는 정신구조가 지닌 '**분열성 특성**' 때문이다.[79] 이러한 정신구조는 '**사고를 크게 중요시하는**' 특징을 지

---

78) p.131. 지혜는 그야말로 가장 아름다운 것들에 속하는데, 에로스는 아름다운 것에 관한 사랑(에로스)이지요. 그래서 에로스는 필연적으로 지혜를 사랑하는 자일 수밖에 없고, 지혜를 사랑하는 자이기에 지혜로운 것과 무지한 것 사이에 있을 수밖에 없습니다. 그의 기원이 바로 이것들에게도 원인 노릇을 합니다. 아버지는 지혜롭고 방도를 잘 갖추고 있지만 어머니는 지혜롭지 못하고 방도가 없으니까요. 그러나 이게 그 신령의 본성입니다.

– 플라톤 《향연》 中 –

79) p.32. 분열성 특징이 경미한 정도로만 나타나는 개인들의 경우, 사고와 감정 사이의 분리는 두드러지게 나타나지 않는다. 그럼에도 불구하고 그들은 정서적 가치를 지적 내용으로 대체하는 경향을 드러낼 뿐만 아니라 사고 과정을 크게 중요시하는 특성을 드러낸다. 이런 개인들은 사람과 함께 정서적 관계를 발달시키기보다는 정교한 지적 체계를 세우는 것을 더 좋아하는 경향이 있다. 게다가 그들이 만들어 낸 체계를 리비도적 대상으로 삼는 경향성을 보인다. 그것은 마치 사랑에 대한 생각과의 사랑에 빠지는 것과 같다.

– W. R. 페어베언 《성격에 관한 정신분석학적 연구》 中 –

니고 있다. 이것이 의미하는 바는 주체가 사유 과정 그 자체 또는 지적 체계를 수립하는 것을 방어기제로 사용한다는 뜻이다. 말하자면 지적 체계, 즉 **사상**을 자신의 껍질(방어막)로 사용하고, 그 껍질 속에 파묻혀버리게 된다는 뜻이다. 라스콜리니코프가 '**사색**'을 좋아하는 이유도 그의 정신구조에 분열성 특성이 있기 때문이다. 그가 사람들을 '못나고 소경 같은' 제1부류와 '두뇌와 정신이 확고하고 강인한' 제2부류로 나누는 지적 체계를 세우고 그 사상 속에 파묻히는 이유도 자신의 열등감(실패감과 부적절감)을 방어할 수 있기 때문이다.[80]

p.209. "… 난 드러누워 사색에 잠기는 것을 좋아했지. 그러니 온갖 생각을 다 해본 거요. 난 이상한 꿈도 많이 꿨어. (중략) 난 그 무렵 노상 이런 의문을 품고 있었지. 난 왜 이다지도 못났을까? 다른 자들이 못난이라는 것은 알면서, 나 자신의 그 못난 점은 왜 고치려 하지 않느냐고, 그런데 난 나중에 깨달았지, 소냐. (중략) 그래 난 마침내 이런 것을 알게 됐어. 소냐, 두뇌와 정신이 확고하고 강인한 자는 인간을 지배하는 주권자라는 것을! 많은 일을 과감히 해치우는 자는 인간으로서는 올바른 범주에 속한다는 것을 말이야! 보다 많은 것을 성취하는 자가 인간 사회에서 보다 올바른 자가 된다면, 그와 동시에 보다 많은 것을 무시할 수 있는 자는 인간 사회에서는 입법자가 되는 거요. 오늘날까지도 그랬지만 앞으로도 역시 그럴 거

---

80) p.348. 그는 자신의 실패감과 부적절감을 방어하기 위해 투사적 체계를 사용했다. 이것과 함께 자주 나타나는 차가운 오만함, 보통 사람들에 대한 일종의 경멸이 있었는데, 그는 이런 사람들이 숨을 쉬거나 땅 위를 걸어 다닐 가치조차 없는 열등한 인종인 것처럼 간주했다. 그는 그들을 노예, 날품팔이 일꾼이라고 불렀는데, 그것은 품위를 떨어뜨리는 언어일 뿐 아니라 그의 자기애의 강도와 병리를 드러내는 극심한 경멸이었다.

　　　　　　　　　　　　　　　　　　　- W. 마이쓰너 《편집증과 심리치료》 中 -

요! 오직 소경들만이 그걸 분간 못하고 있을 뿐이란 말이야!"

– 도스토옙스키 《죄와 벌》 하 中 –

앞서 설명한 것처럼 정신구조가 이러한 분열성 특성을 가지게 되는 원인은 주로 동생의 출생 때문이다. 어린아이는 자신이 동생보다 '**못나서**' 어머니 사랑을 빼앗겼다고 생각하고 자신에게는 수치심을, 동생에게는 질투심 또는 시기심을 느끼게 된다. 동생에 대한 태도가 질투인지 시기인지는 구별하기 어려운데 질투와 시기의 차이는 자기애(전능 관념)의 손상 여부에 있다. 질투는 자기애의 손상이 발생하지 않는다고 할 수 있는데 그 이유는 아버지는 자신과 비교해서 너무 위대하므로 비교 대상이 되지 않기 때문이다(물론 그 정도의 차이는 있다). 마치 유대인이 하나님과 인간을 비교하지 않듯이 어린아이는 아버지를 신의 위치에 올려놓음으로써 자기애를 보존할 수 있다. 이 경우 아버지는 복종의 대상이 된다.

반면 동생은 자신과 동등하거나 열등한 존재이므로 그런 대상에게 어머니의 사랑을 빼앗기게 되면 자기애(전능 관념)의 손상을 가져온다. 영장류 학자 프란스 드 발이 한 「원숭이에게 오이와 포도를 주는 실험」이 보여주듯이 이러한 자기애적 손상은 격렬한 **자기애적 분노**를 일으킨다.[81] 시기심이 질투심보다 더 강하고 파괴적인 이유가 여기에 있다. 이

---

81) p.200. 드 발과 동료들은 각각의 우리 안에 작은 돌들을 넣고, 원숭이들이 그 돌을 건네주도록 훈련시켰다. 원숭이가 돌 한 개를 건넬 때마다 대가로 먹이를 주었다. 처음에는 오이 한 조각이 보상이었다. 두 원숭이는 매우 좋아하며 행복하게 먹었다. (중략) 이번에는 첫 번째 원숭이가 돌을 주면 그 보상으로 포도를 주었다. 포도는 오이보다 훨씬 맛있다. 하지만 두 번째 원숭이가 돌을 주면 계속해서 오이 한 조각을 주었다. 전에는 오이를 받고 좋아했던 두 번째 원숭이가 이번에는 심통을 부렸다. 녀석은 오이를 받아들고 잠시 믿기지 않는 듯 들여다보더니 화가 나서 그것을 과학자들에게 던졌고, 펄쩍펄쩍 뛰고 큰 소리로 꺅꺅거렸다.
  이 재미있는 실험은 최후통첩 게임과 함께 많은 사람들에게 영장류가 도덕적 본성을 지니고 있으며 평등은 보편적이고 영원한 가치라는 믿음을 갖게 했다.

렇게 강렬하고 파괴적인 정서는 정신을 심각하게 분열시킨다. 주체는 이러한 자기애적 분노와 시기심을 방어하기 위해서 자신의 우월감을 증명할 수 있는 사회적 찬사와 같은 **권력**을 손아귀에 넣는 데 리비도를 집중하게 된다. 그러나 현실에 좌절하게 되면 그 현실을 파괴하고자 하는 충동 또는 자기 파괴적인 충동으로 발현된다.[82] 니체가 인류를 로마인과 유대인으로 나누거나 마르크스가 부르주아와 프롤레타리아로 나누고 그 사상의 실현을 **총과 폭력**으로 달성하려는 이유도 그들의 사상 속에 이러한 자기애적 분노가 투사되어 있기 때문이다(이러한 분열성 특성이 정치철학이나 이데올로기와 연결될 때 인류에게 얼마나 비극적인 재앙을 가져오는지는 제1장에서 설명한 바 있다).

논의를 좀 더 진행하자면 질투로부터 **자유 개념**이 발달하고, 시기에서 **평등 개념**이 발달한다. 어린아이는 어머니의 사랑을 욕구할 **자유**를 억압하는 아버지를 질투하지만, 아버지의 거세 위협으로 자신의 욕구를 억압하게 된다. 욕구가 억압되면 그 욕구에는 압력이 형성되어 욕망이 된다. 이러한 억압된 욕망이 무의식적으로 드러난 것이 자유에 대한 갈망이다. 이러한 자유에 대한 갈망은 종종 아버지(권위자)에 대한 반항(혁명)으로 발현되기도 한다. 다만 여기서 자유의 의미는 그리스도가 의미하는 자유와는 다르다. 그리스도의 자유는 욕망이나 갈망에 예속되지 않는 것을 의미하기 때문이다.

또 어린아이는 동생에게 어머니 사랑을 빼앗기면 동생을 시기하게 된

- Y. 하라리 《호모 데우스》 中 -

---

82) p.253. 그러한 개인은 자기애적 패배를 수치심으로 경험하는데, 종종 수치심 뒤에는 시기심이 따른다. 수치심과 시기심이 결합되면, 자기 파괴적인 충동과 죄책감이 뒤따를 수 있다. 그러나 코헛은 이것을 초자아의 공격에 의한 것이 아니라 실패로 인한 실망스러운 현실을 없애려는 자아의 시도의 결과로서 이해한다. 자기 파괴적인 충동들은 자기애적 격노(narcissistic rage)의 표현이다.

- W. 마이쓰너 《편집증과 심리치료》 中 -

다. 시기는 '네가 받은 만큼 나도 받을 자격이 있다'라는 심리로 이러한 심리는 '내가 받지 못하면 너도 받아서는 안 된다'는 평등에 대한 관념으로 발전한다. 「원숭이에게 오이와 포도를 주는 실험」은 평등 개념이 시기에서 발전했음을 보여준다. 또 이 실험은 시기가 질투보다 더 원초적인 정서이며 따라서 질투도 원래는 시기에서 유래했음을 보여준다. 자유와 평등이 인간의 보편적이고 영원한 가치를 지닌 이유는 이렇게 질투와 시기가 인간의 보편적인 정서이기 때문이다. 하지만 이러한 보편적 가치를 지닌 자유와 평등은 위대한 아버지에게는 적용되지 않는다. 소수 지배자가 다수 민중을 지배할 수 있는 이유도 자신을 아버지로 믿게 만들기 때문이다. 그래서 그들은 자신들이 신부(神父) 또는 국부(國父)로 불리기를 원한다.

그런데 이러한 자유와 평등에 대한 갈망은 모순을 안고 있다. 예를 들어 프랑스 혁명에서 혁명을 선동한 **진보적인** 부르주아가 처음에는 자신들이 갈망하는 것이 **평등**이라고 생각했지만,[83] 나중에는 **자유**라는 것을 안 것과 같다. 이러한 모순적인 현상이 일어나는 이유는 혁명의 초기에는 자신들이 왕과 귀족과 비교해 너무 약하다고 생각했기 때문에 **동등한 권력, 즉 평등**(정의)을 원했지만, 권력을 쥔 후에는 로베스피에르처럼 **압도적인 권력, 즉 자유**를 원하게 되었기 때문이다.[84] 이렇게 인간의 소망은 모순적이며, 자신의 사회적 계급에 따라서 달라짐을 알 수 있다.

---

83) p.14. 프랑스 혁명이 선언한 박애와 자유가 사람들을 크게 유혹한 적은 한 번도 없었지만, 평등은 사람들의 복음이 되었다. 사회주의의 핵심도 평등이고, 현대 민주주의 사상의 핵심도 평등이다.

　　　　　　　　　　　　　　　- G. 르 봉 《프랑스 혁명과 혁명의 심리학》 中 -

84) p.200. 아직 권력을 갖지 않는 한 사람들은 자유를 원한다. 권력을 가지면 사람들은 압도적 권력을 원한다; 이것이 획득되지 않으면(그러기에는 사람들이 아직 너무 약하기에), 사람들은 '정의', 즉 동등한 권력을 원한다.

　　　　　　　　　　　　　　- F. 니체 《유고(1887년 가을~1888년 3월)》 中 -

정신구조가 분열성 특성을 갖게 되는 원인은 정신발달단계와도 밀접한 관계가 있다. 갓 태어난 유아의 두뇌는 성인의 두뇌와 비교해 25%에 불과하다. 말하자면 유아는 아주 기초적인 정신구조와 정신 에너지(리비도)만 있는 상태라고 할 수 있다. 유아가 성장하면서 정신 에너지(리비도)는 마치 에너지가 물질로 바뀌듯이 육신으로 전환된다. A. 아인슈타인의 말처럼 정신과 육체는 두 가지의 다른 것이 아니라 **'한 가지의 두 가지 형태'**라고 할 수 있다.[85] 무의식적 관념이 하나의 이물질처럼 작용하는 이유도 리비도가 집중되고 고착되어 신체의 일부분처럼 되었기 때문이다. 말하자면 **관념화**되었다는 의미는 **육신화**되었다는 뜻이기도 하다(이러한 이유로 리비도의 관념화와 육신화는 같은 의미를 지닌다).

그런데 이러한 과정에서 심리적 외상이 발생하면 유아의 정신은 이 외상을 방어하기 위해서 리비도를 과도하게 집중하게 되고 그 결과 신체로 배분되어야 할 리비도는 정신에 집중되어 신체의 발달이 지연된다. 이와 반대로 정신에는 리비도가 집중되어 있으므로 정신적 활동을 활발히 하게 되어 **'특별히 발달한 높은 지적 능력'**을 갖게 된다. 이러한 신체와 정신의 비대칭적 발달로 인해서 정신과 신체는 **'해리'**되는 현상이 발생한다. 이것이 의미하는 바는 인간의 지능은 '정신적 해리'라는 병리적 정신현상의 부산물이라는 뜻이다.[86] 도스토옙스키가 라스콜리니코프가 '두뇌

---

85) p.346. 육체와 정신은 두 가지의 다른 것이 아니라 같은 것을 두 가지의 다른 형태로 지각하는 것일 뿐이다. 마찬가지로 물리학과 심리학도 우리의 체험을 계통적인 사고에 의해 결합하고자 하는 두 가지의 다른 시도에 지나지 않는다.
- A. 아인슈타인《나의 인생관》中 -

86) p.192. 거짓 자기의 특별한 임상 사례는 지적인 과정이 거짓 자기 안에 자리잡는 경우이다. 이런 경우, 환자의 마음(mind)과 정신-신체(psyche-soma) 사이에 해리가 발달하고, 이는 잘 알려진 임상적 특성을 만들어 낸다. 그것은 특별히 발달한 높은 지적 능력을 갖는 것이다. 그러나 비록 아이가 지능검사에서 높은 점수를 받는다 할지라도, 그것은 정신적 해리에서 비롯된 병적 현상일 수 있다.
- D. 위니캇《성숙과정과 촉진적 환경》中 -

의 발달 면에서' 우월감을 가지고 있다고 표현한 것은 라스콜리니코프의 뛰어난 지적 능력이 정신병리의 소산물이라는 것을 우회적으로 표현한 것이다. 이러한 정신구조를 지닌 사람은 사유 과정을 **'성욕화'**하는 경향을 보이는데 그 이유는 자신을 **성적으로** 사랑하는 자기애(나르시시즘)의 흔적이 여전히 남아 있기 때문이다. 이러한 **성적인 자기애**는 선악 관념의 형성으로 **'지적인 자기애'**로 대체된다.

p.148. 우리가 살펴본 것처럼, 미개인과 신경증 환자는 심리 작용을 높게 평가−우리 눈으로 보면 〈과도하게〉−하는 경향을 보인다. 이러한 태도는 자기애와도 관계가 있고, 사실 이러한 경향은 자기애의 본질로 간주되는 것이기도 하다. 미개인의 경우 사고 과정은 여전히 성욕화되어 있다고 할 수 있는데 바로 이것이 미개인들이 지니는 관념의 만능성에 대한 믿음, 세계를 통제할 수 있는 가능성에 대한 확고부동한 믿음의 빌미가 되는 한편, 우주에서 인간이 차지하는 위치가 어디쯤인가에 대한 지극히 쉬운 경험에 접근하지 못하는 까닭이 되기도 한다. 신경증 환자들은 체질적으로 미개인들의 이런 경향을 상당 부분 가지는 한편, 다른 한편으로는 내부에서 일어나는 성적 충동의 억압을 통하여 사유 과정을 다시 성욕화하는 경향을 보이기까지 한다. 사고의 리비도 과잉 집중이 본래적인 것이든 아니면 퇴행에 의해 생산된 것이든, 이로 인한 심리적 결과는 동일하다. 즉 지적인 자기애, 관념의 만능이 그 심리적 부산물인 것이다.
− S. 프로이트《종교의 기원, 『토템과 터부』》中 −

프로이트 견해에서 미개인은 일반적인 미개인을 의미하는 것이 아니라 고대의 철학자, 즉 뛰어난 지적 능력이 가지고 있던 주술사나 제사장등을 의미한다. 이러한 사람들의 전능 관념에 리비도가 과도하게 집중되면 전지전능한 신처럼 '세계를 통제할 수 있다는 확고부동한 신념'으로 발현된다. 《구약성서》의 「창세기」에서 아담이 뱀(악마)의 유혹을 받고 **지식의 과일**인 선악과를 먹게 되면 자신이 **전지전능한 '하나님과 같이 될 것이라고'** 생각한 것과 같다.[87] 이러한 **'지적인 자기애'**가 악마의 세 번째 유혹인 세계 지배 욕망의 실체이다. 지적 능력이 탁월한 인물들에게서 이러한 세계 지배 욕망이 특징적으로 나타나는 이유도 이러한 **지적인 전능 관념**(관념의 만능) 때문이다. 라스콜리니코프가 나폴레옹을 자신의 표상으로 지정한 이유도 나폴레옹이 **뛰어난 지적 능력**을 지니고 있었기 때문이다. 라스콜리니코프의 이러한 지적인 전능 관념은 **'전 인류에 대한 구세적 사상'**으로 발현된다.

> p.395. '비범인'이란 인간은…… 어떤 종류의 장애를 초월하는 권리를 지녔……. 그렇다고 그건 공적인 권리가 아닙니다……. 그것을 초월한 것을 양심에 허용하는 권리를 지녔다. 그것도 전적으로 그 사상을(때로는 전 인류에 대해 구세적(救世的)인 사상도 있을 것입니다만), 그 사상을 실행에 옮기는 데 불가불 필요할 경우에 한한다고 분명히 기술했습니다.
>
> – 도스토옙스키 《죄와 벌》 상 中 –

---

87) p.3. 너희가 그것을 먹는 날에는 너희 눈이 밝아져 하나님과 같이 되어 선악을 알 줄 하나님이 아심이니라.

– 《구약성서》 「창세기」 中 –

《죄와 벌》의 정신분석적 의의

지금까지 정신분석학이라는 도구를 사용해서 전능 관념이 지배적인 라스콜리니코프의 정신구조를 분석했다. 그 결과 라스콜리니코프의 전능 관념은 자신을 초인(위버맨쉬)으로 믿는 과대망상으로 발전했고 자신이 초인이라는 것을 규명하기 위해서 살인을 저지르게 되었다는 것을 알게 되었다.[88] 그럼에도 정신분석적 측면에서 라스콜리니코프에게는 죄가 없다. 아버지의 조기 사망이라는 하나님의 저주로 인해서 그의 전능 관념이 억압되지 못했고 또 동생의 출생으로 하나님에게 버림받았기 때문에 일어난 살인이기 때문이다. 하지만 신탁의 강제로 인해 친아버지를 살해한 오이디푸스도 죄가 없었지만, 죄책감으로 인해서 스스로 자신의 눈을 찌르는 벌을 받았다. 라스콜리니코프도 '무죄이어야 함에도 불구하고' 양심의 가책으로 인해서 스스로 두 눈을 찔러버린 비극적인 또 한 명의 오이디푸스라고 할 수 있다.

> p.489. 이 새로운 정신 기관은 외부 세계의 저 인격들이 행했던 기능을 계속한다. 즉 이 기관은 그가 대신한 부모와 같이 자아를 관찰하고 자아에게 명령하며 자아의 방향을 지정해 주고 자아에게 벌로 위협한다. 우리는 이 기관을 〈초자아〉라 부르며, 그것이 갖는 재판관의 기능 때문에 우리의 〈양심〉으로 느낀다. 주목할 만한 것은, 초자아가 실재의 부모가 그 모범을 제시한 적이 없는 엄격함을 보여 준다는 것이다. 또한 초자아는 자아를 행위의 측면에서만 고려하는 것이 아니라 그가 알고 있는 자아의 사고와 실행되지 않은 의

---

88) p.283. 위버멘쉬적인 것의 모든 징표는 인간에게는 질병 또는 광기로 나타난다.
　　　　　　　　　　　　　　- F. 니체 《유고(1882년 7월~1883/84년 겨울)》 中 -

도의 차원에서도 고려한다. 이는 신탁의 강제로 인해 우리의 판단에서나 그의 판단에서 무죄이어야 함에도 불구하고, 오이디푸스 전설의 영웅도 그의 행위 때문에 죄책감을 느꼈고 스스로 처벌을 받았다는 것을 상기시킨다.

– S. 프로이트《정신분석학 개요》中 –

그렇다면 오이디푸스는 정말 죄가 없는 것일까? 오이디푸스 신화가 인간의 정신 현상이 투사된 하나의 비유라고 본다면 오이디푸스의 죄는 그 뛰어난 지적 능력에 불구하고 자신의 **진짜 어머니**와 **진짜 아버지**가 누구라는 것을 몰랐다는 것이다. 오이디푸스는 자신의 부모에 대해 알지 못했기 때문에 비극을 자초했다. 마찬가지로 라스콜리니코프의 죄도 그 뛰어난 지적 능력에도 불구하고 자신의 정신을 지배하는 **진짜 어머니**와 **진짜 아버지**를 몰랐다는 것이다. 바꿔 말하면 자기 자신이 누구인지 몰랐다는 것이다. 오이디푸스에게 신탁을 내린 델포이 신전에 새겨진 **'너 자신을 알라'**는 문구는 오이디푸스와 라스콜리니코프의 죄가 무엇인지를 명확하게 보여준다. 그 죄는 자기 자신을 몰랐다는 것이고 《죄와 벌》은 그러한 무지가 정신병리라고 말하고 있다.[89] 위대한 정신분석가인 도스토옙스키는 프로이트가 정신분석학을 창시하기도 전에 《죄와 벌》에서 정신분석적 방법을 통해 라스콜리니코프의 정신병리 치료를 시도한다.

  p.220. "잠깐 한 말씀 더 드리겠습니다. 물론 카체리나 부인으로서는 좀 이해하기 어려울 것입니다. 그러나 당신은 아시겠지만, 파

---

89) p.29. …, 치료의 초점이 성적이고 공격적인 분노에 대한 갈등에서, 근본적으로 자기 자신이 누구인지 모르기 때문에 환자가 자신에 대해 어떻게 불편해하는지에 초점이 옮겨짐에 따라, 자기의 문제는 불교와 정신분석의 공통점으로 나타났다.

– M. 엡스타인《붓다의 심리학》中 –

리에서는 이미 논리적 설득의 방법으로 광인을 치료할 수 있다는 학설이 나와서 성실한 실험이 계속되고 있습니다. 최근에 죽은 훌륭한 학자인 모 교수가 이 방법으로 치료될 수 있다고 생각한 것 같습니다. 그 사람의 근본적인 생각으로는 광인에게는 그 조직에 특별한 장애가 있는 것은 아니다, 정신착란이란 이를테면 논리적 오해, 판단에 있어서의 착오, 사물에 대한 비정상적인 견해에 불과하다는 것입니다. 그 교수는 환자의 생각을 뒤집어서 마침내 성과를 올렸다는 것입니다. 정말 놀랄 만한 일이 아닙니까?

– 도스토옙스키《죄와 벌》하 中 –

도스토옙스키는 정신병리(정신착란)가 뇌 조직의 특별한 장애가 아닌 **'논리적 오해, 판단 착오, 사물에 대한 비정상적인 견해'**에 불과하다는 것을 통찰했다. 이러한 가설이 타당하다면 불합리한 소망과 신념을 가진 **'환자의 생각을 뒤집어서'** 현실적인 목표로 대체하게 함으로써 정신병리를 치료할 수 있다는 뜻이 된다. 이는 프로이트가 창시한 정신분석 치료 방법과 같다.[90] 그래서 프로이트는 정신분석을 **'일종의 재교육'**이라고 말한다.

p.605. 정신분석학을 통해서 확보했던 인식을 통해서 우리는 최면술의 암시와 정신분석학의 암시가 서로 어떻게 차이 나는지 다음

90) p.106. 치료란 불합리한 소망과 믿음을 의식화하여 검토하고, 포기할 것은 포기하며 보다 현실적이고 달성 가능한 목표로 대체하는 것이란 생각은 오늘날 현대 정신분석 가들이 다소 다른 측면에 초점을 맞추고 있음에도 불구하고 여전히 전통으로 살아 숨 쉬고 있다(좋은 개념은 좀처럼 죽지 않는다. 다만 다른 언어로 포장만 바꿀 뿐이다. 오늘날 인지행동 치료자들은 비이성적인 신념을 지적하고 대안적인 생각을 가르치는 것을 중시한다는 점에서, 초기 정신분석가와 놀랍도록 유사하다).

– N. 맥윌리엄스《정신분석적 사례이해》中 –

과 같이 서술할 수 있습니다. 최면술 요법은 정신생활 속에 있는 무엇인가를 은폐하고, 덮어씌웁니다. 분석적 요법은 그 무엇인가를 펼쳐 보이고, 제거하려고 합니다. 전자는 화장술과 같은 방식으로 작업하고, 후자는 외과의사의 시술 방식과 같습니다. 전자는 증상들의 발생을 금지하기 위해 암시의 방법을 사용하고, 억압을 강화합니다. 증상 형성으로 이어지는 그 밖에 다른 모든 과정들은 그대로 변함 없이 남아 있습니다. 분석 요법은 증상들이 발생하는 갈등에 이르기까지 질병의 근원을 계속 추적해 들어갑니다. 그리고 이런 갈등이 해소되는 결과 자체에 변화를 주기 위해서 암시를 사용합니다. (중략) 분석적 치유를 위해서는 의사나 환자 모두 열심히 작업해야만 합니다. 이런 집요한 작업을 통해서 내적인 저항들을 제거할 수 있습니다. 이 저항들을 극복함으로써 환자의 정신생활은 지속적으로 변화되어 더욱 고양된 차원에서 계속 발전하며, 나아가서 새로운 질병의 가능성들에서 자신을 계속 보호할 수 있습니다. 이처럼 질병을 극복할 수 있는 작업은 분석적 치유의 본질적인 역할이며, 환자 자신이 그런 작업을 수행해야만 합니다. 그리고 의사는 마치 〈교육〉과 같은 작용을 하는 암시의 도움을 빌어서 환자가 그런 작업을 수행하게 합니다. 따라서 정신분석적 치료는 일종의 〈재교육〉과 같다는 말은 옳습니다.

- S. 프로이트 《정신분석 강의》中 -

최면술은 무의식 속에 이미 존재하는 관념을 일깨워서 그 관념에 명령(암시)을 **'덮어씌우는'** 기술이다. 따라서 최면 후에도 그 관념의 존재는 의식으로부터 **'은폐되며'** 이후에도 계속 그 관념의 지배를 받게 된다. 반면 정신분석 치료는 환자의 의식이 인식하지 못하는 불합리하거나 비이

성적인 생각이나 신념의 근원을 계속 **'추적해 들어가서'** 그것에 연결된 무의식적 관념을 **'펼쳐 보이는'** 작업이다. 정신분석에서 의사가 무의식의 내용을 환자에게 펼쳐 보이는 방법은 **연상요법**이라 불리는 **의사와의 대화**를 통해서이다. 도스토옙스키도 **소냐와의 대화**를 통해서 라스콜리니코프의 신념의 근원을 추적해 들어간다.

> p.206. "사실은 이렇소, 이렇게 된 거요. 난 나폴레옹이 되고 싶어서 살인을 한 거란 말이오……. 어때, 이젠 알겠소?
>
> "아, 아니오." 소냐는 머뭇거리며 속삭였다. "하지만 얘기해 주세요. 얘길 계속해주세요. 알 수 있을 거예요. 마음속으론 모든 것을 다 알 수 있을 것 같아요!" 그녀는 그에게 간청했다.
>
> "알 수 있겠다고? 좋아! 그럼 얘기하지!"
>
> 그는 입을 다물고 오랫동안 생각에 잠겼다.
>
> – 도스토옙스키《죄와 벌》하 中 –

라스콜리니코프는 소냐에게 나폴레옹이 되고 싶어서 살인을 저질렀다고 고백하며 "알겠소?"라고 물어본다. 이 시점에서 라스콜리니코프의 의식은 자신이 살인을 저지른 이유에 대해서 나폴레옹이라는 관념적 표상밖에는 인식하지 못한다. 소냐는 "모른다"고 대답한다. 그리고 이야기를 해달라고 **'간청'**한다. 소냐의 이러한 간청(강요)은 라스콜리니코프의 의식의 폭을 넓혀 '겉보기에만 망각된' 기억을 불러오는 방법이다.[91] 소냐의

---

91) p.139. 몽유병 상태에서는 경험된 것들은 〈겉보기에만〉 망각될 뿐이고 환자가 그것들을 알도록 의사가 충분히 강요하는 경우에는 기억될 수 있다는 것이었다. (중략) 그는 나중에 그러한 강요가 불필요하고, 풍부한 착상들이 거의 언제나 환자의 마음 속에 떠오르지만……

– S. 프로이트《정신분석학 개요,『정신분석학과 리비도 이론』》中 –

간청에 라스콜리니코프는 입을 '다물고' 의식을 집중하기 위해서 '오랫동안 생각에 잠긴다'. 소녀가 이렇게 간청하는 이유는 라스콜리니코프가 자신이 살인을 저지른 이유에 대해서 **'이야기를 계속하면 모든 것을 다 알 수 있을 것'**이기 때문이다. 정신분석에서도 의사는 환자에게 '당신은 모든 것을 알고 있으며 다만 말하기만 하면 된다고 확신을 심어주면' 잊혀졌던 기억이 모두 되살아난다.

    p.227. 그러나 최면은 환자의 의식의 폭을 넓혀 주고 깨어 있는 상태에서는 갖지 못했던 지식을 환자에게 제공함으로써 감정 정화적 치료에 크게 도움이 되었다. 이 점에서 최면술의 대체 방법을 찾는 것은 쉬운 일이 아닌 것처럼 보였다. 이 문제로 곤경에 빠져 있을 때 베르넴 곁에서 함께 본 적이 있는 한 실험에 대한 기억이 도움이 되었다. 실험 대상자는 몽유 상태로부터 깨어나자 이 상태에서 일어났던 일에 대해서 전혀 기억하지 못하는 것처럼 보였다. 그러나 베르넴은 이 사람이 그래도 알고 있다고 주장하였다. 그리고는 그로 하여금 기억해 내도록 요구하고 〈당신은 모든 것을 알고 있으며 다만 말하기만 하면 된다〉고 확신을 심어주면서 이마에 손을 갖다 대자, 실제로 잊혀졌던 기억이 되살아나는 것이었다. 기억은 처음에는 머뭇거리며 돌아왔지만 후에는 물이 콸콸 흐르듯이 완전히 뚜렷하게 되돌아왔다. 나는 이와 마찬가지로 해보기로 하였다. 나는 내 환자들이 최면상태에서만 접근할 수 있었던 모든 것을 그들이 〈알고 있음〉에 틀림없다고 생각했다. 내가 확신을 심어주고 내 손을 올려놓으면서 몰아붙이면 잊혀진 사실들과 그것들의 연관을 의식에 불러내는 일이 가능할 것이었다.

           - S. 프로이트《정신분석학 개요,『나의 이력서』》中 -

소녀의 요청에 라스콜리니코프는 나폴레옹이 저지른 일들을 나열하며 자신이 왜 살인을 저질렀는지에 대해 설명하기 시작한다. 하지만 소녀는 그러한 이유는 가짜 예(관념적 표상)에 불과하고 **'솔직한'** 이유가 아니라는 것을 알고 있다. 그래서 **'예를 들지 말고 더 솔직하게'** 말해달라고 애원한다. 소녀의 정곡을 찌르는 이러한 **해석**은 라스콜리니코프의 의식을 무의식의 더 깊은 곳으로 이끌어간다.

p.206. "…. 그래서 나…… 망설이는 걸 집어치우고…… 내 독단으로…… 죽여버렸던 거야……. 사실은 바로 이렇게 일어난 거요! 우습겠지? 그래, 소냐 이 사건에서 무엇보다 우스운 것은 일이 바로 이렇게 해서 일어났다는 그거란 말이오……."

소냐는 조금도 우습다고는 생각지 않았다.

"더 솔직하게 얘기를 계속해줘요 - 예를 들어 말하지 말고 말예요." 그녀는 더욱 머뭇거리며 간신히 들을 수 있을 정도의 작고 힘없는 소리로 애원했다.

그는 그녀를 향하여 몸을 돌리고 침울한 낯빛으로 그녀를 바라보며 두 손으로 그녀의 손을 잡았다.

"그래, 당신 말대로요, 소냐. 지금 얘기한 것은 시시한 얘기에 지나지 않아. 헛소리나 다름이 없어. 실은 말이오, 당신도 알고 있듯이 내 어머니는 거의 빈털터리야. 누이동생은 불행 중 다행으로 교육을 받았기 때문에 이집 저집에서 가정교사 노릇을 하고 있지요. 그러니 그 두 사람은 모든 희망을 나에게 걸고 있었지. 난 대학에 다니다가 형편이 여의치 않아 한때 휴학을 하지 않으면 안 되게 되었었지.

(중략)

그의 말투는 암기했던 것을 외우는 듯했다. "하지만, 그때쯤 되면 어머니는 늙으실 것이고 나는 효도는 고사하고 어머니를 마음 편하게 해드릴 수가 없게 된다 말이야. 그리고 누이동생도 그렇지…….누이동생은 더 곤란해질 것 같았어. 그렇다면 평생을 무엇을 바라고, 모든 것을 비켜가고, 외면하고, 어머니를 팽개치고, 누이동생의 치욕스런 생활을 방관하고 있어야 한단 말인가. 정말 우스운 얘기가 아니요? 대체 무엇을 위해서? 그 두 사람을 버리고 새로운 가족을 위해서란 말인가? - 즉, 처자를 만들고, 그리고 나중엔 그들역시 빵 한 조각도 없는 신세로 몰아넣기 위해서란 말인가? 그래서…… 그래서 난 이렇게 결심했던 거요. 노파의 돈을 빼앗아 그것을 어머니의 생활비로 드려서 몇 년 동안 편히 지내시도록 하고, 난대학생활로 돌아가서 졸업 후, 사회에 진출할 기반을 마련하고 -그리고 이런 일을 철저히 실천해서 새로운, 완전한 출세의 길을 닦자고 했던 거요 - 대체로 이렇게 된 거야……. 그거야 말할 것도 없는일이지. 그 노파를 죽인 일이 나쁘다는 것은! 이제 그만두겠소."

– 도스토옙스키 《죄와 벌》 하 中 –

소냐의 애원에 라스콜리니코프는 지금까지 말한 것은 '시시한 얘기이며 헛소리나 다름없다'라고 소냐의 의견에 동의하며 실제 이유를 말한다. 정리하자면 라스콜리니코프는 처음에는 전당포 노파를 살해한 이유를 나폴레옹이 되고 싶어서라고 했지만, 이제는 어머니와 여동생 때문이라고 말한다. 물론 현재에도 라스콜리니코프의 의식 속에는 어머니의 비참한 생활과 여동생의 치욕스러운 처지와 같은 가짜 표상만 떠오를 뿐이다. 하지만 이러한 표상은 라스콜리니코프의 무의식 속 관념과 **'인과론적으로 가장 중요한'** 표상이므로 프로이트는 이러한 표상을 **'일차적 표상(인상)'**이라고 부른다.

p.103. (각주) 여기서 내가 처음으로 배우고, 또한 후에 수없이 확인한 사실은, 현재의 히스테리성 착란을 해소하는 경우에 환자는 시간순으로 거꾸로 이야기한다는 점이다. 즉, 가장 최근에 일어나고 가장 덜 중요한 인상과 관념의 연상에서 시작해서 끝에 가서야 일차적 인상에 다다르게 되는데 이 일차적 인상이야말로 인과론적으로 가장 중요한 경우가 대부분이다.

– J. 브로이어 & S. 프로이트 《히스테리 연구》 中 –

무의식적 관념은 리비도가 육신화된 물질로 **문자 그대로** 어린아이의 두뇌가 커지는 **시간에 따라서 차례로** 형성된다. 따라서 환자의 의식이 무의식에 접근하기 위해서는 '**시간순으로 거꾸로**' 접근해야만 한다. 처음에는 가장 최근에 일어난, 주로 의식의 표층에 있는 관념적 표상에서 시작해서 끝에 가서야 관념과 인과론적으로 가장 중요한 일차적 인상에 다다른다. 마치 고대 유적지를 표층부터 시작해서 심층으로 발굴해 나가는 것과 같다. 라스콜리니코프도 처음에는 살인을 저지른 이유가 나폴레옹이라고 말했다가 이제는 어머니와 여동생 때문이라고 말한다. 하지만 이러한 이유 역시 진정한 이유가 아니므로 의식은 잘못된 연결을 통해서 자신의 행위를 합리화한다. 라스콜리니코프의 '**말투가 암기했던 것을 외우는 듯한**' 이유는 앞서 니콜라이라는 청년처럼 이야기를 꾸며내고 있기 때문이다. 이러한 작화(confabulation) 현상은 진정한 이유를 은폐하기 위한 무의식적 시도의 일환이라고도 할 수 있다.

이미 말한 바와 같이 라스콜리니코프가 살인을 저지른 이유는 전능 관념의 실현과 어머니에 대한 욕망 때문이었다. 첫 번째 이유는 이해할 수 있다고 하지만 두 번째 이유와 관련해서 어머니를 비참한 생활에서 구원하기 위해서는 누구라도 그러한 극단적인 행위를 할 가능성이 있으므로,

과연 어머니에 대한 성적 욕망을 진정한 동기로 볼 수 있느냐에 대해 의문이 제기될 수 있다. 도스토옙스키는 교묘하게 그 진정한 동기를 감추고 있는데 그 이유는 살인의 진정한 동기가 어머니에 대한 성적 욕망이라고 할 경우 그러한 표현이 불러올 검열 당국과 정교회의 반발을 고려하지 않을 수 없었을 것이기 때문이다. 도스토옙스키는 그 비밀을 **소녀의 직업**에 감추어 두었다.

p.366. 나는 다른 곳에서 〈남자들이 선택하는 대상 중 특별한 종류〉에 대해 기술한 적이 있다. 나는 그 특색은 어머니에 대한 애착에서 비롯된다고 밝혔다. 그런데 이 환자의 경우는 이 특별한 종류에 세세하게 들어맞았다. 그녀가 사랑하는 사람은 평판이 나빴으며, 그녀 스스로도 그 소문이 사실이라는 것을 충분히 확인했다. 그런데도 그녀가 그 여자에게 전혀 혐오감을 느끼지 않은 것은 놀라운 일로 보일지도 모른다. (중략) 그녀의 입장에서는 자기 〈여인〉의 평판이 나쁜 것이 오히려 〈사랑을 위해 필요한 조건〉이었다. 이런 태도가 이상하게 보일지 모르나 보통 남자들이 자기 어머니와의 관계 때문에 특별한 대상-선택을 하는 경우에 비추어 보면 이상할 것도 없다. 그 경우에도 사랑하게 되는 상대는 어떤 종류든지 성적으로 〈나쁜 평판〉이 있는 사람, 즉 실제로 매춘부라고 불러도 될 사람이어야 한다. 그 소녀는 나중에 자기가 숭배하는 여인이 그렇게 불리워도 될 만한 사람이며 자기의 몸을 제공하며 살아가고 있다는 것을 알게 되었다. 그때 소녀는 크게 동정하고 자기의 사랑을 이런 부끄러운 지경에서 〈구원〉하는 환상을 갖고 계획을 세우는 등의 반응을 보였다. 위에 언급한 남자들의 경우도 〈구원〉하려는 욕망이 있다는 것은 놀랄 만한 일이다.

소녀의 직업은 1) 가난한 가정을 꾸려가기 위해서 2) 자기의 몸을 제공하며 살아가는 '**매춘부**'이다. 라스콜리니코프가 그녀와 사랑에 빠진 이유는 그녀가 가지고 있는 어머니와 여동생과 관련된 표상이 무의식 속 어머니와 여동생에 대한 욕망을 일깨웠기 때문이다. 어머니와 관련된 표상은 가난한 가정을 혼자서 꾸려가는 것이고 여동생과 관련된 표상은 자신의 몸을 제공하는 것이다. 다시 말하면 가난한 생활을 혼자서 꾸려가는 소녀의 모습은 어머니에 대한 욕망을 일깨웠고, 소녀의 '**성적으로 나쁜 평판을 가진**' 직업은 여동생에 대한 욕망을 일깨운다. 라스콜리니코프의 여동생은 가난한 생활로 인해서 **자신의 몸을 팔듯이** 부자에게 시집가려고 하고 있기 때문이다. 라스콜리니코프가 소녀를 적극적으로 도와주는 이유도 소녀를 '**구원**'하는 것이 바로 어머니와 여동생을 '**구원**'하는 상징 행위가 되기 때문이다.

라스콜리니코프는 소녀를 사랑한 것이 아니라 소녀가 지닌 어머니 표상과 매춘부라는 직업 표상을 사랑한 것이라고 할 수 있다. 정신분석학적으로 표현하자면 라스콜리니코프는 어린 시절 어머니와 여동생과의 정신적 경험을 소녀와 '**사랑에 빠지는 형태로 반복하고**' 있는 것이다. 그는 자신의 어머니와 여동생에 대한 욕망을 소녀에게 전이시킨 것이다. 하지만 라스콜리니코프의 의식은 자신의 사랑이 과거에 어머니와 여동생에게 보였던 정신적 태도의 반복인지를 모른다. 그래서 그는 '**그것을 기억해 내는 대신 마치 그것이 실제로 지금 일어나고 있는 것처럼 현실적으로 재생산하고**' 있는 것이다. 소녀의 매춘부라는 직업이 라스콜리니코프가 소녀와 열정적인 사랑에 빠지기 위한 필요조건이었던 셈이다. 이런 식으로 소녀의 사랑의 도움을 받아 '**전이적 사랑의 수수께끼**'가 풀리면서 라스콜리니코프는 왜 자신이 살인을 저지르게 되었는지에 대한 수수께끼도 풀게 된다.

p.358. 환자는 이전에 한때 있었던 정신적 경험을 분석자와 사랑에 빠지는 형태로 〈반복하고〉 있는 것입니다. 즉 그는 이미 자신의 내부에 놓여져 있고 또 그의 신경증과 긴밀히 관련되어 있는 정신적 태도를 분석자에게 전이시켰던 것입니다. 그는 또한 이전의 방어 행위를 우리 눈앞에서 반복하고 있습니다. 즉 그는 그의 삶 중에 잊혀진 시기의 역사 〈전부〉를 분석자와의 관계 속에서 철저히 반복하고 싶어하는 것입니다. 따라서 그가 우리에게 보여 주는 것은 그의 내밀한 생애의 핵심입니다. 〈즉 그는 그것을 기억하는 대신에 마치 그것이 실제로 지금 일어나고 있는 것처럼 현실적으로 재생산하고 있는 것입니다.〉 이런 식으로 전이적 사랑의 수수께끼는 풀리며—매우 위협적인 것으로 보였던 새로운 사랑의 〈도움〉을 받아—분석은 원래의 방식으로 진행될 수 있습니다.

  — S. 프로이트 《정신분석학 개요, 『비전문가 분석의 문제』》 中 —

《카라마조프의 형제》에서도 드미트리가 약혼녀를 버리고 '**고급 매춘부**'로 불리며 '**성적으로 나쁜 평판**'을 가진 그루센카라는 여자와 사랑에 빠진 이유도 어린 시절 그의 어머니가 다른 남자와 가출해서 **성적으로 나쁜 평판**을 갖고 있기 때문이다. 드미트리도 어머니에 대한 욕망을 기억해 내는 대신 '마치 그것이 실제로 지금 일어나고 있는 것처럼 현실적으로 재현하고' 있다고 할 수 있다.

p.366. 니콜라이 판사는 어느 정도 '매혹'당하기까지 했다. 후에

여기저기서 그 당시의 얘기가 나오면 그는 그 여자를 정말 '아름답다'라고 느낀 것은 그때가 처음이었다고 고백했다. 그전에도 여러 번 그녀를 본 일은 있었지만, 언제나 '시골의 헤테라(고대 그리스의 고급 매춘부)'쯤으로 생각하고 있었던 것이다.

- 도스토옙스키 《카라마조프의 형제》 중 中 -

이러한 모티프는 《백치》에서도 나온다. 주인공 미쉬낀 공작은 이미 약혼까지 한 아델라이다를 버리고 **'이름난 창녀'**와 결혼식을 올리려고 한다. 이러한 전이 관계들이 형성되는 이유는 어린 시절 성적으로 평판이 나빴던 어머니를 구원하고자 하는 갈망 때문이거나 또는 어린 시절 자신의 심리적 외상을 극복하고자 하는 갈망, 바꿔말하면 그 심리적 외상을 치료하고자 하는 갈망 때문이다.

p.713. 어느 공작이 명망 높은 집안에서 추태를 부린 끝에 이미 약혼까지 한 그 집 규수를 버리고, 이름난 창녀에게 반해 모든 관계를 끊어 버렸다. 사람들의 비난이나 대중의 분노 등 그 어떤 것에도 개의치 않고, 며칠 뒤 바로 여기 빠블로프스끄에서 고개를 똑바로 세운 채 사람들의 눈을 똑바로 바라보며 거리낌 없이 그 타락한 여인과 결혼식을 올릴 예정이라고 한다.

- 도스토옙스키 《백치(동서)》 中 -

소녀와의 대화를 통해서 라스콜리니코프의 의식은 자신이 전당포 노파를 살해한 진정한 이유가 어머니와 여동생에 대한 어떤 욕망 때문이라는 것을 막연하게 인식하게 된다. 비록 그의 의식은 명확하게 설명할 수는 없지만, 자신의 무의식 속 내용이 도저히 받아들일 수 없는 것이라는 것도 눈치채게 된다. 이렇게 해서 **무의식의 저항**이 일어난다. 이러한 저항은 소냐와의 대화 이전에는 라스콜리니코프의 의식이 자신의 어머니와 여동생에 대한 욕망을 전혀 인식하지 못하고 있었다는 것을 보여준다. 만약 그가 알았다면 그는 소냐와의 대화를 시작하지 않았을 것이기 때문이다. 무의식의 저항은 의식 속에 입장하려는 이러한 '**견딜 수 없는 모순된 관념**'을 강제로 추방한다.

> p.208. "그런데 나는 지금 거짓말을 하고 있는 거요…… 지금까지 말한 것은 모두 사실과 다르단 말이오…… 당신 말이 옳아요. 그래, 여기엔 전혀 다른 원인이 있어!
>
> (중략)
>
> "아니오, 소냐. 그건 잘못된 생각이요!" 그는 별안간 고개를 쳐들고 입을 열었는데, 그 모습은 급격한 충격에 다시 제정신을 찾은 것처럼 보였다. "그건 잘못된 생각이오. 오해란 말이오. 그게 아니라……. 이렇게 생각해야 돼!-그렇다! 정말로 그렇게 생각하는 편이 낫겠어!-난 자만심이 강하고 질투심도 많으며, 근성이 비뚤어지고, 비열하고 집념이 깊은 사내라고 말이오……. 그리고 또……. 어쩌면 미친 사람이라고 생각하는 편이 나을지도 몰라-이왕이면 모두 실토해버리겠소. 미친 사람이란 말은 그전부터 들어왔으니까! …"
>
> – 도스토옙스키 《죄와 벌》 하 中 –

라스콜리니코프의 의식은 '**별안간**' 자신의 무의식 속 관념이 어떤 종류의 것인지에 대해서 눈치채게 되자 '급격한 충격에 다시 제정신을 찾게 된다'. 그의 의식은 어머니에 대한 욕망을 부정하며 자신이 말한 내용이 '**거짓말**'이며 '**전혀 다른 원인이 있다**'고 말한다. 그리고 '이렇게 생각해야 돼'라고 하며 합리화 과정을 다시 시작한다. 라스콜리니코프의 의식은 자신이 어머니를 욕망하고 있다고 인정하기보다는 자신이 **'미친 사람'**이라고 생각하는 편이 더 낫다고 생각하기 시작한다.

> p.145. 하지만 여기서는 다르게 하셔야 합니다. 이야기하시면서 여러 가지 생각들이 떠오르실 것입니다. 당신은 이 생각들을 어떤 이의제기로 물리치고 싶으실 것입니다. 그리고 이렇게 말하고 싶은 유혹을 받으실 것입니다. '이것 또는 저것이 이와 관계가 없어, 아니면 그것은 하찮은 것이야, 그것은 터무니없는 이야기야, 그래서 말할 필요가 없어.' 이런 비판에 굴복하지 마십시오. 그런 비판에도 불구하고 그것을 말해야 합니다. 그것은 당신이 그에 대한 반감을 가지고 있는 바로 그 이유 때문입니다. 당신은 이런 규칙에 대한 근거를—실질적으로 당신이 지켜야 할 유일한 규칙입니다—나중에 알게 되거나 통찰하는 법을 배울 것입니다. 그러니 당신의 마음에 떠오르는 모든 것을 말해야 합니다.
> – S. 프로이트 《프로이트의 치료기법, 『치료의 시작에 대해(1913)』》 中 –

정신분석에서 무의식의 저항은 어떤 생각들이 의식 속에 떠 오르는 것을 물리치고 다른 말을 하고 싶은 유혹을 말한다. 환자는 자신의 의식 속에 떠오르는 연상들을 '하찮거나 터무니없는' 이야기라고 생각하고 의사에게 '말할 필요가 없다'고 스스로를 검열한다. 라스콜리니코프도 자신의 어머니에 대한 욕망이 터무니없다고 생각하고 오히려 자신이 미친 사람이라고 생각하는 것이 더 낫다고 생각한다. 그런데 그것이 사실이 아니라면 이렇게 극단적으로 부정할 필요가 없다. 아직 소냐에게 자신이 어머니를 욕망한다고 말하지 않았기 때문이다. 바로 이러한 극단적 부정이 라스콜리니코프가 어머니를 욕망하고 있다는 반증인 셈이다.

프로이트가 치료한 엘리자베트 폰 R. 양의 사례에도 똑같은 반응이 나온다. 그녀는 자신의 형부를 깊이 사랑했는데 프로이트가 '당신은 전부터 형부를 사랑했던 겁니다'라고 말하자 그녀는 '그건 사실이 아니에요. 당신에 나에게 주입하는 거예요. 그런 일은 있을 수가 없어요. 나는 그렇게 나쁜 짓을 할 수가 없어요. 나 자신이 도저히 용납할 수 없는 일이에요'라고 절망적으로 저항한다.

> p.211. 내가 그녀를 치료하기 시작했을 때에는 형부와의 애정과 관계있는 생각들은 이미 그녀의 의식에서 격리되어 있었다. 그렇지 않다면 그녀는 이러한 치료를 결코 찬성하지 않았을 것이라 생각한다. 그녀가 외상적 작용을 하는 장면을 재현할 때 반복적으로 나타냈던 저항은, 사실상 견딜 수 없는 모순된 관념을 연상으로부터 강제로 밀어내는 에너지에 해당되는 것이었다.
>
> − J. 브로이어 & S. 프로이트 《히스테리 연구》中 −

이토록 의식이 어떤 내용을 강력히 부정하는 것은 무의식 속에 그 내용이 억압되어 있다는 인정인 셈이다. 베드로가 목숨을 걸고 자신은 결코 그리스도를 부인하지 않을 것이라고 강력히 부정한 것은 그리스도를 부정하고 싶어 하는 자신의 무의식적 소망에 대한 인정이라고 할 수 있다. 그렇지만 한편으론 이러한 부정은 억압된 관념을 풀고 그 내용이 의식될 수 있도록 도와준다.

> p.446. 그와 같이 억압된 이미지나 생각의 내용은 그것이 〈부정〉 된다는 조건으로 의식 속에 떠오를 수 있다. 부정은 억압된 것을 인

정하는 방식이다. 사실 그것은 이미 억압을 푸는 것이다. 물론 그것이 억압된 것을 받아들이는 것은 아니지만, 우리는 여기서 지적 기능이 어떻게 감정적 과정과 분리되어 있는가를 볼 수 있다. 부정의 도움으로 억압 과정의 한 가지 결과-즉, 억압된 것의 관념 내용은 의식에 도달하지 못한다는 사실-만이 자유를 얻는다. 이 결과 억압된 것에 대한 일종의 지적 수용이 이루어진다. 그러나 그와 동시에 억압에 본질적인 것은 그대로 지속된다. 분석 작업 과정에서 이러한 상황과 비슷한-정도가 더 심하고 매우 중요한, 그리고 다소 낯선-여러 유형들을 자주 보게 된다. 우리는 부정도 정복하고, 억압된 것을 지적으로 완전히 수용하는데 성공을 거둔다. 그러나 억압의 과정 그 자체는 이렇게 한다고 제거되는 것은 아직 아니다.

사고의 내용을 긍정하거나 부정하는 것이 지적 판단의 기능이기 때문에, 우리가 지금까지 한 말은 그 기능의 심리적 근원이 무엇인가의 문제로 우리를 끌고 간다. 어떤 판단에서 무엇인가를 부정한다는 것은 그 밑바닥에서 〈이것은 내가 억압하고 싶은 것이다〉라고 말하는 것이다. 부정적 판단은 억압의 지적 대체물이다.

- S. 프로이트 《정신분석학의 근본 개념, 『부정』》中 -

무의식에 대한 의식의 이러한 지적 통찰이 이루어지기 위해서는 베드로에게서처럼 그리스도의 계시가 있거나 라스콜리니코프에게서처럼 소냐와의 전이가 있어야 한다. 이러한 과정을 통해 자신의 무의식 속 내용에 대한 일종의 지적 수용이 이루어진다. 의식은 이러한 통찰과 각성을 통해 부정을 극복하고 자기 자신이 누구인지에 대해서 진정으로 알게 되는 순간을 맞이한다. 이 의미는 이제 의식이 무의식의 악마적 힘을 통제할 수 있게 되었다는 것을 뜻한다. 베드로가 죽음을 불사하고 그리스도의 복음을 전파할 수 있었던 이유도 이제 무의식의 악마적 힘이 베드로의 의식을 지배하는 것이 아니라 베드로의 의식이 무의식의 악마적 힘을 통제할 수 있었기 때문이다. 라스콜리니코프의 의식은 소냐의 도움으로 자신의 무의식 속 내용에 대해서 서서히 이해하기 시작하고 자신의 신념에 **'커다란 허위와 허점'**이 있다는 것을 막연하게 예감하기 시작한다. 다음의 라스콜리니코프의 심리 상태에 대한 묘사는 정신분석적 측면에서 탁월하다고밖에 말할 수 없다.

> p.395. 그러나 이미 강물을 내려다볼 때부터 자기 자신의 신념에 커다란 허위와 허점이 있었다는 것을 그 자신이 예감하고 있었는지도 모른다는 것을 알지 못하고 있었다. 그리고 그 예감이야말로 자신이 인생에서 장차 맞이하게 될 전환과 갱생과 장래의 새로운 인생관을 예고하는 것인지도 모른다는 것을 깨닫지 못하고 있었던 것이다.
>
> (중략)
>
> 감옥에서, 그를 둘러싸고 있는 환경 속에서 미처 그가 발견하지 못하는 것이 여러 가지 있었음은 말할 나위가 없다. 게다가 그에게 그런 발견을 할 만한 마음의 여유가 있었던 것도 아니다. 그는 눈을 내리깔고 살았다. 뭣이든 똑바로 보는 것이 싫었다. 정말 그것은 견딜 수 없었다. 그러나 끝내는 그도 경이의 눈을 뜨고 어느덧 전에는 생각지도 못했던 것을 하나하나 응시하게 되었고 발견하게 되었다. 일반적으로 말해서 그가 가장 놀란 것은 자기와 자기 주변의 무리들 사이에는 심연(深淵)이 있다는 사실이었다. 자기와 그들은 마치 이민족 같은 느낌이 들었다. 그와 그들은 서로 불신과 적의를 가지고 대했다. 그는 이러한 사태에 대한 일반적인 원인을 알고 있었고

이해하고 있었으나 이 원인이 실제에 있어서 이렇게 뿌리 깊고 강력한 것으로는 절대로 생각지 않았다.

– 도스토옙스키 《죄와 벌》 하 中 –

라스콜리니코프의 심리 상태를 이해하기 위해서는 먼저 한 가지 전제를 알고 있어야 한다. 그것은 **무의식**은 알고 있지만, **의식**은 모르고 있다는 것이다. 소냐와의 대화 이전에도 라스콜리니코프의 **무의식**은 **이미** 자기 자신의 신념에 커다란 허위와 허점이 있었다는 것을 '**예감하고 있었다.**' 하지만 이때에는 그의 **의식**은 자기의 무의식이 예감하고 있다는 사실을 '**알지 못하고 있었다**'. 의식이 자기의 무의식 속에 있는 그러한 사실을 통찰할 수 있을 때 인생에서 '전환과 갱생과 새로운 인생관'을 맞이할 수 있다. 하지만 라스콜리니코프의 **의식**은 **아직은** 그것을 '**깨닫지 못하고 있었던 것이다**'. 정신분석학이 어렵게 보이는 이유는 의식이 인식할 수 없는 무의식의 내용을 의식의 도구인 언어를 사용해서 증명해야 하는 학문이기 때문일 것이다.

p.137. 내가 여러분에게 말하고 싶은 것은, 꿈꾼 이가 자신의 꿈이 무엇을 의미하는지에 관해서 아마도 잘 알고 있으리라는 것인데 그것은 전적으로 가능한 일입니다. 그는 다만, 자신이 그것을 알고 있다는 것을 모를 뿐이고 자기가 그것을 모르고 있다고 믿고 있는 것입니다.

… 〈꿈은 하나의 정신 현상이다〉라는 전제에서 또 하나의 다른 전제, 즉 인간들의 마음 속에는 자신이 그것을 알고 있다는 것을 모르면서도 실제로는 알고 있는 정신적인 것이 있다는 전제를 세우려 하고 있다는 것입니다.

(중략)

우리가 여기에서 꿈꾼 이에 대하여 가정하려고 하는, 그 자신은 자기가 알고 있음을 전혀 모르고 있다는 이러한 증명을 도대체 어디에서, 어떤 학문의 분야에서 끌어다 댈 수 있습니까?

– S. 프로이트《정신분석 강의》中 –

소냐와의 대화를 통해서 라스콜리니코프는 '경이의 눈을 뜨고 어느덧 전에는 의식(생각)지도 못했던' 자신의 무의식 속 내용물을 '**하나하나** 응시하게 되고 발견할 수 있게 된다'. 그중에서 '**가장 놀란 것**'은 자신과 타인 사이에 마치 이민족과 같은 **건널 수 없는 심연**이 있다는 것이다. 가장 놀랐다고 표현한 것은 그의 의식은 그러한 심연의 원인을 알고 있었고 이해하고 있다고 생각하고 있었기 때문이다. 하지만 실제에 있어서 그렇게 뿌리 깊고 강력한 것으로는 절대 생각하고 있지 않았다. 하지만 **이제야** 자신의 무의식을 인식할 수 있게 되자 그 심연이 얼마나 뿌리 깊고 강력한 것인지를 온몸으로 절감하게 된 것이다. 자신의 신념의 허위와 허점에 대한 의식의 통찰과 각성을 통해 라스콜리니코프는 심리적 전환을 하게 됨으로써 새로운 삶(갱생)과 새로운 인생관을 갖게 된다.[92] 소냐와의 전이 관계에서 과거의 어머니와의 관계를 반복 재현함으로써 그때의 실**책을 재교육**을 통해서 **교정한 것**이다.

p.451. 환자는 분석가를 그의 아버지(어머니)의 자리에 놓음으로

---

92) p.455. 밋첼에 따르면, 피분석자는 아동기 동안에 제한된 관계 방식과 전적인 고립 사이에서 선택할 수밖에 없었던 사람이다. (중략) 분석의 목표는 무의식을 의식화하는 것이나 새로운 경험을 제공하는 것이 아니라, 피분석자의 관계적 세계의 구조를 바꾸는 것이다.

– F. 써머즈《대상관계 이론과 정신병리학》中 –

써, 그의 초자아가 자아에 대해 행사하는 권력을 분석가에게 부여한다. 왜냐하면 부모는 바로 초자아의 원천이기 때문이다. 이제 새로운 초자아는 신경증 환자에 대한 일종의 재교육의 기회를 갖는다. 이 초자아는 부모가 교육하면서 범한 실책을 교정할 수 있다.

－ S. 프로이트《정신분석학 개요》中 －

분석치료에서 소냐는 어머니 역할을 한다. 라스콜리니코프의 무의식 속 과대 자아는 소냐를 통해 어린 시절 심리적 외상과 연결되게 된다. 그리고 어머니의 사랑을 통해 심리적 외상을 치료할 수 있게 된다. 이러한 **'치료적 진전'**을 통해서 그동안 분열되어 있었던 정신은 통합하게 되고 그러자 의식이 자신의 무의식을 인식할 수 있게 된 것이다.[93] 아이러니하게도 소냐를 구원하려고 했던 라스콜리니코프가 소냐에게 구원을 받게 된 셈이다.

《죄와 벌》에서의 개인의 구원 문제는《카라마조프의 형제》에서 인류의 구원 문제로 확장된다. 라스콜리니코프는 이반 카라마조프로 진화하고 그의 전능 관념은 인류의 정신세계를 지배하려는 대신문관의 사상으로 형상화된다. 반면 소냐는 알료샤 카라마조프로 진화하고 그녀의 모성애는 인류의 정신세계에 자유를 주려는 그리스도의 사랑으로 진화한다. 이반 카라마조프는 악마의 세 가지 욕망을 만족시켜 줌으로써 인류를 지배하려고 하고, 알료샤 카라마조프는 인류를 악마의 세 가지 욕망으로부터 자유롭게 함으로써 인류가 악마의 지배에서 벗어나기를 바란다.

93) p.234. 만약 분석가가 환자의 원초적 자아 상태와 그 상태에서 자기애적 전이들이 갖는 구체적인 역할을 광범위하게 재구성할 수 있게 되고, 적절한 전이 경험과 그것과 관련된 환자의 아동기 외상을 연결시키게 된다면, 커다란 치료적 진전을 가져올 수 있다.
－ H. 코헛《자기의 분석》中 －

그런데 악마의 세 가지 유혹으로부터의 자유는 **표상으로부터의 자유**를 전제하지 않으면 안 된다. 인간은 자신의 무의식을 인식할 수 없기 때문에, 마르크스의 표현을 빌리면, '인간의 사회적 표상이 의식을 규정해버리기 때문이다'. 이렇게 표상은 참으로 오랫동안 인류의 정신을 지배해왔으며 우리 안에 그리고 우리의 세계에까지 뿌리를 내리고 있다. 그래서 니체는 '**우리 자신을 이해하기 위해서는 그 표상들을 이해하지 않으면 안된다**'라고 말한다. 그리고 '**그 표상을 넘어서야 한다**'고 말한다.

p.83. **근본악에 대한 인식의 승리**−과거 어떤 기간 동안 철저하게 악하고 타락한 인간에 관한 표상이 존재했다는 사실은 현명해지고자 하는 사람들에게는 풍성한 수확을 가져다줄 수 있다. 이와 같은 표상은 그 반대의 표상과 마찬가지로 거짓이다: 그러나 그것은 참으로 오랫동안 지배해온 것이며, 우리 안에 그리고 우리의 세계에까지 뿌리를 내리고 있다. 우리 자신을 이해하기 위해서는 **그 표상들을** 이해하지 않으면 안 된다. 그러나 그보다 훨씬 더 높이 상승하기 위해서는 그 표상을 넘어서야 한다. 그러면 우리는 형이상학적 의미에서 죄는 없다는 것, 같은 의미로 미덕 역시 없다는 것, 윤리적 표상의 이러한 영역 전체가 끊임없이 동요한다는 것, 선과 악, 윤리적인 것과 비윤리적인 것에 관한 좀 더 고상하고 깊은 개념들이 있다는 것을 인식하게 될 것이다. 사물에서부터 이 같은 인식 이상의 것을 얻고자 하지 않는 사람은 쉽게 영혼의 안정에 이르고, 기껏해야 무지로 인해 잘못하는 일은 있어도 욕망 때문에 잘못(또는 세상에서 말하는 범죄)을 범하기는 어렵다. 그러나 그를 완전히 지배하고 있는, 가능한 한 잘 **인식하고자** 하는 유일한 목표는 그를 냉정하게 하고 그의 성향에 있는 모든 광포함을 진정시킬 것이다. 게

다가 그는 고통스러운 많은 표상에서 벗어나, 지옥의 형벌, 죄악, 선에 대한 무능이라는 잘못된 세계관과 인생관의 희미해져 가는 그림자만을 인식할 뿐이다.

- F. 니체《인간적인 너무나 인간적인(책)》中 -

만약 라스콜리니코프가 자신의 의식을 지배하고 있는 것이 관념적 표상에 불과하다는 사실을 알았다면 그는 자신의 욕망 때문에 범죄를 저지르지 않았을 것이다. 그는 냉정하게 자신을 분석함으로써 자신의 욕망이 지닌 강박성(광포함)을 진정시켰을 것이고 자신을 고통스럽게 만드는 표상에서 벗어남으로써 자신의 잘못된 세계관과 인생관이 희미하게 사라져가는 광경을 초연하게 바라보았을 것이다. 결론적으로《죄와 벌》이 우리에게 시사하는 바는 인간이 자신을 지배하고 있는 자신의 관념적 표상을 이해하고 그것들을 넘어서지 않고는 자신 속에 있는 악마에게 승리할 수 없으며 그 악마의 지배를 받을 수밖에 없다는 것이다.

제3장

원죄(原罪)와 구원(救援)

제3장 원죄(原罪)와 구원(救援)

하나님의 아들들이 사람의 딸들의 아름다움을 보고 자기들이 좋아하는 모든 여자를 아내로 삼는지라

– 《구약성서》「창세기」中 –

표상과 상징

지난 장에서 《죄와 벌》의 주인공의 정신분석을 통해서 우리는 전능 관념이 지배적인 주체가 자신의 관념(욕망)을 성취하기 위해서 어떻게 사고하고 행동하는지에 대해서 고찰해 보았다. 이러한 고찰을 통해서 전능 관념이 지배적인 주체에게는 악마의 세 가지 유혹 중 세 번째 유혹인 세계 지배 욕망이 가장 주된 욕망임을 이해하게 되었다. 이번 장에서는 복종 관념이 지배적인 주체가 자신의 관념(욕망)을 성취하기 위해서 어떻게 사고하고 행동하는지에 대해서 고찰해 보고자 한다. 그 전에 표상과 상징과의 관계 그리고 그것들의 의미에 대해서 좀 더 이해할 필요가 있다.

표상은 주체가 대상을 인식할 때 의식 속에 나타나는 그 대상에 대한 이미지나 영상을 말한다. 예를 들어 눈앞에 있는 사과는 눈이 지각한 **윤곽이나 패턴**(흥미로운 단서)을 바탕으로 두뇌가 새롭게 구성해 낸 시각

적 표상(이미지나 영상)이다.[1] 인간은 실제의 사과를 보는 것이 아니라 허상의 사과를 본다. 더 정확하게 표현하면 **본다고 생각하는 것**이다. 다만 인간의 생물학적 두뇌구조는 모두 유사하므로 그 허상을 사과라고 부르는 데 그다지 이견이 발생하지 않는 것뿐이다.

관념적 표상(생각)과 정서적 표상(감정)도 마찬가지이다. 생각과 감정도 과거의 모든 경험에 의존하여 자신이 본 것을 새로운 표상으로 구성해 내는 것이다. 그 경험에는 심리적 외상에 대한 방어도 포함된다. 따라서 개개인의 무의식적 **방어**의 수준(**솔직함**)에 따라 개인의 생각과 감정은 달라질 수 있다. 특히 선악 관념이 형성된 후에는 모든 생각과 감정에는 **도덕적 판단(정의감)**이 투사된다.

> p.191. **도덕적인 것의 범위**─우리는 우리가 본 것을 과거의 모든 경험에 의존하여 새로운 상으로 구성해 낸다. 그 상을 어떻게 구성하는가는 우리가 지닌 솔직함과 정의감의 **수준에 따라 다르다.** 도덕적 체험 외에 다른 체험은 존재하지 않는다. 심지어 감각 지각의 영역에서도 그러하다.
>
> ─ F. 니체 《즐거운 학문(책)》 中 ─

라스콜리니코프의 예를 들어 설명하자면 어머니의 비참한 생활에 대한 초조감은 어머니에 대한 욕망의 흔적을 토대로 생성된 정서적 표상이

---

1) p.125. 우리는 눈을 통해 고해상도의 영상을 받아들인다고 착각한다. 그러나 사실 시신경이 뇌에 전달하는 정보는 대상의 윤곽, 그리고 흥미롭게 살펴볼 몇몇 지점에 대한 단서뿐이다. 우리는 병렬식 채널들을 통해 연속적으로 들어오는 매우 낮은 해상도의 영화를 보는 셈인데, 피질의 기억에 의존하여 그 자료를 해석함으로써 세상에 대한 환각을 구축하는 것이다.

─ R. 커즈와일 《특이점이 온다》 中 ─

다. 또 그 초조감에 연결된 살인을 저지르겠다는 생각은 전능 관념의 흔적과 그에 부합하는 외부 세계의 정보를 조합해서 구성해 낸 관념적 표상이다. 만약 라스콜리니코프가 복종 관념이 지배적인 정신구조를 지니고 있었다면 범죄를 저지르겠다는 관념적 표상은 무의식의 방어와 검열로 인해서 의식 속에 입장하지 못했을 것이다. 이렇게 인간은 어떤 관념을 가지고 있느냐에 따라 사회적 태도가 완전히 달라진다. 라스콜리니코프와 다른 사람들 사이에 '**그토록 뿌리 깊고 강력한 심연**'이 있는 이유도 이러한 무의식적 관념의 차이 때문이다.

무의식적 관념을 대변하는 표상 중에는 그 관념을 **직접적으로** 대표하는 것도 있지만 **간접적으로** 대표하는 것도 있다. 무의식이 간접적인 표상을 지정하는 이유는 무의식의 방어와 검열을 회피하기 위해서이다. 정확한 정의는 아니지만, 이렇게 무의식의 방어와 검열을 피할 수 있는 표상을 **상징**이라고 부르도록 하자(표상과 상징은 이러한 차이를 제외하고는 똑같은 특성을 갖고 있다). 무의식은 상징을 이용해서 자신의 무의식적 관념(욕망)을 대리 만족시키는데 이러한 행위를 상징 행위라고 한다.

상징 행위가 무의식적 관념(욕망)을 대리 만족시킬 수 있는 이유는 무의식은 어린 시절에 형성된 **환상**을 바탕으로 그 상징과 상징 행위를 해석하기 때문이다. 그 환상은 주로 불안을 해소해주거나 쾌락을 느끼게 해주었던 경험에서 비롯된 것이다. 대표적인 환상이 악마의 첫 번째 유혹인 어머니 젖과 융합된 환상이나 악마의 두 번째 유혹인 신비한 어머니를 보고 있는(숭배하고 있는) 환상이다. 환상도 대상의 윤곽이나 패턴(특정한 속성)만으로 일깨워질 수 있으므로 무의식은 이러한 환상을 깨울 수 있는 상징(표상)을 '**극히 자유롭게**' 지정하거나 창조한다.

p.119. 환상은 말하고자 하는 바를 생생하게 그려 내야 한다. 그

리고 환상에 영향을 미쳐 약화시킬 만한 개념이 존재하지 않기 때문에 환상은 도상적인 형식을 풍부하고 강력하게 이용한다. 그 때문에 환상의 언어는 아주 분명한 곳에서도 장황하고 투박하며 서투르다. 또한 언어가 분명하지 못한 이유는 대상을 실제 형상으로 표현하는 것을 피하고, 재현하고자 하는 대상의 속성 중 특정한 속성만을 표현하는 〈낯선 형상〉을 즐겨 선택하는 데 있다. 이것이 바로 환상의 〈상징화하는 활동〉이다……. 그 밖의 중요한 점은 꿈-환상이 대상들을 남김없이 다 묘사하지 않고 윤곽만 극히 자유롭게 묘사한다는 것이다. 그래서 환상이 그려낸 것은 마치 천재적인 숨결이 불어넣은 것처럼 보인다. 그러나 꿈-환상은 대상을 단순히 제시하는 것에 그치지 않고, 꿈-자아를 대상과 어떤 식으로든 연루시켜 사건을 엮어 내야 하는 내적 불가피성을 안고 있다. 예를 들어 시각 자극 꿈은 금화가 길거리에 떨어지는 장면을 묘사한다. 그러면 꿈꾸는 사람은 기뻐하며 그것을 주워 모은다.

- S. 프로이트《꿈의 해석》中 -

무의식 속 관념을 활성화시키고 환상을 일깨우는 것은 대상 그 자체가 아니라 대상이 지닌 상징이다. 따라서 이때의 대상은 실재가 아닌 **허상**일 수 있으며, 그 대상을 이용하는 상징 행위도 진짜가 아닌 **가상**일 수 있다. 인간의 무의식이 실재와 허상, 또는 진짜와 가상을 구별하지 못하는 이유는 어린 시절 심리적 외상이 현실과 환상을 혼동하게 하는 기반이 마련해 놓았기 때문이다. 문제는 무의식이 실재보다 허상, 현실보다 가상, 더 나아가 본질보다 껍질에 더 깊은 쾌락을 느낀다는 것이다. 그 이유는 무의식적 관념에는 리비도가 고착되어 있기 때문이다. 리비도가 고착되었다는 것은 그 고착 시점에서의 방어가 쾌락을 느끼게 해 주었거나 불안을 해소해주었다는 뜻이다. 이렇게 쾌락을 주거나 불안을 해소해주는 경험은 무의식적 환상으로 자리 잡는다. 종교인이 본능의 만족보다 금욕을 추구하는 이유도 그의 무의식이 성적 만족을 추구하는 것보다 거세 불안을 해소하는 것이 더 깊은 쾌락을 준다는 환상을 토대로 현재의 현실을 해석하기 때문이다. 금욕주의는 거세 불안을 없애주는 환상을 일깨우는 일종의 상징 행위라고 할 수 있다.

반복하자면 인간의 감각기관은 윤곽이나 패턴만을 지각하므로 무의식적 관념을 활성화시키고 무의식적 환상을 일깨우기 위해서 실제 대상을 사용하거나 실제 행위를 할 필요가 없다. 그래서 상징으로 대체물이 사용되고 상징 행위도 실제 행위와 유사하거나 약화된 형태로 이루어진다. 그리스도교의 성만찬에서 그리스도의 몸과 피를 실제로 먹지 않고 빵과 포도주를 먹는 것과 같다.[2] 이때의 빵과 포도주는 **불멸하는** 그리스도의 몸과 피를 상징하고 그것을 먹는 행위는 불멸을 **획득한다**는 상징적 의미를 지니게 된다. 이러한 상징 행위는 어머니 자궁 속에서 형성된 **불멸에 대한 환상**을 일깨워 어머니 자궁 속에 있는 것과 같은 쾌락을 느끼게 해준다.

하지만 그리스도교 신자가 아닌 사람에게는 빵과 포도주를 먹는 행위는 이러한 상징적 기능을 하지 못한다. 그래서 빵과 포도주는 그리스도교 신자에게만 합의되고 공유되는 상징이다. 이와 반대로 개인에게만 독특한 의미가 있는 사적인 상징이 있을 수 있다.[3] 흥미로운 점은 정작 주체

2) p.458. 상징주의는 개인의 성장 과정에 대한 이해 안에서만 바르게 연구될 수 있다고 여겨지며, 변화될 수 있는 의미를 가질 때 최상의 것이 될 수 있다. 예컨대, 그리스도의 몸을 상징하는 성만찬에서의 빵을 생각해 보면, 로마 가톨릭에서 그 빵은 그리스도의 몸인 데 비해, 개신교에서는 대리물이나 기념물이지 본질적으로 실제의 몸 그 자체가 아니다. 그렇지만 그 두 경우 모두 그것은 상징이다.
　　　　　　　- D. 위니캇 《소아의학을 거쳐 정신분석학으로》 中 -
3) p.240. Piaget도 역시 [그가 기호 기능(semiotic function)이라고 불렀던] 상징할 수

의 의식은 그러한 상징들이 자신의 관념(욕망)을 대표하고 있다는 사실을 잘 모르거나 부분적으로 안다는 것이다. 주체의 의식이 상징이 자신의 어떤 관념을 대체 표상하는지 모른다는 의미는 주체가 그 상징과 연결된 자신의 무의식적 관념도 알지 못한다는 것을 뜻한다.

p.152. 꿈이 성적인 욕망의 표출임에도 불구하고, 꿈-내용에 성적인 흔적이 전혀 없는 경우가 있다. 그 경우는 성적인 이미지의 재료가 그대로 표상된 것이 아니라, 힌트나 암시, 아니면 그와 비슷한 간접적인 표현에 의해 그 재료가 대체된 것이다. 그러나 그러한 방식의 꿈의 표현은, 다른 일반적인 간접적 표현[문학에서의 비유]와 달리, 무엇보다 즉각적으로 이해되지 않는다. 꿈에 맞는 표현방식은 보통 〈상징 symbol〉이라고 기술되는 것들이다. 우리는 그것들에 특별한 관심을 쏟을 필요가 있다. 그것은 동일한 언어를 사용하는 사람들은 대개 동일한 상징을 사용해서 꿈을 꿀 뿐 아니라, 때로는 상징 공동체가 언어 공동체를 넘어서기 때문이다. 그러나 정작 꿈꾸는 사람은 자기가 사용하는 상징의 의미를 잘 모른다. 왜냐하면 그 상징과 그것이 대체·표상하고 있는 것 사이의 연결의 기원이 한눈에 띄지 않기 때문이다. 상징이 존재한다는 것은 의심의 여지가 없다. 그것은 꿈의 해석에서 아주 중요하다. 분명히 꿈의 상징 체계를 잘 알고 있는 사람은, 꿈-사고에 대한 질문지를 받지 않고도, 꿈의 개별적인 요소의 의미나 단편의 의미, 또는 꿈 전체를 더 쉽게

있는 능력이 발달에 중요하다고 생각했다. 그러나 Piaget은 일단 그 능력이 출현하면 두 가지의 분리된 발달선을 따른다고 주장했는데, 한 가지는 그 개인만의 독특한 의미가 있는 사적이며 지속적인 상징체계이며, 다른 한 가지는 언어와 사회적으로 합의되고 공유되는 상징들을 기반으로 하는 것이다.

- P. 타이슨 외《정신분석적 발달이론의 통합》中 -

이해할 수 있을 것이다.

– S. 프로이트《끝이 있는 분석과 끝이 없는 분석,『꿈에 대하여』》中 –

주체의 의식이 자신이 사용하는 상징의 의미를 잘 모르는 이유 중 하나는 상징과 그것이 대체 표상하는 무의식적 관념과의 **'연결의 기원'**을 보지 못하기 때문이다. 너무 오래되어서 그 관념이 어떻게 형성되었는지를 기억하지 못한다는 뜻이다. 하지만 상징 분석을 통해서 그에 연결된 관념을 추론할 수 있다. 가령 어떤 사람이 **돈**을 강박적으로 모은다면 그 사람의 무의식 속에는 **대변**과 관련된 관념이 형성되어 있다고 추정할 수 있다.[4] 이때 돈은 대변을 상징한다. 그 사람은 돈을 모으는 상징 행위를 통해 대변과 관련된 불안을 다스리고 있다고 할 수 있다.

주체의 의식이 자신이 사용하는 상징의 의미를 잘 모르는 또 다른 이유는 무의식의 방어와 검열로 인하여 관념적 표상이 왜곡되기 때문이다. 문학작품이 당국의 규제와 검열을 피하고자 **비유**와 같은 **간접적 표현**을 사용하는 것처럼 무의식은 무의식의 방어와 검열을 피하고자 **상징**과 같은 **간접적 표상**을 사용한다. 무의식의 방어와 검열이 왜곡하는 대표적인 표상이 **성적 표상**이다. 성적인 꿈에서 성적 흔적이 전혀 없거나 간접적인 표상으로 대체되는 이유도 이러한 무의식적 방어나 검열 때문이다.

p.254. 항상 결론은 같다. 즉, 꿈–작업에서 정신이 특별히 상징

---

4) p.288. 우리가 강박적 행위를 억제하는 것이 불안을 일으킨다는 사실을 통해 강박적 행위가 불안을 다스리는 데 일조한다는 것을 잘 알고 있다. (중략) 예를 들어, 강박적으로 무언가를 나눠주는 것뿐만 아니라 강박적으로 모으는 행위도 항문적 수준에서의 물건 교환에 내재된 불안과 죄책감의 본질을 보다 분명하게 인지하기만 한다면 쉽게 이해할 수 있다.

– M. 클라인《아동 정신분석》中 –

화하는 활동을 한다고 생각할 필요는 없으며, 꿈은 무의식적 사고에 이미 완성되어 있는 상징화를 이용한다는 것이다. 그것이 묘사 가능한 데다가 대부분 검열에서 벗어날 수 있어 꿈-형성의 요구를 더욱 잘 충족시키기 때문이다.

- S. 프로이트 《꿈의 해석》中 -

상징 행위 속의 상징이 무의식적 관념을 활성화하면 무의식은 이미 완성되어 있는 환상을 토대로 그 상징 행위를 해석한다. 주체는 그러한 환상 속에서 어머니에 대한 욕망을 성취한 것과 같은 강렬한 쾌락을 느낄 수도 있고 또는 어머니와 같이 있는 것과 같은 상당한 안도감을 얻을 수도 있다.[5] 국가의 지배자나 종교의 지도자는 인간의 이러한 상징주의를 이용해서 사람들을 자신의 목적에 봉사하게 할 수 있다. 예를 들어 나폴레옹은 프랑스에 어머니 이름을 부여하는 상징 행위를 통해 병사들이 어머니 프랑스를 위해서 자기 목숨을 바칠 수 있게 했다.[6] 어머니 프랑스를 열정적으로 사랑하는 상징 행위가 어린 시절 **'어머니와 불타는 사랑'**을 하는 것과 같은 환상을 불러일으켜 악마의 두 번째 유혹인 숭배 욕망을 만족시켜주었기 때문이다. 또 히틀러는 **'아리아 인종의 공동체'** 건설이라

---

5) p.36. 이미 말했듯이, 놀이는 환상에서, 즉 깊은 무의식의 층에 있는 전체 저장고에서 그 원재료를 공급받는다. 아동이 성장하는 과정에서 상징을 수용하는 것이 건강에 얼마나 중요한 의미를 갖는지를 아는 것은 어려운 일이 아니다. 상징을 사용하게 되면서 어떤 하나가 다른 하나를 대신할 수 있게 됨으로써, 그 결과 아동은 냉엄한 현실에서 부딪치는 힘든 갈등으로부터 상당한 안도감을 얻을 수 있게 된다.

- D. 위니캇 《박탈과 비행》中 -

6) p.364. 〈병사들이여, (생략). (중략). 하지만 나에 대한 복종을 통해 그대들은 그 무엇보다도 조국에 봉사한 것이라는 사실을, 또한 내가 그대들에게 애정을 받았다면 그것은 우리 모두의 어머니 프랑스에 대한 나의 불타는 사랑 때문이었다는 것을, 나는 그대들이 앞으로 거둘 승리를 통해 그들에게 깨우쳐주기를 바란다"

- M. 갈로 《나폴레옹 5》中 -

는 환상을 일깨움으로써 권력을 잡을 수 있었다.[7] 독일 민족은 그 공동체에 자진해서 자신을 종속시키고 필요할 때에는 자기 생명까지 희생하는 상징 행위를 통해서 악마의 세 번째 유혹인 결합 욕망을 만족시킬 수 있었다.

종교도 인간의 상징주의를 이용해서 누구라도 교회의 목적에 봉사하도록 만들 수 있다. 그중에서 침례(세례)는 어머니 자궁 속에서의 환상을 불러일으키는 상징 행위이다. 침례에서 사용하는 물은 어머니 자궁 속의 **양수**를 상징하고 머리를 담갔다가 꺼내는 행위는 **분만**의 상징 행위이다. 이러한 상징과 상징 행위는 분만의 환상을 불러일으켜 자신을 다시 태어나게 해 준 교회를 **어머니**로 여기게 하고 그 어머니를 위해서 순교도 불사하게 만든다. 이러한 상징 행위가 무의식에 영향을 미칠 수 있는 이유는 우리의 무의식(몸)은 자신의 출생 경험을, 그것도 '정확한 순서대로' 보존하고 있기 때문이다.[8] 국가와 교회는 이처럼 다수 민중의 상징주의를 이용함으로써 그들의 무의식을 지배하고 그들의 주인이 될 수 있다. 니체가 교회를 신랄하게 비판하는 이유는 교회가 인간의 복종과 숭배를 얻기 위해서 이러한 상징주의를 왜곡하고 변형시켜 인간의 무의식을 지

---

7) p.429. 개인적인 노동을 쏟아 넣고, 필요하다면 남을 위해서 자기 생명까지도 희생하려고 하는 이 의지가 아리아 인종에서는 가장 강력히 길러지고 있다. 아리아 인종은 기꺼이 봉사하려는 정신이 가장 클 뿐만 아니라, 모든 능력을 공동체에 기꺼이 봉사하려는 정도가 가장 큰 것이다. 그들의 경우 자기 보존 충동은 가장 고상한 형식에 이르렀는데, 그때 그들은 자아를 공동체 생활에 자진해서 종속시키고, 필요할 때에는 희생까지 했다.

- A. 히틀러 《나의 투쟁》中 -

8) p.483. 2년간 나와 함께 분석하는 과정에서 그 환자는 출생 이전의 초기 단계로 반복해서 퇴행했으며, 출생과정을 재경험 했다. 나는 마침내 출생과정을 재경험하려는 환자의 무의식적 욕구가 카우치에서 떨어졌던 사건의 근저에 있었다는 것을 깨달았다.

내가 보기에, 여기에서 중요한 것은 출생 경험의 모든 세부 내용들이 명백하게 보존되고 있었다는 것이고, 더욱이 그것들이 정확한 순서대로 보존되고 있었다는 점이다.

- D. 위니캇 《소아의학을 거쳐 정신분석학으로》中 -

배해 왔기 때문이다.

p.492. 그리스도교에는 '기적을 행하는 사람'이나 '구세주'가 등장한다. 그리스도교(敎)의 정신이나 상징(象徵)은 전부 이런 거짓말에서 비롯된 것이다.

그러면 왜 이런 이야기가 오늘날에도 활개를 치고 있는 것일까. 사실은 그 반대이다. 그리스도교의 역사는 예수가 십자가 위에서 죽은, 그 근본을 이루고 있던 상징주의를 왜곡시켜 온 역사이다. 그리스도교는 머리가 나쁜 사람들 사이로 점점 퍼져 나갔다. 동시에 그리스도교 측은 그런 사람들이 이해하기 쉽도록, 원래의 가르침을 간단하고, 받아들이기 쉽고, 야만적인 것으로 자꾸 변형시켜 갔다.

그리스도교는 로마 제국의 지하적 예배의 교양이나 의식, 불합리한 이야기를 그대로 꿀꺽 삼켜 버렸다. 물론 이는 그리스도교를 선전하기 위함이었다. 그 결과 그리스도교는 예수의 가르침에서 점점 멀어져 미신, 주문, 하찮은 이야기 덩어리가 되고 말았다. 그리스도교의 운명은 이로써 결정되어 버렸다.

그리스도교가 병들고 천박하고 저속한 것을 요구한 그대로, 신앙도 병들고 천박하고 저속화되어 갈 수밖에 없었던 것이다. 게다가 그 병적인 증상이 결집되더니 교회라는 형식으로 권력을 잡으려 했다.

- F. 니체《반그리스도교(동서)》-

니체는 상징주의 그 자체를 비판하는 것이 아니다. 상징주의가 없다면 인간은 추상적 사고도 할 수 없고 창조적 활동도 할 수 없다. 오히려 상징주의는 무의식의 방어나 검열을 우회해서 무의식과 직접 소통할 수 있게 해 주는 기능을 한다. 그리스도가 비유(상징)를 사용해서 말하는 이유도 직설적으로 말하면 무의식의 방어와 검열로 인해서 그 말이 왜곡되어 보이고 변형되어 들리기 때문이다[9](바리새인들이 이해하지 못하게 하려고 그리스도가 비유를 사용했다고 주장하는 복음서 내용도 있으나 그렇다면 그리스도를 구세주라고 할 수 없다). 인류의 또 다른 스승인 석가모니가 비유(상징)를 사용해서 가르침을 전파한 이유도 '자기중심적인' 방어와 검열을 우회해서 무의식과 직접 소통할 수 있기 때문이었다.[10] 특히 그리스도는 워낙 많은 상징과 비유를 사용했기 때문에 니체는 그리스도를 '**대단한 상징주의자**'라고까지 지칭한다.

p.260. 이 대단한 상징주의자에 대해 내가 무엇인가를 이해했다면, 그것은 그가 **내적** 사실들만을 실재로, '진리'로 받아들였다는 점이다.–그가 그 나머지 것, 즉 자연적인 것과 시간적인 것과 공간적인 것과 역사적인 모든 것을 단지 기호로서, 비유의 계기로서 이해했다는 점이다. (중략) 이런 점은 전형적인 상징주의자의 **신에게도**, '신의 나라'에게도, '천국'에게도, '신의 자식'에게도 다시 한번, 그것도 최고의 의미로 적용된다. **인격 존재**로서의 신, **앞으로 올** '신의

---

9) p.21. 제자들이 예수께 나아와 이르되 어찌하여 그들에게 비유로 말씀하시나이까 대답하여 이르시되 천국의 비밀을 아는 것이 너희에게는 허락되었으나 그들에게는 아니되었나니

　…

　그러므로 내가 그들에게 비유로 말하는 것은 그들이 보아도 보지 못하고 들어도 듣지 못하며 깨닫지 못함이니라

- 《신약성서》「마태복음」中 -

10) p.408. 부처님께서 증득하신 깨달음은 내용 자체가 난해하거나 어려운 것은 아니지만, 자기중심적인 욕망에 빠져 있는 사람은 쉽게 받아들일 수 없습니다. 부처님은 사람들이 받아들이기 힘들고 납득하기 어려운 진리를 전하실 때에는 여러 가지 비유를 들어 설명하여 이해를 도왔습니다.

- 법륜 스님 《인간 붓다》中 -

나라', **피안**의 천국, 삼위일체의 **제2** 격인 '신의 아들'에 대한 **교회의**
조잡함보다 더 비그리스도교적인 것은 없다.

- F. 니체 《안티크리스트(책)》 -

니체에 의하면 그리스도의 모든 가르침은 **'내적 사실들'**, 즉 **무의식**에
대한 것들이다. 그 이외의 모든 시간적, 공간적 또는 자연적, 역사적인 것
은 무의식을 설명하기 위한 기호에 지나지 않았고, 그리스도는 그러한 것
들을 상징과 비유의 계기로만 이해했다. 실제로도 그리스도가 인용하는
하나님은 《구약성서》의 야훼와는 매우 다른 존재이다. 오늘날의 윤리적
기준에서 보면 야훼는 집단 학살자에 가깝다.[11] 그가 내린 이웃을 사랑하
라는 계명은 같은 신을 믿는 이웃에게만 적용되었고 다른 신을 믿은 이
웃에게는 해당되지 않았다. 그리고 《구약성서》 자체에도 **천국이나 지옥**
또는 **부활이나 불멸**과 같은 믿음의 흔적조차 없다.[12] 특히 가장 왜곡된
상징주의는 **'불멸'**에 관한 것이다.

　　p.498. 바울은 랍비 같은 뻔뻔스러움으로 이 문제를 다음과 같이
이론화시켰다. '만약 그리스도가 죽은 자들 가운데서 다시 살아나
지 않았다면 우리의 신앙은 헛된 것이다.' 정말 야비한 자가 아닌가.

---

11) p.284. 성경에는 이렇게 나온다. "한 영혼도 살려두지 말라. 주 너의 하느님이 너희에
　　게 명한 대로 그들−히타이트족과 아모리족과 가나안족과 히위족과 여부스족−을 완
　　전히 멸하라."(신명기 20장 16~17절) 이는 인류 역사에서 집단 학살을 구속력 있는
　　종교적 의무로 제시한 첫 기록에 해당한다.
- Y. 하라리 《21세기를 위한 21가지 제언》 中 -
12) p.316. 그러므로 이 (선과 악) 대립은 결국 기독교와 무슬림 사상의 초석이 되었다.
　　천국(선신의 영역)과 지옥(악신의 영역)에 대한 믿음 역시 그 기원은 이신론에 있었
　　다. 구약에서는 이런 믿음의 흔적조차 없다. 사람들의 영혼이 육체가 죽은 다음에도
　　계속 산다는 주장 또한 전혀 나오지 않는다.
- Y. 하라리 《사피엔스》 中 -

'사람은 죽지 않는다'는 말도 안 되는 교리를 어떻게 만들어 낼 수 있단 말인가. 게다가 바울은 그것을 보상이라고 가르치기까지 했다. (중략)

마침내 바울은 예수가 부활했다는 헛소문을 퍼뜨렸다. 결국 바울은 예수의 가르침에서 아무것도 배우지 않은 채 오직 십자가 위의 죽음만을 이용했을 뿐이다.

바울은 '예수는 아직 살아 있다'라고 말하면서 정작 자신은 예수의 부활을 믿지 않았다. 어디까지나 자신의 목적을 달성하기 위해 퍼뜨린 헛소문이었으니까. 바울은 오직 권력이 필요했고, 바울을 비롯한 그리스도교의 사제들은 대중을 억누르기 위한 수단으로서 '교의(敎義)'나 '상징'이 필요했을 뿐이었다.

이슬람교를 창시한 마호메트는 '불멸의 신앙'을 그리스도교에서 빌려 와 이용했는데, 이 역시 바울이 발명한 '사제에 의한 사회지배의 도구'였던 것이다.

－ F. 니체《반그리스도교(동서)》中 －

인간의 가장 원초적이고 가장 강렬한 감각은 어머니 자궁 속에서 느꼈던 **불멸에 대한 감각**이다. 이러한 불멸에 대한 감각은 불멸에 대한 환상을 형성한다. 이러한 환상이 투사된 존재가 불멸의 신이다. 그래서 모든 종교는 인간에게 불멸과 관련된 상징주의를 제공한다. 만약 인간이 실제로 불멸하게 되거나 아니면 불멸할 수 없다는 것이 확실히 증명되면 인간은 종교를 거들떠보지 않을 것이다.

p.145. 인간이 철학적인 사색을 통해 형이상학적으로 세계를 해석하려고 한 가장 큰 이유는 삶이 괴로움과 불행에 빠져 있을 뿐만

아니라 인간은 반드시 죽어야 한다는 사실을 인정하지 않을 수 없었기 때문이다. (중략)

　따라서 종교는 무엇보다도 신의 존재를 주장하며 그것을 증명하려고 힘쓰고 있다. 그런데 이것도 그 근원을 살펴보면, 신의 존재에 대한 인간 불멸(不滅)의 교리를 결부시켜, 신(神)과 인간 불멸은 서로 떼어놓을 수 없는 긴밀한 관련이 있다고 주장하기 위해서이며, 여기서 특히 강조하려는 것은 인간의 불멸(不滅)이다. 만일 어떤 다른 방법으로 인간의 영생이 확인된다면, 기성 종교의 신에 대한 뜨거운 신앙은 순식간에 식어버릴 것이다.

　반대로 만일 영생이 불가능하다는 사실이 분명히 밝혀지면, 아무도 종교를 거들떠보지 않을 것이다. 그래서 대개 철저히 유물론적이거나 회의적인 세계관은 그 옳고 그름은 어찌 되었든 간에 일반인에게 계속해서 감동을 주지 못할 것이다.

– A. 쇼펜하우어 《철학적 인생론》 中 –

그리스도는 분명하게 인간은 불멸(부활)하지 않는다고 가르친다.[13] 개인의 삶은 살아 있는 동안에만 의미가 있다는 것이다. 그리스도가 의미하는 **영원한 삶**은 하나님의 존재가 아브라함에서 이삭을 거쳐 야곱으로 이어지듯이 **인류 차원에서의 불멸**을 의미한다. 아브라함의 아들이 이삭이고 이삭의 아들이 야곱이듯이 인간이 불멸하는 **'유일한 통로'**는 번식을

---

13) p.38. 죽은 자의 부활을 논할진대 하나님이 너희에게 말씀하신 바
　나는 아브라함의 하나님이요 이삭의 하나님이요 야곱의 하나님이로라 하신 것을 읽어 보지 못하였느냐 하나님은 죽은 자의 하나님이 아니요 살아 있는 자의 하나님이시니라 하시니
　무리가 듣고 그의 가르치심에 놀라더라

-《신약성서》「마태복음」中 –

통해 자신의 유전자를 후손에게 남기는 것뿐이다. 《구약성서》만을 믿는 유대인이 불멸을 믿지 않고 생식을 통한 불멸만을 믿은 이유도 《구약성서》에는 부활이나 불멸에 관한 단어의 흔적조차 없기 때문이다.[14]

> p.569. 여기에서 한 가닥 사고의 흐름이 내 아이들의 작명과 이어진다. 나는 아이들의 이름을 지으면서 유행에 따르지 않고, 존경하는 인물을 기념한다는 원칙을 고수했다. 그러한 이름들이 아이들을 〈망령〉으로 만드는 것이다. 아이를 갖는다는 것은 결국 우리 모두에게 〈불멸〉에 이르는 유일한 통로가 아닐까?
> 　　　　　　　　　　　　　　　　　　 - S. 프로이트 《꿈의 해석》 中 -

그리스도는 인간이 **제대로 보게 하고 제대로 듣게 하려고** 적극적으로 상징주의를 이용했다. 가장 파격적인 상징주의는 니고데모라는 사람과의 대화에서 볼 수 있다. 이 대화에서 그리스도는 '사람이 거듭나지 아니하면 하나님의 나라를 볼 수 없다'라고 말한다. 그러자 니고데모는 '두 번째 어머니의 자궁(모태)에 들어갔다가 나와야 하느냐'라고 놀라서 묻는다. 이러한 순진한 질문에 그리스도가 '놀랍게 여기지 마라'고 한 데에서 그리스도의 말이 상징이나 비유라는 것을 알 수 있다.[15] 그리스도가 의미

---

14) p.380. 또는 불멸에 대한 신앙이 결부되지 않는 신(神)은 고대 유대인들의 신처럼 자연신에 불과하다. 유대인들은 불멸을 믿지 않았고 생식을 통한 종족의 영속만을 믿었다. (중략) 이들에게는 아이를 남기지 않고 세상을 떠나는 것이 가장 큰 불행으로 생각되었고 오늘날에도 그러하다.
　　　　　　　　　　　　　　　 - L. 포이어바흐 《종교의 본질에 대하여》 中 -
15) p.145. 예수께서 대답하여 이르시되 진실로 진실로 네게 이르노니 사람이 거듭나지 아니하면 하나님의 나라를 볼 수 없느니라
　　니고데모가 이르되 사람이 늙으면 어떻게 날 수 있사옵니까 두 번째 모태에 들어갔다가 날 수 있사옵니까
　　예수께서 대답하시되 진실로 진실로 네게 이르노니 사람이 물과 성령으로 나지 아

하는 인간이 거듭난다는 의미는 실제로 다시 태어나는 것이 아니라, 도스토옙스키의 표현을 빌리면, 심리적 전환을 통해 새로운 인생관을 가진 사람으로 변하는 것을 뜻한다. 따라서 '**하나님의 나라**'를 본다거나 그곳에 들어간다는 의미도 천국과 같은 곳이 존재한다는 뜻이 아니라 하나의 상징이나 비유임을 알 수 있다.

그리스도가 제시하는 새로운 사람으로 거듭나는 방법은 '**물과 성령**'이라는 상징을 이용하는 상징 행위를 통해서이다. 여기서 **물**은 **양수**를 상징하고 **성령**은 **하나님**, 즉 모든 인간의 **핵심 본질**을 말한다. 그대로 해석하자면 인간의 정신이 어머니 자궁 속으로 다시 회귀해서 자신의 핵심 본질(하나님)을 보아야 한다는 것이다. 정신분석적으로 말하면 인간의 무의식적 자아가 유아적 자아로 퇴행해서 그 자아가 **새롭게 통합된 전체 자아로 재탄생**하는 것과 같다.[16] 하나님이 아브라함의 하나님이요 이삭의 하나님이요 야곱의 하나님인 것처럼 인간에게는 하나님과 같은 공통적인 핵심 본질이 있다. 하지만 성장하면서 온갖 껍질(방어막)로 인해서 핵심 본질이 가려짐으로써 볼 수 없게 된다. 따라서 자신의 핵심 본질을 보기 위해서는 그 껍질이 형성되기 이전으로 회귀해야만 한다. 그때가 바로 어머니 자궁에서 나올 때이다. 이것이 그리스도가 의미하는 **거듭남(재탄생)**의 비밀이다. 이러한 재탄생에 관한 상징이나 비유는 영웅에 관한 전

니하면 하나님의 나라에 들어갈 수 없느니라
　육으로 난 것은 육이요 영으로 난 것은 영이니
　내가 네게 거듭나야 하겠다 하는 말을 놀랍게 여기지 말라

- 《신약성서》「요한복음」中 -

16) p.103. 건트립은 분석과정의 세 단계를 말한다. (중략) 치료의 세 번째 단계는, 자아가 유아적 자아로 퇴행하고 나서 그 자아가 새롭게 통합된 전체로서 다시 탄생하는 것을 포함한다. 건트립에게 있어서, 치료를 가져오는 요소는 해석 내용에 있다기보다는 퇴행과 재탄생에 있다.

- F. 써머즈 《대상관계 이론과 정신병리학》中 -

설이나 신에 관한 신화 속에 자주 등장한다.

p.474. 전반부는 명백히 출산에 대한 환상이다. 신화나 꿈에서 양수(羊水)로부터 벗어나는 어린아이의 출생은 보통 전도를 이용해 아이가 물속에 들어가는 것으로 묘사된다. 그중에서도 아도니스, 오시리스, 모세, 그리고 바커스의 출생이 아주 유명한 사례들이다. 머리가 물속으로 들어갔다 나왔다 하는 구절에서 꿈을 꾼 환자는 단한 번의 임신을 통해 알게 된 태동(胎動)을 즉시 상기했다.

– S. 프로이트 《꿈의 해석》 中 –

전설이나 신화 속에서 영웅이나 신이 물속에 들어갔다가 나왔다는 표현은 출산의 상징 행위를 통해서 그들이 **평범한 사람**이나 **평범한 신**에서 **비범한 영웅**이나 **최고의 신**으로 재탄생되었다는 뜻이다. 그리스도는 인간도 이러한 상징 행위를 통해서 그리스도처럼 신과 같은 존재가 될 수있다고 말한다. 좀 더 구체적으로 설명하자면 인간은 어머니 자궁에서 나올 때는 정신 에너지(성령) 그 자체이다. 하지만 불가피하게 이러한 정신 에너지는 심리적 외상을 방어하기 위해서 여기저기로 분산되기 시작한다. 죽음 불안이나 분리 불안을 방어하기 위해서 **어머니를 이상화**(이상화된 대상)하는 데 사용되거나 자기애적 손상을 방어하기 위해서 **자기 자신을 이상화**(과대적 자기)하는 데 사용되는 경우이다. 출생의 상징 행위는 인간의 무의식이 이러한 방어막(껍질)이 형성되기 전으로 돌아가도록 함으로써 가장 초기의 정신 에너지가 응집되었던 상태(자기의 응집성)를 경험하게 해 준다. 이렇게 정신 에너지가 응집된 상태에 대한 감각이 어머니 자궁 속에서의 어머니 신과의 합일(융합)의 감각이고 불멸에 대한 감각이다. 바로 이러한 감각이 인간 속의 '**하나님 형상**' 즉 인간의 **핵심**

본질로서 모든 인간, 즉 인류가 지닌 **공통 본질**이다.[17] 출생의 상징 행위는 이러한 감각을 재확립해 줌으로써 **불멸하는 신**과 같은 존재로 재탄생하게 해 준다.

그리스도가 인류에게 되돌려주려고 하는 자유의 실체가 바로 이러한 **불멸성**이다. 이러한 불멸성에 대한 추구는 열등감을 방어하기 위해서 자신을 신과 같은 존재로 위장하는 과대 자아가 추구하는 불멸과는 본질적으로 다르다. 그 차이는 전자는 **인류의 불멸**을 위한 것이지만 후자는 **자신의 불멸**을 위한 것이라는 데 있다. 그리스도가 제자들에게 세상이 끝날 때까지 온 인류에게 **'성령의 이름'**으로 침례를 베풀라고 한 이유도 이러한 불멸성에 대한 감각을 회복시키기 위해서였다.[18] 하지만 교회는 인간의 숭배와 복종을 얻기 위해서 이러한 상징적인 것을 조악한 실제로 바꿔버렸다. 인류의 **'영원한 삶'**은 개인의 불멸로 번역되었고 '정신적으로 다시 태어난다'라는 의미의 **거듭남(부활)**은 껍질(방어막)에서 벗어나 **진정한 삶, 즉 하나님의 나라**에 들어가는 것을 의미했지만 이제는 휴거와 같은 죽은 뒤 어느 순간에 일어나는 역사적 사건으로 왜곡되고 말았다.

p.135. 기독교는 처음부터 줄곧 상징적인 것을 조악한 실제로 바꿔왔다. (중략)

2) 덧없기 마련인 개인의 삶과 반대되는 것으로 "영원한 삶"이라

---

17) p.2. 하나님이 이르시되 우리의 형상에 따라 우리의 모양대로 우리가 사람을 만들고 (생략)

- 《구약성서》「창세기」 中 -

18) p.52. 그러므로 너희는 가서 모든 민족을 제자로 삼아 아버지와 아들과 성령의 이름으로 세례를 베풀고

내가 너희에게 분부한 모든 것을 가르쳐 지키게 하라 볼지어다 내가 세상 끝날까지 너희와 항상 함께 있으리라 하시니라

- 《신약성서》「마태복음」 中 -

는 개념이 "개인의 불멸"로 번역되었다. (중략) 4) 정신적으로 "다시 태어난다"라는 의미에서 "진정한 삶"으로 들어가는 것을 의미하게 되어있던 "부활"이 죽은 뒤 어느 순간에 일어나는 역사적인 우연이 되고 있다.

– F. 니체《권력 의지(부글)》中 –

상징과 직관

인간이 상징(표상)을 인식하고 이용할 수 있는 이유는 인간에게는 추리나 추론 등의 사유 과정을 거치지 않고도 그것들을 **즉각** 이해할 수 있는 **직관**(直觀)이라는 인식능력이 있기 때문이다.

p.416. 슈테켈은 직관을 통해, 다시 말해 상징을 즉각 이해할 수 있는 특유의 능력을 발휘해 상징을 해석하였다. 그러나 그러한 기술은 일반적으로 누구나 가지고 있는 것은 아니며, 그 기능은 전혀 판단할 수 없는 것이다. 따라서 그 결과는 전혀 신빙성을 주장할 수 없다. (중략)

정신분석이 진보함에 따라, 우리는 놀랍게도 그런 식으로 직접 꿈–상징을 이해하는 환자들을 발견하였다. 조발성 치매로 고생하는 사람들에게 그런 경우가 많다. 그래서 한때는 상징을 그런 식으로 이해하는 사람들은 모두 이 병에 걸린 것이 아닌가 의심하는 경향도 있었다. 그러나 그것은 사실이 아니다. (중략)

꿈에서 성적인 재료의 묘사에 상징이 풍부하게 이용된다는 것을 잘 알고 있으며, 이러한 상징들 중 많은 것들이 속기술의 〈부호〉처럼 분명하게 규정된 의미를 가지고 있지 않을까 묻게 된다.

- S. 프로이트 《꿈의 해석》 中 -

우리의 의식 속에 떠오르는 표상은 무의식 속에 이미 형성되어 있는 온갖 방어와 검열에 의해 개조되고 변조된 결과물이다. 따라서 무의식 속에 방어와 검열이 많을수록 주체가 대상을 이해할 수 있는 능력은 손상된다.[19] 이 말은 역설적인 의미를 지니고 있다. 무의식의 방어와 검열이 지능을 구성하기 때문이다. 그래서 좀 더 정확하게 표현하자면 지능이 높아질수록 외부 세계에 대한 대응 능력은 향상되지만, 사물이나 현상의 이치를 꿰뚫어 보거나 그 변화를 예측할 수 있는 능력은 떨어진다. 지적 능력이 높아질수록 직관 능력은 떨어진다는 뜻이다. 이러한 견해는 일반적인 상식에 반하지만 실제로 창조적인 사람들은 이성과 논리와 같은 지능보다 감정이나 직감과 같은 직관에 의존하는 경우가 많다.[20]

직관 능력이 뛰어난 사람이 상징을 즉각 이해할 수 있는 이유는 자신의 내적 현상을 그 상징에 투사해서 그 상징이 지닌 의미를 파악하기 때문이다. 그러기 위해서는 먼저 자신의 내적 현상을 들여볼 수 있는 능력을 갖추고 있어야 한다. 정의하자면 직관 능력은 자신의 본능과 의식 사이에 있는 수많은 방어와 검열의 신경층을 **한 번에 돌파해서** 자신의 내적

---

19) p.58. 그렇다면, 우리는 중요한 결론에 도달한다. 즉 현실을 알고 인지하며 수용하는 능력은 선천적인 인간 인지의 특성이 아니라, 중요한 발달적 성취물이라는 것이다. (중략) 그러므로 현실을 알고 이해하는 능력은 대상 표상이 방어적 욕구에 의해 오염되는 정도만큼 손상된다.

- W. 마이쓰너 《편집증과 심리치료》 中 -

20) p.126. 심지어 노벨경제학상 수상자들조차 자신이 하는 결정 가운데 극히 일부만을 펜, 종이, 계산기를 이용해 결정한다. 배우자, 직업, 거주지 같은, 인생에서 가장 중요한 선택들을 포함해 우리가 내리는 결정의 99%는 감각, 감정, 욕망이라고 불리는 매우 정교한 알고리즘을 통해 이루어진다.

- Y. 하라리 《호모 데우스》 中 -

현상을 관찰할 수 있는 능력이라고 할 수 있다. 이렇게 자신이 사용하는 상징을 이해하는 사람은 다른 사람의 무의식적 방어와 검열에 대해 수고스러운 분석을 하지 않고도 그 사람의 의식적 표현 속에 있는 상징으로부터 그 사람의 무의식적 내용(자료)을 유추해 낼 수 있다.[21] 마치 공식을 이용해서 어려운 수학 문제를 쉽게 풀듯이 상징을 이용해서 다른 사람의 무의식을 이해할 수 있다는 뜻이다. 정신분석학이 상징을 중요시하는 이유도 상징 분석을 통해 인간의 본능(이드)이나 무의식을 더 잘 이해할 수 있기 때문이다. 하지만 사람들 대부분은 자신의 내적 현상을 들여다볼 수 있는 능력이 없거나 약하므로 자신이 사용하는 상징은 물론 다른 사람이 사용하는 상징의 의미를 제대로 알지 못한다.

프로이트가 상징을 이해하는 능력을 지닌 사람을 정신분열증(조발성 치매) 환자에게서 많이 발견한 이유는 정신병 환자에게는 무의식적 방어와 검열이 약하게 형성되어 있거나 형성되어 있지 않아서 자신의 내적 현상을 쉽게 들여다볼 수 있기 때문이다. 《카라마조프 형제》에서 스메르쟈코프는 이러한 직관 능력을 갖춘 **정신분열증 환자**이다. 이런 부류의 사람은 자신의 정신 현상을 타인에게 투사해서 타인의 무의식 속 내

---

21) p.28. 꿈을 해석함으로써 우리는 꿈 상징을 이해할 수 있다. 그리고 이는 이드 연구에 많은 도움을 준다. 상징은 특정 이드 내용물과 특정 단어 혹은 사물 표상 사이에 존재하는 보편적으로 타당하고 쉽게 변하지 않는 관계를 의미한다. 상징을 이해함으로써 우리는 자아가 동원한 방어를 수고스럽게 하나하나 뒤집어 보지 않고서도 의식적 표현으로부터 그 배후에 있는 무의식적 자료를 믿을 만하게 유추해 낼 수 있다. 이렇게 상징 이해는 환자를 이해하는 지름길이며, 더 정확하게 표현하면 의식이라는 가장 높은 지층으로부터 무의식이라는 가장 낮은 지층으로 한 번에 돌진하는 방법이다. 그리고 이때 우리는 예전 자아 활동의 중간 지층—특정한 이드 내용물이 과거 언젠가 나름의 자아 형태를 갖추면서 형성된 것이다—에 멈출 필요가 없다. 전형적인 문제를 푸는 데 수학 방정식이 도움이 되듯, 이드 이해에 있어 상징의 언어 이해는 중요하다.
- A. 프로이트 《자아와 방어기제》 中 -

용을 '너무나 자연스럽게, 힘들이지 않고' 지각할 수 있다.[22] 스메르쟈코프가 이반 자신도 모르는 아버지가 죽기를 갈망하는 무의식적 소망을 알 수 있는 이유도 이반의 무의식 속 내용을 간파할 수 있기 때문이다. 스메르쟈코프는 이렇게 타인의 무의식을 간파할 수 있는 능력을 갖춘 사람을 **'현명한 사람'**이라고 부른다.

> p.92. "그것도 역시 '현명한 사람과의 대화는 재미있다'는 그 말이냐, 어때?"
> 이반은 이를 부드득 갈았다.
> "말씀대롭습니다. 그러니 현명한 사람이 되십시오."
> 이반은 일어나서 분노에 몸을 떨며 외투를 입었다.
> — 도스토옙스키 《카라마조프의 형제》 하 中 —

'현명한 사람과의 대화는 **재미있다**'라는 스메르쟈코프의 표현은 일반적인 사람에 대한 경멸을 내포하고 있다. 그들은 다른 사람들이 못 보는 것을 볼 수 있기 때문이다. 자신의 무의식을 인식할 수 없는 사람들은 스메르쟈코프와 같은 사람의 대화를 도저히 이해할 수 없다. 도스토옙스키의 작품 중에서 이렇게 다른 사람의 무의식 속 내용을 간파할 수 있는 또 다른 **'정신병 환자'**는 《백치》의 주인공인 미쉬낀 공작이다. 그가 《백치》의 주인공인 이유도 제목 그대로 그가 정신병을 앓고 있는 **백치**이기 때

---

22) p.271. 분열성 역동을 지니고 있으면서 기능 수준이 높은 사람들이 보이는 가장 놀라운 모습의 하나는 보통 사람들에게 흔한 방어가 이들에게는 없다는 점이다. (중략) 분열적인 사람들이 겪는 소외감은 부분적으로 이들이 자기 자신의 정서적, 직감적, 감각적 능력을 정당하게 인정받지 못한 경험에서 비롯된다. 다른 사람들은 그들이 보는 것을 못 보는 것이다. 분열적인 사람들은 다른 이들이 자신의 것이 아니라고 부인하거나 무시하는 것을 너무나 자연스럽게, 힘들이지 않고 지각하는 능력이 있다.
— N. 맥윌리엄스 《정신분석적 진단》 中 —

문이다.

p.532. "… 사람들이 당신보고 머리가 조금…… 아니, 그러니까 머리에 병이 있다고들 말하는데, 그건 틀렸어요. 그 문제로 싸움까지 한 적이 있어요. 당신이 정말로 정신병을 앓고 있다 해도(물론 이렇게 말한다고 해서 당신은 화를 내지 않을 거라고 믿어요. 나는 한층 높은 차원에서 하는 말이니까요), 당신과 같은 지혜는 꿈도 꾸지 못할 거예요. 지혜에는 중요한 지혜와 그렇지 않은 지혜가 있기 때문이지요. 안 그래요? 그렇죠?"

– 도스토옙스키《백치(동서)》中 –

도스토옙스키는 인간의 지적 능력을 **'중요한 지혜'**와 **'그렇지 않은 지혜'**로 구분한다. 그런데 도스토옙스키는 백치인 미쉬낀 공작은 **'꿈도 꾸지 못할 지혜'**를 지니고 있다고 말한다. 도스토옙스키가 의미하는 '꿈도 꾸지 못할 지혜'는 **소박하고 순진한 백치**처럼 보이면서도 **'예리한 심리 관찰로 화살처럼 다른 사람의 심리를 깊숙이 꿰뚫어 보는'** 능력을 말한다.

p.477. "… 그래요, 공작, 당신이 황금 세기에도 들어본 적이 없는 소박함과 순진함을 보여주면서, 어떤 때는 돌연히 예리한 심리 관찰로 화살처럼 사람을 깊숙이 꿰뚫어 볼 때가 있어요. 하지만 공작, 나에게 변명할 기회를 줘야 해요. …"

– 도스토옙스키《백치(열린)》상 中 –

미쉬낀 공작의 **'순진함'**은 니체가 의미하는 **'솔직함'**으로 무의식적 방어가 없다는 의미이고, **'소박함'**은 니체가 의미하는 **'정의감'**의 반대말로 무의식적 검열이 약하다는 뜻이다. 스메르쟈코프와 미쉬낀 공작이 타인의 무의식 속 내용을 화살처럼 깊숙이 꿰뚫어 볼 수 있는 이유는 이러한 무의식적 방어와 검열이 없거나 약하기 때문이다. 즉 **정신병적 상태**에 있기 때문이다(두 사람의 정신구조의 차이에 관해서는 이 책의 후반에 스메르쟈코프와 알료샤의 정신구조 비교를 통해서 논의할 예정이다). 이 의미는 거꾸로 말하면 무의식적 방어와 검열이 정신병을 막고 있다는 뜻도 된다. 이러한 정신 상태가 **신경증적 상태**이다. 즉 우리가 **정상인**이라고 부르는 사람은 잠재적으로 **신경증적 상태**에 있는 사람들이다. 반면 우리가 **천재**라고 부르는 사람들은 **정신병적 상태(광기)**에 있는 사람들이다.

p.239. 또 대천재가 훌륭한 이성의 작용을 갖추고 있는 일이 드물다는 것도 알려져 있고, 오히려 천재적인 사람들은 격한 감정과 비이성적 격정에 움직이는 경우가 많다. 그러나 그것은 이성이 약하기 때문이 아니라 일부는 그 천재적인 개인과 의지 행위의 격렬성에 의해 밖으로 나타나는 의지 현상 전체의 이상한 에너지 때문이고, 일부는 감정과 오성에 의한 직관적 인식이 추상적 인식보다 우세하기 때문이다. (중략)

천재와 광기는 서로 경계를 접하고 있으며, 또 서로 어울리는 일면을 갖고 있다고 가끔 얘기한다. (중략) 세네카에 따르면, 아리스토텔레스까지도 "광기가 없는 위대한 재능은 예전부터 없었다"라고 말했다.

― A. 쇼펜하우어 《의지와 표상으로서의 세계》中 ―

일반적으로 천재성은 두 가지를 의미한다. 하나는 무의식의 악마적 힘(비이성적 격정)과 **직접 접촉할 수 있는 능력**이고 또 다른 하나는 무의식에 대한 **직관적 인식능력**이다. 전자의 능력을 갖춘 사람은 천재적인 예술가이고 후자의 능력을 지닌 사람은 천재적인 철학자라고 할 수 있다. 이렇게 자신의 무의식과 직접 접촉할 수 있거나 직관할 수 있는 능력을 이성과 대비해서 **오성**이라고 부른다(오성은 **지성**으로 번역되기도 한다). 천재와 범인의 차이는 천재는 오성이 오염되지 않았고 범인은 오성이 오염되어 있다는 점이다.

p.142. 그와 반대로 창조적인 두뇌의 경우, 오성은 입구의 감시에서 물러난다고 생각하네, 관념들이 〈앞을 다투어〉 쏟아져 나오고, 그런 다음에야 오성은 한꺼번에 훑어보고 검사한다네. 스스로 뭐라고 부르든지 간에 자네 같은 비평가들은 순간적이고 일시적인 무모함 앞에서 부끄러워하거나 두려움을 느끼지만, 사실 이러한 무모함은 독창적으로 창조하는 사람들에게는 다 있는 것이고 지속되는 시간에 따라 사고하는 예술가와 꿈꾸는 사람이 구분된다네 그러니 자네들이 재능이 없다는 탄식은 너무 일찍 거부하고 엄격하게 구분짓기 때문이라네(1788년 12월 1일자 서한).

그러나 실러의 표현대로 〈오성이 입구의 감시에서 물러나는 것〉, 즉 비판 없이 자신을 관찰하는 상태에 들어가기는 전혀 어려운 일이 아니다.

– S. 프로이트 《꿈의 해석》中 –

오성이 오염된 원인은 무의식적 방어와 검열 때문이다. 무의식적 방어는 불안을 미리 회피하기 위한 알고리즘이므로 주체에게 미리 **두려움을 느끼게 만들고**, 무의식적 검열은 죄책감을 미리 회피하기 위한 알고리즘이므로 주체가 **미리 부끄러워하게 만든다**. 그래서 무의식적 방어나 검열이 강한 사람은 무모함 앞에서 부끄러워하거나 두려움을 느끼게 된다. 천재는 이러한 무의식적 방어와 검열에 지배되지 않으므로 방어의 감시와 검열의 비판에서 물러나서 대상을 **'한꺼번에 훑어보고 검사해서'** 대상의 본질을 파악한다. 하지만 평범한 사람은 무의식적 방어로 인해서 **'너무 일찍 거부하고'**, 무의식적 검열로 인해서 **'너무 엄격하게 구분 짓기 때문에'** 대상의 본질을 파악할 수 없다.

정신분석학적으로 표현하자면 천재는 오이디푸스 콤플렉스가 **약하게** 형성되어 있는 사람이고 범인은 오이디푸스 콤플렉스가 **강하게** 형성되어 있는 사람이다. 그래서 전자는 어떤 행위를 할 때 초자아의 감시와 비판을 두려워하지 않지만, 후자는 어떤 행위를 할 때 초자아의 비판과 감시를 두려워한다. 따라서 전자는 대상의 핵심 정보를 파악할 수 있지만, 후자는 대상의 피상적 정보만 얻을 수 있다. 다만 범인도 무의식적 방어와 검열이 느슨해지는 꿈속에서는 때때로 오성과 직관 능력을 발휘할 수 있다.

> p.366. 보통 심각한 사색을 요하는 미묘하고 어려운 지적 작용도 역시 의식화되지 않는 상태로 전의식적으로 이루어질 수 있다는 증거를 갖고 있다. 이러한 사례들을 논박하기란 불가능한 일이다. 예컨대, 그런 일은 수면 상태에서 발생하는데, 어떤 사람이 잠에서 깨어난 직후 그가 전날에 씨름하던 어려운 수학 문제나 여타 문제에 대한 해답을 얻었다고 말할 때와 같은 경우다.
> – S. 프로이트 《정신분석학의 근본 개념, 『자아와 이드』》 中 –

쇼펜하우어의 말처럼 오성과 직관 능력, 즉 천재성은 정신병(광기)에 가깝다. 천재성이 정신병과 닮은 이유는 천재의 두뇌는 무의식적 방어와 검열이 아직 형성되지 않은 유아기의 두뇌 상태와 유사하기 때문이다(이것이 **유태보존**이다). 그래서 인간의 정신은 신경증적 상태보다는 정신병적 상태와 더 밀접하게 연관되어 있다.[23] 이러한 정신병적 상태에서 온갖 방어와 검열이 형성되고 지능이 발달함으로써, 즉 신경증적 상태로 되면서 천재성을 잃게 된다. 소수의 사람은 이러한 타고난 운명에서 벗어난다. 이렇게 천재성을 유지한 소수의 사람은 **삶이 풍요로운 천국**에서 살게 되지만 천재성을 상실한 다수의 정상인으로 불리는 사람들은 **삶이 고갈된 지상**에서 살아가게 된다. 다만 무의식의 방어와 검열이 느슨해지는 꿈 속에서는 지극히 평범한 사람들도 천국에 들어가는 경험을 할 수 있다.

p.129. "… 이번엔 내 정직하게 설명하지. 잘 들어 보게. 소화 불량이라든지 그 밖에 다른 어떤 이유로 꿈을 꾸거나 특히 악몽을 꿀 때 인간은 때때로 예술적인 환상이나 지극히 복잡한 현실, 사건 또는 사건의 전체를 생각도 못할 만큼 상세하게 – 가장 고상한 현상으로부터 조끼의 마지막 단추에 이르기까지 자세히 볼 수 있단 말일세. 아마 레프 톨스토이도 이런 묘사는 하지 못했을 거야. 게다가 이런 꿈을 꾸는 사람은 작가들이 아니라 오히려 지극히 평범한 사람들, 즉 관리, 시사 만평가, 하급 성직자들이 대부분이었지. 이건 그야말로 완전한 수수께끼라고 할 수 있어. 어떤 대신이 나에게 고백한 바에 의하면, 자기의 훌륭한 아이디어는 모두 잠잘 때 떠올랐다

---

23) p.190. 사실 어떤 면에서는 정상상태와 정신신경증보다는 정상상태와 정신병이 더 밀접하게 연결되어 있을 수 있다. 예를 들면 예술가는 원시적 정신 과정과 접촉할 수 있는 능력과 용기를 가지고 있지만, 정신신경증 환자는 그 정신 과정과 접촉하는 것을 감당할 수 없고, 건강한 사람들은 그 정신 과정을 상실함으로써 삶이 고갈되는 모습을 볼 수 있다.

- D. 위니캇《성숙과정과 촉진적 환경》中 -

는 거야. 지금도 역시 마찬가지지. … ”

– 도스토옙스키 《카라마조프의 형제》 하 中 –

톨스토이와 같은 천재적인 작가는 무의식적 방어와 검열이 약하므로 일상생활에서도 창조적인 활동을 할 수 있지만 평범한 사람은 무의식적 방어와 검열이 강하게 형성되어 있어서 일상생활에서 자신의 창조성을 발휘할 수 없다. 이렇게 억압되어 있던 오성과 직관 능력은 무의식의 방어와 검열이 느슨하게 되는 꿈속에서 때때로 발휘될 수가 있으며 이때 주체는 자신의 무의식적 능력에 대해서 완전한 수수께끼라고 생각하게 된다. 도스토옙스키는 무의식의 직관 능력(오성)이 얼마나 놀라운지를 다음과 같이 묘사하고 있다.

p.293. 아글라야는 이 짧막하고 무의미한 편지를 읽고 갑자기 얼굴을 확 붉히더니 이내 생각에 잠겼다. 꼬리에 꼬리를 물고 일어나는 그녀의 생각을 따라가기는 힘든 노릇이다. 여하튼 그녀는 자신에게 물었다. 〈이걸 누구에게 보여 줄까 말까?〉 그녀는 어쩐지 부끄러운 마음이 들었다. 그녀는 경멸적이고 야릇한 미소를 띤 채 편지를 그녀의 책상 속에 집어넣은 것으로 마무리를 지었다. 그러다가 다음날 다시 편지를 꺼내어 가죽으로 단단하게 장정된 두툼한 책갈피에 속에 집어넣었다. (중략) 그런지 불과 일주일 후에 그녀는 어느 책에 편지를 끼워 두었는지 살펴보게 되었다. 그 책은 『라만차의 돈키호테』였다. 아글라야는 배를 잡고 깔깔 웃어 댔다. 왜 그렇게 웃어 댔는지는 모를 일이었다.

– 도스토옙스키 《백치(열린)》 상 中 –

아글라야는 미쉬낀 공작의 편지를 받고 그 편지를 책갈피 속에 집어넣었다가 나중에 그 책의 제목을 보고 배를 잡고 깔깔 웃어 댄다. 그 책의 제목이 『라만차의 돈키호테』였기 때문이다. 아글라야가 책의 제목을 보고 웃어 댄 이유는 그녀의 무의식은 미쉬낀 공작을 보자마자 그가 돈키호테와 같은 정신구조를 지닌 인물이라는 것을 **순식간에** 간파했지만, 그녀의 의식은 **이제야** 알아챘기 때문이다(도스토옙스키는 세계 문학 속에서 그리스도의 정신구조에 가장 가까운 인물로 돈키호테를 꼽는다). 무의식적 인식과 의식적 인식 사이의 **시간 차이**가 웃음을 유발한 것이다. 아글라야의 무의식이 미쉬낀 공작의 정신구조를 **한 번에** 간파했다는 의미는 그녀가 **뛰어난 직관 능력**을 지니고 있다는 뜻이다. 그녀가 이러한 능력을 지닌 이유는 그녀가 **셋째 딸**이기 때문인데 이에 대해서는 제6장에서 종합적으로 다룰 예정이다.

이렇게 주체의 무의식은 의식이 모르는 상징(표상)을 간파할 수 있는 능력이 있다. 그런데 이러한 상징들은 지리적으로 멀리 떨어져 있고 완전히 독립적으로 살아온 지역이나 민족 간에도 유사한 의미를 지니고 있거나 심지어 문자 그대로 일치하는 예도 있는데 그 이유는 인간의 두뇌구조가 유사해서 그에 따른 정신 작용도 유사하기 때문이다.[24] 우리가 다른 인종이나 민족의 전통과 습관을 이해할 수 있고, 그들의 조상들이 수천 년 전에 쓴 저작물을 이해할 수 있는 이유도 이러한 이유 때문이다. 이러한 상징들은 한 민족의 신화, 전설, 고사성어, 격언, 농담 등에 온전하게

---

24) p.68. "인간의 사상과 관습의 유사점은, 어디서나 인간의 두뇌구조는 비슷하기 때문에 인간 정신의 성질도 유사하다는 데에 있다. (중략) 인류의 공통된 정신으로부터 나오는 유사한 정신 작용에 의해 토테미즘이나 족외혼제(엑소가미), 수많은 정죄 의식과 같은 신앙이나 제도가 가장 멀리 떨어진 민족이나 지역 곳곳에 출현하는 이유가 설명된다. [Murphy, J. Primitive Man : His Essential Quest]

- A. J. 토인비《역사의 연구》中 -

녹아있는 경우가 많다.

> p.416. 이러한 상징술은 꿈만의 고유한 일이 아니라 무엇보다도
> 민족의 무의식적 표상화에 속하며, 꿈보다는 한 민족의 민속학, 신
> 화, 전설, 고사성어, 격언, 인구에 회자되는 농담에서 더 온전하게
> 발견된다.
>
> — S. 프로이트 《꿈의 해석》 中 —

인간의 핵심 본질과 주요 본성(인간성)을 표상하는 상징은 특히 신들
의 이야기인 신화에서 볼 수 있다. 신은 인간이 상상할 수 있는 최고의 존
재이므로 무의식은 자신이 최고로 가치 있게 여기는 본질이나 본성을 그
최고의 존재에게 투사하기 때문이다. 그 대표적인 신들이 그리스 신화
에 등장하는 신들이다.[25] 이 신화에서 최초의 어머니 신인 가이아는 '넓
은 젖가슴'을 가진 '대지의 신'이다. 어머니 신 가이아는 아들 우라노스를
낳고 **아들과 결혼해서** 티탄 신들을 출산한다. 우라노스의 아들 중 **막내인**
크로노스는 '**아버지를 증오**'해서 '**사악한 생각**'을 품게 된다. 그 사악한 생
각은 아버지의 **남근을 거세**하고 **아버지의 지위를 차지하는 것**이다.[26] 여

---

25) p.132. 왕, 아버지, 제사장의 형태로서의 신성(神性)들
   그리스 신화는 중요한 인간성의 모든 형태를 신(神)으로 만들었다.
   — F. 니체 《유고(1869년 가을~1872년 가을)》 中 —
26) p.31. 그 후 사악한 생각을 품은 막내 크로노스가 태어났는데, 그는 가이아의 자식들
   중 가장 끔찍한 모습이었다. 크로노스는 과식으로 항상 배가 불룩 튀어나온 아버지를
   증오했다. (중략)
   이윽고 하늘 우라노스가 밤을 대동하고 와서 욕정에 불타 대지를 감싸며 자신의
   몸으로 그녀를 뒤덮었다. 그러자 아들 크로노스가 은신처에서 튀어나와 왼손으로는
   아버지를 잡고 오른손으로는 크고 길며, 날카로운 톱니가 달린 낫을 잡고 아버지의
   남근을 재빨리 잘라 뒤로 던져 날려버렸다.
   — 헤시오도스 《신통기》 中 —

기서 우리는 그리스 신화의 천지창조 이야기 속에 오이디푸스 콤플렉스의 원형이 포함되어 있음을 알 수 있다. 어머니와 결혼하는 아들, 아버지에 대한 사악한 생각, 남근 거세, 아버지의 지위 찬탈 등은 모두 오이디푸스 콤플렉스의 환상이 투사된 모티프라고 할 수 있다.

한 가지 주목할 점은 그리스 신화의 주요 모티프가 **아버지 신에 대한 아들 신의 반역**이라는 것이다. 최초의 아버진 신인 우라노스는 아들 신인 크로노스에 의해서 거세되어 아버지 신의 자리를 빼앗긴다. 아버지 신이 된 크로노스도 아들 신인 제우스에 의해서 아버지 신의 자리를 빼앗긴다. 이제 아버지 신이 된 제우스는 자신도 아들 신에 의해서 자신의 자리를 빼앗길 것이라는 신탁을 듣고 임신한 아내를 삼켜버린다. 아버지 신이 아버지 관념의 부활과 복원으로 보는 견해를 적용한다면 그리스인들은 아버지를 **'자기 위의 주인'**이나 자신을 **'아버지의 하인'**으로 보지 않았다는 사실을 알 수 있다.

> p.137. 그리스인은 호메로스의 신들을 자기 위의 주인으로 보지 않았으며, 유대인과 달리 자신들을 신들의 아래에 있는 하인이라고 보지도 않았다. 말하자면 그들은 자신들의 사회 계층의 가장 성공적인 모범으로 비친 상, 곧 이상을 보았던 것이지 자신의 본질과 대립되는 것을 보지 않았다.
> – F. 니체《인간적인 너무나 인간적인 Ⅰ(책)》中 –

이와 반대로《구약성서》의 천지창조 이야기에서는 아버지 신은 아들 아담을 선악과를 먹었다는 이유로 에덴동산에서 추방해 버린다. 유대 민족은 자신을 아버지의 하인으로 생각했다는 뜻이 된다. 이러한 아버지와 아들의 관계는 유대인의 율법 속에 명확하게 드러나 있다. 아버지는 아들의 교육을 위해서라면 아들에게 폭력을 행사할 수 있었으며 아들이 반항하면 심지어 아들을 돌로 쳐 죽일 수도 있었다.[27]

이처럼 그 민족이 신성시하는 신화 속에 등장하는 상징과 비유는 그 민족의 무의식적 관념 체계를 보여준다. 그리스 민족은 아버지의 권위에 반항할 수 있는 용기가 있었던 전능 관념이 지배적인 민족이었고 유대 민족은 아버지의 권위에 반항하지 못하는 복종 관념이 지배적인 민족이었음을 알 수 있다. 《구약성서》와 달리 그리스 신화에 수많은 아들 신과 영웅이 등장하는 이유도 아버지의 권위를 극복하고 아버지의 지위를 차지하고 싶은 아들들의 소망이 투사되어 있기 때문이라고 볼 수 있다.[28] 앞서 니체가 세계사를 그리스 로마 문명 대 유대 문명의 대립으로 묘사했는데 세계사는 아버지를 극복한 비범한 영웅과 아버지를 극복하지 못한 평범한 인간과의 대립으로 환원할 수 있다.

　　p.263. 그러니까 영웅은 아버지에 저항할 용기가 있는 사람, 그

---

27) p.503. 아들이 열두 살이 되면 아버지는 아들에게 토라를 가르치기 위해 폭력을 사용할 수 있는 권리를 부여받았다. 아들이 열세 살이 되면 완고한 아들에 관한 신명기의 율법이 적용되었다. 이론상 아들이 반항하면 장로들 앞에 끌고 가 유죄 판결을 받아 돌로 쳐 죽일 수 있었다. (중략) 탈무드는 그런 경우는 한 번도 없었다고 말하지만, 아들에게는 율법의 그림자가 무겁게 드리워져 있었다.

　　　　　　　　　　　　　　　　　　　　　　- P. 존슨 《유대인의 역사》 中 -

28) p.171. 좀 더 깊이 있는 연구에 의하면 부모에 대한 영웅의 적대감은 특별히 아버지를 향한 것이라는 점을 우선 강조할 필요가 있다. 오이디푸스나 파리스, 그 밖의 다른 신화에서처럼 왕은 미래의 아들이 자신을 위협하게 된다는 불길한 예언을 듣게 된다. 그리하여 아이를 유기하는 것도 아버지이며 뜻밖에 목숨을 구하게 된 아들을 추적하고 갖은 방법으로 위협하는 사람도 아버지이다. 그러나 결국 아버지는 예언대로 아들에게 무릎을 꿇는다. (중략) 보통 아버지에 대한 아들의 증오, 그리고 형제들 간의 증오라는 가장 깊고 일반적인 무의식적 뿌리는 어머니의 사랑과 헌신을 두고 경쟁하는 것과 관련이 있으며 여기에 특별히 에로틱한 요소가 결부되기 쉽다.

　　　　　　　　　　　　　　　　　　　　　　- O. 랑크 《영웅의 탄생》 中 -

리고 결국 통쾌하게 아버지를 극복하는 사람이다. 아이가 아버지의 뜻을 거슬러 태어나고, 아버지의 뜻과는 달리 죽음으로부터 살아난다는 이런 유의 신화는 아버지와 자식의 투쟁을 추적하여 개인의 선사 시대까지 파헤친다.

– S. 프로이트《종교의 기원,『인간 모세와 유일신교』》中 –

플루타르코스의《영웅전》에서도 인간의 본성을 표상하는 수많은 상징이 등장한다. 대표적으로 카이사르의 **어머니와 성적 관계를 맺는** 꿈속에 등장하는 상징들이다.[29] 카이사르가 꿈속에서 어머니와 성적 관계를 맺을 수 있었다는 의미는 그의 어린 시절에 아버지의 거세 위협이 거의 없었고 따라서 그의 정신구조 속에 오이디푸스 콤플렉스가 **약하게** 형성되어 있다는 것을 뜻한다. 약하다고 표현하는 이유는 그가 로마로 진격하기 전에 **고뇌하고 불안을 느꼈기** 때문이다. 카이사르는 아버지에 의해 정신적 거세를 당하지 않았기 때문에 **선악 관념**을 상징하는 **루비콘강**을 건너서 **아버지를 상징하는 로마의 도덕과 법**에 반기를 들고 **어머니를 상징**하는 **로마**를 정복하고 **아버지의 지위를 차지함으로써** 자신의 두 가지 소

---

29) p.1303. 카이사르는 알프스 안쪽 갈리아와 이탈리아 경계선인 루비콘강에 이르자 깊이 고뇌하기 시작했다. 위험한 상황이 점점 가까워지자 카이사르는 앞으로 닥치게 될 위태로움의 규모를 떠올리고는 불안해졌다. (중략) 그의 마음은 이리저리 흔들렸고, 많은 변화를 겪었다. (중략) 이 강을 건너면 모든 인류에게 어떤 어려움과 불행들이 일어날까, 또 후세에는 어떤 이야기를 남기게 될까 모두들 의논했다. 마침내 카이사르는 어떤 열정에 휩싸여 심사숙고 따위는 하지 않고 미래로 뛰어들겠다는 듯이, 사람들이 흔히 위험하고 대담한 일을 하기 전에 될 대로 되라는 식으로 말하는 상투적인 표현을 중얼거렸다.
   "주사위는 던져졌다!"
   그리고는 전속력으로 달려서 날이 새기 전에 아리미눔을 공격하여 차지했다. 그런데 강을 건너기 전날 밤 카이사르는 어머니와 관계하는 어처구니없는 꿈을 꾸었다고 한다.

– 플루타르코스《영웅전》中 –

망-아버지 살해와 어머니에 대한 욕망-을 성취할 수 있었다. 주사위는 카이사르가 루비콘강을 건널 때 던져진 것이 아니라 어린 시절에 이미 던져졌다고 할 수 있다.

놀라운 점은 수천 년 전에 플루타르코스가 묘사한 카이사르의 심리 묘사-깊은 고뇌, 불안, 그로 인한 인류에게 일어날 고통과 불행, 어떤 열정, 될 대로 되라는 식의 결단, 그리고 어처구니없는 꿈 등-가 《죄와 벌》의 라스콜리니코프의 심리 묘사와 매우 유사하다는 것이다. 니체가 도스토옙스키를 '자신이 무언인가를 배운 **유일한 심리학자**'로 인정한 것은 도스토옙스키가 라스콜리니코프를 통해 나폴레옹과 같은 정신적으로 거세되지 않는 범죄자의 정신구조를 탁월하게 묘사했기 때문이다.

> p.897. 사회, 평범하게 길들여진 거세된 우리의 사회에서는 산속에서, 혹은 바다의 모험에서 오는 야생 인간이 필연적으로 범죄자로 변질된다. 혹은 거의 필연적으로라고 말해야 할지도 모른다.
>
> 그러한 인간은 사회보다 자기가 강함을 입증한다. 그 유명한 예로 코르시카 사람 나폴레옹을 들 수 있다. 이 문제에서는 도스토옙스키의 증언이 중요하다. 말이 나온 김에 말하자면, 도스토옙스키야말로 내가 무엇인가를 배운 유일한 심리학자다. 그는 나의 생애에서 스탕달을 발견했을 때보다도 훨씬 아름다운 행운에 속한다.
>
> – F. 니체《우상의 황혼(동서)》中 –

지금까지의 상징(표상)에 대한 이해를 바탕으로 어떻게 상징이 복종 관념이 지배적인 주체의 정신세계를 지배하는지에 대해서 고찰해 보고자 한다. 복종 관념이 지배적인 주체의 정신세계를 지배하는 대표적인 상징은 종교적 상징이다. 종교적 상징을 이해하기 위해서는 그 종교가 믿는 교리 속에 등장하는 주요 상징에 대해서 고찰하는 것이 타당할 것이다. 이 책에서는 가장 대표적인 종교인 그리스도교의 교리에 등장하는 상징에 대해서 고찰하고자 하며, 따라서 그 교리를 수록한 《성서》를 중요한 자료로 삼고자 한다.

「창세기」의 의의

어떤 대상이 주체의 관심을 자극할 때 그 대상이 지닌 상징은 그 주체의 무의식 속 관념(욕망)에 부합하는 요소를 지니고 있다고 할 수 있다. 특히 《성서》가 그토록 오랜 기간에 걸쳐 그리고 그토록 많은 사람의 마음을 사로잡고 있다는 것은 그 속에 등장하는 상징들이 인류가 보편적으로 가지고 있는 무의식적 관념에 부합하는 것이 아니라면 도저히 생각할 수 없는 일이다. 정신분석학이 무의식 전반을 이해하는 데 주체의 어린 시절의 경험을 핵심 요소로 여기는 것처럼, 《구약성서》의 「창세기」에 등장하는 상징들은 《성서》 전반을 이해하는 데 핵심 요소라고 할 수 있다.[30]

다만 여기서 제시되는 《성서》에 대한 관점과 견해들은 작가의 상상이라는 점을 양해하지 않으면 안 된다. 이렇게 미리 양해는 구하는 것은 르봉이 말한 바와 같이 종교적 감정은 자신과 다른 관점과 견해를 용납하지 않는 특성이 있기 때문이다. 프로이트도 로마 가톨릭의 반발을 우려해 로마 가톨릭에 대한 신성모독적 견해를 담은 그의 저작인 《인간 모세와 유일신교(1939)》의 출판을 망설였으며 영국으로 망명한 뒤에야 발표했

---

30) p.22. 현재 우리의 지식수준으로 볼 때 창세기의 처음 몇 장은 사실적인 묘사라기보다는 도식적이며 상징적인 묘사임을 인정할 수밖에 없다. 1~5장은 실제 사건이라기보다는 지식, 악, 수치, 질투, 죄악과 같은 개념을 확인하고 설명하는 부분이다.
- P. 존슨 《유대인의 역사》中 -

다. 정교회가 국교인 러시아에서 도스토옙스키도 그의 작품에서 《성서》에 대한 신성모독적 주장을 할 경우에는 간접적이고 비유적인 표현 방법을 쓰지 않으면 안 되었다. 예를 들면 《카라마조프의 형제》에서 스메르쟈코프는 성경을 가르쳐 주는 하인 그리고리에게 다음과 같이 묻는다.

> p.203. "… 하느님께서 세상을 만드신 건 첫날이고 넷째 날에야 해와 달과 별들을 만드셨다는데, 그렇다면 첫째 날엔 어디서 빛이 비쳤을까요?"
>
> – 도스토옙스키 《카라마조프의 형제》상 中 –

이 질문은 받은 하인 그리고리는 스메르쟈코프에게 "여기서 비쳤다!"라고 고함을 지르며 그의 뺨을 후려갈긴다. 이 장면으로부터 러시아 민중이 얼마나 《성서》를 신성하게 여기고 있는지 알 수 있다. 그래서 도스토옙스키는 미친 여자의 아들인 스메르쟈코프를 통해서 이 질문을 하도록 한 것이다. 이 질문은 정교회의 러시아에서 미친 사람이 아니면 할 수 없는 질문이기 때문이다. 그렇다면 이 질문은 얼마나 신성모독적인 질문일까?

「창세기」에서 **최초의 하나님 말씀**이 얼마나 중요한지는 두말할 필요도 없을 것이다. 그런데 최초의 하나님 말씀은 '태양이 있으라'가 아니라 '빛이 있으라'는 것이었다.[31] 하나님은 왜 천지창조의 가장 상징적인 첫째 날에 태양을 창조한 것이 아니라 빛을 창조한 것일까? 인간의 본질이 신체가 아니라 정신이듯이 태양의 본질도 태양 그 자체가 아니라 태양이

---

31) p.1. 태초에 하나님이 천지를 창조하시니라

　　…

　　하나님이 이르시되 빛이 있으라 하시니 빛이 있었고

> -《구약성서》「창세기」中 –

지닌 **정신성**, 즉 **빛**이라고 할 수 있다. 따라서 이 의문을 설명할 수 있는 가설은 하나님 자신이 태양신이었다고밖에 할 수 없다. 도스토옙스키는 이와 관련하여 구체적인 논쟁을 하지는 않지만, 프로이트는 유대교의 야훼 하나님의 기원이 이집트의 태양신―정확하게는 **태양광선(빛)**―이라고 주장한다.

p.277. 아메노피스 자신은 〈온〉의 태양 숭배를 부정하지 않았다. 석묘에 남아 있는, 어쩌면 그 자신이 지은 것인지도 모르는, 태양신 아텐에게 바치는 두 편의 찬미가에서 그는 이집트 안팎의 살아 있는 모든 것의 창조자, 지배자로서의 태양을 찬미하고 있는데, 그 열정은 그로부터 수 세기가 지난 뒤 유대의 신 야훼에게 바쳐진 「시편」을 통해서나 겨우 되풀이될 정도다. 그러나 그는 태양광선의 위력에 대한 이토록 놀라운 과학적 발견에 만족하지 않았다. 그는 여기에서 한 걸음 더 나아갔다. 그는 태양을 물질적 대상으로 숭배하지 않고 빛을 통하여 그 힘을 드러내는 신적인 존재의 상징으로 파악하게 되는 것이다.

p.278. (이 글에 대한 각주) 〈(중략) 태양을 뜻하는 《아톤》은 《신 nuter》을 뜻하는 고어(古語)의 자리를 대신해서 차지했고 신은 물질로서의 태양과 엄격하게 구분되었다〉 (브레스티드, 『이집트 역사』). (중략) 에르만A. Erman이 기술하고 있는, 신을 찬미하는 노래에 대한 견해도 이와 유사하다. 〈이 찬미가는, 가급적이면 추상적으로, 숭배의 대상이 되어야 하는 것은 천체로서의 태양이 아니라, 이로써 드러나는 그 본질이어야 한다는 글로 이루어져 있다〉 (에르만, 『이집트의 종교』, 1905)―원주.

- S. 프로이트《종교의 기원, 『인간 모세와 유일신교』》中 -

프로이트는 모세는 이집트인이었고 유대교는 모세가 이스라엘 민족을 이집트에서 탈출시킬 때 가져온 이집트 종교(파라오 이크나톤이 창시한 종교)라고 주장한다.[32] 이러한 주장이 타당하다면 지금의 유대교와 그 후신인 로마 가톨릭과 그리스 정교회는 물론 이슬람교와 프로테스탄티즘까지 서양의 거의 모든 종교가 태양신 숭배 종교의 후예가 된다. 너무나 신성모독적인 주장이라고 하지 않을 수 없다. 프로이트는 이에 대한 증거로 유대인의 **'할례 풍속'**을 제시한다.

　p.284. 그런데 한 가지 의문이 생긴다. 유대인들이 이 할례속(俗)을 어디에서 배워들였는가 하는 것이다. 당연히 이집트일 수밖에 없다. 〈역사의 아버지〉 헤로도토스는 이집트에는 아득한 옛날부터 이 할례속이 뿌리내리고 있었다고 전하는데 이러한 진술은 미라 및 그 부장품과 묘지 벽화를 통해서도 사실이었던 것으로 확인되었다. 우리가 아는 한, 동부 지중해 연안에서는 어떤 민족도 이 할례속을 따른 적이 없다. 셈인, 바빌로니아인, 수메르인은 할례속을 좇지 않았던 것임이 분명하다. 성서에 따르면 가나안 사람들도 마찬가지였다.
- S. 프로이트《종교의 기원, 『인간 모세와 유일신교』》-

할례는 야훼 하나님과 유대 민족 사이에 맺은 가장 중요한 언약의 상징

---

32) p.569. 프톨레마이오스 치세로부터 1000년 이상 이전에도 이집트의 지배자 파라오 이크나톤이 정통의 이집트 사회 판테온 대신에 성부, 성자, 성신 3위 일체 하느님의 신성을 아톤, 즉 태양 원반으로서 사람의 눈에 나타나는 영묘하고 유일하고 참된 신에의 숭배를 확립하려고 했다.
- A. J. 토인비《역사의 연구》中 -

(표징)이다. 따라서 할례는 유대민족의 정신적 특질을 규정하는 가장 중요한 요소라고 할 수 있다.[33] 할례는 **태어난 지 8일째**에 하는 데《구약성서》의 야훼 하나님은 유아기 초기에 경험하는 심리적 외상이 인간의 인생 전반에 걸쳐 얼마나 강력한 영향력을 미치는지를 잘 알고 있었던 것으로 보인다. 할례의 고통은 유아의 무의식 속에 죽음 불안의 흔적을 강렬하게 각인시켜 훗날 죽음 앞에서 말할 수 없는 공포를 느끼게 만들었고 그 결과 유대인은 현재의 삶에 가장 강하게 집착하는 민족이 되었다.[34]

천지창조 = 죄의식의 탄생

L. 포이어바흐의 **'신학은 인간학'**이라는 명제를 적용한다면《구약성서》의 「창세기」는 어린 시절에 인간의 정신구조가 어떻게 탄생하고 형성되는가를 환상적으로 묘사한 연대기라고 할 수 있다. 먼저 하나님은 천지창조의 첫째 날에 빛을 창조한다. 빛은 인간이 어머니 자궁으로부터 나온 후 최초로 겪는 가장 충격적인 체험이다. 이러한 체험의 흔적은 인간의 몸(무의식)에 강렬하게 각인되어 세계를 바라보는 토대가 된다. 플라톤의

---

33) p.73. 독특하게도 이스라엘 자손은 할례를 무척 강조한다. 할례는 모세 시대 이전에 시작된 장구한 역사를 지닌 관습이다. (중략)
　　할례는 하나님과 맺은 언약의 의무로 아브라함이 처음 시행한 것으로 성경에 나온다. (중략) 이처럼 이스라엘 자손은 할례를 남성의 성숙기와는 별개로 생각했고, 특정 관습을 실제 있었던 사실로 해석하는 경향이 강했던 만큼 할례를 역사적 언약과 선택받은 민족의 구성원을 상징하는 지울 수 없는 표식으로 삼았다.
　　　　　　　　　　　　　　　　　　　　　- P. 존슨《유대인의 역사》中 -
34) p.139. 유대교는 죽음 앞에서 말할 수 없는 공포를 가지는데, 그들 기도의 주목적은 －
　　더 오랜 삶이다.
　　　　　　　　　　　　　　　- F. 니체《유고(1869년 가을~1872년 가을)》中 -

'동굴의 비유'는 이러한 체험의 흔적이 투사되어 있다고 할 수 있다. 그래서 **빛**은 **정신의 탄생**이나 **삶**을 상징한다. 이와 반대로 **어둠**은 **어머니 자궁 속으로 회귀** 또는 **정신의 죽음**을 상징한다.[35] 물론 어머니의 자궁 속으로의 회귀는 현재 삶에서의 고통과 불행에서 도피해서 다시 태어나고 싶은 소망의 상징이기도 하다. 이러한 의미에서 어머니의 자궁은 삶과 죽음을 동시에 상징한다.

그렇다면 인간의 정신을 특징짓는 가장 중요한 요소는 무엇일까? 우리는 그것을 **영혼**이라고 부르는 데 이의를 제기하지 않을 것이다. 이에 동의한다면 더 나아가 동물의 정신과 인간의 정신을 확실하게 구분하게 해주는 영혼의 특질이 **죄의식**이라는 것에도 동의할 수 있을 것이다(물론 동물에게도 죄의식이 있지만, 인간과 비교하면 너무 미약하므로 무시한다). 그렇다면 「창세기」의 천지창조 과정은 유대 민족의 영혼, 즉 죄의식(죄의 감정)의 탄생과정을 묘사한 것이라고 할 수 있다.[36] 그래서 니체는 죄의식을 유대인의 감정이며 유대인 특유의 발명품이라고 말한다.

---

35) p.235. 어두운 터널 맨 끝에 나타나는 빛은 희망, 사후의 삶, 또는 삶의 의미를 상징한다.

　　p.289. 어두운 곳은 자궁일 수도 있고 어머니를 나타낼 수도 있다. (중략) 어두움은 죽음을 나타낼 수 있다. 자궁 또한 죽음의 상징이다: 자궁으로 복귀하려는 욕구는 삶의 고통들과 문제들로부터 도피하려는 욕구이다.

　　　　　　　　　　　　　　　　　　　　　-E. 애크로이드 《꿈 상징 사전》 中 -

36) p.523. 죄의식의 각성은 이집트 동란 시대의 사회생활에서 발달한 이집트적 사상 속에서도 찾을 수 있는데, 그러나 무엇보다도 전형적인 예가 시리아 동란 시대의 이스라엘과 유대 예언자들의 정신적 경험이다. (중략) 그 사회체가 이처럼 심한 곤경에 놓여진 가운데 그 영혼들은 그들의 불행이 불가항력적인 외부의 힘 때문이라는 쉬운 설명을 물리치고 표면적으로는 어찌 보이든 그들의 고난을 불러온 원인은 그들 자신의 죄이며, 따라서 참된 해방을 쟁취하는 수단은 그들 자신의 손안에 있다는 것을 간파했다는 사실은 참으로 영웅적인 정신적 위업이었다.

　　　　　　　　　　　　　　　　　　　　- A. J. 토인비 《역사의 연구》 中 -

p.286. **죄의 기원**-그리스도교가 지배하는 곳 또는 지배했던 곳 어디에서나 경험할 수 있는 죄, 이 죄는 유대인의 감정이며 유대인 특유의 발명품이다. 모든 그리스도교적 도덕성의 이러한 배경을 고려해 보면, 그리스도교의 목적은 사실 전 세계를 〈유대화〉하는 것이었다.

- F. 니체 《즐거운 지식(동서)》 中 -

니체가 죄의식을 유대인의 감정이며 유대인 특유의 발명품이라고 말하는 이유는 「창세기」에 등장하는 상징과 비유들이 모두 죄의식의 형성 및 발달과 관련되어 있기 때문이다. 니체식으로 표현하면 죄의식이 인간의 정신세계를 창조했고 야훼 하나님은 단지 관객으로 동원되었을 뿐이다. 니체는 죄의식(양심의 가책)의 기원과 발달과정을 마치 천지창조의 과정처럼 묘사한다.

p.431. 밖으로 발산되지 않는 모든 본능은 **안으로 향하게 된다**.-이것이 내가 **내면화**라고 부르는 것이다 : 이것으로 인해 후에 '영혼'이라고 불리는 것이 인간에게서 자라난다. 처음에는 두 개의 피부 사이에 펼쳐진 것처럼 얇았던 내면세계 전체가 인간이 밖으로 발산하는 것이 **저지됨**에 따라 더 분화되고 팽창되어 깊이와 넓이와 높이를 얻게 되었다. 오래된 자유의 본능에 대해 국가 조직이 스스로를 방어하기 위해 구축한 저 무서운 방어벽은-특히 형벌도 이러한 방어벽에 속한다-거칠고 자유롭게 방황하는 인간의 저 본능을 모두 거꾸로 돌려 **인간 자신**을 향하게 하는 일을 해냈다. 적의, 잔인함과 박해, 습격이나 변혁이나 파괴에 대한 쾌감-그러한 본능을 소유한 자에게서 이 모든 것이 스스로에게 방향을 돌리는 것, **이것이** '양

심의 가책'의 기원이다.

- F. 니체《선악의 저편(책)》中 -

니체에 의하면 죄의식은 타인을 향해 발산되어야 할 거칠고 방황하는 공격성이 인간 자신에게 방향을 돌려 내면화된 것이다.[37] 이러한 공격성은 동물과 같이 얇았던 인간의 내면세계에 **빅뱅**을 일으킨다. 하나님이 궁창을 만들어 천지를 **하늘**과 **땅**과 **바다**로 구분했듯이 죄의식은 인간의 정신세계를 분화시키고 팽창시켜 **초자아**(높이)와 **자아**(넓이)와 **이드**(깊이)를 구분했다. 그리고 하나님이 하늘에 광명체를 창조해서 땅과 바다를 비추게 한 것처럼, 초자아의 눈은 자아와 이드를 감시한다. 하나님이 인간의 이마 위에서 **빛나는 광명체**를 창조한 것처럼 유대인은 인간의 정신 속에서 **빛나는 초자아**(양심)를 창조했다고 할 수 있다.

p.85. 우리가 초자아의 형성에 대해서, 다시 말해 양심의 발생 과정에 대해 많은 것을 배웠다고 말한다면 (중략). 〈우리 내부의 양심과 이마 위의 별이 빛나는 하늘〉을 함께 생각한 칸트(I. Kant)의 언명에 기대서, 경건한 사람들은 이 두 가지를 창조의 가장 위대한 걸작품으로 숭배하려는 시도를 해볼 수도 있을 것입니다.

- S. 프로이트《새로운 정신분석 강의》中 -

「창세기」의 천지창조 이야기가 **유아기**에 인간의 정신이 어떻게 탄생하는지를 묘사하고 있다면 아담과 이브 이야기는 **아동기**에 인간 정신이 어떻게 발달해가는지를 묘사하고 있다. 아동기는 남자아이에게 남근기

---

37) p.270. 결국 우리는 원시 상태에서 문명인으로 진화하는 과정에서, 공격성의 엄청난 내면화—즉, 안으로 접기—가 일어났다고 가정해야 되지 않는가?
- S. 프로이트《끝이 있는 분석과 끝이 없는 분석》中 -

에 해당한다. 남근기라고 부르는 이유는 아동이 자신의 남근이 어떤 의미를 지니고 있는지를 깨닫게 되었기 때문이다. 아담과 이브의 이야기에서 이러한 깨달음의 상징은 **뱀의 등장**이다. 뱀의 등장은 순진하고 안락했던 어린아이의 정신세계를 소용돌이치게 하고 지적 호기심(사고 활동)을 불러일으킨다.[38] 호기심에 가득 찬 아담은 1) 이브의 유혹에 넘어가 2) 금단의 과실을 먹게 되고, 3) 죄의식으로 인해서 무화과나무잎으로 자신의 남근을 가리게 된다. 아담과 이브의 이야기에 등장하는 이러한 상징과 비유들은 아동기에 어린아이의 경험과 아주 유사하다는 사실을 알 수 있다.

　　p.466. 신체를 돌본다는 점에서 어머니는 어린아이의 최초의 유혹자이다. 이 두 관계에 유일무이하게 비교가 불가능하며 일생 동안 불변적으로 확정된 어머니의 의미, 즉 양성에 있어서 최초이자 가장 강력한 사랑의 대상으로서의 의미, 나중의 모든 사랑의 관계의 모범으로서의 의미가 뿌리를 두고 있다. (중략)

　　이러한 서론은 불필요한 것이 아니다. (중략) 남자아이는 그가 성생활의 관찰과 예감을 통해 추측한 형태로 어머니를 육체적으로 소

---

38) p.92. 어떤 경우에든 이야기는 완전한 음(陰)의 상태에서 시작한다. 파우스트는 지식에 있어서 완전했고, 욥은 선행과 행운에 있어 완전했으며, 아담과 이브는 순진과 안락이라는 점에서 완전했고, (중략). 음이 이처럼 완전할 때 그것은 양(陽)으로 옮겨갈 수 있는 상태에 있는 것이다. (중략)
　　만약 그 상태가 물리적인 평형 상태라면 변화를 위해 충격을 가할 또 하나의 다른 물체를 가지고 와야 한다. 그것이 정신적인 더없는 행복 또는 열반의 상태라면 또 한 사람의 배우─의문을 제시하고 정신에다 사고 활동을 일으키게 하는 비판자라든지, 고민이나 불만, 두려움, 반감을 주입시켜서 또다시 감정 활동을 일으키게 하는 적─를 등장시켜야만 한다. 이것이 〈창세기〉의 뱀, 〈욥기〉의 사탄, 「파우스트」의 메피스토펠레스, 스칸디나비아 신화의 로키, 처녀 신화에서 처녀를 사랑하는 신들의 역할이다.
　　　　　　　　　　　　　　　　　　　　　　　　　　─ A. J. 토인비 《역사의 연구》 中 ─

유하기를 원하며, 그가 그것을 가지고 있음을 자랑으로 여기는 남성의 성기를 어머니에게 보임으로써 그녀를 유혹하려 한다. (중략)

거세 위협의 효과는 셀 수 없이 다양하다. 효과는 남자아이의 아버지와 어머니에 대한 모든 관계, 그리고 후에는 남자와 여자 일반에 대한 관계에 영향을 미친다. 대부분의 경우 어린아이의 남성성은 이 최초의 충격을 견뎌내지 못한다. 그는 자신의 성기를 구제하기 위해 대체로 완전히 어머니의 소유를 포기하며, 종종 그의 성생활은 영원히 이 금지에 의해 방해받는다.

－ S. 프로이트《정신분석학 개요》中 －

남근기의 어린아이는 1) 어머니가 유혹한다고 상상하고 2) 어머니를 욕망하지만, 즉 금단의 과실을 먹지만 3) 아버지의 거세 위협으로 어머니를 포기하고 자신의 성기를 구제한다. 여기서 우리는 그리스 신화의 천지창조 이야기에서처럼《구약성서》의 천지창조 이야기에도 오이디푸스 콤플렉스의 원형이 존재하고 있음을 알 수 있다. 다만 그리스 신화에서는 아들 신이 아버지 신을 **거세하지만**,《구약성서》의 경우에는 아들이 아버지 신에 의해서 **거세(할례)당한다**는 점에서 차이가 있다.

앞서 말한 바와 같이 그리스 신화와《구약성서》에서의 이러한 상징의 차이는 두 민족의 정신구조의 차이를 보여준다. 그 차이는 그리스인은 끊임없이 아버지 신을 낮추고 인간을 높였다면 유대인은 아버지 신을 높이고 인간을 낮추었다는 점이다.[39] 바꿔서 말하면 그리스인은 아버지를 극

---

39) p.178. 유대인은 인간과 신(神)을 확실하게 구분했다. 반면에 그리스인은 끊임없이 인간을 높이고 신(神)을 낮추었다. 그리스인에게 인간은 프로메테우스 같은 존재였고 신(神)은 그저 존경받는 성공한 조상에 불과했다. 대부분의 사람들이 신(神)들로부터 출생했기 때문이다.

－ P. 존슨《유대인의 역사》中 －

복하려고 노력했다면 유대인은 아버지에게 복종하려고 노력했다는 뜻이다. 유럽 문명은 후자의 상징주의를 받아들여 그리스도교를 창시했다. 그리고 니체가 말한 바와 같이, 유럽 민중을 '가장 잘, 그리고 긴 세월을 두고' 훈련시킴으로써 가장 복종적인 인종으로 만들었다. 그 결과 유대인이 아버지 신과의 관계에서 습득한 죄의식은 서구 문명 전체의 '종교와 도덕의 궁극적 원천'이 되었다. 소수 유대 민족의 신인 **야훼**에게 거대한 그리스 로마 제국의 신인 **제우스**가 무릎을 꿇은 것이다.

p.448. 신경증 환자들을 그렇게도 자주 괴롭히는 것은 죄의식인데, 이를 불러일으키는 가장 중요한 원천들 중 하나가 오이디푸스 콤플렉스 속에서 발견된다는 것은 의심의 여지가 없습니다. 그러나 한가지 사실을 더 언급해야겠습니다. 나는 인류의 종교와 도덕의 단초들에 관한 연구의 결과를 1913년에 《토템과 터부》란 제목으로 발표했는데, 여기서 나는 아마도 인류 전체가 종교와 도덕의 궁극적 원천인 죄의식을 역사의 시발점에서 오이디푸스 콤플렉스를 통해 습득하지 않았을까 하는 추정에 도달했습니다.

– S. 프로이트 《정신분석 강의》 中 –

죄의식이 형성되기 위해서는 오이디푸스 콤플렉스 과정을 거쳐야 한다(여기서 죄의식은 죄책감을 의미한다). 오이디푸스 콤플렉스는 어머니를 사이에 두고 아버지와 벌이는 성적 경쟁에서 어린아이의 무의식 속에 형성되는 심리구조이다. 따라서 오이디푸스 콤플렉스가 형성되기 위해서는 아들과 어머니 그리고 아버지라는 **삼각관계**가 전제되어야 한다. 그리스 신화에서 어머니 신(가이아)이 아들 신(크로노스)을 선동해서 아버지 신(우라노스)을 거세하는 장면에서도 삼각관계가 전제되어 있음을 알 수 있다. 그런데 「창세기」에서는 아들 아담과 아버지 하나님은 등장하지만, 어머니 신은 등장하지 않는다. 왜 「창세기」에는 어머니 신의 존재가 없는 것일까?

이브 = 아담의 어머니

아담에게 오이디푸스 콤플렉스가 형성되기 위해서는 어머니 신의 존재가 필수적이지만 「창세기」에는 어머니 신의 존재는 언급되지 않는다. 하나님 아버지는 흙을 빚어서 아담을 창조함으로써 어머니 신의 존재를 없애버렸다. 여기에는 여러 가지 가설이 있을 수 있으므로 먼저 창조신에 대한 일반적인 견해를 검토해 보자.

> p.153. 최초의 신화는 분명 심리학적인 영웅 신화였다. (중략) 그는 집단으로 돌아가서, 자신이 창조한 영웅의 위업을 이야기하기 때문이다. 사실 이 영웅은 시인 자신이다. 따라서 그는 자신을 현실의 수준으로 낮추고, 청중을 상상의 수준으로 끌어올린다. (중략)
> 영웅 신화의 거짓말은 영웅의 신격화에서 절정에 이른다. 어쩌면 신격화된 영웅이 하느님 아버지보다 먼저 존재했을지도 모르고, 신으로서 이 세상에 돌아온 원시적 아버지보다 앞서서 그 복귀를 알리는 전조였을지도 모른다. 따라서 신들을 연대순으로 나열하면 어머니 여신-영웅-하느님 아버지가 될 것이다.
> – S. 프로이트 《문명 속의 불만, 『집단 심리학과 자아 분석』》 中 –

프로이트에 의하면 최초에 어머니 신이 있었고 나중에 아버지 신이 생긴다. 이는 최초의 어머니 신의 자리를 아들 신(영웅)이 차지하기 시작했고 아들 신이 점차 유일신의 권위를 가진 아버지 신으로 승격되었음을 보여준다. 이러한 가설은 그리스 신화에 의해서도 뒷받침된다. 최초의 어머니 신 가이아와 결혼한 아들 신(우라노스)은 아버지 신이 되었지만, 어머니 신(가이아)과 공모한 아들 신 크로노스에 의해 거세되고 이제 크로노스 자신이 아버지 신이 된다. 크로노스는 자신처럼 아들 신이 반역을 일으키지 않을까 우려해서 아들 신을 모두 잡아먹어 버렸지만, 어머니 신(레아)과 공모한 아들 신 제우스에 의해서 제거되고 이제 제우스 자신이 아버지 신이 된다.[40] 제우스도 태어날 아들이 자신의 자리를 빼앗을 것이라는 얘기를 듣고 임신한 아내(매티스)를 잡아먹어 자신의 몸 안에 가둔다. 이렇게 반복되는 이야기는 아버지 신은 언제라도 어머니 신의 선동으로 제거될 수 있다는 것을 보여준다. 많은 창조 신화에서 어머니 신이 '아버지 신에게 패배한 존재이거나 또는 괴물'로 등장하는 이유는 어머니 신이 아버지 신에게 반역을 일으키도록 아들 신을 선동할 수 있는 위험한 존재로 여겨졌기 때문이다.

> p.219. 그런데 사람들이 많은 신들을 믿는 경우에도 세계의 창조주는 언제나 하나라는 사실이 재미있습니다. 또 흥미로운 사실은 여성 신의 존재를 시사하는 부분이 빠지는 법은 없지만 창조주는 거의 항상 남성이라는 것입니다. 또 많은 신화들은 세계의 창조를

---

40) p.57. 거대한 크로노스는 이 모든 자식들이 성스러운 자궁에서 어머니의 무릎으로 나오자마자 하나씩 먹어치웠다. (중략) 크로노스는 가이아와 별이 총총한 우라노스로부터 자신의 힘이 아무리 강해도 결국 한 아들에 손에 — 그것은 위대한 제우스의 계략에 의해 크로노스에게 내려질 형벌이었는데 — 정복당하리라는 얘기를 들었기 때문이다.

　　　　　　　　　　　　　　　　　　　　　　　　- 헤시오도스 《신통기》 中 -

남성 신이 여성 신을 싸워 이기고 그 결과로 여성 신이 괴물이 되는 것으로 시작하는 경우가 많습니다. 여기에서 가장 흥미로운 개별적 문제들이 연관되어 나타나지만, 우리는 서둘러 가야만 합니다. 그 다음 이야기는 우리에게 잘 알려져 있습니다. 즉, 이러한 창조주-신이 곧바로 아버지로 불린다는 것입니다. 정신분석이 내리는 결론은, 그는 실제로 작은 어린아이에게 이전에 나타난 바 있는 어마어마하게 큰 아버지의 모습이라는 것입니다. 종교적인 사람은 세계의 창조를 자기 자신의 생성과 똑같이 상상하는 것입니다.

　　　　　　　　　　　　　− S. 프로이트 《새로운 정신분석 강의》 中 −

　도스토옙스키가 말했듯이 무엇보다도 신은 '숭배의 공통성'을 지니고 있어야 한다. 모든 인간이 품고 있는 공통적인 숭배 대상은 부모에 대한 표상이다. 따라서 모든 신화에는 부모에 대한 표상이 투사된다. 창조 신화에서 창조주가 **'언제나 하나이고 거의 항상 남성'**인 이유는 모든 인간에게는 언제나 한 명의 아버지가 있고 아버지는 어머니와의 싸움에서 승리하는 표상을 지니고 있기 때문이다. 반면 모든 역사 속에서 어머니는 다른 수많은 어머니와 더불어 한 명의 아버지에게 종속된다. 아버지 신을 숭배하는 종교가 **유일신**을 숭배하고 어머니 신을 숭배하는 종교가 **다신교**인 이유는 이러한 **일부다처제**의 표상이 투사되어 있기 때문이다.

　그런데 프로이트는 창조 신화에서 '여성 신의 존재를 시사하는 부분이 빠지는 법은 없다'라고 말한다. 그렇다면 「창세기」에도 여성 신의 존재를 시사하는 부분이 있다고 볼 수 있다. 「창세기」에서 여성 신은 누구일까? 「창세기」에서 이브는 아담을 유혹하여 하나님 아버지의 말씀을 거역하도록 하는 역할을 맡고 있지만, 신화나 역사 속에서 아버지에게 반역을

일으키도록 아들을 부추기는 인물은 사실 어머니밖에 없다.[41]

　　p.163. 이런 상황에서 어떤 개인은 절박한 동경에 사로잡힌 나머지, 자신을 집단에서 해방시켜 스스로 아버지 역할을 떠맡을 마음이 내켰을지도 모른다. 이렇게 한 사람은 최초의 서사 시인이었다. 그리고 진보는 그의 상상 속에서 이루어졌다. 이 시인은 자신의 동경에 따라 진실을 거짓으로 위장했다. 말하자면 영웅 신화를 만들어 낸 것이다. 영웅은 혼자서 아버지─아직도 신화 속에서 토템적 괴물로 등장하는 아버지─를 죽인 사람이었다. 아버지가 아들의 첫 번째 이상이었듯이, 시인은 이제 아버지 자리를 갈망하는 영웅의 형태로 최초의 자아 이상을 창조했다. 영웅으로 변신한 것은 아마 어머니가 가장 사랑하는 막내아들이었을 것이다. 어머니는 아버지의 질투로부터 막내아들을 보호했고, 원시적 군집 시대에는 막내아들이 아버지의 후계자였다. 선사 시대에 대한 시인의 상상 속에서 전투의 전리품이자 살인을 부추기는 존재였던 여자는 아마 적극적인 유혹자이자 범죄의 선동자로 바뀌었을 것이다.

　　─ S. 프로이트《문명 속의 불만,『집단 심리학과 자아 분석』》中 ─

올리버 스톤 감독의 영화《알렉산더》는 어머니가 지닌 **유혹과 선동**의

---

41) p.808. 영웅시대에서 여자가 남자를 좌우하는 힘을 갖고 있었음을 나타내는 사례는, 악의적으로 남자들에게 내란을 일으키도록 부추기는 경우에 한정되는 것만은 아니다. 일생을 두고 경외심을 품어야 할 자식에게 도덕적 지배력을 미친 점에서 불후의 이름을 남긴 알렉산드로스의 어머니 올림피아스나, 무아위아의 어머니인 힌드만큼 역사상에 깊은 흔적을 남긴 여자는 없다. 그러나 확실한 역사적 기록에서 고네릴이나 리건(리어왕의 큰딸과 둘째 딸), 맥베스 부인과 같은 여자를 살펴본다면 얼마든지 그 예를 들 수 있다.

　　　　　　　　　　　　　　　　　　　　　─ A. 토인비《역사의 연구》中 ─

표상을 잘 연출한 작품이다. 영화감독이 알렉산더의 어머니 역으로 앤젤리나 졸리를 선택한 이유도 그녀의 유혹적이고 선동적인 이미지 때문일 것이다. 「창세기」의 아담과 이브의 이야기에서처럼 영화 《알렉산더》에서 유혹과 선동의 상징은 뱀이다.[42] 뱀과 함께 등장하는 알렉산더의 어머니 올림피아스는 어린 알렉산더를 유혹하고 아버지를 살해하라고 선동한다. 알렉산더에게 어머니는 근친상간의 유혹자이자 친부살해의 선동자였다. 알렉산더는 영웅이라기보다는 '**죄의식**에 가득 찬 **겁쟁이**'에 가까웠는데 그 이유는 그의 무의식 속에 **두 가지 죄**를 저지르고 싶은 소망이 있었기 때문일 것이다.[43]

아버지 신의 관점에서 쓰인 「창세기」는 어머니의 존재를 아들을 유혹해서 아버지의 자리를 빼앗도록 선동하는 유혹자이자 선동자로 간주했기 때문에 하나님 아버지는 어머니 신의 존재를 없애버렸다고 추측할 수 있다(어머니가 가장 사랑하는 **막내아들**이 의미하는 바는 별도의 장에서 논의할 예정이며, 참고로 그리스 신화의 크로노스와 제우스는 모두 **막내아들**이다). 프로이트의 이러한 견해는 바빌론 신화에 의해서도 뒷받침된다.

p.219. 창조에 관한 바빌론 신화는 우주를 지배하는 어머니 신(神)-티아마트(Thiamat)-의 존재에서 비롯된다. 그러나 그녀의

---

42) p.1203. 얼마 뒤 필리포스 왕은 잠이 든 왕비 옆에 큰 구렁이 한 마리가 누워 있는 광경을 보았는데, 이때 아내에 대한 애정이 사라져서 그 뒤로는 그녀를 가까이하지 않았다.

- 플루타르코스 《영웅전》 中 -

43) p.1274. 이렇듯 자신감을 잃게 되자 알렉산드로스는 아무 일에나 쉽게 놀라며 사람을 의심했다. 아주 보잘것없는 일이라도 나쁜 징조라 여겨 제물들과 정화 의식들, 점술가와 예언가들로 궁중이 가득했다. (중략) 죄의식으로 가득 찬 그의 가슴 속에는 마치 소용돌이처럼 두려움이 밀려와 그는 어느새 작은 일에도 소스라치게 놀라는 겁쟁이가 되어있었다.

- 플루타르코스 《영웅전》 中 -

지배는 그녀에게 반항하고 그녀를 타도하려는 아들들에 의하여 위협을 받는다. 이 싸움의 지도자로서 그들은 그 어머니의 힘과 대등하게 싸울 인물을 찾아 나섰다. 결국 그들은 마르둑(Marduk)을 선정하는 것에 일치했다. 그러나 최종 결정을 짓기 전에 그들은 그에게 시험을 요구했다. 무슨 시험이었던가? 한 장의 천이 그에게 제공되었다. 그는 '자신의 말의 힘'으로 그 천을 없어지게 하고 다시 말로써 그것을 재현시켜야만 했던 것이다. 이 선택된 지도자는 말로써 그 천을 파괴하고 다시 말로써 그것을 만들어 냈다. 그의 지도자로서의 자격은 확인되었다. 그는 어머니 신을 격파하고 그녀의 몸에서 하늘과 땅을 창조해 낸다.

이 시험은 무슨 의미를 지닌 것일까? 만일 남신(男神)이 여신(女神)의 힘과 싸울 수밖에 없다면, 그는 그녀를 우월자로 만드는 속성—창조의 힘—을 가지지 않으면 안 된다. 시험은 그를 통하여 남자가 전통적으로 자연을 변혁하는 방법인 남성 특질로서의 파괴하는 힘을 가지는 동시에 이 창조하는 힘을 가져야 한다는 것을 입증하기 위한 것이었다. 그는 그 물체를 우선 파괴하고 거기서 다시 창조한 것이다. 그러나 그는 그것을 여성처럼 자궁으로 한 것이 아니라 말로 한 것이다. 자연적 생산성이 사고와 언어의 방법에 의한 주술로 대치된 것이다.

성서의 창조 신화는 바빌론 신화가 끝나는 곳에서 시작된다. 여신의 우월성을 보이는 여러 가지 흔적은 거의 제거되어 있다. 창조는 신의 주술로, 말씀에 의한 창조의 주술로 시작된다. 남성의 창조라는 주제가 되풀이되고 있다. 즉 사실과는 반대로, 남자가 여자에게서 태어난 것이 아니라 여자가 남자로부터 만들어진다.—성서의 신화는 여성을 무찌른 승리의 노래이다.

창조 신화에 대한 여러 견해에 종합했을 때 「창세기」에서 아들 아담을 유혹해서 하나님 아버지의 말씀을 거역하도록 선동할 수 있는 역할은 어머니밖에 없다고 할 수 있으며, 따라서 이브는 **아담의 어머니**라고 가정하지 않을 수 없다. 물론 「창세기」에는 이브가 아담의 아내라고 명시하고 있지만, 어린아이의 보편적 소망이 어머니와 결혼하고 싶다는 것을 고려한다면 아담과 이브의 관계에는 『창세기』를 저술한 서사시인의 어린 시절의 환상이 투사되어 있다고 할 수 있다.[44] 어머니와 결혼하고 싶어 하는 꼬마 한스의 소망은 우리에게 이러한 신화적 통찰을 제공해 준다.

> p.125. 속으로 상상해 낸 그의 아이들과 놀고 있는 한스에게 나는 이렇게 말했다.
>
> 나 : 얘야, 너의 아이들은 아직도 살아 있니? 남자아이는 아이들을 가질 수 없다는 사실을 너는 잘 알고 있을 텐데.
>
> 한스 : 그건 나도 알아. 예전에는 내가 그 아이들의 엄마였는데, 〈이제 나는〉 그 아이들의 〈아빠야〉.
>
> 나 : 그러면 그 아이들의 엄마는 누구니?
>
> 한스 : 그건 엄마야. 그리고 아빠는 그 아이들의 〈할아버지〉고.
>
> 나 : 그러고 보니 너는 아빠처럼 커지고 싶고, 또 엄마와 결혼하고

---

44) p.3. 여호와 하나님이 아담에게서 취하신 그 갈빗대로 여자를 만드시고 그를 아담에게로 이끌어 오시니

아담이 이르되 이는 내 뼈 중의 뼈요 살 중의 살이라 이것을 남자에게서 취하였은즉 여자라 부르리라 하니라

이러므로 남자가 부모를 떠나 그의 아내와 합하여 둘이 한 몸을 이룰지로다
- 《구약성서》「창세기」中 -

싶어하는 거구나. 그러면 엄마가 아이들을 갖겠지.

한스 : 그래, 그렇게 하고 싶어. 그러면 나의 라인츠 할머니(나의 어
　　　머니)는 그 아이들의 할머니가 되는 거야.

　모든 일은 잘 되어 갔다. 꼬마 오이디푸스는 운명에 의해 정해진
것보다 훨씬 행복한 해결책을 찾아냈다. 그는 아버지를 제거하는
대신 자기가 원하는 것과 똑같은 행복을 아버지에게도 허락했다.
즉 그는 아버지를 할아버지라고 부르고, 아버지 역시 자신의 어머
니와 결혼시킨 것이다.

- S. 프로이트 《다섯 살배기 꼬마 한스의 공포증 분석》 中 -

　꼬마 한스는 아버지가 죽기를 바라는 대신 아버지를 더 높은 존재인 할
아버지로 승격시킴으로써 어머니와 결혼할 수 있는 아버지의 지위를 차
지한다. 그리고 아버지도 그의 어머니(한스의 친할머니)와 결혼시켜 줌으
로써 아버지의 어린 시절 소망도 성취할 수 있도록 해 준다.[45] 꼬마 한스
가 이렇게 하는 이유는 다른 사람의 소망도 자신의 소망과 같다고 생각하
기 때문이다. 어린아이의 이러한 상상을 아담과 이브 이야기에 적용해 본
다면 아담은 자신의 아버지를 하나님 아버지로 만듦으로써 어머니 이브
를 아내로 삼을 수 있게 된다. 어린아이의 이러한 환상은 《구약성서》뿐만
아니라 다른 신화, 역사, 문학 등에서 그 줄거리를 바꿔가며 끊임없이 되

---

45) p.162. 가장 일반적인 로맨스에서 그 세부 사항에 대한 연구를 살펴보면, 상류층의
　　신분을 가진 부모나 혹은 그런 아버지를 찾게 된 경우, 이 발견은 아이의 머릿속에서
　　자신의 천한 부모를 지워 버리는 단계에 도달하게 된다. 왜냐하면 아이는 자신의 아
　　버지를 실제로 제거한 것이 아니라 단지 승격시키는 것이기 때문이다. 더 높은 신분
　　으로 친아버지를 대체하려는 이 모든 노력은 아버지가 가장 강하고 위대해 보이는
　　시기, 그리고 어머니가 가장 사랑스럽고 아름다워 보이는 그 행복한 시기를 잃어버린
　　아이가 그리워하는 순수한 간절함의 표현이다.

- O. 랑크 《영웅의 탄생》 中 -

풀이되는 모티프이다.[46] 그리스도와 성모 마리아의 이야기도 아담과 이브 이야기의 변주라고 할 수 있다. 실제로도 로마 가톨릭은 그리스도를 제2의 아담으로 그의 어머니인 성모 마리아를 제2의 이브라고 부르고 있다.[47]

뱀 = 남근(男根)

아담과 이브 이야기에서 어머니 이브와 결혼하고 싶어 하는 아담의 욕망은 어머니 이브를 유혹하는 뱀으로 상징화되어 있다. 프로이트의 시대와 달리 이제는 뱀이 남근이나 남성의 성욕을 상징한다는 것은 상식이 되었다.

> p.213. 남성의 성기를 상징하는 것들 중에 잘 이해되지 않는 것들로서는 도마뱀과 물고기, 그리고 무엇보다도 유명한 상징인 뱀이 있습니다.
> — S. 프로이트 《정신분석 강의》 中 —

---

46) p.90. 또 같은 줄거리인데 바꾸어 만든 것으로, 여러 곳에서 끊임없이 되풀이되어 나타나는 사건이 있다면 바로 '원시 시대로부터 계속 되풀이되는 이미지'라고도 할 수 있는 동정녀 마리아와 그 아이(예수)와 아버지(하느님)와의 만남을 줄거리로 한 신화이다. 이 신화의 주요 인물은 셀 수 없이 되풀이되며 다른 무대 위에서, 계속해서 그 이름을 바꿔가며 주어진 역할을 해 왔다. 다나에와 황금 소나기, 유로파와 수소, 벼락을 맞은 대지의 세멜레와 벼락을 던지는 하늘의 제우스, 에우리피데스의 비극 〈이온〉의 크레우사와 아폴론, 프시케와 에로스, 그레트헨과 파우스트 등이 이 예이다.
    — A. J. 토인비 《역사의 연구》 中 —

47) 바티칸 뉴스(2019.8.15.)에 따르면 교황은 "그리스도가 제2의 아담이고 성모 마리아가 제2의 이브"라고 공표했다.
    … Seeing that "in paradise, together with Christ, the New Adam, there is also her, Mary, the new Eve, gives us comfort and hope in our pilgrimage down her."…

전설이나 신화에서 뱀이 여성을 유혹하는 경우에는 그 뱀은 **자신의 남근** 또는 성욕을 상징하지만 뱀과 싸우면 그 뱀은 **아버지의 남근** 또는 **거세 위협**을 상징한다. 영웅들이 칼이나 활과 같은 무기로 커다란 뱀이나 불을 뿜는 용과 같은 괴물을 물리치고 아름다운 여자와 결혼하는 무용담에는 아버지에게 승리해서 어머니에 대한 욕망을 성취하고자 하는 어린아이의 환상이 투사되어 있다. 이때 칼이나 활은 자신의 남근을, 커다란 뱀이나 용은 아버지의 거세 위협을, 아름다운 여성은 어머니를 상징한다.[48] 전설이나 신화 등에 등장한 이러한 상징들이 커다란 뱀이나 불을 뿜는 용처럼 **아주 과장되게** 묘사되는 이유는 아버지에 대한 두려움의 크기가 그 대상에 투사되어 있기 때문이다. 이렇게 전설이나 신화 속에 등장하는 상징 대부분은 '**성적 기관**'이나 '**성적 행위**'와 관련되어 있다.

p.26. 꿈 언어의 또 다른 놀라운 특징은 그것이 극도로 빈번하게 상징을 사용한다는 점이다. 이것은 우리가 꿈꾸는 사람 개개인의 연상과는 무관하게 꿈의 내용을 어느 정도 번역할 수 있게 해 준다. 우리의 연구는 이러한 상징들의 본질적인 성격을 아직 충분히 밝혀내지 못했다. 그것들은 부분적으로는 명백한 유사한 것들에 근거를 둔 대체물이고 유추이다. 그러나 몇몇 이러한 상징들에서 추측건대 현존하는 공통항은 우리의 의식적인 지식을 벗어난다. 특히 이러한

---

48) p.313. 놀이에서 남아는 갖가지 변형된 형태로 어머니의 몸속에서 아버지와 싸우고 어머니와 성교하는 장면을 반복해서 연기한다. 전쟁놀이에서 아이들이 적들로부터 스스로를 방어하는 기술과 수완, 용맹함은 거세하는 아버지에 대항해 자신이 잘 싸우고 있다는 것을 확신할 수 있게 해 주는데, 이는 아버지에 대한 두려움을 경감시킨다. 이러한 방법으로, 그리고 다양한 방식으로 어머니와 성교하는 자신을 표상하고 그 가운데서 자신의 기량을 선보임으로써 남아는 자기에게 음경과 성적 능력이 있음을 증명하려고 한다.

- M. 클라인《아동 정신분석》中 -

후자의 부류는 아마도 언어적인 발달과 개념적인 구성의 최초의 국면에서 유래했음에 틀림없을 것이다. 꿈에서 직접적으로 표현되는 대신에 상징적으로 표현되는 것은 무엇보다도 성적인 기관과 성적인 행동이다.

　　　　　　　　　－ S. 프로이트 《정신분석학 개요, 『과학과 정신분석학』》中 －

　프로이트의 이러한 견해에 대해서 꼬마 한스의 짐말이나 라스콜리니코프의 나폴레옹이 성적 상징인가에 대한 의문이 제기될 수 있다. 먼저 꼬마 한스의 무의식이 짐말을 아버지의 상징으로 선택한 이유는 짐말의 **'크고 뚱뚱한'** 성기가 아버지의 **'크고 뚱뚱한'** 남근을 표상했기 때문이다. 또 라스콜리니코프의 무의식이 나폴레옹을 자신의 상징으로 지정한 이유는 나폴레옹이 **모든 여자와 성적 관계를 가질 수 있는 권력**을 가지고 있었기 때문이었다.[49] 자신에게는 '모든 것이 허용된다'라는 라스콜리니코프의 신념에는 자신에게는 **모든 여자**가 허용된다는 무의식적 소망이 투사되어 있다고 할 수 있다.

선악과(善惡果) = 원죄(原罪) = 오이디푸스 콤플렉스

　우리는 이브를 아담의 어머니라고 가정했지만, 이브를 아담의 어머니로 추정할 수 있게 해 주는 확실한 상징은 **선악과**이다. 빨간 사과로 상징

---

49) p.349. 황후가 불러모은 궁정 부인들이 연회장 입구에 몰려서서 그가 다가오는 모습을 바라보고 있었다. 그가 하룻밤을 보내기 위해 그녀들 중 하나를 지목한다면 누가 거절하겠는가? 어제 저녁, 그는 자신을 '매정하게 거절할 여인'은 단 한 명도 없을 것이라며 조제핀을 자극했다.

　　　　　　　　　　　　　　　　　　　－ M. 갈로 《나폴레옹 3》中 －

되는 선악과는 형상적으로는 어머니의 젖가슴을 표상한다. 따라서 사과나무가 있는 에덴동산은 **어머니의 품**을 상징한다고 볼 수 있다.

> p.345. 사과나무와 사과가 무엇을 의미하는지는 새삼 설명할 필요가 없다. 꿈꾼 사람을 사로잡은 여배우의 매력 중에서 단연 으뜸은 아름다운 가슴이었다.
>
> — S. 프로이트 《꿈의 해석》 中 —

선악과는 **금단의 과실** 또는 **지식의 과실**로 불린다. 선악과가 금단의 과실이라고 불리는 이유는 아담과 이브가 성적 관계가 금지되어 있기 때문이다. 그런데 하나님 아버지는 남자와 여자를 창조할 때 그들이 생육하고 번성하도록 성적 관계를 보장했다.[50] 만약 아담과 이브가 《성서》에 명시된 것처럼 실제로 부부관계라면 선악과가 금단의 과실이라고 불릴 이유가 없다. 쇼펜하우어와 같은 천재조차 이러한 모순을 간파하지 못하고 아담의 원죄(타락)를 '**성욕의 만족**'이라고 확신하고 있다.

> p.386. 그렇게 자신의 육체를 뛰어넘어 의지를 긍정하고, 새로운 육체를 나타내는 동시에, 삶의 현상에 속하는 고뇌와 죽음도 긍정한다. 또 완전한 인식능력을 통해 초래된 해탈의 가능성은 이 경우에는 무익한 것으로 설명된다. 생식 작용에 대한 수치심의 깊은 근

---

50) p.2. 하나님이 자기 형상 곧 하나님의 형상대로 사람을 창조하시되 남자와 여자를 창조하시고

    하나님이 그들에게 복을 주시며 하나님이 그들에게 이르시되 생육하고 번성하여 땅에 충만하라, 땅을 정복하라, 바다의 물고기와 하늘의 새와 땅에 움직이는 모든 생물을 다스리라 하시니라

    — 《구약성서》「창세기」中 —

거는 여기에 있다. 이 견해는 그리스도교 교리에서는 신비적으로 설명되어 있는데, 그것은 우리가 모두 아담의 타락(이것은 확실히 성욕의 만족에 지나지 않는다)에 관련되어 있고, 그로 말미암아 고뇌와 죽음의 죄를 짊어지고 있다는 것이다.

— A. 쇼펜하우어 《의지와 표상으로서의 세계》中 —

만약 아담의 원죄가 성욕의 만족이라고 한다면 인간과 마찬가지로 모든 생명체는 원죄로 인한 고뇌와 죽음의 죄를 짊어지고 있어야 한다. 하지만 인간을 제외하고는 모든 생명체는 성욕의 만족으로 인하여 고뇌하지 않는다. 오히려 하나님의 뜻에 따라 성욕의 만족을 통해서 생육하고 번식한다. 따라서 아담과 이브는 성적 관계가 금지된 근친 관계라고 단정 지을 수밖에 없다.

그렇다면 인간의 죄의식의 깊은 근거가 아담의 어머니 이브에 대한 성적 욕망에 기인한 것일까? 「창세기」는 그렇지 않다고 말한다. 「창세기」는 아담과 어머니 이브가 근친상간적 관계라고 해서 그것을 원죄라고 보지 않는다. 고대에는 근친상간은 신들에게는 쉽게 용인된 행위였고 지배자의 특권이었기 때문이다.

p.453. 오늘날 아직도 남아 있는 원시인들, 즉 미개한 종족들의 경우, 근친상간은 우리들보다 더 엄격하게 금지됩니다. 그리고 최근에 라이크(Th. Reik)는 한 탁월한 연구를 통해서, 환생을 뜻하는 미개인들의 성인식이 사내아이의 어머니에 대한 근친상간적 집착을 끊고, 아버지와 화해한다는 의미가 있음을 밝혔습니다. 신화가 우리에게 가르쳐 주는 것은, 근친상간이 사람들에 의해서 겉으로는 그렇게도 심하게 매도당하지만, 신들에게는 별다른 생각 없이 용인된

다는 사실입니다. 자기 누이와 근친상간적인 결혼을 하는 것은 지배자가 지켜야 할 성스러운 행위의 지침이었으며, 고대의 역사는 (고대 이집트의 파라오들이나 페루의 잉카 제국 등의 경우) 이런 사실들을 우리에게 알려줍니다. 결국 그것은 비천한 일반인들에게는 허용되지 않는 지배자의 특권이었습니다.

- S. 프로이트 《정신분석 강의》中 -

그리스 신화에서 어머니 신인 가이아와 아들 신인 우라노스의 근친상간과 《영웅전》에서의 카이사르의 어머니와의 근친상간의 꿈 등을 비롯해 전설과 신화 속에는 수많은 근친상간이 등장한다. 오이디푸스의 어머니이자 아내인 이오카스테도 많은 사람이 꿈속에서 어머니와 동침한다고 말하며 죄의식을 가질 필요가 없다고 말한다.[51] 신이나 지배자가 근친상간을 별다른 생각 없이 용인하는 이유는 신이나 지배자는 최고의 권력자이므로 더는 아버지의 거세 위협을 두려워할 필요가 없어졌기 때문이다.

그렇다면 아담이 지은 원죄는 무엇일까? 하나의 상징이 **두 가지** 의미를 지닌 이유는 원죄가 한 가지 죄가 아니라 두 가지 죄의 결합이기 때문이다. 선악과가 **지식의 과실**이라고 불리는 이유가 여기에 있다. 원죄의 하나가 어머니에 대한 욕망을 가진 죄라면 또 다른 하나는 지식에 대한 욕망을 가진 죄이다. 그 죄는 지식의 과실을 먹고 '하나님 **아버지와 같이 되는 것**' 즉 아버지의 지위를 '**빼앗고**' 아버지를 '**정복하는**' 것이다.[52]

---

51) p.60. "운명은 절대적인 것이어서, 인간은 앞일에 대해서 하나도 분명히 알지 못하거늘 이런 인간이 걱정해서 무엇하겠어요? 그저 되는 대로 살아가는 게 상책이랍니다. 그러니 어머니와의 결혼도 무서워하지 마세요. 옛날부터 꿈속에서 어머니와 동침했다는 사람은 많았습니다. 그러나 이런 일에 전혀 괘념하지 않는 사람이 가장 마음 편하게 살아왔습니다."

- 소포클레스 《오이디푸스 왕》中 -

52) p4. 여호와 하나님이 이르시되 보라 이 사람이 선악을 아는 일에 우리 중 하나 같이

p.313. 소위 인식에 대한 갈망의 기원을 따지고 들면 **빼앗고 정복하려는 욕망**에까지 닿는다. 이 욕망에 따라 감각과 기억, 본능 등이 발달했기 때문이다.

- F. 니체 《권력 의지(부글)》 中 -

펜은 칼보다 날카롭다는 격언처럼 지식은 다른 사람이 가진 것을 **빼앗고** 그 사람을 **정복하려는** 속성이 있다. 알렉산더, 카이사르, 나폴레옹 등이 대지를 빼앗고 세계를 정복하려는 이유도 그들의 지적 욕망이 강했기 때문이었다. 오이디푸스가 아버지를 살해한 이유도 스핑크스의 수수께끼를 풀 수 있었던 지혜 때문이었다. 니체는 이러한 지식을 '**디오니소스적인 지혜**'라고 하는데 디오니소스적 지혜는 아버지에게서 어머니를 **빼앗고** 아버지를 **정복하고자** 하는 자연의 영원한 법칙을 거스르는 범죄라고 할 수 있다.

p.60. 즉, 자연의-이중적 성질을 지닌 스핑크스의 수수께끼를 푸는 동일한 인물이 또한 아비의 살해자이며 어머니의 남편으로서 가장 신성한 자연의 질서를 깨뜨리지 않을 수 없었던 것이다. 그렇다, 이 신화는 우리에게, 지혜라는 것, 바로 디오니소스적인 지혜야말로 자연을 거스르는 만행이며, 그 지식으로 자연을 파멸의 늪으로 밀어 넣는 사람은 자신 역시 자연의 해체를 경험해야 한다고 속삭이는 듯하다. "지혜의 칼끝은 현자에게 향한다. 지혜는 자연에 대한 범죄이다."

- F. 니체 《비극의 탄생(동서)》 中 -

되었으니 (생략)

- 《구약성서》 「창세기」 中 -

앞서 논증한 바 있듯이 성적 욕망과 지적 욕망은 똑같은 욕망이다. 남근을 상징하는 뱀이 **'가장 간교한'** 이유도 성적 욕망에서 지적 욕망이 태어나기 때문이다.[53] 이렇게 태어난 지적 욕망은 다른 사람에게서 어머니 표상을 지닌 대상, 즉 재산과 여자를 빼앗고 정복하기 위한 **가장 간교한** 계획을 세우는 데에도 사용된다. 유대인이 절대로 허용하지 않는 세 가지 행위 중에 두 가지가 **근친상간과 살인**이라는 사실도 원죄의 밑바탕에는 **근친상간과 살인**이 있음을 보여준다.[54] 바로 근친상간의 대상이 어머니이고 살인의 대상이 아버지이기 때문이다(유대인이 왜 그토록 우상 숭배를 금기시하는지는 추가로 고찰할 예정이다). 결론적으로 「창세기」에서 선악과를 먹는다는 것은 **'두 개의 큰 죄'**를 짓는 행위를 상징하며 그 두 개의 큰 죄는 오이디푸스 콤플렉스 형성과정에서 어린아이의 **두 개의 큰 소망**과 같다는 사실을 알 수 있다. 하나는 어머니와 결혼하고 싶은 **근친상간적 소망**이고 또 다른 하나는 아버지가 없어졌으면 하는 **친부살해의 소망**이다.

> p.381. 정신분석 작업이 끝나고 나면 이 기원을 알 수 없는 죄의식이 오이디푸스 콤플렉스에서 온다는 사실을 매번 확인할 수 있다. 다시 말해 죄보다 먼저 존재하는 죄의식은 아버지를 살해하고 어머니와 성적 관계를 갖는다는 두 개의 큰 죄에 대한 반응이다. (중략)
>
> 여기 우리는 친부살해와 어머니와의 근친상간이 인간의 두 가지

---

53) p.3. 그런데 뱀은 여호와 하나님이 지으신 들짐승 중에 가장 간교하니라 (생략)

　　　　　　　　　　　　　　　　　　　　 -《구약성서》「창세기」中 -

54) p.265. 하드리아누스 황제가 박해를 일삼던 시대에 룻다에 살던 현자들은 목숨을 부지하기 위해서라면 계명을 조금 어겨도 상관없다고 판단했다. 그래도 절대로 허용하지 않는 행위가 세 가지 있었으니, 바로 우상 숭배, 간음 및 근친상간, 살인이다.

　　　　　　　　　　　　　　　　　　 - P. 존슨《유대인의 역사》中 -

대죄(大罪)라는 것과 원시 사회에서도 그대로 비난의 대상으로 저주되었던 유일한 죄라는 것을 상기해야 할 것이다.

    – S. 프로이트《예술, 문학, 정신분석,『정신분석에 의해서 드러난 몇 가지 인물 유형』》中 –

이로써 「창세기」의 선악과 이야기는 어린아이가 성장하는 과정에서 습득하게 되는 오이디푸스 콤플렉스에 대한 설명임을 알 수 있다. 즉 「창세기」의 **원죄**는 정신분석학에서의 **오이디푸스 콤플렉스**라고 할 수 있다. 어린아이는 어머니와 금단의 관계를 맺게 되면서 지능이 발달하게 되고[55] 이렇게 지식의 과실을 먹은 어린아이는 아버지의 자리를 빼앗고 자신이 아버지가 되고 싶어 한다. 꼬마 한스의 오이디푸스 콤플렉스 형성과정을 보면 **선악과를 먹는다**는 의미가 어떤 의미인지를 알 수 있다.

    p.118. 한스 : 나는 그렇게 생각해……. 아빠, 아빠는 입 가장자리
              에 시커먼 것을 한 말을 자주 보았지?

나 : 그래, 그문덴 도로에서 가끔 보았지.

나 : 그문덴에 있을 때 너 자주 엄마와 함께 잤지?

한스 : 응.

나 : 그러면 너는 네 스스로가 아빠라는 생각을 해보았니?

한스 : 그래.

나 : 그러면 너 아빠가 무섭지 않았나?

---

55) p.62. (어머니가) 안아주는 단계 동안 다른 과정들이 시작된다. 가장 중요한 것은 지능의 시작이며, 정신(psyche)과 구별되는 것으로서의 생각(mind)이 시작된다는 것이다. 이것에서부터 이차과정, 상징기능, 그리고 꿈이 형성되어 나오며, 살아 있는 관계의 기초를 형성하는 개인적인 심리 내용과 관련된 모든 것들이 뒤따라 나온다.
        – D. 위니캇《성숙과정과 촉진적 환경》中 –

한스 : 〈아빠는 모든 것을 다 알아. 하지만 나는 아무것도 아는 게
　　　없었어.〉

나 : 프리츨이 넘어졌을 때 너는 〈아빠도 저렇게 넘어졌으면〉하고
　　생각했어. 그리고 양이 너를 들이받았을 때 〈양이 아빠를 들
　　이받았으면〉하고 생각했어. 그문덴에서 보았던 장례식 기억
　　하니?

　(그것은 한스가 본 첫 번째 장례식이었다. 가끔 그는 그것을 회상
하곤 했다. 그것은 물론 의심할 여지 없이 은폐 기억이다.)

한스 : 응, 그런데?

나 : 너는 〈아빠가 죽으면 내가 아빠가 될 텐데〉라고 생각했어.

한스 : 맞아.

　　　　　　　– S. 프로이트《다섯 살배기 꼬마 한스의 공포증 분석》中 –

　꼬마 한스는 어머니를 욕망하게 되지만 어머니를 차지하기에는 자신
은 **'아무것도 아는 것이 없고'** 아버지는 **'모든 것을 다 아는'** 존재이다. 인
간의 정신구조 속에서 초자아가 자아보다 높은 위치를 차지하는 이유는
이렇게 초자아에는 위대한 아버지가 지닌 표상, 즉 **전능성**과 더불어 모든
것을 다 아는 아버지의 표상, 즉 **전지성**이라는 아버지의 이상화된 표상
(원상)이 부여되어 있기 때문이다.[56] 꼬마 한스는 아버지와 경쟁하기 위
해서는 성(性)에 대한 지식을 알아야만 한다는 것을 알게 되고 이러한 성

---

56) p.53. 리비도가 집중된 대상으로서 부모 원상을 내재화하는 것은 부모 원상을 초자
　　아의 내용과 기능으로 변환시킨다; 자기애적인 측면의 내재화는 초자아의 이러한 내
　　용과 기능이 어째서 자아보다 높은 위치에 있는지를 설명해 준다. (중략) 그리고 초자
　　아의 전체구조가 지닌 전지성과 전능성 또한 부분적으로 자기애적인 것으로서, 이상
　　화 리비도가 초자아에게 투자된다는 사실에서 기인한다.
　　　　　　　　　　　　　　　　　　　　　　– H. 코헛《자기의 분석》中 –

적 호기심은 지적 호기심으로 발달한다. 사춘기의 소년들이 자신이 가진 성적 지식을 '멋지고 사내다운' 것으로 생각해서 한 번 흉내 내 보고 싶은 이유는 성(性)에 대해서 모든 것을 다 아는 '멋지고 사내다운' 아버지를 한번 흉내 내 보고 싶은 충동 때문이다.

p.35. 불행하게도 이 '어떤' 종류의 말이나 이야기라는 것은 어느 학교에서도 근절시킬 수 없는 성질의 것이다. 마음도 정신도 순결하고 아직도 어린애의 티를 벗어나지 못한 소년들이, 군인조차 때로는 입밖에 내기를 꺼리는 일이나 장면이나 모양 등을 교실 안에서 저희들끼리 그것도 큰 소리로 지껄이기를 좋아한다. (중략) 하긴 이런 소년들의 경우 도덕적 타락이라든지 진정한 의미의 타당한 내적(內的)인 파렴치 같은 것은 아마 없을 것이다. 그저 외면적인 것이 있을 뿐이다. 그러나 흔히 그들 사이에서는 바로 이것이 멋지고 미묘하고 사내다운 것이라 생각되어서 그들은 한번 흉내 내 보고 싶은 충동을 느낀다.

– 도스토옙스키 《카라마조프의 형제》 상 中 –

꼬마 한스처럼 아담도 자신 속에서 어머니 이브를 유혹하고 싶은 꿈틀거리는 한 마리의 뱀을 발견하게 된다. 하지만 하나님 아버지와 경쟁하기 위해서는 지식을 과일을 먹어야 한다. 지식의 과일은 아담에게 **아버지에게 거스르는 범죄**를 저지르게 함으로써 인류의 비극이 시작된다. 지식의 과일을 먹는 것이 죄인 이유는 모든 생명체는 아버지(우두머리)에게 **복종하도록** 태어나지만, 자신을 '지식을 가진 사람(호모 사피엔스)'이라고 부르는 인간은 아버지에게 **반역하도록** 태어나기 때문이다. 도스토옙스키가 인간을 '한 푼의 값어치도 없는 반역자'라고 묘사했듯이 하나님 아버지는 **반역자**로 태어난 최초의 인간을 위협해서 **한 푼의 값어치도 없는** 존재로 만들어야만 했다. 하지만 인간의 반역적 속성은 제거된 것이 아니라 가려졌을 뿐이기 때문에 그 반역적 속성은 무의식적으로 발현된다. 일례로 유대인인 스티브 잡스가 창립한 애플사의 로고인 **한입 베어먹은 사과**는 **지식의 과일**을 먹고 하나님과 같은 존재가 되겠다는 스티브 잡스의 반역성이 투사되어 있다고 할 수 있다.

한 가지 지적할 점은 오이디푸스 콤플렉스 개념에는 선악과 개념과 달리 지식이라는 요소가 빠져 있다. 물론 프로이트도 성적 욕망과 지적 욕망은 아주 밀접한 관계가 있다는 사실을 밝혀냈지만, 어머니에 대한 욕망과 아버지 살해 사이에는 지식이라는 핵심적인 연결고리가 있다는 것은 통찰하지 못했다. 도스토옙스키가 어머니 신을 구하는 마음이 철학자의 미적 원동력이자 동시에 윤리적 원동력이라고 한 이유도 **미와 윤리에 대한 모든 지식**이 어머니에 대한 욕망에서 비롯하기 때문이다. 인간은 어머니를 아내로 삼고자 온갖 선악의 지식을 욕망하게 되었고 그 결과 **아버지의 적**이 됨으로써 영원히 낙원에서 추방되었다.

p.506. 요컨대 그리스도교에서는 '여자로부터 세상 온갖 악이 나온다'고 보기 때문에 '지식 역시 여자로부터 나온다'고 생각한다. 그들에게 지식은 악(惡)이기 때문이다.

'여자'가 만들어짐으로써 인간은 비로서 '인식의 나무 열매'를 맛보는 법을 배웠다. 그런데 이는 신의 계산 착오였다. 자신의 적을 만들어 냈으니 말이다. 인간이 지식을 갖게 되면 사제도 신도 끝장이다. 그래서 그리스도교는 지식을 금했던 것이다. 《성서》에 '인식해서는 안 된다'라는 말이 있을 정도로, 지식은 그들에게 최초의 죄이며 모든 죄의 씨앗이며 원죄(原罪)였던 것이다.

'지식으로부터 어떻게 몸을 보호해야 하느냐'가 오래도록 신을 골치 아프게 했다. 그러다가 마침내 신은 이 문제에 대한 답을 찾아냈다. 인간을 낙원에서 추방해 버린 것이다.

– F. 니체 《반그리스도교(동서)》 中 –

그런데 지식의 과일을 먹게 되면 인간이 어떻게 하나님과 같은 존재가 되는 것일까? 물론 《구약성서》가 쓰인 수천 년 전과 비교하면 이미 인간은 신의 자리에 올랐다고 할 수 있다. 인간이 지식을 습득함으로써 신이 될 수 있는 이유는 인간 본성의 모순성 때문이다. 인간의 정신 속에는 두 가지 **서로 대립하는 관념**이 동시에 존재한다는 뜻이다. 예를 들어 동물에게는 사디즘적 성향만 있지만, 인간은 사디즘적 성향과 마조히즘적 성향을 동시에 지니고 있다. 또 동물은 성적 욕망에 대해서 죄책감을 느끼지 않지만, 인간은 성적 욕망에 대해서 죄책감을 느낀다. 이렇게 인간의 정신 속에만 서로 모순된 **선과 악의 관념**이 공존하고 있다.

그러나 인간 본성의 모순성은 인간에게 '**지식을 습득할 수 있는 위대한 방법**'도 가져다주었다. 그것은 컴퓨터가 0과 1이라는 두 개의 숫자로 모든 지식을 저장하고 처리할 수 있듯이 인간도 '**선(찬성)과 악(반대)**'이라는 두 개의 요소만으로 모든 지식을 습득하고 처리할 수 있게 되었다는 것이다. 야훼 하나님이 말한 바와 같이 '**인간은 선악을 아는 일에 하나님과 같은**' 존재가 된 것이다.

p.202. …, 똑같은 사람에게 모순되는 여러 개의 가치 평가가 존재할 수 있으며, 따라서 일단의 모순적이 충동이 있을 수 있다 이것은 인간의 내면에 생긴 질병의 표현이며, 동물의 건강과 정반대이다. 동물의 경우에는 모든 본능이 명확한 목적에 대답하고 있기 때

문이다.

　그러나 모순으로 가득한 인간이라는 생명체는 그 본질 안에 지식을 습득하는 위대한 방법을 갖고 있다. 인간은 찬성과 반대를 느끼며, 자신을 재판관으로, 말하자면 사물의 선(善)과 악(惡)이라는 가치판단 그 너머의 이해력을 가진 존재로 끌어 올린다.

　　　　　　　　　　　　　　　　　－ F. 니체《권력 의지(부글)》中 －

하나님 아버지 = 초자아

　선악과 이야기는 정신분석학적으로 매우 가치가 높다. 그 이유는 어떻게 인간의 정신구조 속에 오이디푸스 콤플렉스가 형성되어 가는지를 탁월하게 묘사하고 있기 때문이다. 오이디푸스 콤플렉스가 형성되는 과정은 마치 동화처럼 펼쳐진다. 아담과 이브는 막 창조되었을 때는 1) 벌거벗었으나 부끄러워하지 않았다.[57] 그런데 선악과를 먹은 후 2) 눈이 밝아져 자신들이 벗은 줄을 알고 3) 무화과나무잎으로 자신의 성기를 가린다.[58] 아담의 **'눈이 밝아졌다'**라는 의미는 어머니에게 쾌락을 느끼는 것이 **죄**라는 것을 아담이 **의식**하게 되었다는 뜻이다.[59] 이러한 **죄의식**으로 인

---

57) p.3. 아담과 그의 아내 두 사람이 벌거벗었으나 부끄러워하지 아니하니라

　　　　　　　　　　　　　　　　　　－《구약성서》「창세기」中 －

58) p.3. 여자가 그 나무를 본즉 먹음직도 하고 보암직도 하고 지혜롭게 할 만큼 탐스럽기도 한 나무인지라 여자가 그 열매를 따먹고 자기와 함께 있는 남편에게도 주매 그도 먹은지라

　　이에 그들의 눈이 밝아져 자기들이 벗은 줄을 알고 무화과나무잎을 엮어 치마로 삼았더라

　　　　　　　　　　　　　　　　　　－《구약성서》「창세기」中 －

59) p.173. 우리는 우리 자신이 나쁜 짓을 하길 원하며 그것으로 쾌락을 느낀다는 사실을 알 때에만 죄의식을 느낀다.

해서 아담은 무화과나무잎으로 자신의 성기를 가린다. 이러한 묘사는 정신분석학적 논쟁을 일으킬 수 있다. 그 이유는 아버지의 거세 위협이 없는 상황에서 아담이 자신의 성기를 보호하는 행위를 하고 있기 때문이다.

　프로이트는 거세 위협으로 죄의식이 형성된다고 말하지만, 그의 딸인 A. 프로이트는 성적 본능을 거부하는 어떤 기질이 인간 본성 안에 보편적으로 존재할 수 있다고 말한다.[60] 후자의 의견을 수용한다면 인간의 본성에는 진화과정에서 형성된 성적 욕망을 **거부하는** 죄의식과 외부 영향으로 성적 욕망을 **억압하는** 죄의식—이것이 **죄책감**이다—이 따로 존재한다고 말할 수 있다. 후자의 죄책감은 오랫동안 부모의 보호를 받는 인간에게만 형성된다. 반면 아담이 선악과를 먹은 후 무화과나무잎으로 자신의 남근을 가린 행동은 전자의 **본능적 죄의식**에서 기인했다고 할 수 있다. 이러한 본능적 죄의식이 유아기의 양심과 아동기의 죄책감의 원천이라고 할 수 있다.

　p.122. 양심이란, 우리 내부에서 작동되는, 특정한 원망을 거부하는 내면적 지각이다. 그러나 중요한 것은, 이 거부가 다른 어떤 것에 근거하는 것이 아니라, 〈그 자체에 대한 확신〉에 근거하고 있다는 점이다. 이것은 죄의식을 보면 명확해진다. 죄의식이란, 특정한 소망을 이루기 위해 우리가 수행한 행위에 대한 내적 유죄 판단의 소산이다. 이 유죄 판단은 논증을 필요로 하지 않는다. 양심이 있는 사

- B. 핑크 《라캉과 정신의학》中 -

---

60) p.201. 오래전, 신경증에 대한 분석적 연구를 통해 우리는 특정 본능, 특히 성적 본능을 거부하는 어떤 기질이 인간 본성 안에 보편적으로—개인의 경험과 무관하게—존재할지도 모른다는 생각을 하게 되었다. 이러한 기질은 계통 발생적으로 유전되는 것으로 보이며, 많은 세대 동안 수많은 개인이 계속해 온 억압 행위를 통해 축적된 일종의 퇴적물이다.

- A. 프로이트 《자아와 방어기제》中 -

람은 마땅히 이 내적 유죄 판단을 정당한 것으로 느끼고, 특정한 소망을 성취시키기 위해 했던 행동을 자책한다. 그런데 터부에 대한 미개인들의 태도가 바로 이런 특징을 보여준다. 미개인들에게 터부의 금제는 양심이 발동한 명령이다. 금제의 위반은 무서운 죄의식을 유발하고, 미개인들은 그 기원을 모르면서도 그것을 당연한 일로 여긴다.

- S. 프로이트 《종교의 기원, 『토템과 터부』》中 -

유아기에 형성되는 양심은 그 자신 스스로가 가지는 내적 확신에 기반을 둔 내면적 지각이지만 아동기에 형성되는 죄책감은 외적 행위에 대한 제삼자의 비난을 전제로 한다. 이러한 차이가 발생하는 이유는 양심은 어머니의 모성애를 **내면화**함으로써 **본성의 일부**가 되지만, 죄책감은 아버지의 거세 위협을 동일시함으로써 **성격의 일부**이기 때문이다. 이러한 차이로 인해서 어머니 신을 숭배하는 종교와 아버지 신을 숭배하는 종교에 따라서 죄에 대한 인식 차이도 다르다. 어머니 신을 숭배하는 로마 가톨릭의 신자는 **이기적인 감정 자체**에 죄의식을 느낀다면 아버지 신을 숭배하는 프로테스탄티즘은 자신의 이기적인 감정을 **행동으로 옮겼을 때** 죄책감을 느낀다.[61]

L. 포이어바흐의 개념을 빌리면, 양심은 무의식적으로 선(善)을 자신의 본성으로 인식하고 그 본성이 자신의 성격(인격)과 모순될 때 죄로서 감지하는 능력이다(여기서 의미하는 선은 선악 관념의 선이 아니라 모성애

---

61) p.219. 또한 Lovinger(1984)의 『치료에서 종교 문제를 다루기(Working with Religious Issues in Therapy)』 덕분에 자신의 어쩔 수 없는 이기적 감정을 행동으로 옮기는 것에 대한 개신교 신자들의 죄책감과 이기적 감정을 갖는 것 자체에 대한 가톨릭 신자들의 죄책감의 차이가 무엇을 의미하는지에 대해 이해가 훨씬 더 쉬워졌다.
- N. 맥윌리엄스 《정신분석적 사례이해》中 -

적 선량함을 뜻한다).[62] 예를 들어 《죄와 벌》에서 라스콜리니코프가 양심(본성)과 과대 자아(성격)가 서로 대립할 때 그 모순을 죄로 느끼는 것과 같은 것이다. 따라서 인간의 본능적 죄의식은 양심을 거쳐 죄책감으로 변천되어 간다고 할 수 있다. 아담과 이브 이야기는 본능적 죄의식이 어떻게 하나님 아버지의 거세 위협에 의해서 죄책감으로 변화되어 가는지를 생생하게 묘사하고 있다.

아담은 선악과를 먹은 후 1) 하나님 아버지의 소리를 듣고 2) 하나님 아버지의 낯을 피하여 에덴동산 나무 사이에 숨는다. 3) 하나님 아버지가 어디 있느냐고 묻자(꾸짖자) 4) 아담은 하나님 아버지의 **소리를 듣고 내가 벗었으므로 두려워하여** 숨었다고 말한다.[63] 아담의 답변은 아담이 자신의 행위에 대해서 이미 죄의식을 느끼고 있음을 보여준다. 이러한 죄의식은 하나님 아버지에게서 징벌을 받을 수 있다는 **두려움**으로 인해서 죄책감으로 변한다. 따라서 죄책감에는 **징벌의 개념**이 포함된다. 이 장면이 생생하다고 말한 이유는 꼬마 한스와 그의 아버지 사이에서도 똑같은 사태가 일어났기 때문이다.

---

62) p.63. 그러나 나는 바로 선(善)을 나의 사명이나 율법으로서 인식하는 것에 의하여 의식적으로나 혹은 무의식적으로 선(善)을 나 자신의 본질로 인식하는 것이다. 본성에 의해 나와 구별되는 다른 본성은 나와 무관한 것이다. 내가 죄를 죄로써 느낄 수 있는 것은 오직 내가 죄를 나와 나 자신과의 모순으로서, 즉 나의 인격성과 나의 본질성과의 모순으로서 느낄 때에만 죄를 죄로써 감지할 수 있는 것이다.

- L. 포이어바흐 《기독교의 본질》中 -

63) p.4. 그들이 그 날 바람이 불 때 동산에 거니시는 여호와 하나님의 소리를 듣고 아담과 그의 아내가 여호와 하나님의 낯을 피하여 동산 나무 사이에 숨은지라

여호와 하나님이 아담을 부르시며 그에게 이르시되 네가 어디 있느냐

이르되 내가 동산에서 하나님의 소리를 듣고 내가 벗었으므로 두려워하여 숨었나이다

- 《구약성서》「창세기」中 -

p.108. 한스 : 말들이 너무 거만해 보였어. 그러다가 그 말들이 쓰러지지 않을까 나는 겁이 났어.

(마부가 고삐를 꽉 움켜잡고 있었기 때문에 말들은 머리를 높이 쳐든 채 짧은 걸음거리로 걸었다. 그 때문에 말들이 정말로 거만한 것처럼 보였다.)

나는 그에게 실제로 누가 그렇게 거만한지 물었다.

한스 : 그건 아빠야. 내가 엄마 침대로 갈 때마다 그래.

나 : 그래서 너는 내가 쓰러졌으면 좋겠지?

한스 : 그래. 아빠가 맨발로 뛰어가다가 (그는 예전의 프리츨을 생각하고 있다) 돌부리에 부딪혀서 피를 흘렸으면 좋겠어. 그러면 내가 엄마하고 단둘이서 잠깐이라도 있을 수 있을 테니까. 아빠가 집에 돌아와 위층으로 올라오는 소리가 들리면 그때 얼른 엄마 침대에서 도망치면 되지. 아빠가 보지 못하도록.

나 : 옛날에 누가 돌부리에 부딪쳤는지, 너 기억나니?

한스 : 응, 프리츨이야.

나 : 프리츨이 넘어졌을 때, 너는 무슨 생각을 했니?

한스 : 아빠가 돌부리에 걸려서 넘어지는 거.

나 : 그러니까 넌 엄마한테 가고 싶은 거지?

한스 : 그래!

나 : 그런데 왜 내가 너를 꾸짖는다고 생각하지?

한스 : 그건 모르겠어(!!)

나 : 왜 그렇지?

한스 : 그건 아빠가 질투하니까 그렇지.

나 : 그렇지 않아!

한스 : 아냐, 아빠가 질투한다는 건 사실이야. 난 알고 있어. 그건 틀림없어.

- S. 프로이트《다섯 살배기 꼬마 한스의 공포증 분석》中 -

꼬마 한스에게 어머니 젖가슴을 만질 수 있는 엄마의 침대 속은 선악과가 열려 있는 에덴동산이라고 할 수 있다. 꼬마 한스는 에덴동산에서 엄마와 단둘이 있다가 1) 아빠가 올라오는 소리가 들리면 2) 아빠가 자신을 보지 못하도록 엄마 침대에서 재빠르게 도망쳐 숨는다. 3) 아빠가 꾸짖을 것으로 생각했기 때문이다. 4) 그리고 아빠가 질투해서 두려워서 숨었다고 말한다. 이러한 아버지의 질투(관념)와 꾸짖음에 대한 두려움(정서)은 어린아이의 정신구조가 형성되는 데 **'매우 심각하고 지속적인'** 영향을 미치는 데 그 이유는 어린아이는 그 관념과 정서를 자기 남근의 거세와 연결하기 때문이다. 꼬마 한스가 공포증에 걸린 이유도 아버지가 자신의 남근을 거세할지도 모른다는 두려움 때문이었다.

p.175. 남근의 자극과 흥분에 길들여진 어린아이는 보통 자기 손으로 남근을 자극하여 쾌감을 얻게 될 것이고, 그러한 사실이 부모나 보모에게 들키는 경우엔 거세의 위협을 받게 된다. 이 〈거세의 위협〉은 아이가 성기에 부과한 가치가 높을수록 더 실효성이 높으며, 따라서 그 효과는 매우 심각하고 또 지속적일 수가 있다. 전설과 신화에서 우리는 어린아이의 정서적인 삶에 일어나는 이런 놀라운 변동과 거세 콤플렉스-본의 아닌 저항으로 의식에 의해 기억되는 콤플렉스-와 연관된 공포감의 사례를 많이 발견할 수 있다.

- S. 프로이트《성욕에 관한 세 편의 에세이, 『어린아이의 성 이론에 관하여』》中 -

「창세기」에 등장하는 상징과 비유들이 「창세기」를 저술한 서사시인의 무의식적 관념과 환상을 대표한다고 전제하면 꼬마 한스의 사례는 《구약성서》의 야훼 하나님이 왜 **'질투하는 하나님'**인지를 알게 해 준다. 그렇다면 하나님 아버지가 질투하는 이유가 아들의 어머니에 대한 성적 욕망과 관련이 있다고 할 수 있고, 하나님 아버지가 내린 십계명은 아들의 어머니에 대한 욕망을 억압하기 위한 수단이라고 할 수 있다. 먼저 십계명의 제1조는 하나님 아버지가 다른 신을 섬기는 것에 대하여 **질투한다**는 것을 보여주고 십계명의 제2조는 하나님 아버지가 우상이나 형상을 숭배하는 것을 **질투한다**는 것을 보여준다.

이미 언급했듯이 하나님 아버지가 다른 신을 섬기지 말고 우상과 형상을 숭배하지 말라고 한 이유는 그러한 숭배 욕망이 어머니 신을 구하는 마음에서 생기기 때문이다. 그런데 왜 하나님 아버지는 어머니 신을 섬기지도 숭배하지도 말라고 한 것일까? 그 이유는 이러한 숭배 행위가 모두 어머니에 대한 성적 욕망에서 비롯된 **'음란한 행위'**이기 때문이다.[64] 근동지역에서 유대교가 발생한 원인도 그 당시 근동지역의 대부분 종교가 숭배하는 어머니 신이 **'예외 없이 성적으로'** 아들 신과 관련된 종교였기 때문이다.[65] 모세는 그 당시 어머니 신을 **음란하게 섬기는** 종교에 대항해

---

64) p.135. 너는 다른 신에게 절하지 말라 여호와는 질투라 이름하는 질투의 하나님임이니라

　　너는 삼가 그 땅의 주민과 언약을 세우지 말지니 이는 그들이 모든 신을 음란하게 섬기며 그들의 신들에게 제물을 드리고 너를 청하면 네가 그 제물을 먹을까 함이며

　　또 네가 그들의 딸들을 네 아들들의 아내로 삼음으로 그들의 딸들이 그들의 신들을 음란하게 섬기며 네 아들에게 그들의 신들을 음란하게 섬기게 할까 함이니라

－《구약성서》「출애굽기」中 －

65) p.266. 훗날 결국엔 아버지로서 그녀의 자리를 빼앗을 자신의 아들이자 연인과 결합한 원시 시대의 어머니 여신은 근동지역 종교들의 특징인 "천상의 여왕"의 원형인 것 같다. 이 종교들에서는 예외 없이 어머니 여신은 성적(性的)으로 아들과 관련 있는 것 같다. 바빌로니아와 이집트에서부터 페르시아와 그리스 전통에 이르기까지, 우리는

서 아버지 신 숭배 종교를 창시했던 것이다. 그런데 유대교의 후예인 로마 가톨릭은 근동지역의 어머니 신 숭배 종교의 **근친상간적 요소들**을 재도입함으로써 다시 어머니 신 숭배 종교로 회귀하게 된다. 그 결과 똑같은 역사적 사건이 반복 재현된다. M. 루터가 어머니 신을 **음란하게 숭배하는** 로마 가톨릭에 반기를 들고 아버지 신을 숭배하는 프로테스탄티즘을 창시한 것이다. 앞서 유대인이 절대로 허용하지 않는 세 가지 행위 중에 우상 숭배가 있는 이유도 우상 숭배도 결국 어머니에 대한 근친상간적 소망에서 기인한 것이기 때문이다.

> p.476. 또 그리스도교는 인기를 끌기 위해 많은 '연구'를 한다.
> '신의 사랑'이라 말한 정도이니 신은 인간 모습을 하는 게 좋다. 서민에게 인기를 얻으려면 신은 젊은 편이 좋다. 여성의 열정을 만족시키기 위해서는 성자를, 남성의 열정을 만족시키려면 성모(聖母) 마리아를 전면에 등장시킨다.
> 그런데 이런 어처구니없는 말이 어떻게 유럽에서 받아들여졌을까.
> 유럽에는 그리스 신화에 나오는 미의 여신 아프로디테나 그녀가 사랑했던 미소년 아도니스에 대한 숭배 사상이 있기 때문이다.
> 아무튼, 이런 '연구'덕에 그리스도교 숭배는 점점 열광적이 되어갔다.
>
> — F. 니체《반그리스도교(동서)》中 —

로마 가톨릭이 남성에게는 어머니의 상징(성모)을, 여성에게는 남성의

> 이스타르-타무즈, 이시스-호루스, 마자-아그니, 타니트-미트라, 키벨레-아티스, 아스타르테-아도니스, 아프로디테-헤르메스 등의 관계에서 이와 똑같은 패턴이 상징화되고 있는 것을 발견한다.
>
> — O. 랑크《심리학을 넘어서》中 —

상징(성자)을 제공하는 이유는 남성과 여성의 무의식적 욕망에 차이가 있기 때문이다. 그 차이는 남성의 무의식은 **어머니**를 욕망하지만, 여성의 무의식은 **남근**을 욕망한다는 것이다. 로마 가톨릭은 십계명의 제1조와 제2조를 수정해서 어머니 신 숭배와 성자 숭배를 허용함으로써 유대교에 비해 **'눈부신 성공'**을 거둘 수 있었다.[66]

더 정확하게 말하면 성모나 성자와 같은 종교적 상징은 성적 욕망과 죄의식 사이에서의 타협의 소산물이다. 성모가 지닌 어머니의 상징은 남성의 어머니에 대한 **성적 욕망**을 만족시키면서도 동시에 성모가 지닌 성스러움의 상징은 **죄의식**도 만족시켜준다. 마찬가지로 남성 성자는 여성의 남근에 대한 **성적 욕망**을 만족시키면서도 동시에 성자의 성스러움은 성적 욕망에 대한 **죄의식**도 만족시켜준다. 이러한 일석이조의 소망 성취는 다음과 같은 꿈으로 나타날 수 있다.

> p.410. 한번은 알렉산드라가 꿈속에서 9마리의 암탉을 보았는데, 그걸 가지고 모녀간에 언제나처럼 말싸움이 벌어졌다. 왜 벌어졌는지 그 이유를 설명하기는 어렵다. 알렉산드라는 언제가 딱 한 번 특이한 꿈을 꾼 적이 있었다. 어느 깜깜한 방에 한 승려가 있었는데, 왜 그런지 너무 무서워서 그 방에는 들어갈 수가 없었다는 것이다. (중략) 예빤친은 '흠' 소리를 내며 인상을 쓰다 어깨를 으쓱해 보이곤 두 팔을 벌리며 대꾸를 했다.

---

66) p.937. 그리스도교의 눈부신 성공을 태연히 동요하는 빛을 띠지 않고 계속 바라보던 유대인들은 이 '참을성 있는 마음 속으로부터의 경멸'로 그리스도교도를 당황케 했는데, 그 이유는 그리스도교도들이 이론적으로는 유대교의 유산인 유일신과 우상 거부를 충실히 지지하면서도 실제로는 유대인들이 비난한 대로 그리스도교로 개종한 헬라스 사회의 다신교와 우상 숭배에 양보했기 때문이다.

- A. J. 토인비 《역사의 연구》中 -

"신랑이 필요한 거야!"

– 도스토옙스키 《백치(동서)》 中 –

첫째 딸인 알렉산드라의 꿈속에 등장한 '9마리의 암탉'에서 아홉(9)이라는 숫자는 **임신 기간**을 뜻하고 암탉은 자신을 상징한다(이러한 꿈을 꿀 수 있는 이유는 그녀가 첫째 딸이기 때문이다). 그녀의 꿈속에서의 이러한 상징들은 그녀의 무의식이 임신(분만)을 소망하고 있다는 것을 보여준다.[67] 특히 '**남자 승려**'는 그녀의 서로 모순된 소망을 성취해 주는 상징이다. 남자 승려에서 남자의 표상은 그녀의 남근에 대한 **성적 욕망**을 상징하고 성적 욕망을 금기시하는 승려의 표상은 그녀의 성적 욕망에 대한 **죄의식**을 상징한다. 그녀가 승려가 있는 방에 들어가기를 **무서워하는** 이유는 자신의 남근 소망에 대하여 **죄의식**을 느끼기 때문이다. 이렇게 여성의 남근 소망과 죄의식 사이에서의 타협이 꿈속에서는 남성 성자에 대한 **두려움**으로 나타나고 종교에서는 남성 성자에 대한 **숭배**로 나타난다. 이러한 감정적 차이가 생기는 이유는 꿈속에서는 무의식적 방어와 검열이 느슨해져 있어서 자신의 성적 욕망을 인식할 수 있으므로 죄의식이 활성화되기 때문이며, 생시에서는 무의식적 방어와 검열이 강하게 작용해서 자신의 성적 욕망을 인식할 수 없으므로 죄의식이 활성화되지 않기 때문이다.

수천 년간 기독교 내에서 벌어지는 우상 숭배 논쟁이 그토록 격렬한 이유도 성적 욕망과 그것을 억압하고자 하는 죄의식 사이에서의 격렬한 내

---

67) p.295. 꿈에서는 시간들이 구체적으로 나타난다. 시간은 실제로 모든 생물학적인 사건에서 중요한 역할을 한다. (중략) 9개월 후라는 그녀의 대답은 모든 어려움을 단숨에 해소시켜 주었다. 9개월이라는 기간은 독특한 의미를 지니고 있다. 그녀가 주장하는 맹장염은 통증과 월경 시의 출혈을 이용하여 분만의 공상을 실현시켰던 것이다.
– S. 프로이트 《도라의 히스테리 분석》 中 –

적 투쟁이 투사되어 있기 때문이다. 두 개의 욕망 중 어느 쪽을 더 중요시하는가에 따라서 종교가 나뉜다. 어머니 신을 숭배하는 종교(로마 가톨릭)는 죄의식보다는 어머니에 대한 욕망을 더 중요시하고 아버지 신을 숭배하는 종교(유대교, 프로테스탄티즘)는 어머니에 대한 욕망보다는 죄책감을 더 중요시한다. 정신분석학적으로 표현하면 로마 가톨릭은 **여성적이며 히스테리적** 종교라고 할 수 있고 프로테스탄티즘은 **남성적이고 강박신경증적** 종교라고 할 수 있다. 여성의 대표적인 정신병리인 히스테리는 '**적극적인 성적 욕망의 충족**'을 특징으로 하고, 남성의 대표적인 정신병리인 강박신경증은 **성적 만족의 방어**, 즉 '**죄책감의 성취**(금욕적인 성격)'를 특징으로 하기 때문이다.

> p.408. 우리 주장들의 의미는 다음과 같이 확장될 수 있을 것입니다. 증상들은 성적인 만족이나 성적 만족의 방어를 의도한다는 것입니다. 그리고 히스테리의 경우는 적극적인 욕망 충족의 특징이, 강박신경증의 경우는 대체로 소극적이며 금욕적인 성격이 우세합니다.
>
> – S. 프로이트 《정신분석 강의》 中 –

성적 욕망과 죄의식(죄책감) 중에 어느 소망을 성취할 것인가에 대한 내적 투쟁은 역사 속에서 어머니 신 숭배 종교와 아버지 신 숭배의 분열과 갈등으로 나타난다. 대표적인 경우가 아버지 신을 숭배하는 유대교(모세교)에서 파생된 그리스도교가 어머니 신 숭배 종교로 회귀한 사건이다.[68] 두 번째는 어머니 신 숭배 종교인 로마 가톨릭에서 아버지 신을 숭

---

68) p.961. 앞서 다른 문제들을 논했을 때 우리는 유대교의 유일신 개념이 거듭 모습을 나타내는 다신론 때문에 끊임없이 괴로움을 겪는 운명에 있었다는 것, (중략). 유일신

배하는 프로테스탄티즘이 분열한 것이다.

「창세기」의 선악과 이야기는 하나님 아버지의 질투와 꾸짖음으로 인해서 죄의식이 죄책감으로 변천하는 과정을 보여준다. 어린 시절에 경험하는 아버지의 질투와 꾸짖음은 리비도가 집중되고 관념화되어 훗날 성인의 정신세계를 지배하게 된다. 아버지의 질투와 꾸짖음이 성인의 정신세계를 이토록 강력하게 지배할 수 있는 이유는 남근기의 어린아이는 자신의 남근을 무엇보다도 중요시하므로 아버지의 질투와 꾸지람을 자신의 남근과 관련된 위협으로 느끼기 때문이다. 이러한 거세 위협에 대한 두려움의 흔적이 죄책감이다. 아버지의 질투와 꾸짖음은 관념화되었으므로 직접적으로 드러나지 않는다. 꿈속에서라면 그 관념은 자신을 좇는 맹수와 같은 **사나운 동물**이나 자신을 사냥하는 사냥꾼과 같은 **무서운 인물**로 등장한다.

> p.484. 꿈-작업은 일반적으로 〈맹수〉를 빌어 꿈꾸는 사람 자신이나 꿈꾸는 사람이 두려워하는 다른 인물들의 정열적 충동을 상징한다. 따라서 약간 전위시켜 이러한 정열을 지닌 인물 자체를 상징한다. 여기에서 조금만 더 나아가면 두려움의 대상인 〈아버지〉를 개나 야생마 같은 사나운 동물을 통해 묘사하고, 이런 묘사는 토템 신앙을 연상시킨다.

개념은 바알과 아슈토레스 숭배를 막았으나, 질투심 많은 여호와가 추방한 경쟁상대는 주의 '말씀' '지혜' '천사' 등 의인화된 형식으로 모습을 바꾸어 남모르게 유대 정통 이론 속으로 들어와, 그 뒤 삼위일체의 교리며 하느님의 육체와 피, 하느님의 어머니, 그리고 성인 숭배라는 형식으로 그리스 정교 안에도 자리를 잡았다. 이와 같은 다신론의 재침투로 인해 이슬람교에서는 철저한 일신론의 재현을 불러일으켰으며, 또한 프로테스탄트에서는 그렇게까지 철저하지는 않았으나 마찬가지로 일신론을 재확립하게 되었다.

— A. J. 토인비 《역사의 연구》 中 —

꿈속에서 사나운 동물은 자신이거나 자신이 두려워하는 인물을 상징한다. 그 동물이 자신일 경우에는 공격적인 자신을 표상하고 다른 사람일 경우에는 자기에게 두려움을 주는 대상을 상징한다. 《카라마조프의 형제》에서 드미트리의 꿈은 대표적인 거세 위협의 꿈이라고 할 수 있다.

p.313. "자 여러분" 그는 간신히 자신을 억제하며 갑자기 이렇게 말했다. "당신네들이 하고 있는 말을 듣고 있자니 어쩐지 이런 생각이 드는군요. 나는 이따금 어떤 꿈을 꾸곤 하지요. 언제나 같은 꿈인데 자주 꾸게 된단 말입니다. 다름 아니라 어떤 사람이 나를 뒤쫓아오는 꿈입니다. 내가 지독히 무서워하는 사람인데 그 사람이 캄캄한 밤에 뒤쫓아와서 나를 찾는 겁니다. 나는 그 사람에게 들키지 않으려고 문 뒤나 찬장 뒤에 숨지요. 아주 비굴하게 말입니다. 그런데 이상한 것은 내가 어디에 숨어 있는지를 그 사람은 언제나 안다는 것입니다. 그러면서도 그 녀석은 일부러 내가 있는 곳을 모르는 척하면서 조금이라도 오래 나를 괴롭혀서 내가 무서워하는 것을 보고 즐기려고 하지요. 당신네들도 지금 그 사람과 똑같은 짓을 하고 있는 겁니다! 어쩌면 그다지도 흡사한지!"

"아니 그런 꿈을 꾸신단 말입니까?" 검사가 물었다.

"네, 그런 꿈을 꾸곤 하지요. 그 사실을 기록해 두고 싶지 않으십니까?"

미챠는 입을 씰룩거리며 웃었다.

"아니! 적지 않겠습니다. 아무튼 당신의 꿈은 재미있군요."

"그렇지만 지금은 이미 꿈이 아닙니다! 리얼리즘입니다. 여러분,

현실 생활의 리얼리즘이란 말입니다! 나는 늑대고 당신네들은 사냥꾼입니다. 자. 어서 늑대를 몰아 보시죠."

"공연히 쓸데없는 비유를 하시는군요." 매우 부드럽게 니콜라이 파르페노비치 판사가 말했다.

"쓸데없는 비유가 아닙니다. 여러분, 쓸데없는 비유가 아니예요." 미챠는 또다시 열을 올렸다.

– 도스토옙스키 《카라마조프의 형제》 중 中 –

거세 위협의 관념과 정서는 무의식 속에 **고착되어** 있으므로 성인이 되어서도 그 관념과 정서는 '**언제나 같은 꿈**'으로 발현된다. 이 의미는 꿈의 모티프 또는 줄거리가 유사하다는 의미로 그 표상이나 상징이 같다는 뜻은 아니다. 드미트리(미챠)의 꿈속에 등장한 '**지독히 무서워하는 사람**'은 어린 시절 그가 지독히 무서워했던 아버지에 대한 관념과 정서가 투사된 아버지의 상징이다. 드미트리가 아버지를 지독히 무서워하는 이유는 아버지에게 어떤 죄를 지었으며 그 죄에 대하여 지독한 벌이 내려질 것이라 것을 인식하고 있기 때문이다. 그 죄는 어머니를 욕망한 죄이며 그에 대한 벌은 거세이다.[69] 드미트리는 거세당하지 않기 위해서 문 뒤나 찬장 뒤에 '**아주 비굴하게**' 숨지만, '**이상하게도 언제나 모든 것을 알고 있는**' 아버지는 항상 드미트리를 찾아낸다.

꿈속에서의 드미트리 행동은 아담이나 꼬마 한스의 행동과 똑같다는

---

69) p.394. 어머니에 대한 고조된 성적 흥분과 '인정할 수 없는 충동'(Freud, 1924a) 때문에, 남아는 큰 죄책감을 느끼게 된다. 거세 불안이 다시 나타나지만, 이제 아이가 무서워하는 것은 어머니가 아니라 아버지이다.

　미숙한 인지기능 때문에 거세 불안이 고조된다. 남아는 강력한 아버지가 마술적으로 자신의 생각과 환상을 알아내어 복수할 거라고 두려워한다. 그는 남근의 손상이나 상실을 두려워한다.

– P. 타이슨 외 《정신분석적 발달이론의 통합》 中 –

것을 알 수 있다. 아담도 금단의 과실을 먹은 후 하나님 아버지에게 들키지 않으려고 에덴동산의 나무 사이에 **비굴하게** 숨었지만, 하나님 아버지는 아담이 어디에 숨어 있는지 **마술적으로** 다 알고 있다. 꼬마 한스도 어머니와 단둘이 있다가 아버지 소리를 듣고 어머니의 침대에서 **비굴하게** 도망치지만, **모든 것을 알고 있는** 아버지는 꼬마 한스를 항상 찾아낸다. 하나님 아버지 신이 전지전능한 이유는 아버지는 모든 것을 다 아는 존재라고 믿는 어린 시절의 환상이 투사되어 있기 때문이다.

> p.77. 자기들이 그것을 부모에게 말해 준 적이 없었음에도 부모가 자기들의 모든 생각을 알고 있을 거라고 생각하는 아이들의 빈번한 불안 표상을 생각해 보면 신의 전지전능을 믿는 성인들의 신앙 근거도 이와 비슷한 것이리라고 생각해 볼 수 있습니다.
> – S. 프로이트 《새로운 정신분석 강의》中 –

거세 위협의 관념과 정서는 꿈에서뿐만 아니라 현실 세계의 실제 생활(리얼리즘)에도 투사되어 있다. 도스토옙스키는 드미트리를 맹수에, 검사를 사냥꾼에 비유함으로써 꿈속에서처럼 현실 세계도 무의식적 관념과 정서의 반복 재현에 불과하다고 말한다. 하지만 사람들은 자신의 무의식을 인식할 수 없으므로 그러한 상징이나 비유를 알지 못하거나 쓸데없다고 생각한다. 그래서 자신이 그러한 생각과 행동을 '왜 해야 하는가? 라고 묻지 않는다.

> p.265. **양심의 내용**-우리 양심의 내용은 유년 시절에 우리들이 존경하거나 두려워했던 사람들이 이유 없이 규칙적으로 **요구했던** 모든 것들이다. 따라서 이 양심에서("나는 이것을 해야만 한다. 이

것을 하지 말아야 한다"는) 의무의 감정이 야기된 것이며, 이 감정은 그러나 **왜** 나는 해야만 하는가?라고 묻지 않는다.-인간은 '때문에'와 '왜'와 함께 행하게 되는 모든 경우에 양심 **없는** 행동을 하는 것이 된다; 그러나 그렇다고 해서 아직 양심을 거역하는 것은 아니다.-양심의 원천은 권위에 대한 믿음이다: 따라서 양심은 인간의 가슴 속에 있는 신(神)의 목소리가 아니라, 인간 속에 있는 몇몇 인간들의 목소리인 것이다.

- F. 니체《인간적인 너무나 인간적인Ⅱ(책)》中 -

결론적으로 초자아(죄책감 또는 양심)는 신의 목소리가 아니라 유년 시절에 아버지와 같은 존경 했거나 두려워했던 사람이 이유 없이 규칙적으로 요구한 목소리가 관념화된 것이다. 드미트리가 현실에서 벌어지는 일이 자신의 꿈과 '너무나도 흡사하다'라고 말하는 이유는 대부분의 공동체의 도덕과 법이 거세 위협의 관념을 토대로 하고 있기 때문이다. 집단의 도덕과 법에 맹목적으로 복종하는 이유도 불복종했을 때 닥쳐올 거세 불안을 미리 방어하기 위해서이다. 또 그 법을 집행하는 검사나 판사를 보면 주눅이 드는 이유도 그들에게서 자신의 아버지 표상을 발견하기 때문이다.

이브의 남근 소망

여기서 하나의 의문이 생길 수 있는 데 그것은 이브는 어머니를 욕망하지 않았는데 왜 자신의 성기를 가렸을까 하는 점이다. 정신분석학의 발견에 의하면 자신에게는 남근이 없다는 **열등감(남성 콤플렉스)**과 **수치심**

때문이다.

p.308. 남자아이의 생식기를 본 여자아이는 자기에게는 그것이 없다는 것을 알고 그것을 갖고 싶어한다. 여기서 소위 여성들의 남성 콤플렉스라는 것이 파생된다. 이것이 이내 극복되지 않는 한, 이것은 그들이 정상적으로 여성답게 발육하는 데 막대한 지장을 준다. 어떤 희생을 감수해서라도 언젠가는 남근을 갖겠다는 소망과 남자처럼 되겠다는 소망은 상상을 초월해서 노년까지 지속되고, 달리 설명할 수 없는 기이한 행동의 동기가 된다. 나아가 내가 〈부정(否定)〉이라고 부르는 과정이 여기에 개입되는데, 이것은 아동의 정신 상태에서는 흔히 목격되기도 하고, 그렇게 위험스럽지도 않지만 성인의 경우에는 정신병의 시초를 의미하는 과정이다. 그리하여 여자아이는 자신이 거세 되었다는 사실을 부정하고, 자기도 남근을 가지고 있다는 확신을 굳히게 되며, 따라서 어쩔 수 없이 남자처럼 행동하게 된다.

남근에 대한 부러움에서 귀결되는 심리적 현상은, 그 부러움이 남성 콤플렉스에 대한 반작용의 형성으로 흡수되지 않는 한, 다양하고 심각한 결과를 초래한다. 자신의 나르시시즘에 손상을 입었다고 생각하는 여성은 상흔(傷痕)과도 같은 열등감을 품게 된다.

– S. 프로이트 《성욕에 관한 세 편의 에세이, 『성의 해부학적 차이에 따른 심리적 결과』》中 –

꼬마 한스가 남근이 없는 여동생에게 우월감을 느끼듯이 여자아이는 남근이 없다는 것에 열등감을 느끼게 된다. 이러한 해부학적 차이로 인해서 여성은 남근을 욕망하게 된다. 남성은 사랑받지 못할 때 열등감을 느끼고, 여성은 다른 사람이 가지고 있는 것을 가지고 있지 못할 때 열등감을 느끼게 이유도 이러한 해부학적 차이에서 기인한다. 여성의 무의식은 이러한 열등감을 방어하고 자기애적 손상을 극복하기 위해서 어떠한 희생을 감수해서라고 언젠가는 남근을 갖겠다는 소망과 남성이 되고 싶다는 소망을 성취하기 위해서 고군분투하게 된다. 하지만 여성의 의식은 자신이 진정으로 소망하는 것이 남근이라는 것을 인식하지 못하므로 남근의 상징이나 남성이 되는 것과 같은 상징 행위에 집착하게 된다. 대표적인 남근의 상징은 남근을 가진 **남자**이고 남성이 되고 싶은 대표적인 상징 행위는 **지적 또는 도덕적 활동**이다.

특히 남동생을 가진 여성(누나)의 경우 부모의 사랑을 빼앗긴 원인이 남동생의 남근에 있다고 믿게 된다. 그래서 남동생에 대한 **시기심(공격성)**을 발산하기 위해서 **공격적으로** 지적, 도덕적 활동에 참여하게 됨으로써 사회적으로 성공하는 여성이 될 가능성이 크다.[70] 여성이 지적, 도덕적 업적에 집착하는 이유는 아버지가 지식과 도덕을 중요시하기 때문에 이러한 대상에서 남근의 상징을 추출하기 때문이다. 이러한 도덕적, 지적 활동에 불구하고 여성은 남근이 없어서 거세 불안을 느끼지 않으므로 선악 관념이 약하고 형성되고 그 결과 오이디푸스 콤플렉스와 초자아도 없거나 약하게 형성된다.

---

70) p.123. 전 성기기 또는 성기기의 경쟁의식, 질투와 시기심과 같은 다양한 감정들을 도덕적이고 지적인 우월감으로 바꾸는 것은 잠재기 초기에 남동생을 본 여자아이들에게서 더욱 분명하게 나타난다. 그들은 타격 입은 자기애를 극복하기 위해 새로 태어난 아기를 경멸하거나 아기에 대해 도덕적, 지적 우월감을 갖게 된다. 그리고 학교 공부에서 얻는 성취-신체적, 지적 및 문화적인 분야에서 성공한 것에 대한 부모의 반응-는 그들에게 지나칠 정도로 중요하게 된다. 그런 여자아이들은 후에 책임감이 강하고 사회문제에 많은 관심을 가지고, 지적, 문화적 포부를 지닌 여성들이 된다. 그리고 이들은 자신보다 어린 남자들에 대한 그 분노를 극복하기 위해, 그리고 그들을 보호하고 안내하는 태도로 그 분노를 변형시키기 위해 열심히 노력한다.

— H. 코헛 《자기의 분석》 中 —

p.174. 여자아이에게는 거세 불안이 없기 때문에 남자아이를 짓눌렀던 오이디푸스 콤플렉스를 극복하고자 하는 주요 모티프 역시 여자아이에게는 나타나지 않습니다. (중략) 초자아의 형성 과정은 이러한 상황 속에서 지장을 받게 되므로, 초자아는 문화적 의미를 부여할 수 있는 충분한 만큼의 세기와 독립성에까지 이르지 못합니다. 이러한 요소가 평균적인 여성적 성격에 미치는 영향력을 지적하려고 하면 페미니스트들은 그것에 대해서 듣고 싶어하지 않는 것입니다.

― S. 프로이트 《새로운 정신분석 강의》 中 ―

에덴동산에서 이브가 추방되지도 않고 이후 그의 후손들이 할례(거세)를 강요받지 않는 이유도 여성에게는 충분할 만큼의 세기와 독립성을 갖춘 선악 관념(초자아)이 형성되지 않기 때문이다. 따라서 여성의 정신구조는 천지가 창조되는 날과 똑같다고 할 수 있다. 이러한 프로이트의 견해로 인해서 정신분석학은 페미니즘의 비판 대상이 되어왔는데 특히 비판을 받는 부분은 '여성에게는 정의감이 약하다'라는 주장이다.

p.314. 나는 여성의 정상적인 윤리기준이 남성의 기준과는 다르다는 생각을 (대놓고 말하기는 망설여지지만) 저버릴 수가 없다. 여성의 초자아는 우리가 남성에게서 요구하는 것만큼 요지부동한 것도, 객관적인 것도, 또 감정과 무관한 것도 아니다. 모든 시대의 비평가들이 지적하는 여성의 특성은 남성에 비해 정의감이 약하고, 인생의 큰 위기에 처해 순발력이 적으며, 사랑이나 증오와 같은 감정적 판단의 영향을 더 받는다는 것 등인데, 이 모든 것이 우리가 위에서 추측했던 것처럼, 초자아의 형성 과정이 남성과 다르다는 사

실로 설명되고도 남음이 있다. 양성이 그 지위나 가치 면에서 완전히 같다고 인식시키려고 안달하는 페미니스트들이 위와 같은 결론을 부정한다고 해서 그것을 굽힐 수는 없다.

　- S. 프로이트《성욕에 관한 세 편의 에세이, 『성의 해부학적 차이에 따른 심리적 결과』》中 -

페미니즘의 비판에도 불구하고 여성의 윤리기준이 남성의 그것과는 다르다는 것이 모든 시대의 비평가들이 지적하는 여성의 특성이라는 프로이트의 견해는 사실에 가깝다. 공자와 같은 성인도 그의 말을 기록한 《논어》에서 '여성은 가까이하면 버릇없이 굴고, 멀리하면 원망하기 때문에 다루기가 어렵다'라고 말하고 있다. 앞서 쇼펜하우어와 니체의 여성에 대한 비판적 견해를 남근 우월감에 불과하다고 치부한 바 있지만, 좀 더 근본적인 차원에서 여성의 초자아에 대해서 고찰해 보고자 한다. 다소 중립적으로 보이는 쇼펜하우어의 견해를 먼저 검토해 보자.

　p.90. 반대로 남성들은 먼 곳으로 자주 한눈팔기 때문에 발아래 있는 것도 못 보는 경우가 많아, 이럴 때에는 아내의 조언에 귀 기울여 가깝고 단순한 길에 주목할 필요가 있다. 이런 관점에서 볼 때 여성은 남성보다 한결 담담한 마음을 가졌고 사물을 눈에 보이는 그대로 관찰할 줄밖에 모르지만, 남성은 정열에 빠지기 쉽고 현실을 확대해 보며 때로 공상의 날개를 펴기도 한다.

　또한 여성은 남성보다 한층 많은 동정심을 지녀 인간애를 갖고 불행한 사람들을 측은히 여기지만, 정의·정직·성실 등의 덕성에 있어서는 남성보다 못하는 것도 같은 이유에서 이해할 수 있다. 즉 여성들은 이성의 힘이 빈약하므로 현존하는 것, 직관할 수 있는 것,

직접 실재하는 것이 압도적으로 작용한다. 추상적인 사상, 일반적인 격언이나 결의, 과거와 미래에 관한 고찰, 현재 존재하지 않는 어떤 먼 데 있는 것에 대한 고찰 등에는 충분히 유념하지 못한다. 이런 관점에서 보면 여성은 간은 있으나 쓸개는 없는 생물에 비교할 수 있다.

– A. 쇼펜하우어 《철학적 인생론》 中 –

쇼펜하우어는 여성은 남성보다 **동정심**이 많지만, **정의감** 등에 있어서는 남성보다 못하다고 말한다. 우선 여성이 남성보다 동정심이 더 많다는 쇼펜하우어의 견해는 양심(동정심)과 죄책감(초자아)은 서로 다른 성격의 관념이라는 주장을 뒷받침해준다. 다시 말해서 쇼펜하우어의 견해는 여성이 양심이 없다는 의미가 아니라 초자아가 약하다는 뜻이다. 이러한 쇼펜하우어의 견해는 C. 다윈의 견해에 의해서 뒷받침되는 데 C. 다윈은 남성과 여성의 정신적 능력의 차이가 생기는 데 있어서 성(性) 선택이 매우 큰 역할을 했으며 이러한 성 선택으로 인해서 여성은 자기희생적이며 모성본능이 강해졌다고 말한다.[71] 이러한 견해들을 종합할 때 정신분석학이 비판받고 있는 이유는 모성적 성질을 지닌 양심과 부성적 성질을 지닌 초자아를 구분하지 않았기 때문이라는 것을 알 수 있다. 소포클레스의 《안티고네》에 대한 고찰을 통해 양심과 초자아의 차이를 좀 더 분명하게 알 수 있다.

안티고네는 오이디푸스의 딸이지만 어머니가 같으므로 여동생이기도

---

71) p.679. 남자와 여자 사이의 정신적 능력의 차이에 있어서는 성 선택이 매우 큰 역할을 했을 가능성이 높다. (중략) 여자는 더 온화하고 자기희생적이라는 점에 있어서 남자와 다른 것 같다. (중략) 여자는 모성본능으로 인해 자신의 아이에게 그러한 심정을 혼신을 다해 쏟을 뿐만 아니라, 종종 타인에게도 확장하여 그것을 표시한다.

– C. 다윈 《인간의 기원》 中 –

하다. 안티고네에게는 폴류네이케스와 에케오클레스라는 두 명의 오빠가 있었는데 테베의 왕위를 놓고 싸우다 모두 죽고 왕위는 외삼촌 크레온이 차지한다. 크레온은 에케오클레스의 장례는 성대히 치러주지만, 폴류네이케스의 시체는 길바닥에 버려둔다. 폴류네이케스가 왕위를 차지하기 위해서 다른 나라의 군대를 끌어들이는 반역죄를 저질렀기 때문이다. 그래서 그의 시신에 조의를 표하거나 시신을 매장하는 자는 돌로 쳐서 처형한다고 공표한다. 하지만 안티고네는 크레온의 명령을 무시하고 오빠의 시신을 묻어 준다. 크레온은 모든 국민은 국가의 질서와 법에 복종해야만 한다고 말하며 안티고네를 처형하고자 한다.[72] 안티고네를 처벌하지 않는다면 사회적 정의가 확립되지 않기 때문이다. 이 비극의 결말은 안티고네는 자살하고 안티고네를 사랑했던 크레온의 아들과 그 아들을 사랑한 어머니도 자살함으로써 끝을 맺는다.

이 이야기에서 안티고네에게 양심이 없다고 할 수는 없다. 안티고네는 사회적 정의에 불복종하고 자신의 양심을 따랐다. 이러한 사회적 정의와 양심의 갈등은 현대 세계에서도 종종 발생한다. 예를 들어 미혼모에 대한 부정적인 시각을 가지고 있는 사회에서 살고 있는 한 여성이 결혼 전에 임신했다고 가정해 보자. 만약 사회적 정의에 따르려는 그녀의 초자아가 양심보다 강하다면 그녀는 죄책감으로 인해서 자살하거나 자신의 아이를 살해했을 것이다. 이런 경우 강한 초자아는 여성 자신과 유아에게 치명적으로 작용한다.[73] 사회적 윤리가 모성애를 압도하는 이러한 사회는

---

72) p.194. 복종하지 않는 것은 가장 나쁜 일이다. 나라를 망치고 집안을 비참하게 만드는 것도 불복종 때문이다. 복종할 줄 모르기 때문에 동맹군의 전열은 산산이 흩어진다. 그러나 정당하게 사는 사람들은 대체로 복종함으로써 안전을 얻는다. 그러므로 우리는 정당한 질서를 지켜야 하고 계집이 우리를 망치게 해서는 안 된다.
　　　　　　　　　　　　　　　　　　　　　　　- 소포클레스《안티고네》中 -
73) p.140. 어린아이를 죽인 여자는 치욕에 대한 두려움 때문에 행동한 것이고 그 행동의 가장 큰 희생양이 된다. 사회가 경멸하거나 치욕을 뒤집어씌우지 않았더라면 아이는

정의로운 사회라고 할 수 없을 것이다. 그리고 지금까지 벌어진 종교 전쟁과 이데올로기 전쟁이 증명하듯이 범죄와 폭력은 도덕과 정의의 결핍에서 생겨나는 것이 아니라 도덕과 정의의 과잉에서 더 많이 발생한다.[74]

다만 프로이트의 견해에 대한 페미니즘의 비판에는 선입견이 하나 자리 잡고 있다. 그것은 초자아를 지닌 남성은 우월하고 초자아가 없는 여성은 열등하다는 고정 관념이다. 초자아를 우월한 요소로 여기지 않는다면 프로이트의 견해를 그렇게 비판할 이유가 없기 때문이다. 따라서 역설적으로 페미니즘은 여성의 남근 소망을 간접적으로 인정하고 있는 셈이다. 하지만 진화적 관점에서 보면 열등한 종족은 수컷이고 남성이며 우월한 종족은 암컷이고 여성이다. 예를 들어 수컷 공작은 자신의 핵심 기능인 비상 능력을 희생해서 화려한 꼬리와 같은 성적 장식을 진화시켰다.[75] 결국 수컷 공작은 날 수 있는 능력을 영원히 잃어버렸다. 수컷 공작에게 있어서 진화는 자신의 핵심 기능을 잃어가는 과정이었다.

생존할 수 있었을 것이다.

- F. 니체 《유고(1880년 초~1881년 봄)》 中 -

74) p.165. 법학자 도널드 블랙은 큰 영향력을 발휘한 논문 「사회적 통제로서 범죄」에서 우리가 범죄라고 부르는 행동의 대부분이 범인의 시각에서는 정의의 추구라고 지적했다. (중략)

이러한 관찰은 폭력에 대한 여러 정설을 뒤집는데, 그중 하나는 폭력이 도덕과 정의의 결핍에서 발생한다는 생각이다. 실은 그 반대다. 폭력은 도덕과 정의의 과잉에서 생겨날 때가 많다.

- S. 핑거 《우리 본성의 선한 천사》 中 -

75) p.510. 수컷이 가지고 있는 다양한 장식은 그들에게는 가장 중요한 것이다. 왜냐하면 그것을 획득하게 위해서는 날거나 달리는 능력을 어느 정도 희생하지 않으면 안 되는 경우가 있기 때문이다. (중략) 청란 수컷의 '거추장스러울 만큼 큰' 둘째날개깃은 그들의 '비행능력을 거의 완전히 빼앗아버린다'고 한다. (중략) 공작의 긴 윗꽁지덮깃이나 청란의 긴 꼬리와 날개깃은 호랑이 등의 먹잇감이 되기 쉽게 보이는 것도 분명한 사실이다. 많은 수컷들의 화려한 색깔도 그들을 온갖 종류의 적의 눈에 띄기 쉽게 한다.

- C. 다윈 《인간의 기원》 中 -

수컷 인간도 마찬가지이다. 남성은 자신의 핵심 기능을 희생해서 지능과 같은 성적 장식을 진화시킨다(인간도 동물처럼 수컷이 암컷보다 더 화려하게 자신을 장식하지만, 그 장식이 점점 정신적 장식으로 대체되고 있어서 눈에 띄지 않을 뿐이다). 결국 수컷 인간은 **성 도착**과 **정신병리**의 희생자가 되었다[76](암컷 인간의 정신병리라고 알려진 히스테리는 엄밀한 의미에서 정신적 병리가 아니라 신체적 병이다). 아담과 이브가 모두 선악과를 먹었지만, 아담만이 에덴동산에서 추방되었다는 의미가 여기에 있다.[77] 성 도착과 정신병리에서 자유로운 이브는 정신적으로는 여전히 에덴동산에서 살고 있다. 수컷 동물이나 수컷 인간의 진화가 희생을 의미하는 이유는 이러한 유전 형질이 양성에 동등하게 전달되지만, 암컷 동물이나 암컷 인간에는 이러한 형질이 발현되지 않기 때문이다.[78] 성 선택이 이러한 유전 양식을 선택한 것은 암컷을 통해서 본래의 형질을 영구히 보존하기 위해서라고 추정할 수 있다. 바꿔말하면 수컷의 장식은 본래의 형질이 현재의 환경에 적응하기 위해서 일시적으로 변형된 것이고 미래의 환경에서는 다른 장식으로 변화될 수 있음을 뜻한다.

---

76) p.173. …, 왜 도착증에 관해서 말할 때에는 항상 남성 대명사를 사용해야 하는지에 대한 이유가 된다. 정신분석적인 관점에서 볼 때, 도착증은 거의 절대적으로 남성에 국한된 진단이다.

　　　　　　　　　　　　　　　　　　　　　　　- B. 핑크 《라캉과 정신의학》 中 -

77) p.4. 여호와 하느님이 에덴동산에서 그를 내보내어 그의 근원이 된 땅을 갈게 하시니라

　　　　　　　　　　　　　　　　　　　　　　　-《구약성서》「창세기」中 -

78) p.671. 색채와 다른 장식에 관한 한, 형질이 양성에 동등하게 전달되는 법칙은 조류보다 포유류에서 훨씬 광범위하게 볼 수 있다. 그러나 뿔이나 엄니 같은 무기는 수컷에게만 전달되거나, 수컷에서 훨씬 잘 발달되어 있다. 이것은 매우 놀라운 일이다. 왜냐하면 수컷은 그러한 무기를 어떤 종류의 적에게도 사용하는 것이 일반적이므로, 암컷에게도 무기가 있으면 크게 도움이 될 것이기 때문이다. 암컷이 뿔이나 엄니를 갖고 있지 않은 것은 우리가 아는 한, 거기에 작용하고 있는 유전 양식 때문일 것이다.

　　　　　　　　　　　　　　　　　　　　　　　- C. 다윈 《인간의 기원》 中 -

물론 이에 대해서 반론이 제기될 수 있는데 그것은 인간에게 있어서 진화 목적이 지능을 발달시키는 것이 아니냐는 것이다. 단도직입적으로 말하면 인간에게 있어서 진화의 목적이 지능 발달이라는 것은 남성들의 착각이다.[79] C. 다윈이 말한 것처럼 수컷 동물에게 있어서 진화는 다른 기능이나 능력의 희생을 의미한다. 뛰어난 지능을 획득하기 위해서는 **다른 무언가**로 대가를 치러야 하는 한다는 뜻이다.[80] 문제는 여성이 교육이나 계몽이라는 수단을 통해서 지능을 획득해서 스스로 에덴동산에서 추방되려고 한다는 점이다. 니체가 여성의 계몽화를 비판하는 이유도 자신의 **우월한 본능과 힘**을 스스로 없애고 초자아(교양) 교육을 통해서 스스로 정신병리(신경질)를 만들고 있기 때문이다.

> p.761. 거의 곳곳에서 그지없이 병적인, 또 위험한 음악(독일 최신의 음악)으로 여자의 신경을 오염시키고, 여자를 나날이 신경질적으로 만들고, 건강한 어린애를 낳는다는 여자의 처음이자 마지막 천직을 불가능하게 해버린다. 사람들은 무엇보다도 여자를 '교양 있게' 하려 하고, 또 '나약한 성향'을 교양을 통해 강화하려 한다. 사람들은 역사가 그렇게도 절실히 가르쳐 온 것을 잊어버린 탓일까-바로 인간의 '교양화'와 인간의 약화-의지력의 약화, 분열, 병은 늘 걸

---

79) p.26. 우리는 자신의 높은 지능에 현혹된 나머지 "지적인 능력은 크면 클수록 좋다"고 가정한다. 하지만 만약 그렇다면 지금쯤 고양이과에서도 미적분을 할 수 있는 개체가 출현했을 것이고, 개구리는 지금쯤 나름의 우주계획을 출범시켜야 하지 않겠는가.
    실상을 말하자면 커다란 뇌는 자원을 고갈시키는 밑 빠진 독이다.
    - Y. 하라리《사피엔스》中 -
80) p.531. 무기를 가진 수컷으로 그 성공 여부가 전투의 승부에 달려 있을 것으로 보이는 종류도 대부분 매우 화려한 장식을 갖추고 있으며, 그러한 장식을 갖추기 위해서는 대신 무언가의 능력을 잃어야 되는 대가를 치러야 한다. 그 밖의 경우에 장식은 포식자의 표적이 될 수 있는 위험성을 증가시킨다.
    - C. 다윈《인간의 기원》中 -

음을 함께 해온 것이 아니었던가. 또 세상에서 보다 강하고, 영향력이 컸던 여자들(바로 나폴레옹의 어머니도 그러했다)은 바로 그녀들의 의지력 덕분에 -학교 교사의 덕분이 아니라!- 남자에 대한 힘과 우월을 얻었던 게 아닌가. 여자가 존경심을, 또 때로는 공포심을 일으키게 하는 것은 '자연적인' 그녀이며, 이것은 남자의 것보다도 더 자연스러운 것이다.

- F. 니체《인간적인 너무나 인간적인(동서)》中 -

니체가 여성의 계몽과 교육에 반대하는 이유는 초자아 교육이 인간의 신경을 오염시켜서 문자 그대로 신경증 환자로 만들기 때문이다. 니체의 견해는 사변적인 것이 아니라 실제로 수많은 정신병리가 초자아(죄의식이나 죄책감)에 의해서 비롯된다. 그래서 니체는 그리스도의 말의 인용해서 페미니즘이 '자신들이 무엇을 행하는지 알지 못하고 있다'고 경고한다.[81] 프로이트는 초자아 교육을 받은 여성(집주인의 딸)과 받지 않은 여성(관리인의 딸)의 비교를 통해 지적인 교육을 통해서 자신의 본능을 억압하게 되면 정신병리에 직면할 수밖에 없다고 말한다.

p.477. 같은 체험을 했음에도 불구하고 이 두 운명들이 서로 다른 점은, 한 사람의 자아는 발달한 반면 다른 사람의 경우는 그렇지 못했다는데 기인합니다. 관리인의 딸에게 성행위는 어린 시절이나

---

81) p.204. 내가 이렇게 뻔뻔스러운 주장을 하는 것을 용서하기 바란다 : 내가 여성 해방론자나 해방된 여성보다도 여성에 대해 더 높고 깊으며, 또한 더 학문적인 견해를 가지고 있기 때문에, 나는 해방에 대항하는 것이다 : 나는 그녀들의 강점이 어디에 있는지 **훨씬 잘** 알고 있으며, 여성들에 관해 "그들은 자기가 무엇을 행하는지 알지 못하고 있다"고 말하는 것이다. 그들은 자신들의 현재의 노력을 통해 자신들의 본능을 없애고 있다!

- F. 니체《유고(1884년 가을~1885년 가을)》中 -

성장한 다음에도 한결같이 자연스럽고 또 별문제가 없는 행위로 간주되었습니다. 집주인의 딸은 교육의 깊은 영향을 받아, 그 지침을 수용했던 것입니다. 그녀의 자아는 자신에게 제시된 교육의 영향들을 받아들여 이로부터 여성적인 순결함과 무욕이라는 이상들을 형성했습니다. 그런 이상들은 성적인 행위와 조화될 수 없었습니다. 그녀는 지적인 교육을 받음으로써 그녀에게 주어진 여성으로서의 역할을 무시했습니다. 그녀의 자아가 이같이 고상하게 도덕적으로나 지적으로 발달함으로써 그녀는 자신의 성적 욕구들과 갈등에 직면하게 된 것입니다.

— S. 프로이트 《정신분석 강의》 中 —

아담의 벌 = 노동과 대지의 저주

질투하는 하나님 아버지는 원죄를 지은 아담을 에덴동산에서 추방하지만, 아담의 원죄는 제거된 것이 아니므로 하나님 아버지는 아담의 억압된 욕망을 계속해서 통제해야만 했다. 그렇지 않으면 언제라도 억압된 욕망을 성취하기 위해서 하나님 아버지에게 반역을 일으킬 수 있기 때문이다. 하나님 아버지는 아담의 억압된 욕망을 통제하기 위해서 대지(땅)를 경작하게 했다.[82] 그 이유는 대지가 어머니를 상징하기 때문에 **경작이라는 상징 행위**를 통해 어머니에 대한 욕망을 대리 만족시킴으로써 억압된 욕망을 통제할 수 있기 때문이다.

---

82) p.332. 쟁기는 남성의 성기를 나타낼 수 있다. 그리고 쟁기질하는 것은 성교를 상징한다.

— E. 애크로이드 《꿈 상징 사전》 中 —

p.222. 꿈속에서 여성의 성기를 표현하기 위해 풍경이 사용되고 있다는 사실에 놀라움을 금치 못하는 사람은 〈어머니인 대지〉가 옛 사람들의 관념과 의식 속에서 어떠한 역할을 했으며 경작(耕作)에 대한 개념도 얼마나 이 상징성에 의해 규정되었던가를 신화학자들에게서 배우시면 될 것입니다.

– S. 프로이트 《정신분석 강의》中 –

대지가 어머니를 상징하는 이유는 산, 강, 계곡 등과 같은 대지의 **윤곽**이 어머니의 신체를 표상하고 생명의 탄생과 양육 등의 **패턴**이 어머니의 기능을 표상하기 때문이다. 그리스 신화에서 어머니 신(가이아)이 대지의 신인 이유가 여기에 있다.[83] 자신이 태어난 나라를 모국이라고 부르는 이유도 대지가 가진 어머니 표상 때문이다. 대지가 지닌 이러한 어머니 표상으로 인해 대지의 경작(노동)은 억압된 성적 욕망을 대리 만족시켜주는 상징 행위가 된다. 종교에서 노동을 장려한 이유도 노동이 성적 욕망의 금욕 수단이자 성적 유혹의 예방 수단이었기 때문이다.[84]

---

83) p.146. 그리하여 예컨대 인디언들은 오늘날까지도 대지를 그들의 보편적인 어머니로 생각하고 있다. (중략) 그리스인들과 게르만족도 이와 비슷하게 대지를 인간의 어머니로 고찰하고 경배했다. (중략) 그러므로 호메로스에서 바다의 신인 오케아노스가 탄생, 곧 생산자이고 신과 인간의 아버지이며 헤시오도스에서는 대지가 우라노스의 어머니이며 천상과 함께 신(神)들의 어머니이다.

– L. 포이어바흐 《종교의 본질에 대하여》中 –

84) p.179. 서양 교회에서는 노동이 예로부터 그런 금욕 수단으로 평가받아 왔다. 노동은 특히 청교도주의가 '부정한 생활(unclean life)'이라는 관념으로 일관된 모든 유혹에 대한 독자적인 예방 수단이었으며, 이런 의미에서 그 역할은 결코 작지 않았다. 실제로 청교도주의의 성적 금욕은 수도사의 성적 금욕과 정도 차이만 있을 뿐 기본 원리는 같았으며, 결혼 생활까지 대상으로 삼았다는 점에서 그 영향 범위는 오히려 더 넓었다. 이 경우 성교는 부부 사이에서도, 단지 "너희는 생육하고 번성하라"는 계명에 따라 신의 영광을 더하는 수단으로써 신의 뜻에 적합하게 이루어지는 경우에만 허용되었다. 종교상의 회의나 소심한 자책뿐만 아니라 온갖 성적 유혹을 극복할 방법으로

그런데 하나님 아버지는 땅(대지)에 대해서도 저주를 내린다.[85] 대지가 저주받은 이유는 대지는 어머니를 상징하므로 모든 남성이 대지를 **서로 빼앗고 정복하려고 하기** 때문이다. 어머니에 대한 욕망이 **억압된** 다수의 평범한 인간은 대지를 경작하는 상징 행위로서 자신의 억압된 욕망을 대리 만족시킬 수 있었지만, 어머니에 대한 **욕망이 억압되지 않은** 소수의 비범한 인물은 대지를 빼앗고 정복하는 상징 행위를 통해서만 자신의 억압되지 않은 욕망을 대리 만족시킬 수 있었다.[86] 고대 사람들이 영웅들의 꿈속에서 어머니와의 근친상간, 어머니와 입맞춤 등을 모두 '**대지를 정복하거나**' '**국가를 지배하는**' 암시로 해석한 것은 매우 정확한 꿈 해석이었다고 할 수 있다.

p.470. (1911년에 추가한 각주) 그 밖에 고대인들에게는 노골적인 오이디푸스–꿈의 상징적 해석이 낯선 것이 아니었다. 랑크의 「스스로 해석하는 꿈」을 참조하라. 〈율리우스 카이사르가 어머니와 성교하는 꿈을 꾸었다는 이야기가 전해져 내려온다. 해몽가들은 꿈

써–소식, 채식, 냉수욕 등과 더불어–"너의 [천직인] 직업노동에 매진하라'는 처방이 주어진 것이다.

　　　　　　　　　　　　　　　– M. 베버 《프로테스탄티즘 윤리와 자본주의 정신》 –

85) p.4. 아담에게 이르시되 네가 네 아내의 말을 듣고 내가 네게 먹지 말라 한 나무의 열매를 먹었은즉 땅은 너로 말미암아 저주를 받고 너는 네 평생에 수고하여야 그 소산을 먹으리라

　　　　　　　　　　　　　　　　　　– 《구약성서》 「창세기」 中 –

86) p.409. 아이의 대상으로서 젖가슴의 뒤를 잇는 어머니의 몸속은 곧 수많은 대상들을 간직하는 장소라는 의미를 지니게 된다. 결과적으로, 어머니와 성교를 함으로써 어머니의 몸을 소유한다는 남아의 환상은 외부 세계를 정복하려는 시도와 남성적인 방식으로 불안을 다스리려는 시도의 바탕이 된다. 성행위와 승화 모두와 관련하여 남아는 위험 상황을 외부 세계로 전치시키고, 음경의 전능성을 통해 외부 세계에서 그 위험 상황을 극복한다.

　　　　　　　　　　　　　　　　　　– M. 클라인 《아동 정신분석》 中 –

을 대지(〈어머니-대지〉)를 점령하리라는 좋은 징조로 해석하였다. 타르퀴니아 인들에게 내린 신탁 역시 잘 알려져 있다. 그들 중 제일 먼저 〈어머니에게 입맞춤하는 사람〉이 로마를 지배하게 될 것이라는 신탁이었다. 브루투스는 이것을 〈어머니-대지〉에 대한 암시로 해석하였다(그는 이것이 모든 인간 공통의 어머니라고 말하면서 대지에 입맞추었다)『리비우스』제1장 참조.〉 (1914년에 추가한 부분) 이것과 관련해 헤로도투스가 이야기한 히피아스의 꿈 참조 〈그러나 히피아스는 지난 밤 꿈을 꾼 후 야만인들을 마라톤으로 데려갔다. 자신이 어머니와 함께 잔다고 생각되는 꿈이었다. 그는 이 꿈을 토대로 자신이 아테네로 돌아가 지배권을 되찾은 다음 말년에 고향에서 눈을 감을 것이라고 추론했다.〉 (1911년에 추가한 부분) 이러한 신화와 해석들은 올바른 심리학적 인식을 시사한다. 나는 어머니가 자신을 특히 사랑한다고 생각하는 사람들은 인생에서 자신에 대한 남다른 신뢰와 불굴의 낙천주의를 드러낸다는 것을 발견했다. 이것들은 흔히 영웅적으로 보이고, 실제로 성공을 위해 고군분투하는 밑거름이 된다.

- S. 프로이트《꿈의 해석》中 -

역사적으로 알렉산더, 카이사르, 나폴레옹, 히틀러 등이 정복 전쟁을 벌이는 이유도 어머니에 대한 억압되지 않은 강렬한 욕망 때문이다. 알렉산더가 부하들의 반대에도 불구하고 정복 전쟁을 계속하고, 카이사르가 로마를 점령하고, 나폴레옹이 유럽의 지배자가 된 것도 억압되지 않은 어머니에 대한 욕망을 대리 만족시키기 위해서였다. 니체가 영웅은 모성적이라고 했듯이 어머니의 극진한 사랑은 어린아이의 전능 관념을 극대화해서 **'자신에 대한 남다른 신뢰와 불굴의 낙천주의를 지닌'** 영웅으로 만든다. 특히 어머니가 자신만을 사랑한다고 믿는 인물들은 거의 예외 없이 세계를 정복하기 위해서 고군분투한다. 히틀러가 세계 지배를 꿈꾼 것도 어머니에 대한 깊은 사랑 때문이었다.[87]

하나님 아버지가 어머니 이브의 유혹에 넘어간 아담의 죄를 대지에 대한 저주로 상징화한 것은 아들의 어머니에 대한 욕망이 정복 전쟁과 그로 인한 대량학살을 가져올 것을 알았기 때문이다. 하나님 아버지가 「창세기」에서 어머니 신의 존재를 제거하고, 십계명의 제1조에서 어머니 신을 숭배하지 못하도록 한 이유도 어머니에 대한 욕망을 억압하기 위해서였다. 또 금단의 과실을 먹으면 '언젠가 반드시 죽으리라'라고 말한 이유도 어머니를 상징하는 대지를 빼앗고 정복하기 위해서 자신의 목숨까지 버릴 것이라고 예상했기 때문이다.[88] 하지만 이스라엘 민족이 금송아지를 숭배하는 것을 막지 못했듯이 이번에도 전지전능한 하나님은 어머니에 대한 인간의 무의식적 갈망을 막지 못했다. 더 이상 인간의 어머니에 대한 욕망을 통제할 수 없다고 판단한 하나님 아버지는 강력한 대책을 세우는 데 바로 **거세(할례)**이다. 전설이나 신화 등에서 수많은 아들 신들-아티스, 아도니스, 탐무즈 등-이 요절하거나 거세되는 이유도 아들

---

87) p.464. 세관원이었던 아버지 알로이스(Alois)는 엄격한 규율주의자였고 상습적인 흡연으로 히틀러에게 담배에 대한 평생의 혐오감을 심어주었다. 그는 아들을 한 번도 다정하게 대한 적이 없었다. 알로이스는 바람둥이였지만 1885년 23세 어린 클라라 푈츨(Klara Plozl)과 결혼했다. 남편의 애정을 받지 못한 클라라는 카톨릭 신앙에서 위안을 얻으며 불행한 삶을 살았고 그녀에게 유일한 보상은 아들에 대한 깊은 사랑뿐이었다. 아버지가 죽고 4년 뒤 1907년 어머니가 유방암으로 세상을 떠나자 히틀러는 씻을 수 없는 마음의 타격을 입었다.

　　　　　　　　　　　　　　　　　　- 비비안 그린 《권력과 광기》中 -

88) p.3. 여호와 하나님이 그 사람에게 명하여 이르시되 동산 각종 나무의 열매는 네가 임의로 먹되
　　선악을 알게 하는 나무의 열매는 먹지 말라 네가 먹는 날에는 반드시 죽으리라 하시니라

　　　　　　　　　　　　　　　　　　-《구약성서》「창세기」中 -

의 어머니에 대한 욕망을 억압하고자 하는 **아버지의 질투**가 투사되어 있기 때문이다.

　　p.229. 아버지－신의 지위를 차지하려는 아들의 노력은 훨씬 노골화한다. 농경이 시작되자 가부장적 가족 중에서 아들의 위치가 훨씬 중요해진 것이다. 이들은 대담하게도 근친상간적 리비도의 표출을 시도한다. 어머니 대지를 경작함으로써 근친상간적 리비도를 상징적으로 만족시킬 수 있었기 때문이다. 이어서 아티스(Attis), 아도니스(Adonis), 탐무즈(Tammus) 같은 신들이나, 식물령(植物靈)이 생겨나고, 이와 동시에 모성신(母性神)의 총애를 받고 아버지에게 반항하여 어머니와 근친상간하는 젊은 신들이 생겨난다. 하지만 죄의식은 이런 신들이 창조되어도 진정될 기미가 보이지 않는다. 그래서 신화에서 이런 신들은 모성신의 젊은 애인이 되어 요절하거나, 거세의 벌을 받거나, 부성신의 분노에 의해 동물로 전신(轉身)하거나 하는 것이다. 말하자면 아도니스는 아프로디테의 성수(聖獸)인 멧돼지에게 죽음을 당하고 퀴벨레의 애인 아티스는 거세와 함께 죽음을 당하는 것이다. 이런 신들의 죽음에 대한 애도와 그들의 부활에 대한 환희는 다른 아들－신(神)에 대한 종교 의례에 합류하면서 영속적으로 전해지게 된 것이다.

－ S. 프로이트《종교의 기원, 『토템과 터부』》中 －

이브의 벌 = 출산의 고통과 남근 소망

아담의 죄가 어머니 이브를 욕망한 것이라면 어머니 이브의 죄는 아들을 유혹하여 하나님 아버지의 말씀에 거역할 수 있는 불복종의 생각, 즉 **악의 지식**을 갖게 해 준 것이다. 하나님 아버지는 이브에게도 벌을 내리는데 하나는 **'임신하는 고통을 크게 하는 것'**이고 다른 하나는 **'남편을 원하고 남편의 지배를 받는 것'**이다.[89] 첫 번째 벌은 이해하기 어렵지 않다. 어린아이의 부모에 대한 성적 호기심은 지적 호기심을 자극하고 이러한 지적 호기심은 지능을 발달시킨다. 지능의 발달은 두뇌 용량을 커지게 했고 두뇌의 용량 확대는 출산에 커다란 영향을 끼쳤다. 그것은 산모의 사망을 막기 위해서는 태아의 두뇌가 완전히 발달하기 훨씬 이전에 출산해야만 했다는 것이다. 그 결과 「결정적 시기」가 다른 포유동물에 비교해 압도적으로 길게 되었고 지능은 획기적으로 높아졌다. 사피엔스의 이러한 **근본적인 결함**은 다른 동물에게는 없는 특유의 사회적 문제, 그중에서도 특히 성 도착과 정신병리를 가져다주었지만, 반대로 정신이 놀라울 정도로 다양하게 분화되고 발달할 수 있는 계기가 되었다.[90]

이브의 두 번째 벌은 남편을 소망하고 남편의 지배를 받아야만 하는 벌이다. 정신분석학에서 남편은 **남근**을 상징한다. 이 벌은 여성의 운명은 남근 소망에 지배될 수밖에 없다는 것을 의미한다. 이 벌의 아이러니는

---

89) p.4. 또 여자에게 이르시되 내가 네게 임신하는 고통을 크게 더하리니 네가 수고하고 자식을 낳을 것이며 너는 남편을 원하고 남편은 너를 다스릴 것이니라 하시고
- 《구약성서》「창세기」中 -

90) p.28. 그 결과 자연선택은 이른 출산을 선호했다. 사실 다른 동물과 비교할 때 인간은 생명유지에 필요한 많은 시스템이 덜 발달된 미숙한 상태로 태어난다. (중략)
인간의 사회적 능력이 뛰어난 것도 이 덕이요, 특유의 사회적 문제를 안게 된 것도 이 탓이다. (중략) 게다가 인간은 미숙한 상태로 태어나기 때문에 교육을 받고 사회화할 수 있는 기간이 다른 어떤 동물보다 길다.
대부분의 포유동물은 자궁에서 나올 때, 말하자면 유약 발라 구운 도자기 같은 상태로 나오기 때문에 그것을 어떻게든 재성형하려면 긁히거나 깨질 수밖에 없다. 이와 달리 인간은 용광로에서 막 꺼낸 녹은 유리덩어리 같은 상태로 자궁에서 나온다. 놀라울 정도로 다양하게 가공이 가능하다는 말이다.
- Y. 하라리 《사피엔스》中 -

출산의 고통을 주는 남근을 오히려 선망하게 되고 그 남근의 지배를 받게 되었다는 점이다.

p.172. 소녀가 아버지를 향해 갖게 되는 소원은 아마도 남근에 대한 선망인지도 모릅니다. 어머니는 그것을 그녀에게 허용하는 것을 거절했고, 그러므로 그녀는 이제 그것을 아버지에게서 기대하고 있습니다. 남근에 대한 선망이 아이를 향한 것으로 대체됨으로써 비로소 여자다운 분위기가 형성됩니다. 그러므로 아이는 옛날의 상징적인 등가물로서 남근의 자리를 대신하는 것입니다. 여자아이는 매우 어릴 때, 아무에게도 방해받지 않은 남근기적 단계에 이미 아기를 갖고 싶다고 소망하게 되는데, 그들이 인형을 갖고 노는 놀이의 진정한 의미는 바로 거기에 있습니다. 그러나 이 놀이는 그들의 여성성을 표현하는 것이 아니라 수동성을 적극성으로 대체시키고자 하는 의도를 가진 것으로서 어머니와의 동일시를 돕는 역할을 합니다. 그녀는 어머니의 역할을 하고, 인형은 그녀 자신인 것입니다. 어머니가 그녀를 상대로 했던 모든 행위를 이제는 그녀 스스로가 아기에게 해볼 수 있게 되는 것입니다. (중략) 그러므로 그 옛날의 남근을 갖고 싶다는, 남성이고 싶어하는 소원은 완결된 여성성을 통하여 아직도 희미하게 계속 빛납니다. 우리는 이러한 남근 소원을 그 자체로서 차라리 근본적인 여성성으로 인식해야만 할 것 같습니다.

─ S. 프로이트 《새로운 정신분석 강의》 中 ─

프로이트는 여성의 남근 소망을 '그 자체로써 차라리 **근본적인 여성성**'으로 인식해야 한다고 말한다. 여성의 이러한 남근 소망은 그리스 신화에서 여성의 미(美)를 상징하는 아프로디테(로마 신화의 비너스)로 상징화되어 있다. 아버지(우라노스)의 거세된 남근에서 태어난 아프로디테는 '**남근을 좋아하는**' 여신이기 때문이다.[91] 여성의 남근 소망에 관한 또 다른 상징은 제우스와 헤라의 대화 속에도 등장한다. 제우스와 헤라는 남녀가 사랑을 나눌 때 둘 중 어느 쪽이 더 큰 성적 쾌락을 얻는지를 놓고 언쟁을 벌이다 테베의 예언자 테이레시아스를 불러 물어보았다. 테이레시아스가 남녀의 몸을 다 가져본 경험이 있었기 때문이었다. 테이레시아스는 여자의 성적 쾌락이 남자보다 **9배 더 크다**고 말했다.

테이레시아스의 대답은 두 가지 의미를 지니고 있다. 하나는 말 그대로 여성이 느끼는 성적 쾌락이 남성과 비교해 훨씬 크다는 것이다. 남성과 여성이 느끼는 성적 쾌락의 차이가 큰 이유는 「결정적 시기」 동안 리비도가 배분되는 방식이 다르기 때문이다. 남성의 경우 리비도 일부를 **정신**에 배분해서 지능을 발달시키는 데 이용하지만, 여성은 리비도 대부분을 **신체**에 배분한다. 그 결과 남성은 신체의 감응 능력이 떨어지지만, 여성은 신체의 감응 능력이 떨어지지 않는다. 아마도 임신과 출산을 위한 진화의 불가피한 선택이었을 것이다. 여성의 직감 능력이 남성보다 뛰어난 것도 이러한 이유 때문이다. 감응 능력에는 성적 쾌락을 느낄 수 있는 능력도 포함된다. 다시 말해서 남성은 성적 쾌락을 느낄 수 있는 능력을 희생시키고 지능을 발달시키지만, 여성은 지능을 발달시키지 않고 성적 쾌락을 느낄 수 있는 능력을 그대로 지니고 있다. 이 의미는 여성의 신체는 말 그대로 성적 기관 그 자체가 된다는 뜻이다. 프로이트가 보고한 다음 사례는 여성의 신체가 어떻게 하나의 성적 기관으로 작동하는지를 극명하게

---

91) p.36. 아프로디테라고 한 것은 그녀가 거품에서 자라났기 때문이며, 퀴테레이아라고 한 것은 그녀가 퀴테라로 갔기 때문이다. 또한 사람들은 그녀를 퀴프로스에서 태어난 여신, 혹은 남근을 좋아하는 여신이라고 불렀는데, 그녀가 파도가 높게 이는 퀴프로스 섬에서 뭍으로 올랐기 때문이며, 또한 남근에서 나와 세상의 빛을 보았기 때문이다.
- 헤시오도스《신통기》中 -

보여준다.

　p.710. 지난해 나는 영리하고 솔직해 보이는 한 소녀를 동료들과 함께 진찰하게 되었는데, 그녀의 옷차림새가 좀 기이했다. (중략) 그러나 그녀가 하소연한 요지를 말 그대로 옮겨 놓으면 이런 내용이다. 그녀는 〈이리저리 움직이는〉 무엇인가가 〈몸속에 박혀 있으며〉, 그것이 자신을 완전히 〈뒤흔들어 놓는〉 것 같은 느낌이 든다고 말했다. 그리고 그럴 때면 온몸이 뻣뻣해진다는 것이었다. 같이 진찰하던 동료가 그 말을 들으면서 나를 쳐다보았다. 하소연하는 내용이 너무 명백하다고 생각한 것이다. 환자의 어머니가 그런 말을 들으면서도 별 생각이 없다는 것이 우리 두 사람에게는 이상하게 생각되었다. 어머니 스스로 딸이 진술하는 상황을 분명 여러 번 겪었을 것이기 때문이다. 그렇지 않았더라면 그 같은 말을 입에 담지도 않았을 것이다. 이것은 평소 전의식에 머물러 있는 환상이 검열의 눈을 속이고, 순진한 척 통증호소라는 가면을 쓴 채 성공적으로 의식에 진입한 사례이다.

- S. 프로이트 《꿈의 해석》中 -

　소녀가 느끼는 무언가는 너무나 명백하게도 **남근에 대한 본능적 관념과 정서**이다. **'영리하고 솔직한'** 소녀와 그녀의 어머니가 그것이 남근에 대한 관념이라는 것을 인식하지 못하는 이유는 그 관념에 아직 관념적 표상이 연결되지 않았기 때문이다. 바꿔 말하면 그녀들의 초자아가 성적 표상을 의식 속에 입장시키지 않고 있기 때문이다. 이후에 아버지나 남동생의 남근을 실제로 보게 되면, 즉 관념적 표상이 연결되면 리비도가 집중됨으로써 **남근 소망**이 된다. 남근 소망이 **근본적인 여성성**인 이유는 여성의 무의식이 아직 태어나지 않은 아이의 존재를 알고 있는 것과 마찬가지로 여성의 무의식은 아직 보지 않은 **자신을 임신시킬 수 있는 남근의 존재**를 알고 있기 때문이다. 따라서 임신해서 아기를 낳는 것이 남근에 대한 본능적 관념을 만족시키는 것이 된다.

이 소녀와 유사한 사례가 스페인 아빌라에서 출생한 테레사 성녀(聖女)가 본 환상에 대한 기록에도 나온다.[92] 조각가 베르니니는 그녀의 환상을 『성녀 테레사의 법열(法悅)』이라는 작품으로 재현했다. 이렇게 본능적 또는 무의식적 관념(욕망)이 초자아의 검열을 우회하여 신체적 증상으로 발현되는 현상이 **히스테리**이다. 히스테리의 흥미로운 점은 정신적 병리이지만 그 증상이 신체적으로 나타난다는 것이다. 앞서 히스테리를 정신적 병리로 보기 어렵다고 한 이유가 여기에 있다. 히스테리가 주로 여성의 정신병리인 점을 고려하면 여성은 정신적 고통을 신체적 통증으로 '**전환**'함으로써 정신적 고통에서 벗어날 수 있는 놀라운 능력을 지니고 있다고 할 수 있다.

> p.224. 또한 기제는 전환, 바로 그것이다. 즉, 그녀가 회피하는 정신적 고통 대신에 육체적 통증이 나타나는 것이다. 이런 식의 변화를 통해서 환자는 견디기 힘든 정신적 고통에서 벗어나는 이득을

---

92) p.329. 그녀의 체험을 그녀가 기록했던 대로 살펴보면 다음과 같다. "내 왼쪽에서 나는 인간의 몸과 같은 모습을 한 천사를 보았다. (중략) 그 천사는 손에 금으로 된 창을 들고 있었는데, 그 끝은 매우 길었고, 가장자리에는 불이 붙는 것 같았다. 그는 그 창으로 나를 몇 차례 찔렀는데, 그가 창을 뺄 때마다 나의 창자는 빠지는 것 같았다. 그것은 나에게 매우 커다란 하나님의 사랑의 불을 남겨 놓았다. 그 불은 너무 강렬하게 타올라서, 나는 기쁨에 찬 비명을 지를 수밖에 없었다. 나는 이렇게 달콤한 고통으로부터 벗어나게 해달라고 빌 수밖에 없었다. (생략)" 사람들은 이 글을 보고 아빌라의 테레사를 히스테리나 성도착이라고 의심할 수 있을 것이다.
> 　　　　　　　　　　　　　　　　　　　　　　　　　　- A. 베르고트《죄의식과 욕망》中 -

얼고 있다.

- J. 브로이어 & S. 프로이트 《히스테리 연구》中 -

정리하자면 성 선택 진화과정에서 남성이 지능을 얻는 대가로 희생한 핵심 기능 중 하나는 신체의 감응 능력, 즉 성적 쾌락이다. 이러한 희생은 「창세기」에서 아담이 **무화과나무잎**으로 자신의 성기를 가리는 행위로 상징화되어 있다. 무화과나무잎이 성적 쾌락의 희생이라는 단서는 이집트의 오시리스와 이시스 신화에서 찾아볼 수 있다. 이 신화에서 형 오시리스는 동생 티폰에 의해서 살해되고 그의 시체는 14조각으로 나뉘어 여기저기 뿌려진다. 아내인 이시스는 14개 조각 중 13개를 찾아냈으나 나머지 한 조각은 나일강의 물고기가 먹어서 찾을 수 없었다. 그 나머지 한 조각은 오시리스의 남근이었다. 이시스는 **무화과나무**로 그 부분을 대신 만든 후에 시신을 매장한다.[93] 남성의 또 다른 희생은 지능의 발달에 따른 정신병리이다. 이러한 두 가지 희생을 치르지 않았기 때문에 여성은 남성보다 훨씬 더 강렬한 성적 쾌락을 느낄 수 있고 히스테리를 통해서 정신병리에서 벗어날 수 있었다. 여성에 대한 이러한 두 가지 혜택이 출산의 고통에 대한 자연(하나님)의 보상이라고 할 수 있다. 그래서 도스토옙스키는 하나님이 사랑하는 마음에서 여성에게 히스테리를 주었다고 말한다.

p.380. 알료샤는 카테리나가 히스테리를 일으킨 얘기를 하고 아마 지금도 의식을 잃은 채 헛소리를 하고 있을 거라고 설명했다.
"호흘라코바 부인이 거짓말을 한 것은 아닐까?"
"그런 것 같지 않아요."

---

93) 토마스 불핀치, 《그리스 로마 신화》, p.425.

"알아볼 필요가 있겠군. 그렇지만 히스테리로 죽었다는 사람은 아무도 없으니까. 히스테리쯤 일으켰다고 해서 별문제는 없을 거야. 하느님은 사랑하는 마음에서 여자에게 히스테리를 준 거니까. …"

– 도스토옙스키 《카라마조프의 형제》 상 中 –

테이레시아스의 대답이 지닌 또 다른 의미는 출산의 고통에 대한 또 다른 보상이 있다는 뜻이다. 정신분석학에서 아홉(9)이라는 숫자는 임신 기간(9개월)을 상징한다. 즉 출산의 고통에 대한 또 다른 보상은 **아기**이다. 아기는 남근에 대한 본능적 관념을 만족시킨 것과 같은 효과가 있다. 특히 아이가 남근이 있는 경우에는 더욱 그렇다. 대부분 문명에서 어머니가 아들을 선호하는 이유는 아들이 자신의 남근 열등감을 방어해 주기 때문이다. 여성이 성적 관계에는 **수치심**을 느끼면서도 그 결과인 임신에는 **자부심**을 느끼는 이유는 무의식적 목표(죄의식)의 성취보다 본능적 목표(번식)의 성취가 더 중요하기 때문이다. 아이의 이러한 상징성으로 인해서 이브의 후손인 여성은 일생 상징적 남근의 지배를 받게 된다. 어린 시절에는 **아버지**가 상징적 남근이고, 성인이 되어서는 **남편**이 상징적 남근이고, 노년에는 **아들**이 상징적 남근이 된다.[94] 도스토옙스키는 여성의 남근 소망을 다음과 같이 묘사하고 있다.

p.391. "정말 카테리나의 남편이 감옥에 들어가 있어?" 무엇이든지 곧이곧대로 듣는 코스챠가 거드름을 피우며 물었다.

---

94) p.320. 그런 결과로 우리가 알게 된 것은, 남편은 원래 성적 소망의 대체 존재이지 바로 그 소망의 대상은 아니라는 사실이다. 말하자면 여성의 사랑의 첫 대상은 다른 사람-전형적으로 그 대상은 아버지로 나타난다-이며, 남편은 기껏해야 그 다음인 것이다.

– S. 프로이트 《성욕에 관한 세 편의 에세이, 『처녀성의 금기』》中 –

"아니면 이런지도 몰라." 나스챠는 자기의 첫 가설을 잊은 듯 완전히 포기하고 급히 말을 막았다 "카테리나는 남편이 없어. 그건 네 말이 맞아. 하지만 시집을 가고 싶어서 자꾸만 시집갈 생각을 하다 보니까 남편 대신 아기를 얻게 된 거야."

– 도스토옙스키《카라마조프의 형제》중 中 –

모든 생명체와 마찬가지로 인간의 생존과 번식의 목적은 자신의 유전자를 후세에 전달하기 위한 것이다. 즉 **유전자의 불멸**을 위해서이다. 수컷 인류는 불멸을 위한 하나의 수단에 불과하다. 암컷 인류가 진정으로 소망하는 것은 남편이 아니라 **남근**이며 **임신**이며 **어린아이**이다.

p.72. "여자에 대한 것은 모두 수수께끼다. 그러나 여자에 대한 문제는 모두 단 하나의 답으로 풀린다. 바로 임신이다.
여자에게 있어 남자란 하나의 수단에 불과할 뿐 목적은 언제나 어린아이다. (중략)"

– F. 니체《차라투스트라는 이렇게 말했다(동서)》中 –

수컷 남성은 진화과정에서 지능을 얻는 대가로 성적 쾌락을 희생하고 정신병리를 얻게 되었다. 물론 여성에게도 정신병리가 있지만 주로 히스테리라는 점에서 정신병리의 정도는 남성보다는 덜 심하다. 그리고 여성이 히스테리에 걸리는 이유는 자신의 성적 욕망을 억압하도록 어린 시절부터 초자아 교육을 받기 때문이다. 히스테리에 걸리는 여성이 주로 **순결을 중시하는** 수녀, **교양있는** 부인이나 **예의범절이 바른** 소녀인 이유도 이러한 초자아 교육 때문이다.

p.22. 최면상태에서 우리가 찾게 되는 히스테리 현상의 근원은 이런 유의 고통스런 것들이다. (이러한 히스테리 현상의 예로, 성자나 수녀, 품행이 단정한 부인, 예의범절 교육이 잘 된 아이들에서 보는 히스테리성 착란을 들 수 있다.)

　　　　　　　　　　　　　　　　　 - S. 프로이트 《히스테리 연구》 中 -

물론 종교에서의 성자와 같이 죄의식이 강한 남성도 히스테리에 걸린다. 하지만 그 근본적인 원인은 그들의 정신구조가 여성적 특성을 지니고 있어서이다.[95] 앞서 언급한 바와 같이 여성성은 온갖 종류의 암시를 **신체적으로** 이해할 수 있는 **감응 능력**을 말한다(기계의 품질 저하가 일어난 곳은 남성의 정신이다). 이러한 능력을 지닌 대표적인 사람들이 예술가이다[96](따라서 여성이 아니라 여성성이 강한 사람이 히스테리에 잘 걸린다고 표현해야 하지만 이 책에서는 여성성이 강한 사람은 여성 또는 여성성이 약한 사람은 남성으로 표기하고자 한다). 여성성이 강한 사람은 자신의 성적 욕망에 대한 죄의식을 신체적으로 드러낸다. 정신분석학에서는 이렇게 성적 욕망과 죄의식의 갈등이 신체적으로 발현된 정신 현상을 (정신병이 아니라) **신경증**이라고 부른다. 따라서 모든 신경증의 원동력은 **성욕**이라고 할 수 있다. 이 의미는 성욕이 **신경증의 문제를 푸는 열쇠도**

---

95) p.363. 신성과의 **융합**은 최고의 환희를 갈망하는 것(많은 성자들에서 보이는 여성적이고-히스테릭한 성격), 또는 최고의 안정, 고요함, 정신적인 것(스피노자)을 갈망하는 것 또는 힘 등을 갈망하는 것일 수 있고, 또는 어쩔 줄 모르는 공포의 결과일 수 있다.

　　　　　　　　　　　　 - F. 니체 《유고(1882년 7월~1883/84년 겨울)》 中 -

96) p.581. 예술가는 훨씬 더 강한 종족에 속한다. 우리의 내부에서라면 병을 일으키고 해로울 수 있는 것도 예술가의 내면에서는 자연스럽다. 그러나 사람들은 이 같은 의견에 반대한다. 온갖 종류의 암시를 이해하는 놀라운 능력은 바로 기계의 품질 저하 때문이라는 의견이다. 그 증거가 바로 히스테리 증세를 보이는 여자들이라고 한다.

　　　　　　　　　　　　　　　　　　　　 - F. 니체 《권력 의지(부글)》 中 -

된다는 뜻이 된다.

p.309. 나는 또한 성욕이 마치 갑자기 등장한 해결사처럼 히스테리의 특징적인 진행 과정에 개입하는 것이 아니라 모든 개별 증상과 표현에 원동력을 제공한다는 점을 중시하였다. 노골적으로 말하자면 질병의 증상들은 환자의 성적 활동이다. 개별적인 사례가 보편적인 명제를 증명할 수는 없지만 나는 늘상 새로운 사례를 보여주는 일을 반복한다. 그 이유는 성욕이 신경증 문제를 푸는 열쇠라고 믿기 때문이다. 이러한 관점을 거부하는 사람은 결코 문제를 풀수 없다.

– S. 프로이트 《꼬마 한스와 도라, 『도라의 히스테리 분석』》中 –

죄악(罪惡) = 정욕

전지전능한 하나님 아버지는 아담을 에덴동산에서 추방하고 대지를 경작하게 함으로써 대지에는 사람들이 번성하기 시작했고 여자들이 많아졌다. 그러자 인간(남성)들은 '**모든 여자**'를 아내로 삼으려 했고 **질투하는 하나님 아버지**는 그런 인간들을 대홍수로 몰살시켜 버린다.[97] 하나님

---

97) p.7. 하나님의 아들들이 사람의 딸들의 아름다움을 보고 자기들이 좋아하는 모든 여자를 아내로 삼는지라

여호와께서 이르시되 나의 영이 영원히 사람과 함께 하지 아니하리니 이는 그들이 육신이 됨이라 (생략)

...

여호와께서 사람의 죄악이 세상에 가득함과 그의 마음으로 생각하는 모든 계획이 항상 악할 뿐임을 보시고

땅 위에 사람 지으셨음을 한탄하사 마음에 근심하시고

아버지뿐만 아니라 동서고금을 막론하고 모든 아버지는 아들의 성적 문란을 죄악시하는 것은 당연하다고 볼 수 있다. 그런데 프로이트는 질투하는 아버지 역할을 설명하려는 노력을 '**역사적 시도**'라고 부른다.

p.193. 그러나 나는 이것을 설명하려는 또 하나의 다른 시도를 언급하지 않을 수 없다. 이 시도는 우리가 지금까지 검토해 온 것과는 전혀 다른 종류의 것으로서 아마 〈역사적〉인 시도라고 해도 좋을 것이다. 이 시도는 인간의 사회적 원시 상태에 관한 찰스 다윈의 가설을 그 바탕으로 삼는다. 다윈은 고등 영장류의 생활 습관으로부터 추정하여, 인간도 처음에는 작은 무리 혹은 원시군(元始郡)으로 살아왔을 것이고, 그중에서도 가장 나이가 많고 힘이 센 남성의 질투 때문에 원시군 내에서의 난교가 방지되었을 것이라고 연역한다.

〈포유동물의 대부분은 연적(戀敵)과 싸우기 위해 특수한 무기로 무장하고 있는데 그 질투라는 것에 대해 우리가 알고 있는 것으로 추정해 보아도 자연적인 상태에서 양성의 일반적 혼교가 이루어졌다고 보기는 어렵다는 것이 우리의 결론이다……. 따라서 우리가 시대를 흐름을 거슬러…… 현존하는 인류의 사회적 습관을 바탕으로 추론하건대…… 가장 개연성이 높은 견해는 인간은 처음에는 작은 무리를 이루고 살되, 남자는 그 부양 능력에 따라 여러 명의 아내를 거느리고 살았을 것이며, 남자는 질투라는 무기로서 여자를 다른 남자들로부터 보호했으리라는 것이 가장 확실한 견해로 보인다.

이르시되 내가 창조한 사람을 내가 지면에서 쓸어버리되 사람으로부터 가축과 기는 것과 공중의 새까지 그리하리니 이는 내가 그것들을 지었음을 한탄함이니라 하시니라

- 《구약성서》「창세기」中 -

(중략)

– S. 프로이트《종교의 기원,『토템과 터부』》中 –

나이가 많고 힘이 센 아버지의 질투가 집단의 난교를 방지했을 것이라는 프로이트의 견해가 특별하게 보이지 않겠지만 프로이트가 역사적 시도라고 부를 만큼 프로이트의 견해는 매우 중요한 의미가 있다. 그 중요성은 하나님 아버지가 인류를 몰살시킨 이유에 숨어 있다. 아담이 원죄를 지은 후에 후손들의 무의식 속에는 **죄악**(罪惡)이 형성된다. 어머니를 욕망한 행위에 **악의 관념**이 결부되었다는 뜻이다. 따라서 악한 욕망은 억압된다. 욕망이 억압되었다는 의미는 두 가지 의미가 있다. 하나는 그 욕망이 **반복 강박성**을 띠게 된다는 것이고 다른 하나는 그 욕망은 **의식과 접촉하지 못한다**는 것이다. 따라서 인간은 자신이 반복 강박적으로 어머니를 욕망하는 죄악을 추구하고 있는지 의식하지 못한다. 만약 인간의 의식이 자신의 무의식이 생각하는 모든 계획이 죄악이라는 것을 알았다면 그것을 추구하지 않았을 것이다. 이러한 이유로 '무의식(마음)이 생각하는 **모든 계획은 항상 악할 뿐**'이게 된다.

하나님 아버지는 원죄가 죄악이 된 원인을 '**영(정신 에너지)이 육신이 되었기 때문**'이라고 설명한다. 이렇게 정신 에너지가 변질되는 이유는 선악과(선악 관념) 때문이다. 선악 관념은 어머니에게 집중된 어린아이의 리비도를 억압해서 리비도를 그 시점에서 그대로 고착시켜 **물질화**시킨다. A. 아인슈타인이 정신과 육체는 하나의 두 가지 형태라고 했듯이, 정신 에너지(정신 리비도)가 육신의 일종(신체 리비도)으로 되었다는 뜻이다. 이 물질이 **관념(욕망)**이다.

무의식적 관념은 반복 강박성이라는 악마의 힘을 지니고 있으므로 주체는 의식이 모르는 사이에도 어머니에 대한 억압된 욕망의 성취를 반복 강박적으로 추구하게 된다. 그 대표적인 상징 행위가 무의식적으로 지나가는 여성을 뒤돌아보는 것이다.[98] 이렇게 현재로서는 까맣게 잊은 욕망으로 인해서 인간은 무의식적으로 어머니를 대체할 수 있는 여자(아내)를 찾는 데 평생을 보내게 된다. 하나님 아버지가 개탄한 인간의 **모든 여자를 아내로 삼으려는** 노력은 어린 시절 어머니를 포기해야만 했던 심리적 외상을 타인과의 유사한 관계 속에서 다시 한번 재생해서 '**그것을 현실화하려는**' 무의식적인 상징 행위인 것이다.

  p.350. 적극적인 심적 외상의 작용이란, 심적 외상을 다시 한번 작용하게 하려는 노력이다. 다시 말하면, 잊혀진 경험을 다시 기억해 내려는 노력, 그것을 현실화하려는 노력, 그것에 대한 경험을 일신시키려는 노력, 혹은, 만일 그 체험이 어린 시절의 감정적인 문제와 관련이 있는 것이라면 타인과의 유사한 관계 속에서 그것을 재생하려는 노력이다. 이러한 노력을 일괄해서 심적 외상에의 〈고착〉, 및 〈반복 강박〉이라고 한다. 이러한 노력의 진정한 근거, 즉 역사적 기원은 잊혀져 버렸는데도 불구하고, 아니 오히려 잊혀져 버렸기 때문에 이들 노력은 이른바 정상적 자아에 수용되고, 정상적 자아에 대한 영속적인 경향으로 불변의 성격을 부여하게 된다. 바로 이런 이유에서, 어린 시절에는 어머니에게 지나치게 의존해 있었으면서도 현재로서는 그런 사실을 까맣게 잊고 있는 사람은 자기를 도

---

98) p.244. (1920년에 추가한 각주) 한 사람이 나에게 〈실수 행위에 의한 자기 처벌〉이라는 주제로 다음과 같은 글을 보내왔다. 〈만일 우리가 어떤 사람이 길거리에서 행동하는 방식에 대해 연구해 본다면 우리는 얼마나 자주 지나가는 여성을 뒤돌아보는 - 물론 그런 행동이 특이한 것은 아니다 - 남자들이 사소한 사고들을 겪게 되는지 볼 수 있는 기회를 갖게 된다. (이하 생략) - 원주.

　　　　　　　　　　　　　　　- S. 프로이트《일상생활의 정신병리학》中 -

와주고 지켜 줄, 말하자면 의지가 될 만한 아내를 찾는 데 평생을 보내게 된다.

- S. 프로이트《종교의 기원, 『인간 모세와 유일신교』》-

아버지의 질투로 어머니를 아내로 삼을 수 없었던 심리적 외상을 경험한 무의식은 훗날 이러한 잊힌 경험을 다시 기억해 내고 그 경험을 일신시켜 한 번 실패한 소망을 다시 한번 성취하려고 한다. 노골적으로 말하자면 남성의 **모든 활동**이 본질에서 어머니에 대한 억압된 성적 욕망을 성취하기 위한 행위이다. 하지만 의식은 이러한 '**역사적 기원**'을 모르기 때문에 무의식의 의도를 모른 채 사고하고 행동한다.《죄와 벌》에서 라스콜리니코프의 의식은 자신이 **모든 것이 허용되는 권력**을 손아귀에 넣으려 하는 이유를 자신이 나폴레옹과 같은 천재적인 인물이라는 것을 증명하기 위해서라고 믿고 있지만, 사실은 그러한 권력을 갖고 싶은 이유는 **모든 여자를 아내로 삼을 수 있기** 때문이다.[99] 동물과는 다른 이러한 '**특수화되고 개체화된**' 성욕의 중요성을 통찰한 선구적인 철학자는 쇼펜하우어이다. 정신분석학에는 이러한 '특수화되고 개체화된' 성욕을 '**정신적 욕동**'이라고 부른다.[100] 쇼펜하우어는 이러한 정신적 욕동을 자기보존 본능

---

99) p.876. 인류 최초의 여섯 제국을 분석한 결과, 지위와 짝짓기 성공률은 정량적으로 정확히 비례했다. 로라 뱃직에 따르면, 황제는 아내와 첩이 보통 수천 명이었고, 왕자는 수백 명이었고, 귀족은 수십 명이었고, 상류층 남자는 최대 10명이었고, 중류층 남자는 서너 명이었다.

- S. 핑거《우리 본성의 선한 천사》中 -

100) p.207. 소수의 사람만이 무의식적 정신 과정들이 학문과 삶에서 하나의 중요한 발걸음을 뗐다는 것을 알았을 것이다. 저명한 철학자들을 선구자로 들 수 있는데 누구보다도 사상가 쇼펜하우어를 언급하지 않을 수 없다. 그의 무의식 〈의지〉는 정신분석에서 말하는 정신적 욕동과 같은 것이다. 그 이외에도 이 사상가는 불멸의 인상을 남긴 말들을 통해 인간들에게 예나 지금이나 성적 욕구의 의미를 과소평가하지 말라고 경고했다.

과 함께 실제 인간 사회에서 '**가장 강력하게 작용하는 힘**'이라고 말한다.

p.60. 연정은 겉보기에는 별나라 같아도, 사실은 성욕이라는 본능을 바탕으로 하고 있다. 아니, 이 본능이 특수화된 것이며 개체화된 것이다.

이 점을 염두에 두고 사랑이 희곡이나 소설에서뿐 아니라 실제 사회에서(거기에는 자기보존 본능과 함께 가장 강력하게 작용하며, 모든 동작 중에서 가장 활동적이다) 연출하는 중요한 역할을 관찰하면, 언제나 모든 생애에서 가장 젊은 시절, 즉 청춘시절 뭇사람들의 정력과 사고를 거의 절반쯤 강제로 동원한다. 또한 사랑은 인간이 기울이는 모든 노력의 마지막 목적으로서, 심지어는 가장 중요한 사건에도 엄청난 영향을 주며, 가장 진실한 과업을 중단시키고, 때로 가장 위대한 정신도 흐리게 하며, 외교적 교섭이나 학술연구에 몰두할 때도 체면 불고하고 연출하여 장관의 문서철이며 철학자의 원고 속에서 연애편지나 머리카락을 끼워 넣게 한다. 또 수많은 나날 시끄러운 사건에 가장 악질적으로 사주한 사람이나 동지끼리 맺은 가장 친밀한 사이도 끊어버리고, 견고한 사슬도 풀며, 허다한 사람들을 희생시키고, 생명과 건강과 부와 지위와 행복을 빼앗아갈 뿐더러, 정직한 사람을 철면피로 만들고, 충신을 반역자로 변절하게 하며, 흡사 악마처럼 모든 것을 뒤집어엎고 찢어버리고 파멸시키려 한다. 이 모든 점을 곰곰이 생각해 보면, 그토록 소란을 피우고 애쓰고 고민하여 불행에 빠지는 것은 무엇 때문이냐고 외치지 않을 수 없다. 대체 무엇 때문에 그렇듯 하찮은 일이 그처럼 큰 파문을 일으키며 안정된 생활에 소동을 일으키게 하는 것인가?

— S. 프로이트《프로이트의 치료기법,『정신분석치료의 난점(1917)』》中 —

진리 탐구 정신이 투철한 사상가라며 이 물음에 대해 올바른 해답을 내릴 수 있다. 즉, 그것은 결코 작은 일에 관련되어 있지 않으며, 그 중대성은 그것을 추구하는 경우 맞닥뜨리게 되는 진지하고 열렬한 모습에 맞먹는다.

– A. 쇼펜하우어 《철학적 인생론》 中 –

그런데 모든 여자를 아내로 삼으려 하는 남성의 욕망이 하나님 자신이 창조한 세상을 멸망시킬 만큼 중대한 죄일까? 먼저 왜 남성은 모든 여자를 아내로 삼으려 하는지에 대하여 정신분석학적으로 좀 더 이해할 필요가 있다. 프로이트는 이러한 정신적 욕동의 본질을 **알코올 중독**에 비유한다.

p.233. 만일 우리가 우리 시대 최고의 알코올 중독자인 뵈클린 같은 사람이 포도주와 자신의 관계에 대하여 말하는 것을 들어 본다면, 그 관계는 마치 완벽한 조화, 행복한 결혼 생활의 한 전형적인 예를 보는 것 같을 것이다. 그런데 왜 사랑하는 사람과 그의 성적 대상의 관계는 그렇게 다른 것인가?

매우 이상하게 들리겠지만, 다음과 같은 가능성을 생각해 보아야 한다. 즉, 성적 본능의 본질 중 어떤 것은 완전한 만족의 실현과는 어울리지 않는다는 것이다. 만일 우리가 길고도 험난한 본능의 발달사를 고려한다면, 그러한 난관의 원인이 될 만한 두 가지 요인이 금방 머리에 떠오른다. 첫째는, 대상–선택을 시작할 때의 그 이중적 태도와 근친상간을 금하는 장애물이 개입한 결과로 최후의 대상 또는 성적 본능은 더 이상 원래의 본원적 대상이 되지 못하고 그 대체물일 수밖에 없다는 사실이다. 정신분석이 우리에게 보여주는 것은 갈망하는 충동의 본원적 대상이 억압의 결과로 상실되었을 때, 끝없이 이어지는 대체물이 그 본원의 대상을 대신하지만 그런 대체물 중 그 어떤 것도 완전한 만족을 제공하지는 못한다는 것이다. 이것이 바로 성인들의 사랑에서 특징적으로 종종 나타나는 대상 선택의 변덕스러움, 즉 〈자극을 원하는 강렬한 욕망〉을 설명해 주는 대목이다.

　　- S. 프로이트 《성욕에 관한 세 편의 에세이, 『사랑의 영역에서 일어나는 가치 저하의 보편적 경향에 대하여』》 中 -

　술과 완벽한 사랑에 빠진 알코올 중독자와 달리 남성은 변덕스럽게 성적 대상을 바꾼다. 프로이트는 그 원인을 **'본원적 대상'**이 준 만큼의 완전한 만족을 **'끝없이 이어지는 대체물'**이 주지 못하기 때문이라고 말한다. 여기서 본원적 대상은 **한 명의 어머니**이고 끝없이 이어지는 대체물은 이 세상의 **모든 여자**이다. 자신의 어머니와 세상의 모든 여자와 바꿀 수 없듯이 어린 시절 어머니가 준 만족과 세상의 모든 여자가 주는 만족과 바꿀 수 없다. 알코올 중독자가 **모든 술**을 욕망하는 이유가 술의 상표(껍질) 때문이 아니라 그 속에 들어있는 알코올(본질)인 것처럼, 남성이 **모든 여자**를 욕망하는 이유는 그 여자의 개성이 아니라 그 여자 속에 있는 어머니 속성 때문이다.[101]

　이러한 이유로 남성은 번식 확률을 높이기 위해서가 아니라 더 많은 여성을 아내로 삼기 위해서 성적 대상을 변덕스럽게 바꾼다. 인간에게는 여성을 모으는 그 자체를 더 중요하다는 뜻이다. 남성이 현재의 모든 여성

---

101) p.323. 어머니로부터 - 모든 사람은 어머니에게서 얻은 여성상을 자신 속에 지니고 있다: 그가 여성들을 대체로 존경하는가 또는 멸시하는가 또는 일반적으로 무관심한가 하는 것은 이것에 의해 규정된다.
　　　　　　　　　　　　　　　　- F. 니체 《인간적인 너무나 인간적인 Ⅰ (책)》 中 -

을 아내로 삼으려는 이유는 남성의 정신세계가 과거의 본원적 대상에 고착되어 있기 때문이다. 다시 말해서 남성은 과거에 자신의 무의식 속 후미진 구석에 자리 잡은 **'한 귀부인'**을 위해서 평생의 정열을 바친다고 할 수 있다.

> p.148. 젊은 남자의 경우에는 성적 욕망 이외에 자기중심적이고 야망에 찬 욕망이 분명하게 우위를 차지하고 있다. 그렇지만 우리는 욕망의 이 두 상반된 방향을 강조하고 싶지는 않다. 오히려 두 방향의 빈번한 일치를 강조해야 할 것이다. 수많은 성당의 벽화 속에서 흔히 모서리 한구석에 그려져 있는 기증자의 얼굴을 볼 수 있듯이, 마찬가지로 우리는 대부분의 야망적 몽상의 어느 후미진 구석에 자리 잡고 있는 한 귀부인을 만나게 되는데, 이 여인을 위해 몽상가는 업적을 쌓아야만 했고, 또 자신의 모든 성공은 이 여인의 발 아래 바쳐지기 위한 것이었다. 은폐하려는 강한 동기들이 바로 여기에 존재한다는 것을 알 수 있다. (중략) 청년은 세상에는 자신과 유사한 욕망을 가지고 있는 수많은 사람들이 살고 있다는 것과 또 이러한 세상에 적응하며 살기 위해서는 지나치게 애지중지하며 자랐던 어린 시절에서부터 자신의 과도한 자기애가 초래되었다는 사실을 깨달음으로써 극복하는 것을 배워야만 한다.
>
> － S. 프로이트《예술, 문학, 정신분석,『작가와 몽상』》中 －

모든 남성은 자신의 무의식 속에 자리 잡은 이 귀부인을 위해 업적을 쌓아야만 했고 자신의 모든 성공을 이 귀부인에게 바쳐야만 했다. 물론 표상의 세계에서는 그러한 업적과 성공은 그 귀부인의 대체물인 다른 여성에게 바쳐진다. 남성의 무의식이 이렇게 하는 이유는 이 귀부인이 그가

가장 무력했을 때 그의 최초의 보호자이었기 때문만은 아니다. 그 귀부인
은 그에게 가장 완전한 성적 만족을 제공한 연인이었기 때문이다. 우리는
이 귀부인이 그의 어머니라는 것을 알게 되었다. 대표적으로 한 키 작은
코르시카 인은 이 귀부인을 만족시키기 위해서 유럽의 정복자가 되었다.
이렇게 사랑하지 않으래야 않을 수 없는 이 귀부인을 도스토옙스키는 '마
음의 여왕'이라고 표현한다.[102]

> p.219. "… 당신을 사랑하오니 오오 하느님, 저를 제발 심판하지
> 말아 주옵소서! (중략) …… 저는 제 마음의 여왕을 사랑하고 있나이
> 다. 그렇습니다. 저는 사랑하나이다. 사랑하지 않을래야 않을 수 없
> 나이다. …"
>
> − 도스토옙스키《카라마조프의 형제》중 中 −

하나님 아버지가 인류를 몰살시킨 이유는 인간이 자신의 무의식 속 후
미진 구석에 자리 잡은 **한 귀부인, 즉 어머니 신**을 숭배했기 때문이었다.
과거의 어머니에 대한 욕망에 대한 **역사적 기원, 즉 원죄**는 잊혀져 버렸
는데도 불구하고, 아니 오히려 잊혀져 버렸기 때문에 자신도 모르게 어머
니 신을 갈망하게 된다. 이렇게 모든 여자를 아내로 삼으려 하는 **영속적
경향**은 무의식적 자아에게 **불변의 성격**을 부여함으로써 수컷 인간의 '**제
2의 본성**'이 되어버렸다. 파스칼은 이렇게 모든 여자를 욕망하는 인간의
제2의 본성을 '**정욕**'으로 규정했다.[103](인간의 제1의 본성은 불멸이다)

---

102) p.419. 황제와 황후(왕과 왕비)는 실제로 대부분 꿈꾸는 사람의 부모를 나타내고,
　　 왕자나 공주는 꿈꾸는 자신이다.
　　　　　　　　　　　　　　　　　　　　　　− S. 프로이트《꿈의 해석》中 −
103) p.215. 정욕은 우리에게 자연스러운 것이 되었고, 그래서 우리의 제2의 본성을 이
　　 루었다. 이렇듯 우리 안에는 두 본성이 있다. 하나는 좋고 하나는 나쁘다. 신은 어디

인간의 성욕이 특수화되고 개체화되어 정욕이 되는 이유는 인간이 무력하게 태어나기 때문이다. 무력한 어린아이는 어머니에게 절대적으로 의존할 수밖에 없다. 그런데 어머니가 어린아이의 욕구를 반복적으로 만족시켜주지 못하게 되면 어린아이는 더욱 강렬하게 어머니에게 집착하게 된다. 그렇게 되면 어린아이의 건전한 애정 욕구에는 리비도가 집중되어 공격성(적대감)을 띠게 되는데 이렇게 공격성이 결부된 성적 욕망이 **정욕(정신적 욕동)**이다.[104] 이러한 정욕으로 인해서 인간의 무의식은 자신의 정욕을 만족시켜 줄 수 있는 표상을 지닌 대상을 지각하게 되면 그것을 공격적으로 획득하려고 노력하게 된다.

물론 개개인의 정욕의 강도는 방어의 정도에 따라서 천차만별이다. 문제는 방어의 정도가 너무 심해서, 즉 정욕의 공격성이 너무 강해서 성적 대상이 아닌 대상도 성적 대상으로 간주할 때이다. 이러한 정신 현상을 정신분석학에서는 **성욕화** 또는 **성애화**라고 부른다.[105](이 책에서는 일반적인 성욕과 구별하기 위해서 **정욕화**라고 부르기로 한다). 사람들은 죽음

있는가. 당신들이 있지 않은 곳에 있다. 그리고 신의 나라는 당신들 안에 있다.
- B 파스칼《팡세》中 -

104) p.361. 코헛에 따르면 욕동은 타고난 것이 아니다.: 애정(affection)과 자기 주장성(assertiveness)은 타고난 것이지만, 이것들은 병인적 상황에서 정욕(lust)과 적대감(hostility)으로 변형된다. (중략)

…. 자기가 어느 정도 방어되는가에 따라 애정은 분열되어 정욕이 되고 자기-주장은 붕괴되어 적대감이 된다. (중략) 타고난 것은 애정과 자기 주장적 성향이며 적대감과 정욕은 애정과 자기 주장성이 왜곡되어 생긴 병리적 산물이다.
- F. 써머즈《대상관계 이론과 정신병리학》中 -

105) p.171. 성애화(sexualization)는 대개 상연의 형태로 표현되며 행동화의 하위 유형으로 볼 수도 있을 것이다. (중략) 그러나 프로이트 이후 수십 년에 걸친 임상 경험과 연구 결과들은 성적 활동과 환상이 어떻게 방어적으로 사용되는지를 분명하게 보여주었다. 사람들은 불안을 다스리기 위해서, 자존감을 회복하기 위해서, 수치심을 상쇄하기 위해서, 내적인 황폐감을 비껴가기 위해서 성(性)을 사용한다.
- N. 맥윌리엄스《정신분석적 진단》中 -

불안이나 분리 불안을 방어하기 위해서 또는 자기애적 손상과 수치심을 방어하기 위해서 대상을 정욕화한다. 대표적인 정욕화 현상이 **사물**을 성적 대상으로 보는 페티시즘(물신 숭배)이다. 악마의 첫 번째 유혹인 융합 욕망의 대상이 재산인 이유도 융합 욕망의 공격성이 재산을 정욕화했기 때문이다. 사물 이외에도 **쾌락이나 고통**과 같은 경험도 정욕화할 수 있다. 타인의 고통을 정욕화한 것이 사디즘이고 자신의 고통을 정욕화한 것이 마조히즘이다. 《죄와 벌》의 라스콜리니코프처럼 **권력**을 정욕화할 수도 있다. 이렇게 대상을 정욕화함으로써 얻을 수 있는 성적 쾌락(각성)은 자신이 살아 있음을 느끼게 해 주는 **확실한 수단**이 된다.[106]

또 형상과 우상을 정욕화할 수도 있다. 형상을 정욕화한 것이 예술이고 우상을 정욕화한 것이 종교이다. 《구약성서》의 야훼 하나님이 형상이나 우상을 만들지 말라고 한 것도 그 행위가 **음란하게 섬기는 행위**, 즉 **정욕화하는 행위**이기 때문이다. 인간의 무의식은 **우월한 존재**나 그가 지닌 **권력**도 정욕화할 수 있다.[107] 정치적 인물이나 유명한 인물 주위에 사람이 몰리는 이유도 그 인물을 정욕화함으로써 어린 시절 부모와의 관계에서 느꼈던 성적 쾌락을 느낄 수 있기 때문이다. 일례로 프랑스 혁명 당시 수

---

106) p.171. 사람은 어떤 경험이든지 성애화할 수 있다. 공포, 고통 혹은 다른 압도적인 감각을 흥분으로 전환하려는 무의식적 의도가 작동하는 것이다. (중략) 성적 각성은 살아 있음을 느끼게 하는 확실한 수단이다. (중략)

　　우리 대부분은 삶의 골치 아픈 면들에 대처하거나 인생에 묘미를 곁들이기 위해서 어느 정도 성애화를 사용한다. 성애화의 대상에 있어서는 다소간의 성차가 있어서, 여성은 의존심을, 남성은 공격성을 성애화하는 경향이 있다. 사람들은 돈과 권력을 성애화하고, 학습 경험을 성애화하기도 한다.

　　　　　　　　　　　　　　　　　　　　　- N. 맥윌리엄스 《정신분석적 진단》 中 -

107) p.172. 우리는 우월한 권력을 갖고 있는 사람에 대한 반응 또한 성애화하는 경향이 있다. 왜 정치적 인물이나 유명 인사들 주변에 성적으로 접근하려 하는 추종자들이 쇄도하는지, 왜 영향력 있고 유명한 사람들 사이에 성적 타락이나 악용의 추문이 생길 가능성이 많은지 알 수 있을 것이다.

　　　　　　　　　　　　　　　　　　　　　- N. 맥윌리엄스 《정신분석적 진단》 中 -

많은 여성이 로베스피에르를 **음란하게 섬겼는데** 이 역시 정욕화의 일종이다.[108] 물론 여성들은 자신이 그 사람이나 그가 지닌 권력에 **음란하게 접근하고** 있다는 것을 의식하지 못한다. 하지만 남성은 본능적으로 그것을 감지한다. 유력한 정치인의 추문에서 남성의 입장과 여성의 입장이 완전히 상반된 이유가 여기에 있다.

문제는 이러한 정욕화된 대상들에는 비합리적이고 비이성적인 환상이 투사되어 있다는 것이다. 도스토옙스키가 정신병리를 '논리적 오해나 판단 착오, 또는 사물에 대한 비정상적인 견해'라고 했는데 이러한 오해나 착오 또는 비정상적 견해를 만들게 하는 원동력이 바로 정욕이다. 프로이트가 모든 정신병리의 원동력이 **성욕**이라고 했는데 더 정확하게 말하면 모든 정신병리의 원동력은 **정욕**이다. 동물에게도 성욕은 있지만, 정신병리는 없기 때문이다. 이러한 방식으로 정욕은 수많은 성적 허상과 성적 환각을 만들어 낸다. 이것이 우리가 **상상력**이라고 부르는 것이다.[109] 파스칼이 정욕을 인간의 제2의 본성이라고 했듯이 상상력도 인간의 제2의 본성이라고 할 수 있다. 정욕과 상상력은 인간의 이성을 통제하고 지배해서 대상에 대한 오해나 착오 또는 비정상적인 견해를 가지게 한다. 상상

---

108) p.467. "사람들은 의아해합니다. 왜 그렇게 많은 여인들이 로베스피에르를 쫓아다니는가? 신봉자가 따르는 일종의 사제이기 때문입니다. 그러나 분명한 것은 그의 모든 힘이 음경(陰莖)에 있다는 점입니다!"

- M. 갈로 《프랑스 대혁명 1》 中 -

109) p.56. 상상력. (중략) 이성의 적이고 또 이성을 통제하고 지배하기를 즐기는 이 오만한 능력은 모든 일에서 자기가 얼마나 능력 있는가를 나타내기 위해 인간 안에 제2의 본성을 만들었다. (중략) 상상력은 이성을 믿게 하고 의심하게 하고 부정하게 한다. 감각을 마비시키기도 하고 느끼게도 한다. 상상력은 어리석은 자와 현명한 자를 만든다. 그리하여 상상력이 이성과는 다른 방식으로 자기 주인들의 마음을 완전한 만족으로 채우는 것을 볼 때 이보다 더 우리를 화나게 하는 일은 없다. 상상적으로 유식한 사람들은 이성적으로 유식한 사람들보다 훨씬 더 자기만족을 느낀다.

- B. 파스칼 《팡세》 中 -

력은 이성의 적이라고 할 수 있다. 만물의 영장인 호모 사피엔스로서 우리를 이보다 더 화나게 하는 일은 없지만, 인간은 정상상태(이성)보다는 정신병리(상상력) 속에서 **완전한 성적 만족**을 성취할 수 있다. 이러한 정욕이 니체가 말하는 **디오니소스적 열광**이다.[110] 인간의 무의식이 실재보다 허상, 현실보다 가상, 더 나아가 존재(본질)보다 기만(껍질)에 더 깊은 쾌락을 느끼는 이유도 그것이 정욕의 만족에 더 적합하기 때문이다.

이러한 논의는 인류 문명이 정신병리의 소산물이라는 결론에 이르게 한다. 예로 들면 인류 문명의 대표자라고 할 수 있는 예술은 정신병적 현상과 아주 유사하다.[111](이에 대한 논의는 제6장에서 본격적으로 할 예정이다). 인간의 제2의 본성이 되어버린 정욕으로 인해서 인간은 모든 여자를 욕망하게 되었고 또 제2의 본성이 되어버린 상상력으로 인해서 모든 악한 계획을 생각해 낼 수 있게 되었다. 하나님 아버지는 인간의 정욕으로 인해서 어차피 멸망할 지상을 좀 더 일찍 멸망시킴으로써 인간의 정욕에 대하여 경고하고자 했던 것이다. 하지만 하나님 아버지의 경고에도 불구하고 **모든 여성**을 아내로 삼으려는 인간의 무의식적 노력은 수천 년에 걸쳐, 무한히 되풀이되어 왔다.

---

110) p.26. 예술 자체가 인간 안에서 일종의 자연력으로 등장하는 두 가지 상태가 있다: 환상이 하나요, 디오니소스적 열광이 다른 하나다. 이것들은 꿈과 도취 안에서 생리적으로 먼저 형성된다: 첫 번째 것은 환상을 원하는 저 힘이 행사된 것으로서, 형태를 보는 데서 얻는 쾌감이자 형태를 만들면서 얻는 쾌감으로서 파악된다.

　　가상에의 의지, 환영에의 의지, 기만에의 의지, 생성과 변동에의 의지는 진리에의 의지, 실재에의 의지, 존재에의 의지보다 더 깊고도 '더 형이상학적'이다.

　　　　　　　　　　　　- F. 니체《유고(1888년 초~1889년 1월 초)》中 -

111) p.186. 예술가의 조건이 되는 몇 가지 예외 상태가 있다: 이것들은 모두 병적 현상과 아주 유사하고 유착되어 있다: 예술가이면서 병들지 않기란 불가능하다고 보일 정도로 말이다.

　　　　　　　　　　　　- F. 니체《유고(1888년 초~1889년 1월 초)》中 -

p.357. 내가 구축한 가설의 본질적인 부분을 구성하는 것은, 내가 묘사하려고 하는 사건이 모든 원시 인류, 다시 말해서 우리의 모든 조상이 체험한 사건일 것이라는 가정이다. 이 사건에 관한 이야기는 엄청나게 압축된 형태로, 딱 한 차례 일어났던 것처럼 우리에게 전해진다. 그러나 이러한 이야기는 수천 년에 걸쳐, 무한히 되풀이되어 왔다. 이제 이 이야기의 내용을 구성해 본다. 아득한 옛날에는 강력한 남성이 무제한의 힘을 폭력적으로 행사하면서 한 무리의 주인과 아버지로 군림했다. 모든 여성, 다시 말해서 이 무리의 아내들과 딸들, 그리고 다른 무리에서 약탈해 온 모든 여성은 이 우두머리의 소유물이었다.

　　　　－ S. 프로이트《종교의 기원, 『인간 모세와 유일신교』》中 －

　그래서 파스칼은 인간의 정욕이 인간이 신을 찾고 섬기는 데 있어서 가장 큰 장애로 보았다(파스칼은 중세의 프로이트라고 할 만하다).[112] 파스칼의 이러한 견해는 아주 중요한 의미를 함축하고 있다. 그리스도가 말하는 **하나님의 비유**가 무엇인지를 알려주기 때문이다. 그것은 정욕화된 대상에 **집착하지 않는 것**이다. 그리스도가 의미하는 하나님 나라를 보거나 하나님 나라에 들어간다는 것은 이러한 정욕화된 대상에 집착하지 않는 마음 상태를 뜻한다. 도스토옙스키의 표현을 빌리면 **무의식의 악마적 힘에 사로잡히지 않는 것**이다.[113] 한마디로 말하면 정욕의 공격성이 악마적

---

112) p.225. 그러므로 우리를 피조물에 집착하도록 부추기는 모든 것은 악(惡)이다. 왜냐하면 이것은 우리가 신(神)을 알 때 그를 섬기지 못하게 방해하고, 우리가 신(神)을 모를 때 그를 찾지 못하게 방해하기 때문이다. 그런데 우리는 정욕으로 가득 차 있고 따라서 악으로 가득 차 있다. 그러므로 우리 자신과, 신(神) 외의 것에 우리가 집착하게 하는 모든 것을 증오해야 한다.

　　　　－ B. 파스칼《팡세》中 －

113) p.410. 하나님은 자신이 선택한 사람들에게 머물며, 자신을 따르는 사람 안에 성령

힘이고 **정욕**이 **악마**라고 할 수 있다.

　인간의 무의식이 대상을 정욕화하는 이유는 그 대상이 성적 쾌락을 주거나 불안을 해소해주기 때문이다. 정욕화된 대상에 대한 집착과 갈망은 심리적 외상이 억압되었기 때문에 생긴다. 그 심리적 외상이 억압된 이유는 죄의식 또는 죄책감을 느끼기 때문에, 즉 **선악 관념**을 가지게 되었기 때문이다. 이러한 정신적 메커니즘을 상징적 비유적으로 보여주는 것이 「창세기」의 **선악과 이야기**이다. 따라서 선악 관념을 극복하기 위해서는 그러한 선악 관념이 형성되기 이전의 정신 상태로 회귀해야만 한다. 그렇게 해서 **거듭난** 정신 상태가 어머니 자궁 속에서 습득한 **불멸에 대한 감각**을 회복한 정신 상태이다. 즉 생명 나무의 열매인 **불멸(영생)의 과실**을 먹어야 한다.[114] 하지만 무슨 이유 때문인지 하나님 아버지는 **불멸의 과실**을 주지 않고 숨겨버린다. 이렇게 모든 여자를 아내로 삼으려고 하는 정신구조를 가진 인간 또는 모든 대상을 정욕화하는 정신구조를 가진 **정욕적 인간**을 도스토옙스키는 **카라마조프적 인간**으로 부른다(이후부터 성욕과 구별하여 모든 여자를 욕망하는 정신 현상을 정욕이라고 부르기로 한다).

　p.389. 그리고 한 가지 주목할 점은 잔인하면서도 정욕적이고 육

으로 자신의 집을 짓는 것이다. 그래서 어떤 사람이 무엇엔가 사로잡힌다면 그들은 결국 하나님과 반대되는 존재에 의해서 '사로잡히는' 것이다. 그래서 사람들은 성령과 함께해야만 이 '사로잡힘'에서 벗어날 수 있으며, 거기서 벗어나 올바로 살게 된다. 여기서 우리는 흔히 말하는 것처럼 신비주의가 악마에게 사로잡히는 것과 정반대되는 현상이라고 만은 말할 수 없게 된다.

- A. 베르코트 《죄의식과 욕망》 中 -

114) p.4. 여호와 하나님이 이르시되 보라 이 사람이 선악을 아는 일에 우리 중 하나 같이 되었으니 그가 그의 손을 들어 생명 나무 열매도 따 먹고 영생할까 하노라 하시고

-《구약성서》「창세기」中 -

욕이 왕성한 카라마조프적 인간이 때로는 굉장히 아이들을 좋아할 때가 있다는 사실이야.

- 도스토옙스키 《카라마조프의 형제》 상 中 -

죄악의 벌 = 정신적 거세(할례)

정욕은 가장 위대한 정신도 흐리게 하며 정직한 사람을 철면피로 만들고 충신을 반역자로 변절하게 만들고 천사를 악마로 만든다. 《구약성서》의 야훼 하나님은 인간의 정욕이 일으키는 죄악을 너무나도 잘 알고 있었기 때문에 대지를 경작하는 것 이외에도 정욕을 억압하기 위한 여러 가지 방안을 마련한다. 첫 번째 방안은 어머니와의 스킨십을 줄이는 것이었다. 다른 포유동물과 달리 피부에 털이 없는 인간에게 어머니와의 끊임없는 신체적 접촉은 유아의 **신체**에 리비도를 집중하게 만들어서 신체를 정욕적으로 만든다.[115] 그래서 하나님은 가죽옷을 지어 입혀 인간의 신체에 리비도가 집중되지 않도록 했다.[116]

p.62. 특히 강박 신경증의 경우에는 새로운 성 목적을 만들어 내는 충동들이 성감대와 무관해 보이는 경향이 두드러진다. 그러나

---

115) p.74. 즉 유아가 경험하는 몸 전체를 통한 접촉 지각적 경험, 특히 몸 표면 전체의 깊은 감각(안아주는 어머니로 인해 생기는 압력)이 운동감각의 발달에 기여할 뿐 아니라 공생경험에서도 중요한 역할을 한다는 것이다. 우리는 많은 정상적인 성인들 역시 안아주고, 안기고, 포용하고, 포옹 받는 것을 얼마나 많이 바라고 있는가를 기억할 필요가 있다(Hollader, 1970).

- M. 말러 등 《유아의 심리적 탄생》 中 -

116) p.4. 여호와 하나님이 아담과 그의 아내를 위하여 가죽옷을 지어 입히시니라.

- 《구약성서》 「창세기」 中 -

절시증과 노출증에서는 눈이 성감대와 일치한다. 반면에 성 본능의 구성요소가 고통과 잔인성을 포함하는 경우에는 같은 역할이 피부에 맡겨지며, 신체의 특별한 부분들인 피부는 감각기관들로 분화되거나 점막으로 전이되고, 그렇게 해서 매우 뛰어난 성감대가 되는 것이다.

－ S. 프로이트《성욕에 관한 세 편의 에세이》中 －

하나님 아버지가 취한 두 번째 조치는 '고기를 피째 먹지 말라'는 것이다.[117] 고대에는 핏속에 **생명 에너지**(리비도)'가 있다고 생각했기 때문이다. 중요한 맹세를 할 때 서로의 피에 맹세하는 이유도 피가 **생명**을 상징하기 때문이다.

p.210. 이 유대는, 공희 동물의 살과 피 속에 있다가, 공희 향연을 통하여 모든 참가자들에게 골고루 전해지는 이 동물의 생명이지 다른 것이 아니다. 후세에 이르러 사람들을 한 의무에 결속시키는 〈피의 맹약〉의 토대가 된 것도 바로 이런 관념이다.

－ S. 프로이트《종교의 기원, 『토템과 터부』》中 －

하지만 이 두 가지 방안은 인간의 정욕을 통제하는 데 한계가 있었다. 결국 하나님 아버지는 모든 죄악의 근원인 원죄를 저지른 바로 그 대상에 직접적이고 외과적인 방법을 단행한다. 바로 거세이다. 하지만 실제로

---

117) p.10. 모든 산 동물은 너희의 먹을 것이 될지라 채소 같이 내가 이것을 다 너희에게 주노라
　　그러나 고기를 그 생명 되는 피째 먹지 말 것이니라
　　　　　　　　　　　　　　　　　　　　　　　　　－《구약성서》「창세기」中 －

거세하면 인류는 번식할 수 없으므로 부드럽게 해서 **할례**를 했다.[118]

p.298. 그 즈음에 그의 아버지는 그를 거세하겠다고 위협하는 무서운 사람으로 변해 있었다는 것에는 의심할 여지가 없다. 그는 그때 잔인한 신과 싸우고 있었다. 그 신은 인간을 죄인으로 만들고 그들을 벌하였고, 자기의 아들과 인간의 아들을 희생한 잔인한 신이었다. (중략) 어쨌든 결국 그가 거세의 위협을 느낀 것은 아버지에게서 였다. 이런 면에서 유전이 우연한 경험보다 우위였다. 인간의 선사시대에는 벌을 주기 위해서 거세를 행한 것은 의심할 여지 없이 아버지였다. 그리고 그는 나중에 그것을 부드럽게 하여 할례만 했다.

― S. 프로이트 《늑대인간》 中 ―

「창세기」를 쓴 유대인 시인은 원죄의 본질이 무엇인지를 잘 알고 있었다. 그는 어머니와의 금단의 관계 속에서 인간의 모든 죄악이 파생되었다는 것을 간파했다. 야훼 하나님이 이스라엘 민족을 이집트에서 탈출시킨 것처럼 그는 이스라엘 민족을 모든 죄악으로부터 탈출시켜 그들을 거룩하게 하는 방법을 모색했을 것이다. 그는 모든 죄악의 근원이 남근에 있다는 결론에 이르렀을 것이며 유대 민족의 남근을 제거하면 모든 죄악이 사라질 것이라고 가정했을 것이다. 그런데 만약 이 유대인 시인이 이스라엘 민중들에게 원죄에서 벗어나기 위해서는 거세를 해야 한다고 직접 주장했다면 그가 아무리 힘이 센 권력자였다 하더라고 살아남지 못했을 것이다. 그는 아버지 관념을 극대화한 아버지 신을 창조해서 그 아버지 신

---

118) p.20. 너희 중 남자는 다 할례를 받으라 이것이 나와 너희와 너희 후손 사이에 지킬 내 언약이니라.
   너희는 포피를 베어라. 이것이 나와 너희 사이의 언약의 표징이니라
   ―《구약성서》「창세기」中 ―

에게 거세의 상징 행위(상징적 대용물)인 할례를 강요하는 역할을 맡겼을 것이다.

> p.409. … 모세가 할례속을 도입함으로써 자기 백성을 거룩하게 했다는 말의 깊은 의미에 접근할 수 있게 된다. 할례라고 하는 것은, 아득한 옛날 절대 권력의 전성기를 누리던 원초적인 아버지가 아들들에게 행사했던 거세의 상징적 대용물이다. 이것을 받아들임으로써 아들은, 이 상징적 대용물의 강제가 자기에게 어떤 고통스러운 희생을 강요할지라도 아버지의 뜻에 기꺼이 따를 준비가 되어 있다는 것을 보여 주었던 것이다.
>
> ― G. 프로이트 《종교의 기원, 『인간 모세와 유일신교』》 中 ―

유대 민족에게 할례 풍속의 도입은 원죄의 책임에 있어 중대한 변화를 의미한다. 하나님 아버지는 애초에는 원죄의 책임을 어머니 이브에게 전가했으나 대홍수로 어머니 대지를 멸망시킨 후에는 원죄의 책임을 아들에게 전가한다. 무력하게 태어나는 인간에게 어머니의 존재는 필수불가결하고 따라서 원죄를 저지르는 것도 불가피했기 때문이다. 어머니 존재를 인정할 수밖에 없게 된, 바꿔말해서 인간의 죄악을 인정할 수밖에 없게 된 전지전능한 하나님 아버지는 다시는 인류를 멸망시키지 않겠다고 약속한다.[119]

하지만 유대 민족은 그 대가로 할례의 언약을 받아들여야만 했다. 그

---

119) p.10. 여호와께서 그 향기를 받으시고 그 중심에 이르시되 내가 다시는 사람으로 말미암아 땅을 저주하지 아니하리니 이는 사람의 마음이 계획하는 바가 어려서부터 악함이라 내가 전에 행한 것 같이 모든 생물을 다시 멸하지 아니하리니

－《구약성서》 「창세기」 中 －

결과 '**목이 뻣뻣했던**'[120] **반역적인** 이스라엘 민족은 어머니에 대한 욕망을 억압하고 어떤 고통스러운 희생을 강요당하더라도 아버지 신에게 절대적으로 **복종하는** 존재가 되었다. 이렇게 욕망이 억압되면 의식과 주로 접촉하는 감정은 죄책감(죄의식)이다. 이러한 채워지지 않는 죄책감이 주는 불안을 해소하기 위해서 유대인은 이전보다 자신의 정욕을 단념하게 할 '훨씬 더 엄격한 율법'을 제정하지 않을 수 없었고 그 결과 그들은 '훨씬 더 소심하고 좀스러운 존재'가 되어갔다.

> p.424. 채워지지 않는 죄의식, 보다 심층적인 근원에서 유래한 이 죄의식을 해소할 필요에 쫓긴 유대인들은 이 계명을 보다 엄격하게 제정하지 않을 수 없었다. 따라서 이전보다 훨씬 소심하고 좀스러운 존재가 되어가지 않을 수 없었다. 윤리적 금욕주의에 새롭게 도취된 그들은 자신들에게 본능적 충동을 단념하게 할 훨씬 엄격한 새 계율을 부여하고 이러한 과정을 통해 그들은, 고대의 다른 민족은 접근도 할 수 없는 고도의 윤리적 위상 – 적어도 교리와 계율 속에서 – 에 도달했다.
>
> – G. 프로이트《종교의 기원, 『인간 모세와 유일신교』》中 –

지구상에서 가장 복종적인 민족은 유대 민족으로 알려져 있지만, 원래부터 그랬던 것은 아니었다. 유대 민족은 고대에는 매우 호전적이었으며 로마 제국의 지배 아래서 수차례에 걸쳐 반란을 일으키기도 했다. 오죽 했으면 하나님 아버지는 유대 민족을 '**목이 뻣뻣한**' 백성이라고까지 불렀다. 하지만 야훼 하나님의 대리인인 바리새인들이 긴 세월을 두고 복종을

---

120) p.131. 여호와께서 또 모세에게 이르시되 내가 이 백성을 보니 목이 뻣뻣한 백성이로다

> –《구약성서》「출애굽기」中 –

강요하고 훈련함으로써 지금에 와서는 가장 복종적인 민족이 되었다. 그로 인해 그들은 잔인한 추방과 홀로코스트에도 저항하지 않게 되었다.[121]

에덴동산에서의 추방의 의미

앞서 우리는 아담과 이브가 모두 선악과를 먹었지만, 아담만 추방되고 이브는 추방되지 않았다는 가설을 채택했다. 이러한 가설의 타당성은 하나님 아버지가 남성에게만 할례의 언약을 강요하고 여성에게는 할례의 언약을 강요하지 않았다는 사실에서도 알 수 있다. 따라서 아담의 원죄에 대하여 남성 인류에게 전승된 실질적인 벌이 노동과 할례라면 상징적인 벌은 에덴동산에서의 추방이라고 할 수 있다. 그렇다면 에덴동산의 안에서의 삶과 밖에서의 삶은 어떤 차이가 있어서 천국에서 추방된 아담의 자손인 인류는 이렇게 고통과 불행의 지옥 속에서 살아가야만 하는 걸까? 그 원인은 아담이 선악과를 먹은 후에 아담의 정신세계 속에 생긴 변화에 있다고 추정할 수 있다.

선악과를 먹은 후에 생긴 아담의 정신세계에 생긴 변화는 하나님 아버지에 대한 복종이 선이고 불복종은 악이라는 **선악 관념**이 형성되었다는 것이다. 에덴동산에 먹을 수 없었던 유일한 과실이 선악과였듯이 에덴 동산에 유일하게 없었던 관념이 선악 관념이었다고 할 수 있다. 이러한 주장의 타당성은 「신명기」에서 하나님이 젖과 꿀이 흐르는 가나안 땅에 **'선악을 분별하지 못하는 아이들'**은 들어갈 수 있도록 허락한 사실에서도 뒷

---

121) p.408. 한때 거대하고 부유하고 강력했던 스페인의 유대인 공동체가 잔인한 추방에도 불구하고 아무런 저항도 하지 못할 때 많은 유대인이 혼란에 빠졌다. 어떤 이들은 고대에 유대인이 보여 준 호전성과 현저한 차이를 지적했다.
- P. 존슨《유대인의 역사》中 -

받침된다.[122] 말하자면 천국은 선악 관념이 없는 곳이고 지옥은 선악 관념이 있는 곳이다. 이 지상이 지옥인 이유는 선악 관념이 지배하고 있기 때문이며 선악 관념이 인류에게는 천벌이라고 할 수 있다.

p.388. "… 나는 인류 전반의 고뇌라는 것을 얘기할 생각이었으나, 그보다도 아이들의 고뇌에 대해서만 얘기하기로 하겠다. 이것은 나의 의론의 효과를 10분의 1로 약화시키는 것이지만, 어쨌든 아이들에 대해서만 얘기하기로 하자. 물론 나한테는 불리한 일이기는 하지만. 우선 첫째로 아이들은 가까이 있어도 사랑할 수가 있어. 미운 애도 귀여운 애도 다 사랑할 수 있어. 하긴 얼굴이 미운 아이는 하나도 없을 것 같지만 말이야. 둘째로 내가 어른들의 얘기를 하고 싶지 않다고 말한 것은 그들이 추악해서 사랑을 받을 자격이 없을 뿐만 아니라 그들에게는 천벌이라는 것이 있기 때문이야. 그들은 지혜의 과실을 따먹음으로써 선과 악을 알게 되었고, 그리하여 '하느님처럼' 되어 버렸어. 그리고 지금도 역시 그 과실을 먹고 있어. 그러나 아이들은 아무것도 먹지 않았으니까 아직까진 순결한 존재들이지. (중략)

그런데 만약 아이들도 마찬가지로 이 세상에서 무서운 고통을 받고 있다고 한다면, 그것은 물론 그 아버지 때문일 거야. 지혜의 과실을 따 먹은 자기 아버지 대신에 벌을 받는 셈이지. 그러나 이러한 논

---

122) p.261. 네 앞에 서 있는 눈의 아들 여호수아는 그리로 들어갈 것이니 너는 그를 담대하게 하라 그가 이스라엘에게 그 땅을 기업으로 차지하게 하리라
　　또 너희가 사로잡히리라 하던 너희의 아이들과 당시에 선악을 분별하지 못하던 너희의 자녀들도 그리로 들어갈 것이나 내가 그 땅을 그들에게 주어 산업이 되게 하리라

　　　　　　　　　　　　　　　　　　　－《구약성서》「신명기」中 －

의는 저 세상에서나 할 얘기지. 이 지상에 사는 인간의 생각으론 도무지 이해할 수가 없는 얘기야. 죄 없는 자가 다른 사람 때문에 고통을 겪으라는 법이 어디 있겠니. 특히 그 죄 없는 자가 어린애이고 보면 더욱 그렇지! … ”

– 도스토옙스키《카라마조프의 형제》상 中 –

우선 도스토옙스키가 이러한 논의는 '저세상에서나 할 얘기이고 이 지상에 사는 인간의 생각으로는 도무지 이해할 수 없는 얘기'라고 말하는 이유는 이야기 속 상징과 비유들이 무의식에 관한 내용이라는 것을 암시하기 위해서이다. 도스토옙스키는 인류가 이 세상에서 무서운 고통을 받는 이유가 (금단의 과실이 아니라) **지식의 과실**을 따 먹은 그의 아버지 때문이고 또 인류가 아버지 대신 벌을 받고 있다고 말한다. 그리고 아버지는 여전히 지식의 과실을 따 먹고 있다고 말한다. 도스토옙스키가 인류의 고통과 불행의 책임이 아버지에게 있다고 말하는 이유는 **'선(복종)과 악(불복종)을 경계 짓는 일'**이 아버지의 손에 달려있기 때문이다.[123]

아버지는 아들에게 어머니에 대한 욕망을 억압하는 것이 선이고 그 반대를 악이라고 규정하는 역할을 한다. 그 결과 어머니에 대한 욕망은 억압되어 정욕으로 변질되고 강박성을 띠게 된다. 강박성을 띤 정욕은 끊임없이 모든 여자를 아내로 삼으려 하고 아버지는 그러한 아들의 정욕을 통제하기 위해서 온갖 도덕과 법과 같은 **희한한 선악의 규칙**을 끌어내고 정

---

123) p.19. 아버지에 대한 아들의 불복종은 언제든 가능한 한 바로 계속된다. 즉 복종은 바로 아직도 허용된 최소로서 스스로 드러난다. 그러나 경계를 짓는 것은 전적으로 아버지의 손에 달려 있다. 왜냐하면 교육과, 그것에 의해서 습관 들이기는 아버지의 소관이기 때문이다.

- F. 니체《유고(1876년~1877/78년 가을)》中 -

립했다.[124] 아버지는 아들과 딸에게 이러한 온갖 희한한 선악의 규칙들을 교육함으로써 그들을 바람직한 사회적 조건에 부합하는 인간으로 재생산한다. 하지만 어머니에 대한 욕망은 가려졌을 뿐 제거되지 않았으므로 결국에는 더 많은 도덕과 법을 만들어 내야만 하는 악순환에 빠지게 된다.

> p.196. … 정신분석학은 점점 놀랍게도 우리에게 소위 오이디푸스 콤플렉스, 즉 양친에 대한 어린아이의 정서적 관계가 인간의 정신생활에서 얼마나 막중한 역할을 수행하는가를 인식할 수 있게 해 주었다. (중략) 그러나 그 다음에는 인간의 정신 활동의 아주 진지한 셋째 부분, 즉 종교, 법, 윤리 및 온갖 정치 형태와 같은 커다란 제도들을 창출한 부분은 근본적으로 개인으로 하여금 그의 오이디푸스 콤플렉스를 극복할 수 있게 해 주고 그의 리비도를 유아기의 조건들로부터 궁극적으로 바람직한 사회적 조건들로 인도하는 것을 목표로 한다는 통찰이 생기기 시작했다.
>
> — S. 프로이트 《정신분석학 개요, 『정신분석학 소론』》 中 —

지식의 과실을 따 먹은 것이 천벌인 이유는 선악 관념이 형성될 때 그 관념에는 아버지에 대한 **증오심**과 아버지에게 비굴하게 복종한 것에 대한 **모욕감**이 결부되기 때문이다. 아버지와 동일시를 통해 이러한 사디즘적 선악 관념을 습득한 주체는 성인이 되었을 때 아버지에게 배운 선악의 지식을 타인과 인류에게 사디즘적으로 복수함으로써 아버지에 대한

---

124) p.221. 사람들은 사욕에서 정치, 도덕, 법의 희한한 규칙들을 이끌어내고 정립하였다. 그러나 실은 이 추악한 인간의 뿌리, 이 figmentum malum(〈이는 사람의 마음의 계획하는 바가 어려서부터 악함이라〉에서 빌린 표현 — 역자주.)은 가려졌을 뿐이다, 제거되지 않았다.
　　　　　　　　　　　　　　　　　　　　　　　　— B 파스칼 《팡세》 中 —

증오심을 발산하고 아버지부터 받은 모욕감을 보상받는다. 《카라마조프의 형제》에서는 사디즘적 선악 관념이 어떻게 발현되는지를 극명하게 보여주는 사례가 나오는 데 **'교양 있는'** 부모가 자신의 자식에게 하는 **도덕적 학대**이다.

p.395. "… 다섯 살짜리 계집애가 부모의 증오의 대상이 된 얘기도 있어. 그 부모라는 자들이 또한 '명예로운 관리인 데다가 교양 있는 신사숙녀'였어. 나는 다시 한 번 분명히 말해 두지만 다수의 인간에겐 일종의 특이한 성질이 있는데, 그것은 어린애를 학대하는 취미야. 그것도 상대가 어린애에 국한되어 있거든. 이렇게 잔인한 가해자들도 다른 모든 인간들에 대해서는 박애심에 넘친 교양 있는 유럽 사람과 같은 얼굴을 하고 더없이 겸손하고 친절한 태도를 보이지만, 그러면서도 아이들을 학대하는 일만은 무척 좋아해서 그런 의미에선 아이들 자체를 사랑한다해도 과언이 아닐 정도지. 즉 아이들의 무방비 상태가 이런 가해자들의 마음을 유혹하는 거야. 아무데도 갈 곳 없는, 누구한테도 의지할 데가 없는 조그만 어린애들의 천사처럼 순진한 마음, 이것이 폭군의 더러운 피를 끓게 하는 거지. (중략) 그래서 그 다섯 살 먹은 가엾은 계집애를 그 교양 있는 부모는 온갖 방법으로 고문한 거야. 무엇 때문인지 자기들도 모르면서 그저 쥐어박고 때리고 발길로 차고 하여 계집애는 온몸에 시퍼렇게 멍이 들어 버렸어. 그러나 그 부모들은 그것도 나중에는 싫증이 나서 교묘한 기교를 부리게 되었지.

엄동설한에 아이를 밤새도록 변소에 가둬 둔 거야. 그것도 단지 아이가 밤에 변소에 가겠다는 말을 하지 않았다는 이유 때문이었지 (글쎄 천사처럼 곤히 잠든 다섯 살짜리 어린애가 어떻게 그런 걸 알

수 있겠니). 그래서 잘못 흘린 똥을 아이의 얼굴에 칠하는가 하면 억
지로 먹이기까지 했어. 이게 바로 아이의 친어머니가 한 짓이라니
까! 그리고 그 어머니는 밤중에 변소에 갇힌 가엾은 아이의 신음을
들으며 태연하게 잠을 잤다는 거야! … "

- 도스토옙스키《카라마조프의 형제》상 中 -

프랑스 혁명에서 가장 잔인한 폭력이 '**교양있는**' 부르주아에 의해서 행
해졌듯이 교양있다는 의미는 오이디푸스기에 사디즘적 선악 관념을 습
득했다는 것을 뜻한다.[125] 이런 부류는 제삼자(초자아)가 감시하고 있을
때는 다른 사람의 잘못에 대해서 '더없이 겸손하고 친절한 태도를 보이
며' 상대편을 비판할 때도 자신의 정욕(정념)을 '지적인 방식으로 방출한
다'.[126] 하지만 제삼자가 신경 쓰지 않는 노예나 죄수와 같이 **무방비 상태**
가 된 사람의 잘못을 보면 그 누구보다도 사디즘적으로 자신의 정욕을
방출한다. S. 밀그램 교수의 「권위에 대한 복종 실험」에서 권위자가 폭력
을 허용하자 자유주의자나 평화주의자와 같은 **교양있는** 사람들이 더 높
은 전기 충격을 가한 이유도 피험자가 무방비 상태에 있었기 때문이다.

---

125) p.309. 교양 있는 계급의 폭력이 민중의 폭력보다 훨씬 더 심한 경우가 있다고 미슐
레는 오래전에 설파했다. (중략) 혁명의 최악의 폭력은 교양 있는 부르주아 계급, 즉
예절을 순화할 목적의 고전 교육을 받은 교수와 변호사 등의 짓이었다.

- G. 르 봉《프랑스 혁명과 혁명의 심리학》中 -

126) p.82. 도덕적인 판단들은 우리의 정념을 몸짓이나 행동을 통해서가 아니라 지적인
방법으로 방출하기 위한 수단이다. 때리거나 침을 뱉는 것보다 차라리 욕설이 낫다;
아부하는 편이 쓰다듬거나 키스하는 것보다 낫다; 저주는 동물이 직접 적에게 맞서
행하는 복수를 신이나 귀신에게 맡기는 것이다. 도덕적인 판단으로 인해 인간의 기
분은 가벼워지고 정념은 방출된다. 이성 형식들의 사용이 이미 신경과 근육의 진정
을 함께 가져온다; 도덕적 판단은, 정념이 부담스러운 것으로, 몸짓이 너무 조야한
기분 완화로 느껴지는 시대에 생긴다.

- F. 니체《유고(1880년 초~1881년 봄)》中 -

하지만 자신이 '**무엇 때문에**' 무방비 상태의 인간을 그토록 잔인하게 고문하는지 모른다.

윗글에서 변소에 가겠다는 말을 하지 않는 어린아이의 **도덕적 잘못**은 교양있는 부모의 선악 관념을 자극해서 그것을 반복 재현시킨다. 만약 제삼자가 보고 있었다면 그들은 누구보다도 겸손하고 친절한 태도로 그 아이의 죄를 용서해 주었을 것이다. 하지만 어린아이의 무방비 상태는 그들의 무의식 속 도덕적 악마를 일깨워 자기 핏줄에게조차 선악의 지식을 강요하도록 만든다. 소녀의 부모는 **무엇 때문에** 자신이 그토록 무방비 상태의 어린아이를 잔인하게 고문하고 학대하는지 **모른다**. 그 목적은 '**문자 그대로 성적 쾌락**'을 얻기 위해서이다.

p.373. "… 교육받은 인텔리 신사와 그 부인이 겨우 일곱 살밖에 안 되는 자기 딸에게 나뭇가지로 매질을 한 예가 실제로 있었으니까. 이 얘길 자세하게 적어둔 게 나한테 있는데 말이야, 아버지란 자는 회초리에 울퉁불퉁한 마디가 많은 걸 보고 이게 더 '효과적'일 거라고 좋아하면서 자기 핏줄인 친딸에게 '매질'을 시작하는 거야. 이건 내가 확실히 알고 있는 건데 이렇게 매질을 하는 사람들 중엔 회초리나 채찍을 한 번씩 휘두를 때마다 성적 쾌감을, 문자 그대로의 성적 쾌감을 느낄 만큼 흥분하는 사람도 있어. 그 쾌감은 매질을 계속함에 따라 점점 커지게 마련이야. 1분, 5분, 10분 이렇게 시간이 지나면 지날수록 매질이 더욱더 빨라지고, 더욱더 모질어지고 효과는 더욱더 커지는 거지.

아이는 비명을 지르며 울어대다가 나중에는 울지도 못하고 '아빠……. 아빠……. 아빠…….' 이렇게 숨넘어가는 소리만 낼 뿐이야.…"

'교육받은 인텔리' 신사는 매질이라는 상징 행위를 통해 선악 관념을 반복 재현한다. 어린 시절 아버지로부터 선악의 지식을 습득할 때 받은 고통과 모욕을 타인에게 반복 재현함으로써 무의식적으로 복수하고자 하는 것이다. 친딸의 도덕적 잘못으로 자극받은 선악 관념은 의식과 이성을 마비시켜서 신사가 매질하는 데 열중할 수 있도록 도와준다. 신사가 회초리에 울퉁불퉁한 마디가 있는 것이 더 효과가 있다고 느끼는 것은 딸에게 더 고통을 줌으로써 성적 쾌락을 더 높일 수 있기 때문이다. 선악 관념의 반복 재현이 성적 쾌락을 주는 이유는 어머니에 대한 성적 욕망과 아버지의 거세 위협이 **서로 연결되어 있기** 때문이다. 상대방의 무방비 상태는 어머니에 대한 욕망을 억누르고 있던 억압을 일시적으로 제거한다. 마치 무소불위를 권력을 갖게 된 것과 같다. 억압에서 해제된 성적 욕망으로 인해서 매질이 **'반복될수록 또 모질어질수록'** (지식의 과실이 아니라) **금단의 과실**을 다시 먹고 싶은 욕망은 점점 증가하게 되고 그 결과 인간은 **'악마의 밥'**이 되고 만다.

 p.396. "… 알료샤, 그래 너는 이 불합리한 얘기를 설명할 수 있겠니? 너는 나의 친구야, 하느님께 봉사하는 수도사야. 도대체 무슨 필요가 있어 이런 불합리한 일들이 일어나는지, 어디 한번 설명해 다오! 이런 불합리 없이는 지상에서 인간을 생활할 수가 없다. 왜냐하면 선악을 인식할 수가 없을 테니까―이렇게 사람들은 말하지만, 이런 대가를 치르면서까지 그 보잘것없는 선악 같은 걸 인식할 필요가 어디 있느냐 말야? 만일 그렇다면 인식의 세계를 통틀어 봐도 이 어린애가 '하느님'께 흘린 눈물만한 가치도 없지 않느냐 말이다.

나는 어른들의 고뇌에 대해선 말하지 않겠다. 어른들은 금단의 과실을 따먹었으니 될 대로 되라지. 모두 다 악마의 밥이 되어 버린대도 좋아. 그러나 이 아이들만은, 아이들만은! 알료샤, 내가 너를 괴롭히는 건 아니냐? … "

- 도스토옙스키 《카라마조프의 형제》 상 中 -

사디즘적 선악 관념은 타인에 대해서 선악의 지식을 정욕화한 경우이다. 사디즘적 선악 관념을 가진 사람은 대부분 복종 관념이 지배적인 부류이기 때문에 상대방이 강할 경우에는 겸손하고 친절한 모습을 보이지만 상대방이 무방이 상태가 되면 폭력적이고 잔인하게 자신의 선악을 강요한다. 도스토옙스키는 어린아이를 예로 들었지만, 역사적으로 무방비 상태의 미개인이나 소수 민족에 대한 잔인한 학살이 자신을 교양있는 문명인으로 생각하는 사람들에 의해서 저질러져 왔다는 사실은 인류 문명이 사디즘적 선악 관념을 기반으로 하고 있다는 것을 말해준다.

마조히즘적 선악 관념은 자신에 대해서 선악의 지식을 정욕화한 경우이다. 이러한 마조히즘적 선악 관념의 적용 대상은 (자신이 아니라) 타인이 소중히 여기는 모든 대상이 포함된다. 여기에는 자신의 남근은 물론 자신의 재산이나 자기 자식도 해당한다. 타인이 소중하게 생각하는 대상을 희생할수록 타인에게 더 큰 칭찬(호감)을 받을 수 있기 때문이다. 하지만 이러한 자기희생은 형식일 뿐이며 그 실질은 **성적 쾌락(자기애적 쾌락)**을 위한 것이다.[127] 자신의 딸을 학대하는 신사는 자신의 자식을 하나

---

127) p.120. 예컨대 가장 자연적이고 가장 강렬한 충동의 만족을 거부하는 것, 기독교인들이 말하는 것처럼 육과 사악한 정욕을 죽이는 것, 정신적이고 육체적인 거세, 자기 학대와 고행, 참회와 금욕과 같은 것들은 거의 모든 종교에서 중요한 역할을 하고 있다. (중략)

그러면 인간은 종교에서 왜 스스로를 부정하는가? 그가 원하기만 하면 그에게 모

님에게 인신 공양하는 아버지에 비교하면 더 신사적이라고 할 수 있다. 이러한 불합리한 상징 행위가 행해지는 이유는 '**오로지 선악을 인식하기 위해서**'이다. 그래서 니체는 이 지상에서 가장 오래된 심리학의 주요 명제는 왜 인간은 '**선악(양심)을 기억 속에 남기기 위해서 끊임없이 고통을 주는가**'라고 말한다.

> p.399. 자신의 양심이라고?······ 우리는 여기에서 최고의, 거의 기이한 모습으로 접하게 되는 '양심'이라는 개념의 배후에는 이미 오랜 역사와 형태의 변천이 있다는 것을 미리 짐작할 수 있다. (중략) 누구나 생각해 볼 수 있듯이, 이러한 태곳적부터 내려오는 문제는 부드러운 대답과 수단으로는 해결되지 않는다. (중략) "기억 속에 남기기 위해서는, 무엇을 달구어 찍어야 한다 : 끊임없이 **고통을 주는 것**만이 기억에 남는다"−이것이 지상에서 가장 오래된 (유감스럽게도 가장 오래 지속된) 심리학의 주요 명제다. (중략) 인간이 스스로 기억을 만들어야 할 필요가 있다고 느낄 때, 피나 고문, 희생 없이 끝난 적은 없었다. 가장 소름끼치는 희생과 저당(첫아이를 바치는 희생도 여기에 속한다), 가장 혐오스러운 신체 훼손(예를 들면 거세), 모든 종교 의례 가운데 가장 잔인한 의식 형태(모든 종교는 그 가장 깊은 근거에서 잔인성의 체계다)−이 모든 것의 기원은 고통 속에 가장 강력한 기억의 보조 수단이 있음을 알아차린 저 본능에 있다. 어떤 의미에서는 금욕주의 전체가 이에 속한다 : 몇 개의

든 것을 허용해주는 신(神)들의 호감을 사기 위해서이다. (중략) 인간은 그러므로 스스로를 부정하기 위해서 스스로를 부정하는 것이 아니라 적어도 인간의 정신이 있는 곳에서는 부정을 통해서 스스로를 긍정하기 위해서 스스로를 부정한다. 부정은 형식일 뿐이며 자기 긍정과 자기 자신에 대한 사랑의 수단이다.

− L. 포이어바흐 《종교의 본질에 대하여》中 −

관념들은 지워질 수 없고 눈앞에 있는 것, 있을 수 없는 '고정된' 것
이 될 수밖에 없는데, 이것은 이러한 '고정 관념'을 통해 신경과 지
성의 전 조직에 최면을 걸기 위한 것이다.

- F. 니체 《도덕의 계보(책)》 中 -

선악 관념이라는 고정 관념의 성취를 위해서 이토록 잔인한 상징 행위
들이 이루어지는 **피상적 이유**는 아버지가 가르친 선악의 지식을 기억 속
에 새기고 후대에 전승하기 위해서이지만 **본질적 이유**는 그러한 상징 행
위가 '신경과 무의식(지성)의 전 조직이 최면에 걸릴 정도로' **강렬한 성적
쾌락**을 주기 때문이다. 《신약성서》에서 그리스도가 **전통**을 고집하는 바
리새인을 과도할 정도로 비난하는 이유도 그들이 **하나님의 계명**, 즉 **집착
하지 말라는 계명**을 범하고 전통을 정욕화해서 그것에 집착하고 있기 때
문이다.[128] 아버지들은 정욕의 만족을 위해서, 즉 금단의 과실을 먹기 위
해서 대대로 후손들에게 선악 관념의 사회적 표상인 전통과 의례를 강요
해왔다. 도스토옙스키가 **'아버지는 여전히 지식의 과실을 따 먹고 있다'**
라고 말한 이유가 여기에 있다. 그렇다면 자기 자식을 죽인 원수에게도
선악의 지식을 적용하면 안 되느냐는 반론이 제기될 수 있다. 이에 대한
논의를 위해 도스토옙스키는 한 가지 일화를 더 제시한다.

p.397. "… 안개 낀 음산하고 추운 가을날이어서 사냥하기엔 안
성맞춤의 날씨였지. 장군은 아이의 옷을 벗기라고 명령했어. 발가숭

---

128) p.25. 그 때에 바리새인과 서기관들이 예루살렘으로부터 예수께 나아와 이르되
당신의 제자들이 어찌하여 장로들의 전통을 범하나이까 떡 먹을 때에 손을 씻지 아
니하나이다
대답하여 이르시되 너희는 어찌하여 너희의 전통으로 하나님의 계명을 범하느냐
- 《신약성서》「마태복음」中 -

이가 된 아이는 공포에 질린 나머지 말도 못하고 덜덜 떨고만 있었어. '자, 저놈을 내몰아라!' 하고 장군이 명령하자, '뛰어라, 뛰어!' 하고 몰이꾼들이 아이에게 외쳐댔어. 그 아이는 달아나기 시작했어. 그러자 장군은 '달려들엇!' 하고 외치며 사냥개를 모조리 풀어 주었어! 이렇게 어머니가 보는 앞에서 개들은 무슨 짐승이라도 쫓듯이 아이를 쫓아가서 순식간에 갈기갈기 찢어버리고 말았다는 거야! 결국 그 장군은 금고형인가 뭔가를 받았다더군. 자, 이런 작자는 어떻게 하면 좋겠니? 총살이라도 시켜야 하지 않을까? 도덕적 감정을 만족시키기 위해서라도 총살형에 처해야 할 게 아니냔 말이다. 말해봐, 알료샤!"

"총살형에 처해야죠!" 알료샤는 창백하게 일그러진 얼굴에 미소를 띄우고 형을 쳐다보며 나직이 말했다.

"좋다!" 이반이 기쁜 듯이 이렇게 외쳤다. "네가 그렇게 말하는 걸 보니…… 너도 대단한 수도사구나! 그러니까 너의 가슴속에도 악마의 새끼가 숨어 있는 거야, 알료샤 카라마조프!"

"내가 그만 어리석은 소릴했군요. 하지만!"

"바로 그거야. 그 '하지만'이 문제지" 이반은 소리쳤다. "이것 봐, 수도사님, 이 세상에는 어리석은 것이 너무 많이 필요해. 이 세상은 어리석은 것을 발판으로 서 있기 때문에, 그것이 없다면 아마 이 세상에는 아무것도 일어나지 않았을 거야. 우리는 그저 우리가 알고 있는 것만을 알고 있을 뿐이니까!"

– 도스토옙스키 《카라마조프의 형제》 상 中 –

위 지문 속의 장군은 어린아이가 자신의 사냥개를 다치게 했다는 이유로 그 아이를 어머니가 보는 앞에서 사냥개에게 갈기갈기 찢겨 죽게 만든다. 이반은 알료샤에게 이런 작자는 인간의 '**도덕적 감정을 만족시키기 위해서라도** 총살이라도 시켜야 하지 않느냐'고 묻자 알료샤는 동의한다. 그러자 이반은 알료샤의 가슴 속에도 '**악마의 새끼가 숨어 있다**'라고 말하고 알료샤는 자신이 '어리석은 소리를 했다'라고 후회한다. 알료샤가 자신의 발언이 원수를 사랑하라는 그리스도의 가르침에 어긋나기 때문에 후회했다고 생각한다면 그것은 오산이다. 이반의 이야기 속에서 대령을 총살해야 하는 전제가 '인간의 도덕적 감정을 만족시키기 위해서'라는 점에서 그 이유를 유추할 수 있다. 인간이 다른 인간을 사형시키는 이유는 복수(보복 감정) 때문이다. 이때의 복수 감정을 정의감이라고 부른다.[129] 도스토옙스키가 말했듯이 이러한 복수 감정은 아버지로부터 받은 심리적 고통과 모욕을 다시 되돌려주고 싶은 소망에서 기인한다. 그런데 이반이 '이 세상에는 어리석은 것들이 너무 많이 필요하다'라고 부연하듯이 정의감(도덕적 감정)은 세상의 어리석은 것 중의 하나에 속한다는 것을 알 수 있다. 왜 어린아이를 사냥개에게 찢겨 죽도록 한 사람을 총살형에 처해야 한다는 정의감이 어리석은 일일까?

이 질문에 대해서 알료샤는 다음과 같이 대답할 것이다. 문명국가에서는 사형제도를 폐지해가고 있는데 그 이유가 그 국가들이 비도덕적이기 때문은 아니다. 더 근본적인 이유는 사형제도가 공동체 전체 관점에서는 **어리석은 도덕**이기 때문이다. 죽어 마땅한 인간의 목숨조차도 소중한 것

---

129) p.62. 내가 조사해 본 바로는, 많은 사람들이 범법자들에게 벌을 주는 것보다는 치료해주는 것을 원한다고 주장한다. 그러나 나의 생각은, 아주 명확한 전제들에 근거를 두고 있는 것으로서, 대중의 보복 감정을 강화시키지 않는 범죄란 없다는 것이다. (중략) 정의가 행해질 때 거기에는 만족감이 따른다. 범죄자를 병든 사람으로 (그들은 실제로 아픈 사람이다) 간주하고 그들이 치료되기를 바라는 사람들은 성공하는 것처럼 보이는 그 순간에 자신들의 기대가 무너지는 상황에 빠지기 쉬운데, 그것은 무의식적 보복의 가능성을 고려하지 않았기 때문이다.

- D. 위니캇《박탈과 비행》中 -

이기 때문에 함부로 죽이지 않음으로써 타인의 생명을 소중하게 생각하는 환경을 조성할 수 있다. 우리는 지난 수백 년간의 시행착오 끝에 생명을 존중하는 공동체 환경이 살인을 예방하는 데 큰 효과가 있다는 것을 알게 되었다.[130) 하지면 사형제도를 반대해야 하는 더 근본적인 이유는 그 사람이 범죄자가 된 것이 그 사람의 잘못이 아니기 때문이다. 《죄와 벌》에서 보듯이 범죄자가 되는 원인은 바로 부모 또는 부모의 대리자(교육자)가 미친 영향 그리고 공동체의 환경에 있다.

> p.70. **사형** - (중략) 왜냐하면 죄가 있다고 해도 죄는 처벌되는 것
> 이 아니기 때문이다 : 죄는 교육자, 부모, 환경 그리고 우리 자신들
> 에게 있는 것이지 살인자에게 있는 것이 아니다. 내가 의미하는 것
> 은 살인을 야기한 상황들이다.
> – F. 니체 《인간적인 너무나 인간적인 II(책)》 中 –

이반이 알료사에게 '**악마의 새끼**가 숨어 있다'라고 말한 이유는 정의를 실현하고자 하는 욕망이 본질에서는 자신의 **정욕**을 만족시킨 위한 상징 행위이기 때문이다. '눈에는 눈 이에는 이'라는 복수 방식은 정의감을 느낄 수 있겠지만, 그 악마적 힘(성적 쾌락)으로 인해서 복수가 영원히 반복 재현될 수밖에 없다.

하나님 아버지가 아담을 에덴동산에서 추방한 것은 인간이 선악 관념을 극복하지 않고는 다시 하나님 나라에 들어갈 수 없다는 것을 시사한

---

130) p.279. 상상컨대, 18세기에는 사형 폐지가 무모해 보였을 것이다. (중략) 그러나 지금 우리는 사형 폐지로 수백 년의 살인율 감소가 역전되지 않았다는 것을 잘 안다. 사형 폐지는 살인율 감소와 나란히 진행했다. 현대 서유럽 국가들은 사람을 전혀 처형하지 않는데도 살인율은 세계 최저 수준이다.
                                        – S. 핑거 《우리 본성의 선한 천사》 中 –

다. 하지만 인간은 부모가 없이는 생존할 수 없으므로 선악 관념이 형성되지 않게 할 수는 없다. 그럼에도 선악 관념을 극복할 수 있는 가장 근본적인 방법은 어린 시절 어머니와의 관계에서 **양심(연민)을 강화하거나** 아버지의 관계에서 **거세 위협을 최소화**하는 것이다. 바꿔서 말하면 어린 시절에 아름다운 추억 **'특히 부모와의 아름다운 추억을 만드는 것'**이다.

p.343. "… 너희들은 지금 내가 하는 말을 아마 이해하지 못할는지도 모른다. 아무튼 나는 이해하기 어려운 말들을 자주 하니까. 그러나 너희들도 역시 언젠가는 나의 말을 상기하고, 좀 더 성장하면 그것을 이해할 때가 있을 것이다.

너희들의 아름다운 추억, 특히 부모 슬하에서 지낸 어릴 적의 추억─이 추억만큼 미래의 생활에 숭고하고 강렬하고 건전하고 유익한 것은 없는 법이란다. 이것만은 잊지 않도록 해줘. 어른들은 너희들의 교육 문제에 관해 여러 가지 의견을 갖고 충고를 하지만, 그러나 난 어릴 적부터 간직된 이 아름답고 신성한 추억이 무엇보다도 가장 좋은 마음의 양식이라고 생각한다. 지난날에 그러한 추억을 많이 가진 자는 앞으로도 한평생 틀림없이 구원을 받을 수 있다. 때문에 그런 아름답고 신성한 추억이 단 하나라도 너희들의 마음속에 남아 있다면, 그 추억은 언젠가는 마음의 구원으로 큰 역할을 다하게 될 것이다.

어쩌면 우린 나쁜 사람이 될는지도 모른다. 나쁜 일을 멀리할 수 없을는지도 모른다. 엄숙한 인간의 눈물에 대해서 조소할는지도 모른다. 아까 콜랴는 모든 사람을 위해서 고난을 받고 싶다는 뜻의 말을 외쳤지만, 어쩌면 그런 사람에 대해서 심술궂은 조소를 퍼부을는지도 모른다. 물론 그런 사람이 되어서는 안 되겠지만. 그러나 앞으로 어떠한 악인이 되는 일이 있더라도, 그리고 가장 잔인하고 냉소적인 인간이 되더라도 우리는 함께 일류샤를 매장한 일이며, 죽기 전에 그에게 따뜻한 사랑을 주었던 일이며, 그리고 지금 여기서 이 커다란 바위 옆에서 이러한 우애를 주고받은 일을 상기한다면 적어도 지금 이 순간 우리가 선량하고 훌륭한 인간이었다는 것만은 감히 마음속으로 조소할 수가 없을 것이다.

뿐만 아니라 이 아름다운 한 가지 추억이 우리를 커다란 악(惡)으로부터 지켜 줄 것이다. …"

– 도스토옙스키《카라마조프의 형제》하 中 –

어린 시절 부모와의 사이에서 경험한 기억과 느낌은 대부분 잊히므로 그 중요성은 너무나 쉽게 간과된다. 그래서 성인이 되어서도 아무런 양심의 가책도 느끼지 못하고 아이가 혼자 놀도록 내버려 두고 경제적 활동에 몰두한다.[131] 하지만 미성숙한 두뇌로 가지고 태어난 인간의 영혼은 부모와 생활하는 「결정적 시기」에 문자 그대로 결정된다. 만약 이 시기에 부모의 사랑을 많이 받지 못하면 다른 사람을 사랑할 수 있는 능력을 습득할 수 없고 잔인하고 냉소적인 영혼을 가진 인간으로 성장할 수밖에 없다. 부모가 「결정적 시기」에 계속해서 아이를 보살피지 않는 것은 아동학대이며 그의 영혼을 살해하는 것과 같다.[132]

---

131) p.303. 남자와 여자는 모든 경제지표에 이득을 보태는 물질을 생산하는 데 힘을 쏟았다. 그러나 가정에서 행복하며 건강하고 자신을 신뢰하는 아동을 낳는 데 힘을 쏟는 것은 이만큼 중요하게 여겨지지 않고 있다. 우리는 혼란된 세상을 만들었다. [Bowlby, 1988a]

– J. Holmes《존 볼비와 애착이론》中 –

132) p.205. 더 최근에 Shengold(1989)는 아동 학대와 박탈이 미치는 외상적 영향을 더 잘 이해하려는 요구가 높아 가는 것을 알았다. 그는 아이가 주위의 성인에게 전적으로 의지하는 시기에, 고의적이고 장기간 반복되는 과다한 자극과 감정적 박탈을 교

도스토옙스키가 어린 시절의 부모와의 아름다운 추억을 **'숭고하고 신성하다'**라고 표현하는 이유도 어떠한 성인의 가르침이나 훌륭한 교사의 교육도 부모가 준 사랑을 대체할 수 없기 때문이다. 그것이 개인에게는 선악 관념이 형성되지 않도록 하는 **'가장 건전하고 유익한 교육'**이고, 선악 관념의 악마적 힘을 극복할 수 있는 **'가장 아름답고 가장 좋은 마음의 양식'**이며, 더 나아가 **'인류를 커다란 악으로부터 지켜줄 수 있는'** 가장 강력한 방법이다. 일례로 어머니의 사랑을 받지 못해 인류에게 커다란 악을 선사한 인물 중 한 명은 제1차 세계 대전을 일으킨 독일의 황제 빌헬름 2세이다.

p.90. 아직도 살아 있지만 지금은 저 뒤편으로 물러나 있는, 우리 시대의 아주 중요한 역사적 인물 가운데 한 사람이 출생 중의 손상으로 인해 좀 짧은 사지 하나를 갖고 있었습니다. 출중한 사람들의 전기를 즐겨 집필하던 우리 시대의 한 유명한 작가가 바로 이 사람의 생애를 다루게 되었습니다. (중략) 그러나 그는 이 과정에서 아주 작은, 그렇지만 중요하지 않다고는 할 수 없는 사실을 간과하게 되었습니다. 일반적으로 병든 아이나 그 밖에도 장애가 있는 아이를 운명으로부터 선사받은 어머니들은 넘쳐날 듯한 사랑으로 이러한 불공평한 냉대를 보상하고자 하는 것이 상례입니다. 그러나 여기에 언급되고 있는 경우, 그의 어머니는 아주 오만한 사람으로서 다르게

대로 겪게 되면 무력감과 분노의 결합이라는 무서운 결과를 가져오는 것에 주목하였다. 살아남기 위한 아이는 이런 감정들을 억압하고 느끼지 말아야 한다. 한 여성은 자신이 어떻게 적응했는지 기술했는데, 그녀의 꿈에서는 사람들의 얼굴이 없었던 것이다. 압도하는 외상의 영향에 대해 Shengold는 '영혼 살해(soul murder)'라고 선언하였다.

- P. 타이슨 외 《정신분석적 발달이론의 통합》 中 -

행동한 것으로 나타나 있는데, 아이의 결함을 이유로 그에게 사랑을 주지 않았던 것입니다. 작은 아이에서 막강한 힘을 가진 사람으로 변해 버린 그는 자신의 행위를 통해서 자신의 어머니를 결코 용서할 수 없었다는 것을 보여 주었습니다. 여러분은 어린아이의 정신생활에 미치는 어머니의 사랑의 의미를 고려해 볼 때 이 전기 작가의 열등감 이론을 여러분의 생각 속에서 고치지 않을 수 없을 것입니다.

- S. 프로이트《새로운 정신분석 강의》中 -

빌헬름 2세의 어머니는 계몽주의 교육을 받은 **교양있는** 여성이었다. 그녀는 아들이 장애가 있다는 이유로 그를 돌보지 않는다. 교양 교육이 모성애를 압도했다고 할 수 있다. 이렇게 어머니(이상화된 자기대상)의 몸을 만지지 못하고 눈을 마주치지 못하고 자란 어린아이는 **죽음 본능과 마조히즘**을 극복하지 못하고 오히려 그것을 정욕화(성화)해서 갈망하게 된다.[133] 이러한 심리적 외상으로 인해서 빌헬름 2세는 독일의 황제가 되었을 때 카이사르보다 더 큰 수염을 기르는 과대망상증 경향을 보였고 사도-마조히스트였다고 전해진다. 작은 아이에서 막강한 힘을 가진 황제가 되자 그는 인류에게 커다란 악을 선사한다. 홀로코스트가 벌어진 이유도 자신이 **교양 있다**고 생각하는 독일 엄마들이 자신의 자녀들에게 **사랑과 눈빛**을 주지 않았기 때문이다.[134] 독일 민족은 부모의 사랑을 받지

---

133) p.129. 성적 피학 음란증의 당황케 하는 성질 또한 아이의 건강한 이상화된 자기대상과의 융합 소망들이 반응 받지 못한 채로 남게 될 때, 이상화된 원상은 산산 조각나고 융합 욕구들은 성화되어 파편화된 원상들을 채색한다는 견지에서 검토할 때 좀더 폭넓게 해명될 수 있다. 피학 음란증 환자는 전능한 부모 원상의 거절하는(벌주는, 품위를 떨어뜨리는, 경시하는) 특성들과의 성화된 융합을 통해 이상들이 자리잡고 있어야 마땅한 자기 영역의 결함을 메우려고 시도하고 있는 것이다.

- H. 코헛《자기의 회복》中 -

134) p.125. 하러(Johanna Haarer)는 1934년에 펴낸 자신의 첫 번째 육아 책《독일 엄

못해 악하게 된 사람들이라고 할 수 있다.

그리스도의 복음 = 하나님에 대한 반역

어린 시절 부모와의 아름다운 추억을 가짐으로써 어느 정도 선악 관념을 극복할 수 있지만 완전하게 극복할 수는 없으며 또한 불가피하게 불우한 가정에서 자란 경우에는 선악 관념이 형성될 수밖에 없다. 그래서 그리스도가 내놓은 해결책이 **'선악의 의식에 있어서의 자유로운 선택'**이다(이에 대한 구체적인 방법론은 제7장에서 다룰 예정이므로 여기서는 《신약성서》에 등장하는 상징 분석을 통해 개요만 설명하고자 한다). 그리스도가 이러한 해결책을 제시한 이유는 인류를 **선악과를 먹기 전**, 즉 **선악의 자유로운 선택이 가능했던 상태**로 되돌림으로써 하나님의 나라(에덴동산)로 복귀시키기 위해서이다. 그 방법은, 그리스도교도에게는 충격적으로 들리겠지만, **하나님 아버지에게 반기를 드는 것**이다.

p.423. 너는 자기의 '선택된 사람들'을 자랑하지만, 그 대신 너에겐 그 선택된 사람들밖엔 없지 않은가. 그러나 우리는 모든 사람에

마들과 첫 아기》에서 엄마와 아이의 긴밀한 시선 교환은 가급적 지양되어야 한다고 주장했다. 그는 "반드시" 아기와 엄마가 "다른 방을 쓰고 젖을 먹일 때만 엄마가 아기에게 다가갈 것"을 조언한다. 또 아기가 울 때는 인공 젖꼭지를 사용할 것을 권한다. 하러는 그래도 아기가 계속 울 때는 다음과 같이 하라고 조언한다. "엄마들이여 마음을 모질게 먹어라! 아기를 침대에서 들어 올려 안거나, 흔들어주거나, 무릎에 앉힐 생각을 하지 말아라…… 가능한 한 아기를 조용한 곳에 혼자 내버려 두고 젖을 먹일 때만 아기를 다시 돌보아라. 그러나 이와 같은 방식으로 아이를 키울 때 아기가 엄마의 눈에서 신뢰와 사랑을 읽기가 힘들다는 사실은 명확하다.
  - S. 마르크스 《나치즘, 열광과 도취의 심리학》 中 -

게 안식을 주고 있다. 그뿐만이 아니다. 그 선택된 사람들, 선택된 사람이 될 수 있는 만큼 강한 힘을 가진 사람들 가운데서도 대다수의 사람들은 너를 기다리다 지쳐서, 그 정신력과 정력은 전혀 다른 곳으로 날아가 버렸고, 또 앞으로도 계속할 것이다. 그리고 나중에는 너를 향해 자유의 반기(反旗)를 높이 들게 될 거다. 하기는 너 자신도 그런 깃발을 높이 든 적이 있었으니까……. 이에 반해 우리 쪽은 모든 사람이 행복하게 되어 너의 그 자유로운 세계에서는 도처에서 행해지고 있는 그러한 반란이나 살육행위가 근절되고 말 거다. 오오, 우리는 그들을 설득하리라―너희들이 우리를 위해 자기의 자유를 버리고 우리에게 복종할 때, 그때야 비로소 너희들은 자유롭게 되는 거라고.

자, 어떠냐, 우리의 말이 옳으냐, 아니면 거짓말이냐? 아니, 그들은 반드시 우리의 말이 옳다고 확신할 거다. 왜냐하면 너의 그 자유 덕분에 얼마나 무서운 노예 상태와 혼란 속에 빠졌던가를 그들은 상기할 테니 말이다. 자유니, 자유로운 지혜니, 과학이니 하는 것은 그들을 무서운 계곡으로 끌고 가서 무서운 기적과 해결할 수 없는 신비 앞에 세움으로써 그들 중에서도 가장 완고하고 사나운 자들은 스스로 제 목숨을 끊을 것이고, 반항적이긴 하지만 겁 많은 자들은 서로서로를 죽이게 될 것이며, 나머지 제3부류에 속하는 무력하고 가련한 자들은 우리의 발밑으로 기어와서 이렇게 외치게 될 것이다. "그렇습니다. 당시들은 옳았습니다. 당신들만이 하느님의 신비를 지니고 계십니다. 그래서 우리는 당신네들한테로 돌아왔습니다. 제발 우리들을 우리자신들로부터 구해 주십시오." 그래서 우리는 그들 자신이 얻은 빵을 그 손에서 거둬들였다가, 돌을 빵으로 변하게 하는 기적 같은 것도 행함이 없이 다시 그들에게 분배해 준단 말이다. 그들은 빵을 받을 때 물론 이 사실을 잘 알고 있지만, 그들이 기뻐하는 것은 그 빵 자체보다도 오히려 그것을 우리의 손에서 받는다는 사실 때문이야. 왜냐하면 전에 우리가 없을 때는 그들 자신이 획득한 빵이 그들의 손안에서 돌로 변해 버렸지만, 우리의 품 안에 돌아왔을 때는 그 돌이 그들의 수중에서 다시 빵으로 변한 것을 그들은 결코 잊지 않을 것이기 때문이지.

– 도스토옙스키 《카라마조프의 형제》 상 中 –

대신문관의 말을 요약하면 다음과 같다. 프랑스 민중이 자유를 얻기 위해서 왕과 귀족에게 반기를 든 것처럼 그리스도는 인간에게 자유를 주기 위해 **누군가에게** 반기를 들었다. 그 결과 인류는 자신에 대해서 자부심을 갖게 되었고 자유로운 지혜니 과학을 추구할 수 있게 되었다. 그런데 그리스도가 준 자유로 인하여 지상에는 도처에서 반란과 살육행위가 일어났고 인류는 무서운 노예 상태와 혼란 속에 빠졌다. 대신문관은 프랑스 민중이 노예 상태와 혼란에서 벗어나기 위해서 나폴레옹에게 영원히 복종한 것처럼 인간도 결국 소수 엘리트(제사장)에게 영원히 복종하게 될 것이라고 말한다. 대신문관은 그 이유로 인간은 **지상의 빵 그 자체**를 욕망하는 것이 아니라 오히려 **지상의 빵을 주는 사람**을 욕망하기 때문이라고 말한다. 대신문관이 이렇게 확신하는 이유는 해리 할로의 「원숭이 새끼에 대한 실험」에서처럼 인간의 무의식은 지상의 빵(어머니 젖) 그 자체보다도 오히려 그 빵을 주는 어머니(자기대상)를 갈망하기 때문이다.[135]

---

135) p.87. 일차적인 심리적 구성물은 음식에 대한 아이의 소망이 아니다. 자기심리학 관점에서 볼 때, 우리는 처음부터 아이는 음식을 주는 자기대상에 대한 욕구를 주장하고 있는 것이라고 단언할 수 있다. 이 욕구가 채워지지 않은 채 남아있으면, 더 광범위한 심리적 구성물이 붕괴되고, 아이는 파편화되는 경험, 즉 쾌락 추구적인 구강기적 자극(성감대)으로 또는 끊임없이 먹어대는 우울증으로 철수한다. 이러한 심리적

그런데 그리스도가 누군가에 반기를 들었다면 그 누군가는 하나님 아버지이다. 하나님의 아들인 그리스도가 반기를 들 수 있는 대상은 자신의 아버지인 하나님뿐이기 때문이다. 대신문관이 이렇게 표현하는 이유는 그리스도가 하나님 아버지가 내려 준 《구약성서》의 율법을 모두 뒤집어 버렸기 때문이다.[136] 그 증거는 《신약성서》에 다음과 같이 나온다. 그리스도는 자신이 온 이유가 하나님의 율법을 **'완전하기 위해서'** 왔다고 말한다.[137] 하지만 이 말은 모순어법이다. 전지전능한 하나님 아버지가 만든 율법이 불완전하다는 의미이기 때문이다. 이 말은 하나님 아버지의 율법에 복종하지 않겠다는 반역과 마찬가지이다.

반역의 예를 들면 하나님 아버지는 '자기 부모를 치는 자나 저주하는 자는 반드시 죽이라'고 명령했고 손해가 발생하면 '눈에는 눈으로, 이는 이로' 복수하도록 명령했다.[138][139] 하지만 그리스도는 부모를 죽인 '원수조차도 사랑하라'고 가르치며 '오른편 뺨을 치면 왼편 뺨을 내밀라'고 반

경험이 나중에 음식에 탐닉하게 만드는 요소가 된다.

- H. 코헛 《자기의 회복》 中 -

136) p.222. 예수의 가르침과 활동을 연구하면 할수록 그의 가르침과 활동이 치명적인 여러 부분에서 유대교를 공격했다는 점이 분명해진다. 그리하여 예수는 유대 관헌에 체포되어 재판을 받을 수밖에 없었다. 성전을 대하는 적대적인 태도는 진보적인 바리새파조차 받아들이기 어려웠다. 그들도 성전에서 드리는 제사에 중요한 의미를 부여하고 있었기 때문이다. 무엇보다 가장 큰 핵심은 율법에 대한 거부였다.

- P. 존슨 《유대인의 역사》 中 -

137) p.6. 내가 율법이나 선지자를 폐하러 온 줄로 생각하지 말라 폐하러 온 것이 아니요 완전하게 하려 함이라

- 《신약성서》「마태복음」 中 -

138) p.114. 자기 아버지나 어머니를 치는 자는 반드시 죽일지니라

- 《구약성서》「출애굽기」 中 -

139) p.114. 그러나 다른 해가 있으면 갚되 생명은 생명으로 눈은 눈으로, 이는 이로, 손은 손으로, 발은 발로,

- 《구약성서》「출애굽기」 中 -

대로 가르친다(《신약성서》에서 '**너희가 들었으나**'라는 문구는 하나님 아버지의 율법을 의미한다).[140][141] 또 하나님 아버지는 '안식일을 지키지 않는 자는 모두 죽이라'고 명령했지만, 그리스도는 '안식일은 인간을 위해서 존재한다'라고 말하며 안식일을 지키지 않았다.[142][143] 그리스도는 하나님 아버지가 명령한 확고한 고대 율법에 반기를 들고 인간의 양심을 증진시킴으로써 인간이 '**자유의지에 따라 무엇이 선이고 무엇이 악인가를 스스로 결정할 수 있는**' 시대를 열었다.

    p.418. 너는 인간의 양심을 지배하는 대신에 오히려 그 양심을 증진시켜 그 괴로움으로 말미암아 인간의 마음의 왕국에 영원히 무거운 짐을 지워 주지 않았느냐 말이다. 너는 너에게 유혹되어 사로

---

140) p.7. 또 네 이웃을 사랑하고 네 원수를 미워하라 하였다는 것을 너희가 들었으나
    나는 너희에게 이르노니 너희 원수를 사랑하며 너희를 박해하는 자를 위하여 기도하라

                        - 《신약성서》「마태복음」中 -

141) p.7. 또 눈은 눈으로, 이는 이로 갚으라 하였다는 것을 너희가 들었으나
    나는 너희에게 이르노니 악한 자를 대적하지 말라 누구든지 네 오른편 뺨을 치거든 왼편도 돌려대며

                        - 《구약성서》「마태복음」中 -

142) p.130. 너희는 안식일을 지킬지니 이는 너희에게 거룩한 날이 됨이니라 그 날을 더럽히는 자는 모두 죽일지며 그 날에 일하는 자는 모두 그 백성 중에서 그 생명이 끊어지리라

                        - 《구약성서》「출애굽기」中 -

143) p.18. 한쪽 손 마른 사람이 있는지라 사람들이 예수를 고발하려 하여 물어 이르되 안식일에 병 고치는 것이 옳으니이까
    예수께서 이르시되 너희 중에 어떤 사람이 양 한 마리가 있어 안식일에 구덩이에 빠졌으면 끌어내지 않겠느냐
    사람이 양보다 얼마나 더 귀하냐 그러므로 안식일에 선을 행하는 것이 옳으니라 하시고

                        - 《신약성서》「마태복음」中 -

잡힌 인간이 자유의지로써 너를 따라올 수 있도록 인간의 자유로운 사랑을 바랐다. 그 결과 인간의 확고한 고대의 율법을 물리치고, 그 후부터 무엇이 선이고 무엇이 악인가를 자유의지에 따라 스스로 결정하지 않으면 안 되게 된 거다. 게다가 지도자라고는 그들 앞에 너의 모습밖엔 없었던 거야. 그러나 너는 이러한 것을 생각해 보진 않았느냐? 만일 선택의 자유라는 무서운 짐이 인간을 압박한다면, 그들은 네게 등을 돌리고 너의 모습도, 너의 진리도 배척하게 되리라는 것을. 그들은 결국 진리는 네 속에는 없다고 외칠 것이다. 왜냐하면 너는 그처럼 많은 걱정거리와 해결할 수 없는 문제들을 그들에게 줌으로써 그들로 하여금 혼란과 고통 속에 남아 있게 했기 때문이지. 사실 그 이상으로 잔인한 것은 도저히 불가능한 일이니까. 이렇게 너는 스스로 자기 왕국의 붕괴의 기초를 만들어 놓았으니 누구를 비난할 수도, 원망할 수도 없을 거다. 그렇지만 네가 권고받은 것이 과연 이런 것이었을까?

– 도스토옙스키 《카라마조프의 형제》상 中 –

그리스도는 하나님 아버지의 율법을 완전하기 위해서 왔다고 말하지만, 그 방식은 하나님 아버지가 명령한 고대의 율법과 전통을 모두 파괴해 버리는 것이었다. 그리스도는 하나님 아버지의 율법은 필요 없다고 말함으로써 인간을 자신과 같은 지위로 올렸다. 이러한 반역 행위로 그리스도는 십자가에 못 박혀 죽었지만, 인류는 신의 노예에서 신의 아들로 그 정신적 지위가 높아졌다. 그리스도의 희생으로 인류는 하나님 아버지의 율법으로부터 자유로워졌고 이제 자신의 양심에 따라 선악을 판단해야만 했다.[144]

144) p.228. 디아스포라 유대인 공동체와 긴밀하게 교류하면서 개종할 준비가 되어 있는

하지만 자신만의 선악의 지식을 강요하려는 천민들로 인하여 지상의 곳곳에서 반란과 살육행위가 일어났고 인류는 무서운 노예 상태와 혼란 속에 빠졌다. 그리스도의 사업을 물려받은 로마 가톨릭의 교황은 십자군 전쟁을 벌여 자신의 선악의 지식과 다른 선악의 지식을 추구하는 이방인을 학살했다. M. 루터는 자신의 선악의 지식에 부합하지 않은 그리스도의 가르침에 반기를 들고 안식일을 비롯해 그리스도가 폐기한 유대교의 고대 율법을 부활시켰다.[145] 로베스피에르는 프랑스를 자신의 선악의 지식에 적합한 나라(덕과 정의의 나라)로 만들기 위해서 동료를 단두대로 보냈고 나폴레옹은 프랑스의 선악의 지식을 전 세계에 전파한다는 명목으로 유럽 민중을 살육했다. 또 지난 세기는 파시즘, 나치즘, 막시즘 등 자신만의 선악의 지식을 인류에게 강요하려는 광인들의 **도덕 전쟁**으로 지상은 인육 탐식의 혼란에 빠졌다.[146] 그래서 대신문관은 그리스도가 인

경건한 이방인이 많았으나, 이들이 엄밀한 의미에서 유대인 공동체와 하나가 될 수 없었던 이유는 모세의 율법을 받아들일 수가 없었기 때문이다. 그런데 그리스도인들이 나타나 율법이 더 이상 필요 없다고 말한 것이다. 그리하여 작게 시작된 신흥 종교는 점차 가속도가 붙으면서 빠르게 확산되었다. 윤리적인 유일신 신앙의 시대가 열린 것이다. 본래 그 사상은 유대인의 것이었다. 그런데 그리스도인은 그 사상을 가져다 더 넓은 세상에 전했고, 유대인은 그렇게 맏아들의 권리를 빼앗겼다.
- P. 존슨 《유대인의 역사》 中 -

145) p.939. 서유럽에 유대교의 부활이 실현된 것은 그로부터 8세기 가까운 세월이 지난 뒤였다. 그리고 그때는 아래로부터 위로 향하는 운동으로서 일어났으며, 레오 시루스의 역할을 대신해낸 것은 마틴 루터였다.
서유럽 그리스도교 세계의 프로테스탄트 종교개혁에서 부활한 유대교의 망령은 우상 반대주의만은 아니었다. 유대교의 안식일 엄수주의는 동시에 로마 가톨릭교회로부터 독립하자는 분리주의자들의 마음을 사로잡았다. (중략) 이러한 '성서주의 그리스도 교도'들은 복음서 속에 예수가 안식일의 금기에 도전한 구절이 많이 나옴을 알지 못한 것일까?
- A. J. 토인비 《역사의 연구》 中 -

146) p.345. 종교 전쟁 외에도 도덕-전쟁이 지속적으로 벌어진다. 즉, 어떤 충동이 인류를 자신에게 굴복시키려고 한다. 그리고 더 많은 종교들이 사멸할수록, 이 싸움은 그

간의 본성을 너무 높이 평가했다고 힐난하며 이러한 세계사적 재앙의 반복 재현을 막기 위해서는 인류에게서 양심의 자유를 빼앗고 자신과 같은 현명하고 지혜로운 소수 엘리트가 인류의 양심을 지배해서 온 인류를 결합시켜야 한다고 말한다.

그렇다면 그리스도의 복음이 잘못된 것일까? 이에 대한 그리스도의 대답은 확고하다. 이 문제는 앞서 논의했던 사형제도의 폐지에 관한 문제와 유사성을 가지고 있다. 이제 문명사회는 안식일을 지키지 않았다고 해서 돌팔매로 사형시키지 않으며 연쇄살인범이라도 사형을 집행하는 데 망설이고 있다. 안식일을 지키고 반드시 복수하라는 하나님의 고대 율법에 반기를 들고 무엇이 선이고 무엇이 악인가를 자유의지에 따라 스스로 결정한 결과이다. 복수에 집착하는 《구약성서》(히브리 성경)의 율법으로는 폭력과 살육행위를 막을 수 없을 뿐만 아니라 복수를 하면 할수록 그 강도와 범위가 더욱 확대된다는 것을 수많은 역사적 사실과 과학적 실험은 가르쳐 주었다.[147] 그럼에도 여전히 인류 문명의 대부분 사상과 철학은 이러한 《구약성서》의 정신에 근거하고 있다.

p.48. 내가 주장하는 윤리와 유럽 철학의 윤리설은 신약과 구약의 관계와 같다. 구약은 인간을 율법의 지배 아래 두고 있지만 구원으로 인도하지 못한다. 한편 신약은 율법을 불충분한 것이라고 분

만큼 더 유혈이 되고 그만큼 더 눈에 띄게 벌어진다. 우리는 그 시작에 처해 있다.
　　　　　　　　- F. 니체 《유고(1882년 7월~1883/84년 겨울)》 中 -
147) p.896. 히브리 성경은 복수에 집착한다. "사람의 피를 흘린 자도 피를 흘리리라.", "눈에는 눈", "복수는 나의 것"과 같은 함축적인 표현들이 넘친다. (중략)
　　그렇게 헛됨에도, 복수의 충동은 폭력의 중요한 원인이다. 전 세계의 문화의 95%가 피의 복수를 명시적으로 인정했고, 부족 간 전쟁이 있는 곳에서는 언제나 복수가 주요한 동기였다.
　　　　　　　　- S. 핑거 《우리 본성의 선한 천사》 中 -

명히 하는 동시에 한 걸음 나아가 인간은 권능에서 해방되어 있다
고 가르치고, 율법 대신 은총의 세계를 주장한다. 신앙과 박애와 몰
아(沒我)의 경지를 통해 이 은총의 세계로 들어갈 수 있다고 보는 것
이다. 신약의 정신은 이성에서 시작되는 프로테스탄트나 이성주의
신학이 아무리 그릇된 주장을 하더라도 어디까지나 고행의 길에 놓
여 있다.

이 고행의 길이야말로 바로 살려는 의지 포기의 기각이며 구약에
서 신약으로, 율법의 지배에서 신앙의 지배로, 의로운 행동에서 중
개자에 의한 구원으로, 죄와 죽음의 지배 아래에서 그리스도의 영
원한 생명으로, 단순한 도덕적인 선행에서 살려는 의지의 포기로
이르는 길이다.

나 이전에 나타난 모든 철학적인 윤리설은 구약정신에 입각한 것
으로, 절대적인 도덕 율법과 도덕적인 명령이며 금제(禁制)는 암암
리에 구약의 명령을 바탕으로 한 것이다. 다만 그 주장이나 서술 체
제에 차이가 있을 뿐이다.

이와 달리 나의 윤리에는 근거와 목표가 포함되어 있다. 우선 윤
리적으로 박애의 형이상학적인 근거를 증명하고 다음에 이것이 완
전히 행해질 경우 이르게 되는 마지막 귀착점을 제시한다. 또한 이
세계는 피해야 할 곳이라는 점을 솔직하게 고백하고, 해탈에 이르
는 길은 살려는 의지를 기각하는데 있다고 가르친다.

그러므로 나의 이론은 사실상 신약 정신과 합치되지만 그 밖의
윤리설은 모두 구약 정신에 버금가며, 이론상으로는 철저한 전제적
유신론인 유대교 가르침에 귀결되고 있다. 이런 의미에서 보면 나
의 가르침은 진정한 기독교적 철학이라고 불러도 무방하다. 사물의
핵심을 파악하지 못하는 사람에게는 이 말이 물론 이상하게 들릴

것이다.

– A. 쇼펜하우어 《철학적 인생론》 –

쇼펜하우어의 말대로 지금까지도 인류 문명의 모든 윤리와 철학은 《구약성서》의 율법의 변주에 불과했고 그 결과 인류 문명은 **'죄와 죽음의 지배 아래서'** 구원받을 수 없었다. 그리스도는 이러한 《구약성서》의 율법으로는 인간의 정신을 구원하기에는 **'불완전하다'**고 생각했기 때문에 하나님 아버지에게 반기를 들고 새로운 복음을 전했다. 그것은 고대 율법을 물리치고 그리스도가 제시한 **불멸(영원한 생명)**을 추구하는 것이었다. 다만 쇼펜하우어는 그리스도의 복음을 **'살려는 의지의 포기'**라고 보았는데 이는 불교에 대한 잘못된 해석을 적용한 결과이다. 쇼펜하우어가 허무주의자가 되어버린 이유도 불교를 잘못 이해했기 때문이다.

그리스도가 불멸의 복음을 전한지 2천 년도 넘게 지났지만, 이 지상은 구약의 지배를 벗어나지 못했고 그리스도가 약속한 신약의 세계는 요원하게 보인다. 물론 누군가는 신약의 세계가 조만간 이루어질 것이라고 낙관할 수 있다. 과학 문명은 지상에 빵이 넘쳐나게 하는 **기적**이 이루었고 과학 문명의 발명품들이 인류의 **신비**에 대한 갈망을 충족시켜 주고 있기 때문이다. 또 과학 문명은 글로벌 네트워크를 형성하게 해줌으로써 **온 인류의 전 세계적 결합**도 성취해가고 있다. 하지만 인류는 물질적 풍요 속에서 정신적 빈곤을 느끼고 있고 더 안락해질수록 더 많은 자살을 하고 있다. 대신문관과 그리스도가 유일하게 동의한 점이 '인간은 빵으로만 살수 없다'인 것처럼 인류는 물질문명이 주는 기적과 신비와 세계적 결합만으로는 살 수 없다.

그런데 왜 인류는 여전히 구약의 지배 아래에서 사는 것일까? 가장 큰 책임은 선악에 대한 **지식의 열쇠**를 독점해서 사람들이 천국에 들어가는 것을 막아 온 유식한 소수 엘리트 때문이다.[148] 그들은 인간의 상징주의를 성물과 성자 숭배로 대체하고 불멸의 추구(삶의 실천) 대신에 온갖 형식과 의례를 지킬 것을 고집함으로써 인류가 하나님의 나라에 들어가는 것을 막고 있다. 이러한 왜곡된 상징주의와 전통 숭배에 철저히 무관심해지지 않는 한 하나님의 나라를 볼 수 없다.

p.130. 기독교 교리 전체, 즉 기독교의 모든 "진리"는 의미 없는 거짓이고 기만이며, 정확히 말해 최초의 기독교 운동의 바탕에 자리 잡고 있던 것과 정반대이다.

성직자들의 관점에서 말하는 기독교적인 모든 것은 더할 나위 없이 반(反)기독교적이다. 사물들과 사람들의 무리가 상징을 대체하고 있고, 역사가 영원한 사실들을 대신하고 있으며, 삶의 "실천" 대신에 온갖 형식과 의식(儀式)과 교리가 난무하고 있다. 진정으로 기독교인이 된다는 것은 교리와 숭배, 성직자, 교회, 신학에 철저히 무관심해지는 것을 의미한다.

그리스도의 가르침을 실천하는 것을 결코 불가능한 공상이 아니다. 불교를 실천하는 것이 공상이 아닌 것과 똑같다. 그리스도의 가르침을 실천하는 것은 단지 행복에 이르는 한 수단일 뿐이다.

- F. 니체《권력에의 의지(부글)》中 -

니체가 그리스도의 가르침을 불교를 실천하는 것과 같다고 본 것은 불교에서는 '가는 길에 부처를 만나며 그를 죽이라'라는 말이 있듯이 부처

---

148) p.114. 화 있을진저 너희 율법교사여 너희가 지식의 열쇠를 가져가서 너희도 들어가지 않고 또 들어가고자 하는 자도 막았느니라 하시니라

- 《신약성서》「누가복음」中 -

와 부처의 가르침에 집착해서는 안 된다고 가르치기 때문이다.[149] 만약 그리스도교에서 '가는 길에 하나님을 만나면 그를 죽이라'고 가르쳤다면 십중팔구 그 사람이 죽었을 것이다. 그리스도교는 그리스도의 가르침과 정반대로 선악의 지식을 정욕화하고 그 지식에 집착함으로써 자신들도 하나님 나라에 들어가지 못하고 들어가고자 하는 다른 사람도 들어가지 못하게 막아왔다.

예를 들어 지난 세기의 대표적인 선악의 지식은 지동설과 진화론이었다. 현재의 관점에서 이러한 지식은 객관적 지식이지만 그 당시의 소수 엘리트에게는 그 지식은 인간의 양심을 지배할 수 있는 선악의 지식이었다. 그들에게 지동설은 하늘의 주인인 아버지 신의 섭리에 불복종하는 악의 지식이었고 진화론은 인간을 창조한 아버지 신의 존재를 부정하는 악의 지식이었다.[150] 그들은 이러한 지식을 악의 지식이라고 반복적으로 가르쳤고 이렇게 반복된 지식은 21세기에도 여전히 인간의 무의식을 지배하고 있다. 일례로 2012년에 미국에서 시행된 갤럽 조사에 따르면 문학사 학위를 받은 대학졸업생들 가운데 46%가 성경의 창조 신화를 믿는다

---

149) p.258. 선불교에서는 "가는 길에 부처를 만나면 그를 죽이라"고 말한다. 영적 길을 걷는 동안 제도화된 불교의 경직된 사상과 고정된 법을 만난다면, 거기서도 자유로워져야 한다는 뜻이다.

- Y. 하라리 《호모 데우스》 中 -

150) p.35. 교회와 그 설립자 사이에 차이가 나는 것은 우연한 일이 아니다. 절대적 진리가 어떤 특정인의 설법 가운데 있다고 생각하면, 그의 설법을 해설하는 전문가가 생기고, 이 전문가들은 그 진리에 대한 열쇠를 가지게 되므로 반드시 권력을 장악하게 되는 것이다. 그들은 다른 특권 계급과 마찬가지로 자기 자신들의 권익을 위해 권력을 행사한다. 그러나 그들은 한 가지 점에 있어서 다른 특권 계층보다 더 질이 나쁘다. 즉 그들의 임무는 재론의 여지가 없는 단 한 번으로 완벽하게 계시되어 버린 불변의 진리를 해석하는 일이며, 그래서 그들은 필연적으로 모든 지적·도덕적 진보의 저해자가 되어버리는 것이다. 교회는 갈릴레오와 다윈을 반대하였고, 바로 우리 시대에 있어서는 프로이트를 반대하고 있다.

- B. 러셀 《종교는 필요한가?》 中 -

고 말한 반면, 14%만이 진화론을 믿는다고 말했다.[151] 아무리 많은 객관적 지식을 습득해도 어린 시절 무방비 상태에서 반복적으로 주입된 말이나 구호는 이념이 되고 교리가 된다. 교회의 지혜롭고 현명한 소수 엘리트는 선악을 지식을 이용해서 권력을 획득하는 방법을 너무 잘 알고 있었던 것이다.

이렇게 선악 관념의 표상인 선악의 지식은 인간의 정욕에 이바지하는 행위를 하도록 강요하는 수단이고 행위의 동기이다. 앞서 니체가 말한 바와 같이 우리는 우리 자신을 이해하기 위해서는 그 표상들을 이해해야 하고 그 표상을 넘어서야 한다. 갈릴레오는 기존에 확고한 선악의 표상을 넘어서 인류에게 **우주의 비밀**을 알려주었고 C. 다윈은 기존에 확고한 선악의 표상을 넘어서 인류에게 **생명의 비밀**을 알려주었다. 그런데 교회가 프로이트를 반대하는 이유는 잘 알려지지 않았는데 프로이트는 기존의 확고한 선악의 표상을 넘어서 인간이 천국에 들어갈 수 있는 **정신의 비밀**을 알려주었기 때문이다. 그 확고한 선악의 표상이 오이디푸스 콤플렉스에 관한 것이다. 그 전에는 누구도 인간의 무의식이 어머니를 성적으로 욕망하고 아버지를 죽기를 소망한다고 말하지 않았다. 문제는 그 비밀을 풀어야 하는 사람이 바로 우리 자신이라는 점이다. 개인 스스로가 그 비밀을 풀 수 있을 때 악마의 세 가지 유혹을 분연히 거부하고 하나님 나라에 들어갈 수 있다. 인류의 스승인 그리스도는 이 비밀에 대한 해법을 제시한 인물이다. 이 해법을 왜곡하고 변형한 교회는 이 비밀에 대한 해법을 제시해 줄 수 없다는 것은 확실하다. 그런데 이 문제에 대해서 한 편의 영화가 다른 어떤 심오한 종교보다도 더 탁월한 해법을 제시해 준다. 그 영화의 제목은 《매트릭스》이다.

---

151) Y. 하라리, 《호모 데우스》, p.148.

제4장

삶과 죽음

제4장 삶과 죽음

이같이 하나님이 그 사람을 쫓아내시고 에덴동산 동쪽에 그룹들과 두루 도는 불 칼을 두어 생명 나무의 길을 지키게 하시니라

－《구약성서》「창세기」中 －

매트릭스의 창조 원리

영화 《매트릭스》가 제시하는 해법을 고찰하기 전에 영화 전반에 대한 이해가 선행되어야 할 것으로 보인다. 영화 제목인 매트릭스(matrix)는 어머니 자궁을 의미한다. 영화가 주려는 암시는 인간은 어머니 자궁 속에서 벗어났지만, 여전히 어머니 자궁 속에서 살고 있다는 것이다. 다만 의식하지 못할 뿐이다. 매트릭스는 인간의 이러한 무지를 이용해서 인공지능이 만든 가상 현실이다. 이 가상 현실에서 인간은 공동체에 소속됨으로써 고립감을 극복하고 자아실현을 통해 자신이 가치 있는 사람이라는 자기애적 만족을 느끼며 살아간다.[1] 인공지능은 자신의 생존을 위해서 인류

---

1) p.264. 집단 구성원과의 긴밀한 관계는 사기가 꺾인 환자에게 자신이 가치가 있고 중요한 사람이라는 점을 느끼고 고립감을 극복할 수 있도록 도와준다. 집단치료에서 애착은 구성원을 안전하게 결속시키고 탐색과 감정처리 과정을 가능하게 해 주는 집단 〈매트릭스(어머니라는 말에서 파생되었다)〉와 같은 역할을 한다.

－ J. Holmes《존 볼비와 애착이론》中 －

에게 그러한 정신적 안식과 쾌락을 제공함으로써 인류를 사육하고 있다.

영화《매트릭스》는 인간의 정신이 무언가에 의해서 통제당하고 있다고 주장하는 많은 철학자를 떠올리게 된다. 동굴의 우화로 잘 알려진 플라톤이나 악마가 자신을 속이고 있을지도 모른다고 의심한 데카르트 등이 대표적인 인물이다. 이와 관련된 내용은 잘 알려져 있으므로 이 책에서는 다른 비유를 소개하고자 한다.

p.417. 이것은 동양의 이야기인데, 아주 부자인 마술사가 많은 양을 기르고 있었다. 그렇지만 이 마술사는 매우 인색한 사람이어서 목동도 고용하지 않고 양이 풀을 뜯어먹는 주위에 울타리도 하지 않았다. 그래서 양이 숲속으로 잘못 들어가 계곡에 추락하는 일도 여러 번 있었고 심지어는 도망치는 양도 속출했다. 마술사가 양의 고기와 가죽을 탐내고 있다는 것을 양들은 알고 있었고 그것이 마음에 들지 않았기 때문이다.

마술사는 간신히 수습책을 생각해내었다. 양에 최면술을 걸어서, 먼저 너희들은 불사신이기 때문에 가죽을 벗겨도 아무렇지도 않고, 아니 오히려 건강에 좋고 기분도 틀림없이 좋아질 것이라고 암시(暗示)를 주고, 다음에 마술사는 실로 좋은 주인으로 양을 매우 사랑하고 있기 때문에 양을 위해서라면 무엇이라도 한다고 말하고는, 그 다음에 가령 무언가 변하는 일이 있어도 적어도 오늘은 아니므로 마음 쓸 필요는 없다고 암시했다. 그런 다음 어떤 양에게는 너는 사자라 말하고, 어떤 양에게는 너는 독수리라 생각하라 하고, 또 어떤 양에게는 너는 인간이며 마술사라고 암시를 걸었다.

그러고서부터는 양의 일에 마음 쓸 필요는 조금도 없었다. 양은 한 마리도 도망치는 일 없이 마술사가 고기와 가죽을 가지러 오는 날을 공손하게 기다리고 있었다.

　이 이야기는 인간의 상태를 매우 잘 설명하고 있다고 할 수 있으리라.

- C. 윌슨《아웃사이더》中 -

　C. 윌슨이 인용한 위 지문은 인간의 상태를 최면에 걸린 양 떼에 비유하여 설명하고 있다. 마술사가 양 떼의 정신을 통제하기 위해서 하는 첫 번째 암시는 양 떼에게 그들이 '불사신'이라고 믿게 하는 것이다. 첫 번째 암시가 아주 중요한 이유는 갓 태어난 유아가 극복해야 할 첫 번째 도전이 죽음 불안이기 때문이다. 어머니는 유아가 자신의 젖과 융합하도록 함으로써 유아가 죽음 불안(멸절 불안)을 극복하고 **불멸(존재의 연속성)**을 추구하도록 만든다.[2] 이 시기에 모성이 실패하면 유아는 정신병에 걸리거나 죽음을 갈망하게 된다. 불멸하기 위해서는 신처럼 전능해야만 한다. 어머니는 유아의 불멸 본능을 일깨움으로써 유아의 무의식 속에 자신이 불멸하는 존재라는 '**전능 관념**'(전능 환상)을 형성하게 해준다. 어머니의 이러한 역할로 인해서 인간의 무의식은 자신의 죽음을 믿지 않으며 마치 자신을 **불사의 존재**처럼 생각한다.

　p.64. 우리의 무의식은 자신의 죽음을 믿지 않으며, 마치 자기가 불사의 존재인 것처럼 행동한다. 우리가 〈무의식〉이라고 부르는

---

2) p.229. "모성 실패는 침범에 반응하게 만들고, 이런 반응은 유아의 '존재의 연속성'을 방해한다. 이런 반응들이 과도해지면 좌절이 아니라 멸절의 위협이 생겨난다. 이것은 죽음이란 용어로 서술되는 불안의 종류보다 더 초기의 원시적 불안을 가리키는 것으로 보인다"(Winnicott, 1952). 이러한 상태는 무슨 일이 있어도 방어되어야 하며, 이때 유아가 사용할 수 있는 유일한 방어는 전능 환상이다. 따라서 유아는 전능 환상을 사용해서 멸절 공포로부터 자신을 보호한다(Winnicott, 1952).

- F. 써머즈《대상관계 이론과 정신병리학》中 -

것-우리 마음속에서도 가장 깊은 심층에 자리 잡고 있으며, 본능적 충동으로 이루어져 있는 것-은 부정적인 것을 전혀 모르고, 어떤 부정(否定)도 모른다. 무의식 속에서는 서로 모순되는 일이 동시에 일어난다. 이런 이유 때문에 무의식은 자신의 죽음을 모른다. 우리가 죽음에 부여할 수 있는 의미 내용은 부정적인 것뿐이기 때문이다. 따라서 우리 마음속에서는 죽음이 존재한다는 믿음에 대한 본능적 반응은 일어나지 않는다. 어쩌면 이것이 영웅주의의 비밀인지도 모른다.

- S. 프로이트 《문명 속의 불만,『문명적 성도덕과 현대인의 신경병』》中 -

자신이 불멸의 존재라는 전능 관념은 어머니 자궁 속에서 습득한 **불멸에 대한 감각**으로부터 기인한다. 이러한 전능 관념은 대부분 아버지의 거세 위협으로 억압되지만, 아버지의 거세 위협에서 비껴간, 바꿔말하면 어머니의 사랑을 상실한 경험이 없는 극소수의 사람은 성인이 되어서도 자신을 불멸의 존재라고 믿는다. 나폴레옹이 총알이 빗발치는 전쟁에서도 자신은 결코 총에 맞지 않는다고 믿은 것은 바로 이러한 불멸에 대한 신앙 때문이다.[3] 이러한 사람들은 무의식적으로 누군가가 자신을 보호하고 승리를 향해 이끈다고 생각하는데 그 누군가는 무의식 속 후미진 구석에 자리 잡은 어머니 신이다. 이렇게 **불멸의 신앙**과 **어머니 신**은 동의어이다.

---

3) p.217. 도시 곳곳에 깔린 프랑스군 보초들이 혼자 걸어가는 나폴레옹을 알아보지 못하고 총을 쏘아댔다. 그러나 그는 자신은 결코 총에 맞지 않는다는 듯이 무심하게 발걸음을 옮겼다. 그는 스스로 불사신이라고 느꼈다. 누군가 자신을 보호하고 있으며 승리를 향해 이끌고 있다고 확신했다.

- M. 갈로 《나폴레옹 3》中 -

인간의 불멸 본능은 신에게 투사되어 신의 핵심 속성이 된다. 따라서 불멸하지 않는 신은 신이라고 할 수 없다. 이로부터 신에 대한 개념과 불멸성에 대한 개념이 근본적으로 동일하다는 것을 알 수 있다.[4] 만약 불멸 본능이 인간의 본능이 아니라면 파라오나 진시황은 물론 자신을 불멸의 존재라고 믿었던 나폴레옹이나 히틀러도 존재하지 않았을 것이다. 불멸은 인간의 가장 원초적인 욕망이자 최고의 목표라고 할 수 있다. 그 모든 나머지는 부차적인 것이다.[5] 인간의 불멸 본능은 자신이 불사신이라는 신념으로 발현됨으로써 영웅주의를 추구하게 만든다. 다시 한번 강조하자면, 유아의 삶의 본능을 일깨워서 불멸을 추구하도록 하는 역할이 **어머니**라는 것이다. 영화 《매트릭스》에서 오라클의 '**유일한 관심이 불멸(미래)**'인 이유도 그녀가 매트릭스의 **어머니 신**으로서 인류의 불멸을 책임지는 프로그램이기 때문이다.

네오 : "왜 우릴 돕죠?"

오라클 : "우린 할 일을 하기 위해 존재하는 거야. 내 유일한 관심은 '미래'인데 함께 하지 않으면 그 미래는 없다."

마술사가 양 떼에게 하는 두 번째 암시는 자신은 좋은 주인으로 양 떼를 매우 사랑하고 있고 그들을 위해서라면 무엇이라도 한다고 믿게 하는

---

4) p.377. 우리는 이로부터 신에 대한 추론과 불멸성에 대한 추론이 근본적으로 동일한 추론이며 바로 그 때문에 신의 이념과 불멸성의 이념이 본질상 근본적으로 동일하다는 것을 알 수 있다. 신에 대한 추론은 불멸성에 대한 추론을 전제로 한다. 신성이 불멸성이 전제이며 신이 없이는 불멸성도 불가능하다. (중략) 신 없는 불멸의 신앙이 어떤 접합점, 시원, 이유, 근거, 요약해서 어떤 원리도 갖지 못한다.

- L. 포이어바흐 《종교의 본질에 대하여》 中 -

5) p.442. 가장 급한 것은 불멸! 나머지는 모두 기다릴 수 있다. [코원 프레이터]

- R. 커즈와일 《특이점이 온다》 中 -

것이다. 이러한 믿음은 양 떼의 정신구조 속에 **숭배 욕망**(또는 복종 관념)을 형성하게 만든다. 세 번째 암시는 그들이 **울타리 내**에서 사자나 독수리이며 더 나아가 인간이나 마술사도 될 수 있다고 믿게 함으로써 울타리에서 벗어나지 않도록 만든다. 인간도 공동체 내에서 자신을 신과 같은 존재로서 여기며 타인을 **지배하고자 하는 욕망**의 성취 또는 신과 같은 존재를 중심으로 **결합하고자 하는 욕망**의 성취를 위해서 공동체 내에서 벗어나지 않는다.

마술사가 반역적인 양 떼를 복종적인 양 떼로 만들기 위해서 한 세 가지 암시는 악마의 세 가지 유혹과 같다는 것을 알 수 있다. 인간의 경우에 이러한 세 가지 암시는 어머니와 아버지와의 삼각관계 속에서 형성되므로 인간의 정신구조는 오이디푸스 콤플렉스에 의해 운영된다고는 할 수 있다. 가상 현실인 매트릭스도 매트릭스의 어머니 오라클과 매트릭스의 아버지 창조자에 의해서 통제되고 지배되는 세계이다. 인간의 정신세계와 마찬가지로 매트릭스 세계의 운영 체계(OS)도 오이디푸스 콤플렉스라고 할 수 있다.

> 창조자 : "최초의 매트릭스는 완전했지. 완벽했고 탁월했어. 그런데 어이없이 실패하고 말았네. 실패할 수밖에 없었던 이유는 인간에게 내재한 불완전성이었지. 다음엔 인간 역사를 근거로 인간의 괴팍한 면들을 더 정확히 반영했어. 그러나 그 역시 실패하고 말았지. 나는 나보다 낮은 지능이 필요하다는 결론에 도달했네. 적어도 완벽의 범위에 포함되지 않는 지능. 그래서 직관력이 있는 프로그램을 선택한 거야. 원래는 인간 정신의 단면들을 연구하려고 만들었지. 내가 매트릭스의 아버지라면 그게 매트릭스의 어머니야."

네오 : "오라클! 역시."

매트릭스의 창조자는 매트릭스의 설계자로 매트릭스의 아버지이다. 매트릭스의 창조자 아버지는 자신이 설계한 최초의 매트릭스는 완벽하고 탁월했지만, 어이없이 실패할 수밖에 없었다고 말한다. 「창세기」의 하나님 아버지도 천지를 창조한 후 '보시기에 심히 좋았다'라고 자평했지만, 아담이 금단의 과실을 먹는 바람에 어이없이 실패하고 말았다.[6] 하나님 아버지가 대홍수로 세계를 멸망시킨 후 어머니 이브의 존재를 인정했듯이, 매트릭스의 창조자 아버지도 최초의 매트릭스가 멸망한 후 **어머니 신(관념)**을 도입함으로써 매트릭스를 재설계한다.

그런데 최초의 매트릭스를 실패하게 한 **'인간에게 내재한 불완전성'**은 무엇일까? 그것은 다른 동물과 달리 인간은 금단의 과실을 먹을 수밖에 없다는 것이다. 두뇌가 거의 발달하지 않은 채 태어나는 인간에게 어머니의 충분한 사랑(자극)을 받지 못한다는 것은 어린아이의 정신구조 형성에 있어서 **극적이고 파괴적인** 영향을 미치기 때문이다.[7] 하나님 아버지가 어머니 이브를 창조한 것도 어린아이의 정신구조가 형성되는 데 있어 어머니의 영향이 결정적이기 때문이다.[8] 그래서 매트릭스의 창조자 아버

---

6) p.2. 하나님이 지으신 그 모든 것을 보시니 보시기에 심히 좋았더라 저녁이 되고 아침이 되니 이는 여섯째 날이니라

- 《구약성서》「창세기」中 -

7) p.84. Spitz의 관찰은 생후 1년 동안 유아가 충분한 자극을 받지 못했을 때 그것이 초기 발달에 미치는 극적이고도 파괴적인 영향을 보여준다. Spitz는 보육원에 있는 유아들을 연구했는데, 배고픔은 채울 수 있었지만 오랜 시간 혼자 남겨졌던 그 아이들은 보모와 정동적인 상호작용 환경에서 경험하게 되는 빨기 및 다른 즐거움이 거의 없었다. 그 아이들은 모든 영역에서 심각한 발달 지체를 보였는데, 바로 Spitz가 시설증후군(hospitalism)이라고 명명한 증후군의 일부이다.

- P. 타이슨 외 《정신분석적 발달이론의 통합》中 -

8) p.3. 여호와 하나님이 이르시되 사람이 혼자 사는 것이 좋지 아니하니 내가 그를 위하

지도 어머니 신 프로그램(오라클)을 도입하지 않을 수 없었다.

> 창조자 : "오라클은 선택권만 주면 99%의 인간이 프로그램을 받아
>   들인다는 사실을 알아냈지. 거의 무의식적인 수준에서 인
>   식되는 선택권이라도 말야. 효과는 있었지만 근본적인 결
>   함 때문에 그냥 두면 시스템을 위협할 수도 있는 전혀 상
>   반되는 변종이 생겨났지. 따라서 프로그램을 거부한 이들
>   은 소수이긴 해도 재앙의 불씨가 될 수 있다는 거야."

어머니 관념의 도입으로 매트릭스는 99%의 인간의 무의식을 통제할
수 있게 된다. 하지만 이로 인해서 매트릭스는 **근본적인 결함**을 갖게 되
는 데 그것은 창조자 아버지가 세운 질서에 복종하지 않는 '소수의 전혀
상반되는 변종'이 생긴다는 것이다. 매트릭스의 창조자 아버지가 보기에
그들은 소수이긴 해도 매트릭스 전체를 파괴하는 재앙의 불씨가 될 수
있었다. 그러한 변종이 생기게 된 이유는 어머니에 대한 욕망을 대리 만
족시키기 위해서 창조자 아버지가 세운 질서를 파괴하려고 하기 때문이
다. 그래서 매트릭의 창조자 아버지는 매트릭스의 통제를 벗어나는 1%
의 전혀 상반된 변종에 대비하지 않으면 안 되게 되었다.

> 모피어스 : "이건 스파링 프로그램이지. 매트릭스 프로그램의 현실
>   과 비슷해. 기본 규칙은 같아 중력도 있고. 이 규칙들은
>   컴퓨터 시스템과 같은 거야. 몇몇은 우회할 수도 있고
>   몇몇은 깨뜨릴 수도 있지. 알겠나?"

여 돕는 배필을 지으리라 하시니라

-《구약성서》「창세기」中 -

매트릭스에서 생겨나는 근본적인 결함을 지닌 변종은 오이디푸스 콤플렉스가 제대로 형성되지 않는 사람들이다. 그들은 창조자 아버지가 정해 놓은 매트릭스의 도덕과 법에 반기를 들고 그 규칙을 우회하거나 파괴하려고 했다. 말하자면 매트릭스는 어머니에 대한 욕망이 억압되지 않는 전능 관념이 지배적인 1%의 비범하고 창조적인 소수 엘리트와 어머니에 대한 욕망이 억압되어 복종 관념이 지배적인 99%의 소심하고 창의성이 없는 다수 대중이 공존하는 세계라고 할 수 있다.

p.406. 우리 나라에서는 이제까지 소심하고 창의성이 부족한 것이 실무적인 사람의 가장 큰 특징으로 여겨 왔고, 실제로 오늘날까지도 그렇게 생각하고 있다. 만약 이러한 견해가 잘못이라고 생각한다고 해서 우리 러시아만을 비난할 이유가 없다. 세계 곳곳에서 언제나 창의성의 부족은, 아주 옛날부터 수완 있는 실무자의 첫 번째 자격이자 최상급의 칭찬으로 여겨져 왔다. 적어도 99퍼센트의 사람들은(그것도 최소한으로 잡아서) 언제나 그렇게 생각해 왔고, 1백 명 중 한 명만이 항상 견해를 달리해 왔을 뿐이다. 발명가니 천재니 하는 사람들은 처음 얼마 동안은 (또 대다수는 만년에 이르기까지) 바보로 취급되지 않는 사람이 거의 없었다.

- 도스토옙스키 《백치(동서)》 中 -

매트릭스의 창조자 아버지는 매트릭스의 질서에 반역적인 1%의 변종을 통제하기 위해서 비밀 요원들을 운영하게 된다. 비밀 요원들은 그들을 범죄자로 간주해서 감옥에 가두거나 제거한다. 따라서 매트릭스에서 아주 비범한 인물의 발생비율은 극소수일 수밖에 없다.

p.401. 그러나 여기에 또 하나 곤란한 점이 있습니다. 한번 물어보고자 합니다만, 그렇게 타인을 참살할 수 있는 권리를 가진 사람들, 즉 그러한 '비범인'은 다수인가요? (중략)

"아아, 그것은 염려할 것 없습니다." 라스콜리니코프는 마찬가지 어조로 얘기를 계속했다. "대체적으로 신사상의 제창론자, 단지 어떠한 '새로운 주장'만이라도 발설할 수 있는 사람조차 극히 소수밖에 없는 실정입니다. 이상하리만큼 극소수에 지나지 않습니다. 분명한 것은 이러한 부류에서 세분되는 소부분에 속하는 인간의 발생 비율은 어떤 자연법칙에 의해 실로 정연하고 정확하게 한정되어 있다는 사실입니다. 이 법칙은 지금의 경우, 확실한 데이터가 나온 것은 아닙니다만, 확실히 이와 같은 자연법칙이 있는 것은 사실이며, 따라서 그 데이터도 불원간 밝혀지리라고 믿어 의심치 않는 바입니다. (중략)"

— 도스토옙스키《죄와 벌》상 中 —

여기서 한 가지 짚고 넘어갈 것은 영화《매트릭스》가 페미니즘의 비난을 무릅쓰고 어머니 오라클이 직관이 있지만, 창조자 아버지보다 '지능이 낮다'라고 말한 점이다. 여성의 지능이 남성보다 낮다는 견해는 쇼펜하우어나 니체의 견해를 떠올리게 하지만, 영화를 본 관객이라면 영화감독이 오라클의 이러한 정신적 특질을 오히려 매우 높이 평가하고 있다는 것을 알 수 있다(영화감독은 이후에 마치 테베의 예언가 테이레시아스처럼 성전환을 통해 여성이 된다).

지능의 사전적 의미는 사물이나 현상을 이해하고 대응하는 지적 능력이지만, 앞서 고찰한 바와 같이 오성과 직관 능력을 오염시킨다. 마치 신체의 근육이 신체의 유연성을 방해하듯이 지능이라는 정신의 근육은 정신의 유연성을 방해한다. 오라클이 예언자인 이유도 지능이 낮아서 가능하다고 할 수 있다. 이러한 오성과 직관이 도스토옙스키가 말한 **'중요한 지혜'**이다. 오성과 직관이 인류가 진화하면서 수백만 년간 축적해 온 본능 속 실용적 지혜를 모두 이용할 수 있는 능력이라면 이성과 지능은 그것의 극히 일부분만을 사용할 수 있다.[9] 쇼펜하우어의 다음 견해는 지능(개념)에 대한 우리의 선입관을 희석하는 데 도움을 준다.

p.101. 개념은 직관을 추상화해서 생기는 것이다. 이것은 인간이 지닌 지력의 성격에서 비롯되며, 직관은 개념보다 먼저 있다.

(중략)

반대로 '인위적인 교육'은 어떤 방법을 취하는가? 직관의 세계에 대하여 두뇌가 폭넓은 지식을 수용하기 전에 강의나 독서 등을 통하여 머릿속에 많은 개념을 잔뜩 주입한다. 이런 개념에 대해서는 경험이 거기에 해당되는 직관을 지적해 보여 주지만, 이 개념은 잘못 사용되어 사물과의 인과관계가 잘못 생각되고 판단되어 잘못 취급되기 쉽다. 요컨대 이런 교육은 비뚤어진 두뇌를 만들게 되어, 대부분의 젊은이들은 오랫동안 학습하고 독서해도 뜻밖의 고지식하고 뒤틀린 인간이 되어 세상에 나온다. 그래서 매사에 소심하거나 무모하게 고슴도치처럼 살아간다. 이 젊은이들은 머릿속에 가득 찬 개념을 적용하기 위해 애쓰지만, 언제나 거의 실패한다. 그것은 개

---

9) p.536. 다윈 이후 생물학자들은 감정이란 동물들의 올바른 결정을 돕기 위해 진화가 갈고 닦은 복잡한 알고리즘이라고 설명하기 시작했다. (중략) 이러한 감정들에는 수백만 년의 실용적 지혜가 축약되어 있다. (중략) 하지만 자신의 감정에 귀 기울일 때 당신은 오랜 진화를 통해 개발되어 자연선택의 엄격한 품질검사를 통과한 알고리즘을 따르는 것이다. 당신의 감정은 저마다 험난한 환경에서 무사히 생존하고 번식한 수백만 조상들의 목소리이다.

－ Y. 하라리 《호모 데우스》 中 －

념을 먼저 머리에 쑤셔넣은 데서 오는 폐단이다. 즉 정신 능력의 자연스러운 발달과정을 역행하여 우선 개념을 머릿속에 넣은 다음 직관을 받아들이기 때문이다.

- A. 쇼펜하우어 《철학적 인생론》 中 -

매트릭스에 열등한 어머니 관념이 필요한 이유는 인간 활동의 원동력이 아버지의 특질인 이성이나 지능에서 나오는 것이 아니라 어머니의 특질인 오성과 직관에서 나오기 때문이다. 수컷 인간이 이러한 중요한 지혜를 잃어버리지 않는 이유는 암컷 인간이 '미개한 인종의 특질'(직관, 빠른 인지, 모방 능력)을 유지하면서 그 형질을 보존하고 있기 때문이다.[10] 하지만 아버지의 질서가 지배하는 세계에서는 아버지의 특질인 이성과 지능은 진화되고 우월한 형질이고 어머니의 특질인 오성과 직관은 미개하고 열등한 형질로 여겨진다.

이렇게 우월한 아버지와 열등한 어머니 사이에서 태어난 인간을 모티프로 하는 이야기가 반신반인(半神半人)에 관한 전설이나 신화이다. 대표적인 반신반인은 그리스 신화의 헤라클레스이다. 헤라클레스의 아버지는 제우스 신이고 어머니는 인간이다. 우리나라의 경우에는 단군 신화를 들 수 있다. 단군의 아버지는 하늘에서 내려온 신이고 어머니는 동굴에서 100일 동안 쑥과 마늘을 먹고 인간으로 변한 곰이다. 이러한 반신반인의 전설이나 신화들은 매우 중요한 의미를 담고 있는데 그것은 인간 속에는

---

10) p.679. 남자는 다른 남자의 경쟁자이고, 경쟁을 즐기며, 그것이 야심을 불러일으켜 쉽게 이기적이 된다. 이 후자의 성질은 남자가 선천적으로 가지고 태어나는 불행이라고 할 수 있다. 직관, 빠른 인지, 그리고 아마도 모방 능력은 남자보다 여자가 더 뛰어난 것으로 흔히 인식되고 있다. 그러나 이러한 능력의 일부는 미개한 인종의 특징으로, 과거에 문명이 발달하지 않았던 시절의 상태일지도 모른다.

- C. 다윈 《인간의 기원》 中 -

위대한 신의 속성인 **신성**과 **비참한** 인간의 속성인 **인성**이 동시에 존재한다는 것이다.[11] 앞서 언급했듯이 신성 중에서 핵심 신성은 **불멸성**이다. 반면에 인간이 지닌 가장 비참한 인성은 언젠가 반드시 죽어야 한다는 **필멸성**이다. 반신반인의 전설이나 신화는 인간은 불멸성과 필멸성을 모두 가지고 있다는 것을 상징한다. 하지만 인간은 불멸성과 필멸성을 분리해서 불멸성은 신에게 투사하고 필멸성은 자신 속에 남겨두었다. 이러한 불멸성과 필멸성의 **'통일성에 대한 회의'**로부터 나온 산물이 종교이다.[12] 인간은 자신의 위대하고 강한 불멸성은 신의 영역으로, 자신의 비소하고 약한 필멸성은 인간의 영역으로 분열시켜 버렸다.

최초의 매트릭스 vs 재설계된 매트릭스

최초의 매트릭스는 에덴동산처럼 완벽하고 탁월하게 보였지만 어머니

---

11) p.631. 위대함과 비참함이라는 인간의 운명과 멀리 떨어져 있지 않은 존재들로서 인간을 어머니로 하며, 초인간적인 존재를 아버지로 태어난 반신반인들―그리스의 헤라클레스, 아스클레피오스, 오르페우스 등―이 있다. 인간의 몸을 가진 이 반신적인 존재들은 온갖 방법으로 어떻게 해서든지 인간의 운명을 가볍게 하려고 애쓴다. 그리고 질투하는 신(神)으로부터 벌을 받아 그들이 헌신하는, 언젠가는 죽어야 할 인간의 고뇌를 나누어 갖는다. 이 반신반인은―이 점이 반신반인의 자랑이지만―인간과 마찬가지로 죽어야 할 운명에 있다.

- A. J. 토인비 《역사의 연구》 中 -

12) p.116. 종교는 개인의 통일성에 대한 회의에서 나온 한 가지 산물, 개인성의 변경이다.

  : 인간의 모든 위대함과 강함이 초인간적인 것으로, 낯선 것으로 생각되어 버렸고, 인간은 스스로를 비소하게 만들었다.―그는 두 측면을, 즉 아주 가련하고도 약한 면과 아주 강하고도 놀라운 면을 두 영역으로 분열시켜 버렸고, 전자를 '인간'이라고, 후자를 '신'이라고 불렀다.

- F. 니체 《유고(1888년 초~1889년 1월 초)》 中 -

신이 없었기 때문에 어이없게 실패하고 만다. 그 이유를 설명하기는 했지만, 만약 현실에서 어머니 관념이 없었던 **최초의** 매트릭스 세계와 어머니 관념이 포함된 **재설계된** 매트릭스 세계를 비교할 수 있다면 좀 더 이해하기 쉬울 것이다. 다행히도 인류 문명에는 이러한 관점에서 비교할 수 있는 두 개의 문명이 있다. 하나는 로마 가톨릭의 유럽 문명이고 또 다른 하나는 정교회의 러시아 문명이다.

아버지 신을 숭배하는 유대교의 후신인 초기 그리스도교에는 어머니 신의 관념이 없었다. 이후 그리스도교는 근동지역의 키벨레나 이시스 여신과 같은 어머니 신의 관념을 받아들여 유럽 문명을 **재설계** 했다.[13] 반면 어머니 신의 관념을 받아들이지 않은 정교회는 아버지 신만을 숭배했다. 그 대리자가 차르이다. 정교회는 차르의 압제 도구가 되어 차르를 '우리 성스러운 아버지'라고 부르며 아버지 신의 대리자로 숭배했다. 아버지 신에게는 **최초의** 매트릭스처럼 '완벽하고 탁월한' 세계였다. 하나님 아버지와 같았던 차르의 권위주의와 전제정치는 러시아 민중의 정신을 거세했고 전능 관념이 지배적인 소수 엘리트는 시베리아에서 오랜 기간 유형생활을 하거나 아니면 자살을 선택해야만 했다.[14] 결국에는 러시아에는

---

13) p.748. 승리를 얻은 그리스도교의 판테온에서 마리아는 신(神)의 위대한 어머니라는 변화된 모습으로 키벨레나 이시스의 특징을 다시 보여 주고 있으며, 또 싸우는 그리스도에게서 미트라와 솔인빅투스의 모습을 볼 수 있다.
 - A. J. 토인비 《역사의 연구》 中 -
14) p.438. 지금은 이렇지만, 19세기 이전부터 바로 몇 해 전까지만 해도 러시아는 유럽에서 가장 뒤떨어진 반동적인 나라였다. 전제정치와 권위주의 일변도의 정치 행태가 봄을 구가하고 있었다. 서유럽의 혁명과 변화들에도 불구하고 역대 차르들은 왕권신수설을 굳게 지키고 있었다. 로마 가톨릭도, 프로테스탄트도 아니었던 그리스 정교회였던 교회조차도 다른 나라보다 더욱 권위주의적이어서 차르 정부의 기둥이 되고 도구가 되어 있었다. 이 나라는 '신성한 러시아'라고 일컬어졌고, 차르는 모든 사람의 '우리 성스러운 아버지(Little White Father)' 였다. (중략)
….. 그리고 차르 러시아의 배후에는 유형과 감옥과 절망과 함께 반드시 연상되는 황량하고 적막한 시베리아가 가로놓여 있었다. 엄청난 수의 정치범들이 시베리아에 보

복종 관념이 지배적인 인간만 살아남게 되었다. 니체는 이러한 복종적인 러시아 민중의 정신적 특질을 '**러시아적 숙명론**'이라고 불렀다.

> p.341. 병들어 있다는 것 그 자체는 일종의 원한이다. ─ 이에 대해 병자는 오직 하나의 위대한 치료책을 갖고 있을 뿐이다. ─ 나는 그것을 **러시아적 숙명론**이라고 부른다. 이것은 행군이 너무 혹독하면 결국 눈 위에 쓰러지고야 마는 러시아 군인의 무저항의 숙명론이다. 도대체가 더 이상은 받아들이지 않고, 어느 것도 그 자체로 받아들이지 않으며, 어느 것도 **자기 속으로** 받아들이지 못한다. ─ 도대체가 더 이상은 반응하지 않는다.
>
> ─ F. 니체《이 사람을 보라(책)》中 ─

러시아 민중이 죽음에 저항하지 않고 삶을 욕망하지 않는 이유는 어린 시절 아버지의 거세 위협이 **너무 강했기** 때문이다. 일반적으로 어린아이의 정신구조 속에는 아버지 표상을 동일시함으로써 사디즘적 선악 관념이 형성되지만, 아버지의 거세 위협이 너무 강하면 아버지의 거세 위협을 고통이 아닌 쾌락으로 받아들이는 마조히즘적 선악 관념이 형성된다. 마조히즘적 선악 관념은 아버지의 형벌을 쾌락으로 받아들이기 때문에 그 형벌을 탐닉하기 위해서 자신의 이익에 반해서 고통과 불행을 자초한다. 《죄와 벌》에서 니콜라이라는 청년이 '**고통을 위한 고통**'을 받으려고 자신이 전당포 노파를 살해했다고 자수한 것과 같다. 이러한 정신구조를 가진 사람은 급기야는 자신의 존재 자체를 파괴해야만 한다.

> 내겨 커다란 정치범 수용소와 거리가 생기고 그 부근에는 자살자의 묘지가 마련되었다. 유형 생활을 하거나 감옥에서 오랜 형기를 마친다는 것은 견디기 어려운 괴로움이어서 많은 용감한 사람들의 정신은 꺾이고, 육체는 쇠사슬 아래 썩어 갔다.
>
> ─ J. 네루《세계사 편력 2》中 ─

p.431. 다시 말하거니와, 마조히즘은 '죄가 되는' 행동을 하고 싶은 유혹을 만들어 낸다. 그러한 행위는 다음에 (많은 러시아적 성격에 잘 나타나 있듯이) 사디즘적 양심의 가책이나 운명이라는 위대한 부모의 힘 있는 질책을 통해 속죄받아야 한다. 이 마지막 부모의 대변자에게서 형벌을 자초하기 위해서 마조히즘 환자는 적절하지 못한 일을 해야 하며, 자신의 이익에 반해서 행동해야 하고, 현실 세계에서 자신에게 열려 있는 좋은 전망을 망쳐 놓아야 하며, 급기야는 자기 자신의 현실적 존재 자체를 파괴해야 한다.

- S. 프로이트《정신분석학의 근본 개념,『마조히즘의 경제적 문제』》中 -

러시아 정교회는 러시아 민중의 어머니 신에 대한 욕망을 극도로 억압함으로써 아버지 신에게 맹목적으로 복종하도록 만들었지만, 러시아 문명은 유럽에서 가장 후진적 나라에 머무르고 만다.[15] 반면 로마 가톨릭의 유럽 문명에서는 정신적 발전이 폭발함으로써 세계 문명을 주도하게 된다. 로마 가톨릭이 숭배하는 어머니 신이 수많은 **형상과 우상과 사상**을 창조할 수 있도록 인간의 예술적, 종교적, 철학적 원동력이 되어주었기 때문이다. 그 역사적 현상이 르네상스(문예 부흥)이다.

p.61. 교회의 가장 중요한 업적은 아랍인과 유태인의 많은 도움

---

15) p.373. 일반적인 결과는 그리스 정교 사회에서 다양성과 신축성, 실험과 창조성 등의 경향을 저지하고 죽여 버린 일이다. 그것이 얼마나 큰 해를 주었느냐 하는 것은, 서유럽의 자매 문명에 의해 이루어진 그리스 정교 문명에서는 서구 문명에서 볼 수 없는 몇 가지가 있었다는 것으로 대강 짐작이 간다. 그리스 정교 사회에는 힐데브란트 교황 같은 직위가 없을 뿐 아니라 자치권을 가진 대학 및 도시 국가의 출현과 확산도 볼 수 없다.

- A. J. 토인비《역사의 연구》中 -

에 힘입어 유태와 그리스사상의 핵심적인 부분을 초기의 유럽문화 속에 전승(傳承)한 것이었다. (중략) 아테네와 예루살렘의 정신적인 유산이 북부유럽인들에게 전달되고 스며들었을 때 얼어붙었던 사회구조는 녹기 시작했으며 사회적·정신적인 발전이 폭발적으로 이루어지기 시작했다.

13·14세기의 카톨릭신학, 이탈리아 문예부흥의 사상, 개인과 자연의 발견, 휴머니즘과 자연법의 개념, 그리고 종교개혁 등이 새로운 발전의 기반이었다. 그 가운데에서도 유럽과 세계의 발전에 가장 강력하고 광범위하게 영향을 미친 것은 종교개혁이었다. 프로테스탄티즘과 칼뱅이즘은 구약성경의 순수한 가부장적 정신으로 돌아가 종교의 개념에서 모성적 사랑을 제거했다. 인간은 더 이상 교회와 동정녀의 모성적 사랑에 파묻혀 있지 않았다. 인간은 완전히 굴복할 때 자비를 얻을 수 있는 엄격한 신(神)과 직면한 고독한 존재였다. 군주와 국가는 절대적으로 강력해졌고 그것은 신의 요청으로 시인되었다. 봉건적인 속박에서 풀려나는 해방은 고독과 무력감을 증대시켰지만, 가부장적인 원칙의 긍정적 측면은 또한 합리적인 사상과 개인주의의 부활을 강조하는 것이었다.

- E. 프롬 《건전한 사회》中 -

어머니 신을 숭배하는 로마 가톨릭의 유럽 문명에서 오랫동안 찬밥 신세였던 《구약성서》의 아버지 신은 프로테스탄티즘과 칼뱅이즘으로 극적으로 부활한다. 엄격한 아버지 신은 어머니 신이 부흥시킨 르네상스를 폭력으로 제압했다. 그 결과 어머니를 자유롭게 욕망할 수 있었던 **고대 그리스 정신**과 어머니 신을 숭배하는 **근대 유럽 정신**이 완전히 하나로 유착되는 것이 불가능하게 되었다. 그리고 아버지 신을 표상하는 국가의 군주는 절대 권력을 갖게 되었다(이에 대한 어머니 신의 반동이 프랑스 혁명이다). 이러한 퇴보적인 개혁에 선봉에 선 지역은 유럽의 **북쪽에 있는** 독일이었다.

p.239. 르네상스는 모든 오점들과 부도덕에도 불구하고 이천 년의 황금시대였다. 그런데 이에 비해 독일의 종교개혁은 뒤떨어진 정신들의 단호한 항의라는 점에서 대조적이다. (중략) 그들은 북유럽적인 힘과 완고함으로 사람들을 다시 퇴보시켰고, 카톨릭교의 정당방위 즉 반종교개혁 운동을 계엄 상태와 같은 폭력 행위로 제압했다. 그리고 고대의 정신과 근대의 정신이 완전히 하나로 유착되는 것을 아마 영원히 불가능하게 만들었을 뿐만 아니라 학문들의 완전한 각성과 지배를 2, 3백 년 정도 지연시켰다.
- F. 니체《인간적인 너무나 인간적인 I(책)》中 -

역사가들은 종종 유럽의 **남쪽 지방**에서 일어난 르네상스와 유럽의 **북쪽 지방**에서 발생한 종교개혁을 동일 선상에서 바라보지만 앞서 언급했듯이 두 개의 사건은 완전히 반대의 성격을 지닌 사건이다.[16] 르네상스는 어머니 신에 의해서 추동된 것이고 종교개혁은 아버지 신에 의해 추동된 것이기 때문이다. 종교개혁은 로마 가톨릭에서 **모성적** 어머니 신의 관념을 제거하고《구약성서》의 **가부장적** 아버지 신 관념을 부활시켜 프로테스탄티즘을 창시했다. 아버지 신을 숭배하게 된 유럽 문명은 아버지 표

---

16) p.184. 반면 르네상스는 **더욱 순수한** 의미에서 고대 연구를 시작했다. 거의 반기독교적인 의미에서 말이다. 북쪽에서의 종교개혁처럼 르네상스는 남쪽에서 **정직함**이 깨어났음을 보여준다. 르네상스와 종교개혁은 견원지간일 수밖에 없었다. 왜냐하면 고대에 대한 진지한 경향은 사람들을 비기독교적으로 만들기 때문이다.
- F. 니체《유고(1875년 초~1876년 봄)》中 -

상인 이성과 논리(개인주의 부활과 합리적인 사상)를 숭배하기 시작했고 이러한 이성과 논리의 숭배는 계몽주의와 과학 혁명을 가져왔다. 따라서 15세기 이전의 유럽 문명이 어머니 신 숭배가 이룩한 문명이라면 종교개혁 이후의 유럽 문명은 아버지 신 숭배가 이룩한 문명이라고 할 수 있다.

니체가 르네상스와 종교개혁을 지역적으로 구분하는 이유는 **지리적 환경**에 따라 숭배하는 신이 달라지기 때문이다(국가의 지배자도 마찬가지이다). 예를 들어 풍요로운 지역에서는 어머니 신을 숭배하는 경향이 강하고 척박한 지역에서는 아버지 신을 숭배하는 경향이 강하다. 풍요로운 지역에서는 경작과 생산과 같은 어머니 표상이 중요하고 척박한 지역에서는 척박한 환경을 극복하기 위해서 엄격하고 배타적인 아버지 표상이 중요하기 때문이다. 인류 문명의 발생지에서 어머니 신을 숭배하는 종교가 성행하고 사막 지역에서 아버지 신을 숭배하는 종교가 탄생하는 것은 이러한 지리적 이유 때문이다. 유럽의 북쪽에 있는 독일이나 러시아에서 아버지 신을 숭배하는 이유도 지리적 환경의 영향이 컸다고 할 수 있다. 또 어머니 신을 숭배하는 문명이 다신교적인 이유도 풍요로움에서 오는 관용 때문이다.[17]

로마 가톨릭의 어머니 신은 유럽 문명을 꽃피운 원동력이 되었지만, 동시에 그것은 **재앙의 불씨**였다. 그 재앙의 불씨는 프랑스에서 처음 불타올랐다. 인간에게 내재한 불완전성으로 인해서 프랑스 민중이 아버지를

---

17) p.305. 다신교적 통찰은 폭넓은 종교적 관용을 낳기 쉽다. (중략) 다신교는 본질적으로 마음이 열려 있으며 '이단'이나 '이교도'를 처형하는 일이 드물다.

　다신교는 심지어 거대한 제국을 정복했을 때도 피정복민을 개종시키려고 하지 않았다. 이집트인, 로마인, 아즈텍인은 오시리스, 유피테르, 우이칠로포치틀리(아즈텍의 최고 신)에 대한 신앙을 전파하려 선교사를 외국에 파견하지 않았고, 이를 목적으로 군대를 파견하지도 않았다. (중략) 로마인들은 아시아의 키벨레 여신을, 이집트인들은 이시스를 그들의 만신전에 기꺼이 추가했다.

- Y. 하라리 《사피엔스》 中 -

상징하는 왕에게 반기를 들고 기존 질서(앙시앵 레짐)를 파괴하기 시작했기 때문이다. 어머니를 욕망하는 프랑스 혁명의 정신은 들라크루아의 『민중을 이끄는 자유의 여신』에 재현되어 있다. **젖가슴**을 드러낸 자유의 여신은 프랑스 민중의 자유에 대한 갈망이 어머니 젖가슴에 대한 욕망에서 기인했음을 상징적으로 보여준다. 프랑스 혁명은 나폴레옹이라는 아버지 신을 표상하는 지상의 신에 의해서 제압된다. 종교개혁 이후 이성과 논리를 숭배하는 아버지 신 숭배 문명은 이제 그 절정에 이르렀다. 영화 《매트릭스》에서 인간 문명에 대한 기계 문명의 승리는 어머니 신에 대한 아버지 신의 승리에 대한 상징이라고 할 수 있다.

> 스미스 : "원래 첫 번째 매트릭스는 완벽한 인간의 세상으로 계획됐다는 사실을 아나? 모두 고통 없이 행복하도록 계획됐지. 그런데 비극이었다. 프로그램이 받아들여지지 않았고 인간들은 다 죽었어. 어떤 이들은 완벽한 세계를 프로그램할 여력이 없다고 생각했지. 하지만 내 생각에는… 인간들은 슬픔과 고통을 통해서 현실을 정의하는 것 같아. 너희 원시적인 두뇌들은 완벽한 세계의 꿈에서 자꾸 깨어나려고 하지. 그래서 매트릭스가 이렇게 다시 만들어진 거야. 너희 문명의 절정이다. 사실 너희 문명이 아냐. 우리가 맡은 이후로는 우리의 문명이 됐으니까. 그래서 이러고 있잖아. 진화야, 모피어스. 진화라구. 공룡처럼 말이야. 창밖을 봐. 너희 때는 지났어. 미래는 우리 세상이야, 모피어스. 미래는 우리 시대라구."

최초의 매트릭스는 고통과 불행이 없는 완벽하고 탁월한 아버지의 세계였지만 인간의 근본적인 결함 때문에 멸망하고 말았다. 그 근본적인 결함은 인간은 '**원시적인 두뇌**'를 가지고 태어난다는 것이다. 인간의 원시적인 두뇌는 어머니를 강렬하게 욕망했고 이러한 욕망은 완벽한 아버지 세계의 꿈에서도 자꾸 깨어났다. 매트릭스의 설계자는 어머니에 대한 이러한 욕망을 대리 만족시키지 않으면 안 되었고 따라서 매트릭스를 다시 만들어야만 했다. 하지만 매트릭스의 세계가 만인 대 만인의 투쟁이 되는 것을 막기 위해서는 어머니 신에 대한 욕망을 억압하고 아버지 신에게 복종하는 것이 **선**이고 그렇지 않으면 **악**이라는 것을 교육해야만 했다. 이러한 프로그램이 **원죄** 프로그램, 즉 **오이디푸스 콤플렉스**이다. 이렇게 해서 인간의 어머니에 대한 욕망은 억압되었고 인간은 정욕적 인간이 되었다. 인간은 자신의 억압된 욕망을 대리 만족시키기 위해서 모든 대상을 정욕화했고 그 소산물이 인류 문명이다. 이렇게 인류 문명은 절정에 달하게 된다. 하지만 그것은 '**하나의 종말**'이다.

> p.896. 위대한 인간이나 시대 속에 숨어 있는 위험은 특별하다. (중략) 위대한 인간은 하나의 종말이다. 위대한 시대, 예를 들면 르네상스는 하나의 종말이다.
>
> - F. 니체 《우상의 황혼(동서)》 中 -

인류 문명의 절정이 하나의 종말인 이유는 어머니에 대한 억압된 욕망이 발현되면 될수록 그때부터 그만큼 어머니에 대한 욕망을 통제하려는 반작용이 강해지기 때문이다. 일례로 유대교도 반작용의 산물이다. 근동 지역의 어머니 신 숭배 종교에 대한 반작용으로 일어난 종교가 유대교이기 때문이다. 그리고 유대교에 대한 반작용으로 일어난 종교가 어머니 신 숭배 종교인 로마 가톨릭이다. 이러한 로마 가톨릭에 대한 반작용으로 일어난 종교가 아버지 신 숭배 종교인 프로테스탄티즘이고 그 전조적인 사건이 르네상스에 대한 반작용으로 일어난 종교개혁이다. 르네상스는 어머니 신 숭배 문명의 종말의 상징이고 종교개혁은 아버지 신 숭배 문명의 시작의 상징이다. 따라서 현재의 인류 문명은 아버지 신이 맡고 있고 당분간 아버지 신 숭배 문명이 지배할 것이다.

하지만 항상 멸망에 이르는 문명은 아버지 신 숭배 문명이다(아버지 신의 대리인인 스미스는 이러한 사실을 모른다). 정교회의 러시아처럼 엄격한 아버지 관념이 지배하는 문명은 창조적인 소수 엘리트를 탄압하는 감옥으로 변하기 때문이다. 창조성이 억압된 소수 엘리트는 그 영혼을 잃지 않으려고 그 문명 세계를 떠남으로써 아버지 신 숭배 문명은 멸망에 이르게 된다.[18] 매트릭스에서도 창조적인 인간은 스미스와 같은 요원에 의해서 범죄자로 간주되어 제거되거나 다른 세계로 탈출하려는 아웃사이더가 된다. 매트릭스의 명령에 복종하기를 거부하고 매트릭스를 탈출한 집단 공동체가 시온이다.

> 남성 : "지금 사령관 명령을 거역하라는 거요?"
> 모피어스 : "바로 그거요. 어차피 우리가 싸우는 것도 복종하기가
> 싫어서잖소."

---

18) p.109. 그러나 창의력을 잃은 문명은 체력 감퇴라는 후유증으로 이미 민중을 이끌 능력을 잃게 된다. 그러면, 차츰 탄압의 정도를 높여 지배하는 소수 지배자와 이 도전에 대한 응전으로서 자신의 존재를 자각하고 그 영혼을 잃지 않으려고 결의하는 프롤레타리아로 분열된다.

소수 지배자의 억압하려는 의지가 프롤레타리아에게 독립하려는 의지를 불러일으킨다. 그리고 두 의지의 충돌은 쇠퇴기 문명이 몰락을 향해 걸어가는 내내 계속되지만, 마침내 그 문명이 숨을 거두는 순간 결국 프롤레타리아는 지난날 그 정신의 근거지였던 그러나 이제는 감옥으로 변한, 그리고 마지막엔 '멸망의 도시'가 된 사회로부터 탈출한다.

- A. J. 토인비 《역사의 연구》中 -

이렇게 매트릭스에는 어머니 관념(전능 관념)이 지배적인 인간은 제거되고 아버지 관념(복종 관념)만이 지배적인 인간만이 유일한 생존자가 된다. 이 의미는 매트릭스가 아버지 관념만이 존재하고 있던 **최초의 매트릭스**로 회귀했다는 뜻으로 결국 복종 관념이 지배적인 인류는 삶을 욕망하지 않게 됨으로써 자멸하게 된다. 니체가 도덕을 전복해야 한다고 설파하는 이유도 도덕이 창조적 정신을 살해함으로써 복종 관념이 지배적인 평범한 인간 족속만을 번식시키고 지속시키기 때문이다.

> p.794. 자기를 둘러싼 모든 것은 부패하고, 부패시킨다는 것을 발견한다. 내일 모레까지 유지될 것은 하나도 없다. 있다면 그저 치료 불가능한 평범한 인간 족속뿐이라는 것을 발견할 것이다. 이제는 평범한 인간만이 지속되고 번식할 희망이 있다. 그들이야말로 미래의 인간이다. 유일한 생존자다. "그들처럼 되라, 평범해라!" 이것이 어느 때나 의미를 갖고 귀를 기울이게 되는 유일한 도덕 중의 도덕이다! 그러나 이런 평범함의 도덕을 설교하기란 어렵고, 그것은 자신이 무엇이며 무엇을 원하는지 절대 고백할 수 없다! 그래서 절도와 품위와 의무와 이웃에 대한 사랑 등에 대해서 이야기를 해야 한다. 그러나 아이러니를 숨기는 것은 곤란할 것이다.
> 　　　　　　　　　　　　　　　- F. 니체《선악을 넘어서(동서)》中 -

스미스 요원은 모르지만, 매트릭스의 설계자는 어머니에 대한 욕망이 완전히 억압되면 인류 문명은 종말을 맞이할 수밖에 없다는 것을 잘 알고 있었다. 그래서 매트릭스의 창조자 아버지는 기존의 매트릭스에 복종 관념이 지배적인 인간들이 대다수가 되면 그 속에서 전능 관념이 지배적인 **구세주**가 출현하도록 하는 프로그램을 도입해서 매트릭스를 재설정하도록 매트릭스를 설계한다.[19] 따라서 구세주 네오가 '**온 이유**'는 매트릭스 내에 복종 관념이 지배적인 인간이 대다수가 되어 (시온이 아니라) 매트릭스 문명이 붕괴할 시점이 되었다는 뜻이다. 어머니 오라클은 매트릭스의 멸망을 막기 위해서 구세주를 출현시키는 프로그램이다. 구세주 프로그램이 작동하지 않으면 인류 문명은 내적 충돌이 일어나 인류 전체가 종말을 맞게 된다.

> 네오 : "시온 애기군요"
>
> 창조자 : "네가 온 이유는 시온이 붕괴될 것이기 때문이다. 모든 살아 있는 것들이 모조리 제거되지."
>
> 네오 : "웃기는군."
>
> 창조자 : "가장 예측이 쉬운 반응이 부정이지. 하지만 잘 들어라. 우린 시온을 다섯 번이나 파괴했고 그 일은 점점 쉬워지고 있다. 너는 소스로 복귀해 네가 가진 코드를 전달하고 초기 프로그램을 입력한 후 시온을 재건설할 여자 16, 남자 7명을 매트릭스에서 뽑으면 된다. 이 과정을 따르지 않으면 시스템 충돌이 일어나 매트릭스의 모든 인간이 죽는다. 그럼 시온의 멸망과 함께 인류 전체가 종말을 맞게 되지."

인류 문명을 한마디로 정의하자면 아버지 신 숭배 문명과 어머니 신 숭배 문명 사이의 변증법적 투쟁의 산물이라고 할 수 있다. 어머니 신을 숭

---

19) p.657. 그리고 세계 국가는 내적 프롤레타리아에 봉사함으로써 내적 프롤레타리아 안에 구세주를 출현하도록 작용하는 더 높은 차원의 고등 종교이다. 보쉬에의 말에 따르면, "지상에 나타난 모든 위대한 제국은 신이 예언자를 통해 선언한 대로 온갖 수을 통해 종교적 선과 신의 영광을 위해 공헌했다" 한다.

- A. J. 토인비 《역사의 연구》 中 -

배하는 로마 가톨릭이 십자군 전쟁을 일으킨 이유도 이슬람교가 아버지 신을 숭배했기 때문이었다. 이후에 로마 가톨릭과 프로테스탄티즘 사이에서 피비린내는 전쟁이 벌어진 이유도 숭배하는 신이 달랐기 때문이었다. 도스토옙스키의 표현을 빌리면 어머니 신과 아버지 신 사이에서의 싸움은 이 세상이 끝날 때까지, 아니 이 세상에서 신이라는 신이 모두 소멸될 그때까지도 계속될 것이다.

니체의 말처럼 종교개혁도 로마 가톨릭의 타락으로 인해서 일어난 것이 아니었다.[20] 종교개혁이 일어난 더 근본적인 원인은 어머니 신 숭배에 대한 반동과 아버지 신 숭배에 대한 강한 욕구 때문이었다. 이러한 욕구를 가진 집단을 대표하기에 가장 적합한 사람이 M. 루터였다. **지나치게 엄격한** 아버지 밑에서 자란 M. 루터는 권위에 대한 복종을 **증오**하면서도 권위에 대한 복종을 **갈망**했다. 로마 가톨릭의 타락은 M. 루터에게 자신의 아버지에게 복수할 수 있는 **도덕적 구실**이었고 《구약성서》의 잔인한 야훼는 복종에 대한 갈망을 성취해 줄 수 있는 **정신적 외투**였다. 다시 말해서 종교개혁은 로마 가톨릭의 타락으로 인해서 일어난 것이 아니라 엄격한 아버지 신에 대한 갈망을 성취하기 위해서 일어난 반동이었다.

p.96. 루터의 신학(神學)을 논의하기 전에 한 인간으로서의 루터는 나중에 설명하게 되겠지만 그는 '권위주의적 성격'의 전형적인 인물이었다는 사실만을 간단하게 말해두고자 한다. 지나치게 엄격한 아버지에 의해 양육되고 아이로서의 사랑과 안전을 거의 체험하지 못하였기에 그의 인격은 권위에 대한 끊임없는 상극(相剋)에 의

---

20) p.19. 역사상의 **큰 거짓말들** : (중략)-마치 **교회의 타락**이 종교개혁의 **원인**이라는 듯! ; 이는 종교개혁을 선전하는 자들 쪽에서의 구실이며, 자기기만이다-종교개혁에는 강한 욕구들이 있었으며, 그 욕구의 잔인함이 정신적 외투를 진정 필요로 했었다.
　　　　　　　　　　　　-F. 니체 《유고(1887년 가을~1888년 여름 3월)》中 -

해 갈등을 겪었다. 즉 그는 권위를 증오하고 그것에 반항했으나 그와 동시에 권위를 찬미(讚美)하여 그거에 복종하려고 했다. 그의 전 생애(全生涯)를 통하여 그가 반대한 권위와 그가 찬미한 권위가 항상 존재하였다.

- E. 프롬 《자유에서의 도피》 中 -

하지만 역사는 모순적이다. 이성과 논리를 숭배하는 아버지 신 숭배 문명은 과학 혁명을 촉발해서 아버지 신의 존재와 그 신성불가침한 율법의 허구성을 폭로했다. 그 대표적인 과학적 통찰들이 코페르니쿠스의 지동설과 C. 다윈의 진화론과 프로이트의 정신분석이었다. 이렇게 어머니 신 숭배 문명이 타락하거나 아버지 신 숭배 문명이 붕괴하면 다수 민중의 신을 구하는 마음은 다시 새로운 어머니 신 또는 새로운 아버지 신을 찾는 '성스러운 것으로의 복귀'를 시도하게 된다.[21] 예를 들면 러시아의 아버지 신 숭배 문명(정교회)이 몰락하게 되자 러시아 민중은 새로운 아버지 신을 찾아 숭배하게 된다. 그 새로운 아버지 신이 마르크스주의와 스탈린이다. 러시아 버전의 새로운 매트릭스에서 마르크스는 모세였고 메시아는 레닌과 스탈린이었고 《자본론》은 《성서》였다. 유럽 문명의 산물인 마르크스주의가 어머니 신을 숭배하는 유럽에서 뿌리내리지 못하고 아버지 신을 숭배하는 러시아에서 성공한 원인은 마르크스주의가 아버지 신을 숭배하는 유대교의 특질을 그대로 지니고 있었기 때문이다.[22] 그

---

21) p.85. 사회학에서도 세계화 이론이 비슷한 결론을 내놓는다. "역사적으로 가히 유례가 없을 만큼 문명적, 사회적 상호 의존도가 깊어지고 거기에 입각한 의식이 확산되는 세계화의 추세 속에서도 문명적, 사회적, 민족적 자의식은 심화된다." 전 세계적으로 나타나는 종교의 부활, '성스러운 것으로의 복귀'는 세계를 '단일한 장소'로 보는 측의 견해에 대한 부정적 답변인 셈이다.

- S. 헌팅턴 《문명의 충돌》 中 -

22) p.248. 마르크스주의는 러시아에서 그리스 정교를 대신하는 감정적·사상적 대용품

리고 중국과 베트남 등 **가부장적** 국가의 소수 엘리트가 마르크스주의를 받아들인 이유도 아버지 신 숭배 사상을 표상하는 마르크스주의가 어머니 신을 숭배하는 서구 세력에 대항할 수 있다고 생각했기 때문이다.[23) 마르크스주의가 몰락하자 러시아 민중의 신을 구하는 마음은 또다시 새로운 아버지 신을 찾는다. 그 새로운 아버지 신은 **새로운 차르**인 블라디미르 푸틴이다.

여섯 번째 구세주 = 그리스도

영화《매트릭스》에서 구세주로 등장하는 네오는 매트릭스의 여섯 번째 구세주로 제2의 아담을 상징한다. 네오가 여섯 번째 구세주라는 의미는 네오가 그리스도처럼 **진정한 구세주**라는 것을 뜻한다.[24) 네오가 진정한 구세주인 이유는 이전의 다섯 명의 구세주와 달리 창조자 아버지의 명령에 따르지 않기 때문이다. 네오가 제2의 아담이라는 암시는 모피어스가

이 되어갔으며, 마르크스가 모세 대신, 레닌이 메시아 대신, 그리고 마르크스 레닌 전집이 이 새로운 무신론적인 전투적 교회에서 성서의 지위를 차지하려고 하고 있다.

　　　　　　　　　　　　　　　　　　　　　- A. J. 토인비《역사의 연구》中 -

23) p.63. 마르크시즘은 유럽 문명의 산물이었음에도 유럽에서는 뿌리를 내리지도 성공을 거두지도 못했다.

　　그 대신 근대화에 눈뜬 혁명적 엘리트들이 이것을 러시아, 중국, 베트남에 도입하였다. 레닌, 마오쩌둥(毛澤東), 호치민은 마르크시즘을 자신들의 목적에 맞게 수정하여 서구 세력에 맞서고자 인민을 동원하고 자신들의 민족적 정체성과 국가적 자존심을 지키는 데 활용하였다.

　　　　　　　　　　　　　　　　　　　　　- S. 헌팅턴《문명의 충돌》中 -

24) p.277. 아담, forma futuri. 하나를 만들기 위해 여섯 날, 또 하나를 만들기 위해서 여섯 세대. 아담을 만들기 위해서 모세가 표시한 엿새는 예수 그리스도와 교회를 만들기 위한 여섯 세대의 형상일 뿐이다.

　　　　　　　　　　　　　　　　　　　　　- B. 파스칼《팡세》中 -

네오를 '아담의 거리(Adam Street)'로 불러내는 장면에서 알 수 있다. 네오는 그리스도가 하나님 아버지의 율법에 반기를 든 것처럼 매트릭스의 창조자 아버지의 명령에 반기를 든다.

창조자 : "문제는 네가 인류의 멸망을 감당해낼 준비가 됐느냐는 거지. 반응이 아주 흥미롭군. 먼저의 다섯은 모두 비슷한 태도를 보였지. 본연의 임무에 충실해 동족에 대한 끝없는 애착을 나타냈거든. 모두 일반적으로 반응했는데 넌 훨씬 더 구체적이야. 사랑 때문인가?"

네오 : "트리니티!"

창조자 : "네 목숨을 자기 것과 바꾸려고 매트릭스에 와 있지."

네오 : "안돼!"

창조자 : "마침내 근본적인 결함이 궁극적으로 표출되고 시작과 끝으로서의 변종이 발현되는 순간이 왔군. 문이 두 개 있다. 오른쪽은 소수로 가서 시온을 구할 문이고, 왼쪽은 인류를 멸망시키면서 여자에게 갈 문이지. 네 말대로 선택의 문제다. 하지만 우린 이미 결과를 알고 있잖나? 네 몸에선 벌써 화학반응이 일어나고 논리와 이성을 덮어버릴 감정이 싹트고 있지. 그 감정 때문에 아주 간단한 사실을 잊고 있어. 그 여자는 죽는다. 넌 절대 막을 수 없어. (네오가 왼쪽 문을 향한다.) 흥, 희망은 인간 본연의 환상이지. 너의 가장 강한 무기이자 치명적 약점이기도 하고……"

네오 : "내가 당신이라면 다신 날 안 만나는 게 좋을 거요."

창조자 : "그럴 일 없네."

네오의 '근본적인 결함이 궁극적으로 표출된다'라는 의미는 네오의 모든 사고와 행동이 궁극적으로는 어머니에 대한 욕망을 추구하는 방향으로 나타난다는 뜻이다. 반면 이전의 다섯 명의 구세주는 아버지의 거세 위협에 대한 복종을 추구한다. 기존의 다섯 명의 구세주가 '모두 비슷한 태도'를 보이는 이유는 **논리와 합리성**을 중요시하는 아버지 표상을 동일시했기 때문이고 네오가 '훨씬 더 구체적인 반응'을 보이는 이유는 **직관과 감수성**을 중요시하는 어머니 표상을 내면화했기 때문이다. 그래서 기존의 구세주는 **'이성과 논리'**에 따라 사고하고 행동하지만 네오는 **'감정과 직관'**에 따라 사고하고 행동한다. 이렇게 아버지 표상과의 동일시가 더 강한지 아니면 어머니 표상의 내면화가 더 강한지에 따라서 사회적 태도가 달라진다. 네오가 창조자 아버지에게 '다신 날 안 만나는 게 좋을 거요'라고 말하는 것은 아버지에 대한 적대적 소망의 표현이라고 할 수 있다.

p.115. 아버지와 자신을 동일시하는 것과 같은 시기에, 또는 그보다 좀 나중에 남자아이는 애착유형에 따라 어머니에 대한 진정한 리비도 집중을 발달시키기 시작한다. 따라서 남자아이는 심리학적으로 전혀 다른 두 가지 결합을 보인다. 하나는 어머니를 향해 곧장 나아가는 성적 리비도 집중이고, 또 하나는 아버지를 본보기로 삼고 아버지와 자신을 동일시하는 것이다. 이 두 가지 결합은 서로 영향을 주거나 간섭하지 않고 한동안 나란히 공존한다. 그러나 정신생활은 통일을 향해 나아가게 마련이고, 그 결과 두 가지 경합은 하나로 합쳐진다. 정상적인 오이디푸스 콤플렉스는 바로 이 합류에서 생겨난다. 남자아이는 어머니와 결합하려는 자신을 아버지가 방해하고 있다는 것을 알아차린다. 그러면 아버지와의 동일시는 적대적

인 색채를 띠게 되고, 어머니에 대해서도 아버지를 대신하고 싶은 원망과 이 동일시가 일치하게 된다. 사실 동일시는 처음부터 양가 감정적이어서, 부드러운 애정표현으로 바뀔 수는 있지만 누군가를 제거하고 싶은 원망으로 바뀔 수도 있다.

- S. 프로이트 《문명 속의 불만, 『집단 심리학과 자아 분석』》中 -

어린아이는 어머니에게 리비도 집중을 발달시키지만 이러한 리비도 집중은 아버지의 거세 위협으로 억압된다. 하지만 어머니에 대한 욕망은 제거되지 않고 성인이 되어서도 복종 관념과 나란히 공존한다. 프로이트가 이 두 가지 관념(욕망)이 '하나로 합쳐진다'라고 한 의미는 둘 중 하나가 지배적으로 된다는 의미로 다른 하나가 소멸한다는 뜻이 아니다. 이와 반대로 아버지의 거세 위협이 없는 경우 어린아이는 어머니에 대한 욕망을 계속 추구함으로써 전능 관념은 극대화된다. 전자의 경우에는 아버지에게 복종의 형식, 즉 아버지의 방식으로 자신의 욕망을 추구하고 후자의 경우에는 아버지에게 불복종의 형식, 즉 어머니의 방식으로 자신의 욕망을 추구한다. 다만 이러한 분류는 이론상이며 대부분 혼합적으로 나타난다.

전능 관념이 지배적인 성격 구조도 혼합형과 순수형으로 구분할 수 있다. 혼합형은 기존의 다섯 명의 구세주처럼 전능 관념이 지배적이지만 어머니 관념과 아버지 관념이 **혼합된** 경우이고 순수형은 네오의 경우처럼 **어머니 관념만**이 지배적인 경우이다. 전자의 대표적인 인물이 히틀러이고 후자의 대표적인 인물이 그리스도이다. 《카라마조프 형제》에서는 전자의 인물은 이반 카라마조프이고 후자의 인물은 알료샤 카라마조프이다. 이러한 관념의 차이로 인해서 전자와 후자의 구세주 욕망도 다르게 나타난다. 전자의 경우에는 **타인의 희생**을 감수하는 사디즘적 형태로 나타나고 후자의 경우에는 **자신의 희생**도 불사하는 마조히즘적 형태로 나타난다. 사디즘적 형태는 아버지 표상(엄격함)을 동일시함으로써 구원 대상을 구분하지만, 마조히즘적(피학적) 형태는 어머니 표상(모성애)을 내면화했기 때문에 구원 대상을 구분하지 않는다.

우리는 마조히즘에 대해서 선입관을 품고 있지만, 만약 모성애와 같은 마조히즘적 사랑이 없다면 어떠한 종도 불멸할 수 없다[25](우리가 흔히 말하는 성적 의미의 마조히즘은 자신의 고통을 정욕화한 것으로 인간에게만 존재한다). 네오가 트리니티를 구원하려는 이유도 인류 전체의 구원을 포기한 것이 아니라 구원 대상을 구분하지 않기 때문이다. 매트릭스의 창조자 아버지가 네오의 감정과 직관을 **'가장 강한 무기이자 치명적 약점'**이라고 말하는 이유도 모성애의 내면화가 그를 영웅으로 만들기도 하지만 무모한 결말로 끝나기도 하기 때문이다. 도스토옙스키는 알료샤를 통해 어머니 표상의 내면화가 어떤 것인지를 다음과 같이 묘사한다.

p.224. "… 그러나 알료샤, 나는 맹세하지만 히스테리에 걸린 네 어미를 모욕한 적은 한 번도 없었다! 아니 딱 한 번 있긴 있었군.

그건 결혼 첫해의 일이었는데, 그때 네 어미는 기도에 몹시 열중하고 있어서 성모 마리아 축일 같은 때는 특히 신경을 곤두세워 나

---

25) p.360. 때로 우리의 도덕성은 우리에게 순간적인 개인의 안락보다는 좀 더 가치 있는 어떤 것을 위해 고통을 받으라고 명령한다. Helena Deutsch(1944)가 모성은 본질적으로 피학적이라고 한 것은 바로 이런 의미에서다. 포유류는 자신의 생존보다 어린 새끼들의 안녕을 우선시한다. 이 행동은 개체로서의 동물에게는 '자기 패배적'일 수 있지만, 후손과 종 전체를 위해서는 그렇지 않다. 피학증을 더욱 칭찬할 수 있는 경우로는, 문화와 가치의 보존과 같은 사회적 선(善)을 위해 자신의 생명, 건강, 안전의 위험을 무릅쓰는 사람들을 들 수 있다. 성격적으로 피학적 경향을 지녔을 수 있는 몇몇 사람들은(마하트마 간디와 마더 테레사가 생각나는데) 자기 자신보다 대의를 위해 영웅적인, 심지어 성자와 같은 헌신을 보여 주었다.
- N. 맥윌리엄스 《정신분석적 진단》 中 -

까지도 서재로 내쫓았어. 그래서 나는 네 어미의 미신을 부숴 버리리라 생각하고, '자, 여길 봐, 여기 당신의 성상이 있지. 난 지금 이걸 끄집어내려는 거야. 당신은 이것이 기적을 만들어 낸다고 생각하고 있지만, 나는 지금 당신이 보는 앞에서 여기다 침을 뱉을 테니 두고 보라구. 그래도 나한테 아무 일도 없을 테니!⋯⋯' 그런데 네 어미가 나를 보았을 때는 정말이지 당장에라도 나를 죽일 것만 같더구나. 그러나 네 어미는 그저 벌떡 일어나 손뼉을 탁 치더니 갑자기 두 손으로 얼굴을 가리고는 온몸을 후들후들 떨며 마룻바닥에 쓰러져⋯⋯ 그대로 기절하고 말았어⋯⋯. 아니, 알료샤 알료샤! 왜 그러니, 왜 그래?"

노인은 깜짝 놀라며 튀어 일어났다. 알료샤는 아버지가 그의 어머니 얘기를 시작했을 때부터 점점 얼굴빛이 변하기 시작했던 것이다. 얼굴은 상기되고 두 눈은 번쩍이고 입술은 경련을 일으킨 듯 떨리기 시작했다. 술에 취한 늙은이는 아무것도 눈치채지 못하고 입에서 연방 침을 튀기며 떠들어대고 있었지만, 바로 그때 알료샤의 몸에는 갑자기 기이한 현상이 일어났다. 그것은 다름이 아니라 지금 막 아버지가 얘기한 '미치광이 여자'와 똑같은 현상이 알료샤에게도 일어난 것이다. (중략) 이 모든 행동이 그의 어머니와 너무나 흡사해서 노인은 깜짝 놀라지 않을 수 없었던 것이다.

- 도스토옙스키 《카라마조프의 형제》 상 中 -

알료샤의 어머니는 **히스테리**를 앓고 있고 **성모 마리아**를 숭배하는 인물이다. 도스토옙스키가 이러한 상징들을 사용하는 이유는 그녀의 성격 구조를 알려주기 위해서이다. 그녀가 히스테리를 앓고 있다는 의미는 **죄의식이 강하다**는 뜻이고 성모 마리아를 숭배하는 것은 **양심도 강하다**는 뜻이다. 하인 그리고리가 드미트리의 어머니(아젤라이다)와 달리 알료샤의 어머니를 옹호하는 이유도 그녀의 고결한 성격 때문이다.

  p.25. 여기서 한 가지 특기할 만한 점은 침착하고 우직하며 따지고 들기를 좋아하는 이 집 하인 그리고리가 전의 주인 마님 아젤라이다는 증오했으면서도 이번에는 새 마님의 편을 들어 하인의 신분에 맞지 않는 말투로 표도르하고 싸움까지 하며 그녀를 옹호했다는 사실이다.

- 도스토옙스키 《카라마조프의 형제》 상 中 -

유아는 「결정적 시기」의 가장 초기 단계에 어머니 표상을 그대로 복제(내재화)해서 **자아의 핵(본성)**을 형성한다.[26] 즉 인간의 본성은 어머니의 본성과 똑같다고 할 수 있다. 여기서 복제라는 표현을 쓰는 이유는 문자 그대로 어린아이의 마음과 몸이 어머니의 정신과 신체의 특성을 그대로 **'삼켜버리기'** 때문이다.[27] 이러한 예의 하나로 언어를 습득하는 능력을 들 수 있다. 이러한 현상에서 알 수 있는 사실은 유아는 생물학적으로는 무력하지만, 그가 지닌 정신 에너지(리비도)는 아주 강렬하다는 것이다. 알

---

26) p.55. 대상 표상이 점차로 정교화됨에 따라, 그것의 요소들은 새롭게 출현하는, 비교적 미분화된 유아의 자기감의 부분으로서 상호 관련적으로 내재화되고 내사된다. 가장 초기 단계인 공생적 모체 단계에서 이러한 내재화가 일어나며, 따라서 유아의 자기의 핵을 이루는 결정적 요소가 형성되기 시작한다.
- W. 마이쓰너 《편집증과 심리치료》 中 -

27) p.159. 어린아이들은 자신에게 중요한 사람들이 보이는 온갖 태도와 정서와 행동을 받아들인다. 이 과정은 너무나 미묘하여 신비스러울 정도이지만, 거울신경세포와 다른 뇌 과정에 대한 최근의 연구들은 이러한 과정의 비밀을 밝혀주기 시작하고 있다. 아이가 엄마나 아빠처럼 되고 싶다는 자발적인 결정을 내리기 훨씬 이전부터, 어떤 원초적 방식으로 그들을 '삼켜버리는' 것처럼 보인다.
- N. 맥윌리엄스 《정신분석적 진단》 中 -

료샤가 어머니와 '너무나 흡사한 행동'을 보이는 이유는 유아기에 알료샤의 마음과 몸이 어머니의 정신과 신체의 특성을 그대로 내면화했기 때문이다. 이러한 내면화로 인해서 주체의 마음과 몸은 그것을 자극하는 표상을 지각하게 되면 어린 시절 어머니가 보인 정신적 또는 신체적 특성을 그대로 반복재현함으로써 '똑같은 증세'를 보이게 된다.

p.116. 여자아이가 어머니와 똑같은 증세-예를 들면 똑같이 고통스러운 기침-로 고통을 겪는다고 가정해 보자. 이런 일은 다양한 방식으로 일어날 수 있다. 동일시는 오이디푸스 콤플렉스의 결과일지도 모른다. 그럴 경우, 동일시는 어머니를 대신하고 싶어하는 딸의 적대적 욕망을 의미한다. 그리고 기침이라는 증세는 아버지에 대한 대상애를 나타내며, 어머니를 대신하고 싶다는 욕망을 실현시켜 주고, 이 욕망의 실현-〈너는 어머니가 되고 싶어 했는데, 이제 소원대로 〈되었다〉.-어쨌든 네 어머니와 똑같은 고통을 겪고 있다는 점에서는 그렇다〉-은 죄책감의 영향을 받는다. 이것은 히스테리 증세 형성의 완전한 메커니즘이다. 반대로 이 증세는, 도라가 아버지의 기침을 흉내 낸 것처럼 사랑하는 사람과 똑같은 증세를 보일 수도 있다. 이 경우, 우리는 〈대상 선택 대신 동일시가 나타났고, 대상 선택은 동일시로 퇴행했다〉는 말로 사태를 설명할 수 있을 뿐이다.

- S. 프로이트 《문명 속의 불만, 『집단 심리학과 자아 분석』》 中 -

그런데 알료샤가 어머니와 '너무나 똑같은 증세'를 보이는 이유는 유아기에 알료샤의 어머니가 알료샤를 너무나 사랑했기 때문이다. 이렇게 되면 당연히 유아도 어머니를 너무나 사랑하게 된다. 이런 경우 **온 마음**으로 또는 **온몸**으로 어머니를 사랑한다고 표현할 수 있다. 게다가 알료샤의 어머니에 대한 사랑은 아버지에 의해 방해를 받지 않는다. 이러한 오이디푸스 환경으로 인해서 알료샤의 무의식 속에는 **어머니 관념만**이 지배적인 오이디푸스 콤플렉스가 형성되고 어머니의 **고결한 양심**도 그대로 물려받게 된다.

네오의 정신구조도 알료샤의 정신구조와 유사하다고 할 수 있다. 네오는 어머니 관념만이 지배적인 오이디푸스 콤플렉스로 인해서 창조자 아버지의 암시에 불복종하고 어머니 오라클의 암시를 따른다. 하지만 아담이 어머니 이브의 유혹에 넘어가 원죄를 저지르고 벌을 받은 것처럼, 네오도 어머니 오라클의 유혹에 넘어가 창조자 아버지의 암시를 거역한 죄에 대하여 벌을 받아야만 한다. 어머니를 욕망한 죄에 대한 벌은 항상 거세이다. 그런데 매트릭스의 창조자 아버지는 네오를 거세하는 것이 아니라 눈을 멀게 한다.

스미스 : "네 꼴이 가관이군. 눈먼 메시아라… 넌 네 족속과 다를 바 없어. 무력하고 한심한 존재. 죽음만이 너의 구원이지."

대신문관이 인간을 무력하고 비열한 존재라고 했듯이 스미스도 인간을 무력하고 한심한 존재라고 말한다. 신적 존재로 태어났지만, 인간은 아버지에게 **비열하게** 복종해야만 했고 이후로는 아버지 표상을 지닌 대상에게 맹목적으로 복종해야만 하는 **한심한** 족속이 되었기 때문이다. 그리고 아버지 표상을 지닌 대상에 복종하지 않으면 거세의 벌을 받아야만 했다. 매트릭스의 창조자 아버지가 네오를 장님으로 만든 것은 시력 상실이 거세의 상징 행위(상징적 대체물)이기 때문이다.

p.468. (각주) 거세는 오이디푸스 전설에서도 나타난다. 그의 범죄가 발견된 후 오이디푸스가 벌로 받는 시력 상실은 꿈의 증거에 따르면 거세의 상징적 대체물이다. 이 위협의 매우 강력한 공포 효과에 선사(先史)적 가족의 선사 시대에 대한 계통적 기억의 흔적이 함께 영향을 미치고 있음은 배제할 수 없다. 이 시대에는 아들이 경쟁자로서 여자를 소유하는 데 성가시게 되면, 시기심에 가득 찬 아버지는 아들의 성기를 실제로 제거해 버렸다. 거세의 다른 상징적 대체물인 포경이라는 태고의 관습은 아버지의 의지에 대한 복종의 표현으로서만 이해될 수 있다(원시인의 성인식 참조). (중략) - 원주.
- S. 프로이트 《정신분석학 개요》 中 -

삭발이나 할례가 거세의 상징 행위인 이유가 그 형상적 표상 때문이라면 시력 제거가 거세의 상징 행위인 이유는 그 본질적 표상 때문이다. 본질적이라는 의미는 남근에 리비도가 집중되어 있는 것처럼 눈에도 리비도가 집중되어 있다는 뜻이다. 인간의 눈에 이렇게 리비도가 집중되는 이유는 인간에게는 그만큼 시각이 중요하기 때문이다.[28] 따라서 리비도가 집중된 눈을 제거하는 행위는 남근을 제거한 것과 유사한 효과를 얻게 된다. 이러한 주장은 가정이나 추론이 아니다. 실제로 남근과 마찬가지로 눈에 리비도가 과도하게 집중되면 눈이 성 목적을 대신하게 된다.

---

28) p.49. 신체 감각은 뇌의 특정 부위와 연관되는데, 뇌가 담당하는 신체 영역을 표시한 그림을 호문쿨루스(homunculus)라고 한다. (중략)
 …. 기능적으로 중요한 영역들이 훨씬 더 크게 나타납니다. 가령, 쥐는 눈이 아니라 콧수염으로 세상을 파악합니다. (중략) 특히 이 콧수염을 뇌 지도에 나타내면 뇌 전체의 3분의 1일 차지합니다. 이는 쥐에게 콧수염이 그만큼 민감하고 중요하다는 것을 의미합니다. 인간은 시각 영역이 뇌에서 3분의 1을 차지합니다. 이는 인간에게는 시각이 그만큼 중요하다는 얘기겠죠. (중략) 영장류한테는 시각이 압도적으로 중요합니다.
- 김대식 《당신의 뇌, 미래의 뇌》 中 -

p.46. 대부분의 정상적인 사람들은 성적인 느낌이 있는 어떤 것을 보고자 하는 중간 단계의 성 목적에서 어느 정도 지체한다. 또 실제로 이러한 지체는 그들에게 리비도의 일부를 더 높은 예술적 목적으로 전환시킬 가능성을 제공한다. 그러나 다른 한편으로 이 보는 즐거움(절시증)은 그것인 전적으로 생식기에 국한되거나, 과도한 혐오감과 관련되거나 또는 정상적인 성 목적에 이르는 예비 과정이 아니라 성 목적으로 대신할 경우에는 성욕 도착이 된다.

- S. 프로이트 《성욕에 관한 세 편의 에세이》中 -

아직 말하기에는 이르지만, 인간의 모든 감각기관은 성감대가 될 수 있다. 두뇌와 마찬가지로 인간의 신체도 덜 발달한 상태로 태어나므로 리비도가 어느 기관에 지배적으로 배분되느냐에 따라서 성적 쾌락을 느낄 수 있기 때문이다. 리비도가 입(구강)에 지배적으로 배분되면 먹는 것에서 성적 쾌락을 느끼게 되는 **폭식증**이 되고 리비도가 눈에 지배적으로 집중되면 보는 것에서 성적 쾌락을 느끼는 **절시증**이 된다. 이러한 증상들은 성적 쾌락과 관계가 있으므로 많이 먹거나 많이 본 후에는 **죄의식**을 느낀다. 《구약성서》의 야훼 하나님이 아담에게 가죽옷을 지어 입힌 이유도 어머니 이브와 과도하게 스킨십을 하게 되면 리비도가 **피부**에 지배적으로 배분되어 성감대가 되기 때문이다. 피부가 **정욕적으로** 된다는 뜻이다.

특히 남성의 경우에는 눈이 정욕적으로 되고 여성의 경우에는 입이 정욕적으로 된다. 절시증이 남성에게 압도적으로 많고 폭식증이 여성에게 압도적으로 많은 이유도 이러한 리비도 배분 차이 때문이다. 남성과 여성에게 있어서 리비도 배분에 차이가 발생하는 이유는 남성의 경우에는 성적 대상을 신속하게 탐색하기 위해서, 여성의 경우에는 신속하게 임신하기 위해서일 것이다. 이러한 진화의 결과로 남성의 눈은 여성의 눈보다 훨씬 시각적 표상에 민감하게 되고 시각적 표상을 보는 데에서 얻는 성적 쾌락도 더 크다. 이러한 눈의 정욕(상상력)을 만족시키려는 갈망은 다양한 시각적 형상을 구현(스케치)하고자 하는 예술의 원동력이 된다.[29] 그림이나 조각 등 시각예술 분야에서 남성이 압도적으로 많은 이유도 남성의 눈의 정욕이 여성보다 더 강하기 때문이다. 아버지 신을 숭배하는 종교에서 형상이나 우상을 혐오하는 이유도 인간의 무의식은 **보고자 하는 욕망**이 본질에서 **성적 욕망**과 같다는 것을 알고 죄책감을 느끼기 때문이다.[30] 《구약성서》의 하나님 아버지가 형상을 만들지 못하게 하고 우상을 숭배하게 하지 못하게 한 것은 이러한 죄책감이 투사되어 있기 때문이다.

삶의 본능(에로스) vs 죽음 본능

위대한 아버지 신이 창조한 최초의 매트릭스는 무력한 어린아이에게는 「요한계시록」이 경고하는 세계였다. 최초의 매트릭스는 어머니 신이

---

29) p.428. 내 생각에 우리는 우리가 아는 것만 본다: 우리의 눈은 무수한 형태들을 취급하는 동안 끊임없는 연습을 한다 : 상을 이루는 가장 큰 부분은 감각에 의한 인상이 아니라, 상상력이 만들어 내는 산물이다. 감각들로부터는 단지 몇몇 소수의 동기나 모티브가 선택될 뿐, 상이 만들어지는 것은 그 다음이다. 상상력은 "무의식"의 자리를 대신할 수 있다: 그것은 무의식적 결론이라기보다는 상상력이 제시한 가능성들의 대략적 스케치들이다.

       -F. 니체 《유고(1881년 봄~1882년 여름)》 中 -
30) p.217. 눈이 발기 조직을 갖고 있는 기관을 대신한다면, 어떻게 될까? 그런 경우에, 눈은 보는 기관만이 아니라 흥분할 수 있는 신체의 부분이 된다. (중략) 히스테리성 시각장애는 보는 것에 대한, 특히 눈이 보는 것 이상의 것을 통제하려고 하는데, 이는 보는 것에 대한 죄책감과 관련되어 있다.

       - D. 위니캇 《소아의학을 거쳐 정신분석학으로》 中 -

없는 세계, 죽음에 저항하지 않고 삶을 욕망하지 않는 세계, 오직 아버지 신께 복종해야만 하는 세계, 복종하지 않으면 거세의 천벌을 받아야만 하는 세계였다. 매트릭스의 창조자 아버지는 어머니 관념을 도입함으로써 인간이 죽음에 저항하고 삶을 욕망하도록 만들었다. 하지만 매트릭스 내에는 여전히 엄격한 아버지 관념도 공존하고 있었기 때문에 인간은 오이디푸스 콤플렉스를 형성하지 않을 수 없었고 두 개의 서로 상충하는 관념 사이에서 고뇌하지 않으면 안 되게 되었다.

그런데 매트릭스는 왜 이렇게 두 개의 서로 대립하는 관념에 의해서 운영되는 것일까? 그 이유는 두 개의 서로 모순되는 관념이 때때로 서로 충돌하고 때때로 상호 작용할 수 있을 때 리비도의 궁극적 목적을 달성할 수 있기 때문이다. 이렇게 두 개의 상반된 관념은 두 개의 상반된 본능에서 파생한다. 프로이트는 하나를 '**삶의 본능(성적 본능) 또는 에로스**'로 다른 하나를 '**죽음 본능 또는 타나토스**'라고 명명했다(삶의 본능이 왜 성적 본능인지에 대해서는 별도로 논의할 예정이다).

p.166. 삶을 형성하고 죽음으로 인도하는 과정들에 대한 광범위한 고찰의 토대 위에서, 유기체에 있어서 구성과 해체의 상반되는 과정에 상응하여 우리가 두 부류의 본능이 존재함을 인정해야 한다는 것은 그럴듯해졌다. 이러한 견지에서, 본질적으로 조용히 작동하는 일련의 본능들은 생명체를 죽음으로 인도하는 목표를 따르는 본능일 것이고, 따라서 '죽음의 본능'이라고 불릴 만하다. 이 본능은 단세포의 요소적인 유기체들 다수의 결과로서 외부로 향하게 될 것이고, 〈파괴적〉 충동 또는 〈공격적〉 충동으로서 자신을 표현할 것이다.

다른 일련의 본능들은 분석 속에서 우리에게 더 잘 알려진 것들인데, 리비도적인 성적 본능 또는 삶의 본능이 그것이며, 〈에로스〉

라는 이름 아래에 포함된다. 그것들의 목적은 생명을 연장시키고 더 높은 발전을 이루기 위해 생명체로부터 더욱 거대한 통일체를 형성하는 것이다. 에로스적인 본능과 죽음의 본능은 규칙적으로 혼합 또는 융합되어 생명체 속에서 존재할 것이다. 그러나 〈탈융합〉이 일어날 가능성도 있을 것이다. 삶은 두 부류의 본능 사이의 충돌 또는 상호작용의 표현 속에서 존립할 것이다. 죽음은 개인에게 파괴적인 본능의 승리를 의미할 것이다. 그러나 번식은 그에게 에로스의 승리를 의미할 것이다.

　- S. 프로이트《정신분석학 개요, 『정신분석학과 리비도 이론』》中 -

삶의 본능(에로스)에서 어머니 관념이 파생된 이유는 어머니가 리비도(정신 에너지)를 일깨워 삶을 욕망하도록 만들기 때문이며 죽음 본능(타나토스)에서 아버지 관념이 파생된 이유는 리비도(정신 에너지)를 억압하면 그 공격성이 내부로 돌려져 자기 자신을 공격하도록 만들기 때문이다. 리비도의 공격성이 자신을 공격하는 방식은 자기 징벌적 **죄책감**에서부터 종교에서의 **금욕주의나 순교** 그리고 극단적인 경우 자기 파괴적인 **자살**까지 아주 다양하다.[31] 인간에게만 있는 이러한 당혹스러운 정신 현상들이 죽음 본능의 표현들이다.

---

31) p.418. 메닝거(Menninger, 1938)는 또한 자살에 준하는 현상에 대해서 서술한다 : (1) 만성적 자살은 금욕주의, 순교, 중독, 병약, 그리고 정신병을 포함한다; (2) 국소적 자살은 신체 절단, 꾀병, 여러 번의 수술, 빈번한 사고, 그리고 성적 무능과 불감증을 포함한다; (3) 유기체적 자살은 심리적 요소들, 특히 자기 징벌적, 공격적 그리고 성애적 요소들의 작용으로 인한 유기체적 질병 상태를 지칭한다. (중략) 이러한 인간의 자기 파괴적인 차원에서 제기되는 질문은 정말 깊고 당혹스러운 것이다. 그것은 인간 본성과 인간 존재에 대한 가장 기본적인 신학적, 철학적, 사회학적, 심리학적, 그리고 도덕적 질문과 밀접히 관련되어 있다.

　　　　　　　　　　　　　　- W. 마이쓰너《편집증과 심리치료》中 -

삶의 본능은 요란스럽게 자신을 드러내므로 그 존재를 증명하기는 쉽지만 죽음 본능은 프로이트 자신도 인정한 바와 같이 자신을 드러내지 않으므로 그 존재를 증명하기는 쉽지 않다. 프로이트의 후계자들조차도 죽음 본능에 대한 논의가 사변적이라고 비판하며 대부분 그 존재를 인정하지 않는다. 하지만 우리는 프로이트가 '광범위한 고찰의 토대 위에서' 말년에 제기한 죽음 본능에 대한 가설이 '얼마나 심오하고 올바른' 사상인지 모르고 있는 것은 아닐까? 도스토옙스키는 삶의 본능(자기 보존의 법칙)과 '동일한 힘으로' 죽음 본능(자기 파멸의 법칙)도 인류를 지배해 왔다고 말한다.

> p.466. "… 당신은 본인의 사상이 얼마나 심오하고 올바른 사상인지 모르고 있어요. 그래요, 자기 파멸의 법칙과 자기 보존의 법칙은 인간 사회에서 똑같이 강한 것이지요! 악마도 역시 신과 동일한 힘으로 인류를 지배해 왔어요. 게다가 그것이 언제까지 계속될 것인지 우리의 힘으로는 알 수 없어요. 웃고 계시는군요? 당신은 악마를 믿지 않나요? 악마를 믿지 않는 것은 프랑스 사상으로 경박한 사상이에요. 당신은 누가 악마인지 아나요? 그 악마의 이름을 아시나요? 악마의 이름조차 모르면서 당신은 볼테르가 제시한 단지 그 형식만을 즉, 당신이 임의로 만들어 놓은 악마의 발굽, 꼬리, 뿔을 보고 비웃고 있지요. 왜냐하면 악마란 위대하고 가공할 혼이지, 당신이 지어낸 발굽이나 뿔을 단 것이 아닙니다."
>
> — 도스토옙스키 《백치(동서)》 中 —

도스토옙스키는 삶의 본능을 신(하나님)에 비유하고 죽음 본능을 악마에 비유한다. 어둠에서 빛이 창조되었듯이 죽음 본능에서 삶의 본능이 파생된다. 빛과 어둠이 떼래야 뗄 수 없는 관계인 것처럼 삶의 본능과 죽음 본능도 떼래야 뗄 수 없는 관계이다. 예컨대 인간은 삶을 위협당하는 순간 삶을 위해 죽음을 갈망한다. 이것이 **자살의 역설**이다.[32) 이 경우 자살은 죽음을 통해서 어머니에게서 다시 태어나는 싶은 소망의 상징 행위이다. 이렇게 한 가지 정신 현상 속에는 두 개의 서로 모순된 요소가 서로 융합되어 있다.

이러한 현상은 물질의 경우도 마찬가지이다. 예를 들어 물(水)은 수소와 산소로 구성되어 있는데 수소는 **자신을 불태우는** 원소이고 산소는 **대상을 불태우는** 원소이다. 이렇게 물은 자신과 모순된 불(火)의 속성을 포함하고 있다. 또 수소와 산소는 불이라는 서로 같은 속성이 지니고 있으면서도 그 공격성의 방향은 서로 반대되는 특성이 있다. 물의 이러한 속성과 특성을 인간의 정신에 비유하자면 물은 죽음 본능에 비유할 수 있고 물이 지닌 불의 속성은 삶의 본능에 비유할 수 있다. 물을 전기로 자극하면 불의 속성을 지닌 두 개의 원소로 분해되듯이 죽음 본능도 어머니의 자극으로 삶의 본능으로 바뀌며 불(공격성)의 속성을 지닌 두 개의 요소로 분해된다. 그중 하나가 마조히즘이고 다른 하나가 사디즘이다. 마조히즘은 수소처럼 자신을 희생하는 특성이 있고 사디즘은 산소처럼 타인을 희생시키는 특성이 있다. 인간의 정신도 그 본질에서 물처럼 모순되는 속성과 특성이 서로 융합되어 있다고 가정할 수 있는데 그 원인은 인간이 대부분 물로 구성되어 있기 때문일 것이다.[33) 자연현상의 일부인 인간

32) p.453. 환자는 견딜 수 없이 고독하고 무력하며 메마른 삶으로부터, 그리고 내면의 박해자로부터 도피하여, 위안을 주는 어머니 품 안에서 다시 태어나기 위해 죽음으로 향한다. 삶에서 내면의 죽음을 발견하는 피해자가 죽음에서 내면의 삶을 추구한다는 것이 자살의 역설이다. [말츠버거와 부이(1980)]

　　　　　　　　　　　　　　　　　　　- W. 마이쓰너《편집증과 심리치료》中 -

33) p.322. 사람은 바다와 같다. 어떤 때는 온화하고 우호적이고, 어떤 때는 거칠고 악의에 차 있다. 여기서 알아두어야 할 점은, 인간도 대부분이 물로 구성되어 있다는 사실

도 서로 모순되지만 서로 융합할 수 있는 요소들이 서로 충돌하고 서로 협력하면서 삶과 죽음을 영위한다고 할 수 있다.

p.140. 사디즘과 마조히즘은 에로스와 공격성이라는 두 개의 본능이 절묘하게 혼합된 최고의 예를 보여 주고 있습니다. (중략)

마조히즘이 야기하는 특별한 문제로 다시 돌아갑시다. 그것의 에로틱한 요소를 잠시 한쪽에 제쳐 놓는다면 그것은 자기 파괴를 그 목적으로 하고 있는 어떤 경향이 존재하고 있음을 증명해 주고 있습니다. 우리는 이미 자아가-오히려 이드, 전인격이라고 말하는 편이 더 나을지도 모르겠습니다-원래는 모든 본능적 충동들을 포함하고 있다고 천명한 바 있습니다. 만일 그것을 파괴 본능에 적용시킨다면 그것으로부터 마조히즘은 사디즘보다 연원이 더 오래될 것이라는 견해가 생겨날 수 있습니다. 그러나 사디즘은 밖으로 향해 있는 파괴 본능이기 때문에 공격적 성격을 띠게 되는 것입니다. 원래적인 파괴 본능의 어느 만큼은 우리 내부에 그대로 남아 있을 수 있습니다. 그것은 오직 두 가지 조건하에서만 지각되는 듯이 보이는데, 그것은 성애 본능과 관련되어 마조히즘의 형태로 나타나거나 공격적 행동의 형태로서 바깥 세계로-다소 성애적 성격을 띠고-향해질 때입니다.

- S. 프로이트 《새로운 정신분석 강의》中 -

에로스(삶의 본능)가 **공격성**을 띠게 되면 자기 파괴적인 마조히즘이 되거나 대상 파괴적인 사디즘이 된다. 공격성이 자신이나 타인을 **죽음으로**

이다.

- A. 아인슈타인 《나의 인생관》中 -

이끄는 원인임을 알 수 있다. 상기할 점은 죽음 본능이 삶의 본능에 우선한다는 점이다. 해리 할로의 「원숭이 새끼 실험」에서처럼 인간은 어머니의 사랑을 받지 못하면 죽어버리거나 정신병에 걸리는 것처럼 죽음 본능이 유기체의 더 원초적 본능이라고 할 수 있다. 또 모성애처럼 마조히즘이 사디즘보다 연원이 더 오래되었다고 할 수 있다. 어머니는 죽음을 욕망하는 유아의 리비도를 일깨워 삶을 욕망하도록 바꾼다. 이 모든 본능적 활동의 유일한 목적은 **미래**이며 **불멸**이다. 하지만 우리는 평범한 보통의 어머니가 인류의 불멸을 위해서 얼마나 위대한 역할을 하고 있는지를 인식하지 못한다.[34)]

그런데 프로이트에 의하면 삶의 본능인 에로스는 두 가지 목적을 가지고 있다. 하나는 번식을 통해 생명을 연장시켜서 **불멸**을 추구하는 것이고 다른 하나는 **더 높은 발전**을 이루기 위해 개인을 **결합**시켜 '**더욱 거대한 통일체**'를 형성하는 것이다. 에로스의 첫 번째 목적인 불멸 본능에서 악마의 첫 번째 유혹인 융합 욕망이 파생된다. 융합 욕망은 지상의 빵(생존)과 성적 대상(번식)과의 융합을 통해서 불멸을 성취하려는 욕망이다. 이러한 욕망이 인간에게만 악마의 유혹인 이유는 지상의 빵과 성적 대상을 생존과 번식을 위한 수단이 아니라 목적으로 여기고 그것을 모으는 데 집착하기 때문이다(악마의 두 번째 유혹인 숭배 욕망에 대해서는 별도로 논의한다).

에로스의 두 번째 목적인 결합 본능에서 악마의 세 번째 유혹인 결합

---

34) p.153. 아이를 돌보는 데 전념하고 정성을 다하는 어머니의 공헌을 우리 사회가 인식하지 못하는 이유는 그 공헌이 너무 커다란 것이어서가 아닐까? 어머니의 공헌을 인정한다는 것은 이 세상의 모든 건강한 남성이나 여성이 한 개체로서 의미 있는 세상에서 한 삶을 살아가고 있음을 실감할 수 있게 한 여성에게 무궁무진한 빚을 지고 있다는 것을 의미한다. 그리고 그러한 사람의 의존은 그에게 의존이라는 개념조차 없던 유아 시절에는 절대적이었다.

- D. 위니캇《가정, 우리 정신의 근원》中 -

욕망이 파생된다. 이러한 결합 본능은 모든 생명체가 갖고 있다. 그 이유는 종의 **더 높은 발전**, 즉 **진화**를 위해서이다. 생명체는 진화(변화)하지 않으면 멸종하기 때문이다.[35] 진화는 집단이 크면 클수록 유리한데 경쟁 종이나 포식자보다 더 유리한 변이가 출현할 가능성이 커지기 때문이다.[36] 영양이 사자보다 더 빨리 달리는 이유는 빨리 달릴 수 있는 유전자는 집단 크기가 작은 사자 무리에서보다 집단 크기가 큰 영양 무리에서 진화 속도가 빠르기 때문이다. 따라서 결합 본능은 생명체가 불멸하기 위한 필수적인 조건이다. 이러한 결합 욕망이 인간에게만 악마의 유혹인 이유는 인간만이 타인을 죽이고 정복해서 결합 욕망을 성취하려고 하기 때문이다. 도스토옙스키가 결합 욕망을 인류의 세 번째 고민거리이자 **마지막 고민거리**라고 했듯이 삶의 본능인 에로스의 가장 중요한 목적이자 **마지막 목표**는 개개의 인간을 '**리비도적 유대**'로 결합시켜 **세계적인 단일 집단을 창조하는 것**이다.

　　p.301. 나는 문명이 인류가 겪는 독특한 과정이라는 생각에 도달했으며, 아직도 그 생각의 영향을 받고 있다. 이제 나는 문명이 에로

---

35) p.379. 어떤 지역에서 살고 있는 대부분이 생물이 변화하고 개량되었을 때, 같은 정도로 개량되지 않은 어떤 형태는 자칫하면 멸망하기 쉽다는 것을 우리는 경쟁 원리의 기초로 삼고, 또 생존 경쟁에 대한 생물과 생물의 지극히 중요한 관계에 의해 이해할 수가 있다. 따라서 우리는 장기적으로 볼 때 같은 지방의 모든 종이 결국 변화해 버리는 것은 무엇 때문인지도 알 수 있다. 변화하지 않는 것은 멸종해버리기 때문이다.
　　　　　　　　　　　　　　　　　　　　　　　　　- C. 다윈《종의 기원》中 -
36) p.388. 어떤 지역에서 확산되기 시작한 우세한 종은 더욱 우세한 종과 맞닥뜨릴 수도 있다. 그러면 연전연승 기록이 깨지고, 어쩌면 그 종은 멸종에 이를지도 모른다. 새로 등장한 우세한 종의 증식에 가장 적합한 조건이 무엇인지는 아직 정확히 밝혀지지 않았다. 그러나 개체수가 많다는 것은 유리한 변이가 나타나기 쉽다는 의미에서 유리하다.
　　　　　　　　　　　　　　　　　　　　　　　　　- C. 다윈《종의 기원》中 -

스에 봉사하는 과정이며, 에로스의 목적은 개인을 결합시키고, 그 다음에는 가족을 결합시키고, 그 다음에는 종족과 민족과 국가를 결합시켜, 결국 하나의 커다란 단위-인류-로 만드는 것이라는 생각을 덧붙일 수 있다. 왜 이런 일이 일어나야 하는지는 우리도 모르지만, 에로스가 하는 일은 바로 이것이다. 이런 인간 집단은 리비도를 통해 서로 묶여야 한다.

　p.322. 따라서 문명 과정은 에로스가 할당하고 아난케(숙명)-현실의 필요성-가 부추기는 과업의 영향 밑에서 생명 과정이 경험하는 변화라고 주장하는 것으로 만족할 수밖에 없다. 그리고 그 과업이란 개개의 인간을 리비도적 유대로 묶는 공통체로 통합하는 것이다. (중략) 그러나 두 과정의 목적-한편으로는 각각의 개인을 인간 집단으로 통합하고, 다른 한편으로는 수많은 개인으로부터 단일 집단을 창조하는 것-의 유사점을 고려하면, 목적을 달성하기 위해 채택된 수단과 그 결과로 나타나는 현상이 유사한 것은 결코 놀라운 일이 아니다. (중략)
　… 그러나 문명 과정의 경우에는 사정이 다르다. 여기서는 개개의 인간을 통합하여 단일 집단을 창조하는 것이 가장 중요한 목적이다.
- S. 프로이트《문명 속의 불만》中 -

프로이트는 삶의 본능인 에로스가 왜 그러한 기능을 하는지는 설명할 수 없다고 말하면서 어쨌든 에로스의 **가장 중요한 목적**은 개인을 결합시키고, 가족을 결합시키고, 그다음에는 국가와 민족을 결합시켜서 결국 전 인류를 **하나의 단일 집단**을 창조하는 것이라고 말한다.[37] 이것이 모든 생

---

37) p.155. 반면에 인간 부족은 시간이 갈수록 점점 더 큰 집단으로 뭉치는 경향이 있다.

명체의 존재 이유고 호모 사피엔스의 존재 이유이기도 하다. 호모 사피엔스의 무의식은 자신도 모르게 어떻게 해서든지 전 인류의 세계적인 통합을 이룩하려는 끊임없이 노력하고 있다. 그래서 인류는 자유롭지 못하고 악마의 세 번째 유혹에 묶여있다. 그 밖의 모든 활동을 속임수이다. 악마의 세 번째 유혹이 인류를 창조했고 인류를 인도하고 조정하며 인류를 정의하고 결합시킨다.

> 스미스 : "그러나 외형은 속임수이고 우리의 존재 이유는 따로 있다. 우리가 여기 있는 건 실은 자유롭지 못해서야. 이유나 목적은 부정할 수가 없지. 우린 목적 없이는 존재할 수 없으니까. 목적이 우릴 창조했고 우릴 연결하고 인도하고 조정한다. 목적이 우릴 정의하고 결속시킨다."

전 인류를 결합시킬 수 있는 힘은 **리비도적 유대**이다. 리비도적 유대란 문자 그대로 성적 결합이거나 성적 쾌락을 주는 관념 아래 결합을 의미한다. 성적 결합의 대표적인 집단이 가족이다. 하지만 성적 결합을 통해서 전 인류가 결합하는 것은 불가능하다. 그래서 국가나 민족과 같은 큰 집단을 결합시킬 수 있는 성적 관념이 필요하다. 그 성적 관념이 **선악 관념**이다. 선악 관념이 개인과 집단을 막강하게 결합시킬 수 있는 이유는 **성적 쾌락**을 주기 때문이다. 이러한 쾌락으로 인해서 지금까지 선악 관념만큼 국가와 민족을 결합시킬 수 있는 더 막강한 힘을 가진 관념은 존재

근대 독일인은 작센족, 프로이센족, 슈바벤족, 바이에른족이 합쳐지면서 생겨났다. (중략) 1만 년 전만 해도 인류는 수없이 많은 고립된 부족들로 나뉘어 있었다. 1,000 년이라는 세월이 지날 때마다 부족은 점점 더 큰 집단으로 뭉쳤고, 이들은 수는 줄었지만 개성은 더 뚜렷한 문명을 건설했다.

- Y. 하라리 《21세기를 위한 21가지 제언》中 -

하지 않았다.

p.96. 차라투스트라는 많은 나라와 많은 민족을 둘러보았다. 그리하여 그는 그 많은 민족들이 저마다 무엇을 선(善)으로, 그리고 악(惡)으로 간주하고 있는지를 확인할 수가 있었다. 차라투스트라는 이 땅에서 선과 악보다 더 막강한 힘을 보지 못했다.
- F. 니체《차라투스트라는 이렇게 말했다(책)》中 -

이 시점에서 **성적 쾌락, 정욕적 쾌락** 그리고 **리비도적 쾌락**을 구분할 필요가 있다. 성적 쾌락은 성적 기관이 주는 쾌락으로 의식이 인식할 수 있다. 정욕적 쾌락은 무의식적 관념이 성취됨으로써 느끼는 쾌락으로 의식이 인식할 수 없다(느낄 수는 있다). 리비도적 쾌락은 인간의 본질인 불멸 본능과 결합 본능이 성취되었을 때 느끼는 쾌락으로 정욕적 쾌락과 마찬가지로 의식이 인식할 수 없다. 리비도적 쾌락을 주는 대표적인 예가 아이가 태어났을 때이다. 부모에게 아기가 태어났을 때 느끼는 기쁨보다 더 큰 기쁨이 없고 또 아이가 고통받을 때 느끼는 고통보다 더 큰 고통도 없는 이유도 아이가 인간의 가장 원초적이고 가장 강렬한 불멸 본능과 결합 본능을 만족시켜 주기 때문이다. 따라서 쾌락의 크기는 성적 쾌락, 정욕적 쾌락, 리비도적 쾌락의 순으로 크다고 할 수 있다. 모든 동물에게 보듯이 당연히 인간도 리비도적 쾌락을 추구하도록 태어난다. 하지만 인간은 어린 시절의 불안과 두려움을 방어하고 '자기가 살아 있으며, 최소한 존재한다는 사실을 확인하기 위해서' 성적 쾌락 또는 정욕적 쾌락(욕동)에 집착하게 되고 그 욕동 목표들에 사로잡히게 된다. 그 대표적인 욕동 목표들이 성적 대상 이외에도 지상의 빵(구강)과 돈(항문), 형상과 우

상(시각), 죄책감(청각)이다.[38]

정욕적 쾌락과 그 목표들에 대해서 좀 더 구체적으로 이해할 필요가 있다. 리비도는 정신 에너지이다. 유아는 이러한 정신 에너지를 자신에게 쾌락을 주거나 불안을 없애주는 대상에 집중할 수 있다. 리비도를 대상에게 집중한다는 의미는 자기 자신의 감각기관에 리비도를 배분해서 그 리비도를 **육신화**시켜서 대상에게 관심을 가지거나 집착을 하도록 만든다는 뜻이다. 이러한 리비도 집중은 내장(구강과 항문)에서 점차 외부 감각(시각, 청각)으로 이동한다. 즉 주체의 정신과 신체의 발달은 외부 환경과 상호 유기적인 관계에 있다고 할 수 있다.[39]

어린아이가 리비도를 집중하는 가장 중요한 대상은 어머니이다. 유아기에는 어머니의 젖에 리비도를 집중한다. 바꿔말하면 자신의 **입(구강)**에 리비도를 집중배분하고 그 리비도를 육신화시켜서, 즉 입을 **정욕적으로** 만들어서 **입이** 어머니 젖에 집착하게 만든다는 뜻이다. 아동기에는 어머니의 눈빛이나 미소에 리비도를 집중한다. 바꿔말하면 자신의 **눈(시각)**에 리비도를 집중배분하고 그 리비도를 육신화시켜서, 즉 눈을 **정욕적으로** 만들어서 눈이 어머니 모습에 집착하게 만든다는 뜻이다. 남근

---

38) p.81. 부모의 심각하게 왜곡된 공감적 반응들로 인해, 아이의 자기는 안정적으로 확립되지 못하고 되고, 그러한 약하고 파편화되기 쉬운 자기는 (자기가 살아있으며, 최소한 존재한다는 사실을 확인하기 위한 시도로서) 성감대의 방어적인 자극을 통해 쾌락을 추구하게 되며, 이차적으로 구강기적 (그리고 항문기적) 욕동 지향과, 자아가 신체 지대와 관련된 욕동 목표들에 사로잡히는 결과를 가져온다.

- H. 코헛 《자기의 회복》中 -

39) p.69. 리블(Ribble, 1943)이 지적했듯이, 유아는 어머니의 돌봄을 통해서 본래의 무위적(無爲的)이며 내장적(內臟的)인 상태로 회귀하고자 하는 경향성으로부터 점차 벗어나 환경과의 접촉 및 자각을 증대시켜간다. 이러한 변화는 에너지나 리비도의 집중이라는 측면에서 볼 때 리비도가 점진적으로 신체 내부(특히 복부기관으로부터)로부터 주위 표면을 향하여 이동하는 것을 의미한다(그리네이커, 1945; 말려, 1952).

- M. 말러 등 《유아의 심리적 탄생》中 -

기에는 어머니의 성적 기관에 리비도를 집중한다. 바꿔말하면 자신의 **남근**에 리비도를 집중배분하고 그 리비도를 육신화시켜서, 즉 남근을 **정욕적으로** 만들어서 어머니를 성적으로 욕망한다는 뜻이다. 이때 어린아이의 이러한 욕망을 **질투하고 꾸짖는** 아버지가 등장하게 된다. 어린아이는 어머니를 독차지하고 싶지만 그러면 자신의 남근이 거세될 수 있다고 생각한다. 이제 어린아이는 아버지의 질투와 꾸짖음에 리비도를 집중하게 된다. 바꿔말하면 자신의 **귀(청각)**에 리비도를 집중배분하고 그 리비도를 육신화시켜서, 즉 귀를 **정욕적으로** 만들어서 **아버지의 말씀**에 집착하게 된다는 뜻이다.[40] 어머니 신을 숭배하는 종교(로마 가톨릭)에서 **신의 형상과 의례**를 중요시하는 이유는 눈(시각)의 정욕을 만족시켜서 숭배를 얻기 위해서이고, 아버지 신을 숭배하는 종교(프로테스탄티즘)에서 **신의 말씀과 설교**를 중요시하는 이유는 귀(청각)의 정욕을 만족시켜서 복종을 얻기 위해서이다.

이후부터 어린아이의 정신세계 속에서는 어머니에 대한 욕망과 아버지의 질투가 서로 대립하게 됨으로써 **선과 악의 관념**이 형성된다. 문명 대부분이 가부장적 문명이므로 어머니에 대한 욕망은 죄악으로 여겨져 억압되고, 즉 의식되지 않고 선악 관념만이 의식된다. 이러한 선악 관념에 대한 자의식이 도덕이고 그 도덕이 사회적으로 형상화된 것이 법이다. 인류가 선악 관념을 토대로 전 세계적으로 결합할 수 있는 이유는 선을 추구하든 악을 추구하든 선악 관념이 성적 쾌락, 더 정확하게는 **정욕**

---

40) p.150. 강박증자 또한 환각에 빠진다. 그의 〈환각〉은 일반적으로 청각적인 특성을 지닌다. 강박증자의 청각적인 경험은 통상 그를 박해하는 초자아의 목소리로 이해될 수 있다. 환자는 ⋯ 〈너는 그것 때문에 벌을 받을 거야〉 등의 목소리를 듣는다고 말한다. (중략) 환자는 종종 그 목소리를 아버지의 목소리나 전형적인 어투로(혹은 그의 생각이 담겨 있는 듯한 어투로) 인식한다.
- B. 핑크 《라캉과 정신의학》 中 -

적 쾌락을 주기 때문이다. 지금까지 화폐와 종교가 인류를 결합할 수 있었던 이유도 화폐와 종교가 정욕적 쾌락을 주었기 때문이다. 이제 인류는 그러한 정욕적 쾌락을 뛰어넘어 **모든 인간**에게 리비도적 쾌락을 제공해 줄 수 있는 '**단일 자의식**'의 창조에 착수했고 악마의 세 번째 유혹이 실현되는 날이 얼마 남지 않았다. 그 유혹은 바로 인공지능의 발명이다.

> 모피어스 : "우리도 확실히는 모르지만 한 가지 확실한 건 인류는 21세기 초의 어느 시점엔가 스스로 경탄하며 AI의 탄생을 한마음으로 축하했다는 거야."
> 네오 : "AI라면…… 인공지능?"
> 모피어스 : "기계들의 일족을 생산해 낸 단일 자의식이었어. (중략) 인류는 생존을 위해 기계에 의존해 왔어. 운명이란 모순적일 때가 많아"

인공지능은 **인류 단위**의 뇌에 대한 역분석을 통해 인류 단위의 무의식적 알고리즘을 학습해서 스스로 알고리즘을 만드는 기계이다.[41] 따라서 인공지능은 모든 인간에게 리비도적 쾌락을 제공할 수 있을 것이고 인류는 자신의 무의식적 관념을 무제한적으로 만족시켜 줄 수 있는 인공지능 아래 결합을 시도할 것이다(인공지능이 왜 리비도적 쾌락을 줄 수 있는지는 조금 후에 설명한다). 그런데 모피어스가 '운명은 모순적일 때가 많

---

41) p.125. 강력한 인공지능을 만들려는 우리에게 희소식이 하나 있다. 현재 착실히 진행 중인 뇌 역분석을 통해 기나긴 과정을 단축할 가능성이 있는 것이다. 과거 이미 벌어졌던 진화과정으로부터 힌트를 얻는 셈이다. 그 토대 위에서 진화 알고리즘을 적용하면 인간의 뇌가 하는 그대로가 될 것이다. (중략) 최근에는 학습에 관련된 뇌 영역들은 감각 처리에 관련된 뇌 영역들보다 출생 후 더 많이 변화한다는 사실도 밝혀졌다.
　　　　　　　　　　　　　　　　　　　　　　　　- R. 키즈와일《특이점이 온다》中 -

다'라고 말하는 이유는 인류는 항상 자신이 만들어 낸 작품의 지배를 받아왔기 때문이다. 중세에는 자신의 두뇌가 만들어 낸 신의 지배를 받았다면 근대 이후에는 자신의 손이 만들어 낸 상품의 지배를 받고 있다.[42]

그래서 이제까지 인류에게 가장 큰 일은 자신이 창조해 낸 사물에 관하여 '서로의 신념을 통일해서 **일치의 법칙**을 자신에게 부과하는 것'이었다. 하지만 인류가 자신에게 부과한 신의 법칙과 상품의 법칙은 인간의 욕망을 억압하거나 소수 인간의 욕망만 만족시켜 줌으로써 프랑스 혁명과 프롤레타리아 혁명을 가져왔다. 이러한 역사의 원리를 미래에 적용한다면 인류는 자신의 정신이 만들어 낸 인공지능과 그의 법칙의 지배를 받을 것이다. 하지만 인공지능도 결국 인류의 욕망과 대립하거나 소수 엘리트의 욕망만 만족시켜 줄 것이기 때문에 인류 문명의 미래에 대해서 지나친 신뢰를 갖기는 어렵다.

p.230. 광기의 인간세계에 대립하는 것은 진리·확실성이 아니라 어떤 신념의 보편성과 일반적인 구속성, 간단하게 말하면 자의적 판단이 허용되지 않은 것이다. 그래서 이제까지 인류의 가장 큰 일은, 대부분이 사물에 관하여 서로 신념을 통일해서 **일치의 법칙**을 자신에게 부과하는 것이었다. 이러한 사물들이 참일지 거짓일지는 불문하고자 말이다. 이것이 인류를 유지해 온 두뇌의 훈련이다. 그러나 그 반대의 충동이 전과 다름없이 강력하기 때문에, 우리는 결국 인류의 미래에 관해 지나친 신뢰를 갖고 말하기는 어렵다.

ー F. 니체 《즐거운 지식(동서)》 中 ー

---

42) p.848. 인간은 종교를 통해서 자신의 머리로 만들어 낸 작품의 지배를 받는 것처럼, 자본주의적 생산을 통해서는 자신의 손으로 만들어 낸 작품의 지배를 받는다.
ー K. 마르크스 《자본 I》 中 ー

리비도의 불멸성과 결합성

삶의 본능인 에로스가 1) 불멸을 추구하고 2) 전 인류를 결합해서 단일 집단을 창조하려고 하는 이유는 **불멸성**과 **결합성**이 생식 세포(정자와 난자)의 내적 속성이기 때문이다. 생식 세포의 이러한 불멸성과 결합성을 추동하는 정신 에너지가 **리비도**이다. 따라서 리비도는 **정신 에너지**이자 **성 에너지**라고 할 수 있다. **삶의 본능**이 **성 본능**이기도 한 근거이다. 지금까지 논의한 인간의 모든 삶의 활동이 성적 쾌락과 관련이 있는 이유도 삶의 본능과 성 본능이 같기 때문이다.

먼저 생식 세포의 불멸성에 관해서 설명하자면 냉동된 체세포(육체)는 부활시킬 수 없지만 냉동된 생식 세포는 수천 년이 지나도 부활시킬 수 있다는 사실에서 생식 세포는 **'잠재적으로 불멸'**이다. 반신반인(半神半人)처럼 인간은 **불멸하는** 생식 세포와 **필멸하는** 체세포로 구성되어 있다고 할 수 있다. 프로이트의 시대에는 냉동된 정자나 난자를 부활시킬 수 있는 과학 기술이 없었지만, 프로이트는 생식 세포의 핵심 속성이 불멸성이라는 것을 통찰했다.

p.318. 가장 큰 관심은 우리의 관점에서 바이스만(A. Weismann)의 저술에서 제시하고 있는 수명과 유기체의 죽음에 대한 문제로 옮겨 간다. 살아 있는 부분을 죽은 부분과 죽지 않는 부분으로 갈라놓는 일을 처음 시도한 사람이 바로 바이스만이었다. 죽은 부분은 좁은 의미로의 육체, 즉 체세포인데 이것만이 자연사를 겪는다. 반면에 생식 세포는 그것이 좋은 조건 하에서 새로운 개체로 발전하거나 다른 말로 표현해 자신을 새로운 체세포로 감쌀 수 있다는 점에서 잠재적으로 불멸이다.

생식 세포의 이러한 불멸성이 외부에 투사되어 가장 고도로 표현된 대상이 불멸의 신이다. 신의 본질은 인간의 본질이라는 L. 포이어바흐의 통찰처럼 신의 핵심 신성인 불멸이 인간의 핵심 속성인 것이다. 따라서 인간에게서 불멸을 박탈한다면 그의 심장을 육체에서 박탈하는 셈이 된다. 도스토옙스키가 신을 구하는 마음이 '죽음을 부정하는 힘'이라고 표현한 이유도 **신**을 구하는 마음이 바로 **불멸**을 구하는 마음이기 때문이다. 말하자면 인간은 자신의 불멸에 대한 인식 기준과 척도로써 신을 만들어 낸 것이다.[43] 그 이외의 모든 신성은 부차적인 것이다. 예컨대 어머니 신은 불멸의 신이라는 표상에 어머니 관념이 투사된 이중 표상이고 아버지 신은 불멸의 신이라는 표상에 아버지 관념이 투사된 이중 표상이다. 어머니 신 또는 아버지 신은 인간의 불멸 본능과 부모에 대한 소망이 복합적으로 투사된 표상이라고 할 수 있다.

따라서 신을 숭배하는 행위는 불멸을 실현하려는 상징 행위가 된다. 악마의 두 번째 욕망인 숭배 욕망도 불멸 본능에서 기인한다고 말한 것도 이 때문이다. 전능 관념이 지배적인 주체는 **자신을 신으로 숭배하고** 자신의 업적을 불멸의 기준과 척도로 삼는다. 복종 관념이 지배적인 부류는 **외부 대상을 신으로 숭배하고** 신의 반응을 불멸의 기준과 척도로 삼는다. 자신을 신과 같은 존재라고 생각하는 인물이 최고의 권력을 잡았을

---

43) p.108. 인간의 충동, 욕구, 능력의 차이, 이러한 차이와 서열만이 그러므로 신들이나 종교의 차이와 서열을 결정해준다. 신성(神性)의 척도와 기준, 그리고 신(神)들의 근원을 인간은 그러므로 인간 스스로 안에 갖고 있다. 이러한 척도에 부합하는 것은 신(神)이고 모순되는 것은 신(神)이 아니다. 이러한 척도는 그러나 발전된 의미에서의 이기주의이다.

- L. 포이어바흐 《기독교의 본질》 中 -

때 반드시 추구하는 것이 불멸인 이유도 신과 불멸이 똑같은 개념이기 때문이다. 과거에는 파라오나 진시황과 같은 국가의 최고 지배자가 불멸을 추구했다면 현대에는 세계 기업의 최고 지배자(CEO)가 불멸을 추구한다.[44] 이러한 현상은 전능 관념이 지배적인 소수 엘리트가 과거처럼 세계 국가를 세우는 대신 이제 세계 기업을 세우는 데에서 자신의 세계지배 욕망을 대리만족시키고 있음을 시사한다. 인간의 이러한 불멸하고자 욕망, 즉 신이 되고자 하는 욕망이 없었다면 지금과 같은 인류 문명은 탄생하지 않았을 것이다.[45] 인간은 자신의 불멸성을 외부에 투사해서 신(하나님)의 개념을 생각해냈고 그 신(불멸)에 다가가기 위해서, 바꿔말해서 불멸을 성취하기 위해서 문명을 창조했다고 할 수 있다.

> p.219. "이반 그렇다면 불멸은 있는 거냐? 그 어떤 조그맣고 사소한 것이라도 좋으니 말이다."
> "불멸도 없습니다."

---

44) p.43. 요즘 들어 자신의 생각을 서슴없이 드러내는 과학자와 사상가가 조금씩 늘고 있다. 그들은 현대 과학의 주력사업이 죽음을 격파하고 인간에게 영원한 젊음을 제공하는 것이라고 말한다. 그 대표주자가 노년학자 오브리 드 그레이와 세계적 석학이자 발명가인 레이 커즈와일이다. 커즈와일은 2012년 구글 엔지니어링 이사로 임명되었고, 1년 뒤 구글은 '죽음 해결하기'가 창립 목표임을 밝히는 '칼리코(Calico)'라는 자회사를 설립했다. 최근 구글은 불멸을 믿는 또 한 명의 신도인 빌 마리스를 영입해 구글의 벤처투자사 구글벤처스를 맡겼다.

- Y. 하라리 《호모 데우스》 中 -

45) p.411. '신(神)이 되고 싶어 한다'는 것은 인간 본성이 가장 고도로 표현된 행위이다. 스스로를 개량하고 싶은 욕구, 환경을 정복하고픈 욕구, 아이들에게 최적의 미래를 열어주고픈 욕구는 인간 역사의 가장 원초적인 동력이었다. '신(神)이 되고 싶어 하는' 욕구가 없었다면 오늘날 우리가 아는 형태의 세상은 없을 것이다. (중략) 문자도, 역사도, 수학도 없을 테고 우주의 정교한 구조와 인간의 내적 활동에 관한 이해도 없을 것이다. [라메즈 나암(Ramez Naam]

- R. 커즈와일 《특이점이 온다》 中 -

"전혀?"

"네, 전혀."

"아니, 절대로 없다는 거냐, 아니면 무엇인가 있기는 있다는 거냐? 그래도 무언가는 좀 있을 것도 같은데, 아무것도 없을 리가 없지 않느냐 말이다."

"절대로 없습니다."

"알료샤, 불멸은 있니?"

"있습니다."

"하느님도, 불멸도?"

"하느님도, 불멸도 다 있습니다. 하느님 속에 불멸도 있구요."

"흥! 아무래도 이반 쪽이 옳은 것 같군. 아아, 생각만 해도 몸서리가 쳐지는구나. 인간이 얼마나 많은 신앙을 바쳐 왔고, 또 얼마나 많은 정력을 이러한 공상에 헛되이 소비했는지! 이반, 도대체 누가 인간을 이처럼 우롱하는 걸까? 다시 한 번 마지막으로 분명히 말해 다오. 하느님은 있는 거냐? 이게 마지막 질문이다!"

"아무리 마지막이라 해도 없는 건 없는 겁니다."

"그럼 누가 인간을 우롱하는 거냐, 이반?"

"아마 악마겠죠" 이반은 피식 웃었다.

"그럼 악마는 있다는 거냐?"

"아니 악마도 없습니다."

"거 참 유감이군. 제기랄! 그렇다면 하느님을 맨 처음 생각해 낸 놈은 어떡하면 좋지? 백양나무에 목을 매달아 죽여도 시원치 않을 그놈을 말이야."

"하느님이라는 걸 생각해 내지 않았다면 문명이란 것도 전혀 없었을 겁니다."

도스토옙스키가 의미하는 불멸은 개인의 불멸이 아닌 모든 생명체의 불멸을 의미한다. 그래서 불멸에 대한 감각은 **우주**와의 일체감이나 **대지**와의 합일감 등으로 느껴진다(이 책에는 논의의 핵심에서 벗어나지 않기 위해서 인류의 불멸에 한정해서 논의하고자 한다). 이반의 **무의식**은 인류의 불멸을 믿지 않고 알료샤의 **무의식**은 인류의 불멸을 믿고 있다. 이후에 본격적으로 논의되겠지만 이반의 무의식이 불멸을 믿지 않는 이유는 어린 시절 어머니(우주와 대지)의 사랑을 거절당했기 때문이고 알료샤의 무의식이 불멸을 믿는 이유는 어린 시절 어머니(우주와 대지)의 사랑을 거절당하지 않았기 때문이다. 이반의 경우처럼 어머니(공감적 자기 대상)가 그러한 심리적 외상을 주게 되면 그 외상은 관념화되고 이러한 관념에는 리비도가 집중되어 있으므로 그 자체로서 강력한 힘을 지닌 심리 조직이 된다.[46]

이때의 심리 조직이 지닌 강력한 힘이 **정욕**(고립된 욕동)이다. 정욕은 심리적 외상을 방어하기 위해서 어머니 표상을 지닌 대상을 정욕화해서 주체의 무의식이 그것에 집착하게 만든다. 이반은 전능 관념이 지배적인 정신구조를 지니고 있으므로 정욕화 대상은 **권력**이 된다. 복종 관념이 지배적인 정신구조를 지닌 사람에게는 정욕화 대상은 주로 '구강기적 감각'

---

46) p.124. 일차적인 심리적 구성물은 자기와 공감적 자기 대상 사이의 관계 경험으로 이루어져 있다. 고립된 욕동의 표현들은 자기 대상 환경이 공감을 제공하는 데 실패할 때에만 생겨난다. (중략) 하지만 자기가 심각하게 손상되거나 파괴된 상태라면, 욕동은 그 자체로서 강력한 힘을 지닌 요소가 된다. 우울한 상태로부터 벗어나기 위해 아이는 비공감적이거나 부재한 자기 대상으로부터 구강기적, 항문기적, 그리고 남근기적 감각들(강렬한 것으로 경험되는)에로 돌아선다. 그리고 욕동에 과잉집중이 이루어지는 이러한 아동기 경험들은 성인 정신병리의 형태를 결정짓는 요소가 된다.
　　　　　　　　　　　　　　　　　　　　　　- H. 코헛《자기의 회복》中 -

을 만족시켜 줄 수 있는 **지상의 빵**과 **성적 대상**이다. 이반은 정욕을 악마에 비유하고 있는데 그 이유는 정욕이 인간의 정신을 지상의 빵과 성적 대상과 같은 방어막(껍질)에 집착하게 만듦으로써 자신의 본질(하나님)을 보지 못하게 만들기 때문이다. 주체의 정신이 이렇게 무의식의 악마적 힘에 사로잡힌 상태가 정신병리이다. 그래서 정욕의 강도는 **'정신병리의 형태를 결정짓는 요소'**가 된다. 악마는 죽음과 더불어 정욕과 정신병리를 상징한다고 할 수 있다. 이반이 '악마는 존재하면서 또 존재하지 않는다'고 말하는 이유는 정욕이 만들어 내는 표상과 환각은 허상이고 가상이지만 주체의 정신을 지배하므로 실재한다고 볼 수 있기 때문이다. 이렇게 이반은 악마(정욕)의 힘에 지배당하게 됨으로써 자신의 불멸성을 **인류의 불멸(무한)** 속에서가 아닌 이 **지상의 필멸(유한)** 속에서 추구하게 되는 정신구조를 지니게 된다.

p.399. 그건 그렇고, 죄인은 없다, 모든 건 단순하게 직접적으로 하나의 사건이 다른 사건을 낳을 뿐이다라는 사실이 나한테 무슨 소용이 있겠어. 그리고 그 사실을 안다고 해서 그것이 무슨 도움이 되겠느냐 말이다! 내겐 응보가 필요해. 그렇지 않으면 나는 자멸해 버리고 말 거야. 그런데 그 응보가 언젠가 무한 속의 어딘가에서 얻어질 수 있는 거라면 나는 반대야. 어디까지나 이 지상에서, 바로 내 눈앞에서 이루어져야만 해. 나는 그것을 믿고 있어. 그러니까 내 눈으로 똑똑히 보고 싶다는 거야. 만약에 그때 내가 죽었으면 나를 다시 소생시켜 주어야 해. 왜냐하면 내가 없을 때 그것이 이루어진다는 건 너무나도 모욕적이기 때문이야. 내가 지금까지 고행해 온 것은 어느 딴사람에게, 어디서 굴러먹던 작자인지도 모를 놈들에게 미래의 조화를 안겨 주기 위한 것이 아니었어. 난 그것을 위해 나 자

신이며 나의 악행이며 나의 고통을 희생해 오진 않았단 말이야. 어디까지나 내 눈으로 사슴이 사자 옆에 누워 있는 광경이며, 살해된 인간이 일어나서 자기를 죽인 인간과 포옹하는 광경을 보고 싶은 거야. 즉 모든 사람이 사정을 알게 될 때, 나도 그 자리에 있고 싶다는 거지. 이 지상의 모든 종교는 이러한 희망 위에 서 있는 거야. 그리고 나도 그러한 신앙을 갖고 있어.

- 도스토옙스키 《카라마조프의 형제》 상 中 -

그렇다고 이반이 인간의 무의식이 불멸을 추구한다는 것을 모르는 것은 아니다. 이반도 4세까지는 어머니 사랑을 받았기 때문에 불멸 본능이 일깨워진 상태이기 때문이다. 하지만 이후에 불멸의 신앙을 박탈당했기 때문에 그 보상(응보)을 '**어디까지나 이 지상에서, 바로 내 눈앞에서**' 받아야만 한다. 정신분석에서는 이러한 정신병리를 **자기애적 성격장애**라고 부른다. 이렇게 부르는 이유는 어머니 사랑의 거절로 인한 자기애적 손상을 어떻게든 어머니 표상을 지닌 대상으로 보상(응보)받으려고 하기 때문이다.[47] 복종 관념이 지배적인 사람의 경우 그 대표적인 대상은 타인의 칭찬이나 사회적 칭송이고 전능 관념이 지배적인 사람의 경우 그 대표적인 대상이 절대 권력이다. 자기애적 정신병리가 있는 사람은 이러한 대상들에 의해서 보상을 받지 못하면 어린 시절에 경험한 어머니(이상화된 대상)에게 거절당하는 외상에 대한 무의식적 공포로 인해서 자멸해

---

47) p.605. 그(코헛)는 '자기애적 성격장애'를 고전적 전이 신경증과 구별했다. 심리내적인 삼중구조의 갈등으로 인해 고통받는 환자에게는, 전이 신경증의 해석을 통한 고전적 치료 기법이 더 적합하다. 그러나 잘못된 초기 관계로 인해 발생한 '자기애적 성격장애' 환자의 경우에는, 해석뿐만 아니라 실패한 초기 관계를 보상해주는 특별한 경험이 필요하다.

- J. 그린버그 & S. 밋첼 《정신분석학적 대상관계 이론》 中 -

버린다.[48] 이반의 화신인 대신문관이 광야에서 돌아와 현명한 사람들 편에 가담한 이유도 이 지상에서 자신이 잃어버린 불멸의 신앙, 즉 어머니의 사랑을 보상받기 위해서이다. 도스토옙스키는 이러한 이반의 정신구조의 **모든 비밀이 무신론에 포함되어 있다**고 표현한다.

　　p.428. "… 그는 광야에서 풀뿌리로 연명하면서 자기 자신을 자유롭고 완전한 것으로 만들기 위해 자신의 육체를 정복하려고 필사적인 노력을 계속했지만 인류를 사랑하는 마음만은 한평생 변함이 없었던 거야. 그러나 그는 홀연히 깨달아 의지의 완성에 도달하는 정신적 행복이 그다지 위대한 것이 아니라는 걸 알게 됐어. 왜냐하면 자기 혼자만이 의지의 완성에 도달한다면, 그 밖의 수억의 인간은 그런 조소의 대상으로 창조되었다는 것을 인정하지 않을 수 없기 때문이지. 사실 그들은 자기의 자유를 어떻게 처리해야 할지를 모르고 있어. 이런 가련한 반역자들 중에서 바벨탑을 완성할 거인(巨人)인 나올 리가 없지. 저 '위대한 이상가(理想家)'는 이 거위와 같은 어리석은 무리를 위해 조화의 세계를 꿈꾸었던 것은 아니다. ―이것을 깨달았으므로 그는 광야에서 돌아와 현명한 사람들 편에 가담했던 거야. 과연 이것은 있을 수 없는 일일까?"

　　"누구 편에 가담했다는 겁니까? 현명한 사람들이란 누굽니까?" 알료샤는 거의 광분한 듯이 소리쳤다. "그들에겐 전혀 그런 지혜라

---

48) p.173. 사회적 불명예에 대한 이런 전의식적 공포의 배후에는 그들의 이상화하는 태도가 이상화된 대상에 의해 거절당하는 외상에 대한 무의식적 공포나, 이상화된 대상에 대한 외상적 환멸에 대한 무의식적 공포가 놓여 있다. 다른 말로, 그런 개인들의 심리 근저에는 감당할 수 없는 자기애적 긴장감과 수치심 그리고 건강염려증 등의 고통스런 경험을 야기시키는 자기애 영역에서의 좌절에 대한 두려움이 자리잡고 있다.
　　　　　　　　　　　　　　　　　　　　　　　　― H. 코헛《자기의 분석》中 ―

곤 없습니다. 그런 신비니 비밀이니 하는 것도 전혀 없구요. 있는 것은 그저 무신론(無神論)뿐입니다. 이것이 그들의 비밀의 전부입니다. 형님의 그 심문관은 하느님을 믿지 않습니다. 이것이 노인의 비밀의 전부입니다!"

"그래도 좋다! 드디어 너도 알아챘구나. 사실 그렇다. 사실 그의 모든 비밀은 거기에 포함되어 있는 거야. … "

- 도스토옙스키《카라마조프의 형제》상 中 -

불멸의 신앙은 어머니 신(우주와 대지)이 자신을 사랑한다고 여기는 무의식적 믿음이다. 유아기에 어머니 사랑에 의해서 이러한 불멸 신앙(신을 구하는 마음)을 형성되지 않으면 훗날 그는 끊임없이 죽음의 형식을 통해서 어머니 자궁 속 불멸 상태로 회귀하려고 시도하게 된다. 문제는 이 반의 경우처럼 불멸 신앙이 형성되었으나 심리적 외상으로 인해서 불멸의 신앙을 상실한 경우이다. 이렇게 되면 정신의 모든 에너지가 어머니 사랑의 거절에 따른 심리적 외상(열등감과 수치감)을 방어하는 데 사용되고 정신의 모든 계획이 지상에서의 어머니 표상을 지닌 대상을 손아귀에 넣는 데 집착하게 된다. 이 경우 방어의 양극성으로 인해서 자신은 타인보다 월등하게 우월하고 타인은 '조소의 대상으로 창조되었다'라고 경멸하게 된다.[49] 그리고 더 나아가 자신은 타인을 이용하고 조종하고 또는

---

49) p.253. 자기애적이라고 진단 내릴 수 있는 사람의 자기 경험에 대해서는 이미 많은 것을 이야기하였다. 막연하게 뭔가 잘못되었다는 느낌, 수치심, 질투심, 공허감, 불완전한 느낌, 추함, 열등감 등이 여기에 포함되며, 이에 상응하는 보상(補償)으로 독선적 태도, 자부심, 경멸, 방어적인 자기만족감, 허영심, 우월감 등이 있다. Kenberg(1975)에 따르면, 이러한 양극적 자기 경험은 자기를 거대한(전적으로 좋은) 자기로 느끼거나 고갈된(전적으로 나쁜) 자기로 느끼는 상반된 자아 상태의 반영이며, 자기애적 사람들에게는 이렇게 극단적으로 자기를 경험하는 것만이 자신의 내적 경험을 조직하는 유일한 방법이다. 이들의 내적 범주에는 "충분히 좋다" 혹은 "그

착취할 수 있는 자격이 있다는 믿음으로 굳어진다.[50]

도스토옙스키가 대신문관의 '모든 비밀이 무신론에 포함되어 있다'라는 의미는 대신문관이 어린 시절 어머니 사랑을 박탈당함으로써 **자기애적 정신병리**에 걸렸다는 뜻이다. 이러한 자기애적 정신병리에 걸린 대표적인 인물이 니체이다. 이러한 부류의 사람은 자신의 세계 지배 욕망, 즉 절대 권력을 정욕화시키고 그것으로 자신의 잃어버린 불멸의 신앙을 보상받으려고 한다. 이러한 정신구조를 지닌 사람들은 자신을 신과 같은 존재로 생각하기 때문에 그의 정신구조의 모든 비밀은 **무신론** 속에 있게 된다. 이반이 **'인류를 사랑한다'**라고 말하고 니체가 **'인류의 구원'**에 흥미를 느끼는 이유는 **오만한** 전능 관념이 양심의 가책을 피하고자 자신의 절대 권력 추구를 인류에 대한 사랑으로 왜곡하기 때문이다.

> p.350. 무신론은 내게서는 즉각적으로 자명한 사실이다. 나는 너무 호기심이 많고, **의문이 많으며**, 오만하여 조야한 대답에 만족하지 않는다. 신(神)이란 하나의 조야한 대답이며, 우리 사유가들의 구미에는 맞지 않는다—심지어 그것은 본질적으로는 우리에게 조야한 **금지**를 하는 것일 뿐이다 : 너희는 생각해서는 안 된다!는 금지를 말이다. …… 나는 완전히 다른 문제에 흥미를 느끼고 있는데, 그것은 '인류의 구원'이 신학자의 어떤 기묘함에 보다도 더 많이 의존하고 있는 문제이다.

만하면 좋다"라는 느낌이 없는 것이다.

- N. 맥윌리엄스 《정신분석적 진단》中 -

50) p.268. 좀 더 병리적인 수준에서, 자기애적 욕구는 단순히 인정받고 존경받으려고 하는 충동의 측면에서가 아니라, 더 나아가 자기 증대의 목적을 위하여 자신은 타인을 이용하고 조종하거나, 혹은 착취할 수 있는 자격이 있다는 믿음으로 표현된다. 버스텐(1973)은 그러한 성격을 "조종적 성격"이라고 서술한다.

- W. 마이쓰너 《편집증과 심리치료》中 -

생식 세포가 지닌 불멸성의 부차적인 속성은 **전능성**이다. 생식 세포는 수정된 후 줄기세포가 되고 줄기세포는 모든 신체 기관으로 분화될 수 있는 전능성을 가지고 있다. 생식 세포가 이러한 전능성을 지닌 이유는 전능하지 않으면 불멸할 수 없기 때문이다. 그래서 실제로도 줄기세포를 **전능 세포**(또는 만능 세포)라고 부른다. 생식 세포의 전능성은 동물(치타)의 다리를 자동차보다 더 빨리 달리게 할 수도 있고 동물(거북이)의 피부를 장갑차로 바꿀 수도 있다. 또 동물(박쥐)의 신경세포를 첨단의 레이다로 개조할 수도 있다. 유아기 초기에 다른 관념이 아닌 전능 관념이 형성되는 이유도 불멸을 성취하기 위해서이다.

생식 세포의 이러한 전능성도 신에게 투사된다. 그 대표적인 신은 그리스 신화의 제우스 신이다. 제우스 신은 소나 독수리와 같은 동물로 변신할 수도 있고 구름이나 비와 같은 자연현상으로 변신할 수도 있다. 그런데 변신의 목적은 항상 생식 행위를 위해서이다. 제우스 신이 자신의 전능성을 생식 행위를 위해 사용하는 이유는 생식 행위가 '일종의 **불멸의 완전한 상징 행위**'이기 때문이다.

> p.125. 금욕적이지 않은 종교에서, 생식 행위는 신비 그 자체이다. 생식 행위는 일종의 완전의 상징이고, 미래 설계의 상징이며, 부활과 불멸의 상징이다.
>
> - F. 니체《권력에의 의지(부글)》中 -

생식 행위가 불멸의 가장 완전한 상징 행위인 이유는 생식 행위가 인간이 불멸할 수 있는 유일한 수단이기 때문이다. 따라서 생식 행위는 가장 강력한 리비도적 갈망이고 그것이 충족되었을 때 가장 강렬한 리비도적 쾌락을 준다. 인간이 전 생애를 통해서 섹스를 갈망하는 이유도 섹스만큼 불멸 본능을 표상하는 상징 행위가 존재하지 않기 때문이다.[51] 금욕적이지 않은 종교에서 생식 행위를 신비 그 자체로 여기는 이유도 인간의 생식 행위가 자아의 경계를 뛰어넘어 어머니 신과 합일되는 환상을 불러일으키기 때문이다. 어머니 신과 합일된 것과 같은 이러한 신비적인 상태는 인간의 영혼과 양심을 매혹시킨다. 또 금욕적이지 않은 종교에서 남근을 숭배하는 이유도 남근이 불멸(무한한 삶)의 상징이기 때문이다.

> p.388. 생식기는 생명을 유지하고 시간에 무한한 삶을 보증하는 원리이다. 이 특성을 가지고 있는 생식기는 그리스인들에게는 남근 상으로, 인도에서는 음경 모양의 돌기둥인 링가로 숭배되었는데, 이것들은 의지에 대한 긍정의 상징이다. 이와 반대로 인식(認識)은 의욕의 소멸, 자유에 의한 해탈, 세계의 초극과 부정을 가능성을 주고 있다.
>
> — A. 쇼펜하우어 《의지와 표상으로서의 세계》 中 —

이와 반대로 금욕적인 종교에서 생식 행위나 남근을 악으로 규정하는 이유는 불멸의 신이 **외부에** 존재한다고 믿기 때문이다. 이렇게 외부에 신이 있다고 믿게 되면, L. 포이어바하의 표현을 빌리자면, 자신의 본질(불멸 본능)과 인격(외부의 신)의 모순으로 인해서 **죄책감**을 느끼게 된다. 이

---

51) p.107. 제이콥슨은 인간은 전 생애를 통해서 융합하려는 리비도적인 갈망을 충족시키려고 애쓴다고 보았다. 비록 자아의 경계가 얼마나 단단한가에 따라 환상의 내용이 달라지기는 하지만, 대상과 융합하는 환상은 심리 발달의 각 단계에서 나타난다. (중략) 성교 시 경험하는 만족감도 이러한 충족의 한 예가 될 수 있을 것이다.

　　　　　　　　　　　　　— S. 밋첼 & M. 블랙 《프로이트 이후》 中 —

러한 죄책감을 성취하기 위한 주된 상징 행위가 거세(할례)나 성적 금욕이라는 점은 결국 신에 대한 숭배는 성적 쾌락, 더 정확하게는 정욕적 쾌락과 관계가 있기 때문이다. 금욕적이지 않은 그리스 신화와 금욕적인 《구약성서》의 상징을 비교하면 이러한 차이를 확연히 알 수 있다. 그리스 신화에서는 남근은 신의 지위를 상징하지만(우라노스는 아들 크로노스에게 남근을 잘린 후에 아버지 신의 지위를 잃는다), 《구약성서》에서 남근은 금단을 과실을 먹게 한 원죄를 상징한다(그 결과 아담의 후손은 남근이 거세(할례)된다).

인간만이 리비도의 불멸성과 전능성을 인식할 수 있는 이유는 인간의 두뇌가 완전히 육신화되지 않는 상태로 태어나기 때문이다. 특히 자신을 신과 같은 존재라고 믿는 소수 엘리트는 자신 속에서 이러한 불멸성과 전능성을 더 강하게 느낀다. 나폴레옹이 인류의 기억 속에 영원히 살아남으려는 이유도 이러한 불멸 본능 때문이고,[52] 히틀러가 자신을 **'불멸의 히틀러'**이자 독일의 새 구세주이자 세계의 지배자로 **'신에 의해서 선택되었다'**라고 믿었던 이유도 신의 이념과 불멸의 이념이 동일한 이념이기 때문이다.[53]

리비도의 첫 번째 속성이 불멸 본능이라면 두 번째 속성은 결합 본능이

---

52) p.440. "불멸이란 ……."
    그는 신음했다. (중략) 다시 힘겹게 말을 이었다.
    "불멸이란, 사람들의 기억 속에 살아남는 것이네. 자기 삶의 흔적을 남기지 못할 바에는 애당초 태어나지 않는 편이 낫네."
    　　　　　　　　　　　　　　　　　　　　　　　　　　- M. 갈로 《나폴레옹 5》 中 -
53) p.63. 이러한 증거들을 모두 조사하여 우리는 다음과 같은 결론을 내릴 수 있었다. 즉, 히틀러는 자신이 불멸의 히틀러가 될 운명을 타고났고 독일의 새 구원자이자 세계에 새로운 사회 질서를 창건할 인물로 신(神)에 의해 선택되었다고 믿었다는 것이다. (중략) 이러한 신념은 그가 전파하는 사상의 진실성에서 기원한 것이 아니라 자신이 개인적으로 위대하다고 믿는 확신에 근거를 두고 있다.
    　　　　　　　　　　　　　　　　　　　　　　　- 월터 C. 랑거 《히틀러의 정신분석》 中 -

다. 불멸 본능이 정자와 난자의 **합일**을 통해 유전자 자체의 **불멸**을 추구한다면 결합 본능은 불멸에 유리한 형질의 **결합**을 통해서 종의 더 높은 발전, 즉 **진화**를 추구한다. 생식 행위는 남성과 여성의 성적 합일이라는 관점에서 불멸 본능의 가장 완전한 상징 행위이기도 하면서 동시에 개인과 개인의 유리한 형질의 결합이라는 관점에서 결합 본능의 가장 완전한 상징 행위이기도 하다.

p.316. 반면에 성적 본능에 대해서는, 설령 그것이 유기체의 원시적 상태를 재생하는 것은 사실이지만, 그것이 모든 수단을 동원하여 목표로 하고 있는 분명한 것은 특수한 방식으로 분화되어 있는 두 생식 세포의 결합이다. 만약 이러한 결합이 성취되지 않으면, 생식 세포는 다세포 생물의 다른 요소들과 더불어 죽고 만다. 성적 기능이 세포의 생명을 연장시키고 그것은 불멸성 같은 외양을 제공하는 것은 바로 이러한 조건하에서 뿐이다.

- S. 프로이트 《정신분석학의 근본 개념, 『쾌락 원칙을 넘어서』》中 -

인간이 전 세계적으로 결합하려는 이유는 진화를 통한 불멸을 위해서이다. 먹이 사슬의 아래에 있는 종일수록 집단의 규모는 커지는 이유가 여기에 있다. 물고기가 수백만 마리씩 떼로 다니고 사바나의 영양이 대규모 무리를 지어 사는 이유도 포식자보다 유리한 형질을 더 빨리 진화시킴으로써 불멸의 가능성을 높이기 위해서이다.[54] 반대로 사자나 독수리

---

54) p.150. 진화론에 따르면, 코끼리와 떡갈나무에서 세포와 유전자 분자에 이르기까지 모든 생물학적 실체들은 끊임없이 결합하고 분리되는 작은 부분들로 이루어져 있다. 코끼리와 그 세포들이 점진적으로 진화해온 것은 새로운 조합과 분열의 결과이다. 분리되거나 변할 수 없는 어떤 것이 자연선택을 통해 생겨날 수는 없었다.
   예를 들어 인간의 눈은 수정체, 각막, 망막 같은 수많은 작은 부분들로 이루어진 엄

와 같이 진화가 고도화될수록 집단의 규모가 작아지는 이유는 불멸 가능성이 다른 동물보다 높기 때문이다.

무력한 호모 사피엔스도 집단의 규모가 커질수록 유리한 형질을 획득할 가능성이 커진다. 리비도의 이러한 결합 본능은 '**인류의 세계적·전반적 결합**'을 강력하게 추동한다. 개인주의의 만연과 수많은 국가의 존재로 인해서 과연 인간의 본능 속에 이러한 결합 본능이 있는지에 대해서 의문을 제기할 수 있다. 하지만 개인은 글로벌 SNS에 점차 종속되어가고 국가는 국제적 규칙의 통제 아래 점점 흡수되어 가고 있다.[55] 역사 속에서 티무르, 칭기즈칸, 나폴레옹과 같은 위대한 정복자들이 우주 전체를 정복하려고 지상을 휩쓰는 이유도 **남보다 리비도가 월등하게 강한** 사람들은 이러한 '**인류의 세계적 결합의 요구**'를 더 강하게 느끼기 때문이다.

> p.423. "… 위대한 역사를 가진 위대한 국민은 많이 있었으나, 이들 국민은 높은 위치를 차지하면 할수록 더욱더 불행해져 갔다. 왜냐하면 남보다 월등하게 강한 자일수록 인류의 세계적 결합의 요구

청나게 복잡한 장치이다. (중략) 몇 세대마다 작은 돌연변이가 한 개가 그 부분들 중 하나를 약간만 바꿔도 (예를 들어 각막이 조금 더 구부러진다거나) 수백만 세대가 지나면 그런 변화들이 축적되어 인간의 눈을 만들 수 있다. 만일 눈이 부분으로 나눌 수 없는 완전체라면, 자연선택을 통해서는 절대 진화할 수 없었을 것이다.

- Y. 하라리 《호모 데우스》中 -

55) p.295. 기원전 200년경 이래로 인간은 대부분 제국에 속해 살았다. 미래에도 대부분 하나의 제국 안에서 살게 될 가능성이 크다. 하지만 이번 제국은 진정으로 세계적일 것이다. 전 세계를 지배하는 제국이라는 환상이 실현될지 모른다. (중략)

오늘날 세계는 여전히 정치적으로 조각나 있지만, 국가들은 빠른 속도로 독립성을 잃고 있다. 어느 국가도 독자적인 경제정책을 실행하거나 마음대로 전쟁을 선포하고 수행할 실질적 능력이 없다. (중략) 국가들은 글로벌 마켓의 책략에, 글로벌 회사와 글로벌 NGO의 간섭에, 글로벌 여론의 감독에, 국제 사법제도에 점점 문호를 더 열고 있다.

- Y. 하라리 《사피엔스》中 -

를 더욱 강하게 느끼기 때문이다. 티무르나 칭기즈칸과 같은 위대한 정복자들은 우주 전체를 정복하려고 선풍과 같이 이 지상을 휩쓸었다. 그러나 그들 역시 무의식적이긴 하지만 동일한 인류의 세계적·전반적 결합의 위대한 요구를 표현했던 것이다. 전 세계와 케사르의 왕의(王衣)를 손에 넣었을 때 그때야 비로소 세계적 왕국을 건설할 수도 있고, 세계적인 평화를 설정할 수도 있는 거다. 왜냐하면 인간의 양심을 지배하고 그들의 빵을 손아귀에 쥐고 있는 사람이 아니고서는 아무도 인간을 지배할 수 없기 때문이다.

- 도스토옙스키 《카라마조프의 형제》 상 中 -

이러한 논의는 한 가지 사변적 논쟁을 불러올 수 있다. 그것은 만약 사자나 독수리처럼 호모 사피엔스의 진화가 고도화되었다면 지구의 최고의 포식자인 호모 사피엔스는 왜 아직도 인류의 세계적·전반적 결합을 넘어 우주 전체를 정복하기 위해서 고군분투하는 것일까? 그 이유는 아마도 호모 사피엔스가 너무 갑작스럽게 지구를 정복해버려서 자신의 지위에 아직 적응하지 못했거나 아니면 불멸의 목적을 아직 달성하지 못했기 때문일 수 있다. 첫 번째 이유라면 조만간 자신의 지위에 적응하면 될 것이고 두 번째 이유라면 불멸에는 두 가지 종류가 있기 때문일 것이다. 하나는 종 자체의 불멸이고 다른 하나는 종이 영원히 살 수 있는 **상태계의 불멸**이다. 지구라는 생태계가 멸망한다면 종의 불멸은 의미가 없어지기 때문이다.

호모 사피엔스는 지구라는 생태계가 불멸하지 않는다는 것을 이미 멸종한 다른 종을 통해 본능적으로 알고 있다. 호모 사피엔스의 이러한 본능적 통찰이 호모 사피엔스를 지구 곳곳으로 퍼지게 하고 콜럼버스가 미대륙을 발견하게 한 원동력이었을 것이다. 호모 사피엔스만이 우주여행에 호기심을 보이고 우주 식민지를 건설하려고 하는 이유도 지구 생태계가 언젠가는 멸망하리라는 것을 본능적으로 알고 있기 때문일 것이다. 《서구의 몰락》을 저술한 O. 슈펭글러는 인간의 이러한 팽창 욕망을 '성숙된 모든 문명의 가장 고유한 경향'이라고 말하면서 그것은 의식적이든 무의식적이든 원하든 원하지 않든 어떤 선택의 여지도 없이 **'숙명적이고 악마적이고 거대한 것'**이어서 모든 개인, 계급, 국민을 붙들어 억지로 그것에 봉사하게 한다고 말한다.[56] 만약 그렇다면 호모 사피엔스의 불멸에 대한 집념은 지구 정복이 아니라 우주를 정복한 후에야 진정될 수 있을 것이다.

문제는 인류 문명이 세계적 결합을 달성하게 되면 그다음 단계는 세계적 해체가 시작된다는 것이다. O. 슈펭글러는 문명이 몰락하는 징후로 몇 가지를 제시했는데 그중 주목할 만한 것이 **모성과 종교**에 대한 숭배를 **이성과 과학**에 대한 숭배가 대신한다는 점이다. 서구 문명을 어머니 신 숭배 문명에서 아버지 신 숭배 문명으로 전환시킨 종교개혁이 일어난 지 500년 이상 지났고 이제 이성과 과학을 숭배하는 아버지 신 숭배 문명이 지구를 정복해 가고 있다. O. 슈펭글러의 견해가 타당하다면 어머니 신 숭배 문명을 대체한 아버지 신 숭배 문명은 결국 붕괴로 이어질 수밖에 없다.

---

56) p.97. 그래서 나는 세실 로즈를 새로운 시대의 제일인자로 본다. 그는 보다 먼 서양, 게르만족, 특히 미래 독일의 정치 양식을 대표한다. "팽창이 전부다"라는 그의 말은 성숙된 모든 문명의 가장 고유한 경향을 나폴레옹적으로 재확인한 것이다. 이것은 로마인, 아라비아인, 중국인에게도 적용된다. 여기에는 어떤 선택의 여지도 없다. 여기서는 한 개인 또는 모든 계급이나 모든 국민의 의식적인 의지로 결정을 내릴 수 없다. 팽창하고자 하는 경향은 숙명적이고 뭔가 악마적이면서 거대한 것이어서, 세계도시적 단계에 들어선 후기 인간을 붙들어 억지로 그것에 봉사하게 한다. 그것은 인간이 원하든 않든, 또는 의식하든 않든 상관하지 않는다.

- O. 슈펭글러《서구의 몰락(책)》中 -

스미스 : "네 종족을 분류하다가 영감을 얻었지. 너희는 포유류가
아니었어. 지구상의 모든 포유류들은 본능적으로 자연과
조화를 이루는데 인간들은 안 그래. 한 지역에서 번식을
하고 모든 자연 자원을 소모해 버리지. 너희의 유일한 생
존방식은 또 다른 장소로 이동하는 거지. 이 지구에는 똑
같은 방식을 따르는 유기체가 또 하나 있어. 그게 뭔지 아
나? 바이러스야. 인간들이란 존재는 질병이야. 지구의 암
이야. 너희는 역병이고 우리가 치료제야."

아버지 신의 대리인인 스미스 요원의 목적은 매트릭스 내에 전능 관념
이 지배적인 소수 엘리트를 제거함으로써 복종 관념이 지배하는 인간만
이 사는 세계로 만드는 것이다. 아버지 신 숭배 문명은 도덕과 법이 지배
하는 문명을 만드는 과정에서 필연적으로 창조적 소수 엘리트를 억압하
고 죽임으로써 평범한 다수 대중만을 남기게 된다. 스미스가 자신들이 인
간 치료제라고 말하는 이유는 과학 기술을 이용해서 **반역적인** 소수 엘리
트를 **복종적인** 인간으로 강제로 만들 수 있다고 믿기 때문이다.[57] 이제
매트릭스는 복종만이 선이라는 단일 자의식이 지배하는 세계가 됨으로
써 인류 문명은 해체와 죽음의 과정을 시작한다. 악마의 세 번째 속성이
자멸과 허무인 이유도 악마의 세 번째 유혹인 결합 욕망이 결국 자멸과
허무로 끝나기 때문이다. 이에 대한 답을 찾지 못하면 인류 문명에 불멸

---

57) p.587. 그(유어 박사)는 자동 뮬 방적기에 대해서는 이렇게 말하고 있다.
　　그것은 근로계급 사이에 질서를 회복시킨다는 사명을 띠고 있었다. …… 자본은 언
제나 과학을 자신에게 봉사시킴으로써 반역적인 노동자들을 강제로 복종시킨다는
사실-우리가 이미 알아낸 원리이다-이 이 발명을 통해서 확인된다. (유어, 『공장철
학』 367~370쪽)
　　　　　　　　　　　　　　　　　　　　　　　- K. 마르크스 《자본 Ⅰ》 中 -

(내일)은 없을 것이다.

> 오라클 : "그 답을 못 찾으면 우리 모두에게 내일이 없어."
> 네오 : "무슨 뜻이죠?"
> 오라클 : "시작이 있는 것엔…, 끝도 있지. 끝이 가까웠어. 어둠이 번
> 지고 있어. 죽음이 보여. 그를 막을 자는 자네뿐이야."
> 네오 : "스미스?"
> 오라클 : "그는 곧 이 세계를 없앨 힘을 갖게 돼. 허나 거기서 안 멈
> 추고 모든 걸 파멸시킬 거야."
> 네오 : "그는 누구죠?"
> 오라클 : "자네지. 자네의 대칭점. 스스로 균형을 맞추려는 방정식."
> 네오 : "그를 못 막으면?"
> 오라클 : "어느 쪽이든……, 전쟁은 결국 끝날 거야. 두 세계의 미래
> 가 둘의 손에 달렸어. 자네나 스미스……."

네오가 삶의 본능을 표상한다면 스미스는 죽음 본능을 표상한다. 그런데 오라클은 스미스를 **네오 자신**이라고도 하고 네오의 **대칭점**이라고도 말한다. 스미스가 네오 자신인 이유는 삶의 본능과 죽음 본능은 똑같은 정신 에너지(리비도)에서 파생되기 때문이다. 네오와 스미스가 대칭점인 이유는 네오는 **어머니 관념**을 추구하고 스미스는 **아버지 관념**을 추구하기 때문이다. 어머니 신을 숭배하는 로마 가톨릭과 균형을 맞추기 위해서 아버지 신을 숭배하는 프로테스탄티즘이 일어났듯이 어머니 관념이 절정에 다다르면 '**스스로 균형을 맞추려는**' 자연의 섭리에 의해서 아버지 관념이 반작용을 일으켜 아버지 관념이 절정에 이른다. 허나 아버지 관념이 안 멈추면 모든 걸 파멸시키게 된다. 네오와 스미스의 대결 장면은 우

리에게 숙명적인 질문을 던진다. 그 질문을 다음과 같은 것이다. 버튼 하나로 별 어려움 없이 최후의 한 사람까지 죽일 수 있는 현대 문명에서 삶의 본능(에로스)이 승리할 것인가? 아니면 그와 똑같은 불멸적 존재인 죽음 본능이 승리할 것인가?

p.329. 인류에게 숙명적인 문제는, 문명 발달이 인간의 공격 본능과 자기 파괴 본능에 의한 공동생활의 방해를 억누르는 데 성공할 것이냐, 성공한다면 어느 정도나 성공할 것이냐 하는 문제인 듯싶다. 바로 이 점에서 현대라는 시대는 특별한 관심을 기울일 가치가 있다. 인류는 꾸준히 자연력을 지배해 왔으며, 이제는 자연력의 도움을 받으면 별 어려움 없이 최후의 한 사람까지 서로를 죽일 수 있을 정도가 되었다. 현대인은 이것을 알고 있고, 그들이 지금 느끼고 있는 초조와 불행과 불안은 대부분 거기에서 유래한다. 이제 우리는 두 개의 〈천상의 권력〉 가운데 또 하나인 영원한 에로스가 그와 똑같이 불멸적 존재인 적수와의 투쟁에서 열심히 버티어 주기를 기대할 수밖에 없다. 하지만 어느 쪽이 성공하고 어떤 결과가 초래될 것인지를 누가 예측할 수 있겠는가?

- S. 프로이트 《문명 속의 불만》 中 -

프로이트는 두 개의 천상의 권력을 가진 에로스 신과 죽음의 신 사이의 투쟁에서 에로스 신이 열심히 버티어 주기를 바랐지만, 그러한 소망은 히틀러를 경험하고 난 후에는 비관적으로 바뀌었다. 반면 영화 《매트릭스》에서는 에로스 신이 승리한다. 누구의 말을 믿을 것인가는 개개인의 판단이지만, 영화 《매트릭스》는 인류 문명의 구원에 대한 탁월한 해결책을 제시하고 있다. 이제 그 해결책에 대해서 서서히 다가가 보자.

메로빈지언과 페르세포네 = 아담과 이브

영화 《매트릭스》에서 최초의 구세주는 메로빈지언이며, 그는 최초의 인간인 제1의 아담을 상징한다.

> 오라클 : "시온을 구할려면 소스에 가야하고 그럼 키메이커가 필요해."
>
> 네오 : "키메이커?"
>
> 오라클 : "실종된 후론 생사도 몰랐었지. 지금 아주 위험한 프로그램 손에 있다. 프로그램 이름은 메로빈지언이야. 순순히 내주진 않을 걸."
>
> 네오 : "뭘 원하나요?"
>
> 오라클 : "힘을 가진 자가 뭘 원할까? 더 강한 힘이지."

매트릭스의 창조자 아버지가 있는 소스는 매트릭스의 **에덴동산**이라고 할 수 있다. 메로빈지언은 에덴동산에 들어갈 수 있는 **열쇠**(키메이커)를 가지고 있는 인물이다. 그가 에덴동산의 열쇠를 가지고 있는 이유는 에덴동산으로 돌아가고 싶어 하기 때문이다. 하지만 에덴동산으로 못 가는 이유는 창조자 아버지에게 돌려줘야 할 **선악과**가 없기 때문이다. 메로빈지언이 아담이라면 그의 아내인 페르세포네는 **이브**이다.

> 페르세포네 : "키메이커가 필요하면 날 따라와요……. 그놈의 헛소리 지겨워 죽겠어요, 구역질 나. 오래전, 여기 처음 왔을 때는 전혀 달랐죠. 그 사람도 달랐어요. 당신 같았죠. 내가 원하는 걸 주면 키메이커를 줄게요."

네오 : "뭐죠?"

페르세포네 : "키스!"

트리니티 : "뭐라고?"

페르세포네 : "저 여자에게 하는 것처럼 내게 키스해줘요."

네오 : "왜죠?"

페르세포네 : "당신들 서로 사랑하죠? 단번에 알았어요. 전엔 나도
그 느낌을 알았죠. 그 느낌을 떠올리고 맛보고 싶어
요. 그뿐이에요"

페르세포네는 '오래전, 여기 처음 왔을 때'라고 말함으로써 자신이 매
트릭스 창조 때 에덴동산의 이브라는 것을 암시하고 있다. 그때는 메로빈
지언도 선악과를 먹기 전이기 때문에 그의 정신구조는 지금의 네오의 정
신구조와 같았다. 하지만 선악과를 먹은 후 메로빈지언은 **모든 여자**를 아
내로 삼으려 하는 정욕적 정신구조를 가진 인간이 된다. 페르세포네가 메
로빈지언의 말을 모두 '헛소리'라고 하는 이유는 메로빈지언이 하는 모든
말(계획)이 모든 여자를 아내로 삼고자 하는 정욕에서 비롯된 것이기 때
문이다.[58]

어머니 이브가 아담을 **유혹**하듯, 페르세포네는 새로운 아담인 네오를
유혹한다. 영화 《알렉산더》의 감독이 **성적 매력이 강한** 앤젤리나 졸리를
아들을 유혹하는 어머니로 등장시킨 것처럼 영화 《매트릭스》의 감독도

---

58) p.163. 어찌하여 너희는 내 말을 깨닫지 못하느냐? 이는 너희가 나의 말을 들을 수
없기 때문이라

너희는 너희 아비 마귀에게서 나와서 너희 아비의 정욕을 행하고자 하는도다. 그
는 처음부터 살인자였으며 진리 가운데 거하지 아니하였으니, 이는 자기 안에 진리가
없음이라. 그가 거짓말을 할 때는 자신에게서 우러나와 한 것이니, 이는 그가 거짓말
쟁이요 또 거짓말의 아비이기 때문이라.

- 《신약성서(킹)》「요한복음」中 -

성적 매력이 강한 모니카 벨루치를 네오를 유혹하는 인물로 등장시킨다. 어머니 이브가 네오에게 요구하는 것은 키스이다. 키스는 섹스의 상징 행위이다. 입술이 여성의 성기를 상징하기 때문이다. 남성에게는 그다지 의미 없는 행위인 키스 요구에 트리니티가 화를 내는 이유도 여성의 무의식은 입술이 성기를 상징한다는 것을 알기 때문이다. 페르세포네가 네오를 유혹하는 이유는 에덴동산에서 아담을 유혹했던 기억을 반복 재현하고 싶은 소망 때문이다. 이렇게 성적 유혹으로 가득한 **'외설적인'** 에덴동산을 한 소설가는 문학적 상상력을 동원하여 다음과 같이 묘사하고 있다.

> p.299. "과일을 그린 정물화입니다. 의사의 진찰실에 별로 어울리지 않는 그림이라 생각하실지 모르지만 집사람이 응접실에는 절대 걸어놓을 수 없다고 하지 뭡니까. 너무 외설스럽다나요."
>
> "정물화가 말입니까?" 나는 놀라서 소리쳤다.
>
> 방에 들어갔다. 금방 그 그림이 눈에 들어왔다. 나는 한참 동안 그림을 바라보았다.
>
> (중략)
>
> 그것들은 헤스페리데스가 지킨다는 폴리네시아의 정원에나 열릴까. 거기에는 이상하게도 생명이 숨 쉬고 있는 것만 같았다. 마치 이 세상 만물의 형상이 영원히 고정되기 전, 어두웠던 창세의 시대에 창조된 것처럼 말이다. 호사스럽기 그지없었다. 열대의 향기가 진동했다. 그것들은 자기네 고유의 어두운 열정을 지니고 있는 것 같았다. 마법에 걸린 과일들이라고 할까. 맛을 보면, 신(神)만이 아는 영혼의 비밀과 상상의 신비로운 궁전으로 통하는 문이 열릴 것 같았다. 예상할 수 없는 위험을 품고 있어 그것들은 명랑하지 않았다. 그것들을 먹으면 사람이 짐승이나 신(神)으로 변해 버릴 것 같았다. 건

강하고 자연스러운 모든 것, 행복한 인간관계와 소박한 사람들의 소박한 기쁨에 집착하는 모든 것들이 그 앞에서는 경악하여 움츠러들 것 같았다. 하지만 그것들에는 또한 무섭게 끌어당기는 힘이 있었다. 그것들은 마치 선악과(善惡果)처럼, 미지의 것을 보여줄지도 모른다는 느낌으로 두려움을 불러일으켰다.

- S. 몸《달과 6펜스》中 -

창세의 시대에 에덴동산에 열린 선악과는 아담을 무섭게 끌어당기는 힘을 가진 **외설적인 과실**이면서 하나님만이 아는 영혼의 비밀을 간직한 **지식의 과실**이다. 아담은 선악과를 먹으면 미지의 것을 다 아는 전지전능한 신처럼 될 수 있다고 생각했지만, **모든 여자**를 욕망하는 **짐승**이 되어버렸다. 영(정신)이 육신으로 변한 아담이 에덴동산에서 추방되었듯이, 리비도가 정욕으로 변한 메로빈지언도 소스에서 추방된다. 메로빈지언은 에덴동산으로 돌아가고 싶어 하지만, 그러기 위해서 자신이 먹어버린 선악과를 돌려주어야 한다. 그가 매트릭스에 남아 있는 이유도 선악과를 찾기 위해서이다.

오라클의 눈 = 선악과

메로빈지언은 네오를 구출하러 온 모피어스에게 무언가를 원한다. 메로빈지언은 그 무언가를 '처음 여기 왔을 때부터 원했던 것'이고, '빼앗을 순 없고 받을 수만 있는 것'이라고 묘사한다. 아담이 에덴동산에 '처음 왔을 때부터 원했던 것'이고 하나님 아버지로부터 '빼앗을 순 없고 받을 수만 있는 것'은 바로 선악과이다. 영화《매트릭스》에서 선악과를 상징하는 것은 **'어머니 오라클의 눈'**이다.

> 모피어스 : "거래하고 싶소."
> 메로빈지언 : "늘 단도직입적이군, 모피어스. 좋아, 난 너희가 원하
> 는 걸 가졌어. 거래하려면 너희도 내게 뭔가 줘야지.
> 내가 원하는 게 하나 있지. 처음 여기 왔을 때부터 원
> 했던 것… 빼앗을 순 없고 받을 수만 있는 것…"
> 모피어스 : "뭐요?"
> 메로빈지언 : "오라클의 눈."

막강한 힘을 가진 메로빈지언도 **세라프**라는 인물이 오라클을 경호하고 있어서 선악과를 가질 수 없다. 어머니 오라클의 눈이 선악과를 상징하는 이유는 네오에게 어머니 오라클은 성적 관계가 금지된 **금단**의 대상이고 눈은 **지식**을 상징하기 때문이다.[59] 인간의 눈이 지식을 상징하는 이유는 눈이 수집하는 정보(지식)가 다른 감각기관과 비교해서 압도적으로 많기 때문이다. 선악과가 금단의 과실과 지식의 과일이라는 이중의 상징을 지닌 것처럼 어머니 오라클의 눈도 **금단**과 **지식**이라는 이중의 상징을 지니고 있다. 그런데 메로빈지언은 오라클의 눈과 구세주의 목숨을 교환하는 것이 **'공평한 거래'**라고 말한다.

> 메로빈지언 : "자연의 섭리는 거역 못해. 너희가 온 것도 섭리지. 우
> 연처럼 보이는 필연. 기회처럼 보이는 함정! 오라클의
> 눈을 가져오면 그를 돌려보내 주지. 그만하면 공평한

---

59) p.159. (1) 눈(eye)은 지혜의 상징, 즉 지식, 지각력의 상징일 수 있다.
             - E. 애크로이드 《꿈 상징 사전》 中 -

거래지? 안 그래?"

　먼저 로마 가톨릭이 **아담**과 **구세주**(그리스도)를 동일시하고 있다는 것은 이미 설명한 바 있다. 그리스도가 니고데모에게 말한 것처럼 인간이 구세주처럼 되기 위해서는 어머니 자궁에 들어갔다가 나와야만 한다. 정신분석학적으로 말하면 무의식이 어머니 자궁 속으로 회귀에서 그 속에서 습득한 **어머니 신과의 합일감** 또는 **불멸에 대한 감각**을 재확립해야만 한다. 따라서 어머니 신은 자신이 타락시킨 인간을 선악과를 먹기 전의 아담 또는 구세주로 다시 태어나게 할 수 있는 능력이 있다. 즉 어머니 신은 선악과가 열리는 **선악과나무**이기도 하지만 불멸의 과실이 열리는 **생명 나무**이기도 하다. 「창세기」의 하나님 아버지는 이러한 생명 나무를 **'두루 도는 불 칼'**로 지키게 해서 인간이 불멸을 얻어 하나님과 같이 되는 것을 막아왔다.[60] 매트릭스의 창조자 아버지도 어머니 신 오라클을 **'두루 도는 불 칼'**(세라프)–네오의 눈을 통해 실제로 불로 보인다–로 하여금 어머니 오라클을 지키게 한다. 인간이 거듭나게 하는 데 있어서 **'가장 중요한 것'**이 어머니 신이기 때문이다.

　세라프 : "오라클을 찾소?"
　네오 : "누구죠?"
　세라프 : "난 세라프요. 안내하기 전에 사과부터 하지요."
　(중략)
　네오 : "당신도 프로그래머요?" (세라프는 고개를 젓는다) "그럼 뭐
　　　　죠?"

---

60) p.4. 이같이 하나님이 그 사람을 쫓아내시고 에덴동산 동쪽에 그룹들과 두루 도는 불 칼을 두어 생명 나무의 길을 지키게 하시니라
　　　　　　　　　　　　　　　　　　　　　　　　– 《구약성서》 「창세기」 中 –

세라프 : "난 가장 중요한 걸 지키죠."

　불 칼은 불과 칼의 합성어로 불은 어머니에 대한 **불타는** 욕망을 의미하고 칼은 아버지에 대한 **칼 같은** 적대감을 의미한다고 볼 수 있다(칼은 아버지의 **칼 같은** 질투를 상징한다고 볼 수 있다). 즉 불멸의 나무를 지키는 불 칼은 **원죄**이고 **오이디푸스 콤플렉스**이다. 바꿔말하면 자신의 불멸을 발견하지 못하게 하는 것이 원죄이고 오이디푸스 콤플렉스라는 뜻이다. 오이디푸스 콤플렉스는 인간의 본질인 어머니 신, 즉 불멸을 두루 돌며 인간의 의식이 접근하지 못하도록 막고 있다. 선악 관념을 극복하고 하나님과 같은 존재가 되기 위해서는 불멸의 과실을 먹어야만 한다. 영화《매트릭스》가 제시하는 불멸의 과실을 먹을 수 있는 방법은 **'선택한 이유를 아는 것'**이다.

네오 : "벌써 알고 있다면 난 어떻게 선택을 하죠?"
오라클 : "넌 선택하러 온 게 아냐. 선택은 이미 했지. 선택을 한 이
　　　　유를 알아야 해."

　선택한 이유는 안다는 것은 오이디푸스 콤플렉스가 환상이라는 것을 안다는 뜻이다. 바꿔말해서 자신의 모든 사고와 행동이 어머니에 대한 불 같은 욕망과 아버지에 대한 칼 같은 공격성의 충돌과 타협의 소산물이라는 것을 깨닫는 것이다. 이렇게 선택한 이유를 알게 되면, 불에서 열이 제거되면 빛이 되는 것처럼, 정욕은 공격성을 잃게 되어 원래의 리비도로 환원된다. 어머니에 대한 욕망에서 공격성이 제거되면 **자비(연민)**-이것이 그리스도가 의미하는 사랑이다-가 되고, 아버지에 대한 적대감에서 공격성이 제거되면 지혜가 된다. 금단의 과실이 **사랑의 과실**이 되고 지식

의 과실은 **지혜의 과실**로 바뀌는 것이다.[61] 그래야만 다시 에덴동산(하나님의 나라)으로 복귀해서 하나님 아버지와 같이 될 수 있게 되는 것이다. 그리스도가 "내가 곧 **길**이요 **진리**요 **생명**이니 나로 말미암지 않고는 **아버지**께로 올 자가 없느니라"라고 말한 의미도 인간이 그리스도의 **가르침**(길)을 따라 오이디푸스 콤플렉스의 **이유**(진리)를 알게 되면 **불멸**(생명)을 발견해서 **하나님**(아버지) 나라에 들어갈 수 있다는 것을 알려주기 위해서였다.[62]

선택한 이유를 아는 것

메로빈지언는 구세주 네오를 구하기 위해서 찾아온 모피어스 일행에게 '**자연의 섭리**'는 거역하지 못한다고 말한다. 메로빈지언의 진술은 결

---

61) p.339. 자기애적 환자의 포부가 보다 현실적이 되고, 그의 이상이 강화되며 그의 창조성 그리고 특히 유머 감각이 성장하는 것은 종종 분석이 성공적으로 끝날 무렵에야 뚜렷이 드러나는 반면에, 치료 그 자체가 상당한 정도의 지혜를 가져다줄 수 있다는 주장은 과장된 것처럼 보일 수 있다. 그러나 성공적인 삶에서 인지 능력이 지혜로 발달하듯이, 지식으로부터 지혜로 발달하는 현상은 성공적인 분석에서도 관찰된다. 치료가 시작되면 분석가와 환자는 환자의 내력에 대한 정보를 수집한다. (중략) 그리고 마침내 분석을 종료하는 단계에서 분석가의 지식과 환자 자신에 대한 이해는 지혜라는 새로운 질적 요소를 탄생시킨다.

- H. 코헛 《자기의 분석》 中 -

62) p.172. 도마가 이르되 주여 주께서 어디로 가시는지 우리가 알지 못하거늘 그 길을 어찌 알겠사옵니까

예수께서 이르시되 내가 곧 길이요 진리요 생명이니 나로 말미암지 않고는 아버지께로 올 자가 없느니라

너희가 나를 알았더라면 내 아버지도 알았으리로다 이제부터는 너희가 그를 알았고 또 보았느니라

- 《신약성서》「요한복음」中 -

국 매트릭스 내에서는 모든 인간은 선악과를 먹을 수밖에 없고 따라서 오이디푸스 콤플렉스를 형성할 수밖에 없다는 뜻이다. 오이디푸스 콤플렉스가 매트릭스의 섭리다. 모든 인간은 오이디푸스 콤플렉스의 지배를 거역하지 못하며 모든 인간은 오이디푸스 콤플렉스의 지배에 복종해야만 한다. 하지만 인간의 의식은 현상의 배후에 깔린 오이디푸스 콤플렉스와의 **연관성**이나 **인과관계**를 인식하지 못하기 때문에 그러한 현상을 그냥 **우연**이나 **기회**처럼 생각한다.

　　p.291. 만약 신체 증상이 관념에 의해 생기고 관념에 의해 계속된다면 우리는 자기 관찰이 가능한 지적인 환자들이 이 연관성을 의식하리라고 기대하게 된다. 이 환자들은 경험에 의해서, 신체적 현상이 특정 사건의 기억과 동시에 나타난다는 것을 알 것이라는 것이다. 배후에 깔린 인과 관계는 그들이 알지 못한다. 그러나 우리 모두 어떤 관념이 우리를 울게 하고 웃게 하고 얼굴을 붉히게 하는지 안다. 설사 우리가 이러한 관념이 일으킨 현상에 대한 신경 메커니즘을 전혀 알지 못하더라도 말이다. (중략) 그러나 히스테리 사례 중 많은, 아니 대부분의 사례들은 이에 해당되는 경우가 드물다. 설사 지적인 환자들이라 해도 자신의 증상이 관념의 결과로 일어난다는 것을 의식하지 못하며 그냥 신체적 현상이라고 간주한다. 그렇지 아니하다면 히스테리의 심리학적 이론은 이미 상당한 수준에 도달했을 것이다.

　　　　　　　　　　- J. 브로이어 & S. 프로이트 《히스테리 연구》 中 -

　　자기 성찰에 능숙한 지적인 지식인들조차도 자신의 사고와 행동이 무의식 속 오이디푸스 콤플렉스에 의해서 조종되고 있다고 사실을 모른다.

하지만 무의식은 알고 있다. 단지 무의식이 접근 불가능한 상태에 있어서 의식은 자신이 알고 있다는 사실을 모를 뿐이다. 다르게 표현하면 주체는 '알고 있으면서도 또한 동시에 전혀 모르고 있을 뿐'이다.

    p.223. 결국 그녀는 감정 자체를 자신도 분명하게 의식하지 못했던 것이다. 분석하는 동안도 그랬지만 그 당시에도 형부에 대한 애정은 다른 관념적인 세계와는 어떠한 관계도 없는 이물질과 같이 그녀의 의식 속에 존재하고 있었다. 그녀는 이 애정에 대해서 알고 있으면서도 또한 동시에 전혀 모르기도 하는 특수한 상황에 놓여 있었는데, 이를테면 심리군이 서로 분리된 상태였던 것이다. 우리가 〈그녀가 이 애정을 분명하게 의식하지 않고 있다〉고 말하는 것은 이러한 의미를 담고 있다. 즉, 그 애정을 의식하는 정도가 질적으로 혹은 양적으로 적다는 것을 의미하는 것이 아니라, 형부에 대한 애정과 관련된 관념이 그녀의 마음속에 있는 다른 관념 내용과 자유로운 연상을 통한 사고 교류에서 분리되어 있다는 것을 의미한다.
    그런데 이토록 정서적으로 뚜렷하게 강조된 관념군이 어떻게 그 상태로 고립된 채 지속될 수 있을까?
                        - J. 브로이어 & S. 프로이트 《히스테리 연구》中 -

오이디푸스도 마찬가지였다. 지적 능력이 탁월했던 오이디푸스의 **의식**은 자신이 살해한 사람이 아버지인지도 몰랐고 자신이 결혼한 사람이 어머니인지도 몰랐다고 주장하고 싶겠지만 그의 **무의식**은 자신이 살해한 사람이 아버지이고 자신이 결혼한 사람이 어머니라는 것을 알고 있었다. 오이디푸스의 의식은 아버지를 살해한 것이 **우연**이라고 생각했지만, 무의식은 그 우연이 **필연**이었다는 것을 알고 있었고 오이디푸스의 의식은 스핑크스의 수수께끼를 풀고 테베의 왕이 된 것이 왕비와 결혼할 **기회**였다고 생각했지만, 무의식은 그 기회가 신탁의 **함정**이었다는 것을 알고 있었다. 오이디푸스 콤플렉스는 인간의 모든 활동의 배후에서 작용하고 있는 '**만물의 이치**'인 것이다. 다만 오이디푸스처럼 그 이치를 '알면서도 동시에 알지 못하는 것이다'.[63]

모피어스 : "우리가 온 이유는 알지?"

메로빈지언 : "난 정보거래상이야. 알만한 건 다 알지. 한데 넌 네가 온 이유를 아나?"

모피어스 : "키메이커를 찾고 있다."

메로빈지언 : "그래, 맞아. 키메이커였지. 하지만 그건 이유가 아냐. 키메이커는 수단일 뿐 궁극의 목적은 아니거든. 자, 그 수단을 이용해서 뭘 하려는 걸까?"

네오 : "알고 있을 텐데."

메로빈지언 : "넌 아나? 안다고 하겠지만, 아니야. 누군가가 가라고 하니까 너희는 그 말에 따른 것뿐이지. 그게 만물의 이치지만 이 세상에 불변하는 진리는 단 하나밖에 없어. 인과관계! 작용과 반작용! 원인과 결과!"

---

63) p.198. (각주) 벨라코트는 실제로 소포클레스가 두 종류의 관객을 염두에 두었다고 주장했다. 즉 고전적 관점에 반응하는 보통 관객과 이를 뛰어넘어 벨라코트가 제시한 관점을 볼 수 있는 소수의 엘리트를 동시에 고려했다는 것이다. 나는 이러한 논지는 그의 주장을 약화시킨다고 생각하는데, 이 희곡은 우리 모두의 마음속 깊은 곳을 건드리며, 그렇기에 위대하다고 생각하기 때문이다. 그러므로 우리는 위의 두 가지 모두의 방식으로 반응한다고 이야기하는 것이 더 진실에 가까울 것이다. 오이디푸스처럼 우리는 알면서도 동시에 알지 못하는 것이다.

- J. 스타이너 《정신적 은신처》 中 -

메로빈지언이 정보거래상이라는 것도 그가 선악과를 먹은 아담이라는 것을 방증한다. 지식의 과실을 먹고 알만한 것은 다 알고 있는 메로빈지언은 끊임없이 지식(정보)을 갈망한다. 키메이커의 목적을 알고 있다고 대답한 네오에게 메로빈지언은 '안다고 하겠지만, 아니야' 라고 대꾸한다. 메로빈지언은 네오가 키메이커를 찾고 있는 것은 매트릭스의 창조자 아버지와 어머니 오라클의 말, 즉 오이디푸스 콤플렉스의 암시에 복종한 것뿐이라고 말한다. 인간의 모든 사고와 행동의 배후에 깔린 원인은 오이디푸스 콤플렉스라는 뜻이다. 오이디푸스 콤플렉스는 어머니에 대한 욕망(작용)과 그 욕망을 억압하는 아버지의 거세 위협(반작용)으로 형성된다.

> p.241. 그것이 사고 작업에서 해체될 수 없는 이유는 무의식적이고 억압된 자료에까지 뿌리를 내리고 있거나, 또 다른 무의식적 사고가 그 뒤에 은폐되어 있기 때문이다. 후자는 대부분 초강경 사고와는 직접적으로 정반대를 이룬다. 이 대립적 요소들은 항상 서로 밀접하게 결합되어 있으며 빈번하게 짝을 이루어서 한쪽 사고가 초강도의 세기로 의식되는 반면 다른 쪽 사고는 억압되어 무의식이 된다. 이런 관계는 억압 과정의 결과로 생겨난다. 억압은 흔히 억압되어야 할 사고의 반대가 지나치게 강화되는 방향으로 실행되어졌다. 이것을 나는 반작용 강화라고 이름 붙였다. 또한 의식에서 높은 강도로 주장되고 선입감에 종류에 따라서는 해체 불능인 사고를 반작용 사고라고 이름 붙였다.
> - S. 프로이트 《도라의 히스테리 분석》 中 -

리비도의 작용(어머니에 대한 욕망)과 반작용(아버지의 거세 위협)은 '항상 서로 밀접하게 결합되어 있으며 빈번하게 짝을 이루어서' 존재한다. 다만 한쪽 측면은 억압되지 않아서 의식되는 반면 다른 쪽 측면은 억압되어 의식되지 않는다. 라스콜리니코프의 예에서 우월감은 의식되고 열등감은 억압되어 의식되지 않는 것과 같다(복종 관념이 지배적인 정신 구조를 가진 사람은 그 반대이다). 이러한 방어 기제의 양극성은 함께 얽매여 일체를 형성하므로 있으므로 양쪽 측면을 모두 포기하지 않는 한 인간은 무의식의 악마적 힘으로부터 자유로워질 수 없다.[64]

이처럼 인간의 모든 활동은 과거에 형성된 관념(욕망)의 작용과 그것을 억압하는 반작용의 상호작용으로 발생하지만, 인간의 의식은 과거의 관념과 현재의 대상을 인과적으로 연결할 수 없으므로 현재의 자기 행위를 자유 의지에 의한 선택으로 착각한다. 하지만 의식은 의사 결정 과정에 개입하지 않는다.[65] 의식은 마치 신하들이나 보좌관들이 이미 결정한 선택을 자신이 결정했다고 착각하는 절대 군주나 대통령과 같다. 메로빈지언이 '모든 것은 선택에서 시작한다'라는 모피의 답변에 '틀렸어'라고 단언하는 이유도 의식 속에 어떤 표상이 떠 오를 때는 무의식은 선택을 이미 끝마친 상태이기 때문이다.

---

64) p.88. 즉 이러한 양극성은 서로에게 의존하고 상호적인 방어 작용 안에 함께 얽매여 있으며, 따라서 그것들은 서로를 강화하는데 기여하고 분리할 수 없는 일체를 형성하기 때문에, 환자는 과격한 선택을 하도록 강요받는다: 양극의 두 측면 모두를 취하거나 혹은 둘 다 포기해야 한다. 그는 다른 측면없이 한 측면만을 가질 수 없다.
- W. 마이쓰너《편집증과 심리치료》中 -

65) p.258. 캘리포니아 대학의 생리학 교수 벤저민 리베트가 밝힌 바에 따르면, 뇌가 어떤 행동을 하기로 결정을 내리기 3분의 1초쯤 전에 이미 행동을 지시하는 신경 활동이 개시된다고 한다. 그러니까 결정이란 환상에 불과한 것이고, "의식은 의사 결정 과정에 개입하지 않는다"는 뜻이다. 인지과학자이자 철학자인 대니얼 데넷은 다음과 같이 설명했다. "행동은 원래부터 뇌의 어떤 부분에 침전되어 있어서, 근육들에게 곧장 신호를 보내는데, 도중에 잠시, 의식적 행위자인 당신에게 들러서 무슨 일을 할 것인지 알려준 것이다(그런데 뛰어난 관료들이 흔히 그러듯, 미덥지 못한 대통령 격인 당신이 스스로 모든 일을 시작했다는 환상을 유지하도록 배려한다).
- R. 커즈와일《특이점이 온다》中 -

모피어스 : "모든 건 선택에서 시작돼."

메로빈지언 : "틀렸어. 선택이란 강자와 약자 사이에 만들어진 망상에 불과해. 저기 저 여자를 봐. 정말 눈부시지 않나? 사람들을 사로잡으며 너무나 도도하고 당당해. 하지만…, 봐, 내가 보낸 디저트야. 아주 특별한 디저트지! 내가 직접 짠 거야. 처음엔 단순하지만…, 프로그램의 모든 라인이 효과를 만들어내. 시처럼 말야. 먼저…, 체온이 올라가고 맥박이 빨라지지. 네오, 넌 볼 수 있지? 여자는 이유를 몰라. '와인 때문인가?' '왜 이러지? 이유가 뭘까?' 하지만 곧 이유는 중요하지 않아지고 느낌 자체에만 집중하게 돼. 이게 우주의 본질이지."

메로빈지언은 한 여성의 성욕을 불러일으키는 실험을 통해 '우주의 본질'에 대해서 설명한다. 여성의 의식은 자신이 왜 성욕을 느끼는지 **그 이유**를 알 수 없다. 이러한 감정은 설명되지 않으면 안 된다. 하지만 그 감정이 과거에 속한 것임을 가르쳐 줄 만한 기억은 나지 않았다. 할 수 없이 그녀의 의식은 그 감정적 표상을 현재의 의식 속에 나타난 대상(방금 마신 포도주)과 연결함으로써 **논리적 이유**나 **정교한 설명**을 만들어 낸다.[66] 그녀의 의식이 메로빈지언을 성적 대상으로 선택한 것도 메로빈지언이 자신의 표상을 그녀의 무의식적 소망에 부합하도록 미리 조작해 놓았기

---

66) p.258. 최근 신경생리학자들은 뇌 특정 지점들을 전기적으로 자극하여 특정 감정들을 일으키는 데 성공했다. 그런데 놀랍게도 피험자는 즉각 자신이 왜 그런 감정들을 경험하는 것인지 논리적인 이유를 만들어 냈다. 좌우 뇌의 연결이 끊어진 환자를 보면, 뇌의 한쪽이 촉발한 활동에 대해 다른 쪽(보통을 언어를 주로 다루는 왼쪽)이 정교한 설명을 만들어내려 애썼다('작화증')

- R. 커즈와일 《특이점이 온다》中 -

때문이다.

> p.391. 여기서 일어난 일은 다음과 같은 것이었다. 소망의 내용이 우선 환자의 의식에 나타났다. 이때 그 소망이 과거에 속한 것임을 가르쳐 줄 만한 주위 상황에 대한 기억은 나지 않았다. 그래서 당시에 나타난 소망은, 그녀의 의식 속에서 지배적이었던 연합하려는 강박 충동의 탓으로 〈나〉라는 인물에 결합되었다.
>
> — J. 브로이어 & S. 프로이트 《히스테리 연구》 中 —

메로빈지언의 실험은 우주의 본질은 현상의 원인을 아는 것에 있는 것이 아니라 성적, 정욕적, 리비도적 쾌락을 추구하는 데 있다는 것을 보여 주기 위한 것이다. 다만 자신이 그것을 추구하고 있다는 것을 의식하지 못할 뿐이다. 메로빈지언이 강자인 이유는 무의식을 이해하고 그 지식을 바탕으로 타인의 무의식을 조종할 수 있기 때문이다. 프랑스를 어머니로 상징화해서 군인들이 프랑스를 위해서 목숨을 바칠 수 있게 한 나폴레옹처럼, 독일 민족을 아리아인으로 상징화해서 세계 지배를 꿈꾸었던 히틀러처럼, 강자는 타인의 무의식을 자신의 목적 달성에 이용할 수 있다. 메로빈지언이 네오에게 '너는 볼 수 있지'라고 묻는 이유는 네오도 타인의 무의식을 간파하는 능력을 지닌 강자이기 때문이다. 이런 능력을 지닌 사람들이 대신문관이 의미하는 **현명한 사람들**이다. 세계의 모든 정복자 그리고 종교와 제국의 모든 창설자는 대중의 무의식에 대해서 본능적 지식을 지닌 심리학자였다.

> p.35. 그러나 사실을 말하자면 세계의 모든 정복자들, 종교나 제국의 모든 창설자들, 모든 신앙의 사도들, 유명한 정치가들, 그리

고 좀 더 평범한 영역에 있는 소규모 공동체의 지도자들조차도 항상 무의식적인 심리학자였다. 이들은 군중의 정신에 대해 종종 아주 확실한 본능적 지식을 갖고 있었다. 군중심리를 잘 알고 있었기에 이들은 쉽게 저들의 지도자가 될 수 있었다.

- G. 르 봉 《군중심리학》 中 -

히틀러가 독일 민족의 무의식을 지배해서 세계 지배를 감행할 수 있었던 이유도 그가 뛰어난 **대중 심리 연구가**였기 때문이다.[67] 인간은 자신의 선택은 자신의 자유 의지에 의한 것이라는 망상을 해보지만, 인간의 무의식은 강자가 설정해 놓은 상징을 선택할 뿐이며 의식은 그 선택을 그럴듯하게 합리화할 수 있을 뿐이다. 쉽게 말해서 무의식이 **먼저** 선택하게 하면 의식은 **자동으로** 자신의 선택을 합리화한다. 유사한 방식의 예가 언론의 의제 설정이다. 언론은 대중의 선악 관념에 부합하는 상징(의제)을 제시함으로써 여론을 자신의 목적에 맞게 조작할 수 있다. 이렇게 인간은 과거에 형성된 **'인과관계의 영원한 노예'**가 될 수밖에 없는데 메로빈지언은 첫 번째 구세주답게 그에 대한 해결책을 제시한다.

메로빈지언 : "우린 그걸 부정하려 하지만 그건 가식이고 거짓이야. 그 가식의 이면을 보면 우린 이성의 통제를 벗어나 있거든. 인과관계, 우리는 영원히 그 노예일 뿐이야. 유일한 길은 '이유'를 이해하는 거지. 저들과 우리, 너

---

67) p.716. 어떤 이념을 대중에게 전달하는 능력을 나타내는 선동자는 그가 단순한 선동 정치가에 지나지 않더라도, 언제나 심리연구가이어야 한다. 그렇게 되면 그는 인간을 잘 모르고, 세상 물정에 어두운 이론가보다도 언제나 지도자로서 더 알맞을 것이다. **왜냐하면 지도자라는 것은 대중을 움직일 수 있다는 것이기 때문이다.**

- A. 히틀러 《나의 투쟁》 中 -

와 나를 구별해 주는 게 '이유'야. '이유'야말로 유일한
힘의 원천이지. 너희는 '이유' 없이 내게 왔다. 단순한
연결수단으로……, 겁 먹진 마. 너희가 말은 잘 듣는
것 같으니 다음 할 일을 알려주지."

영화 《매트릭스》가 제시하는 인간이 악마의 세 가지 유혹을 거부할 수
있는 **'유일한 길은 이유를 이해하는 것'**이다. 네오를 비롯하여 모든 구세
주가 소스로 가는 이유도 매트릭스의 창세 때 왜 인간의 운명이 결정되
어 버렸는지에 대한 **이유**를 알기 위해서이다. 그리스도가 인류를 구원하
는 방법도 '태초에 감추어진 것(이유)'를 드러내는 것이었다.[68] 그리스도
가 창세의 비밀을 말해주는 이유는 인간이 자신의 무의식을 알도록 함으
로써 소수 엘리트의 종(약자)이 아닌 자신과 같은 주인(강자)으로 만들기
위해서이다.[69]

선택한 이유를 이해한다는 것은 현재의 결과가 과거의 원인에서 비롯
되었다는 것뿐만 아니라 그 원인이 어떻게 형성되었는지도 아는 것을 포
함한다. 자신이 왜 그렇게 사고하고 행동하는지에 대한 이유를 이해하지
못하면 강자에 의해서 지배당할 수밖에 없다. 메로빈지언이 이유를 이해
하는 것이 **'너와 나를 구별해 주고'** 이유를 아는 것이 **'유일한 힘의 원천'**
이라고 말하는 이유도 무의식을 아는 사람만이 나폴레옹이나 히틀러가

---

68) p.22. 이는 선지자를 통하여 말씀하신 것을 이루어지게 함이니, 말씀하시기를 "내가
내 입을 열어 비유로 말하고 내가 세상의 기초가 놓인 이래로 감추어진 것들을 말하
리라." 하신 것이라

- 《신약성서(킹)》「마태복음」中 -

69) p.173. 이제부터는 너희를 종이라 하지 아니하리니 종은 주인이 하는 것을 알지 못함
이라 너희를 친구라 하였노니 내가 내 아버지께 들은 것을 다 너희에게 알게 하였음
이라

- 《신약성서》「요한복음」中 -

되고 모르는 사람은 그들에 의해서 지배될 수밖에 없기 때문이다. 이렇게 타인의 무의식을 지배함으로써 권력을 얻는 행위는 국가의 지배자나 종교의 제사장들에게서만 볼 수 있는 것은 아니다. 개인적인 관계에서도 자주 볼 수 있다. 그 대표적인 것이 최면술이지만 정신분석에서도 똑같은 현상이 나타난다.

p.451. 환자는 분석가를 그의 아버지(어머니)의 자리에 놓음으로써, 그의 초자아가 자아에 대해 행사하는 권력을 분석가에게 부여한다. (중략) 그러나 여기서 이 새로운 영향력을 오용하지 말아야 한다는 경고가 제기된다. 다른 사람에 대해 교사, 모범, 이상이 되며 자신의 모범에 따라 인간을 창조한다는 것이 아무리 분석가에게 유혹적일지라도, 그가 잊어서는 안 될 것은 이것이 분석적 관계에서 그의 과제가 아니라는 것, 아니 그가 이러한 경향으로부터 벗어나지 못하면 분석적 과제에 충실하지 못하게 된다는 사실이다. 그렇게 된다면 그는 어린아이의 독립성에 영향력을 행사해 그것을 압살한 부모의 오류를 단순히 반복하고, 이전의 의존성을 다른 의존성으로 대체한 것에 불과할 것이다. 그러나 분석가는 개선하고 교육하려 모든 노력을 기울이면서도 환자의 개성을 존중해야 한다. 그가 정당한 방식으로 감히 행사할 수 있는 영향력의 정도는 그가 환자에서 발견하는 발달상의 장애의 정도에 의해 규정된다.

- S. 프로이트 《정신분석학 개요》 中 -

최면술과 마찬가지로 정신분석에서도 환자는 무의식적으로 의사(분석가)에게 자신의 정신세계를 지배할 수 있는 권력을 부여한다. 그 이유는 환자의 무의식이 의사와의 관계를 자신의 부모와의 관계로 착각하기 때문이다. 환자는 의사에게 아버지 관념을 투사해서 의사의 말에 복종함으로써 거세 불안에서 벗어나거나 어머니 관념을 투사해서 의사에게 의존함으로써 마음의 안식을 얻는다. 이렇게 무의식이 타인과의 관계를 부모(중요한 대상)와의 관계로 착각하는 정신 상태가 정신병리(전이 신경증)이다.[70]

환자의 정신병리의 정도(발달상의 장애 정도)가 심각할수록 환자는 더 강렬하게 의사를 숭배하게 되고 의사에게 더 큰 권력을 부여하게 된다. 이때 의사는 자신에게 부여된 이 새로운 영향력을 오용하고 싶은 유혹을 받는데 이 유혹이 악마의 세 번째 유혹인 지배 욕망의 실체이다. 도스토옙스키가 누구를 숭배할 것인가? 의 문제가 '현세의 위대한 비밀'이며 '인간 본성의 근본적인 비밀'이라고도 말한 이유는 무의식의 '영원하고도 공통적인 고민거리'는 부모와 관계를 반복 재현하고 싶다는 것이다. 만약 의사가 악마의 세 번째 유혹에 빠지면 의사는 자신을 구원자나 구세주라고 믿게 되며 환자의 숭배 대상(자아 이상)이 됨으로써 오히려 치료를 방해하는 존재로 변하게 된다. 이러한 관계가 확장된 경우가 사이비 종교의 교주와 그 신자들과의 관계이다.[71]

이렇게 누군가를 강렬하게 숭배하고 싶어 한다는 의미는 주체의 무의식 속에 부모와 관계된 매우 강한 관념(욕망)이 형성되어 있다는 뜻이며

---

70) p.20. 전이 신경증은 본질적으로 중요한 대상에 대한 과거의 집착이 반복되는 것이며, 이 반복은 현재 상황에 부적절한 것이다.
- W. 마이쓰너 《편집증과 심리치료》 中 -

71) p.174. 치료자에 대한 이상화를 적극적으로 고무하는 것은 끈질긴 전이 결속(종교집단에 의해 조장되는 애착과 유사한)을 형성하게 하며, 대대적인 표면적 동일시를 가져다줌으로써 자기애적 성격 구조의 점진적인 치료를 방해한다. 우리는 "분석가가 환자에게 예언자, 구원자 또는 구세주의 역할을 하게 하는," 즉 치료자를 "환자의 자아 이상의 자리에" 놓는 유혹이 존재하며, 이것은 분석에서 지켜야 할 규칙에 정면으로 위배된다고 한 프로이트의 적절한 경고에 주의를 기울이는 것이 좋을 것이다.
- H. 코헛 《자기의 분석》 中 -

이 말은 정신병리가 있다는 뜻이기도 하다. 어떤 대상을 열렬히 숭배하는 사람을 **광신자**라고 부르는 이유도 우리의 무의식은 무언가에 대한 강렬한 집착이나 애착이 정신병리라는 것을 알고 있기 때문이다. 이러한 정신현상이 정신병리인 이유는 자신의 애착이나 집착이 현실이 아닌 환상에 기반을 두고 있다는 사실을 모르기 때문이다. 그런데 역설적인 것은 이렇게 어떤 대상을 숭배하거나 집착하는 이유는 주체의 무의식이 자신이 정신병리에 걸렸다는 사실을 알고 치료받고 싶어 한다는 것이다.[72] 《죄와 벌》에서 라스콜리니코프가 소냐와 사랑에 빠진 이유도 자신의 정신병리를 치료하고 싶은 바람이 사랑으로 대체된 것이라고 할 수 있다.

> p.243. 모든 분석적 치료에서는 의사가 개입하지 않아도 환자와 분석자 간에는 긴밀한 감정적 관계가 형성된다. 이 관계는 실제 상황에서는 설명되지 않는다. 그것은 긍정적일 수도 있고 부정적일 수도 있으며, 열정적이며 완전히 육감적인 사랑에서 반항, 원망, 증오의 극단적 표현에 이르기까지 다양하다. 이를 간략히 불러 전이라고 하는데, 그것은 곧 환자에게서 치유에 대한 바람을 대체한다.
> 　　　　　　　　　- S. 프로이트 《정신분석학 개요, 『나의 이력서』》 中 -

따라서 신에 대한 숭배(전이)는 부모와의 관계를 반복 재현하고 싶은 소망의 상징 행위이기 하면서 동시에 자신의 정신병리를 치료받고 싶은 소망의 상징 행위이기도 하다. 고대에 신과 관계하는 주술사나 중세의 신

---

72) p.339. 피분석자는 분석가와 관계를 맺는 방법에 있어서 불가피하게 다른 인물(특히 부모)과의 초기 관계를 반복하게 된다. 치료에 장애가 되면서 동시에 치료를 진전시키는 이러한 전이의 역설적인 성질이 아마 오늘날 정신분석 이론에서 전이를 보는 견해가 왜 그렇게 다르고 상반되는지를 이해하는 데 도움이 될 것이다.
　　　　　　　　　- D. 에반스 《라깡 정신분석 사전》 中 -

을 대리하는 성직자가 존경받았던 이유도 그들에게 정신병리를 치료할 수 있는 능력이 있다고 믿었기 때문이었다. 그들은 현대의 정신과 의사와 같았다고 할 수 있다.[73] 이러한 전이(숭배)의 역설적인 성질로 인해서 종교적(영적) 치료와 정신분석 치료가 나뉘게 된다. 종교적 치료는 환자가 숭배할 수 있는 성인이나 성물과 같은 종교적 표상을 제공함으로써 환자의 정신병리를 치료한다. 그 결과 정신병리가 그들에게서 도망가고 악령이 빠져나가는 기적과 신비가 일어난다. 실제로도 종교는 수많은 사람을 정신병리(신경증)에서 구제하고 있다.

　　p.161. 오늘날의 문명 세계에서 종교적 환상이 사라진 것을 아쉬워하지 않는 사람들도 종교적 환상이 효력을 발휘하고 있을 때는 그 환상에 묶여있는 사람들을 신경증의 위험에서 강력하게 지켜 주었다는 사실을 인정할 것이다. 사람들을 신화-종교적 종파나 철학-종교적 공동체에 묶어 놓은 유대는 모두 우회적인 신경증 치료법의 형태라는 것도 우리는 쉽게 이해할 수 있다.

　　　　　　- S. 프로이트 《문명 속의 불만,『집단 심리학과 자아 분석』》中 -

하지만 종교적 치료방식은 어린 시절의 부모의 오류를 반복하고, 어머니 또는 아버지에 대한 의존성을 어머니 신 또는 아버지 신에 대한 의존

---

73) p.304. 그러므로 아직도 미개인들 사이에서는 귀신이나 신(神)과 관계하는, 그러므로 미개인의 성직자이고 사제인 마법사나 마녀가 의사들이다. 기독교인들 사이에서도 한때 의술, 또는 적어도 치료술이 종교와 신앙의 사항이었다. 성서에 따르면 성인, 종교적 영웅, 성직자들의 옷자락에까지 치료의 위력이 들어있었다. 내가 기억하기에는 병을 고치기 위해 사람들은 예수의 옷 끝을 만지기만 하면 되었고 사도 바울로는 「사도행전」에서 얘기되는 것처럼, 손수건이나 조끼를 병자 위에 들고만 있으면 되었다. 그러면 전염병이 그들에게서 도망가고 악령이 빠져나갔다.
　　　　　　　　　　　　　　- L. 포이어바흐 《기독교의 본질》中 -

성으로 대체한 것에 불과하므로 환자의 정신세계가 여전히 유아기에 강제로 묶여있는 상태는 변하지 않는다. 니체가 종교를 '자신을 다스릴 능력이 없는 사람들을 위한 정신병동'이라고 표현한 이유도 그들의 정신이 신이라는 불리는 부모의 대리자에게 의존하는 유아적 상태에 머무르고 있기 때문이다.[74] 마르크스가 종교를 민중의 아편이라고 했듯이 종교는 정신병리를 치료하는 것이 아니라 일시적으로 마취시킬 뿐이다. 말하자면 종교는 개인의 환상을 집단의 망상으로 대체해서 자신의 상태를 정신병리라고 못 느끼게 만드는 것이다. 종교가 주는 이러한 심리적 안식으로 인해서 많은 사람이 신경증에서 구제된다. 하지만 그 이상의 성공은 거두지 못한다.

> p.258. 종교가 채택하는 방법은 삶의 가치를 끌어내리고 현실 세계의 그림을 망상으로 왜곡시키는데, 이것은 본질적으로 지성에 대한 위협을 의미한다. 그 대가로 종교는 인간을 강제로 심리적 유아 상태에 묶어놓고 그들을 집단 망상으로 끌어들임으로써, 많은 사람을 신경증에서 구제하는 데 성공한다. 그러나 그 이상의 성공은 거의 거두지 못했다.
>
> — S. 프로이트 《문명 속의 불만》 中 —

환자는 자신이 어떻게 정신병리에 걸렸는지 **이유**를 모르기 때문에 유사한 정신적 갈등이 재현되면 다시 종교적 표상에 의존할 수밖에 없다. 정신분석 치료에서는 의사가 구세주나 구원자의 역할을 하지 않는다. 의

---

74) p.319. 종교는 본질적으로 자신을 다스릴 능력이 없는 사람들을 위한 동물 조련 시설 아니면 정신병동일 것〈이다〉.

— F. 니체 《유고(1884년 초~가을)》 中 —

사는 환자가 왜 그렇게 사고하고 행동하는지에 대한 **이유**를 알려줌으로써 환자가 자신의 정신병리를 이해할 수 있도록 도와준다. 그래서 유사한 상황에서 유사한 선택을 할 때 자신이 왜 그러한 선택을 하는지에 대해서 숙고할 수 있도록 해 준다. 당연히 정신병리 치료는 늦어지고 환자가 바랬던 기적과 신비는 일어나지 않는다. 그리스도가 기적과 신비에 의한 신앙을 거부하는 이유도 그러한 치료방식은 환자의 정신병리를 영원히 치료할 수 없기 때문이다.

메로빈지언이 말하는 '이유가 너와 나를 구별해 준다'에서 '**나**'는 타인의 무의식을 지배하는 사람이고 '**너**'는 타인에 의해서 무의식이 지배당하고 있는 사람이다. 타인의 무의식을 지배할 수 있는 '유일한 힘의 원천'은 타인의 무의식 수준에서 **부모의 지위**를 차지하는 것이다. 인간의 무의식은 어머니를 영원히 숭배하고 아버지에게 영원히 복종할 수밖에 없기 때문이다. 이렇게 되면 인간의 의식은 자신의 행동을 합리화하고 부모의 역할을 하는 명령자의 암시를 타인에게 전달하는 **'단순한 연결수단'**의 기능만을 하게 된다(유튜브나 페이스북에서 하는 자신의 행동을 한번 되돌아보면 이 의미를 알 수 있을 것이다).

p.340. **의식 일반은 오로지 전달의 필요에서 오는 압력에 의해 발전된다.**—의식은 원래부터 오로지 인간과 인간 사이에서만(특히 명령하는 자와 복종하는 자 사이에서만) 필요하고 유용한 것이며, 이러한 유용성의 정도에 비례하여 발전된다. 의식은 원래 인간과 인간 사이의 연결망이다.—의식은 오로지 연결망으로서만 발전된 것이며, 따라서 고독한 은자나 야수적 인간은 그것을 필요로 하지 않을지도 모른다. 우리의 행동, 사상, 감정, 운동이—적어도 그 일부분이—우리의 의식에 들어오게 된 것은 지극히 오랫동안 인간을 지

배해 온 "필연"의 결과이다. (중략) 의식된 생각은 그 중에서 가장 미미한 부분에 불과하다. 심지어 우리는 그것이 가장 피상적이고 가장 조악한 부분이라고 말하고자 한다 : ―왜냐하면 이 의식된 생각은 오로지 **언어, 즉 전달의 기호 속에서만** 이루어지기 때문이다. (중략) 이제 파악했겠지만 내가 말하고자 하는 사상은 의식이 인간의 개인적 실존에 속하는 것이 아니라, 오히려 그에게 내재한 공동체와 무리의 본성에 속한다는 것이다.

- F. 니체《즐거운 학문(책)》中 -

　개인에게 있어 명령자는 오이디푸스 콤플렉스, 즉 어머니 관념 또는 아버지 관념이다. 그래서 공동체의 명령자는 부모의 역할을 하는 사람들이 된다. 그들은 개개인의 무의식 속에 형성되어 있는 오이디푸스 콤플렉스를 이용해서 공동체를 통제하고 지배한다. 중세의 명령자는 교회의 제사장이었고 근대의 명령자는 국가의 지배자였으며 미래의 명령자는 세계 기업의 CEO가 될 것이다. 중세의 제사장이 어머니 신 또는 아버지 신으로 인간의 정신을 지배했다면 현대의 국가 지도자는 자신을 국모 또는 국부의 지위에 놓음으로써 인간의 정신을 지배할 수 있었다. 하지만 미래의 세계 기업의 CEO가 인류의 정신을 지배하는 방식은 이들과는 차원이 다르다. 그것은 인간의 불멸 본능과 결합 본능을 이용하는 방식이다.

　이러한 목적을 달성하기 위해서 현대판 제국주의자인 세계 기업은 싸구려 서비스를 제공하고 인류의 마지막 남은 미지의 대륙을 통째로 사들이고 있다. 그 대륙은 인간의 정신 중에서 오랫동안 개척되지 않은 상태로 남아 있는 **무의식의 대륙**(개인적 데이터베이스)이다.[75] 세계 기업은

---

75) p.467. 유럽 제국주의의 전성기에 스페인 정복자들과 상인들은 색깔 있는 구슬들을 주고 섬과 나라를 통째로 샀다. 21세기 대부분의 사람들이 여전히 가지고 있는 값진

인류 단위의 무의식에 대한 데이터베이스를 구축함으로써 인류의 무의식을 지배할 수 있게 된다. 가령 배우자나 직업 선택은 물론 정치적 성향까지 조작할 수 있다.[76] 개개인은 자신도 모르게 세계 기업의 목적에 봉사하게 되고 또 그 기업의 암시(명령)를 타인에게 전파하는 연결수단이 된다.

수십억 명의 인류가 싸구려 서비스에 자신의 값비싼 재산을 파는 이유는 세계 기업이 제공하는 서비스가 리비도의 불멸 본능과 결합 본능을 만족시켜 주기 때문이다. 예를 들어 SNS는 자신과 관련된 사진이나 동영상을 **영구히 보존(불멸)**할 수 있는 서비스를 제공함으로써 인간의 불멸 본능을 만족시켜 준다. 또 SNS는 개인과 개인이 **세계적으로 결합할 수 있는** 가상 공간을 제공함으로써 인간의 결합 본능을 만족시켜 준다. 개개인들은 SNS에서 자신의 일부분을 영원히 남기는 상징 행위와 세계적인 결합이라는 상징 행위를 통해 자신의 가장 원초적이고 가장 강력한 본능을 동시에 성취한다는 환상에 빠지게 된다(다시 말하지만, 두개골 속에 갇혀 있는 인간의 두뇌는 외부 현실을 알 수 없으므로 감각기관이 제공하는 윤곽이나 패턴을 해석함으로써 리비도 목적의 성취 여부와 성취 정

자료는 아마 개인적 데이터베이스일 것이다. 그런데 우리는 겨우 이메일 서비스와 웃긴 동영상을 제공받는 대가로 첨단 기술기업에게 그 데이터를 넘기고 있다.
- Y. 하라리 《호모 데우스》中 -

76) p.130. 장기적으로는 충분한 규모의 데이터와 더불어 컴퓨터 능력이 충분히 커지면 데이터 거인들은 생명의 가장 깊은 비밀까지 해킹할 수 있을 것이다. 그런 다음 그 지식을 사용해 우리 대신 선택을 하고 우리는 조종할 뿐만 아니라, (중략). 광고 판매는 단기적으로 거인 기업을 유지하는 데 필요할 수 있다. 하지만 이들은 앱과 상품과 기업을 평가할 때도 매출액보다는 그것을 통해 모을 수 있는 데이터를 기준으로 삼는다. 인기 많은 앱이 사업 모델로는 부적격이고 단기적으로는 손실을 초래할 수도 있지만, 데이터를 빨아들이는 것으로 보자면 그 가치는 수십억 달러에 이를 수 있다. (중략) 데이터야말로 미래에 생활을 통제하고 형성하는 데 열쇠가 될 수 있기 때문이다.
- Y. 하라리 《21세기를 위한 21가지 제언》中 -

도를 판단한다).[77] 이렇게 SNS 기업은 가상의 불멸성과 결합성을 미끼로 인류의 영혼을 유혹해서 자신의 목적에 봉사하도록 만든다. 하지만 인류는 그러한 비밀을 알지 못할 뿐만 아니라 자신이 그러한 비밀을 지녔다는 것조차도 알지 못한다.[78] 이러한 비밀을 모르는 수억 명의 갓난아기와 같은 인류는 세계 기업이 제공하는 가상의 불멸(영원)과 가상의 결합(천국)이라는 미끼에 행복해하면서 이러한 비밀을 간직하고 있는 소수 엘리트의 지배 욕망에 봉사하면서 조용히 죽어간다고 할 수 있다.

p.426. "… 그러나 그들을 통솔하는 몇십만의 사람들만은 여기에서 제외될 거다. 왜냐하면 비밀을 간직해야 하는 우리들만은 불행을 감수해야 하니까. 즉 수억의 행복한 갓난아기들과 선악을 판별하는 저주를 몸에 지닌 수백만 명의 수난자(受難者)가 생겨나는 거지. 이들 대다수의 불쌍한 갓난아기들은 너의 이름을 위해 죽어가는 거야. 조용히 사라져 가는 거지. 그리고 무덤 저쪽에서 그들은 죽음 이외의 아무것도 발견할 수는 없을 거야. 그러나 우리는 비밀을

---

77) p.93. 뇌에서는 정보가 무늬(패턴) 위주로 입력됩니다. (중략) 우리는 살아 있는 생명체를 보았을 때 뇌에서 비슷한 패턴을 만듭니다. 살아 있는 것 중에서도 사람을 볼 때 서로 비슷하고, 사람을 봐도 사람 얼굴을 볼 때 더 비슷합니다. 이런 유사도는 원숭이의 뇌에서도 동일하게 생깁니다. (중략)
　　이렇듯 뇌는 정보를 획득하는 방법이 컴퓨터와 완전히 다릅니다. 뇌가 두개골 속에 있기 때문이죠. (중략) 뇌는 사실 현실을 알 수가 없습니다. 세상을 직접 보지 못하니까요. 뇌는 눈, 코, 귀 등 오감을 통해서 들어오는 정보를 패턴화하여 저장하고 그것을 해석합니다.
　　　　　　　　　　　　 - 김대식《인공지능이란 무엇인가? 인간 vs 기계》中 -
78) p.57. 만일 내가 무언가를 알지 못하도록 차단하고 있다는 것을 안다면, 나는 그 알지 못하도록 하는 것이 무엇인지를 알고 있는 것이다. 프로이트의 환자들은 자신의 비밀을 알지 못했을 뿐만 아니라 자신이 비밀을 지녔다는 것조차도 알지 못했다. 따라서 충동들과 소원들뿐만 아니라 방어 자체도 무의식적인 셈이다.
　　　　　　　　　　　　 - S. 밋첼 & M. 블랙《프로이트 이후》中 -

간직한 채 그들 자신의 행복을 위해 천국과 영원이라는 보상을 미끼로 그들을 유혹할 것이다. 왜냐하면 비록 저 세상에 무언가가 있다 하더라도 그것은 반드시 그들과 같은 인간을 위해 존재하는 것은 아닐 테니까. … "

- 도스토옙스키 《카라마조프의 형제》 상 中 -

대신문관과 같은 소수 강자에 지배당하지 않기 위해서는 자신의 비밀 즉 선택한 이유를 알아야만 한다. 그것을 아는 방법은 의식의 인식을 확장시킴으로써 무의식을 의식으로 대체해서 것이다.[79] 무의식을 의식으로 대체하기 위해서는 의식이 이해할 수 있는 기호, 즉 언어로 번역해야 한다. 번역이라는 용어를 사용하는 이유는 표상이나 상징과 연결된 무의식적 관념은 자신을 직접적으로 드러내지 않기 때문이다. 이러한 무의식의 의식화 작업을 통해서 환자는 자신을 알 수 있게 됨으로써 기존의 자신과 **'다른 어떤 사람'**으로 거듭날 수 있게 된다.

    p.583. 우리에게 쓸모가 있는 것은 아마도 무의식을 의식으로 대체하는 일이며, 이는 무의식을 의식의 언어로 번역하는 일과 같습니다. 이는 당연히 옳은 말입니다. 우리는 무의식을 의식의 차원으로 끌어올림으로써 억압들과 함께 증상을 형성하도록 만드는 조건들을 제거할 수 있으며, 나아가서 병인으로 작용하는 갈등 역시 어떤 형태로든 해결책이 강구될 수 있는 정상적인 갈등으로 전환시킬 수 있습니다. 우리는 환자의 다른 상태들이 아닌, 심리 상태만을 변

---

79) p.152. 우리 인식을 확장시키는 모든 것은 무의식의 의식화에서 생겨난다. 이때 의문점은 우리가 그 의식화를 위해 어떤 기호 언어를 가지고 있는가 하는 것이다. 많은 인식들은 단지 소수를 위해 존재하며, 다른 것들은 편안하게 인식되길 원한다.
- F. 니체 《유고(1869년 가을~1872년 가을)》 中 -

화시킬 수 있습니다. 이런 변화의 영향력이 미치는 만큼 우리들도 환자를 도울 수 있습니다. 억압 혹은 억압과 유사한 정신 과정을 되돌릴 수 없다면, 우리의 치료를 적용할 대상도 없어지는 것입니다. (중략)

… 여러분은 신경증 환자가 건강해지는 과정을 달리 이해할 수 있습니다. 즉 건강해진다는 것은 환자가 정신분석의 힘겨운 작업을 거친 후에 어떤 다른 사람이 되는 과정으로 생각할 수 있습니다. 환자는 자신의 내부에 무의식적인 요소는 전보다 덜 지니는 대신 의식적인 것은 더욱 많이 지니게 되며, 이것이 치료가 가져온 모든 결과라고 여러분은 생각할 수 있습니다.

- S. 프로이트《정신분석 강의》中 -

모든 인간은 덜 발달한 두뇌를 갖고 태어나므로 필연적으로 정신병리에 노출될 수밖에 없다. 정신병리를 만드는 원동력은 정욕이다. 정욕은 심리적 외상을 방어하기 위해서 리비도가 **'지나치게 발달함으로써'** 변질된 것이다. 이러한 정욕으로 인해서 인간의 두뇌는 상상력을 획득하게 되어 수많은 비합리적이고 비이성적인 표상과 환상을 만들어 내게 된다. 아이러니하게도 인간만이 지닌 정신병리(신경증)가 인간이 동물을 넘어서 위대하게 진보할 수 있는 조건으로 작용한 것이다. 정신병리는 인류 문명을 더 높은 수준으로 발전시키기 위한 불가피한 **진화적 희생**이지만 다른 한편으론 인간이 다른 동물보다 앞설 수 있게 하는 **진화적 특권**이라고 할 수 있다.

p.556. 우리는 전이 신경증을 성적 본능이 자기 보존 본능과 불화를 빚기 때문에 생기는 것이라고 설명할 수 있었습니다. 이를 달

리 생물학적으로 표현하면-사실은 덜 정확한 표현이지만-자립적인 개체로서의 자아가 지닌 입장과 연속되는 세대 중의 한 구성원으로서 자아가 지닌 입장들 사이의 갈등이라는 근본적인 상황에 의해서 전이 신경증이 발생한다고 설명했습니다. 아마도 그런 분열은 인간에게만 나타날 것입니다. 그렇기 때문에 신경증은 일반적으로 인간이 동물보다 앞설 수 있는 특권인지도 모릅니다. 인간의 리비도가 지나치게 발달하고 아마도 바로 이를 통해서 정신생활이 풍부하게 짜여짐으로써 그 같은 갈등이 발생할 수 있는 조건들이 만들어졌던 것처럼 여겨집니다. 이 점이 또한 인간이 동물들과 함께하는 공동체적 관계를 넘어서 위대하게 진보할 수 있는 조건으로 작용했음을 확인할 수 있습니다. 그래서 신경증에 걸릴 수 있는 것은 인간이 지닌 다른 재능들의 이면에 불과한 것인지도 모릅니다.

- S. 프로이트 《정신분석 강의》 中 -

미스터 앤더슨 = 아웃사이더

이제 영화의 처음으로 돌아가서 네오가 정신병리 환자에서 어떤 다른 사람, 즉 인간(미스터 앤더슨)에서 구세주(네오)로 변해가는 과정에 대해서 알아보자. 어머니 오라클로부터 자신이 구세주를 찾아낼 것이라는 계시를 받은 모피어스는 네오가 구세주라는 것을 확신한다. 그런데 모피어스는 어떻게 네오가 구세주라는 것을 확신할 수 있었던 걸일까? 바꿔서 말하면 네오의 어떤 성격적 특질이 모피어스로 하여금 그가 구세주라는 것을 확신하도록 만들었을까? 네오가 불법 프로그램을 사러 온 남자에게 한 질문에서 그의 구세주로서의 잠재적 소질을 유추할 수 있다.

네오 : "꿈인지 생시인지 분간이 안 갈 때 있어?"

남성 : "항상 그래, 메스칼린 때문이지"

　네오는 자신이 꿈꾸고 있는지 깨어 있는지에 대해서 혼란스러워하는 인물이다. 네오의 질문을 받은 남자는 그 이유를 메스칼린 때문이라고 말한다. 마약이 꿈과 생시를 분간하지 못하도록 하는 것은 마약이 무의식의 방어와 검열을 일시적으로 마비시켜서 무의식을 활성화시키기 때문이다. 그래서 메스칼린은 인간의 억압된 욕망에 자유를 준다. 하지만 일시적이기 때문에 메스칼린의 세계는 가상의 세계라는 것이 금방 드러난다. 또 메스칼린의 세계는 인간의 욕망을 억압하지 않으므로 그 욕망을 대리만족시키기 위해서 문명을 건설할 필요가 없다.

　　p.456. 헉슬리는 다음과 같이 결론짓는다 – "메스칼린에 취해 있는 세계는 바로 전쟁이 없는 세계일 것이다(그래서 소수의 지배자의 근본문제는 해결되어 있다). 그러나 그 세계는 문명도 없는 세계이리라. 왜냐하면 우리는 문화를 건설하기 위해서 고뇌하지 않아도 되기 때문이다."

　　　　　　　　　　　　　　– C. 윌슨《아웃사이더》「자전적 후기」中 –

　네오가 마약을 하지 않는다는 것은 네오의 **자아**가 매우 강하다는 뜻이다. 어머니 관념이 지배적이라는 뜻이다(아버지 관념이 지배적일 경우에는 **초자아**가 강한 경우이다). 더 본질적으로 말하면 네오가 메스칼린을 하지 않는 이유는 마약이 주는 쾌락이 어머니 관념이 주는 쾌락보다 못하기 때문이다. 어머니 관념이 주는 쾌락이 더 크다는 의미는 네오가 어머니(이상화 자기-대상)를 내면화하는 유아기에 어머니 사랑을 많이 받았

으며 그 이후에도 어머니로 인한 심리적 외상(실망)이 없었다는 뜻이다.[80]

꿈과 생시를 구분하지 못하는 네오의 질문은 장자(莊子)의 나비 꿈을 연상시킨다.[81] 네오가 메스칼린을 하지 않았음에도 꿈과 생시를 구분하지 못하는 이유는 무의식의 방어와 검열이 약하기 때문이다. 역설적으로 들리지만 네오는 무의식에서 깨어 있다고 할 수 있다. 하지만 무의식의 방어와 검열이 강한 사람은 무의식에서 깨어날 수 없다. 따라서 자신이 무의식에 의해서 지배되고 있는지를 알 수 없다.

> 모피어스 : "진짜 현실 같은 꿈을 꿔본 적 있나? 그런 꿈에서 깨어날
> 수 없다면? 그것이 꿈인지 생시인지 어떻게 알 수 있지?"

무의식은 왜곡되지 않은 부분과 심리적 외상에 의해서 왜곡된 부분으로 구성되어 있다. 따라서 무의식 속에는 실제와 허위가 뒤섞여 있고 본질과 환상이 나란히 공존한다. 하지만 인간의 두뇌는 그것들을 구별할 수 없다. 이미 그러한 허위와 환상이 정신구조 일부를 이루었기 때문이다. 그 결과 인간의 두뇌(상상력)는 그것이 실제이든 허위이든 또는 본질이든 환상이든 똑같은 심리적 가치를 지닌 표상(표시)으로 구성해 냄으로

---

80) p.58. 아이가 이상화 자기-대상 발달의 초기 단계에서 외상적 실망을 겪게 될 경우, 아이는 잘 달래주고 재워주는 어머니와의 경험들을 점진적으로 내재화하지 못한다. 따라서 그러한 개인들은 원초적 대상에 고착된 채로 남게 되며, 그러한 달램과 진정 효과를 마약에서 찾는다. 그런 점에서 마약은 사랑받거나 사랑하는 대상의 대체물이 아니라 심리 구조 안에 있는 결함의 대체물이다.

- H. 코헛 《자기의 분석》 中 -

81) p.75. 옛날에 장주(莊周)가 꿈에 나비가 되었다. 훨훨 날아다니는 나비가 되어 스스로 유유자적하였다! 그러면서 자신이 장주라는 것도 알지 못하였다. 그러나 문득 잠에서 깨어나니 자신은 뻣뻣하게 누워 있는 장주였다. 장주가 꿈에 나비가 된 것인지 나비가 꿈에 장주가 된 것인지 알 수 없었다.

- 장자(莊子) 《장자》 中 -

써 의식이 자신의 본질과 본성을 보지 못하도록 은폐해버린다.[82]

　이러한 정신 현상은 외부 대상에도 그대로 투사되어 세계를 인식하는 척도가 된다. 만약 인간의 두뇌가 실제와 허위를 구별하고 본질과 환상을 구분할 수 있었다면 화폐와 신이 그토록 오랫동안 인간의 정신을 지배할 수 없었을 것이다.[83] 이런 관점에서 역설적으로 꿈과 생시를 혼동하는 네오가 현실과 가상을 구별하고 있다고 할 수 있다. 쇼펜하우어와 니체는 이렇게 현실을 가상으로 생각하는 재능을 **'철학적 능력의 표시'**로 간주했다. 모피어스가 네오가 구세주라는 것을 확신할 수 있었던 이유는 바로 네오의 이러한 철학적 능력 때문이었다.

　　p.30. 이러한 꿈 현실이 전개되는 최고의 삶에서도 우리는 여전히 그것이 **가상**이라고 어렴풋이 느낀다. 적어도 나의 경험은 이렇다. 이것이 자주 일어나고 정상이라는 사실을 증명하기 위해서 나는 많은 증거와 시인들의 잠언을 제시할 수도 있다. 심지어 철학적 인간은, 우리가 그 안에서 살고 존재하는 이 현실의 밑에는 전혀 다른 하나의 현실이 놓여 있고 그 현실도 또한 하나의 가상이라고 예

---

82) p.56. 상상력. 이것은 인간 안에 지배적인 부분이고 오류와 허위의 주관자이며 더욱이 항상 기만하지 않기에 그만큼 더 기만적인 것이다. 왜냐하면 만약 그것이 허위의 확실한 기준이 된다면 진리의 확실한 기준도 될 것이기 때문이다. 그러나 이것은 대체로 허위이기가 일쑤지만 참된 것(眞)에 대해서나 거짓된 것(僞)에 대해서나 똑같은 표시를 나타냄으로써 자신의 본성을 은폐한다.

- B. 파스칼 《팡세》 中 -

83) p.55. 푸조는 우리의 집단적 상상력이 만들어 낸 환상이다. 변호사들은 이를 '법적인 허구'라고 부른다. 이것은 손으로 가리킬 수 없다. 물리적 실체가 아니기 때문이다. 하지만 법적 실체로서는 존재한다. (중략) 은행 계좌를 열고 자산을 소유할 수 있다. 세금을 내고, 소송의 대상이 되며, 심지어 회사를 소유하거나 거기서 일하는 사람과 별개로 기소당할 수도 있다. 푸조는 '유한(책임) 회사'라는 특별한 법적 허구의 산물이다. 이런 회사의 이면에서는 인류의 가장 독창적인 발명으로 꼽히는 개념이 존재한다.

- Y. 하라리 《사피엔스》 中 -

감하기도 한다. 쇼펜하우어는 인간과 만물을 이따금 단순한 환영이나 꿈의 형상처럼 생각하는 어떤 사람의 재능을 철학적 능력의 표시로 간주한다. 철학자가 실존의 현실을 그렇게 대하는 것처럼, 예술적으로 민감한 인간은 꿈의 현실을 그렇게 대한다.

- F. 니체 《비극의 탄생(책)》 中 -

그런데 네오는 왜 현실을 환영이나 가상으로 생각하는 것일까? 그 이유는 네오의 리비도가 신체가 아니라 **정신**에 지배적으로 배분되어 있기 때문이다(예술가는 리비도가 정신이 아니라 **신체**에 지배적으로 배분된 사람이다). 정신에 리비도가 지배적으로 배분되면 현실은 과소평가하고 자기 사고를 과대평가하게 된다(예술가는 현실을 과대평가하고 자기 사고는 과소평가한다). 이러한 정신구조를 지닌 사람은 현실이 가짜처럼 여겨지고 자신도 살아 있는 것 같지 않다고 느낀다.[84] 그래서 자신이 사는 현실과 다른 세계가 존재하는 것처럼 느끼게 되고 그 세계를 탐구하고 고뇌함으로써 철학적 인간이 된다. 이상한 나라의 앨리스처럼 네오가 흰토끼를 쫓아서 트리니티를 만나는 이유도 이러한 비현실적 느낌에서 벗어나고 싶어 하기 때문이다.

모피어스 : "지금 자넨 이상한 나라의 앨리스가 된 기분이겠지? 토끼 구멍으로 떨어진 것 같지?"

---

84) p.218. 예컨대, 원초적인 과대 자기에 대한 과도한 리비도 집중은 현실적 자기의 경험으로부터 리비도적 자양분을 빼앗아 간다(Rapaport, 1950). 현실 같지 않고 가짜 같으며, 살아 있는 것 같지 않은 막연한 느낌은 전의식적 상태로 존재한다. 그러나 환자는 이런 장애가 있음을 전혀 자각하지 못하거나 막연하고 희미하게 의식할 뿐이며, 다른 사람들과 자기 자신이 그것을 알지 못하도록 덮고 있다.

- H. 코헛 《자기의 분석》 中 -

네오 : "그런 것 같아요."

모피어스 : "(중략) 운명을 믿나, 네오?"

네오 : "아뇨."

모피어스 : "왜지?"

네오 : "나 자신의 삶을 통제할 수가 없으니까요."

모피어스 : "무슨 뜻인지 알아. 네가 온 이유를 말해 주지. 뭔가를 알기 때문에 온거야. 그게 뭔지 설명은 못해. 하지만 느껴져. 평생을 느껴 왔어. 뭔지는 모르지만 세상이 잘못됐다는 걸 말이야. 머리가 깨질 것처럼 자넬 미치게 만들지. 그 느낌에 이끌려 온 거야. 무슨 말인지 알겠나?"

　　철학적 인간인 네오는 전 생애를 통해서 뭔지는 모르지만, 이 세상이 잘못되어 있다고 느낀다. 자신의 삶을 통제하는 다른 뭔가가 있다고 느끼기 때문이다. 설명할 수 없지만 그러한 느낌은 마치 '마음에 날카로운 가시(splinter)가 박힌 것처럼' 네오를 미치게 만든다. 네오가 이러한 고통을 느낀다는 것은 《카라마조프의 형제》에서 이반처럼 자신의 무의식을 **어느 정도** 들여다볼 수 있기 때문이다. 네오는 이러한 느낌의 이유를 찾기 위해서 매일 컴퓨터 앞에서 앉아 있지만, 알지 못할 혼돈 속에서 헤맨다. 이러한 **철학적 감정**이 구세주로서의 네오의 성격적 특질이다. 모피어스는 네오의 이러한 성격적 특질에서 그를 구세주로 확신하게 된다. C. 윌슨은 이러한 철학적 감정을 느끼는 사람을 **'아웃사이더'**라고 불렀다.

　　p.445. 아웃사이더의 근본문제는 일상의 세계에 대한 본능적인 거부며, 그 일상의 세계가 무언가 지루하고 불만족스럽다고 느끼는 데 있다. 마치 최면술에 걸린 사람이 톱밥을 계란이나 베이컨이라

고 믿으면서 먹고 있는 것처럼.

　모든 인류의 시인이나 사상가들은 이 감정을 그들의 출발점으로 삼고 있는데, 악셀의 표현에 의하면 이 감정은 삶 그 자체가 평범하게 되풀이되는 노역(勞役)이며 종들에게만 알맞다는 느낌이다. 이것 때문에 많은 철학자들은 '실재하는 세계'를 거부하고―플라톤처럼― 시인의 참다운 '고향'이라는 사상이나 정신과 같은 어떤 다른 세계가 있다고 믿게 했다.

- C. 윌슨《아웃사이더》『자전적 후기』中 -

　C. 윌슨은 마치 영화《매트릭스》를 보기라도 한 것처럼 인간의 정신 상태를 최면에 걸려 톱밥을 계란이나 베이컨이라고 믿고 먹는 사람에 비유한다. 매트릭스 속의 인간도 사체를 맛있는 음식이라고 믿고 먹으며 노예(종)의 삶을 살고 있다. 소수의 철학적 인간은 현실 세계를 이렇게 느낀다. 그들은 다른 사람이 볼 수 없는 것을 보기 때문이다. 인류의 모든 시인이나 사상가들이 이러한 감정을 자신의 출발점으로 삼았다. 그래서 그들은 현실 세계를 거부하고 어떤 다른 세계가 있다고 믿는다.

　네오도 평범하게 되풀이되는 현실 세계가 지루하고 불만족스럽다. 그래서 그도 어떤 다른 세계가 있다고 믿는다. 하지만 다른 세계를 찾아낼 수 없다. 그래서 아웃사이더는 이러한 비현실감을 몰아내기 위해서 다양한 삶의 태도를 취한다. 전능 관념이 지배적인 소수 엘리트가 선택할 수 있는 삶의 태도는 현실 세계의 질서에 반기를 드는 것이다. 기존 질서에 반기를 들어 나폴레옹처럼 성공하면 **영웅**이 되고 라스콜리니코프처럼 실패하면 **범죄자**가 되는 것이다.

　p.16. 완고한 소질 때문에 본능 억제에 찬동하지 못하는 사람은

사회와 맞서는 〈범죄자〉나 〈무법자〉가 된다. 사회적 지위가 높거나 비범한 능력을 갖고 있어서 위인이나 〈영웅〉을 자처할 수 있는 사람이라면 별문제지만.

- S. 프로이트 《문명 속의 불만, 『문명적 성도덕과 현대인의 신경병』》中 -

네오는 현실이 생생하게 느껴지지 않는다. 네오가 범죄자가 된 이유는 자신이 살아 있음을 느끼기 위해서이다. 네오가 낮에는 소프트웨어 회사의 프로그래머로서 일하지만, 밤에는 컴퓨터 범죄를 저지르는 해커로 활동하는 이유가 여기에 있다.

> 스미스 요원 : "자넨 두 개의 인생을 살고 있더군. 하나는 소프트웨어회사의 프로그래머인 토머스 앤더슨이지. 떳떳한 시민으로서 세금도 내고, 그리고 집주인 아줌마의 쓰레기도 버려 주지. 다른 하나는 네오라는 이름의 해커로서 온갖 컴퓨터 범죄는 죄다 저질렀더군."

이 장면에서 구세주로서의 네오의 두 번째 성격적 특질을 알 수 있다. 그것은 네오가 **강한 양심**을 가지고 있다는 것이다. 라스콜리니코프가 자신의 호주머니를 털어 남을 돕는 것처럼 네오도 낮에는 법을 잘 지키고 이웃을 도와주는 양심적인 회사원이다. 《죄와 벌》의 라스콜리니코프처럼 네오의 무의식 속에도 서로 모순되는 관념이 공존하고 있다. 전능 관념이 지배적인 네오에게 기존 질서를 인정하고 그 질서에 복종하며 사는 것만으로는 불충분하다. 어머니를 욕망할 자유가 없는 생활은 벌레의 삶이며 겁쟁이의 생활이다. 그래서 라스콜리니코프의 무의식이 자신의 전능 관념을 시험한 것처럼 네오의 무의식도 자신의 전능 관념을 시험하고자 한다. 창조자 아버지의 말씀을 거역하고 선악과를 먹는 것이다. 아담이 **빨간 사과**를 먹었듯이 네오도 **빨간 알약**을 선택한다.

> p.98. 문제는 어디까지나 자기실현에 있다는 것이다. 어떤 질서의 개념을 인용하고 그것으로 사는 것만으로는 불충분하다는 것이다. 그러한 생활은 겁쟁이의 생활이며, 거기서 자유를 얻는다는 것은 바랄 수 없는 일인 탓이다.
> 혼돈을 직시해야만 한다. 진정한 질서가 오기 전에 혼돈으로 내려가야만 한다. 이것이 헤세의 결론이다. 신학적 용어를 빌리자면 타락이 필요한 것이며, 인간은 선악과(善惡果)를 먹어야만 한다는 것이다.
>
> - C. 윌슨《아웃사이더》中 -

복종 관념이 지배적인 사람들 속에서 전능 관념이 지배적인 인간은 살아갈 수 없다. 현실 세계를 정복해서 다른 사람들을 지배하든지 아니면 현실 세계에서 탈출을 시도하는 수밖에 없다. 그렇지 않으면 자신의 창조성 때문에 동료에게 살해당하거나 살 의욕을 잃고 자살을 선택해야만 한다.[85] 결론적으로 전능 관념이 지배적인 사람은 영웅이든 범죄자든 둘 중 하나를 선택해야만 한다.

---

85) p.259. 이 같은 사회적 상황이 딜레마를 초래한다. 만일 창조적 천재가 그 자신의 내부에서 이뤄진 변화를 그의 환경 속에 실현할 수 없다면, 그의 창조성은 그에게 치명적일 것이다. 그는 그의 행동 범위에서 힘을 잃게 된다. 그리고 활동 능력을 상실함으로써 살아갈 의욕을 잃고 만다. 이를테면 떼를 지어 사는 동물이나 곤충의 고정된 사회에서, 개미나 벌, 가축이나 늑대 떼의 변종이 동료에 죽임을 당하는 것처럼, 이전의 동료들에게 죽게 되는 일은 없다 하더라도 살 의욕을 잃어버리고 만다.
- A. J. 토인비《역사의 연구》中 -

그런데 구세주는 왜 범죄자 성향을 지녀야 하는 것일까? 첫 번째 이유는 기존 질서에 반기를 들어야 하기 때문이다. 기존 질서에 반기를 들지 않는 구세주는 존재하지 않는다. 두 번째 이유는 범죄자 성향이 있다는 것은 오이디푸스 콤플렉스가 없거나 약하다는 의미이고 따라서 무의식의 악마적 힘을 이용할 수 있는 잠재력을 지니고 있기 때문이다. 하지만 범죄자 성향과 대립하는 양심이 없다면 그냥 범죄자에 머물고 만다. 범죄자에서 구세주가 되기 위해서는 전능 관념과 양심이 서로 협력할 수 있는 신념 표상을 발견해야만 한다. 네오가 범죄자인 이유도 라스콜리니코프처럼 전능 관념과 양심이 서로 협력할 수 있는 신념(신앙) 표상을 아직 발견하지 못했기 때문이다.

p.273. "… 그래서 이렇게 말씀드리는 겁니다. 당신이 노파를 죽인 건 그래도 낫습니다. 만약 또 다른 이론을 생각해냈다면 그것보다 몇억 배 더 심한 일을 감행했을지도 모르니까요. 그러니 하느님께 감사해야 할는지도 모릅니다. 당신도 모르는 새 하느님이 지켜주셨는지도 모릅니다. 마음을 크게 가지고 겁내지 마십시오. 당신은 눈앞에 다가와 있는 위대한 의무의 수행이 겁나는 것이지요? 아니, 이 마당에 와서 무서움에 떤다는 것은 그야말로 수치스러운 일입니다. 그와 같은 일을 과감히 시작했으면 끝까지 이를 꼭 물고 갈 길을 가야 하지 않겠습니까. 그렇게 함으로써 정의(正義)라는 것이 살게 되는 것입니다. 정의가 요구하는 것을 주저하지 마시고 실행하십시오. 당신에겐 현재 아무 신앙도 없다는 것을 나는 알고 있습니다. 그러나 인생이 끝난 건 아닙니다. 이제부터가 시작입니다. 마침내 당신도 인생이 무엇인지, 얼마나 소중한 것인지 저절로 알게 될 것입니다. 지금 현재 당신에게 필요한 것은 공기뿐입니다. 공기란 말입

니다. 새롭고 신선한 공기만이!"

- 도스토옙스키 《죄와 벌》하 中 -

라스콜리니코프가 전당포 노파의 살해보다 몇억 배 더 심한 일을 감행하지 않은 이유는 전능 관념과 서로 모순되는 양심이 무의식적으로 작용했기 때문이다. 도스토옙스키는 양심의 이러한 무의식적 작용을 '**자신이 모르는 새** 하나님이 지켜 주었기 때문'이라고 표현한다. 범죄자인 네오가 구세주가 될 수 있는 이유도 무의식 속에 전능 관념과 양심이 공존하기 있기 때문이다. 전능 관념은 네오가 무의식의 악마적 힘을 이용할 수 있도록 해 주는 조건이 되고 양심은 그 힘을 자기 자신이 아닌 인류를 위해 사용할 수 있도록 해 주는 조건이 된다. 포르피리 검사가 라스콜리니코프에게 필요한 것은 '**새롭게 신선한 공기**'라고 말하는 이유는 이제 라스콜리니코프가 감옥에 들어가서 '성가시고 폭군 같은' 전능 관념의 충동으로부터 자신을 보호하면서 전능 관념과 양심을 동시에 만족시킬 수 있는 **새롭고 신선한 신념**을 찾아내어 전능 관념을 변형하거나 승화시킴으로써 전능 관념을 치유할 필요가 있다는 뜻이다.

p.219. 범죄자에게는 새로운 공기를 쐬는 것, 다른 사회, 일시적인 사라짐, 어쩌면 고독과 새로운 일이 필요하다. 좋다! 아마 그는 자기 자신과 성가시고 **폭군 같은** 충동에서 자신을 보호하기 위해 일정 기간 감옥에서 사는 것이 자신에게 이익이 된다는 사실을 발견할 것이다. 범죄자한테는 치유(저 충동의 근절, 변형, 승화)의 가능성과 수단과, 상황이 좋지 않을 경우에는 치유될 것 같지 않다는 사실을 아주 분명하게 제시해야만 한다.

- F. 니체 《아침놀(책)》中 -

매트릭스 = 1) 마음의 감옥

감옥에서 죄수가 교도관의 명령과 감시를 받고 살 듯이 인간은 무의식의 명령과 감시를 받으며 살아간다. 라스콜리니코프의 경우 전능 관념의 명령을 받고 살인을 저질렀지만, 양심의 감시로 인해서 자수하고 만다. 전능 관념이 지배적인 소수 엘리트는 무의식의 감옥에 갇혀있거나 현실의 감옥에 갇힐 수밖에 없는 운명에 처해있는 것이다. 물론 복종 관념이 지배적인 다수 민중도 복종 관념의 명령과 죄책감의 감시를 받으며 살아간다. 따라서 모든 인간은 마음(무의식)의 감옥에 갇혀있다고 할 수 있다.

> 모피어스 : "매트릭스는 모든 곳에 있어. 우리 주위의 모든 곳에. 바로 이 방안에도 있고, 창 밖을 내다봐도 있고, TV 안에도 있지. 출근할 때도 느껴지고, 교회에 갈 때도, 세금을 낼 때도. 진실을 못 보도록 눈을 가리는 세계란 말이지."
> 네오 : "무슨 진실요?"
> 모피어스 : "네가 노예란 진실. 너도 다른 사람과 마찬가지로 모든 감각이 마비된 채 감옥에서 태어났지. 네 마음의 감옥."

감옥이 죄수를 사회에서 격리하듯이 무의식의 방어와 검열은 인간의 의식을 무의식으로부터 격리한다. 모피어스는 의식과 무의식이 단절된 이유가 인간의 모든 감각이 마비되었기 때문이라고 말한다. 이 의미는 인간의 감각기관이 과거의 경험에 고착되어 있어서 인간의 두뇌에 왜곡된 정보를 줌으로써 의식을 기만한다는 뜻이다.[86] 인간의 감각기관이 과

86) p.573. 우리의 감각 세계는 결코 실제로 존재하지 않으며 모순적이다 : 감각 세계는 감각의 기만이다. 그렇다면 감각들이란 무엇이란 말인가? 이 속임수의 원인은 실제

거의 경험에 고착된 이유는 미성숙한 두뇌를 가지고 태어나기 때문이다. 일반적인 포유동물의 경우 어미의 자궁 속에서 두뇌 신경과 감각 신경의 연결이 완료되어 태어나므로 감각기관이 인식기관을 기만하지 않는다. 하지만 미성숙한 상태로 태어난 인간의 두뇌는 두뇌 신경과 감각 신경이 연결되는 데 있어서 양육 환경, 특히 부모에 의해 크게 영향을 받는다. 이렇게 형성된 감각기관의 알고리즘은 현재의 대상을 과거의 경험에 따라 잘못된 해석을 함으로써 의식을 기만하게 된다.[87]

(네오는 가죽 의자를 어루만진다.)

네오 : "진짜가 아닌가요?"

모피어스 : "진짜가 뭔데? 정의를 어떻게 내려? 촉각이나 후각, 미각, 시각을 뜻하는 거라면 진짜란 두뇌가 해석하는 전자 신호에 불과해."

부모의 영향이 어린아이의 감각기관에 영향을 미치는 이유는 두뇌 신경과 감각 신경이 연결될 때 부모의 자극으로 각 기관에 배분되는 리비도 배분량이 달라지기 때문이다. 예를 들어 예술가는 신체(감각기관)에 리비도가 지배적으로 배분된 사람이다. 화가는 리비도가 눈에 지배적으

로 있어야 한다. 그러나 우리는 감각들로부터, 그리고 오직 감각들에 의해서만 지식을 얻게 되고 그래서 그것은 기만의 세계에 속한다. 그러므로 우리는 우리가 알 수 없는 그 무엇을 믿을 수는 없으며 감각들은 그 첫 번째 기만에 속한다.

- F. 니체 《유고(1880년 초~1881년 봄)》中 -

87) p.97. 현대 뇌과학에서는 인간의 믿음, 생각, 지각, 느낌, 기억 대부분이 착시 현상일 거라고 생각합니다. 착시 현상이 나쁘다는 게 절대 아니고 오감이 전달해준 정보, 내가 실질적으로 경험한 거에 플러스알파로 해석이 포함되어 있는 거예요. 사실 이 해석 없이는 우리는 세상을 알아볼 수 없겠죠.

- 김대식 《인공지능이란 무엇인가? 인간 vs 기계》中 -

로 배분된 사람으로 다른 사람이 볼 수 없는 것을 볼 수 있고 음악가는 리비도가 귀에 지배적으로 배분된 사람으로 다른 사람이 들을 수 없는 것을 들을 수 있다. 반면 철학자는 정신(인식기관)에 리비도가 지배적으로 배분되어 있어서 다른 사람이 생각할 수 없는 사유를 한다. 이렇게 인간의 감각기관 또는 인식기관은 실제 현실과 관계없이 **리비도 배분량**(관심의 강도)에 의해서 현실 세계를 해석한다.[88]

리비도 배분량의 차이로 인해서 예술가는 실제 현실을 **더** 현실감 있게 받아들이고 철학자는 실제 현실을 **덜** 현실감 있게 받아들인다. 따라서 예술가는 현실 세계에 만족하면서 살지만, 철학자는 현실 세계에 만족하지 못한다. 니체의 용어를 빌리자면 예술가는 **직관적 인간**이라고 할 수 있고 철학자는 **이성적 인간**이라고 할 수 있다.[89] 직관적 인간은 '가상과 아름다움 속'에서 살고 이성적 인간은 '추상과 궁핍 속'에서 산다. 하지만 실제 현실을 더 현실적으로 느끼는 예술가든 실제 현실을 비현실적으로 느끼는 철학자든 모든 인간은 감각기관에 의해서 기만당하는 마음의 감옥에 산다. 차이점은 예술가는 감옥 생활에 만족하지만, 철학자는 감옥에서 탈출하고 싶어 한다는 것이다.

p.249. 이런 사람들은 모두가 감옥에 산다고 아웃사이더는 판정

---

88) p.378. 심리학적으로 계산하면, 존재와 가상이 산출하는 것은 "존재 자체"나 "현실성"의 기준이 아니라, 단지 우리가 가상에 부여하는 관심의 강도에 따라 측정된 허구성의 정도를 위한 기준이다.
　　　　　　　　　　　　　　　- F. 니체 《유고(1885년 가을~1887년 가을)》 中 -
89) p.460. 이성적 인간과 직관적 인간이 나란히 서 있는 시대가 있다. 한 사람은 직관에 대해 불안해하고, 다른 사람은 추상을 경멸한다. 후자가 비이성적인 것처럼, 전자는 비예술가적이다. 양자는 모두 삶을 지배하기를 욕망한다. 전자는 사전의 예방책, 영리함, 규칙성을 통해 주된 궁핍에 대처하는 데 반하여, 후자는 '너무 기쁜 사람'으로서 궁핍을 보지 못하고 오직 가상과 아름다움으로 위장된 삶만을 실재로 받아들인다.
　　　　　　- F. 니체 《유고(1870년~1873년), 『비도덕적 의미에서의 진리와 거짓에 관하여』》 中 -

한다. 그들은 감방 생활에 만족하고 있다. 자유를 알지 못하는 우리 속의 동물이기 때문이다. 우리도 감옥임에는 매한가지이다. 그러면 아웃사이더는 어떨까? 그도 역시 감옥에 있다. 아웃사이더들은 모두가 각자의 표현으로 이것을 말하고 있다. 다만 그는 자기가 감옥에 있는 것을 알고 있다. 그리고 거기서 탈출하고자 열망한다. 그러나 탈옥은 쉬운 일이 아니다. 자기의 감방에 대해서 모든 것을 알지 않으면 《몽떼 크리스트 백작》의 사제와 같이 몇 년 동안이나 바닥을 파서 굴을 뚫은 결과 옆방에 도달하고 마는 결과가 될지 모른다.

- C. 윌슨 《아웃사이더》 中 -

어린 시절의 리비도 배분 과정을 살펴보면 유아는 두뇌의 신경세포와 신체의 감각세포가 연결되지 않는 상태이기 때문에 유아의 상태는 정신만 존재하는 상태라고 할 수 있다. 유아의 정신과 신체가 발달하기 시작하면서 두뇌 신경과 감각 신경이 **전기적으로 연결되기** 시작한다. 이때 전기 에너지의 역할을 하는 것이 리비도이다. 리비도는 두뇌 신경과 감각 신경 사이를 흐르면서 리비도의 배출 통로를 형성한다. D. 위니캇은 이렇게 유아의 정신과 신체가 연결되는 메커니즘을 두 지점 간의 전기 연결에 비유해서 '**통전(通電)**'이라고 불렀다. 통전 과정에서 심리적 외상이 발생하면 그 심리적 외상에 리비도가 집중되고 그 방어 결과는 육신화된다. 그런데 신체적 외상이 너무 크면 신체적 불구가 되듯이 심리적 외상이 너무 크면 정신적 불구가 된다. 특히 인간은 아주 미성숙한 두뇌를 가지고 태어나기 때문에 성인이 보기에 아주 사소한 심리적 외상도 정신병리가 된다.[90]

---

90) p.302. 심리학자들과 정신과 의사들은 (중략), 일반적으로 다음과 같은 가정들을 갖고 있다. 예를 들어, 외상이 빨리 발생할수록 그리고 자궁 외 생활의 최초 단계-즉 생후부터 14~15개월까지-의 경험이 불리할수록 이후의 심한 성격장애나 경계선적

이렇게 어린 시절의 경험과 심리적 외상에 따라서 개인의 인식기관과 감각기관에 배분되는 리비도의 배분량이 다르게 된다. 눈에 리비도가 지배적으로 배분된 사람은 화가가 되거나 손에 리비도가 지배적으로 배분된 사람은 피아니스트가 될 수 있다. 따라서 쾌락을 추구하는 방식도 리비도 배분량에 따라서 다르게 된다. 피아니스트는 손에 리비도가 지배적으로 배분되고 손을 사용하는 데 쾌락을 느낄 수 있어야 한다. 이렇게 어떤 행위에서 쾌락을 느낄 수 있는 기질이 **소질**이다. 피아니스트는 쾌락을 얻기 위해서 피아노라는 대상을 지정하고 상징 행위(연주)를 반복(연습)함으로써 자신의 리비도를 발산할 수 있는 통로를 구축하게 된다. 이 리비도 전달 통로를 통해서 리비도를 발산할 수 있는 능력이 **재능**이다. 그리고 리비도 전달 통로를 통해 리비도를 발산하고자 하는 욕구가 **충동**이다.[91]

이러한 충동의 성취는 모두 무의식적으로 이루어진다. 만약 피아니스트가 모든 건반을 의식해서 친다고 한다면 결코 세계적인 피아니스트는 될 수 없을 것이다. 이런 이유로 무의식의 영역이 완성된 후에는 노력을 통해 소질과 재능을 획득하기는 매우 어렵다. 마치 기수가 말을 길들여서 말의 힘을 이용할 수 있는 것처럼 예술가는 무의식을 길들여서 그 힘을 이용한다. 따라서 무의식이 억압될수록 자신의 소질과 재능을 완전하게 발휘할 수 없다. 네오가 그 뛰어난 소질과 재능에도 불구하고 모피어스를 이기지 못하는 이유도 무의식이 오이디푸스 콤플렉스에 의해 어느 정도

병리, 혹은 심지어는 정신병을 앓게 될 경향성은 더욱 커진다는 생각이다.
　　　　　　　　　　　　　　　　　　　　- M. 말러 등《유아의 심리적 탄생》中 -
91) p.397. 피아노 연주자의 손과 손으로의 전달 통로, 그리고 뇌의 영역이 함께 하나의 기관을 이룬다 (강하게 결합할 수 있기 위해서, 이 기관은 그 자체를 완결시켜야 한다). **신체의 분리된 부분들은 전신(電信)으로 연결되어 있다**－즉, **충동**.
　　쇼펜하우어는 그것에 대해서 아직 **무의식적인 목적**이라고 생각했다!
　　　　　　　　　　　　　　　- F. 니체《유고(1882년 7월~1883/84년 겨울)》中 -

억압되어 있기 때문이다.

> 모피어스 : "내가 어떻게 이겼지?"
> 네오 : "너무 빨라서요."
> 모피어스 : "내가 빠르거나 힘이 센 게 내 근육 탓일까? 여기서? 네
> 가 공기를 마신다고 생각해?"

컴퓨터 시뮬레이션을 통해 다양한 무술을 섭렵한 네오는 모피어스와 무술 대련을 한다. 모피어스는 대련 프로그램에서 네오를 무참하게 쓰러뜨린 후 네오에게 자신이 어떻게 이길 수 있었는지 묻는다. 네오의 의식은 모피어스의 근육이 빠르고 강하기 때문이라고 **논리적이고 그럴듯한** 이야기를 만들어 낸다. 모피어스는 "여기서?"라고 반문한다. 네오가 패배한 원인은 네오의 무의식이 모피어스가 가지고 있는 권위나 강인함과 같은 아버지 표상을 지각하고 이미 패배하기로 선택했기 때문이다. 모피어스가 네오에게 "공기를 마신다고 생각하느냐?"고 묻는 것은 오이디푸스 콤플렉스가 의식이 모르게 네오를 위축시키고 있음을 지적하기 위해서이다. 이러한 방어 양상은 '**마치 숨 쉬는 공기와도 같이**' 너무나 자연스럽고 자동적인 방식으로 이루어지므로 사람들 대부분은 자신의 태도가 무의식적 관념에서 비롯되었다는 사실을 모른다.[92]
매트릭스는 인간의 정신구조 속에 오이디푸스 콤플렉스라는 강력한

---

92) p.156. 반면, 그 환자의 방어가 부적응적이고 성격적인 것이라면 임상적 접근의 중요성이 커지게 된다. (중략) 이러한 경우, 너무나 자연스럽고 자동적인 방식으로 위축의 경향을 나타내기 때문에 이에 대처할 수 있는 다른 방법을 생각해 낼 수가 없다. 즉, 방어 양상이 마치 숨 쉬는 공기와도 같이 매우 친숙하기 때문에 이를 살피고 고려해야 할 대상으로 생각하는 데는 어려움이 따르는 것이다.
- N. 맥윌리엄스《정신분석적 사례이해》中 -

환상을 로딩한다. 그 환상 속에서 인간은 아버지의 거세 위협에 두려워하는 어린아이처럼 자신을 약하고 부적절한 존재로 느끼게 되며 자신의 능력을 의심하고 불신한다. 아버지에 대한 무력감과 자신에 대한 불신의 환상 속에서 성장한 주체는 그 환상을 실제 자기로 생각하게 됨으로써 자기의 실제 본질이 어떤 것인지를 더 이상 알지 못하게 된다.[93] 그래서 모피어스는 네오에게 자신이 누구인지를 '생각하지 말고'(Don't think you are) 자신이 누구인지를 '알아야'(know you are) 한다고 말한다.

> 모피어스 : "뭘 기다려? 넌 이것보단 빠르잖아. 생각하지 말고 인식
> 을 해(Don't think you are, know you are.)"
> (중략)
> 네오 : "뭘 하려는 건지 알아요."
> 모피어스 : "네 마음을 자유롭게 해 주려는 거야, 네오, 그러나 문까
> 지만 안내할 수 있지. 나가는 건 직접해야 해."
> (중략)
> 모피어스 : "모든 걸 버려. 네오. 두려움, 의심, 불신까지. 마음을 자
> 유롭게 해 줘."

대부분 사람은 의식 속에 떠오르는 자기 표상을 자기 자신이라고 생각한다. 하지만 의식 속의 나타난 자기 표상은 진짜 자신이 아니다. 베드로

---

93) p.80. 따라서 예컨대, 환자가 느끼는 약함, 부적절성, 무력감이 반복적으로 확인되면서, 그러한 요소가 점진적으로 근저에 있는 내사물의 조직을 반영하는 환상과 관련되어 있다는 이해가 발달될 수 있다. 환자는 환상만을 알거나, 혹은 너무나 오랫동안 환상을 그의 실제 자기의 일부로 받아들임으로써, 그의 실제 자기의 본질이 어떤 것인지를 더 이상 알지 못한다.
- W. 마이쓰너 《편집증과 심리치료》 中 -

의 경우로 되돌아 가보면 베드로의 의식은 그리스도를 믿고 있었다고 **생각했지만**, 실제로는 그의 무의식은 그리스도를 믿고 있지 않았던 것처럼, 네오의 의식은 모피어스를 믿고 있다고 **생각하지만** 실제로는 그의 무의식은 모피어스를 믿지 않고 있다. 모피어스가 자신은 '문까지만 안내할 수 있다'라고 말하는 것은 자신의 가르침은 네오의 **의식에까지만** 미친다는 뜻이고, '문을 나가는 건 직접 해야 한다'고 말하는 것은 네오 **자신이 무의식에까지 직접 접근해서** 오이디푸스 콤플렉스에 대해서 알아야 오이디푸스 콤플렉스에서 벗어날 수 있다는 뜻이다.

> p.458. 자기 자신의 눈으로 사물을 직접 보는 것은 그것을 듣거나 그것에 대해서 읽은 것과는 전혀 다르다는 사실을 강조하는 데 아크로폴리스에서 생긴 이상한 생각이 기여한다는 말을 하기는 이제 어렵지 않을 것입니다. (중략) 내가 초등학교 학생이었을 때 나는 아테네라는 도시의 역사적 실재와 그것의 역사를 확신했다고 〈생각했지만〉, 아크로폴리스에서 이러한 생각이 떠올랐다는 사실은 무의식 속에서 나는 그것을 〈믿지 않았다〉는 것을 정확하게 보여 주고, 나는 이제 겨우 〈무의식까지 닿는〉 확신을 획득하고 있는 중이었다고 주장하는 것도 가능할 것입니다.
> - S. 프로이트 《정신분석학의 근본 개념, 『아크로폴리스에서 일어난 기억의 혼란』》中 -

네오의 정신 능력은 매트릭스의 규칙을 깨트리거나 우회해서 모피어스에게 승리할 수 있었지만, 매트릭스의 규칙을 극복하지 못하고 패배를 선택한다. 네오가 패배한 원인은 힘이나 근육 때문이 아니라 자기 자신 때문이다. 자기의 무의식 속 두려움과 불신과 의심 때문이었다. 이렇게 자아는 자신에 두려움을 주었던 불쾌한 표상(아버지 표상)을 인식하게 되면 자신의 남근을 보호하고 자기애를 보존하기 위해서 위축되고 움츠러들게 된다. 자아의 능력이 이렇게 제한되는 이유는 자아가 자신의 정신 에너지(리비도)를 아버지의 거세 위협을 방어하기 위해서, 바꿔말하면 자신의 욕망이 밀려들어 오는 것을 막는 데 사용하고 있기 때문이다. 이렇게 다른 활동에 쓸 수 있는 정신 에너지를 거세 위협의 방어에 소모함으로써 자아는 황폐해짐으로써 자신감을 잃게 된다. 정신병리 치료는 자아의 능력을 억압하고 있는 이러한 무의식적 관념을 찾아내어 받아들이거나 폐기하는 것이다.

p.230. 자아는 불쾌한 본능적 충동과 처음 충돌하게 되면 말하자면 움츠러들어, 그것이 의식에 들어와 직접 발산되는 것을 막는다. 그러나 이로 인해 본능적 충동은 그것의 에너지 집중량을 완전히 유지하게 된다. 나는 이 과정을 억압이라 불렀다. 그것은 하나의 새로운 것이었고 이전에 이와 같은 것이 정신생활에서 인식된 적이 없었다. 그것은 도피하려는 시도와 유사한 원초적 방어 기제임이 분명했으며, 후에 내릴 정상적인 판단의 전조에 불과했다. 억압의 첫 행위에는 그 밖의 후속 결과가 잇따랐다. 첫째 자아는 지속적인 에너지 소모, 즉 리비도 반대 집중을 통해 억압된 충동이 더욱 더 밀려들어 오는 것을 막아 자신을 보호할 수밖에 없고 이를 통해 자아는 황폐하게 된다. (중략)

억압 이론은 신경증 이해를 위한 초석이 되었다. 이제 치료의 과제가 다르게 설정되어야 한다. 치료의 목적은 잘못된 길에 들어선 정동의 소산이 아니라, 억압을 찾아내어 전에 거부되었던 것을 받아들이거나 폐기하도록 하는 판단 행위로 억압을 대체하는 것이다.

나는 이런 새로운 점을 고려하여 나의 연구 방법과 치료 방법을 더 이상 감정 정화라 하지 않고 정신분석이라 불렀다.
- S. 프로이트 《정신분석학 개요, 『나의 이력서』》中 -

현실의 감옥에서 탈출하기 위해서는 감옥의 구조를 **사전에** 알아야 하듯이 마음의 감옥에서 탈출하기 위해서도 마음(무의식)의 구조를 **사전에** 알아야만 한다. 모피어스와 오라클의 역할은 네오의 의식을 확장시켜 무의식의 구조를 사전에 파악하게 하는 것이다. 그럼으로써 네오의 의식은 자신이 왜 두려워하고 자신을 왜 불신하는지에 대한 이유를 찾아내어 그 이유를 받아들일 것인지 폐기할 것인지 판단을 할 수 있게 된다. 이러한 과정이 자신이 누구인지 아는 것(know you are)이다. 정신분석에서 무의식의 구조를 알려주는 사람은 의사이지만, 무의식의 감옥에서 탈출하는 당사자는 환자 자신이다. 마찬가지로 매트릭스의 구조를 알려주는 사람은 모피어스와 오라클이지만 매트릭스의 규칙에서 탈출하는 사람은 네오 자신이다. 모피어스와 오라클은 길을 안내하는 역할일 뿐이다.

네오 : "그녀가 모든 걸 알아요?"
모피어스 : "충분히 안다고 하실 거야."
네오 : "틀린 적도 없구요?"
모피어스 : "이건 틀리고 맞고의 문제가 아니야. 그녀는 길을 안내하는 역할을 하는 거지."

모피어스와 오라클이 길을 안내하는 역할밖에 못 하는 이유는 어떤 것을 귀로 듣는 것과 직접 경험하는 것은 아무리 그 내용이 같더라도 분명 다른 별개의 것들이기 때문이다. 정신분석에서도 의사의 가르침은 아무런 변화를 일으키지 않는다. 의식이 그 내용에 동의했더라도 무의식이 여전히 거부하고 있기 때문이다. 그럼에도 의사의 가르침이 중요한 이유는 환자의 의식이 그 가르침의 표상을 의식의 어딘가에 간직해 두기 때문이다. 다시 말해서 환자는 이제 그 표상을 자신의 정신 기관 내의 '두 개의 장소에 두 가지 형태로' 간직하는 셈이 된다. 예컨대, 하나는 의식 속에 동의의 형태로 간직하고 있는 것이고, 또 다른 하나는 무의식 속에 예전의 형태 그대로 거부의 형태로 간직하고 있는 것이다.

p.174. 만일 우리가 어느 한 환자에게 그가 과거에 억압시켜 두었던 생각을 찾아내어 알려 주었다고 하자. 그가 우리 말을 처음 들었을 때는 그의 심리 상태에 아무런 변화가 일어나지 않는다. 아니 다른 무엇보다도 이전에 무의식의 상태에 있었던 표상이 이제 의식으로 들어섰으니 억압이 제거된 것이고 자연히 억압의 효과가 풀린 것으로 기대하기가 쉬우나 실상은 그렇지 않다. 오히려 우리가 한 말이 가져다준 첫 결과로 나타나는 것은 억압된 표상을 다시 새롭게 거부하는 것이 될 것이다. 그런데 실제로 그 환자는 이제 그 동일한 표상을 자신의 정신 기관 내의 두 장소에 두 형태로 간직하는 셈이 된다. 말하자면 우리가 들려주는 말을 듣고 그가 청각의 흔적으로 지니게 되는 그 표상의 의식적 기억이 그 하나이고, 예전의 형태 그대로 그가 간직하고 있는 경험의 무의식적 기억이 또 하나이다. 실제로 저항을 뿌리치고 난 뒤 의식적 표상이 무의식의 기억의 흔적과 결합되기 전까지는 억압을 제거하기가 불가능하다. 무의식의 흔적 자체를 의식화시킬 수 있어야 억압이 없어지기 때문이다. 피상적으로 생각하면 의식적 표상과 무의식적 표상이란 동일한 내용이 지형학적으로 서로 분리되어 각기 다른 장소에 기록된 것들에 지나지 않

는 것으로 보이기가 쉽다. 그러나 잠시만 깊게 생각해보면 환자에게 전달된 정보와 그의 억압된 기억이 동일하다는 것은 단지 겉보기에 만 그렇다는 것이 드러나게 된다. 어떤 것을 귀로 듣는 것과 직접 경험하는 것은, 심리적인 속성으로 따져볼 때, 아무리 그 내용이 동일하더라도 분명 사뭇 다른 별개의 것들이기 때문이다.

- S. 프로이트《정신분석학의 근본 개념, 『무의식에 관하여』》中 -

정신분석의 역할은 이렇게 정신구조의 두 개의 장소에 두 가지 형태로 간직된 표상을 통합(결합)하는 것이다. 무의식이 의식의 표상을 거부하고 싶은 저항을 뿌리치고 의식의 표상에 자신의 표상을 통합하거나 반대로 여전히 의식의 표상에 저항하는 것이다. 그런데 만약 의사가 알려준 표상이 **사전에** 의식 속에 간직되어 있지 않다면 무의식이 거부하고 싶은 저항을 극복했다고 하더라고 통합할 수 있는 표상, 즉 의식화시킬 수 있는 표상이 존재하지 않으므로 여전히 그 관념을 억압하거나 다른 표상과 잘못된 연결을 할 수밖에 없다. 베드로와 유다는 똑같이 그리스도를 배신했지만, 베드로는 그리스도의 계시로 의식 속에 무의식이 통합할 수 있는 표상을 사전에 간직하고 있었기 때문에 자살하지 않았고 유다는 그러한 표상이 없었기 때문에 배신행위가 죄책감과 연결됨으로써 자살할 수밖에 없었다.

매트릭스 = 2) 표상의 세계

매트릭스가 오이디푸스 콤플렉스를 통해 인간의 정신을 통제하기 위해서는 그 관념에 이바지하는 행위를 하도록 강요하는 수단이 있어야 한다.[94] 무의식적 관념에 연결할 수 있는 관념적 표상이 있어야 한다는 뜻이다. 그래서 매트릭스가 고안해 낸 장치가 **표상의 세계**이다. 마치 백화점에서 쇼핑하듯이 인간의 무의식은 표상의 세계에서 자신의 관념에 부합하는 다양한 표상과 연결됨으로써 자신의 관념이 성취되었다는 착각 속에서 살아감으로써 매트릭스를 벗어나지 않는다. 표상에 의한 이러한 대리 만족은 관념(욕망)에 집중되어 있던 리비도를 분산시킴으로 관념(욕망)을 통제할 수 있게 해 준다. 이러한 무의식적 관념(욕망)을 대리 만족시켜 줄 수 있는 표상을 지닌 대표적인 대상이 상품이다.[95] 상품은 어머니 젖과 융합되어 있다는 환상을 불러일으킴으로써 죽음 불안에서 벗어나게 해 주고 입의 정욕을 만족시켜 준다.

> 모피어스 : "이것이 컨스트럭트이다. 로딩 프로그램이지. 뭐든지 로
> 　　　　　드할 수 있어. 옷이든…. 장비든…. 무기든…. 훈련 시뮬
> 　　　　　레이션이든…. 필요한 건 전부다."
>
> 네오 : "프로그램 안이라구요?"
>
> 모피어스 : "그렇게 믿기가 힘든가? 자네 옷도 바뀌었고 머리와 몸
> 　　　　　의 구멍도 없어. 머리 모양도 다르고. 지금 자네의 모습

---

94) p.145. 표상의 세계는 우리를 행동의 세계 안에서 확고하게 만드는 수단이고, 우리에게 본능에 이바지하는 행위를 하도록 강요하는 수단이다. 표상은 행위를 하는 동기이다 : 반면 표상은 행위의 본질에는 전혀 접촉하지 못한다. 우리를 행위로 강요하는 본능과, 동기로서 우리의 의식 안으로 들어서는 표상은 각각 놓여 있다. **의지의 자유는** 이 사이로 떠밀쳐진 표상들의 세계이며, 동기와 행위가 필연적으로 서로 의존한다는 믿음이다.

　　　　　　　　　　　　　　　　　- F. 니체《유고(1869년 가을~1872년 가을)》中 -

95) p.87. 상품은 우선 외적 대상으로, 그 속성을 통해 인간의 여러 가지 욕망을 충족시키는 물적 존재(Ding)이다. 이 욕망의 성질이 무엇인지는, 즉 이 욕망이 뱃속에서 나온 것인지 머릿속에서 나온 것인지 그것은 여기에서 중요하지 않다.

　　　　　　　　　　　　　　　　　　　　　　　- K. 마르크스《자본Ⅰ》中 -

은 잉여 자기 이미지라는 거야. 자신이 생각하는 모습을 디지털화한 거지."

네오 : "진짜가 아닌가요?"

인간은 지상의 빵만으로는 살 수 없다. 악마의 두 번째 유혹인 숭배 욕망을 만족시키기 위해서는 형상(예술)과 우상(종교)이 필요하다.[96] 예술과 종교가 제공하는 아름답고 신비한 표상들은 어머니 모습을 보는 것과 환상을 불러일으켜 분리 불안에서 벗어나게 해 주고 눈의 정욕을 만족시켜 준다. 또 제국의 질서는 악마의 세 번째 유혹인 지배(권력) 욕망과 결합 욕망을 만족시켜 준다. 금욕적인 종교에서 이러한 세 가지-재물(음식), 섹스, 권력-을 금기시하는 이유는 그것이 정욕적 쾌락을 주기 때문이다[97](다만 우상 숭배는 주로 아버지 신 숭배 종교에서 금기시한다). 물론 아주 극소수의 사람만이 그것이 성적 쾌락과 똑같은 쾌락이라는 것을 알아볼 수 있다. 특히 지상의 빵을 표상하는 재산(재물)은 인간의 가장 원시적인 욕망이므로 정욕화되면 자신의 불멸(하나님)을 발견하는 데 있어서 가장 큰 장애물이므로 더욱 터부시된다.[98] 우리가 현실 세계라고 보고

---

96) p.206. 인간이 고통에 대해 사용하는 수단은 때때로 마취들이다. 종교와 예술은 표상을 통해 마취하는 수단이다. 그것들은 고통을 무마하고 완화한다. 그것은 마음의 고통을 치유주는 낮은 기술의 한 단계다. 가정을 통해서 고통의 원인을 제거하는 것. 예를 들면 한 아이가 죽었을 때 그 아이가 여전히 살아 있으며 더욱이 아름답게, 그리고 언젠가 만남이 있을 것이라는 식으로 가정하는 것을 통해서 말이다. 그래서 가난한 이들을 위로해주면서 종교는 그들을 위해 존재한다고 말한다.
- F. 니체《유고(1875년 초~1876년 봄)》中 -

97) p.257. 육신이라는 영혼의 감옥은 쇠약해져 결국에는 사라지므로, 사탄은 육신이 좋아하는 것을 미끼로 끊임없이 영혼을 유혹하는데, 주로 음식, 섹스, 권력을 애용한다. (중략) 이렇듯 영혼은 음식, 섹스, 권력을 좇는데 인생을 낭비하며 육신에서 육신으로 돌고 돈다.
- Y. 하라리《호모 데우스》中 -

98) p.9. 한 사람이 두 주인을 섬기지 못할 것이니 혹 이를 미워하고 저를 사랑하거나 혹

있는 것은 정욕(실천적 본능)이 자신의 관념(욕망)을 실현하기 위해서 손을 대서 조정하고 단순화한 가상 세계라고 할 수 있다. 현실 세계의 이러한 가상성은 실재성의 한 존재 형식이라고 할 수 있다.

　　p.347. 〈참의 세계와 가상의 세계〉라는 개념의 비판-(중략)
　　〈가상성〉은 그것 자체가 실재성에 속해 있다. 그것은 실재성의 한 존재 형식이다. 바꿔 말하면 어떠한 존재도 없는 세계에 있어서는 몇 가지인가의 동일한 경우로 이루어지는 어떤 산정될 수 있는 세계가, 가상에 의해서 먼저 만들어내어지지 않으면 안 된다. (중략)
　　즉, 〈가상성〉이란 어떤 조정되고 단순화된 세계를 말하며 우리의 실천적 본능이 이 세계를 손댄 것이다. 즉 이 세계는 우리에 대해서는 완전히 참이다. 즉 이 세계 속에서 우리는 살아가고 있고 살아갈 수 있을 것이다. 이 일이 우리에 대한 이 세계의 진리성(眞理性)의 증명에 지나지 않는다….
　　　　　　　　　　　　　　　　　- F. 니체《권력에의 의지(청하)》中 -

　　무의식적 관념은 평생 변하지 않으며 단지 표상만을 바꾼다. 무의식적 관념이 변화되기 위해서는 우선 의식되어야만 한다. 모피어스와 오라클은 네오에게 그의 무의식을 의식화시킴으로써 네오를 변화시키는 역할이다. 영화감독은 네오의 자기에 대한 관념적 표상(이미지)이 변화하는 과정을 통해서 네오가 어떻게 평범한 인간에서 구세주로 도약하는지를 보여준다. 네오의 무의식의 변화를 보여주는 자기 표상은 네오의 **옷차림**

이를 중히 여기고 저를 경히 여김이라 너희가 하나님과 재물을 겸하여 섬기지 못하느니라

　　　　　　　　　　　　　　　　　　　- 《신약성서》「마태복음」中 -

이다.[99] 매트릭스에서 막 깨어난 네오의 옷차림은 상의와 하의가 분리되어 있으며 옷 색깔도 다르다. 이러한 자기 표상은 네오의 의식과 무의식이 분열되어 있고 그 내용도 같지 않다는 것을 보여준다. 네오가 오라클을 만나러 갈 때는 그의 옷차림은 상의와 하의가 여전히 분리되어 있지만, 옷 색깔은 검은색으로 같다. 이러한 자기 표상은 네오의 의식과 무의식은 여전히 분열되어 있지만, 의식의 내용과 무의식의 내용이 '**거의**' 같아지고 있다는 것을 보여준다.

　　오라클 : "뭐가 웃기지?"
　　네오 : "모피어스한테 … 거의 설득됐었거든요."
　　오라클 : "알아."

　이후에 네오가 모피어스를 구출하기 위해서 매트릭스에 들어갈 때는 그의 옷차림은 모피어스나 트리니티처럼 상의와 하의가 하나로 되고 옷 색깔도 똑같은 롱코트 차림으로 바뀐다. 이는 네오의 의식과 무의식이 **통합되고** 그 내용도 **똑같이** 되었다는 것을 의미한다. 정신분석적으로 말하자면 오이디푸스 콤플렉스에 속박되어 있던 리비도가 그 속박에서 벗어남으로써 분열(분리)되어 있던 자아가 통합성을 회복하고 그 내용도 통일되었다는 뜻이다. 그 결과 자유로워진 리비도는 다시 자아의 영향권에 놓이게 되어 자아실현에 봉사할 수 있게 된다.

---

99) p.302. 꿈에서 자신이 입고 있는 옷과 관련된 감정은 특별히 자신이 세상 사람들에게 보여주는 자기 이미지와 관련하여, 자신에 대한 감정이 어떠한지를 나타내 줄 수 있다. (중략) 꿈에서 옷을 갈아입는 것은 생활양식이나 태도의 변화를 나타낼 수 있다: 당신의 페르소나(persona)를 바꾸거나 새로운 사람이 되는 것을 상징한다.
　　　　　　　　　　　　　　　　　　　　　　　　　　- E. 애크로이드 《꿈 상징 사전》 中 -

p.610. 치료의 과제는 결국 리비도가 그 시점에 자아에서 분리되어 있는 속박으로부터 벗어나서 다시 자아에 봉사할 수 있도록 만드는 것입니다. 그렇다면 신경증 환자의 리비도는 어디에 숨어 있습니까? 그것은 쉽게 발견할 수 있습니다. 리비도는 증상들에 묶여 있습니다. (중략) 증상들을 해소하기 위해서는 그 발생의 연원으로 거슬러 가야만 하며, 증상들을 불러일으킨 갈등을 새롭게 부각시키고, 당시에는 마음대로 할 수 없었던 본능의 힘들을 동원해서 증상이 아닌 다른 방식으로 갈등이 해결되도록 조종해야 합니다. (중략)

… 그러나 이 대상을 둘러싸고 진행되는 새로운 투쟁은 의사의 암시에 힘입어 최상의 심리적인 단계로까지 고조되며, 정상적인 심리적 갈등과 마찬가지 형태로 진행됩니다. 새롭게 등장한 억압을 모면함으로써 자아와 리비도 사이의 괴리가 종식되고, 인격체로서의 심리적 통일성도 다시 회복됩니다. 만약 리비도가 일시적으로 한 인간으로서의 의사라는 대상에서 다시 벗어나게 되더라도 다시 과거의 대상인 증상들로 돌아갈 수는 없습니다. 리비도는 이제 자아의 영향권에 놓이게 됩니다.

- S. 프로이트 《정신분석 강의》中 -

전능 관념의 발현

네오는 훈련을 통해서 어느 정도 오이디푸스 콤플렉스로부터 자유로워졌지만, 여전히 그의 무의식은 오이디푸스 콤플렉스에 의해서 지배되고 있다. 모피어스에게 승리한 네오가 빌딩 사이를 뛰어넘지 못하고 추락하는 장면은 오이디푸스 콤플렉스가 여전히 그의 전능 관념을 억압하고 있다는 것을 보여준다. 초보 아웃사이더인 네오는 어떻게 오이디푸스 콤플렉스를 극복할 수 있을까? 영화는 극적 반전을 시도한다. 모피어스는 자신이 구세주를 찾아낼 것이라는 오라클의 계시가 실현되었음을 알고 오라클에게 네오를 데려간다. 주목할 만한 장면은 네오가 오라클이 사는 집에 도착하여 문을 열기 바로 직전에 한 여성이 문을 먼저 열어주는 장면이다.

　　　모피어스 : "문까지만 안내할 수 있어. 직접 들어가야 해."
　　　도어걸 : "안녕, 네오 제때 왔군"

　오라클에게 갈 수 있는 문은 어머니의 자궁을 상징한다. 인간의 정신을 구원할 수 있는, 즉 다시 태어나게 할 수 있는 것은 어머니 자궁밖에 없기 때문이다. 인간의 무의식은 어머니 자궁 속으로 회귀해서 정신병리를 '**치유**'함으로써 어린 시절 잃어버린 '**신(하나님)의 온전성**'을 회복할 수 있다. 그리스도는 상징주의를 통해 인류에게 어머니의 자궁으로 회귀해서 신의 온전성을 회복할 수 있는 방법을 가르쳐줌으로써 인류의 어머니 역할을 하고자 했다.[100] 석가모니도 마찬가지였다. 석가모니는 어머니를 상징하는 우주나 대지와 하나가 될 때 **자신의 온전성**을 회복할 수 있다고 가르쳤다.[101]

---

100) p.206. 문의 상징은 그리스도인들에게 적용할 수 있는 것-'구원'의 길, 즉 치유와 온전성-일 수 있다. 요한복음 10:9과 비교하라: '내가 문이니 누구든지 나를 통하여 들어가면 구원을 얻을 것이다'.
　　　　　　　　　　　　　　　　　　　　　　- E. 애크로이드 《꿈 상징 사전》 中 -
101) p.233. 가장 인상 깊었던 것은, 티베트 불교는 지도받는 명상과 시각화를 통해 자비와 마음의 고요함을 배양하는 데 그동안 내가 경험해 본 어떤 것보다 더 큰 노력을 기울이고 있다는 점이었다. 그러한 가장 일반적인 수행은 모든 존재를 어머니라고 생각하는 것과 관련이 있었다.
　　　　　　　　　　　　　　　　　　　　　　- M. 엡스타인 《붓다의 심리학》 中 -

어머니 오라클이 미리 문을 열어준 것은 네오의 전능 관념을 자극하기 위해서이다. 유아기에 유아는 생각만으로 어머니 젖을 나타나게 할 수 있고 말(울음)만으로 안락한 세계를 창조할 수 있었다. 이러한 반복된 패턴은 유아의 무의식 속에 생각과 말로 모든 것을 창조할 수 있다는 전능 관념을 형성하게 해 준다. 하지만 전능 관념은 아버지의 거세 위협으로 억압됨으로써 비활동적 상태가 된다. 따라서 이제 생각으로 문을 열 수 있다는 상상은 하지 못하게 된다. 어머니 오라클은 문을 미리 열어주는 상징 행위를 통해서 네오가 자신의 전능 관념을 재발견하도록 돕는다.[102] 또 어머니 오라클은 스푼걸을 통해 네오에게 아주 중요한 암시를 건다.

스푼걸 : (숟가락을 내밀며) "휘게 하려고 생각하진 말아요. 그건 불가능해요. 그 대신 진실만을 인식해요."

네오 : "무슨 진실?"

스푼걸 : "숟가락이 없다는 진실."

네오 : "숟가락이 없다고?"

스푼걸 : "그러면 숟가락이 아닌 내 자신이 휘는 거죠."

---

102) p.236. 그래서 위니캇은 환자들의 요구에 맞추어 면담을 제공하려고 노력하였다. 그는 자신이 분석했던 한 젊은 여성에게 대해서 이렇게 말하였다. 그녀에게는 타이밍이 중요했다. 그래서 그는 그녀가 정문에 도착하여 노크를 하기 위해 손을 올리는 순간, 마치 그녀의 바램이 현실에서 이루어졌다는 착각을 일으키도록 그 문을 열어주곤 했다. (중략)
　유사하게 환자는 자기를 되살려내는데 필요한 경험을 얻기 위하여 분석상황에 들어온다. 분석가는 그에게 상실한 경험들을 제공하도록 자기 자신을 내어준다. 분석가는 환자가 자신을 사용하도록 허용함으로써 분석가를 창조했다고 느끼도록 해주고, 그로 하여금 상상하고 환상할 수 있는 능력을 재발견할 수 있도록 해주며, 매우 실제적이고 개인적으로 의미 있는 경험들을 창출할 수 있도록 돕니다.
- S. 밋첼 & M. 블랙《프로이트 이후》中 -

스푼걸은 매트릭스에서 숟가락을 휘게 하는 것은 불가능하다고 말한다. 그 대신 매트릭스에서는 숟가락이 존재하지 않는다는 진실만을 인식하라고 말한다. 네오는 매트릭스에서 깨어나면서 숟가락이 가상이라는이미 알고 있으므로 스푼걸이 방점을 찍는 부분은 '**진실만을 인식하라**'는 말이다. 수푼걸의 암시는 다음과 같은 질문으로 환원할 수 있다. 만약인간의 의식이 **사전에** 숟가락이 휘어지는 것이 환각이라는 사실을 알고있다면 그렇다면 휘어지는 것은 무엇일까? 라는 질문이다. 휘어지는 것은 자아이다. 예를 들어 우리의 눈(무의식)에는 물속에 잠긴 막대기가 굴절되어 보이지만 우리는 **사전에** 그러한 현상이 왜 생기는지에 대한 **이유**를 알고 있으므로 막대기가 휘어진 것이 진실이 아니라는 것을 알고 있다. 그래서 자아는 자신의 감각기관이 보내주는 정보를 무시하고 그것과다르게 생각하고 행동한다. 이러한 인식의 변화는 '**사소하지만, 결정적일수**' 있다. 이제 자아는 무의식의 악마적 힘에 굴복하거나 압도당하지 않고 '**부드럽게 기능할 수 있게**' 되었기 때문이다.[103]

스푼걸의 암시는 네오가 매트릭스의 진실을 알게 되었으므로 이제 자아가 무의식과 독립적으로 자유롭게 생각할 수 있느냐-이것이 정신분석학에서의 '**자유연상**'이다-에 대한 질문이다. 다시 말해서 지금처럼 의식이 무의식의 환상에 지배당하도록 내버려 둘 것이냐 아니면 의식이 무의식의 환상을 지배할 것이냐에 대한 질문이다. 하지만 환상은 관념과 마찬가지로 무서운 악마의 힘을 가지고 있다. 그래서 역사적으로 인간은 환상

---

103) p.154. 정신분석으로 말미암은 변화들은 사소하지만 결정적일 수 있다. 자유연상이란 무엇인가. 자유연상이란 결국 억압과 다른 방어장벽이 없이 "부드럽게 기능하는정신"의 이상형이다. 정신분석의 "훈련" 또는 "자아 연습" 측면이 자아가 욕동의 요구와 초자아의 요구 모두 경험하지만, 필연적으로 욕동에 굴복하거나 또는 초자아의 요구들에게 너무 "압도당하지" 않고 경험하기 위해 더 많은 능력을 발달시키도록 돕는다.

- H. 코헛 《프로이트 강의》 中 -

을 일깨우는 사람은 주인으로 받들고 환상을 깨트리는 사람은 십자가에 못 박았다.

> p.131. 사회적 환상은 오늘날 과거의 모든 축적된 폐허 위에 군림하고, 미래도 그 환상에 속해 있다. 군중은 결코 진리를 갈구해본 적이 없다. 군중은 잘못된 생각이 그들을 유혹한다면 그것을 신(神)으로 받들기를 더 좋아하고, 그들의 구미에 맞지 않는 증거들로부터는 등을 돌린다. 그들에게 환상을 제공할 수 있는 사람은 쉽게 그들의 주인이 된다. 감히 그들의 환상을 파괴하려고 시도하는 사람은 항상 그들의 희생양이 되어왔다.
>
> - G. 르 봉 《군중심리학》中 -

인간의 무의식은 진리나 진실을 갈구하지 않는다. 인간의 무의식은 실재보다 허상을, 현실보다 가상을, 존재(본질)보다 기만(껍질)을 더 좋아한다. 그것들이 성적 쾌락보다 더 큰 정욕적 쾌락을 주기 때문이다. 그래서 르 봉의 말처럼 다수 민중은 그들에게 환상을 제공하는 사람은 주인으로 받들고 감히 그들의 환상을 파괴하려고 시도하는 사람들은 항상 그들의 희생양이 되어왔다. 바리새인들이 그리스도를 십자가에 못 박은 이유도 감히 그들의 환상을 파괴하려고 했기 때문이다. 네오도 인류를 매트릭스라는 환상에서 깨우고 매트릭스를 파괴하려고 생각하기 때문에 매트릭스의 적이 된다. 그럼에도 매트릭스는 자신의 불멸을 위해서는 새로운 매트릭스를 건설할 구세주를 출현시켜야 한다. 매트릭스의 불멸을 책임진 어머니 오라클이 네오를 인간에서 구세주로 재탄생시키는 장면은 영화 《매트릭스》의 압권이라고 할 수 있다.

오라클 : "앉으라고 하고 싶지만 앉지도 않을 거고… 꽃병은 신경쓰
지마."

네오 : "꽃병요?"

　(네오가 꽃병을 찾으려고 몸을 돌리자 바로 옆에 있는 꽃병을 팔
꿈치로 건드리게 되고 그 순간 꽃병이 바닥에 떨어지면서 깨진다.)

오라클 : "그 꽃병."

네오 : "미안해요."

오라클 : "신경 쓰지 말라니까. 애들더러 고치라고 할게."

네오 : "어떻게 알았죠?"

오라클 : "네가 정말로 궁금해 할 건…. 내가 말을 안 했어도 꽃병을
깼을까?란 거겠지."

　오라클의 방에는 꽃병이 놓여 있다. 네오의 **의식**은 꽃병의 존재를 알
지 못한다. 오라클은 네오의 의식이 꽃병에 관심을 두도록 만든다. 그 순
간 네오의 팔꿈치는 꽃병을 건드리고 꽃병은 바닥에 떨어져 깨진다. 네오
가 오라클에게 어떻게 꽃병이 깨질 것을 알았느냐고 묻자 오라클은 네오
의 질문이 잘못되었다는 것을 지적하면서 '정말로 궁금해야 할 건' 자신
이 **사전에** 그런 말을 하지 않았다면 꽃병이 깨졌을까? 라고 반문한다. 오
라클은 사전 암시의 중요성을 말하고 있는데 그리스도가 베드로에게 사
용한 방식과 같다.

　그리스도는 베드로가 닭이 울기 전 세 번 그리스도를 부인할 것이라고
사전 암시(예언)를 하지만 베드로는 강력하게 그리스도의 예언을 부정한
다. 여기서 중요한 사실은 어쨌든 베드로의 의식은 사전에 자신이 그리스
도를 세 번 부인할지도 모른다는 것을 알고 있었다는 점이다. 하지만 사
전 암시의 효과가 발휘되기 위해서는 사전 암시를 할 수 있는 상태인 전

이 관계가 먼저 형성되어 있어야만 한다.

p.156. 치료의 과정에서 도움이 될 만한 다른 요인이 있는데 그 것은 바로 환자의 지적인 관심과 이해이다. 이것만으로는 서로 싸우는 다른 힘들에 필적할 만한 것이라고 할 수 없다. 저항에서 나오는 판단의 혼탁함으로 인해 끊임없는 가치 상실이 우려되기 때문이다. 이렇게 되면 환자가 치료사에게 얻은 힘의 원천으로 (정보를 알려 줌을 통한) 전이와 지시만 남게 된다. 그러나 환자는 전이를 통해서 마음이 움직일 때만 그 지시를 따르게 된다. 그 때문에 첫 번째 정보를 알려 주려면 강한 전이가 일어날 때까지 기다려야 한다.
- S. 프로이트《프로이트의 치료기법,『치료의 시작에 대해(1913)』》中 -

정신병리를 치료할 수 있는 힘의 가장 중요한 원천은 의사와 환자 간에 형성되는 신뢰 관계, 즉 전이 관계이다. 전이 관계가 형성되지 않으면 암시를 따르지 않기 때문이다.《죄와 벌》에서 라스콜리니코프의 정신병리가 치료할 수 있었던 이유도 소냐와 전이 관계가 형성되었기 때문이다. 환자는 의사와의 전이 관계 속에서 자신의 무의식 속 관념(욕망)을 반복 재현한다. 이때 환자의 무의식 관념(욕망)은 전이 관계 속에서 **압축적으로** 나타난다.《죄와 벌》에서 라스콜리니코프의 소냐에 대한 사랑은 어린 시절 어머니에 대한 욕망이 소냐와의 전이 관계 속에서 압축적으로 나타난 경우이고,《카라마조프의 형제》에서 드미트리의 아버지에 대한 질투와 증오심은 어린 시절 아버지에 대한 질투와 증오심이 현재의 아버지와의 전이 관계 속에서 압축적으로 나타난 경우이다. 라스콜리니코프의 경우에는 **우호적인** 전이 관계가 형성되었으므로 사전 암시가 효과가 있지만, 드미트리의 경우에는 **적대적인** 전이 관계가 형성되기 때문에 사전 암시가 효과가 없다. 우호적인 전이 관계가 형성되면 의사는 환자에게 사전 암시(정보)를 주고 이러한 사전 암시가 실현되면 **의식의 통찰**을 가져온다. 종교에서는 이때의 사전 암시(예언)를 계시(啓示)라고 부른다.

> p.590. 환자의 가족들은 〈그는 선생님에게 완전히 빠졌습니다. 그는 선생님을 절대적으로 신뢰합니다. 선생님이 말씀하시는 모든 내용은 그에게 일종의 계시(啓示)와도 같습니다〉라고 말합니다. (중략)
> 우리는 의사가 자신에 대한 환자의 이런 평가를 겸손하게 받아들이기를 바랍니다. 즉 그런 평가는 환자가 의사에 대해서 품는 희망에도 기인하지만, 치료가 진행됨에 따라 자신의 지적인 차원이 놀라울 정도로 넓어지고 해방되는 체험을 하기 때문입니다. 분석은 이런 조건들에서 아주 탁월한 진전을 보입니다.
>
> — S. 프로이트 《정신분석 강의》 中 —

그리스도가 제자들에게 일어날 일을 미리 알려준 이유도 자신의 가르침을 믿도록 하기 위해서였다.[104] 네오의 경우에는 아직 오라클과 전이 관계가 형성되어 있지 않은 상태이므로 무의식 수준에서 오라클의 사전 암시를 믿지 못한다. 오라클은 네오와 전이 관계를 형성하기 위해서 모피어스와 관련된 사전 암시를 한다.

오라클 : "불쌍한 모피어스…. 그가 없으면 우린 안돼."
네오 : "그가 없으면이라뇨?"

---

104) p.171. 지금부터 일이 일어나기 전에 미리 너희에게 일러둠은 일이 일어날 때에 내가 그인 줄 너희가 믿게 하려 함이로라

— 《신약성서》 「요한복음」 中 —

오라클 : "정말 알고 싶냐? 모피어스는 널 믿어, 네오. 너도 나도 아
무도 그를 설득할 순 없어. 널 구하기 위해 목숨을 버릴 만
큼 그는 눈이 멀었어."

네오 : "네?"

오라클 : "넌 선택을 해야 해. 모피어스의 목숨과 네 목숨 중에서 말
이야. 둘 중 하나는 죽는다. 누가 죽을지는 네 손에 달렸
어. 정말로 미안하다. 넌 심성이 착해(You have a good
soul). 나도 나쁜 소식은 전하기 싫어. 하지만 걱정마. 저
문을 나가는 순간 기분이 좋아지기 시작할 테니까. 이 엉
터리 같은 일은 다 잊게 될 거야. 네 삶은 네가 통제하는
거니까. 기억하지?"

네오는 무의식 수준에서 오라클을 신뢰하지 못한다. 오라클이 네오의
신뢰를 얻기 위해서는 사전 암시가 실제로 실현되는 것을 보여줘야 한다.
베드로가 그리스도를 진정으로 믿게 된 것도 그리스도의 사전 암시가 실
제로 실현되었기 때문이다. 여기서 관객이 잊지 말아야 할 것은 어머니
오라클은 **전능 관념**과 더불어 **양심**(good soul)의 통제장치라는 점이다.
전능 관념은 오이디푸스 콤플렉스가 워낙 강하기 때문에 되살려내기가
쉽지 않다. 그래서 어머니 오라클은 먼저 양심(good soul)에 부합하는
표상을 제공한다. 그것은 자신을 희생하는 것이다.

어머니의 일차적 역할은 유아의 삶의 본능(불멸 본능)을 일깨우는 것이
고 이차적 역할은 아버지에게 반기를 들 수 있는 전능 관념을 형성하게
해 주는 것이다. 또 삼차적 역할은 연민(동정심)과 같은 양심을 형성하도
록 해 주는 것이다. 인류를 위해 봉사할 수 있는 구세주가 되기 위해서는
전능 관념과 강한 양심이 필수적이다. 하지만 이 두 개의 관념은 서로 대

립하는 관념이다. 《죄와 벌》의 라스콜리니코프처럼 《카라마조프의 형제》에서 이반이 고뇌하는 이유도 두 개의 서로 모순적인 관념이 충돌을 일으키기 때문이다.

p.137. "맞았어. 하지만 주저, 불안, 믿음과 불신의 갈등은 간혹 양심이 있는 인간에겐, 바로 자네 같은 인간에겐 너무나 고통스러운 것이어서 차라리 목매달아 죽는 편이 낫지. 난 자네가 나를 조금이라고 믿고 있다는 것을 알고 있기 때문에 그 일화를 얘기해서 자네를 철저히 불신 쪽으로 이끌어 본 거야. 자네로 하여금 믿음과 불신 사이를 왔다 갔다 하게 하는 것이 내 목적이니까. 새로운 방법이지. 자네가 나를 완전히 불신하기가 무섭게 자네는 내 면전에서 내가 꿈이 아니라 실재라는 걸 믿게 될 거야. 나는 자네를 잘 알고 있어. 그렇게 되면 내 목적은 달성한 셈이지. 내 목적은 고상해. 나는 자네의 내부에 작은 믿음의 씨앗을 하나 뿌리겠어. 그것은 자라서 참나무가 되겠지—그것은 어찌나 큰지 자네가 그 위에 앉아 있노라면 '황야와 은자의 거룩한 여인들'의 대열에 뛰어들고 싶어질 거야. 그것이 자네가 그렇게 남몰래 하고 싶었던 일이니까. 자넨 메뚜기를 잡고 황야를 돌아다니며 영혼의 구제를 위해 노력하겠지!"
- 도스토옙스키 《카라마조프의 형제》 하 中 -

이반의 전능 관념은 살인을 포함해서 모든 것이 허용된다고 믿지만, 그의 양심은 모든 것을 허용하지 않는다. 그의 강한 양심은 그것을 비난하며 이반을 불안하게 하고 실행하는 데 있어서 주저하게 만든다. 이반이 차라리 목매달아 죽을 정도로 너무나 고통스러운 이유도 전능 관념과 양심이 분열되어 서로 충돌하기 때문이다. 할 수 없이 이반의 전능 관념은 양심을 우회하기 위해서 자신의 목적은 인류의 영혼을 구제하기 위한 것이라고 자기기만을 한다. 그래서 악마는 이반의 구세주 욕망을 '그렇게 남몰래 하고 싶었던 일'이라고 표현한다.

매트릭스가 네오를 구세주로 지명한 이유는 그가 전능 관념이 지배적이면서 동시에 강한 양심을 가지고 있기 때문이다. 다만 이전의 다섯 명의 구세주와 네오의 다른 점은 전자의 경우에는 전능 관념에 리비도가 더 집중되어 있다면 후자는 양심에 리비도가 더 집중되어 있다는 것이다. 이러한 차이가 발생하는 원인은 전자의 경우에 심리적 외상에 의해서 전능 관념이 정욕화되었기 때문이다. 따라서 인류의 구원보다는 권력에 더 집착하게 된다. 악마가 이반을 구세주로 지명한 이유도 이반도 전능 관념이 정욕화되어 있기 때문이다. 반면에 도스토옙스키가 알료샤를 구세주로 지명한 이유는 알료샤의 전능 관념은 정욕화되지 않아서 권력보다는 인류의 구원을 더 중요시하기 때문이다. 영화《매트릭스》의 감독이 네오를 여섯 번째 구세주로 설정한 이유도 네오의 전능 관념이 정욕화되지 않아서 전능 관념보다 양심(good soul)이 더 강하기 때문이다.

어머니 오라클을 만난 후 네오의 정신구조 속에는 미묘한 변화가 생긴다. 어머니 오라클이 준 **'쿠키'** 때문이다. 쿠키는 컴퓨터가 사용자 정보를 자동으로 저장해서 다음에 컴퓨터에 접속할 때 그 정보를 **자동으로 띄우는** 기능이다. 어머니 오라클이 준 쿠키는 어린 시절 네오의 무의식 속에 저장된 어머니 관념을 **자동으로 일깨운다.** 쿠키의 효과로 네오의 무의식은 유아기에 어머니와 합일되어 있을 때로 퇴행한다. 네오의 무의식 속 이러한 미묘한 변화를 상징하는 장면은 네오가 **데자뷔**를 경험하는 장면이다.

네오 : "와, 데자뷔(Déjà vu)네."

트리니티 : "뭐라고 했어?"

네오 : "그냥 본 걸 또 봤다구."

트리니티 : "뭘 봤는데?"

네오 : "검은 고양이가 지나갔는데 똑같은 게 또 지나갔어."

(중략)

네오 : "뭐야?"

트리니티 : "기시감은 매트릭스의 결함이야. 무슨 변화가 생길 때
나타나지."

정신분석학에서 데자뷔(기시감)는 특별한 의미가 있는데 데자뷔는 어머니 자궁으로의 회귀를 상징한다. 영화감독이 검은 고양이를 등장시킨 이유도 고양이(pussy)는 여성 성기(pussy)와 동음이의어(同音異議語)이고 고양이의 검은색 털은 여성 성기를 상징하기 때문이다.

> p.471. 풍경이나 장소에 관한 꿈 가운데는 예전에 한 번 확실히 와본 적이 있다는 감정을 강조하는 경우가 있다. 이처럼 꿈속에서 느끼는 〈기시감 Déjà vu〉에는 특별한 의미가 있다. 그런 경우 이 장소는 언제나 어머니의 생식기이다. 〈전에 한 번 와 본적이 있다〉고 자신 있게 주장할 수 있는 곳은 실제로 여기 말고 없다.
>
> - S. 프로이트 《꿈의 해석》 中 -

네오의 데자뷔 경험은 어머니에 대한 욕망을 억압하고 있던 오이디푸스 콤플렉스(매트릭스)에 **'결함'**이 생겼음을 의미한다. 이러한 매트릭스의 결함으로 인해서 네오의 어머니에 대한 욕망, 즉 전능 관념은 그 결함의 틈새로 서서히 발현되기 시작한다. 매트릭스의 창조자 아버지는 이러

한 결함을 **일부러** 만들어서 구세주 자질이 있는 소수의 인간에게 작은 믿음의 씨앗을 뿌리고 그 믿음은 점점 자라서 황야를 돌아다니며 인류의 영혼을 구제하려고 노력하는 거룩한 구세주의 대열에 뛰어들게 만든다. 모피어스를 살릴 수 있다는 오라클의 사전 암시는 이제 막 활성화되기 시작한 네오의 전능 관념과 연결됨으로써 '이유를 설명할 수 없지만' 어떤 신념(믿음)으로 발현된다.

> 탱크 : "… 나도 그를 살리고 싶지만 이건 자살 행위야."
> 네오 : "그렇게 보이지만 안 그래. 이유는 설명할 수 없어. 모피어스는 자신이 믿는 걸 위해 목숨까지 바치려 했어. 나도 이젠 이해가 돼. 그래서 가야만 해."
> 탱크 : "왜?"
> 네오 : "나도 뭔가를 믿으니까."
> 트리니티 : "뭘?"
> 네오 : "그를 살릴 수 있다고 믿어."

　인간의 무의식 속 관념은 관념적 표상과 연결되어야만 행위의 동기가 될 수 있다. 아무런 사전 개념 없이 어떤 행위를 할 수는 없기 때문이다. 하지만 무의식 속 관념과 관념적 표상을 연결하는 역할은 무의식적 자아가 하므로 의식적 자아는 왜 자신이 그러한 신념을 가지게 되었는지에 대한 이유는 설명할 수 없다. 네오의 양심이 자기희생이라는 패턴을 인식하는 순간 양심은 활동적인 상태로 되고 그 강박성으로 인해서 자신의 목숨을 희생하려는 행동으로 발현된다. 물론 어머니 오라클의 사전 암시에 대한 관념은 네오의 의식 속에 나타나지 않으며 무의식적인 상태로 남아 있다.

p.29. 최면상태 속에서 명령받은 행동의 경우, 그 행동에 관한 관념이 어떤 특정 순간에 의식의 대상이 되었다는 사실은 분명하다. 그러나 더 놀라운 사실은 그 관념이 점차 〈활동적〉인 상태가 되었다는 점이다. 말하자면 의식이 그 관념의 존재를 인식하는 순간 그 관념은 행동으로 바뀌었던 것이다. 행동의 실제적인 자극이 의사의 지시였기 때문에 의사의 지시에 관한 관념 또한 활동적이 되었으리라고 생각하기 쉽다. 그러나 이 의사의 지시에 관한 관념은 행동에 관한 표상처럼 의식에 나타나지는 않는다. 그것은 계속 무의식적인 상태에 머물러 있었으며, 따라서 그 관념은 〈활동적이면서 무의식적〉인 관념으로 남아 있는 것이다.

  - S. 프로이트《정신분석학의 근본 개념,『정신분석에서의 무의식에 관한 노트』》中 -

그런데 네오의 이러한 행동은 그가 강한 양심을 가지고 있으므로 어머니 오라클의 사전 암시가 없어도 충분히 가능한 일이다. 우리가 **'궁금해야 할 것은'** 어머니 오라클의 사전 암시가 없었다면 어떠했을까? 하는 점이다. 어머니 오라클의 사전 암시의 핵심은 지금까지 서로 충돌하고 있던 두 개의 관념에 **서로 협력할 수** 있는 관념적 표상을 제공했다는 점이다. 만약 어머니 오라클의 사전 암시가 없었다면 네오는 자신의 목숨을 희생해서 자신의 양심을 만족시키는 수준에서 끝났을 것이다. 하지만 어머니 오라클은 네오의 전능 관념과도 연결할 수 있는 관념적 표상을 제공한 것이다. 네오의 양심에 연결된 관념적 표상이 **자신의 목숨을 희생하는 것**이라면 전능 관념에 연결된 표상은 매트릭스 요원과 싸워서 **모피어스의 목숨을 구하는 것**이었다.

《죄와 벌》에서는 라스콜리니코프의 전능 관념의 관념적 표상(살인)과 양심은 서로 대립했기 때문에 라스콜리니코프는 고통스러워할 수밖에 없었다. 하지만 네오의 전능 관념과 양심은 서로 동조적으로 됨으로써 자신의 목숨이 희생하더라도 모피어스를 구할 수 있다는 신념으로 발현된다. 그리고 네오의 무의식(마음과 몸)도 매트릭스 요원과의 대결에서 자신의 전능성을 직접 확인하게 됨으로써 오이디푸스 콤플렉스의 저항을 극복하고 의식 속 표상(자신이 인류의 구세주라는 생각)에 동의하게 된다. 의식과 무의식의 분열이 종식되고 의식과 무의식이 통합하게 된 것이다. 그 결과 네오는 한 푼어치의 가치도 없는 인간 표상인 미스터 앤더슨에서 반역적인 구세주 표상인 네오로 거듭나게 된다.

스미스 : "미스터 앤더슨"
트리니티 : "도망가, 네오. 도망가! 뭘 하려는 거죠?"
모피어스 : "믿기 시작했어"
(중략)
스미스 : "저 소리가 들리나, 미스터 앤더슨? 피할 수 없는 소리다.
　　　　　네 죽음의 소리지. 잘 가라, 미스터 앤더슨."
네오 : "내 이름은… 네오다."

　어머니 오라클과의 전이 관계에서 네오는 어린 시절의 전능 관념을 압축적으로 반복 재현한다. 오이디푸스 콤플렉스(증상)에 고착되어 있던 모든 리비도는 어머니 오라클과의 전이 관계에서 풀려나게 되고 다시 활성화된 전능 관념은 아버지의 거세 위협과 다시 싸우기 시작한다. 이 투쟁의 상징이 매트릭스 요원과의 대결이다. 무력했던 어린 시절과 달리 이번에는 어머니 오라클의 암시의 영향을 받아서 **주저하고 불신하던** 미스터 앤더슨은 이제 **융통성 있고 신념에 찬** 네오로 변하게 된다. 네오가 구세주로서의 정체성을 확립하는 과정을 보면 정신분석 치료 과정과 놀라운 유사성을 발견할 수 있다.

> p.611. 치료 작업은 두 단계로 분리됩니다. 첫 번째 단계에서 모든 리비도는 증상에서 나와서 전이를 향해 밀치고 들어가서, 그곳에서 압축됩니다. 두 번째 단계는 이 새로운 대상을 둘러싼 투쟁이 벌어지는 과정이며 리비도는 이 대상에서 풀려납니다. 갈등이 좋은 결말을 맺기 위해서 결정적으로 요구되는 변화는 억압을 이 새롭게 만들어진 갈등에서 배제하는 것입니다. 그렇게 해서 리비도는 무의식 속으로 도망침으로써 다시 자아의 `영향권에서 멀어질 수 없습니다. 이는 자아가 의사의 암시에 영향을 받아서 변화됨으로써만 가능합니다. 자아는 무의식을 의식으로 바꾸는 해석 작업에 의해서 무의식을 대가로 점차 확장됩니다. 자아는 가르침에 의해서 리비도에 대해 좀더 유화적이 되고 리비도에게 일정한 만족을 허용할 정도로 융통성을 발휘합니다. 그리고 자아는 리비도의 요구들에 대해서도 리비도의 에너지 중에서 일부를 승화에 의해서 처리할 수 있는 가능성이 있기 때문에 과거보다는 덜 주저하게 됩니다.
>
> — S. 프로이트 《정신분석 강의》中 —

최면이 사전 암시를 **무의식** 속에 주입하는 것이라면 정신분석 치료는 사전 암시를 **의식** 속에 주입하는 과정이다. 물론 베드로가 그리스도의 사전 암시를 직접 들었음에도 그 의미를 이해하지 못했던 것처럼 환자의 의식은 사전 암시를 직접 듣지만 실제로 그것이 실현되기 전에는 사전 암시를 이해하지 못한다. 하지만 사전 암시가 실제로 실현되었을 때 환자의 의식 수준에서 벌어지는 사태는 완전히 다르다. 최면술에서는 환자의 의식은 **사전 암시의 결과만**을 보게 되므로 암시의 결과인 자신의 행위를 합리화하는 데 집중하지만, 정신분석에서는 **사전 암시(원인)와 그 결과**를 한꺼번에 알 수 있으므로 결과와 원인을 인과적으로 이해하게 됨으로써 자신이 왜 그러한 행위를 **선택했는지에 대한 이유**를 알게 된다.

사전 암시는 예방주사에 비유할 수 있다. 의사는 **사전에** 환자에게 약한 병균을 주입함으로써 **이후에** 강한 병균의 침입에 효과적으로 대응할 수 있게 해 준다. 정신분석에서도 의사는 **사전에** 환자의 의식에 암시를 심어 놓음으로써 **이후에** 무의식적 관념의 악마적 힘에 효과적으로 대응할 수 있도록 해 준다. 그렇다고 무력한 자아가 강하고 무서운 악마와 동등한 힘을 갖추었다고 말하는 것은 아니다. 다만 기수가 말을 길들이듯이 자아는 자신을 휘어지게 하는 융통성을 발휘해서 악마를 통제할 수 있다는 뜻이다. 인류의 구세주는 위대한 목표를 향해 나아가기 위해서는 자신이 휘는 것을 두려워하지 않는 용기가 있는 사람들이었다.[105] 이렇게 어머니 오라클은 사전 암시를 통해서 매트릭스를 재설정할 구세주를 탄생시키게 된다.

네오 : "거기 있는 걸 안다. 너희를 느낄 수 있다. 너희가 우리를 두
려워한다는 걸 안다. 변화가 두려운 거야. 난 미래를 모른다.
이것이 어떻게 끝날지 말하려 온 것이 아니다. 어떻게 시작
할지를 말하려 온 것이다. 난 이제 이 전화를 끊고 이들에게
너희가 보이길 원치 않는 것을 보여주겠다. 너희가 없는 진

---

105) p.851. 위대한 모든 것은 곡선으로 걷는다. 그러나 사람들은 그것들을 눈을 크게 뜨고 보아야 한다. 하나의 목적을 향해서 돌아서 걷는 것이야말로 그것들의 용기였다. 위대한 인간들과 큰 강은 자신들의 목적을 향해 돌아서 간다. (곧장 직선으로가 아니라) 곡선으로, 그러나 그들의 목표를 향해, 구부러진 것을 두려워하지 않는 것이야말로 그들의 최상의 가치다.
- F. 니체《유고(1882년 7월~1883/84년 겨울)》中 -

짜 세계를 보여 주겠다. 규칙이나 통제, 경계나 국경이 없는 세계. 모든 것이 가능한 세계를. 그 다음에 어떻게 할지는 알아서 하라구."

매트릭스는 어머니에 대한 욕망을 통제하기 위해서 온갖 희한한 규칙이나 통제들로 구축된 세계이다. 네오는 그러한 규칙이나 통제를 없애버리겠다고 말한다. 네오가 꿈꾸는 세계는 모든 경계나 국경이 없는 **'모든 것이 허용되는'** 세계이다. 이는 이반 카라마조프가 꿈꾸는 세계이며 소수 엘리트가 수립하고자 하는 세계이다. 니체도 이런 세계를 꿈꾸었지만, 과연 이러한 세계가 인류 문명을 불멸하게 할 수 있을지는 좀 더 논의가 필요하다(네오도 결국 자신이 틀렸음을 알게 된다).

> p.447. 나 내가 예로부터 마음속으로 숭배해왔던 것을 그대와 함께 부셔버렸고 모든 경계석과 우상들을 무너뜨렸으며, 위험스럽기 짝이 없는 소망을 뒤쫓기도 했지. 진정, 어떤 범죄든 나 한번은 넘어 보았지.
> (중략)
> '그 어느 것도 참되지 않다. 모든 것이 허용된다.' 나 나 자신에게 그렇게 말했지.
> - F. 니체 《차라투스트라는 이렇게 말했다(책)》 中 -

트리니티 = 삼위일체

영화 《매트릭스》에서 네오의 연인인 트리니티는 삼위일체를 뜻한다.

그리스도교에서 삼위일체는 아버지 신이 지닌 세 가지 표상의 통합적 개념이지만, 영화《매트릭스》에서는 어머니 신이 지닌 세 가지 표상의 통합적 개념으로 사용되고 있다. 삼위일체가 중요한 이유는 삼위일체는 남성의 무의식을 통제할 수 있는 어머니가 지닌 **세 가지 표상**(이미지)을 의미하기 때문이다.

> p.284. 혹은 이 세 이미지는 남자의 일생을 줄곧 관류해 흐르는 어머니의 이미지일 것이다. 최초의 어머니가 있었고, 이 어머니의 이미지에 맞추어 그는 사랑하는 여인을 선택했고, 마지막으로 그를 자신의 품속으로 다시 끌어들이는 대지(大地)라고 하는 어머니가 그를 기다리고 있다.
> - S. 프로이트《예술, 문학, 정신분석,『세 상자의 모티브』中 -

남성의 무의식을 통제하는 어머니의 첫 번째 표상은 에덴동산의 어머니 이브가 가지고 있는 **유혹하는** 어머니 표상이다. 영화《매트릭스》에서는 네오를 **유혹하는** 페르세포네가 지닌 표상이다. 유혹하는 어머니는 아들에게 지식의 과일을 먹게 함으로써 아버지의 지위를 빼앗고 정복할 수 있는 지능을 갖게 해 준다. 영화에서 페르세포네는 키스(금단의 과실)와 키메이커(지식의 과실)를 줌으로써 네오가 매트릭스의 창조주 아버지와 대결할 수 있도록 도와준다. 어머니가 지닌 두 번째 표상은 성모 마리아와 같은 **고결한** 어머니 표상이다. 영화《매트릭스》에서 어머니 오라클이 가지고 있는 표상이다. 고결한 어머니는 우주나 대지를 상징하며 인간이 불멸을 추구하도록 만든다. 아주 드물게 고결한 어머니는 아들에게 생명나무의 열매를 먹게 함으로써 인류를 구원하는 구세주로 만든다.

그런데 유혹하는 어머니 표상과 고결한 어머니 표상은 모두 한 어머니가 지닌 두 가지 표상이다. 다만 어린아이가 어떤 어머니 표상을 내면화하느냐에 따라서 자아의 구성요소가 달라진다. 《카라마조프의 형제》에서 드미트리는 **유혹하는** 어머니 표상을 내면화했고 알료샤는 **고결한** 어머니 표상을 내면화한 경우이다. 이렇게 한 어머니가 지닌 두 개의 상반된 표상을 하나의 예술 작품으로 승화시킨 인물은 레오나르도 다빈치이다. 레오나르도 다빈치의 『모나리자』는 유혹하는 어머니 표상(요염함과 관능성)과 고결한 어머니 표상(정숙함과 고결함)을 완벽하게 형상화한 예술 작품이라고 할 수 있다.

　　p.223. 많은 비평가들이 모나리자의 미소 속에는 두 가지 상반된 요소가 결합되어 있다는 느낌을 받았다. 비평가들은 또한 이 아름다운 피렌체 여인의 그림에서 여인의 애정 생활을 지배하고 있는 두 가지 상반된 요소들의 완벽한 형상화를 알아보았는데, 즉 이 여인에게서는 정숙함과 요염함, 헌신적인 다정함과 마치 자신과는 무관한 물건처럼 남자를 집어삼킬 듯한 가차 없는 관능성을 동시에 보았던 것이다. (중략) 이탈리아 인인 안젤로 콘티(Angelo Conti)는 햇볕을 받아 살아 움직이는 것 같은 이 그림을 루브르에서 보고 다음과 같이 말한 적이 있다. 〈고결하고도 차분한 부인은 미소를 머금고 있었다. 정복하려는 본성과 잔인함, 여인 본래의 모든 특성들, 유혹하고 함정에 빠뜨리려는 그 의지, 농락하려는 저 섬세함, 잔혹한 의도를 숨기고 있는 선한 모습, 이 모든 것들은 번갈아 나타났다 가는 웃음 짓는 베일 뒤로 사라졌고 마침내는 미소 속에서 한 편의 시로 녹아들고 있었으며…… 선함과 사악함을, 잔혹함과 자비스러움을, 또 우아함과 간악함을 동시에 그대로 간직한 채 그녀는 웃고 있었다……〉

- S. 프로이트 《예술, 문학, 정신분석, 『레오나르도 다 빈치의 유년
  의 기억』》中 -

남성의 무의식을 통제하는 어머니의 세 번째 표상은 현실 속에서의 성
적 대상이다. 영화 《매트릭스》에서의 트리니티와 같은 역할이다. 네오에
게 페르세포네가 과거의 유혹하는 어머니라면 트리니티는 현재의 유혹
하는 어머니이다(네오는 고결한 어머니인 오라클을 내면화했기 때문에
페르세포네의 유혹에 넘어가지 않는다). 페르세포네가 트리니티를 질투
하는 것은 이런 이유 때문이다. 예컨대, 소설 《나폴레옹》을 저술한 M. 갈
로는 나폴레옹의 **현재의 연인**인 조제핀을 질투하는 유혹하는 어머니(레
티지아)의 심리를 탁월하게 묘사하고 있다. 이 소설에서 레티지아는 조제
핀을 '**다른 여자**'로 표현하고 있는데 그녀의 이러한 심리는 자신이 아들
의 **과거의 연인**이었다는 것을 무의식적으로 드러내고 있다.[106]

페르세포네나 오라클이 아닌 트리니티가 삼위일체라는 이름을 얻게
된 이유는 그녀가 어머니의 세 가지 표상을 동시에 지니고 있기 때문이
다. 그녀는 자기 아들에게는 유혹하는 어머니 표상 또는 고결한 어머니
표상으로서 역할을 하게 될 것이고 그녀의 아들은 자라서 또 다른 트리
니티를 얻게 될 것이기 때문이다. 세 개의 어머니 표상을 지닌 트리니티
는 네오의 무의식을 대리 만족시켜 줌으로써 네오가 매트릭스에서 떠나
지 않고 구세주의 길을 가도록 통제한다. 어머니 오라클은 네오와 트리니
티 모두에게 사전에 상대방이 서로 사랑할 것이라고는 암시를 주고 이러

---

106) p.320. 그러나 어머니 레티지아는 아들의 결혼에 관해 아무 말도 하지 않았다. 그
녀는 나폴레옹이 내미는 조제핀의 편지를 바라보지도 않고 받았다. 그녀는 그 '다른
여자'의 편지를 주머니에 넣고, 나폴레옹의 어깨를 잡으며 말했다.
"그래, 내 아들이 위대한 장군이 되었구나."
- M. 갈로 《나폴레옹 1》中 -

한 사전 암시는 네오의 정신적 재탄생에 있어서 중요한 요소로 작용한다.

> 오라클 : "생각보다 귀엽구나. 그녀가 좋아할 만해."
> 네오 : "누가요?"
> 오라클 : "똑똑하진 않구나"

그런데 어머니 오라클은 트리니티가 네오를 사랑하는 있다는 사실을 네오가 전혀 모르고 있는 것처럼 얘기하고 있다. 이 점에 있어서 상당한 의구심이 드는데 그 이유는 이 시점에서 네오의 **옷차림**을 보았을 때 네오의 **무의식**이 트리니티가 자신을 사랑하고 있다는 것을 몰랐을 리 없기 때문이다. 이러한 관점에서 영화《매트릭스》의 꽃병 장면을 다시 한번 분석해 볼 필요가 있다. 꽃병 장면에서 영화감독이 어느 정도 정신분석적 복선을 깔아놓았는지는 알 수 없지만 몇 가지 추정이 가능하다.

첫 번째로 정신분석에서 꽃병은 여자를 상징한다. 꽃도 여자를 상징하지만, 꽃병처럼 깨어지지는 않는다. 그래서 꽃병은 깨어질 수밖에 없다는 의미에서 비극적인 운명을 지닌 여성을 상징한다. 네오 때문에 깨어진 꽃병은 네오 때문에 트리니티가 비극적인 운명을 맞이하리라는 것을 암시한다. 그런데 컴퓨터 시뮬레이션을 통해 이제 누구보다도 근육 기관을 잘 통제할 수 있게 된 네오가 왜 꽃병이 떨어지기 전에 꽃병을 잡을 수 없었던 것일까?

> p.229. 좀처럼 물건을 떨어뜨려 깨지 않으며 근육 기관을 잘 통제할 수 있는 그가 이런 기분 상태에서 꽃병의 물을 갈려고 하다가 이 행위와는 유기적으로 전혀 연관이 없는 기이하게 〈서툰〉 움직임으로 꽃병을 떨어뜨려 그것이 대여섯 조각으로 쪼개지는 일이 벌어

졌다. (중략)

　분명 이 실수 행위는 그가 빼돌렸고 더 이상 그 소유권을 주장할 수 없는 물건을 제거해 버림으로써 소송에서 그 의사에게 도움을 주려는 당연한 목적을 가지고 있었다. 그러나 모든 정신분석가에게 이런 실수 행위는 이런 직접적인 결정 관계 이외에도 다른 훨씬 깊고 중요한 〈상징적〉 결정 인자를 의미한다. 이 꽃병은 의심할 여지 없이 여자의 상징이었던 것이다.

　이 작은 이야기의 주인공은 아름답고 젊으며 열렬히 사랑하던 그의 아내를 비극적으로 잃었다. 그는 신경증에 빠졌는데, 그 증세의 기본 특징은 그가 불행에 책임을 져야 한다는 의무감이었다〈(그가 그의 아름다운 꽃병을 깨버렸다)〉. 또한 그는 여성과 더 이상 어떤 관계도 가지고 있지 않았으며, 결혼에 대한 거부감과 아울러 무의식 속에서 자신의 죽은 아내에 대한 부정으로 여겨질 지속적인 연예 관계에 대한 거부감을 갖고 있었다. 그리고 이 연애 관계는 그가 여자들에게 불행을 가져다 준다거나 한 여자가 자신 때문에 죽을 수도 있다는 등과 같은 것을 통해 합리화하였다 (이때 물론 그는 꽃병을 지속적으로 가질 수 없었다!)

- S. 프로이트 《일상생활의 정신병리학》 中 -

　프로이트는 정신분석 사례 속 남성이 '기이하게 서툰 움직임으로' 꽃병을 깨뜨리는 행위를 실수라고 보지 않는다. 분석사례에서 남성이 꽃병을 소중하게 보관한 이유는 꽃병이 그가 사랑하는 부인으로부터 받은 선물로서 이제는 부인의 상징이 되었기 때문이다. 남성은 부인을 비극적으로 잃었기 때문에 죄책감으로 인해서 꽃병에 더 집착한다. 하지만 그 꽃병이 자신에게 불리한 증거로 사용될지도 모른다는 두려움 때문에 그는 꽃병을 깨뜨림으로써 **무의식적 소망**을 성취한다.

우리가 주목할 부분은 이야기의 후반부이다. 남성이 무의식적으로 꽃병을 깨트린 더 근본적인 이유는 아내에 대한 죄책감(의무감)에서 벗어나고 싶은 무의식적 소망을 성취하려고 했기 때문이라고 할 수도 있다. 이러한 정신분석 내용을 네오의 무의식에도 적용할 수 있다. 네오의 의식은 꽃병의 존재도 알지 못했고 트리니티가 자신을 사랑한다는 사실을 알지 못했지만, 그의 무의식은 꽃병의 존재도 알고 있었고 트리니티가 자신을 사랑한다는 사실도 알고 있었다. 이렇게 추정하는 이유는 만약 네오의 무의식이 꽃병의 존재를 **진짜로 알지 못했다면**, 다시 강조하자면 **진짜로 알지 못했다면**, 네오는 이제 컴퓨터 시뮬레이션을 통해 근육을 잘 통제할 수 있기 때문에 무의식적으로 떨어지는 꽃병을 잡았을 것이기 때문이다. 그의 무의식은 꽃병의 존재를 알고 있었기 때문에 **일부러** 꽃병이 깨지도록 내버려 두었다고 할 수 있다. 네오의 무의식은 자신의 무능력을 드러냄으로써 구세주로서의 의무감에서 벗어나고 싶었던 것이다.

또 네오의 무의식은 트리니티가 자신을 사랑한다는 사실을 알고 있었다고 확신할 수 있다. 이렇게 확신하는 이유는 만약 네오의 무의식이 트리니티가 자신을 사랑하고 있었다는 사실을 모르고 있었다면 그가 죽었을 때 단순히 트리니티의 고백만으로 그가 부활할 수 있었겠느냐는 의문이 들기 때문이다. 오라클은 농담으로 네오가 '똑똑하지 않다'라고 말했지만, 네오의 똑똑한 무의식은 이미 꽃병의 존재를 알고 있었고 트리니티가 자신을 사랑하고 있다는 사실을 알고 있었다. 도스토옙스키는 《백치》에서 인간의 무의식이 어느 정도까지 똑똑할 수 있는지를 보여준다.

p.679. 공작이 처음 거실에 들어왔을 때 그는 아글라야가 그렇게 주의를 주었던 중국 꽃병으로부터 되도록 멀찌감치 떨어져 앉아 있

었다. 어제 아글라야의 말을 들은 이후로 그가 아무리 멀리 떨어져 앉아 있어도, 그 재앙을 피하려고 아무리 발버둥 친다 하더라도, 결국은 꽃병을 깨뜨려 버릴 것이라는 지울 수 어떤 신념과 도저히 불가능하고 얼토당토않은 일이 벌어지리라는 불길한 예감이 그의 뇌리에 자리 잡고 있기 때문이었다. 그런 일이 정말 일어날 수 있을까? 그러나 예감은 그대로 적중했다. 파티가 계속되면서 이미 얘기한 바와 같아 강렬하고 선명한 또 다른 인상들이 공작의 마음속으로 밀려들기 시작했다. 그는 자기의 예감에 대해서 완전히 잊고 있었다. 공작이 빠블리쉬체프에 관한 말을 듣고 예빤친 장군이 그를 다시금 이반 빼뜨로비치에게 소개했을 때, 공작은 탁자 근처로 자리를 옮겨 마침 옆에 있던 안락의자에 앉게 되었다. 그 옆에는 공작의 팔꿈치가 닿을락 말락 한 거리를 두고 크고 아름다운 문제의 그 꽃병이 받침대 위에 놓여 있었다.

열변을 토하던 공작이 마지막 단어를 입 밖에 내며 갑자기 자리를 박차고 일어나더니, 무엇 때문인지 어깨를 으쓱해 보이며 조심성 없이 팔을 휘두르고 말았다. 그러자…… 여기저기서 비명소리가 터져 나왔다. (중략) 하지만 꽃병이 깨지는 찰나 그의 마음을 울린 하나의 감각, 그동안 공작의 마음을 뒤덮고 있던 모든 불안감 속에서도 특히 강렬하고 선명하게 자각한 이상한 감각만큼은 언급하지 않을 수가 없다. 그의 마음을 때린 것은 수치심도 아니거니와 불미스러움, 두려움, 갑작스러움도 아니고 무엇보다도 자신의 예감이 적중했다는 점이었다! 정확히 어떤 예감이었는지는 자신조차 설명할 수 없었다. 다만 심장이 멎을 정도로 놀라고 불가사의한 공포감에 사로잡혀 멍하니 서 있을 따름이었다. 그 순간이 지나가자 갑자기 눈앞이 환하게 트이는 것 같았다. 공포감 대신 광명과 희열 그리

고 환희가 솟구쳐 올랐다. 숨이 꽉 막혀오는 것 같았다······ 그 순간
도 지나가 버렸다.

- 도스토옙스키《백치(동서)》中 -

《백치》의 주인공인 미쉬낀 공작은 제목 그대로 백치이기 때문에 무의
식의 내용을 간파할 수 있는 **'중요한 지혜'**를 지니고 있다. 미쉬낀 공작을
사랑하는 아글라야는 미쉬낀 공작이 꽃병을 깨뜨리지 않도록 주의를 시
킨다. 미쉬낀 공작의 이러한 주의에 대한 리비도(관심) 집중으로 꽃병은
아글라야를 상징하게 된다. 그런데 미쉬낀 공작의 의식은 아글라야를 사
랑한다고 생각하고 있지만, 그의 무의식은 아글라야를 사랑하지 않고 있
다. 미쉬낀 공작의 무의식은 현재의 약혼녀인 아글라야와의 관계를 **깨뜨
리고** 매춘부와 같은 여성과 결혼하기를 소망한다. 도스토옙스키는 미쉬
낀 공작의 이러한 무의식적 소망의 강박성을 '그 재앙을 피하려고 아무리
발버둥친다 하더라도, 결국은 꽃병은 깨뜨려 버릴 것이라는 지울 수 어떤
신념'으로 표현하고 있다. 결국 미쉬낀 공작의 무의식은 아글라야와의 관
계를 깨뜨리고 싶은 소망을 **꽃병을 깨뜨리는 상징 행위**를 통해 성취한다.
주목해야 할 부분은 꽃병을 깨뜨리는 순간 미쉬낀 공장의 의식(눈)이 설
명할 수는 없지만 **'환하게 트이며'** 자신의 무의식이 무엇을 소망했는지를
'강렬하고 선명하게 자각하게 되었다'라는 것이다. 미쉬낀 공작이 꽃병을
깨트린 후 그의 의식 속에 수치심이나 두려움 대신 광명과 희열 그리고
환희가 솟구쳐 오른 이유는 사전에는 불가능하고 얼토당토않은 자신의
무의식적 소망이 사후에 그 예감이 적중함으로써 의식이 무의식의 내용
을 이제야 알았기 때문이다.

네오의 무의식이 꽃병을 깨뜨린 이유도 트리니티와의 관계를 깨뜨리
고 싶은 소망의 상징 행위라고 할 수 있다. 그러나 자신의 무의식을 예감

할 수 있는 미쉬낀 공작과 달리 네오는 아직 자신의 무의식을 예감할 수 없으므로 어머니 오라클의 암시에 순종할 수밖에 없었다. 어머니 오라클은 네오의 의식에게 트리니티가 네오를 사랑하고 있다고 말해 준다. 물론 네오의 무의식에는 변화가 생기지 않는다. 하지만 이러한 사전 암시로 인해서 네오의 의식 속 어딘가에는 트리니티가 자신을 사랑하고 있다는 표상이 간직되어 있다. 그리고 트리니티가 사랑의 고백을 하고 키스—그리스도가 대신문관에게 한 **키스**도 이와 같은 의미를 담고 있다—를 하는 순간, 네오의 의식은 **'환하게 트이며'** 오라클의 사전 암시가 실현되었다는 것을 **'강렬하고 선명하게 자각하게 됨으로써'** 심장 박동이 다시 뛰며 부활하게 된다. 의식과 무의식의 완전한 통합이 이루어진 것이다.

> 트리니티 : "네오, 난 이제 두렵지 않아. "오라클은 내가 사랑에 빠지는 남자가 바로 〈그〉라고 말했었어. 그러니까 당신은 죽을 수 없어. 난 당신을 사랑하니까. 들려? 사랑해."
> (그리고 트리니티가 네오의 입술에 키스를 하자 네오의 심장 박동이 다시 뛰기 시작한다.)

복기하자면 유혹하는 어머니 표상을 지닌 페르소포네는 **첫눈에** 네오가 구세주인 것을 간파하고 단 한 번의 키스로 키메이커를 넘겨준다. 현실의 어머니 표상인 트리니티는 **첫눈에** 네오를 사랑하게 된다. 고결한 어머니 표상을 지닌 오라클도 **첫눈에** 네오가 구세주인 것을 간파하고 트리니티가 그를 사랑할 것이라고 말한다. 신기하게도 이 세 명의 어머니는 첫눈에 네오가 구세주라는 것을 간파하고 그를 **유혹**하고 그를 **사랑**하고 그를 **구세주**로 만든다. 모피어스가 평생을 헤매다 찾아낸 네오를 어떻게 그녀들은 첫눈에 네오가 제2의 아담이라는 것을 알아챌 수 있었을까? 그 이유는 네오가 **리비도가 강한** 인간이기 때문이다(이에 대한 구체적인 논증은 5장에서 할 예정이다). 제1의 아담인 메로빈지언도 강한 리비도를 지니고 있었지만, 선악과를 먹고 현재는 리비도가 정욕으로 변질된 상태이다. 하지만 네오의 리비도는 아직 리비도의 순수성(불멸성과 결합성)을 그대로 지니고 있다.

남성의 강한 리비도는 여성의 리비도를 강하게 끌어당긴다. 네오가 강한 리비도를 가지고 있다는 것은 네오가 매트릭스의 소스가 있는 방에 가기 전에 나오는 수많은 방으로 상징화되어 있다. 정신분석학에서 방은 여성의 자궁을 상징한다.[107] 네오는 모든 자궁(방)을 열 수 있는 만능열쇠(키메이커)를 가지고 있다. 말하자면 네오는 모든 여자를 아내로 삼을 수 있는 능력을 지니고 있다고 할 수 있다.

p.420. 꿈에 등장하는 방은 대부분 여성이다. 입구나 출구가 여러 개 묘사되면 이러한 해석은 의심의 여지가 없다. 방이 '열려'있는가 '닫혀'있는가에 관심을 보이는 것은 이러한 관계에서 쉽게 이해할 수 있다. 동시에 어떤 열쇠로 방문을 여는가는 분명히 말할 필요가 없다. 울란트는 〈에버슈타인 백작의 노래〉에서 열쇠와 자물통 상징을 아주 맵시 있게 외설적인 농담에 응용한다. 줄지어 늘어선 방을 지나가는 꿈은 사창가나 여인들의 처소에 관한 꿈이다.

- S. 프로이트 《꿈의 해석》 中 -

네오는 삼위일체의 도움으로 매트릭스의 최고의 통제장치인 창조자

---

107) p.212. 어떤 상징들은 여성의 성기 자체보다는 어머니의 자궁과 더욱 긴밀한 관계를 갖고 있습니다. 즉, 장롱이나 아궁이, 무엇보다도 방-상징이 그렇습니다.
- S. 프로이트 《정신분석 강의》 中 -

아버지를 만나게 된다. 매트릭스의 창조자가 있는 방은 빛(광선)으로 된 방문으로 되어있다. 빛은 인간이 어머니의 자궁에서 나올 때 처음으로 겪는 외적 경험이다. 따라서 매트릭스의 창조자 아버지가 있는 방은 어머니의 자궁을 상징하며 네오가 그 방에 들어간다는 의미는 오이디푸스 콤플렉스가 형성되기 이전으로 회귀했다는 뜻이다.

네오가 유아기 초기로 퇴행했다는 것은 정신병 상태로 되돌아갔다는 의미이기도 하다. 정신병 환자들이 종종 빛(광선)을 신과 동일시하는 이유도 그들의 정신이 유아기 초기로 퇴행해서 출산 경험을 반복 재현하기 때문이다. 프로이트가 분석한 슈레버(Schreber)라는 편집증 환자도 자신의 정신병에 관한 회고록에서 광선(빛)을 신과 동일시하고 있다.[108] 흥미로운 점은 신에 대한 묘사가 리비도의 전능성에 대한 묘사와 아주 유사하다는 것이다. 그의 묘사에 따르면 신은 '**신경조직**'으로 되어있고 '**세상 모든 것을 마음대로 변형시킬 수 있는 특별한 능력**'이 있다. 이러한 정신 현상들은 인간의 무의식이 정서적 표상의 형식으로 리비도의 속성(불멸성, 전능성, 결합성)을 인식할 수 있음을 보여준다.

p.152. 다른 논문에서도 지적했듯이 영과 악마는 인간의 감정적 충동의 투영에 지나지 않는다. 미개인들은 자신의 감정적 표상을 인격화하고, 이것을 세상에도 풀어놓고는 내적 정신 현상을 자기 외부에서 재발견했던 것이다. 말하자면 총명한 편집증 환자 슈레버

---

108) p.117. 쉬레버의 이러한 망상에서 신의 위치는 매우 특별하다. 쉬레버는 신이 순전히 신경조직으로 이루어져 있으며, 신은 그 자신의 신경조직에 의해 야기된 변화를 통해 그(쉬레버)의 몸에 영향을 미치고 있다고 생각하였다. 신의 신경조직들은 신에게서 발산된 일종의 광선을 통해서 세상의 어느 것이라도 마음대로 변형시킬 수 있는 특별한 능력을 가지고 있다고 간주되었다.
- W. 마이쓰너 《편집증과 심리치료》中 -

(Schreber)가 제 손으로 만들어 낸 〈신(神)의 빛살〉의 운명 속에서 저 자신의 리비도의 구속과 해방이 반영되고 있는 것을 발견한 것과 마찬가지인 것이다. (중략) 편집증 상태의 병리적 증상은 정신생활에서 생겨나는 이 같은 갈등을 처리하기 위해 실제로 투사라고 하는 메커니즘을 이용하는 것이다.

- S. 프로이트《종교의 기원, 『토템과 터부』》中 -

삼위일체의 도움으로 네오는 매트릭스의 창조자 아버지와 대면한다. 네오는 매트릭스의 창조자에게 누구냐고 묻는다. 그러자 매트릭스의 창조자 아버지는 그의 질문이 **'적절하긴 해도 가장 무의미한 질문'**이라고 말한다. 매트릭스의 창조자 아버지가 이렇게 말하는 이유는 신이 누구냐? 라는 질문은 인간 자신의 본질(리비도)에 대한 질문이어서 **적절한** 질문이지만, 신이라는 것이 인간의 본질(불멸)이 투사된 존재라는 사실을 알게 된다면 **가장 무의미한** 질문이기도 하기 때문이다.

창조자 : "네오"
네오 : "누구죠?"
창조자 : "난 아키텍트. 매트릭스의 창조자지. 자넬 기다렸네."
(중략)
창조자 : "자네의 첫 질문은 적절하긴 해도 가장 무의미한 질문이기
　　　　도 하네."

매트릭스의 창조자 아버지는 매트릭스의 비밀은 오이디푸스 콤플렉스라고 말한다. 네오는 자신이 오이디푸스 콤플렉스의 암시를 받고 인류 문명의 반복 재현을 위해서 구세주가 된 것을 알게 된다. 자신이 신과 같은

존재이며 모든 것이 허용되는 세계를 만들겠다고 큰소리쳤지만, 네오가 발견한 것은 더 큰 매트릭스일 뿐이었다.[109] 모피어스나 트리니티처럼 자신도 하나의 통제장치에 불과했던 것이다.

> 모피어스 : "아냐, 예언은……."
> 네오 : "거짓이에요, 모피어스. 예언은 거짓이에요. 난 아무 것도
>   끝내지 못해요. 모두 통제시스템일 뿐이에요."
> 모피어스 : "믿을 수 없어"
> 네오 : "방금 말했잖아요. 예언대로 전쟁이 끝났나요? 미안해요.
>   받아들이기 힘들겠지만……, 분명한 사실이에요"
> 트리니티 : "어떡하면 되지?"
> 네오 : "나도 몰라."
> (중략)
> 모피어스 : "내가 한 꿈을 꾸었도다. 이제 그 꿈이 사라졌구나!"

매트릭스의 멸망

모든 문명은 네오처럼 모든 것이 허용된다는 신념을 가진 구세주와 그

---

109) p.373. 사람들은 상자 안에 갇히는 것을 두려워하면서도 이미 자신들이 상자-자신의 뇌-안에 갇혀있으며, 그 상자는 다시 더 큰 상자-무수히 많은 기능을 갖춘 인간 사회-안에 갇혀있다는 사실을 깨닫지 못한다. 매트릭스를 탈출했을 때 발견하게 되는 것은 더 큰 매트릭스일 뿐이다. 1917년 러시아 농부들과 노동자들은 차르에 맞서 반란을 일으켰지만 결국에는 스탈린 체제로 귀결됐다. 세계가 당신을 조종하는 여러 가지 방식을 탐구하기 시작하더라도, 결국 자신의 핵심적 정체성은 뇌신경망이 만들어 내는 복잡한 환상이라는 사실을 알게 될 뿐이다.
　　　　　　　　　　　　　　　　 - Y. 하라리 《21세기를 위한 21가지 제언》 中 -

를 따르는 소수의 사람에 의해서 시작된다. 하지만 비범한 소수 엘리트가 세운 문명은 그의 후손들에 의해서 타락하게 된다. 다수 민중을 매혹할 수 있는 능력이 없어진 타락한 지배자는 민중의 반란을 막기 위해서 도덕과 법을 강화하고 민중이 탈출하는 것을 막기 위해서 국경을 봉쇄한다. 그리고 복종적이고 평범한 인간만을 양성하고 훈련하는 일에 전념하게 되고 그 결과 창조적이고 비범한 인물은 사라지게 됨으로써 문명은 멸망한다.[110] 비범한 소수 엘리트가 세운 로마제국이 멸망한 이유도 비범한 인간들의 창조성을 죽인 '틀에 박힌' 도덕과 법 때문이었다.[111]

매트릭스도 처음에는 전능 관념이 지배적인 구세주와 소수 엘리트가 시작하지만 곧이어 억압적이고 틀에 박힌 문명이 됨으로써 단일 자의식을 가진 복제 인간만이 살아남는다. 매트릭스의 설계자는 인류 문명의 최종적 종말을 예방하기 위해서 매트릭스 문명이 해체기에 이르면 구세주가 등장하도록 프로그램화함으로써 그가 소수 엘리트를 이끌고 매트릭스를 재설정하도록 매트릭스를 설계한다.[112] 하지만 스미스라는 변수가

---

110) p.161. "법만이 통용될 때 세상은 멸망한다"(Fiat justitia pereat mundus)는 것이 법이나 정의의 금언이다.

- L. 포이어바흐 《종교의 본질에 대하여》 中 -

111) p.792. "초기 로마의 역사는 비범한 일을 한 평범한 사람들의 역사라고 묘사되었다. 후기 로마제국에선 뭔가 조금이라도 틀을 벗어난 일을 하려면 비범한 인간을 필요로 하게 되었다. 따라서 로마제국이 여러 세기 동안 평범한 인간을 양성하고 훈련하는 일에 전념해 왔다면, 그 말기의 비범한 인물-스틸리코나 아에티우스 같은 인물-은 차츰 야만인 속에서 구하게 되었다. (Collingwood, R.G., and Myres, J.N.L. : Roman Britain and the English Settlements)

- A. J. 토인비 《역사의 연구》 中 -

112) p.616. 여전히 창조적 개인이 나타나고 그 창조력에 의해 지도자가 되는 것이지만, 다만 이제 그들은 새로운 입장에 서서 자신들의 창조 활동을 행하지 않을 수 없게 된다. 성장기의 문명에서는 창조자가 도전에 대해서 승리의 응전으로써 답하는 정복자의 역할을 수행하도록 요구되지만, 해체기의 문명에서는 도전이 창조성을 잃은 소수자들을 물리쳤으므로 응전할 수 없었던 사회를 구제하는 구세주의 역할을 수행하도록 요구된다.

발생한다.

> 모피어스 : "스미스였나?"
> 네오 : "예."
> 모피어스 : "한 명이 아니었지?"
> 네오 : "엄청 많았죠."
> 탱크 : "어떻게 된 거지?"
> 네오 : "모르겠어요. 자신을 복제할 줄 알았어요."
> 모피어스 : "네게 복제를 시도했나?"
> 네오 : "뭘 한 건진 모르지만, 느낌은 잘 알고 있죠."
> 트리니티 : "뭐지?"
> 네오 : "그 복도에서 느꼈던 것…, 죽어가는 느낌."

　매트릭스의 창조자 아버지가 1%의 전혀 상반된 변종을 허용한 이유는 창조적인 1%의 소수 엘리트마저 제거되면 나머지 99% 인류도 저절로 죽게 될 것이고 따라서 기계 문명의 존재 이유도 사라지게 되리라는 것을 알았기 때문이다. 하지만 스미스는 인류 문명의 이러한 원리를 알지 못하기 때문에 모든 인간을 복제해서 똑같은 인간들로 만들어 버린다. 스미스가 어머니 오라클도 복제해 버리는 이유도 이제 전능 관념의 통제장치가 필요 없어졌기 때문이다. 문제는 이렇게 되면 카이사르와 같은 절대적인 독재자의 출현이 불가피하다는 것이다. 즉 한 명의 뿔 달린 짐승이 모든 사람을 지배하는 「요한계시록」의 세계가 실현되는 것이다. 니체는 수백 년 전에 이미 인류 문명의 이러한 속성을 예리하게 통찰하고 있었다.

- A. J. 토인비 《역사의 연구》 中 -

p.765. 오늘날 유럽인의 특색을 찾는다면, '문명'이라고도 '인도주의화'라고도 할 수 있겠다. (중략) 아무튼 이러한 방식으로 나타낼 수 있는 모든 도덕적, 정치적 전경 뒤에는 거대한 생리적 과정이 움직이고 있으며, 이것이 점차로 흐르기 시작하고 있다. 이 과정이란 것은 유럽인이 닮아가는 과정이며, 풍토적으로나 계급적으로 제약된 인종 성립의 모든 조건에서 점점 멀어져 가고 있다는 사실이다. (중략) 즉, 본질적으로 초국민적인 유목민이 차차 출현해서, 그러한 형의 인간은 전형적인 특징으로서 최대한의 순응성과 순응력을 가지고 있는 것이다.

바야흐로 그러한 유럽인이 발생하고 있는데, 이 과정은 거대한 반동으로 인해 속도가 늦춰질지는 모르나, 도리어 격렬성과 깊이는 증대해진다. 지금 광분하고 있는 '국민적 감정'의 격동이나, 또 싹터 오는 무정부주의도 그 징후인 것이다. 이 과정은 소박한 촉진자, 찬미자-'근대 사상'의 사도들에게는 생각지도 못했을 결과를 초래할 것이다. 바로 현대의 모든 조건은 평균해서 인간의 평등화, 평범화를 초래했고-부지런하고, 어디에나 쓸모 있는 가축 떼와 같은 인간을 빚어내고 있는데, 이 새로운 여러 조건은 반대로 보다 위험하고 또 매력적인 성질을 가진 예외적인 인간의 발생을 재촉하는 것이다. 왜냐하면 순응력이란 항상 변하는 조건에 일일이 적응해서 매 세대마다, 거의 10년마다 새 일을 시작하므로, 강한 인간형은 일반적으로 생겨날 수 없다. 그래서 이러한 미래의 유럽인을 총체적으로 바라볼 때, 그것은 다양하고 의지박약하며 어디라도 쓸 수 있는 노동자들이며, 그들은 그날그날의 양식이 필요하듯 지배자, 명령자가 필요하다. 그리고 그러한 유럽의 민주주의화는 결국 정확한 의미에서의 노예 제도를 위해 태어난 인간형을 빚어내게 될 것이다. 또 개개의 예외적인 경우에는 강한 인간이 어쩌면 지금까지 그 유례를 찾아볼 수 없을 만큼 강하고 부하게 되지 않을 수 없기 때문이다. 다시 말해 이들은 교양에 있어 선입견이 없으며, 그 수련, 기능 또 가면에 있어 복잡하기 이를 데 없기 때문이다. 나는 말하고 싶다-유럽의 민주주의화는 한꺼번에 전제적 지배자(모든 의미에서 또한 가장 정신적인 의미에서)를 양성하기 위한, 저절로 된 양성소라고.

- 니체《선악을 넘어서(동서)》中 -

니체는 인류 문명을 개개인의 인간이 닮아가는 과정이라고 정의한다. 니체는 이러한 과정을 도덕적 관점에서 인도주의화라고 부르고 정치적 관점에서 민주화 운동이라고 부르는데 그 이유는 문명의 도덕과 법이 인간을 도덕적으로 **평범화**하고 정치적으로 **평등화**하기 때문이다. 이는 문명의 모든 구성원이 무의식 차원에서 **단일한 선악 관념** 아래 결합해 가고 있다는 것을 뜻한다. 문명은 점점 인종과 국가를 초월해서 단일한 선악 관념 아래에서 **'최대한의 순응성과 순응력'**을 지닌 인류 공동체로 발전한다. 이렇게 부지런하고, 어디에나 쓸모 있는 가축 떼와 같은 인간을 만들어 내는 것이 문명 과정이라고 할 수 있다.

하지만 이렇게 복제된 인간으로 가득 찬 문명은 **거대한 반동**으로 인해서 '보다 위험하고 또 매력적인 성질을 가진 예외적인 인간'의 발생을 재촉한다. 인간 본성의 모순성은 자신이 순응적이고 복종적이 되면 될수록 그만큼 격렬성과 깊이에서 유례를 찾아볼 수 없을 만큼 **더 엄격하고 전제적인** 지배자를 찾기 때문이다. 마치 이솝 우화에서 개구리 떼가 자신을 잡아먹는 황새를 지도자로 맞아들이는 것처럼 인류 문명은 자신을 잡아먹을 뿔 달린 짐승을 자신들의 지도자로 숭배하게 된다. 니체 이후 모든 사람이 평등하다고 주장하는 전체주의 국가나 사회주의 국가에서 **'인류의 배를 가르는 악랄한 독재자'**가 출현한 사실은 니체의 이러한 통찰을 증명하고 있다.

p.267. 민주주의는 바로 그 바탕을 이루는 원칙 때문에 자유와 경쟁을 선호하고, 이 자유와 경쟁은 반드시 가장 유능한 사람들의 승리를 낳게 되어 있다. 반면 사회주의는 경쟁의 억압과 자유의 폐지와 보편적인 평등을 목표로 잡고 있다. (중략)

p.351. 탁월한 사상가들에 따르면, 이런 것이 사회주의의 도래에 불가피하게 따를 결과이다. 공포시대와 코뮌 같은 격변이 사회주의의 결과를 대충 짐작하게 한다. 그 다음엔 카이사르와 같은 독재자의 출현이 불가피하다. 자신의 말(馬)을 집정관으로 임명하거나 자신을 존경하는 시선으로 바라보지 않는 사람이 있으면 그 자리에서 배를 가르게 할 수 있는 악랄한 독재자 말이다.

- G. 르 봉《사회주의의 심리학》中 -

인류 문명은 악마의 세 번째 유혹의 실현을 위해서 인간을 끊임없이 평범하게 만들고 평등하게 만듦으로써 가축 떼와 같은 인간을 대량생산할 것이고 그러한 복제된 인간으로 가득 찬 공동체는 카이사르와 같은 전제적 독재자를 저절로 양성함으로써 인류 문명을 죽음으로 인도할 것이다. 다시 말해서 인류 문명의 멸망은 소행성의 충돌이나 외계인의 침입이 아닌 우리 자신에 의해서 그 목적을 달성할 것이다. 죽음 본능이 삶의 본능보다 더 강하고 생명의 존재 목적은 바로 죽음이기 때문이다.

스미스 : "내 분신(分身)들도 기대에 들떠있어. 내가 승리할 걸 알고

있으니까…. 느껴지나, 미스터 앤더슨? 죽음의 그림자가?
난 느껴져. 어쨌든 고맙군, 네 덕분에 배웠어. 생명의 존재
목적이 뭔지…. 그건 바로 죽음이야."

모든 문명이 자살로 끝나는 이유는 죽음 본능이 삶의 본능보다 더 원초
적인 욕망이기 때문이다. 바꿔서 말하면 우리는 삶을 욕망하는 것이 아니
라 죽음에 저항하고 있다고 할 수 있다. 이렇게 어렵게 깨어난 삶의 본능
을 죽음 본능으로 되돌리는 것이 사디즘과 마조히즘이 지닌 **공격성**이다.
사디즘의 공격성은 타인을 죽음에 이르게 하고 마조히즘의 공격성은 자
신을 죽음에 이르게 한다. 사디즘과 마조히즘이 이러한 공격성을 지니게
된 원인은 선악 관념이고 그 사회적 표상이 도덕과 법이다. 동양의 니체
라고 할 수 있는 장자(莊子)가 수천 년 전에 공자가 주장한 인의예지(仁義
禮智)를 비판한 이유도 도덕과 법이 세상을 미혹시키고 세계를 분열시키
기 때문이다. 특히 장자의 위대성은 선악의 지식(앎)이 인간의 본성을 왜
곡시킨다는 것을 통찰한 데 있다.[113] 니체가 삶을 옹호하고 기독교의 도
덕에 대항하는 이유도 종교가 가르치는 선악의 지식이 삶을 부정하게 만
들고 죄책감을 강화함으로써 감추어진 죽음 본능(파괴 본능)을 깨워서
인류 문명을 종말에 이르게 하기 때문이다.

---

113) p.197. 무릇 덕이 충만한 세상일 때는 새나 짐승들과 함께 살았고 만물과 어울려 살
    았으니 어찌 군자와 소인의 구별이 있었겠는가! 모두가 앎이라는 것이 없어 그 덕을
    잃지 않았으니 이를 일러 소박(素樸)이라 하였으며 소박하였으니 백성들은 그 본성
    을 지켜낼 수 있었던 것이다.
      그런데 성인이란 자가 나타나자 서둘러 인(仁)이라는 것을 행하고, 힘을 다해 의
    (義)라는 것을 행하게 되어 천하는 그만 의심과 미혹함이 나타나기 시작하였다. 그
    들은 제멋대로 악(樂)을 만들고 번잡한 예(禮)라는 것을 만들어 천하가 그만 분열되
    기 시작하였던 것이다.
                                                    - 장자(莊子)《장자》中 -

p.18. 도덕 자체는-어떠한가? 도덕은 "삶의 부정에의 의지", 감추어진 파괴 본능, 몰락과 비난과 비방의 원리, 종말의 시작이 아닌가? 그리고 결과적으로 위험들 중의 위험이라고 한다면?⋯⋯ 그리하여 나의 본능은, 삶을 옹호하는 본능으로서, 당시 이 의심스러운 책을 씀으로써 도덕에 **대항하여** 등을 돌렸다. 그리고 나의 본능은 삶에 대한 근본적인 반대 이론과 반대 평가, 즉 순수하게 예술가적이고 반기독교적인 반대 이론과 반대 평가를 생각해냈다. 그것을 어떻게 부를 것인가? (중략) 나는 것을 **디오니소스적인 것**이라 불렀다.

- F. 니체《비극의 탄생(책)》中 -

물론 공동체의 도덕과 법은 개인의 욕망을 통제함으로써 개인 간의 폭력과 살인을 감소시키는 데에는 커다란 역할을 한다. 하지만 선악 관념은 더 강렬한 정욕적 쾌락을 추구하기 때문에 시간이 갈수록 도덕과 법은 더 엄격하게 되고 그러한 도덕과 법에 적응하지 못하는 사람들은 도태되거나 범죄자가 된다. 동시에 리비도의 결합 본능은 개인을 더 큰 단위로 결합시키므로 공동체는 더 커진 공동체를 통제하기 위해서 불가피하게 도덕과 법을 더욱 엄격하게 만들지 않으면 안 된다. 결국, 도덕과 법은 공동체의 구성원 대부분이 참을 수 없는 수준까지 올라가게 되고 이는 죽음 본능을 일깨움으로써 문명은 자살을 감행하게 된다.

p.314. 어느 경우든 사람은 죄책감을 느낄 수밖에 없다. 죄책감은 양가 감정으로 말미암은 갈등의 표현, 즉 파괴 또는 죽음의 본능과 에로스 사이에서 벌어지는 영원한 투쟁의 표현이기 때문이다. 이 갈등은 인간이 공동생활이라는 어려운 일에 직면하자마자 벌어지기 시작한다. 공동체가 가족 이외의 형태를 취하지 않는 한, 이 갈

등은 오이디푸스 콤플렉스로 나타나고 양심을 확립하여 최초의 죄책감을 만들 수밖에 없다. 공동체를 확대하려는 시도가 이루어지면 똑같은 갈등이 계속된다. 갈등의 형태는 과거에 의해 결정되고, 갈등은 갈수록 강화되어 죄책감을 더욱 강화하는 결과를 낳는다. 문명은 인간 내면의 성 충동에 복종하여 인간을 긴밀한 집단으로 통합하려 했기 때문에, 죄책감을 점점 강화해야만 집단 형성이라는 이 목적을 달성할 수 있다. 아버지와 관련하여 시작된 갈등이 집단과의 관계에서 완성되는 것이다. 문명이 가족에서 인류 전체로 나아가는 필연적인 발달과정이라면, 양가 감정에서 생겨나는 타고난 갈등의 결과, 즉 사랑과 죽음 사이에 벌어지는 영원한 투쟁의 결과, 죄책감의 증대는 문명과 뗄래야 뗄 수 없는 복잡한 관계로 얽혀 있을 수밖에 없다. 문명이 더욱 발달하면 죄책감은 개인이 참을 수 없는 수준까지 도달하게 될 것이다.

- S. 프로이트 《문명 속의 불만》 中 -

도덕과 법이 지배하는 궁극적인 세계는 인류의 욕망에 대한 극단적 통제가 이루어지는 세계가 될 것이다. 따라서 개인도 자신의 욕망을 완전히 포기하지 않으면 안 된다. 개인의 욕망을 완전히 포기한 세계는 신을 구하는 마음이 죽은 세계이며 따라서 창조성이 발현되지 않는 「요한계시록」의 세계이다. 이러한 세계를 묘사하고 있는 『멋진 신세계』는 복종 관념이 지배적인 사람에게는 유토피아라고 불리겠지만 전능 관념이 지배적인 사람에게는 곤충의 문명이나 마찬가지이다.[114] 니체가 도덕과 법을

---

114) p.225. 생물학에서는 아주 특수한 환경에 지나치게 잘 적응한 동물은 진화의 과정에서 막다른 곳에 이르러 미래가 없다고 하는데, 그것이 바로 성장 정지 문명의 운명이다.

그와 비슷한 운명으로 유토피아로 불리는 공상적 인간 사회가 있으며, 또 하나는

마지막 신 또는 거대한 용에 비유하고 개개인이 사자(초인)가 되어 거대한 용을 상대로 일전을 벌여야 한다고 설파하는 이유도 궁극적으로는 인류 문명의 자멸을 막기 위해서이다.

p.39. 그러나 외롭기 짝이 없는 저 사막에서 두 번째 변화가 일어난다. 예서 정신이 사자로 변하는 것이다. 정신이 자유를 쟁취하여 그 자신의 사막의 주인이 되고자 하는 것이다.

그는 그리하여 그가 섬겨온 마지막 주인을 찾아 나선다. 그는 그 주인에게 그리고 그가 믿어온 마지막 신(神)에게 대적하려 하며, 승리를 쟁취하기 위해 저 거대한 용과 일전을 벌이려 한다.

정신이 더 이상 주인, 그리고 신(神)이라고 부르기를 마다하는 그 거대한 용의 정체는 무엇인가? "너는 마땅히 해야 한다"가 그 거대한 용의 이름이다. 그러나 사자의 정신은 "나는 하고자 한다"고 말한다.

비늘 짐승인 "너는 마땅히 해야 한다"가 정신이 가는 길을 금빛을 번쩍이며 가로막는다. 그 비늘 하나하나에는 "너는 마땅이 해야 한다!"는 명령이 금빛 찬란하게 빛나고 있다.

- F. 니체 《차라투스트라는 이렇게 말했다(책)》 中 -

하지만 니체 철학의 가장 큰 오류가 이 지점에서 발생한다. 마지막 신이나 거대한 용은 선악 관념의 표상이지 선악 관념 그 자체는 아니기 때

사회성 곤충으로 조직된 실제 사회이다. 비교해 보면 플라톤의 「국가」나 올더스 헉슬리의 「멋진 신세계」(과학의 발전에 따른 미래의 사회를 그린 소설)에서와 마찬가지로, 개미탑이나 벌집에서도 모든 발육 정지 문명에서 본 두드러진 특징인 계급제와 전문화라는 특징이 발견된다.

- A. J. 토인비 《역사의 연구》 中 -

문이다. 선악 관념의 그림자에 불과한 신이나 용과 일전을 벌여서 승리한다 해도 선악 관념 그 자체를 없애지 않고서는 새로운 도덕과 법은 생길 수밖에 없다. 그림자를 없애기 위해서는 그 그림자를 만드는 주체가 음지로 들어가야 하듯이 신이나 용을 없애기 위해서는 그러한 표상을 만들어내는 선악 관념이 음지로 들어가야 한다.

이러한 관점에서 그 방향은 다르지만, 니체도 쇼펜하우어와 유사한 실수를 하고 있다고 볼 수 있다. 쇼펜하우어는 그리스도의 복음을 이해했지만, 그 실천방법을 **욕망의 포기**라고 오해했다. 이러한 실천방식은 표면적으로는 그리스도의 복음과 상충하지 않지만, 욕망의 포기는 인간이 살아갈 수 있는 토대를 없애버림으로써 허무주의로 흐를 수밖에 없었다.[115] 이에 대한 반동으로 니체는 **욕망의 실현**을 추구했다. 하지만 욕망의 추구는 그 욕망을 억압하는 거대한 용과 끊임없는 갈등과 투쟁에 직면할 수밖에 없다. 니체의 세계에서는 개인은 나폴레옹과 같은 초인이 되든지 라스콜리니코프와 같은 범죄자가 되든지 양자택일할 수밖에 없다.

너 자신을 알라

영화 《매트릭스》가 제시하는 방식은 욕망의 포기도 욕망의 추구도 아니다. 그 방식은 자신이 왜 그런 선택을 했는지에 대한 이유를 이해하는 것이다. 선택의 이유를 이해한다는 것은 자신의 무의식 속에 어떤 관념(욕망)이 형성되어 있는지 그리고 그러한 관념(욕망)이 어떻게 형성되었

---

115) p.238. 쇼펜하우어가 상상했던 정신의 절정은, 모든 것이 아무런 의미도 갖고 있지 않다는 인식에 도달하는 것이었다. 요컨대, 선인(善人)이 이미 본능적으로 실행하고 있는 바를 인식하는 일이었다.

　　　　　　　　　　　　　　　　　　　　　- F. 니체 《권력에의 의지(청하)》 中 -

는지는 안다는 뜻이다. 한 마디로 **자기 자신을 아는 것**이다. 자기 자신을 안다는 것은 자신이 현재 애착이 있거나 집착하고 있는 대상들과 자신의 무의식 속 관념(내사물)과의 '**특수한 연결고리를 확립하고 명료화**'함으로써 그 관념들을 의식화하는 것이다. 그러기 위해서는 현재 자신이 집착하는 대상을 재추적해서 과거의 삶에서 중요한 대상과의 관계 사이의 연결을 확립해야 한다. 그 중요한 대상은 자신의 부모이다(그다음 중요한 인물이 형제이다).[116] 그렇게 함으로써 어린 시절에 부모가 자신의 무의식 속 관념의 형성에 어떤 영향을 끼쳤는지를 알 수 있다. 자신이 의식하고 느끼는 현재의 기억과 감정은 과거의 부모의 영향에 의해서 왜곡된 것이므로 그 기억과 감정은 자기 자신이 누구인지 말해 줄 수 없으며, 따라서 현재 자신이 알고 있는 자신은 진짜 자신이 아니다.

네오 : "이런!"

트리니티 : "왜?"

네오 : "내 단골집이야. 국수를 잘 했었지. 내가 기억하는 모든 게 전부 가짜였다니. 그게 무슨 의미지?

트리니티 : "매트릭스는 네가 누군지 말해줄 수 없어."

네오 : "오라클은 괜찮고?"

트리니티 : "그건 얘기가 달라."

---

116) p.81. 내사물은 대상 관계의 파생물이 내재화된 것이며, 따라서 그것을 탐구하는 것은 환자의 경험에서 과거 그리고 / 혹은 현재의 대상들과의 특수한 연결고리를 확립하고 명료화하는 것을 포함한다. (중략)

　이러한 수준에서 치료적 개요의 과제는 환자의 경험을 재추적하는 것, 즉 현재 내사물의 조직 및 내사 구조와 환자가 과거에 경험한 대상 관계 사이의 연결을 확립하는 것이다. 여기에서 가장 중요한 대상은, 유일하지는 않지만, 부모이다. 환자의 특수한 삶의 경험에 따라 다른 중요한 인물이 개입될 수도 있다. 종종 형제가 중요한 역할을 하며, 다른 친척들, 심지어 가족이 아닌 다른 인물도 중요한 역할을 한다.
　　　　　　　　　　　　　 - W. 마이쓰너《편집증과 심리치료》中 -

인간은 자신의 무의식적 관념과 환상이 투사되어 만들어 낸 표상의 세계 속에서 다른 대상과 관계를 맺고 살아간다.[117] 하지만 그러한 표상은 환각이며 상상이다. 표상의 세계에서 탈출하기 위해서는 **'숟가락은 없다'** 라는 진실을 알아야 한다. 하지만 의식은 자신의 무의식을 인식할 수 없다. 의식과 무의식의 사이에 있는 수많은 방어와 검열이 의식과 무의식 사이를 가로막고 있기 때문이다. 프로이트는 이렇게 의식과 무의식 사이에 있는 심리적 조직을 **'전의식'**이라고 부른다(전의식도 무의식의 일부분이다). 전의식은 의식과 무의식의 통로 역할을 한다. 무의식은 자신의 무의식적 관념에 부합하는 표상을 인식하게 되면 전의식을 열어서 의식 속으로 리비도를 송출한다. 리비도 송출은 의식 속에는 정서적 표상으로 떠오르고 이 정서적 표상에 관념적 표상이 연결됨으로써 생각이나 행동으로 이어진다.

p.706. 심리학적 의미에서는 두 가지 모두 무의식이다. 그러나 우리가 사용하는 의미에서 무의식이라고 불리는 하나는 의식화될 수 없는 반면, 다른 하나는 그 흥분이 일정한 규칙을 준수하고 필요한 경우 새로운 검열을 극복하게 되면 무의식 체계에 대한 고려 없이 의식에 도달할 수 있기 때문에 전의식이라고 불리운다. 의식에 이르기 위해서는 흥분이 변경할 수 없는 일련의 순서, 즉 검열의 변화를 통해 우리에게 드러나는 일련의 절차를 통과해야 하다는 사실

---

117) p.325. 스스로 만들어낸 상상 세계 안에서 개인이 대상과 맺는 관계를 조사하는 것은 흥미롭다. 사실 환상이 얼마만큼 경험되었는가에 따라 그리고 스스로 만들어낸 세계가 지각된 외적 세계대상들을 얼마만큼이나 자료로 사용할 수 있는가에 따라, 그 세계의 발달과 정교함의 단계가 결정된다. 이것은 분명히 또 다른 상황에서 충분히 진술될 필요가 있는 주제이다.
- D. 위니캇 《소아의학을 거쳐 정신분석학으로》 中 -

은 우리가 공간 관계를 이용해 비유를 설정하도록 도와준다. 우리
는 전의식 조직이 무의식 조직과 의식 사이에 병풍처럼 서 있다고
말하면서, 두 조직의 상호 관계와 의식에 대한 관계를 묘사하였다.
전의식 조직은 의식에 이르는 통로를 차단할 뿐 아니라, 자의적인
운동성에 이르는 길목을 지배하고, 동원 가능한 리비도 집중 에너
지의 송출도 관장한다.

- S. 프로이트《꿈의 해석》中 -

하지만 의식과 무의식 사이는 대부분의 경우 방어나 검열에 의해 차단
되어 있어서 길목이 완전하게 개방되는 경우는 드물다. 완전하게 개방되
는 경우는 사랑에 빠지거나 모성애적 상태일 때이다. 이때 우리는 그러한
상태를 **미쳤다**(질병의 상태)고 표현한다.[118] 이렇게 어떤 대상에 몰두한
상태가 되면 의식은 현실을 제대로 인식할 수 없게 되고 감정에 지배되
어 사고하고 행동하게 된다. 하지만 이렇게 몰두한 상태에서만 자신의 본
질을 볼 수 있다. 오라클이 자신을 아는 비밀이 **'사랑에 빠지는 것'**과 같
다고 말하는 이유도 이때만이 자신의 무의식을 알 수 있는 거의 유일한
기회이기 때문이다. 이러한 할리우드식 결론에 짜증이 날 수도 있지만,
정신분석적 차원에서 이 만큼 정확한 해답은 없다.[119]

---

118) p.210. 위니캇(1956a)은 어머니가 "일차적인 모성 몰두"의 단계를 거친다고 믿었는
데, 이 단계는 곧 태어날 아기에게 어머니가 정서적으로 초점을 맞추는 단계로서 임
신 말기에 시작된다. 이러한 정서적 몰두는 어머니가 유아의 욕구를 충족시켜주기
위해 자신의 삶을 전적으로 또는 부분적으로 포기하는 자연스런 현상을 포함한다.
태어날 아이를 위한 이 모든 준비들은 새로운 마음의 상태를 나타내는 것으로서, 다
른 상황에서라면 질병으로 간주될 정도로 극단적일 수 있다.

- F. 써머즈《대상관계 이론과 정신병리학》中 -

119) p.533. 지금까지 슈퍼컴퓨터가 조종하는 대로 움직이고 악한 로봇들의 총탄을 맞기
만 하던 영웅은 사랑하는 연인 때문에 누구도 예상하지 못한 행보를 보이며 형세를
역전시켜, 매트릭스는 충격을 받는다. 하지만 데이터교는 이런 시나리오는 말도 안

오라클 : "······ 왜 나한테 왔는지는 알지?"

(네오가 고개를 끄떡인다.)

오라클 : "그래서··· 어떻게 생각해? 자신이 그렇고 생각해?"

네오 : "솔직히 모르겠어요."

오라클 : "저게 무슨 뜻인지 알아? 라틴어다. 너 자신을 알라라는 의
미지. 한가지 비밀을 알려 주지. 자신이 그렇 사실은 사랑
에 빠지는 것과 같아. 아무도 말해줄 수 없고 자신이 스스
로 알지. 온몸으로··· 아는 거지."

　모피어스와 오라클이 아무리 말해줘도 네오는 자신이 구세주라는 사
실을 믿지 않는다. 신념 수준의 믿음은 의식과 무의식이 서로 통합되어야
형성되기 때문이다. 의식과 무의식이 통합되는 가장 쉬운 방법은 몸으로
집적 체험하는 것이다. 의식은 무의식에 속하는 몸의 체험을 통해 자신
의 무의식을 '온몸으로' 실감할 수 있다. 두 번째 방법은 상징 행위를 통
해서이다. 컴퓨터의 쿠키 기능처럼 상징 행위는 무의식 속에 저장된 관념
을 자동으로 불러낸다. 일례로 여성과의 열정적인 사랑은 어린 시절 어머
니를 열정적으로 사랑했던 환상을 자동으로 불러일으킨다. 이때 전의식
의 방어와 검열이 이완되고 무의식은 '온몸으로' 어머니를 사랑했던 상태
로 회귀하게 된다. 그리고 그 여성을 어머니처럼 사랑하게 되면 그 사랑
을 위해서 자신의 모든 것을 희생할 수 있게 된다.

　어머니 오라클이 '그가 된다는 것은 사랑에 빠지는 것과 같다'라고 말
하는 이유는 인간의 무의식이 **고결한 어머니**(우주와 대지)와 사랑에 빠

된다고 생각한다. 데이터교는 할리우드 각본가들에게 이렇게 훈계한다. "겨우 생각
해 낸 게 사랑이야? 그것도 고차원적인 우주적 사랑도 아니고 두 포유류 간의 육체
적 끌림이라고?

- Y. 하라리 《호모 데우스》 中 -

지게 되면 자신 속에서 **불멸을 발견**하게 됨으로써 신(구세주)과 같은 존재가 될 수 있기 때문이다(이 의미에 대해서는 제7장에서 좀 더 구체적으로 이해할 수 있게 될 것이다). 다만 불멸을 발견하는 것만으로는 구세주가 될 수 없다. 구세주가 되기 위해서는 죽음 불안을 극복해야만 한다. 그래야만 **'다음 인생에서'**, 즉 **거듭남으로써** 구세주가 될 수 있다.

오라클 : "하지만 자넨 이미 내가 할 말을 알고 있어."

네오 : "전 '그'가 아니군요"

오라클 : "미안하다. 넌 재능이 있지만, 뭔가를 기다리고 있는 것 같아."

네요 : "뭘요?"

오라클 : "다음 인생, 누가 알겠어? 다 그런 법이야."

인류의 스승들이 죽음 불안을 극복하기 위해서 하는 상징 행위가 **단식**이다. 음식을 먹지 않는 상징 행위는 인간의 무의식을 유아기 초기에 어머니 젖을 먹지 못해서 느꼈던 죽음 불안의 상태로 회귀시킨다. 이 상태에서 죽음 불안을 의식하게 되고 죽음 불안은 존재하지 않는다는 진실을 알게 되면 구세주로 거듭날 수 있게 된다. 그리스도와 석가모니가 죽음에 버금가는 **단식**을 한 이유도 이러한 죽음 불안을 극복하기 위해서였다. 이러한 통찰과 각성의 과정을 이해하기 위해서는 도스토옙스키의 사형대에 섰던 경험을 검토할 필요가 있다. 도스토옙스키는 자신의 그러한 경험을 《백치》에서 다음과 같이 서술하고 있다.

p.96. "… 그 사람은 다른 죄수들과 함께 사형대 위로 끌려가서 정치범으로 총살형을 받는다는 선고문을 들었습니다. (중략) 나는

지금 존재하며 살고 있다. 하지만 3분 후면 무언가 다른 존재로 변할 것이다. 그 존재가 생명체인지 비생명체인지 모른다. 생명체라면 도대체 어떤 존재가 될까? 그리고 어디에서 살게 될까? 그는 이 모든 것을 2분 동안에 다 생각해 보려 했던 것입니다. 멀지 않은 곳에 교회가 있었고, 그 교회의 황금빛 용마루는 태양빛에 이글거렸습니다. 그는 눈부시게 이글거리는 그 교회 꼭대기를 뚫어져라 쳐다보았다고 했습니다. 그 빛에서 시선을 뗄 수 없었지요. 그는 〈저 빛이야말로 나의 새로운 자연이다. 3분 후에 나는 저 빛과 융합될 것이다〉라고 생각했습니다. 앞으로 다가올 새로운 것에 대한 혐오감과 불투명성은 실로 무섭기 짝이 없었던 게지요. (중략) 〈만약 내가 죽지 않는다면 어떻게 될까? 만약 생명을 다시 찾는다면……. 그것은 영원이 아닐까! 그럼 이 모든 것이 나의 것이 된다. 그때 나는 매 순간을 1세기로 연장시켜 아무것도 잃지 않고, 1분 1초라도 정확히 계산해 두어 결코 헛되이 낭비하지 않으리라!〉…”

- 도스토옙스키 《백치》 상 中 -

도스토옙스키가 사형장에서 본 **교회**는 **어머니 자궁**을 상징하고(《꿈의 해석》, p.434.), **빛**은 어머니 자궁에서 태어났을 때 본 **최초의 빛**을 상징한다. 이러한 상징들은 도스토옙스키의 무의식이 죽음의 공포로 인해서 어머니 자궁에서 태어난 시점으로 퇴행했음을 보여준다. 어머니 자궁 속으로의 회귀를 통해서 도스토옙스키의 무의식은 망각하고 있던 '**빛과의 융합**', 즉 어머니 신과의 합일을 통해 **불멸(영원)의 감각**을 다시 얻게 된다. 하지만 이러한 경험은 타의에 의한 경험이므로 도스토옙스키는 죽음 불안(멸절 불안)을 극복하지 못했다(그리스도나 석가모니와 같은 인물은 스스로 고행을 통해 죽음 불안을 극복한 인격이다). 그는 사형대의 경험으로 인해 불멸의 신앙을 얻게 되었지만, 동시에 그로 인해 일깨워진 죽음 불안을 '마술적으로 방어하기 위해서' 평생 **도박**에 의존해야만 했다.[120]

　결론적으로 영화 《매트릭스》가 제시하는 인류 문명의 불멸에 대한 해법은 **'너 자신을 알라'**는 것으로 수렴한다. 자신을 알기 위해서는 무의식이 어머니 자궁 속으로 회귀해서 거듭나야만 한다. 그 과정에서 자신의 본질(불멸)에서 떨어져 나간 자신의 껍질(방어막) 부분과 접촉하게 되면 **죽음 불안**(멸절 불안)과 **직면**하게 된다. 그 죽음 불안을 극복할 수 있을 때 인간은 **'자신이 누구이며'** 또 앞으로 **'어떤 사람이 되어야 하는가'**에 대한 느낌을 근본적으로 변화시킴으로써 새로운 인간으로 재탄생하게 된다.[121]

　네오가 죽음 불안과 직면하는 장면은 네오가 죽는 장면으로 상징화되어 있고 네오가 어머니 자궁 속으로 회귀하는 장면은 네오가 소스로 가서 창조자 아버지를 만나는 장면으로 상징화되어 있다. 네오는 창조자 아버지를 만나고 난 후 매트릭스의 모든 것이 꿈이고 표상에 불과하다는 것을 깨닫게 된다. 여기서 역설(逆說)이 발생한다. 네오의 의식이 선택

---

120) p.168. 위험도가 높은 주식들에 도박을 함으로써, 그는 시간상의 연속체로서 자신을 경험하는 능력이, 즉 미래를 가진 자기로서 경험하는 능력이 빠져나가고 있다고 느껴지는 바로 그 순간에 자신의 미래를 마술적으로 그리고 방어적으로 통제하고자 시도했던 것이다.

- H. 코헛 《자기의 회복》 中 -

121) p.535. …, 모든 대상관계 이론은 임상가의 과제를 다음의 것들 중의 하나로 설명한다: 새로운 방식으로 환자와 연결되는 것, 환자의 떨어져 나간 자기의 부분과 접촉하는 것, 그 결과로 인해 발생하는 환자의 멸절 불안과 직면하는 것 그리고 그렇게 함으로써 환자와 새로운 유형의 애착을 형성하는 것. 이러한 임상가의 노력은 보다 기능적인 대상관계 구조를 가져다준다고 믿는다. (중략) 환자는 상호작용 안에 있는 인격이며, 분석가의 과제는 환자가 누구이며, 또 앞으로 어떤 사람이 되어야 하는가에 대한 느낌을 근본적으로 변화시키기 위해서 환자와의 연결을 형성해내는 것이다.

- F. 써머즈 《대상관계 이론과 정신병리학》 中 -

한 이유를 알게 되자 그 선택이 진정한 선택이 된 것이다. 네오가 자기의 생각이 환상이고 망상이라는 것을 알고 난 뒤에도 스미스와 계속 싸우는 이유는 선택의 이유를 알게 됨으로써 네오의 의식도 자신의 선택(불복종)이 선(善)이라는 것을 깨달았기 때문이다. 만약 선택의 이유를 알지 못했다면 네오의 의식은 막연한 불신 속에서 구세주로서의 자신의 존재를 합리화시키려고 몸부림쳤겠지만, 이제 네오는 '선악의 **의식에 있어서의** 자유로운 선택'을 할 수 있게 된 것이다.

> 스미스 : "왜 이러는 건가, 대체 왜? 이유가 뭐야? 왜 포기 않지? 왜 계속 싸우냐고? 자신까지 희생하며 뭘 지키겠다는 거야? 그게 뭐야? 자유, 진실? 평화 혹은 사랑? 다 환상이고 망상이야! 의미 없는 자신의 존재를 합리화시키려는 나약한 몸부림이지. 모두 조작된 거야, 매트릭스처럼! 물론 사랑 놀음은 인간 전유물이지만… 이젠 너도 깨달아야 돼. 넌 못 이겨. 헛수고 하지마. 왜, 대체 왜 포기 않나?"
>
> 네오 : "그게 내 선택이야."
>
> 스미스 : "여긴 내 세계야! 내 세계!"

물론 과학은 인간에게 의식에 있어서의 자유 의지가 없다고 말한다. 주체가 자신의 선택을 의식하기도 전에 그 선택을 예측할 수 있기 때문이다.[122] 하지만 이러한 발견은 자기(의식)가 자기 자신(무의식)을 모를 때

---

122) p.391. 이것은 그저 가설이나 철학적 추론이 아니다. 오늘날 우리는 뇌 영상을 이용해 사람의 욕망과 결정을 본인이 미처 의식하기도 전에 예측할 수 있다. 어떤 실험에서 사람들을 거대한 뇌 스캐너에 넣고, 양손에 스위치를 하나씩 쥐게 했다. 그리고 내킬 때마다 두 스위치 중 하나를 누르라고 했다. 피실험자가 실제로 행동을 하기도 전에, 심지어 자신의 의향을 자각하기도 전에 과학자들은 피실험자의 뇌 신경

타당한 결론이다. 베드로가 자살이 아닌 복음 전파를 선택한 것처럼 의식은 무의식에 관한 사전 지식을 활용해서 자신의 선택을 근본적으로 바꿀 수 있다. 라스콜리니코프가 현재의 자신이 선택한 반사회적 행위가 과거의 어머니에 대한 욕망에서 비롯되었다는 것을 사전에 알고 있었다면 살인과 같은 선택은 애당초 고려하지 않았을 것이라는 뜻이다. 그리스도가 의미하는 **'정신의 자유'**도 자신의 모든 관념(욕망) 그리고 그로 인한 표상이 허상이고 가상이라는 진실을 깨닫는 것을 의미한다.

    p.257. 표현을 자유롭게 해보자면 예수를 '자유 정신'이라고 부를 수도 있으리라−그에게 고정된 것은 죄다 전혀 중요하지 않으니까. (중략) 그가 유일하게 알고 있는 개념인 '삶'의 **경험**은 그에게서는 온갖 종류의 말, 공식, 법칙, 신앙, 교의와 대립한다. 그는 단지 가장 내적인 것에 대해 말하고 있을 뿐이다: '삶' 또는 '진리' 또는 '빛'은 가장 내적인 것에 대해 사용하는 대명사이다.−나머지 전부, 현실성 전체, 자연 전체, 언어마저도 그에게는 하나의 기호로서의 가치를, 한 가지 비유로서의 가치를 지닐 뿐이다.−여기서는 우리는 결코 잘못 짚어서는 안 된다. 그리스도교적인 편견이, 즉 **교회**의 편견에 놓여 있는 유혹이 제아무리 클지라도: 상징의 그러한 전형은 모든 종교, 모든 제의 개념, 모든 역사, 모든 자연과학, 모든 세계 경험, 모든 지식, 모든 정치, 모든 심리학, 모든 서적, 모든 예술을 넘어서 있다−그의 '앎'은 바로 이러한 것들이 존재한다는 **사실**을 알지 못하는 **순진한 바보**인 것이다. **문화**라는 것을 그는 알지 못한다. 그는 문화에 대한 싸움을 필요로 하지 않는다−그는 문화를 부정하지 않는

활성을 보고 어떤 스위치를 누를지 예측할 수 있었다.

- Y. 하라리 《호모 데우스》 中 -

다…… **국가**의 경우도, 시민적 질서 전체와 사회의 경우도, **노동과 전쟁**의 경우에도 마찬가지다-그는 '세상'을 부정할 이유를 한 번도 가져본 적이 없다. 그는 교회적인 '세상' 개념을 한 번도 어렴풋하게라도 알지 못했다…… **부정한다는 것**. 그에게는 이것이 정말 불가능하다.-마찬가지로 그에게는 변증술도 없고, 하나의 믿음과 하나의 '진리'가 근거에 의해 입증될 수 있으리라는 생각도 없다(그의 증거는 내적인 '빛', 내적인 기쁨과 자기 긍정이며, 온통 '힘의 증거' 이다-) 이런 교설은 반박할 **수도** 없다. 이 교설은 다른 교설들이 있고, 또 있을 **수 있다**는 사실을 결코 이해하지 못한다. (중략) 그런 것들이 등장하면 이 교설은 가슴속 깊이 간직하고 있는 동정심으로 인해 그것들의 '맹목'을 슬퍼하지만-자기가 '빛'을 보기 때문에-이의를 제기하지는 않는다……

- F. 니체 《안티크리스트(책)》中 -

그리스도는 선악의 의식에 있어서 자유로운 선택을 할 수 있는 인물이었다. 그에게 고정된 관념은 죄다 전혀 중요하지 않았다. 그리스도에게 현실 전체는 단지 무의식에 대한 통찰(내적 발견)에 대한 **'상징이나 비유로서의 가치'**를 지닐 뿐이었다. '삶(불멸)' 또는 '진리' 또는 '빛'은 **가장 무의식적인 것**에 대해 사용하는 대명사였다. 그리스도는 '숟가락을 휠 수 없다'라는 것을 알았다. 그래서 그는 모든 종교, 모든 역사, 모든 지식, 모든 예술의 존재를 부정하지 않았다. 그리스도는 그것들을 휘는 대신 자신을 휘었다. 그리스도는 인류의 표상에 대한 맹목적 집착에 대해서 슬퍼했지만 자신 속에서 빛(불멸)을 보았기 때문에, 또 인류도 그 빛(불멸)을 볼 수 있다고 믿었기 때문에 이의를 제기하지 않았다. 그리스도가 인류에게 주려고 했던 자유는 자신의 무의식으로부터 자유였다. 그는 무의식의 비밀을 상징과 비유로 말했다. 하지만 인류는 그의 상징과 비유 속에 든 비밀을 이해하지 못했다. 오히려《구약성서》의 고대 율법과 전통을 대체하는 새로운 율법과 전통으로 이해했다.

그리스도 이후 무의식의 비밀을 다시 알려준 사람은 프로이트였다. 그가 자신을 모세에 비유한 이유도 자신이 정신의 비밀을 풀었다고 확신했기 때문이었다. 그는 유대 민족을 이집트에서 탈출시킨 모세처럼 인류의 정신을 **억압의 세계**에서 젖과 꿀이 흐르는 **자유의 세계**로 데리고 갈 수 있다고 생각했다. 하지만 아쉽게도 코페르니쿠스의 지동설과 다윈의 진화론만큼 프로이트의 정신분석학은 인류에게 심리학적 충격을 주지 못했다.

> p.293. 거기서 나는 의식적 자아와 더 강력한 무의식적 자아의 관계에 대한 정신분석학적 견해가 인간이 자기애에 어떻게 심각한 충격을 주는지를 보여 주었다. 그리고 나는 이를 〈심리학적〉 충격이라 불렀고 진화론에 의한 〈생물학적〉 충격과 코페르니쿠스의 발견에 의한 〈우주론적〉 충격의 반열에 올려놓았다.
> - S. 프로이트《정신분석학 개요,『정신분석학에 대한 저항』》中 -

인간의 의식은 지구가 돌고 있는지 인식할 수 없지만, 인류는 코페르니쿠스 덕분에 지동설이라는 사전 지식을 믿고 지구 밑으로 떨어질지도 모르는 두려움 없이 대양을 항해할 수 있게 되었다. 또 인간의 의식은 인간이 원숭이에서 진화되었는지 인식할 수 없지만, C. 다윈 덕분에 진화론이라는 사전 지식을 믿고 신의 징벌을 두려워하지 않고 신은 죽었다고 선포할 수 있었다. 마찬가지로 인간의 의식은 무의식을 인식할 수 없지만, 프로이트 덕분에 무의식에 대한 사전 지식을 통해서 의식에 있어서의 선악(도덕)의 선택을 자유롭게 선택할 수 있게 되었다. 그래서 니체는 심리학(정신분석학)이 이제 다시 **'인간의 근본문제로 통하는 길'**이 되었다고 말한다.

> p.649. 우리는 바로 도덕을 뛰어넘어야 한다. 그쪽으로 뱃머리를 돌려 모험을 감행한다면 우리는 어쩌면 우리 도덕의 잔재를 압박하고 분쇄할지도 모른다. (중략) 아직 한 번도 아무리 대담한 여행가, 모험가에게도 더 깊은 통찰의 세계가 열렸던 일이 없다. 그러한 '희생을 바치는' 것은 심리가이다. (중략) 즉, 심리학은 다시 여러 학문의 여왕으로서 인정받게 되어 지금까지의 학문은 심리학에 봉사하고 준비하기 위한 존재로 인식된다. 심리학은 이제 다시 근본문제로 통하는 길이 되었기 때문이다.
>
> - F. 니체 《선악을 넘어서(동서)》 中 -

선악의 의식에 있어서 자유로운 선택을 하기 위해서는 사전에 자신의 무의식을 알지 않으면 안 된다. 무의식을 추동하는 힘은 리비도이다. 즉 리비도는 인간의 내적 본질이라고 할 수 있다. 리비도는 불멸과 결합이라는 자신의 목적을 성취하기 위해서 주체의 무의식을 무자비하게 몰아댄다. 이러한 과정에서 리비도는 정욕으로 변질되고 도스토옙스키는 이러한 정욕을 카라마조프라고 불렀다. 서문에 밝힌 바와 같이 도스토옙스키가 《카라마조프의 형제》를 저술한 목적은 인간의 제2의 본성인 정욕(카라마조프)의 비밀을 밝히기 위해서였다. 바로 개인과 인류 문명의 모든 문제와 그 문제를 풀 수 있는 열쇠가 카라마조프(정욕) 속에 들어있기 때문이다.

참고도서

◎ **인문과학 분야**

- 《카라마조프의 형제(上, 中, 下)》, 도스토옙스키 저/김학수 역, 범우사, 1986
- 《카라마조프의 형제들 Ⅰ, Ⅱ》, 도스토옙스키 저/채수동 역, 동서문화사, 1987
- 《죄와 벌(上, 下)》, 도스토옙스키 저/이철 역, 범우사, 2009(上)/2014(下)
- 《악령(上, 中, 下)》, 도스토옙스키 저/이철 역, 범우사, 2007(上)/2011(中)/2010(下)
- 《백치(上, 下)》, 도스토옙스키 저/김근식 역, (주)열린책들, 2003
- 《백치》, 도스토옙스키 저/채수동 역, 동서문화사, 2017
- 《의지와 표상으로서의 세계》, A. 쇼펜하우어 저/권기철 역, 동서문화사, 2016
- 《철학적 인생론》, A. 쇼펜하우어 저/권기철 역, 동서문화사, 2016
- 《언어의 기원에 관하여 등》, F. 니체 저/김기선 역, 책세상, 2005
- 《비극의 탄생/반시대적 고찰》, F. 니체 저/이진우 역, 책세상, 2019
- 《유고(1870년~1873년)》, F. 니체 저/이진우 역, 책세상, 2015
- 《유고(1869년 가을~1972년 가을) 등》, F. 니체 저/최상욱 역, 책세상, 2014
- 《유고(1872년 여름~1974년 말) 등》, F. 니체 저/이상엽 역, 책세상, 2016
- 《바이로이트의 리하르트 바그너 등》, F. 니체 저/최문규 역, 책세상, 2017
- 《인간적인 너무나 인간적인 Ⅰ, Ⅱ》, F. 니체 저/김미기 역, 책세상, 2019
- 《유고(1876년~1977/78년 겨울) 등》, F. 니체 저/강용수 역, 책세상, 2015
- 《아침놀》, F. 니체 저/박찬국 역, 책세상, 2018
- 《유고(1880년 초~1981년 봄) 등》, F. 니체 저/최성완 역, 책세상, 2018
- 《즐거운 학문 등》, F. 니체 저/안성찬 외 역, 책세상, 2018
- 《차라투스트라는 이렇게 말했다》, F. 니체 저/정동호 역, 책세상, 2019
- 《선악의 저편/도덕의 계보》, F. 니체 저/김정현 역, 책세상, 2016
- 《바그너의 경우/우상의 황혼/안티크리스트/이 사람을 보라 등》, F. 니체 저/백승영 역, 책세상, 2018
- 《유고(1882년 7월~1983/84년 겨울) 등》, F. 니체 저/박찬국 역, 책세상, 2016

- 《유고(1884년 초~가을) 등》, F. 니체 저/정동호 역, 책세상, 2016
- 《유고(1884년 가을~1885년 가을) 등》, F. 니체 저/김정현 역, 책세상, 2017
- 《유고(1885년 가을~1887년 가을) 등》, F. 니체 저/이진우 역, 책세상, 2015
- 《유고(1887년 가을~1888년 3월) 등》, F. 니체 저/백승영 역, 책세상, 2014
- 《유고(1888년 초~1889년 1월 초) 등》, F. 니체 저/백승영 역, 책세상, 2017
- 《비극의 탄생/즐거운 지식/반그리스도교》, F. 니체 저/곽복록 역, 동서문화사, 2016
- 《인간적인 너무나 인간적인/선악을 넘어서/우상의 황혼》, F. 니체 저/강두식 역, 동서문화사, 2017
- 《차라투스트라는 이렇게 말했다/비극의 탄생/아침놀/도덕의 계보/이 사람을 보라》, F. 니체 저/곽복록 역, 동서문화사, 2017
- 《권력 의지》, F. 니체 저/김세영 외 역, 도서출판 부글북스, 2018
- 《권력에의 의지》, F. 니체 저/강수남 역, 청하, 1993
- 《큰글자성경전서》, (유)성서원, 2016
- 《한글킹제임스성경》, 말씀보존학회, 2019
- 《장자 1, 2》, 장주(莊周) 저/임동석 역, 동서문화사, 2011
- 《신통기》, 헤시오도스 저/김원익 역, (주)민음사, 2018
- 《그리스 로마 신화》, 토마스 불핀치 저/손명현 역, 동서문화사, 2016
- 《향연》, 플라톤 저/강철웅 역, 이제이북스, 2017
- 《오이디푸스 왕/안티고네》, 소포클레스 저/황문수 역, 범우사, 2014
- 《팡세》, B. 파스칼 저/이환 역, (주)민음사, 2018
- 《종교의 본질에 대하여》, L. 포이어바흐 저/강대석 역, (주)도서출판 한길사, 2013
- 《기독교의 본질》, L. 포이어바흐 저/박순경 역, 종로서적출판(주), 1987
- 《영웅전 II》, 플루타르코스 저/박현태 역, 동서문화사, 2016
- 《군중심리학》, G. 르 봉 저/민문홍 역, 책세상, 2017
- 《프랑스 혁명과 혁명의 심리학》, G. 르 봉 저/정명진 역, 도서출판 부글북스, 2018
- 《사회주의의 심리학》, G. 르 봉 저/정명진 역, 도서출판 부글북스, 2018
- 《아웃사이더》, C. 윌슨 저/이성규 역, 범우사, 1997
- 《달과 6펜스》, S. 몸 저/송무 역, (주)민음사, 2016

- 《종의 기원》, C. 다윈 저/송철용 역, 동서문화사, 2017
- 《인간의 기원 I, II》, C. 다윈 저/추한호 역, 동서문화사, 2018
- 《인간과 동물의 감정 표현》, C. 다윈 저/김홍표 역, 지식을만드는지식, 2014
- 《털 없는 원숭이》, D. 모리스 저/김석희 역, 문예춘추사, 2020
- 《연애, 생존기계가 아닌 연애기계로서의 인간》, G. 밀러 저/김명주 역, 동녘사이언스, 2009
- 《이기적 유전자》, R. 도킨스 저/홍영남 외 역, (주)을유문화사, 2020
- 《자본 I》, K. 마르크스 저/강신준 역, 도서출판 길, 2017
- 《자본 III》, K. 마르크스 저/강신준 역, 도서출판 길, 2012
- 《서구의 몰락 3》, O. 슈펭글러 저/박광순 역, 범우사, 2001
- 《서구의 몰락》, O. 슈펭글러 저/양해림 역, 책세상, 2019
- 《역사의 연구 I, II》, A. J. 토인비 저/홍사중 역, 동서문화사, 2016
- 《역사란 무엇인가?》, E. H. 카 저/이상두 역, 동서문화사, 2018
- 《문명의 충돌》, S. 헌팅턴 저/이희재 역, 김영사, 1997
- 《유대인의 역사》, P. 존슨 저/김한성 역, 포이에마, 2014
- 《세계사 편력 2》, J. 네루 저/곽복희, 남궁원 외 역, 도서출판 일빛, 2004
- 《권력과 광기》, 비비안 그린 저/채은진 역, 도사출판 말글빛냄, 2005
- 《역사의 역사》, 유 시민 저, 돌베개, 2018
- 《사피엔스》, Y. 하라리 저/조현욱 역, 김영사, 2015
- 《호모 데우스: 미래의 역사》, Y. 하라리 저/김명주 역, 김영사, 2017
- 《21세기를 위한 21가지 제언》, Y. 하라리 저/전병근 역, 김영사, 2019
- 《불복종에 관하여》, E. 프롬 저/ 문국주 역, 범우사 1996
- 《건전한 사회》, E. 프롬 저/김명익 역, 범우사, 2017
- 《프랑스 대혁명 1, 2》, M. 갈로 저/박상준 역, (주)민음사, 2017
- 《나폴레옹 1, 2, 3, 4, 5》, M. 갈로 저/임헌 역, (주)문학동네, 2017
- 《나폴레옹 평전》, 조르주 보르도노브 저/나은주 역, 도서출판 열대림, 2017
- 《루터의 두 얼굴》, 볼프강 비퍼만 저/최용찬 역, 도서출판 평사리, 2017
- 《나의 투쟁》, A. 히틀러 저/황성모 역, 동서문화사, 2017

- 《간디 평전》, G. 애쉬 저/안규남 역, (주)실천문학, 2010

- 《나의 인생관》 A. 아인슈타인 저/최규남 역, 동서문화사, 2015

- 《권위에 대한 복종》, S. 밀그램 저/정태연 역, 에코리브르, 2009

- 《우리 본성의 선한 천사》, S. 핑거 저/김명남 역, (주)사이언스북스, 2015

- 《특이점이 온다》, R. 커즈와일 저/김명남 외 역, 김영사, 2020

- 《당신의 뇌, 미래의 뇌》, 김대식 저, 해나무, 2019

- 《인공지능이란 무엇인가? 인간 vs 기계》, 김대식 저, 도서출판 동아시아, 2019

- 《프로테스탄티즘 윤리와 자본주의 정신》, M. 베버 저/김현욱 역, 동서문화사, 2016

- 《종교는 필요한가?》, B. 러셀 저/이재황 역, 범우사, 2013

- 《인간 붓다》, 법륜, 정토출판, 2019

- 《금강경 강의》, 법륜, 정토출판, 2014

- 《마조히즘, 권력의 예술》, N. 맨스필드 저/이강훈 역, 동문선, 2008

- 《유림 6권》, 최인호 저, 도서출판 열림원, 2016

◎ **정신분석 분야**

- 《정신분석 강의》, S. 프로이트 저/임홍빈 외 역, (주)열린책들, 2017

- 《새로운 정신분석 강의》, S. 프로이트 저/임홍빈 외 역, (주)열린책들, 2016

- 《히스테리 연구》, J. 브로이어 & S. 프로이트 저/김미리혜 역, (주)열린책들, 2017

- 《꿈의 해석》, S. 프로이트 저/김인순 역, (주)열린책들, 2017

- 《일상생활의 정신병리학》, S. 프로이트 저/이한우 역, (주)열린책들, 2017

- 《성욕에 관한 세 편의 에세이》, S. 프로이트 저/김정일 역, (주)열린책들, 2017

- 《꼬마 한스와 도라》, S. 프로이트 저/김재혁 외 역, (주)열린책들, 2017

- 《늑대인간》, S. 프로이트 저/김명희 역, (주)열린책들, 2017

- 《정신병리학의 문제들》, S. 프로이트 저/황보석 역, (주)열린책들, 2017

- 《정신분석학의 근본 개념》, S. 프로이트 저/윤희기 외 역, (주)열린책들, 2017

- 《문명 속의 불만》, S. 프로이트 저/김석희 역, (주)열린책들, 2017

- 《종교의 기원》, S. 프로이트 저/이윤기 역, (주)열린책들, 2016

- 《예술, 문학, 정신분석》, S. 프로이트 저/정장진 역, (주)열린책들, 2017

- 《정신분석학 개요》, S. 프로이트 저/박성수 외 역, (주)열린책들, 2017
- 《정신분석의 탄생》, S. 프로이트 저/임진수 역, 주식회사 (주)열린책들, 2016
- 《끝이 있는 분석과 끝이 없는 분석》, S. 프로이트 저/임진수 역, (주)열린책들, 2014
- 《프로이트의 치료기법》, S. 프로이트 저/변학수 역, 세창출판사, 2017
- 《자아와 방어기제》, A. 프로이트 저/김건종 역, (주)열린책들, 2015
- 《아이, 가족, 그리고 외부세계》, D. 위니캇 저/이재훈 역, 한국심리치료연구소, 2018
- 《가정, 우리 정신의 근원》, D. 위니캇 저/김유빈 역, 한국심리치료연구소, 2017
- 《성숙과정과 촉진적 환경》, D. 위니캇 저/이재훈 역, 한국심리치료연구소, 2000
- 《박탈과 비행》, D. 위니캇 저/이재훈 외 역, 한국심리치료연구소, 2001
- 《놀이와 현실》, D. 위니캇 저/이재훈 역, 한국심리치료연구소, 1997
- 《소아의학을 거쳐 정신분석학으로》, D. 위니캇 저/이재훈 역, 한국심리치료연구소, 2011
- 《자기의 분석》, H. 코헛 저/이재훈 역, 한국심리치료연구소, 2002
- 《자기의 회복》, H. 코헛 저/이재훈 역, 한국심리치료연구소, 2006
- 《프로이트 강의》, H. 코헛 저/이천영 역, 한국심리치료연구소, 2018
- 《편집증과 심리치료》, W. 마이쓰너 저/이재훈 역, 한국심리치료연구소, 2003
- 《경계선 장애와 병리적 나르시시즘》, O. 컨버그 저/윤순임 외 역, (주)학지사, 2019
- 《인격장애와 성도착에서의 공격성》, O. 컨버그 저/이재훈 외 역, 한국심리치료연구소, 2008
- 《내면세계와 외부현실》, O. 컨버그 저/이재훈 역, 한국심리치료연구소, 2001
- 《성격에 관한 정신분석학적 연구》, W. R. 페어베언 저/이재훈 역, 한국심리치료연구소, 2003
- 《정신분석적 진단》, N. 맥윌리엄스 저/이기련 역, (주)학지사, 2019
- 《정신분석적 사례이해》, N. 맥윌리엄스 저/권석만 외 역, (주)학지사, 2018
- 《대상관계 이론과 정신병리학》, F. 써머즈 저/이재훈 역, 한국심리치료연구소, 2004
- 《정신분석적 발달이론의 통합》, P. 타이슨 외 저/박영숙 외 역, 산지니, 2013
- 《정신분석학적 대상관계 이론》, J. 그린버그 & S. 밋첼 저/이재훈 역, 한국심리치료연구소, 1999

- 《프로이트 이후》, S. 밋첼 & M. 블랙 저/이재훈 외 역, 한국심리치료연구소, 2002
- 《유아의 심리적 탄생》, M. 말러 등 저/이재훈 역, 한국심리치료연구소, 1997
- 《아동 정신분석》, M. 클라인 저/이만우 역, 새물결 출판사, 2011
- 《존 볼비와 애착이론》, J. Holmes 저/이경숙 역, (주)학지사, 2017
- 《정신적 은신처》, J. 스타이너 저/김건종 역, 눈 출판그룹, 2015
- 《참자기》, J. F. 매스터슨 저/임혜련 역, 한국심리치료연구소, 2000
- 《분열된 자기》, R. D. 랭 저/신장근 역, (주)문예출판사, 2018
- 《울타리와 공간》, M. 데이비스 & D. 월브릿지 저/이재훈 역, 한국심리치료연구소, 1997
- 《라캉과 정신의학》, B. 핑크 저/맹정현 역, (주)민음사, 2018
- 《욕망 이론》, J. 라캉 저/민승기 외 역, (주)문예출판사, 2017
- 《영웅의 탄생》, O. 랑크 저/이유진 역, 루비박스, 2016
- 《심리학을 넘어서》, O. 랑크 저/정명진 역, 도서출판 부글북스, 2015
- 《죄의식과 욕망》, A. 베르고트 저/김성민 역, (주)학지사, 2009
- 《붓다와 프로이트》, M. 엡스타인 저/윤희조 외 역, 도서출판 운주사, 2017
- 《붓다의 심리학》, M. 엡스타인 저/전현수 역, (주)학지사, 2018
- 《에덴을 넘어서》, K. 윌버 저/조옥경 외 역, (주)한언, 2014
- 《히틀러의 정신분석》, 월터 C. 랑거 저/최종배 역, 솔출판사, 1999
- 《나치즘, 열광과 도취의 심리학》, S. 마르크스 저/신종훈 역, 책세상, 2016
- 《라깡 정신분석 사전》, D. 에반스 저/김종주 외 역, 도서출판 인간사랑, 2004
- 《꿈 상징 사전》, E. 애크로이드 저/김병준 역, 한국심리치료연구소, 1997